# NUITS SECRÈTES

# SHIRLEY CONRAN

# NUITS SECRÈTES

*Traduit de l'américain
par Martine Leroy*

**HACHETTE**
*Littérature générale*

# PREMIÈRE PARTIE

# 1

C'était une chaude soirée d'octobre ; les gratte-ciel miroitaient au loin, dans le crépuscule, et Maxine contemplait la familière silhouette de New York par la fenêtre de l'automobile. Elle avait choisi cet itinéraire à cause de la vue, mais la Lincoln Continental au confort discret et feutré se trouvait maintenant bloquée sur Tribora Bridge par la circulation. Peu importe, se dit-elle. L'heure de son rendez-vous était encore loin et le spectacle en valait la peine ; on aurait dit que des diamants éclaboussaient le ciel.

Soigneusement plié sur la banquette, son manteau de zibeline voisinait avec une mallette à bijoux en crocodile fauve. Neuf valises, fauves également et toutes frappées d'une minuscule couronne dorée et des initiales M de C, étaient entassées près du chauffeur et dans le coffre. Maxine voyageait toujours sans cérémonie, mais luxueusement et généralement aux frais d'autrui. Elle ne tenait aucun compte des limitations de bagages. Elle prétextait, avec un petit haussement d'épaules, qu'elle aimait son confort et, par conséquent, elle emportait une valise contenant des draps de soie rose, un oreiller de duvet et un châle de bébé, fin comme de la dentelle, qui lui servait de liseuse.

Les autres valises renfermaient presque toutes des vêtements soigneusement enveloppés dans du papier de soie ; elle avait aussi une mallette en cuir marron qui lui servait de bureau portatif, une autre qui faisait office de pharmacie et qui était bourrée de comprimés, de crèmes, d'ampoules, de seringues jetables pour ses piqûres de vitamines, ainsi que divers suppositoires, médicaments très courants en France mais boudés par les Anglo-Saxons. Un jour, Maxine avait voulu acheter des seringues à Detroit ; mon Dieu, quelle affaire ! Les gens ne font-ils pas la différence entre une droguée et une comtesse française ? Il ne faut pas négliger son corps, on n'en a qu'un. D'autre part, Maxine ne voyait pas la nécessité de se gaver d'une nourriture pantagruélique sous prétexte qu'on est suspendu à dix mille mètres au-dessus du niveau de la mer. Les autres passagers de première classe en provenance de

Paris avaient tous absorbé la totalité des six plats trop cuits qu'on leur avait servis, mais Maxine n'avait pris qu'un peu de caviar (sans pain) et une seule coupe de champagne (il n'était pas millésimé, mais elle l'avait tout de même accepté après avoir constaté que c'était du Moët). D'un petit sac de daim, elle avait sorti une boîte en plastique blanc contenant une cuiller d'argent, un yaourt fait maison et une grosse pêche bien juteuse provenant de ses serres.

Puis, alors que les autres passagers lisaient ou somnolaient, Maxine avait sorti un magnétophone miniature, un minuscule crayon en or et un grand bloc de papier ordinaire avec des carbones. Le magnétophone lui servait à donner des instructions à sa secrétaire et le bloc à prendre des notes, des croquis et consigner des entretiens téléphoniques ; Maxine envoyait les feuillets à qui de droit et en conservait toujours un double ; puis, quand elle revenait en France, sa secrétaire classait les duplicata. Elle était organisée, mais sans systématisme ; elle ne croyait pas dans l'utilité d'être *trop* organisée, mais elle ne supportait pas la confusion et la précipitation. Elle ne pouvait travailler que dans l'harmonie ; elle aimait l'ordre davantage encore que le confort.

Lorsque madame la comtesse réservait une chambre pour un voyage d'affaires, le Plaza lui retenait automatiquement une secrétaire bilingue. Elle emmenait parfois la sienne, mais ce n'était pas toujours agréable d'avoir sur le dos cette fille qui la suivait comme son ombre. En outre, comme celle-ci était chez Maxine depuis près de vingt-cinq ans, elle était à même de surveiller ce qui se passait à la maison, aussi bien la bonne santé de ses fils et de sa vigne que les heures auxquelles rentrait monsieur le comte et avec qui.

M$^{lle}$ Janine faisait un rapport sur tout avec un zèle dévoué. Elle travaillait au château de Chazalle depuis 1956 et le succès de Maxine rejaillissait sur elle. Elle était entrée chez les de Chazalle vingt-deux ans auparavant, quand Maxine avait vingt-cinq ans et qu'elle venait de transformer son château en hôtel, musée et parc d'attractions, bien avant que personne, en dehors des gens du pays, eût entendu parler du champagne de Chazalle. M$^{lle}$ Janine n'avait cessé d'être aux petits soins pour Maxine depuis l'époque où ses trois fils étaient encore tout petits, et la vie lui aurait semblé épouvantablement morne sans eux. En fait, elle était chez les de Chazalle depuis si longtemps qu'elle avait l'impression de faire partie de la famille. Enfin, presque. Elle était et serait toujours séparée d'eux par d'invisibles et indestructibles barrières de classe.

Maxine était ensorcelante et compétente, comme New York, et c'était pour cela qu'elle aimait le rythme rapide de cette ville, la précision et la promptitude dont faisaient preuve ses habitants, qu'il s'agisse de servir des hamburgers, de ramasser les ordures ou de vous presser pour cinquante cents de jus d'orange au coin d'une rue ensoleillée. Elle appréciait leur vivacité d'esprit, leur opiniâtreté, leur humour acerbe et elle pensait secrètement que les New-Yorkais possédaient toute la joie de vivre des Français, sans en avoir la grossièreté. Elle se sentait à l'aise parmi eux. Elle s'amusait à observer, comme si elles avaient fait partie d'une espèce différente, ces femmes d'affaires froides, polies et impeccables, mues par l'ambition, le goût de l'argent et le désir de prendre la place de quelqu'un d'autre. Tout comme elles, Maxine s'imposait une fantastique autodiscipline et, à quarante-sept ans, elle saisissait mieux que jamais les motivations qui faisaient agir tous ces gens. Sinon, jamais elle n'aurait fait ce voyage pour venir voir Lili.

Cette petite traînée, cette croqueuse de diamants !

Cependant, il ne faisait pas de doute que la proposition de Lili avait fort intrigué Maxine et c'est en partie la curiosité qui l'avait poussée à traverser l'Atlantique. Elle se demanda de nouveau si elle accepterait l'affaire. Elle avait cru que Lili — qui devait avoir vingt-huit ans aujourd'hui — ne voudrait jamais la revoir. Elle se rappelait l'expression de douloureuse surprise qu'elle avait vue jadis dans les fulgurants yeux noisette de cette provocatrice que la presse avait surnommée Lili la Tigresse.

Maxine avait été stupéfaite de recevoir cet appel téléphonique, d'entendre la voix grave et sensuelle se faire si incroyablement humble, quand Lili lui avait demandé de venir à New York pour décorer le duplex qu'elle venait d'acheter sur Central Park. Lili voulait que sa nouvelle demeure soit un bijou, un sujet de conversation, et elle savait que Maxine saurait trouver le juste mélange d'élégance savante et d'inspiration. Le budget serait aussi large qu'il le faudrait et, bien entendu, Maxine serait défrayée du voyage, qu'elle accepte ou non cette tâche.

Il y avait eu un silence, puis Lili avait ajouté d'une voix repentante : « J'aimerais aussi être sûre que vous avez oublié certains pénibles souvenirs. Il y a si longtemps que j'ai mauvaise conscience et aujourd'hui, je voudrais de tout mon cœur faire la paix avec vous. »

Ce mea culpa avait été suivi d'un silence méditatif, puis la conversation s'était engagée sur les activités de Maxine. « J'ai su que vous veniez de terminer le château de Shawborough, avait déclaré Lili, et j'ai aussi entendu dire que vous avez fait des merveilles chez Dominique Frésanges. C'est formidable d'avoir un tel talent, de sauver des demeures historiques de la ruine, d'embellir et d'aménager des maisons qui sont aussi l'héritage de toute l'humanité... »

Il y avait bien longtemps que Maxine n'avait pas séjourné seule à New York, aussi finit-elle par accepter de venir. Lili lui avait demandé de ne rien dire à personne, avant leurs retrouvailles. « Vous savez bien que la presse ne me laisserait pas en paix », avait-elle prétexté. Et c'était vrai. Depuis Greta Garbo, aucune autre star de cinéma n'avait autant intrigué le public.

Tandis que la voiture commençait à avancer un peu, Maxine jeta un coup d'œil sur sa montre de diamants. Elle avait encore beaucoup de temps avant l'heure de son rendez-vous au Pierre. Maxine s'impatientait rarement. Elle n'aimait pas être en retard, mais elle croyait toujours que les autres allaient l'être. C'est comme ça, aujourd'hui, on ne peut plus compter sur rien.

Elle aperçut son reflet dans une glace et approcha son visage. Cinq semaines seulement s'étaient écoulées depuis l'opération, mais les infimes cicatrices près des oreilles avaient déjà disparu. Mr. Wilson avait fait de l'excellent travail et cela ne lui avait coûté que mille livres, y compris l'anesthésie et les frais de clinique. Aucune raideur, aucun tiraillement autour de la bouche et des yeux ; elle paraissait en bonne santé, radieuse et quinze ans de moins — en tout cas pas quarante-sept ans. Elle avait eu une bonne idée de le faire tant qu'elle était encore jeune, car personne ne s'en était aperçu. De nos jours, on ne voit jamais une actrice, ni un acteur, du reste, avec des poches sous les yeux. Personne n'avait remarqué son absence ; elle était restée quatre jours en clinique, puis elle avait passé dix jours en Tunisie où elle avait perdu trois kilos en prime. Elle se demandait pourquoi certaines personnes allaient jusqu'au Brésil et dépensaient des fortunes pour se faire tirer la peau.

Maxine croyait fermement qu'il était possible d'améliorer son apparence, en particulier grâce à la chirurgie esthétique. C'est une chose qu'on se *doit* à soi-même, affirmait-elle. Dents, yeux, menton, seins, tout chez elle avait été remonté et consolidé, à tel point qu'elle n'était plus qu'une collection d'invisibles coutures. Malgré tout, ce n'était pas une beauté, mais quand elle repensait à son adolescence et se remémorait son nez proéminent, ses dents de cheval et son maintien embarrassé, elle était heureuse qu'on l'eût poussée à y remédier.

Pour ses jambes, aucun amendement n'avait été nécessaire. Elles étaient superbes. Elle étira un mollet parfait, cambra son élégante cheville, lissa la jupe de son ensemble de soie bleue, puis baissa la vitre et huma l'air de Manhattan, sans souci de sa teneur élevée en oxyde de carbone. Elle réagissait à New York comme au champagne de sa propriété : par un ravissement joyeux. Ses yeux brillaient, elle était en pleine forme et débordante de vie. Malgré les embouteillages, quel plaisir de se retrouver dans une ville où l'on a l'impression que c'est tous les jours votre anniversaire.

Malgré ses quarante-cinq ans, Judy avait l'air d'une petite orpheline blonde et touchante. Vêtue d'un tailleur de velours brun de chez Chloë et d'un fragile chemisier de soie crème, elle était assise dans un bus surpeuplé qui remontait difficilement Madison Avenue. Impatiente de nature, elle montait toujours dans ce qui se présentait en premier, autobus ou taxi. Elle avait même été photographiée dans *People* en train d'accomplir cette action incroyable : monter dans un autobus. Judy en avait tiré une profonde satisfaction, étant donné que pendant bien longtemps elle n'avait pu s'offrir autre chose que l'autobus.

Soudain, elle fut envahie de tristesse. Comme si c'était un talisman, elle se mit à jouer avec l'une des deux bagues assorties qu'elle portait aux majeurs ; des boutons de rose en corail, merveilleusement ciselés, montés sur un épais anneau d'or. En dehors de cela, elle n'aimait guère les bijoux ; sa passion, c'étaient les chaussures. Son armoire à chaussures renfermait des rangées de magnifiques bottes et souliers faits à la main. Judy décida de fêter la journée du lendemain en allant faire des folies chez Maud Frizon. Pourquoi pas ? Son associé lui avait appris le matin même qu'ils avaient fait près de deux millions de dollars de plus que l'année précédente !

Elle avait de plus en plus de mal à se rappeler son existence dans le vieux studio de la 11e rue est, d'où on l'avait mise à la porte parce qu'elle ne pouvait pas payer le loyer. Mais elle s'obligeait à se souvenir de cette époque. Par contraste, le présent en semblait encore plus délicieux. Judy avait aussi une autre raison de ne pas vouloir oublier ce que signifie manquer d'argent dans une grande ville. C'était le sort de beaucoup de ses lecteurs. Ils achetaient *Verve !* pour son optimisme, ses encouragements, sa sensualité, et ils considéraient le magazine comme un ami. En vérité, Judy voyageait en autobus parce qu'elle voulait rester en contact avec ses lecteurs.

Il lui était parfois difficile de concilier les deux faces opposées de son image publique. D'un côté, elle aimait être considérée comme une femme chaleureuse, directe, travailleuse, une femme qui va déjeuner d'un hot-dog au coin de la rue, une femme laborieuse, semblable à ses lectrices. D'autre part, ces mêmes lectrices s'attendaient à lui voir mener une fascinante vie mondaine, à ce qu'elle s'habille comme elles auraient souhaité s'habiller et à ce qu'elle se conduise comme une célébrité. Aussi, quand Judy ne déjeunait pas d'un hot-dog, elle allait au Lutèce, faisait du régime au Golden Door, quand c'était nécessaire et voyageait constamment. Tout comme New York, elle avait adopté un rytme optimiste et alerte. Dans ces occasions, quand, soudain, elle sombrait dans une noire solitude, elle serrait les dents et tenait le choc. La solitude était parfois la rançon de la liberté.

Les portes de l'autobus s'ouvrirent en sifflant, aspirèrent d'autres passagers et se refermèrent, toujours en sifflant. Une femme d'un certain âge, au teint jaune, vint s'écrouler sur le siège qui faisait face à Judy. Elle installa son sac à provisions sur ses genoux et se mit soudain à grommeler. « J'aimerais bien que les immeubles prennent feu, comme ça il n'y aurait plus de problèmes. » Elle répéta sa phrase, puis la hurla. Dans l'autobus, personne ne lui prêta la moindre attention, mais quand elle descendit, il y eut un soupir de soulagement général, quelques sourires et quelques haussements d'épaules. Encore une de ces dingues qui se moquait bien de ce qu'on pouvait penser d'elle.

C'est aussi un signe de maturité, pensa Judy. On devient adulte quand on cesse de se préoccuper de l'opinion des autres et qu'on commence à se soucier de ce qu'on pense d'*eux*... Pourrait-on faire un article là-dessus, se demanda-t-elle ? Quel auteur contacter ? Quelles célébrités interroger ? Organiser un concours, peut-être ? Il fallait mettre une rédactrice sur ce sujet. « Êtes-vous adulte ? » Ce n'était pas un mauvais titre, ni une mauvaise question, d'ailleurs, se dit-elle, sans pouvoir y répondre. Elle se sentait toujours intérieurement aussi enfant qu'elle le paraissait, mais jamais elle ne le laissait deviner. La vulnérabilité était un gros handicap dans les affaires et Judy préférait avoir une réputation d'enfant terrible, de tyran miniature et d'une redoutable directrice de journal qui avait fait du chemin et qui entendait aller encore plus loin. On la considérait comme une femme avec qui il faut compter, une femme qui vous oblige à réfléchir plus vite, mais dotée d'un faible pour les belles chaussures.

Judy rattrapait le temps perdu. Jusqu'à quinze ans elle n'avait porté que de très classiques souliers noirs.

Elle venait d'une famille pauvre. Ses parents étaient des baptistes pieux qui s'intéressaient beaucoup au péché et aux moyens de l'éviter. Dans cette optique, Judy et son petit frère Peter n'avaient pas le droit de faire quoi que ce fût le dimanche. Ils pouvaient chanter à l'église, mais pas à la maison et ils n'avaient pas la permission d'écouter la radio, étant donné que le dimanche, c'était un péché.

Bien entendu, il ne fallait ni fumer ni boire. Néanmoins le grand-père, qui vivait avec eux, disparaissait de temps à autre dans la cave pour boire un coup grâce à une bouteille qu'il dissimulait derrière la chaudière. Peut-être se justifiait-il vis-à-vis de lui-même en se disant que c'était un médicament. Après sa rasade dominicale, grand-père allait toujours s'installer derrière la maison, dans un rocking-chair qui criait sous son poids et il contemplait béatement le pommier planté au bout de la cour en attendant de passer dans l'au-delà. Les parents de Judy étaient certainement au courant, car son haleine empestait le whisky ; sa mère pinçait les lèvres avec un petit reniflement désapprobateur et distingué, mais elle ne disait rien. Grand-père était censé faire partie de la ligue antialcoolique.

Un homme en chemise écossaise était assis en face de Judy. Il paraissait mal à l'aise et baissa furtivement les yeux pour vérifier sa braguette. Judy détourna promptement le regard. Elle avait encore dû le fixer. Quand elle était perdue dans ses pensées, ses yeux bleu sombre luisaient avec une férocité aussi menaçante qu'involontaire, derrière ses lunettes à grosse monture d'écaille.

Une fois de plus, elle se demanda ce que voulait Lili et pourquoi tant de mystère.

Il y avait d'abord eu un coup de téléphone repentant, et Dieu sait si Lili avait des raisons de l'être. En fin de compte, sa brouille avec Lili lui avait été profitable sur le plan professionnel, mais cette nuit-là, à Chicago, ce n'était pas le but que celle-ci avait recherché... « Si votre cœur arrive à trouver des raisons pour me pardonner ma conduite... », avait plaidé Lili de sa voix profonde teintée d'un léger accent européen... « Je me suis montrée si ingrate... j'ai manqué de conscience professionnelle. J'ai honte quand j'y pense... » Judy s'était sentie fléchir malgré elle ; pas uniquement à cause de son statut de vedette et de son magnétisme, mais simplement parce qu'elle avait eu du plaisir à travailler avec elle. Elles avaient formé une équipe fantastique jusqu'à la fameuse nuit de Chicago.

« J'ai quelque chose de particulier à vous dire, quelque chose de très confidentiel dont j'aimerais vous parler personnellement », avait déclaré Lili.

Judy avait horreur de perdre son temps. Chaque semaine, des douzaines de propositions lui parvenaient dont la plupart s'arrêtaient sur le bureau de ses secrétaires. Mais cette fois, il s'agissait de

Lili dont le nom était lié à celui de tant de célébrités, Lili dont la mélancolique beauté faisait partie de la légende du xxᵉ siècle, Lili qui n'accordait *jamais* d'interview.

Ce dernier point avait été déterminant. Lili valait au moins mille mots dans *Verve !* quelle que fût la nature de leur entretien, aussi Judy avait-elle accepté de venir au rendez-vous. Ardente et charmante comme une enfant, Lili la remercia en lui demandant de garder le secret. De toute façon, Judy avait l'intention de n'en parler à personne. Cependant, elle était intriguée ; comme elle, Lili avait rapidement et mystérieusement réussi, en dépit de toutes les difficultés. Elle devait avoir maintenant vingt-huit ou vingt-neuf ans, bien qu'elle ne les parût pas.

Ce coup de fil reçu le mois précédent avait été suivi d'une lettre de confirmation qui se résumait à ce seul mot : LILI, gravé au centre d'un épais papier crème. Pour une raison ignorée, Lili n'avait pas de nom de famille.

Que veut-elle, se demanda Judy ? Un appui ? Sûrement pas. Être publiée ? Pas davantage. De la publicité ? Elle n'en avait plus besoin.

Il était six heures vingt et la circulation était toujours paralysée. Judy sauta de l'autobus et partit à pied. Elle aimait être à l'heure.

Le taxi empestait le tabac froid, la banquette arrière éventrée laissait déborder ses entrailles. Madison Avenue était elle aussi embouteillée, mais le chauffeur, un Portoricain bourru, gardait fort heureusement le silence, jusqu'au moment où il lui hurla : « D'où êtes-vous ?

— De Cornouailles, répondit Pagan, qui ne s'était jamais sentie anglaise. La région la plus chaude de l'Angleterre », ajouta-t-elle, en pensant que c'était bien relatif. La pâleur de Pagan était due à une mauvaise circulation ; elle avait toujours souffert du froid, ce qui voulait dire onze mois par an, dans son pays. Enfant, elle redoutait de sortir ses pieds nus du lit, les matins d'hiver, et elle se précipitait pour mettre ses engelures à l'abri dans des chaussons en peau de mouton. Ses premiers rapports d'amour et de haine, elle les avait eus avec ses vêtements d'hiver, chauds mais inconfortables : la combinaison de rugueuse laine beige qui l'enveloppait du cou aux chevilles, avec une fente boutonnée ménagée derrière ; le corsage de flanelle Liberty qui la piquait, vêtement qui lui arrivait au ventre et qui se terminait par des sortes de jarretelles retenant de gros bas de laine.

Chaque matin, à sept heures, une petite bonne faisait le tour de Trelawney pour allumer poêles et feux de cheminée et on éteignait tout le soir, à onze heures, quel que fût le moment où l'on se couchait. Devant les rideaux de dentelle des salles de bains et des petites chambres à coucher, il y avait des poêles à mazout cylindriques et malodorants. Des feux de boulets se consumaient dans les chambres de maîtres et de grosses bûches rougeoyaient dans les cheminées de l'entrée et du salon ; mais les corridors interminables et les cabinets de toilette étaient toujours glacials et les plats étaient tièdes quand ils arrivaient sur la table du manoir. Les dalles inégales de la salle à manger paraissaient toujours froides, même en été, même à travers les souliers de Pagan. Quand elle pensait ne pas être vue, elle repliait ses pieds sous elle, loin du sol gelé, mais elle était toujours prise en flagrant délit et on lui enjoignait sèchement de « se tenir comme une jeune fille bien élevée ».

A cette pensée, et bien qu'il fît chaud pour la saison, Pagan qui avait aujourd'hui quarante-six ans frissonna dans son manteau de laine de chez Jean Muir.

Elle était descendue à l'Algonquin, comme d'habitude ; elle s'y sentait étrangement bien. Le hall avait ce même air prétentieux et un tantinet miteux qu'ont les clubs londoniens, avec ses fauteuils de cuir fatigué à haut dossier et l'éclairage crépusculaire dispensé par des lampes surmontées d'abat-jour en parchemin. Sa chambre était petite mais agréable. Un confortable fauteuil recouvert de velours rose, installé sur une moquette vert gazon, des petits coussins de dentelle éparpillés avec art, des lampes de cuivre savamment disposées, quelques gravures d'animaux dans des cadres dorés trahissaient la touche du décorateur. Le lit de cuivre, remis à la mode par le goût du jour, lui rappelait la nursery de Trelawney et la tapisserie à motif de treillage vert foncé sur fond blanc évoquait pour elle la serre où son grand-père lisait le *Times*, chaque matin, environné de chiens assoupis, de palmiers, de fougères et de plantes tropicales.

Pagan n'avait gardé presque aucun souvenir de son père qui s'était tué dans un accident de voiture à l'âge de vingt-six ans. Elle en avait alors trois et elle se rappelait vaguement une joue râpeuse et la rugosité des genoux de tweed sur lesquels elle s'asseyait parfois. Tout ce qui lui restait de lui, c'était une collection de coupes d'argent rangées sur une étagère en chêne, dans le bureau, gagnées dans des compétitions de natation et de golf, des photos jaunies de son équipe de cricket et d'un groupe hilare en train de pique-niquer sur une plage.

Après sa mort, Pagan et sa mère s'installèrent chez son grand-père, à Trelawney. Elle fut à la fois gâtée et élevée à la dure. A trois ans, son grand-père lui apprit à nager ; à treize mois, il lui offrit son premier poney. Après avoir placé les rênes dans ses menottes, il lui faisait faire, tous les matins, le tour du paddock, pour qu'elle apprenne à monter tant qu'elle était encore trop jeune pour avoir peur. A huit ans, elle alla à la chasse pour la première fois.

Ce fut aussi son grand-père qui lui enseigna la courtoisie. Il écoutait toujours ses interlocuteurs avec politesse et intérêt, que ce fût un métayer, le facteur ou son voisin, lord Tregerick. Il ne pouvait supporter ceux qu'il nommait les « gens d'argent » — hommes de loi, banquiers, comptables. Jamais il ne regardait la moindre facture. Il se contentait de la remettre à son intendant pour qu'il la règle.

Pagan avait toujours été entourée par de nombreux domestiques, dont beaucoup restaient là parce que son grand-père avait horreur de renvoyer les gens. Une bonne lui enfilait ses gants, l'autre lui ôtait ses bottes, une troisième lui brossait les cheveux, le soir, et une quatrième rangeait ses affaires, si bien qu'elle devint fatalement désordonnée. Pagan se rappelait le bruissement assourdi que faisait la jupe de la femme de chambre quand elle apportait dans sa chambre des brocs de cuivre remplis d'eau chaude, au petit matin, et qu'elle les posait près de la cuvette ornée de roses ; elle se souvenait aussi de la divine tiédeur de l'office où Briggs, le maître d'hôtel, fourbissait l'argenterie et rangeait, sur des étagères placées derrière la porte en verre, le service de vaisselle à décor de fleurs ; la chaleur douillette de la grande cuisine ; le visage amer et résigné du valet de chambre de son grand-père, quand il brossait la boue de la tenue de cheval de Pagan.

Elle voyait rarement sa mère et quand celle-ci faisait une apparition, elle avait toujours l'air de s'ennuyer. Elle détestait la campagne : il n'y avait rien à y faire et nulle part où aller. La Cornouailles des années trente n'était pas un pays très sophistiqué, en revanche, la mère de Pagan l'était manifestement. Sa coiffure courte et lisse faisait ressortir son épais maquillage et elle accomplissait un chef-d'œuvre quotidien en peignant des lèvres écarlates et luisantes sur une bouche naturellement beaucoup plus mince ; on trouvait des traces de rouge sur les verres, les tasses, les serviettes et d'innombrables mégots. Mrs. Trelawney allait fréquemment à Londres et ramenait des amis pour le week-end. Pagan ne les aimait pas, mais elle apprit leur argot de Mayfair et sa façon de parler en fut à jamais influencée.

Aujourd'hui, en 1978, Pagan regrettait encore son grand-père ;

elle se désolait que son mari ne l'ait jamais connu et qu'il n'ait pas vu Trelawney avant sa transformation. Non que son grand-père eût pu avoir quelque chose en commun avec son mari qui ne se passionnait que pour ses livres et ses travaux. Il ne s'intéressait pas à tout ce que Pagan faisait pour réunir des fonds, bien que, sans cet argent, il lui eût été impossible de poursuivre ses recherches. Agacée, parfois elle le lui reprochait. Alors, il l'embrassait en disant : « Quel dommage, chérie, que les souris blanches soient si chères. »

Toutefois, Pagan savait qu'il était fier d'elle, même si, au début, il avait été un peu inquiet devant les méthodes sans détour qu'elle adoptait en affaires. Elle le soupçonnait parfois de l'être toujours.

Elle avait toujours eu horreur de quitter son mari après sa crise cardiaque — les voyages lui étaient déconseillés. A moitié invalide, bien qu'il fût resté l'homme le plus spirituel, le plus intelligent et le plus distingué, il était mieux chez lui où il y avait toujours quelqu'un pour lui venir en aide. Tous deux considéraient les seize dernières années comme une prime additionnelle et ces soins constants pour le maintenir en vie et en activité seraient triomphalement récompensés si ses travaux aboutissaient avant les dix prochaines années, comme c'était probable. Le tout était de savoir s'il tiendrait jusque-là, mais jamais ils n'abordaient cette question entre eux. Voilà pourquoi Pagan détestait quitter son mari, même pour aller discuter de l'éventualité d'une importante donation à l'Institut.

Et d'une source aussi inattendue.

C'est dans l'entrée dallée, encombrée d'écharpes, de manteaux et de bottes en caoutchouc, dans le cottage qu'elle habitait sur le domaine de Trelawney, que Pagan avait décroché le téléphone pour entendre la voix grave et voilée de Lili, en personne. Aussi naturellement que si elle lui proposait un rendez-vous au village voisin, elle lui avait demandé de venir en Amérique pour discuter d'une affaire à la fois urgente et confidentielle. Cet appel avait laissé Pagan pantoise. Les stars de cinéma n'avaient pas pour habitude de lui téléphoner de façon aussi impromptue et elle n'avait jamais vu Lili, bien que, naturellement, elle la connût de réputation. Comment ignorer cette talentueuse créature triste et romantique ?

Au téléphone, l'actrice lui avait parlé sur un ton grave et posé. « J'ai tant entendu parler de votre action. Je suis fascinée par l'œuvre magnifique entreprise par votre mari et j'aimerais pouvoir lui venir en aide. »

Quand Pagan l'eut poliment pressée de lui fournir de plus amples détails, Lili avait expliqué que son homme d'affaires avait envisagé plusieurs possibilités de contribution, dont certaines pourraient s'étaler sur des années, et il avait proposé une rencontre préalable à New York avec les conseillers fiscaux de Lili. Il s'agissait apparemment d'un don très important et Pagan avait reçu un chèque coquet pour ses frais de voyage en première classe.

Les gratte-ciel noirs et effilés avaient pris une teinte légèrement plus sombre que le ciel. Impossible d'imaginer combien il existe de nuances de noir quand on ne travaille pas dans la couture ou dans la presse, pensa Kate en remontant à grands pas la 58e rue ouest, un peu plus tard qu'à l'ordinaire. Quand elle avait quitté son bureau, à six heures dix, le ciel était bleu pâle et beige, et maintenant, à six heures trente, il était très sombre.

Maintenant qu'elle avait réussi, personne ne se serait douté que, pendant des années, elle n'avait su ni ce qu'elle voulait ni où elle allait et qu'elle avait eu autant de contrôle sur son existence qu'une poupée de chiffon ballottée dans le tambour d'une machine à laver. « Écoute-moi bien, ma fille, lui disait sans cesse son père, souviens-toi que tu vaux autant que les autres. Souviens-toi que ton père a du répondant et que c'est ça qui compte. Rien ne t'empêche de grimper jusqu'en haut ; c'est ce que ton père attend de toi. Ne fais pas d'erreur. » Le « répondant », c'étaient les énormes revenus produits par les rangées de petites maisons de briques rouges, toutes identiques, que son père avait fait construire dans tout le centre de l'Angleterre. Ce « répondant » lui avait permis d'avoir de plus jolies robes, de plus belles voitures, des vacances plus agréables et une maison plus luxueuse que ses camarades de classe. Mais ce n'était pas cela qui comptait. Le « répondant » avait fait naître, chez certaines élèves de l'externat londonien qu'elle fréquentait, un secret ressentiment. Elle croyait toujours valoir moins que les autres et elle n'arrivait jamais « en haut ». Elle redoutait l'arrivée des bulletins trimestriels, prévoyant la fureur paternelle, les punitions et, pis que tout, les leçons particulières que tentait de lui donner son père. Plus il criait, moins elle comprenait.

C'était une enfant soumise. La colère qui n'avait jamais explosé s'était accumulée en un silencieux ressentiment. Elle avait conscience de sa lâcheté, mais elle craignait d'allumer le courroux de son père. Aussi, à l'exemple de sa mère, Kate en disait-elle le moins possible ou alors, elle prenait la fuite.

Une fois qu'ils la connaissaient bien, les hommes étaient toujours surpris de constater qu'ils pouvaient obtenir tout ce qu'ils voulaient d'elle, sans provoquer de sa part la moindre récrimination. Mais quand ils allaient trop loin, elle disparaissait, sans un mot d'explication.

Kate avait détesté son père quand il était en vie, aussi ne comprenait-elle pas, à chaque fois qu'un de ses livres figurait sur la liste des best-sellers, que cette pensée mélancolique lui vint involontairement à l'esprit : « Ah, si cette vieille canaille pouvait voir *ça !* » Elle ne comprenait pas son désir que le tyran de sa jeunesse, mort depuis deux ans, soit fier d'elle ; elle ne comprenait pas sa déception qu'il ait disparu avant qu'elle soit parvenue « tout en haut », avant qu'elle ait pu lui crier : « Papa, papa, espèce de sale bonhomme, j'y suis arrivée ! » Kate n'attachait guère d'importance à son succès, pas plus que ses amis qui dataient, pour la plupart, du temps où elle était une inconnue. Son père, en revanche, se serait délecté, il aurait découpé ses photos dans les journaux, conservé tous les articles et alerté ses copains avant chacun de ses passages à la télévision.

Ce nouveau livre allait sûrement faire un malheur ; encore un best-seller en perspective. Vraie ou fausse, l'histoire de Lili devrait être un numéro gagnant. Elle était belle, romantique, irrésistible, fascinante, et le public était friand de détails sur sa vie. Combien de fois, par exemple, avait-elle lu que Lili s'habillait toujours en blanc, que ce soit du satin, de la soie, du tweed ou du coton ? Et puis, elle avait un passé, et quel passé !

Avant d'avoir conquis la gloire internationale, quand Lili n'était encore qu'une actrice de série B qui se déshabillait dans tous les films, Kate avait fait sa connaissance au cours d'un tournage qui se déroulait dans une forêt humide des environs de Londres et elle avait écrit ensuite le premier grand article présentant la jeune Lili comme une star en puissance. Depuis cette interview, Kate n'avait jamais eu de ses nouvelles, mais l'article avait été publié dans le monde entier et c'est pour cette raison qu'elle pensait avoir été convoquée au Pierre. De nos jours, toutes les stars veulent faire leur autobiographie « au magnétophone ». Toutefois, le fait que Lili lui eût téléphoné personnellement pour lui fixer un rendez-vous secret l'avait étonnée.

A la réception, un employé téléphona pour s'assurer qu'elle était attendue. A côté d'elle, des clients murmuraient dans un italien chantant ; plus loin, on parlait arabe et français. Pas un seul mot en anglais. Cela lui rappela Le Caire. L'ascenseur l'emmena au dix-septième étage et, tout en parcourant le couloir gris et feutré en direction de la suite 1701, elle tira sur le dos de sa veste grenat et fit bouffer le nœud de soie pourpre de son chemisier. Au moment où elle arrivait, une femme fluette dont les cheveux gris étaient assortis à la robe ouvrit la porte. Derrière, Kate aperçut une grande pièce claire donnant sur Central Park. Un garçon était en train de servir des rafraîchissements accompagnés de petites coupes d'olives. La secrétaire lui fit signe de sortir et se mit de côté pour laisser entrer Kate, puis elle referma doucement la porte.

Kate poussa un cri.

« Dieu du Ciel ! s'exclama Judy.

— Tu t'es encore trompée », répliqua Kate qui ne pouvait jamais retenir une plaisanterie. Stupéfaite, elle s'immobilisa dans l'embrasure de la porte, essayant de deviner de quoi il retournait. Judy et Pagan étaient installées sur deux canapés de velours abricot disposés à angle droit. A chaque extrémité, sur des tables en verre fumé, étaient placés d'immenses vases de lys blancs et de fleurs de pommier et, un peu plus loin, sur la droite, elle vit Maxine assise dans un fauteuil de velours beige.

« Qu'est-ce que c'est, demanda Kate, une réunion surprise ? »

Pagan jouait avec le petit papillon de malachite vert qui pendait à son cou au bout d'une mince chaîne d'or de Cartier. Maxine chuchota rapidement : « Faisons attention à ce que nous allons dire. »

L'atmosphère était tendue. Avant que Kate ait eu le temps de s'approcher des trois autres femmes, la porte à double battant placée à l'autre extrémité de la pièce s'ouvrit brusquement et apparut une jeune femme au teint doré, petite et vêtue d'une robe de soie blanche drapée à la grecque.

Lili resplendissait. Un vaporeux nuage de cheveux noirs rejetés en arrière lui tombait sur les épaules, encadrant un visage ovale aux pommettes hautes et saillantes. Son petit nez faisait vaguement penser au bec d'un oiseau de proie ; sa lèvre inférieure était un peu trop forte, mais quand on la regardait, on ne voyait que ses yeux. C'étaient d'immenses yeux noisette, brillants, frangés de cils épais et qui luisaient comme si une larme de cristal s'apprêtait à en tomber.

Pourtant, ce soir-là, les yeux de Lili ne luisaient pas. Ils fulminaient. Ils irradiaient la colère et la fureur. La star resta un moment silencieuse, tout en considérant ses quatre aînées : Kate, près de la porte, dans son tailleur grenat ; Pagan, en rose, affalée sur les coussins abricot ; Maxine, droite, une tasse de porcelaine à la main et la soucoupe posée sur sa jupe de soie bleue ; Judy, en velours marron, assise sur le bord du canapé, les épaules voûtées, les mains sous le menton, les coudes sur les genoux et qui la regardait d'un air renfrogné.

Alors Lili prit la parole.

« Et maintenant, dit-elle, laquelle de vous quatre est mon ordure de mère ? »

# 2

« Je ne me sens pas bien, grommela Kate, à demi allongée sur son lit.

— Ça en vaut bien la peine », rétorqua Pagan en se léchant les doigts. Vêtue d'une culotte de satin orange et d'un kimono rose, elle était assise en tailleur à l'extrémité de l'étroit lit de Kate et contemplait tristement une boîte de carton blanc. Il ne restait plus qu'un seul éclair au chocolat.

« On devrait le garder pour ce soir. Pour l'instant, je vais te passer du vernis rouge sur les ongles des pieds pour que tu ne penses plus à vomir. »

Généralement, les Anglaises dépensaient leur première semaine d'argent de poche en gâteaux, rouge à lèvres et vernis à ongles. Elles venaient d'échapper à des établissements très stricts pour se retrouver dans cette *finishing school*[1] suisse censée les transformer en jeunes filles accomplies. Après des années de privations, suivies d'une période d'après-guerre où même le pain et les pommes de terre étaient rationnées, la Suisse de 1948 leur semblait un paradis comparée à la pauvre Angleterre exsangue ; un paradis de gâteaux à la crème, de chocolat, de neige et de romantisme.

Pagan se pencha sur le pied gauche de Kate. Beauté myope et préraphaélite, elle avait pris l'habitude de se courber pour paraître plus petite. Elle mettait rarement ses lunettes, d'une part parce qu'elle était coquette et de l'autre parce qu'elle les égarait continuellement.

Kate se renversa sur le lit, le pied gauche en l'air, et son regard se perdit au-dessus de la tête de Pagan. Elle voyait les sommets enneigés de Gstaad encadrés par les rideaux de dentelle blanche de la fenêtre ouverte.

« Allons faire un tour dans la forêt avant le thé, proposa-t-elle.

---

1. Établissement où les jeunes filles terminent leur scolarité et apprennent les bonnes manières.

— Reste tranquille, imbécile, répliqua Pagan. On nous a dit d'attendre la nouvelle. Si elle n'est pas encore arrivée après le thé, on s'en ira. La pauvre, tu as réquisitionné le grand placard. Il n'y a presque pas de place dans l'autre ; elle va être obligée de ranger ses affaires sous son lit. »

Dans la pension l'Hirondelle, il y avait surtout des chambres à trois, mais, au dernier étage, sous la charpente de bois de l'immense chalet, les pièces étaient plus petites. A côté de la chambre à deux où Kate était installée, il y avait une minuscule mansarde bleue avec un plafond en pin bas et incliné et juste assez de place pour y mettre un étroit lit bleu, une petite table et un coffre. Pagan s'en était emparée et elle était si désespérément désordonnée qu'il valait mieux qu'elle soit seule dans une chambre. Impossible de lui apprendre l'ordre. En réalité, elle s'appelait Jennifer, mais comme sa nurse ne cessait de lui crier : « Ramasse ça, petite païenne [1] », ou encore : « Pas de thé tant que tu n'auras pas rangé ta chambre, petite païenne », on finit par lui donner ce surnom et il lui resta.

« Je n'ai pas l'intention de gâcher un si bel après-midi ! » Kate bondit de son lit et enfila une jupe et un chandail de cachemire beige. Pagan passa un vieux pantalon de cheval sur sa culotte de satin orange et s'enveloppa d'un immense pull jacquard qu'elle serra avec une grosse ceinture d'homme en cuir qui lui faisait presque deux fois le tour de la taille. Elles dégringolèrent quatre à quatre l'escalier de bois, se précipitèrent vers la porte d'entrée et, moitié marchant, moitié sautant, elles grimpèrent le raidillon qui contournait l'école et s'enfonçait dans la forêt. Après avoir monté pendant plus d'un kilomètre sur les aiguilles de pin, elles arrivèrent devant une pancarte plantée au milieu du chemin où on lisait « Attention ! Défense de passer ».

« Je pense que ça veut dire que le passage est interdit à cause de la chasse », dit Pagan qui parlait un français épouvantable, et elles continuèrent à grimper en haletant jusqu'au moment où le sentier se termina dans une clairière brusquement interrompue par le bord d'un précipice. En bas, on voyait les chalets de Gstaad environnés par le vert sombre de la forêt et, plus loin, un spectaculaire amphithéâtre de montagnes aux sommets enneigès, même en plein été.

« Yoohoo... oooo », s'époumona Pagan, les mains en porte-voix. Pendant que l'écho se propageait à travers la vallée, elle se tourna vers Kate et lui dit :

1. En anglais, *Pagan* signifie païen ou païenne.

« Il faudra qu'on sache chanter la tyrolienne quand on rentrera chez nous... »

Elle se tut brusquement. Elles avaient entendu un cri leur répondre, venant d'en bas. Puis une voix hurla en français : « Au secours ! »

« Ça veut dire : à l'aide ! traduisit Kate.

— La voix vient du précipice. Pourquoi secours ? cria Pagan en français.

— Parce que... » lui répondit-on, puis, en anglais : « Je suis coincée.

— Vous êtes anglaise ? » vociféra Kate en s'avançant, mais Kate la saisit par la ceinture. Elles étaient à trois mètres du bord de la falaise et l'endroit ne semblait pas très sûr.

« Non, américaine. Faites attention, la falaise s'est effondrée. On n'était même pas près du bord ; elle s'est effritée tout d'un coup.

— Combien êtes-vous ?

— Il n'y a que moi qui suis tombée. Nick a sauté en arrière et il est parti chercher du secours... aaah ! » Les deux amies entendirent un roulement de pierres.

« Vous êtes toujours là ?

— Oui, mais le rebord a encore diminué. Oh mon Dieu, que j'ai peur.

— Ne regardez pas en bas, conseilla Pagan en se couchant par terre pour ramper. Et cessez de crier... Kate, je vais ramper jusqu'au bord du précipice et tu te coucheras derrière moi pour me retenir par les chevilles. »

Tout doucement, Pagan avança jusqu'à l'endroit où l'herbe s'arrêtait brusquement. Elle évalua soigneusement la situation. A moins de deux mètres en dessous, elle aperçut deux yeux bleu sombre encadrés par une chevelure blonde et embroussaillée. Une jeune fille était perchée sur un étroit rebord, les bras plaqués contre la paroi, comme si elle voulait l'embrasser.

« Nick n'a pas pu me rattraper, dit-elle. Il a essayé plusieurs fois. Il a enlevé sa chemise pour me tirer, mais elle s'est déchirée, et ensuite, le rebord a commencé à céder. Aussi, il est parti en courant pour chercher une échelle. Mais la corniche continue à s'effriter. Je n'ai pas la place de m'asseoir... J'ai horriblement peur.

— J'ai une idée, tenez bon encore un petit moment, lui cria Pagan sur un ton d'encouragement, et elle se retourna vers Kate en ôtant ses tennis et son pantalon.

— Ce sera plus solide qu'une chemise », expliqua-t-elle tout en nouant les jambes de son pantalon pour en faire une boucle. Elle y passa ensuite sa ceinture et serra solidement la boucle.

— Tiens-moi les chevilles aussi fort que tu peux, pour l'amour du ciel », dit-elle à Kate d'une voix sifflante, tout en rampant de nouveau vers le bord du précipice qu'elle inspecta. Un peu de terre céda sous elle et elle se sentit presque défaillir quand elle commença à faire descendre le pantalon vers la malheureuse.

« Essayez de l'enfiler par la tête et de vous le passer sous les bras, comme une bouée de sauvetage. *Ne regardez pas en bas !* »

Lentement, Pagan abaissa la bouée de sauvetage improvisée jusqu'au niveau des mains tendues de la fille.

« Serrez les bras et tâchez de faire glisser le pantalon sous vos aisselles... doucement... doucement... »

Pagan enroula l'autre extrémité de la ceinture autour de sa main gauche.

« Et maintenant, accrochez-vous à la ceinture, dit-elle sur un ton qu'elle espérait sans réplique. *Doucement,* essayez de remonter la pente, comme une mouche.

— Je ne peux pas, je ne peux pas ! geignit la fille. » Un peu de terre céda sous son pied gauche qui se retrouva pendre dans le vide.

« Si vous tombez, je ne sais pas si je pourrai vous retenir, dit Pagan. Vous risqueriez de me briser le poignet et de m'entraîner, aussi ne réfléchissez pas à ce que je vous dis. Contentez-vous de m'obéir. Je compte jusqu'à trois. »

Kate s'était couchée derrière Pagan et la tenait par la taille.

« Allons-y. Un, deux, trois », s'écria Pagan en y mettant toute son énergie.

Docilement, la frêle jeune fille — Dieu merci, elle était si menue — commença son escalade. La ceinture se tendit d'un seul coup et Pagan ressentit une douleur déchirante au poignet et à l'épaule. Elle eut l'impression de se disloquer et la souffrance envahit son bras gauche tout entier, tandis que, centimètre par centimètre, la rescapée remontait.

Dans la main moite de Pagan, la ceinture commençait à glisser. Haletante, elle recula lentement en rampant, tirée par Kate. Accrochées à la ceinture, deux mains sales apparurent, suivies d'un visage blême et épouvanté.

« Doucement, murmura Pagan, doucement ! » Elle eut l'impression que le sol se dérobait sous elle et vécut un instant de terreur glacée.

Enfin, la petite vint s'écrouler sur le bord du précipice. Kate la tira rapidement pour la mettre en sécurité au moment où Pagan, les mains ensanglantées, lâchait la ceinture.

Pagan ne se sentit hors de danger qu'une fois qu'elles eurent atteint les sapins et le petit chemin. Alors, ses jambres cédèrent et elle s'effondra. Kate se pencha anxieusement sur elle.

Soudain, une expression alarmée envahit le visage de la jeune rescapée.

« Oh ! mon Dieu ! fit-elle en se tenant la tête entre les mains. Je vais être en retard. Oh non, ce n'est pas possible, il faut que j'y aille. Merci, merci. Dites-moi, vous connaissez le Chesa ? Pourriez-vous y venir un jour pour que je puisse vous dire... Je sais que je ne pourrai jamais assez vous remercier, mais... il faut que j'y aille ! » Sur ce, elle fit demi-tour et, moitié courant, moitié trébuchant, elle partit sur le chemin et disparut dans un tournant.

« Quelle chipie ! s'écria Kate. Tu lui sauves la vie et elle s'en va comme ça ! Oh ! Pagan, ma chérie, tes pauvres mains ! » Pagan avait les jambes pleines de terre et ses mains saignaient. Son pantalon et ses tennis étaient restés au bord du précipice et elle n'avait sur elle que son pull jacquard et sa culotte de satin orange, toute salie.

Soudain, de l'autre côté de la clairière, apparut un groupe d'hommes portant une corde, un filet et une échelle. Un grand jeune homme mince et torse nu courait derrière eux, mais, tout à coup, il s'arrêta net, se passa la main dans les cheveux et hurla : « Bon Dieu, ça s'est effondré !

— Elle n'a rien, nous l'avons remontée, lui cria Pagan de l'endroit où elle se trouvait. C'est vous, Nick ? »

Le jeune homme s'approcha d'elles en courant. Son nez busqué était maculé de terre et ses yeux aigue-marine avaient une expression affolée.

« Elle n'a rien ? Vous êtes bien sûres qu'elle n'a rien ? Où est-elle ? Quel moment épouvantable je viens de passer...

— Pagan aussi, s'exclama Kate indignée. Elle s'est couchée au bord du gouffre et elle a tiré votre amie qui s'est volatilisée au moment où Pagan venait de lui sauver la vie, en disant qu'elle ne voulait pas être en retard !

— C'est-à-dire que si elle est encore une fois en retard, elle perd sa place, comprenez-vous ? Elle a déjà eu deux avertissements. Elle va bien ? Elle n'est pas blessée ?

— Certainement pas, puisqu'elle s'est enfuie à toutes jambes, ironisa Kate. Mais Pagan, elle, ne va pas bien. Regardez ses mains !

— Ne fais pas tant d'histoires, Kate. » Pagan se releva en vacillant. Elle était aussi grande que le jeune homme qui se précipita pour la soutenir.

« Ça ira tout à fait bien quand j'aurai pris un bain.

— Je vais dire à l'équipe de secours que je n'ai plus besoin d'elle et je vous raccompagne chez vous », dit Nick en repoussant les cheveux noirs qui lui tombaient devant les yeux et en se retournant pour dire rapidement quelques mots en allemand aux hommes qui l'avaient accompagné. Il revint vers Pagan et passa un bras secourable autour de sa taille.

« Je me sens parfaitement bien », assura-t-elle d'une voix faible et elle grimaça au moment où il lui touchait le bras gauche. « Allons-nous-en d'ici avant que le reste de la montagne disparaisse.

— Qui est cette fille, celle qui était en retard ? » Kate avait adopté un ton sarcastique.

« C'est une étudiante américaine boursière. Elle n'a pas d'argent et elle travaille comme serveuse au Chesa, expliqua Nick tandis qu'ils redescendaient lentement le sentier. Je ne sais pas comment elle arrive à faire tant de choses. Elle travaille dur et elle n'a jamais l'air fatigué, elle est toujours... tellement en train. »

Kate remarqua qu'il avait rougi. « Vous êtes... euh...?

— Non, mais j'aimerais bien. Elle connaît quelqu'un en Virginie, un certain Jim. » Il se tut. Les deux amies l'observaient du coin de l'œil en pensant que ce Jim devait être tout à fait extraordinaire.

« Vous aussi, vous êtes étudiant ? (Nick était anglais, sans aucun doute possible.)

— Si on veut. Je suis un stage. Je travaille comme garçon à l'Impérial, dans le cadre d'un échange.

— Qu'est-ce que ça veut dire ?

— Ma famille est dans l'hôtellerie et j'apprends le métier. (Il accrocha les bras de Pagan autour de son cou.) J'ai quitté le collège de bonne heure, ensuite j'ai fait deux ans à l'école hôtelière, après j'ai été garçon au Savoy et maintenant je suis ici pendant qu'un garçon de l'Impérial a pris ma place à Londres.

— C'était comment au Savoy ? demanda Kate, ébahie à l'idée qu'on puisse travailler dans des endroits aussi renommés.

— Dur. Et chaud. Les cuisines du restaurant sont au rez-de-chaussée, mais les pauvres malheureux qui travaillent au grill sont au sous-sol et ils ne voient jamais la lumière du jour. On fait la cuisine sur de vieilles cuisinières à charbon brûlantes et, par terre, on verse de la sciure qui absorbe la graisse et qui évite de glisser. On transpire tellement qu'on boit tout ce qu'on trouve, de l'eau aussi bien que du lait et la ration de bière quotidienne. On est toujours assoiffé.

— Pourquoi avez-vous quitté le Savoy ? » demanda Pagan,

tandis qu'ils s'arrêtaient un moment pour qu'il puisse la soutenir plus efficacement. Ses bras lui faisaient atrocement mal, mais le bavardage de Nick l'en distrayait.

« Pour continuer mon apprentissage. » Nick trébucha. Pagan n'était pas un poids plume. « Je dois rester ici jusqu'à la fin de la saison d'hiver ; j'aurai alors dix-huit ans et il faudra que je fasse mon service militaire. Je n'ai pas envie de me retrouver dans cette saleté d'armée, mais je n'ai pas le choix. Mon père prétend que ça m'apprendra à commander. Il trouve que c'est important.

— Quoi ! Il faut savoir commander pour être garçon de restaurant ?

— Non, mais pour être directeur d'hôtel, oui !

— Voici notre école, dit Kate en la désignant du doigt. On y est, Pagan, encore quelques pas. » Chancelante, soutenue par Nick et Kate, Pagan arriva enfin devant la porte d'entrée. Nick rougit, puis déclara d'un air penaud :

« Croyez-moi, je sais que vous pensez que Judy est une ingrate, mais vous ne pouvez pas vous imaginer la vie qu'elle mène. Elle est toute seule ici et elle n'a que quinze ans. Voulez-vous venir prendre le thé dimanche, au Chesa ? Elle pourra vous remercier comme je suis sûr qu'elle le désire... Et moi aussi, je serai content. »

Pagan hocha la tête. Il la lâcha avec précaution, leur dit au revoir et s'en alla d'un pas rapide. Dès qu'il eut disparu, Pagan poussa un petit gémissement et s'effondra par terre.

Assise dans son lit, Pagan mangeait le dernier éclair au chocolat avec sa main gauche ; la droite était bandée et elle avait le bras en écharpe. Kate se passait du vernis orange vif sur les ongles des pieds.

Soudain, la porte s'ouvrit d'un seul coup et une matrone suédoise entra à pas pesants, suivie par un employé de la pension qui portait une vieille valise en peau de porc. Derrière eux, se tenait une jeune fille rondelette vêtue d'un manteau bleu marine. Elle souriait, mais ses yeux bruns avaient une expression anxieuse. Elle avait des dents de lapin.

« Il est interdit de s'asseoir sur les lits. Il est défendu de manger dans les chambres. Il est défendu de se mettre du vernis à ongles ailleurs que dans la salle de bains », gronda la matrone, puis elle tourna les talons et sortit.

« Salope, dit Pagan. Parlez-vous anglais ? demanda-t-elle en français à la jeune fille.

— Un peu, mais je suis française et je suis venue ici pour

apprendre l'anglais, répondit la nouvelle. Je m'appelle Maxine Pascal.

— Mais *personne* n'apprend l'anglais ici ; ni le français, d'ailleurs, s'écria Pagan. Tu verras. Les Anglaises et les Américaines parlent anglais, les Italiennes n'arrêtent pas de hurler en italien et les Allemandes aboient en allemand. Personne ne parle français, à l'exception d'une malheureuse Grecque, étant donné qu'elle est la seule à parler grec. Mais nous pouvons pratiquer sur vous, ajouta Pagan, dans un français épouvantable.

— Non, je parlerai anglais avec vous », trancha la nouvelle avec un sourire. Elle posa sa valise sur le lit et entreprit de la défaire en enlevant avec un grand soin les feuilles de papier de soie intercalées entre chaque vêtement. Cela ressemblait plus à un trousseau de mariée qu'à celui d'une pensionnaire et, tandis que Maxine les pendaient dans l'armoire, les deux filles virent qu'ils portaient la griffe Christian Dior.

« Eh ben, tu dois être riche ! béa Pagan. Quelle merveille !

— Non, je ne suis pas riche, répondit Maxine. Mais j'ai de la chance. J'ai une tante. »

Et en effet, la tante Hortense, qui avait fait un beau mariage mais qui n'avait pas eu d'enfant, était réaliste et avisée. A son avis, il était inutile de dépenser de l'argent dans un trousseau *après* avoir trouvé un homme. Une jeune fille avait besoin d'être élégante pour faire le meilleur mariage possible. C'était un bon investissement.

Par conséquent, elle avait entraîné Maxine et sa mère chez Christian Dior et, finalement — Maxine n'avait pas été consultée — les deux femmes avaient choisi un manteau de lainage bleu nuit avec deux énormes boutons qui étincelaient comme des saphirs ; ensuite, elles avaient pris une robe de cocktail en satin bleu, recouverte de dentelle Chantilly noire et un ensemble très sobre en lainage bleu, avec une autre jupe plissée en écossais bleu et beige, pour le week-end. Elles avaient aussi jeté leur dévolu sur une robe de lainage abricot qui s'évasait astucieusement sur les hanches généreuses de Maxine et enfin, sur une robe longue, sans bretelles, coupée dans un taffetas bleu pâle, avec une petite veste assortie. Tous ces vêtements étaient très cintrés à la taille, avec des jupes extrêmement amples. Ils étaient exécutés de façon admirable.

Les jeunes filles ratèrent l'heure du thé, car — dans le secret espoir d'emprunts futurs — Kate essaya tout, et bien que Pagan ne pût en faire autant à cause de son bras dans le plâtre, elle s'affairait autour d'elles, grisée par la séduction des vêtements de Maxine. Celle-ci fut très impressionnée par la taille, la chevelure et la bonne humeur exubérante de Pagan. « Regarde-moi ça, Kate, des chaussures à talons argentés ! Oh, Maxine, mince alors, tu as des pieds minuscules », s'écria-t-elle. Kate fourrageait dans la valise, faisant voler les papiers de soie. « Regarde, Kate, un chemisier en véritable crêpe de Chine... et une chemise de nuit en dentelle ! Il n'y a rien de plus ravissant ! Oh, comme j'aimerais avoir de belles choses ! »

Maxine ne se laissait pas abuser par ces discours. Elle se rendait compte que Pagan avait l'habitude d'obtenir ce qu'elle voulait. Curieux qu'elle fût l'amie de Kate qui semblait si calme, si quelconque, si effacée, même, malgré ses ongles écarlates. De toute évidence, elles s'aimaient beaucoup et Maxine découvrit rapidement que, depuis l'âge de dix ans, elles avaient été ensemble à l'école, à Londres. Ce n'était pas l'unique raison de leur amitié. Ce qu'elles avaient de commun et qui les avait rapprochées au départ, c'était qu'on les considérait toutes les deux comme des filles un peu à part. Kate, à cause de l'extrême richesse de son père et Pagan, parce qu'elle avait été élevée pour mener un genre de vie qui n'existait plus. Son univers de privilèges avait disparu à tout jamais, en même temps que les grilles de fer forgé du manoir fondues pour en faire des canons, tout comme les casseroles des petites gens.

Étant donné que sa façon de parler et son milieu différaient énormément de ceux des enfants de la petite bourgeoisie qui fréquentaient l'école Saint-Paul, Pagan paraissait arrogante, sans le vouloir. Malgré les règlements d'uniformes, elle s'habillait de façon tout à fait particulière. Avec son mètre soixante-quinze et sa carrure de garçon, elle ne pouvait pas se vêtir en confection. Pendant la guerre, alors que le tissu était sévèrement rationné, elle était montée au grenier fouiller dans les affaires de son père décédé. Elle s'était d'abord emparée de ses pull-overs en cachemire, de ses foulards de soie et de ses culottes de cheval ; ensuite, elle avait chipé les chemises de soie qui, ceinturées à la taille, lui servaient de robes, et Mrs. Hocken, la couturière du bourg, avait transformé une robe de chambre en soie de chez Charvet, bleu marine à pois blancs, en robe « du dimanche ». Par la suite, Pagan alla piller d'autres coffres. Jamais elle ne parvint à entrer dans la robe de soie de sa grand-mère, mais elle portait des chemisiers de dentelle vieux de cent ans, avec des jupes de velours vert bouteille ou de soie bleu sombre qui avaient à peu près le même âge. Elle acquit rapidement une réputation d'excentrique, non seulement à cause de ses opinions, mais aussi à cause de sa façon de s'habiller, de sa taille, de sa minceur et de sa superbe chevelure acajou. Pagan était toujours d'un merveilleux négligé.

A l'Hirondelle, le dîner sonnait à sept heures et demie. Abandonnant à regret la somptueuse garde-robe de Maxine, mais passablement affamées, les trois jeunes filles se joignirent au flot de cheveux voltigeant et de poitrines rebondies qui descendait bruyamment l'escalier pour gagner la salle à manger ornée de portraits enchâssés dans de lourds cadres dorés, et éclairée par des lustres de bronze accrochés aux poutres noircies, au-dessus des tables de chêne. Dans le tintamarre qui régnait, Maxine s'informa de la routine scolaire.

« Le matin, réveil à sept heures, petit déjeuner à sept heures et demie, cours de huit heures à midi, marmonna Pagan, pendant que Kate lui coupait sa côtelette d'agneau en petits morceaux. Sport facultatif de deux heures à quatre heures et demie, et ensuite, étude jusqu'à six heures et demie. Enfin, dîner, et extinction des feux à dix heures. Pas de travail pendant le week-end. Service religieux pour celles qui le souhaitent. Qu'est-ce que tu penses de la nourriture de l'école ? ajouta-t-elle en français.

— Atroce, répondit spontanément Maxine. Comme ton français.

— Nous sommes ici depuis une semaine, remarqua Kate, et nous n'avons pratiquement pas vu Chardin.

— Je connais deux Brésiliennes qui sont à l'école depuis un an et elles disent qu'il a un caractère épouvantable, dit Pagan. Mais il existe une seule chose qui le fasse littéralement exploser, c'est qu'on sorte la nuit. Ça le met dans tous ses états... et il vous flanque à la porte ! »

Un silence terrifié se fit. Le renvoi était pire que la mort. La honte vous en poursuivait toute votre vie.

Après le dîner, la moitié du pensionnat alla se presser dans la chambre de Kate pour admirer la garde-robe de Maxine. Aussitôt après que Mademoiselle eut fait sa tournée d'inspection pour s'assurer que tout le monde était rentré au bercail et que les lumières étaient bien éteintes, Pagan se glissa dans la chambre voisine, serrant autour d'elle l'édredon de plumes qui joue le rôle de couverture en Suisse. Elle s'installa sur le bord du lit de Kate et les trois filles continuèrent à chuchoter bien après minuit. Maxine leur parla de ses trois frères et sœurs restés à Paris. Kate, qui, comme Pagan, était fille unique, pensa que ce devait être bien amusant de faire partie d'une famille nombreuse, mais, d'autre part, l'école qu'avait fréquentée Maxine à Paris ne semblait pas amusante du tout.

« Nous aussi, nous avions des heures et des heures de travail à faire à la maison, dit Pagan. Chaque devoir était censé ne nous prendre que vingt minutes et, en bas de la feuille, il fallait inscrire le temps passé à le faire. Bien entendu, tout le monde trichait, pour ne pas avoir l'air idiot.

— Pourquoi ta mère t'avait-elle mise dans cette école? demanda Maxine.

— Parce que mon père voulait que j'ai... le meilleur. »

Le père de Kate désirait que sa fille ait l'éducation qu'il n'avait pu avoir lui-même. On l'avait envoyée à Saint-Paul parce qu'il avait lu que la famille royale fréquentait cet établissement. Le père de Kate exigeait toujours ce qui se faisait de mieux, aussi sa mère le réclamait-elle toujours, même en faisant ses courses. Quand elle achetait des prunes, elle demandait au marchand : « Lesquelles sont les meilleures? » Quand elle achetait des chaises, elle s'enquérait : « Lesquelles sont les meilleures? » Si elle voulait acheter une robe, elle n'arrivait jamais à se décider, aussi demandait-elle à la vendeuse : « Laquelle est la mieux? » et, naturellement, la vendeuse lui désignait la plus coûteuse, ce qui était parfait, étant donné que plus les choses sont chères, mieux elles sont.

La mère de Kate était, elle aussi, très influencée par la famille royale et elle s'habillait comme la reine. La garde-robe discrète et très bon genre de Kate venait de Debenham & Freebody parce que c'était la maison qui habillait les petites princesses et que les cartons portaient la mention : *By appointment to Her Majesty.* Kate détestait ce magasin, avec ses sonores halls de marbre à colonnades et ses vieilles vendeuses à la politesse exquise, toutes des dames de la bonne société qui avaient connu des jours meilleurs. Elle aurait préféré allez chez Selfridge, comme ses camarades, pour y acheter des robes new-look, version bon marché.

Pour sa maison de Greenways, la mère de Kate avait également choisi ce qui se faisait de mieux.

Kate avait la prétentieuse perfection de Greenways en horreur. La nuit, les arbres de l'allée étaient éclairés par des spots. Son père trouvait que cela faisait très chic et mettait le porche en valeur. Au rez-de-chaussée, les chaises et les canapés étaient trop importants, les abat-jour et les tableaux, trop petits. Les murs de la salle à manger étaient recouverts de plastique imitation bois et le lustre consistait en un cercle de fausses bougies surmontées de petits chapeaux en faux parchemin. En haut, les chambres surprenaient par leur dépouillement. Après tout, personne n'y montait jamais, sauf pour dormir, aussi le père de Kate ne voyait-il pas l'utilité de faire des frais pour les décorer.

Kate était conduite à l'école en Rolls-Royce, ce qui la mettait à l'écart de ses compagnes. Celles-ci n'avaient pas une robe différente pour chaque jour de la semaine et elles voyageaient en autobus ou en métro. Kate disait au chauffeur d'arrêter la Rolls au bout de la rue et elle faisait le reste du chemin à pied. Tout le monde était au courant de cette ruse, mais ses camarades approuvaient cette volonté de ne pas épater. L'épate constituait un délit majeur.

Malheureusement, son père, lui, aimait beaucoup épater. Quand ses amies venaient à la maison, il leur montrait ses voitures et leur demandait de deviner combien il avait gagné d'argent dans l'année ou ce qu'il avait acheté la semaine précédente. Ensuite, il allait bavarder un peu avec Kate et lui disait laquelle de ses amies il préférait. Kate finit par ne plus inviter personne. Elle partagea alors son déjeuner et ses loisirs avec Pagan qui était, elle aussi, une isolée, parce que les autres la trouvaient bizarre. A cet âge, une fille de bonne famille devait se soucier de son apparence et de l'opinion d'autrui. Pagan ne cachait pas qu'elle trouvait les élèves appliquées et consciencieuses qui fréquentaient Saint-Paul aussi ennuyeuses qu'une promenade à cheval dans la poussière des parcs londoniens, comparée aux cavalcades sur les landes de Cornouailles, quand elle sentait l'air marin lui fouetter le visage.

Le père de Kate inondait Pagan et sa mère d'invitations — parce qu'elles étaient le haut du panier. Il les avait un jour conviées à venir à Majorque (il prononçait le J comme dans adjuger) mais l'invitation avait été poliment déclinée. Kate n'ignorait pas que son père souhaitait pour elle un beau mariage, voire un titre. Il ne savait trop comment faire pour y parvenir, mais après tout, il avait du « répondant » et il s'était rendu compte que la mère de Pagan connaissait des gens titrés et qu'elle savait « ce qui se fait ». Si on avait envoyé Kate à l'Hirondelle, c'était parce que Pagan y allait. Puisque « ça se faisait » d'aller en Suisse dans une finishing school, alors Kate devait y aller.

Pagan taquinait souvent Kate à propos des secrètes espérances de son père.

« Quand tu seras marquise, ne demande pas où sont les cabinets ; il faudra dire les toilettes. »

Parfois Kate passait la nuit chez Pagan qui habitait près de Saint-Paul, à Kensington — bien qu'après cet affreux vendredi, elle trouvât toujours un prétexte pour ne pas y aller. Sans qu'elle sût pourquoi, Kate se sentait coupable quand elle se rappelait ce week-end de novembre.

Pagan habitait un appartement au dernier étage d'un immeuble d'Ennismore Gardens, autrefois chic, mais qui avait perdu de son lustre. Elles avaient joué au hockey tout l'après-midi ; Kate était en transpiration et elle décida de prendre un bain pendant que Pagan allait faire une course pour sa mère. Elle était nue et prête à entrer dans la baignoire quand la porte s'ouvrit et la mère de Pagan entra, enveloppée dans un peignoir d'éponge blanc. Kate comprit qu'elle n'était pas entrée par hasard et elle se sentit gênée. Au lieu de s'excuser et de sortir, comme cela paraissait normal, Mrs. Trelawney s'avança vers Kate qui saisit une serviette, tandis que son hôtesse souriait, des goutelettes de vapeur perlant à ses lèvres écarlates. Comme elle se rapprochait, Kate perçut une odeur de gin.

« Quelle jolie poitrine, dit Mrs. Trelawney d'une voix sourde. Les filles ont un corps bien plus délicat que les garçons, ce n'est pas votre avis ? Bien entendu, les hommes, pour la plupart, ne savent pas apprécier l'exquise douceur d'un sein. »

Plaquant la serviette contre elle, Kate recula dans l'espace étroit compris entre la fenêtre, le lavabo et la cuvette des W.-C. où elle se trouva comme prise dans un piège. « J'imagine que vous vous êtes rendu compte... », et, brusquement, Mrs. Trelawney avança une main manucurée et lui saisit un bout de sein.

L'épouvante figea Kate sur place, l'empêchant de faire le moindre geste. A sa stupéfaction et à sa grande honte, elle sentit un frémissement aigu dans l'aine. Elle voyait les pores du nez de Mrs. Trelawney et les plis tombant au-dessus de ses yeux noircis de mascara. Puis elle saisit Kate d'une main, tandis que de l'autre elle tenta de lui arracher sa serviette. Elle se pencha et Kate aperçut la raie blanche de ses cheveux. Sa langue avança rapidement, comme celle d'un serpent, vers le sein de Kate, pendant que ses doigts se glissaient entre les cuisses de Kate avec une force à la fois pénible et excitante. L'espace de quelques instants, Kate se sentit hypnotisée, puis elle plia les genoux, se laissa glisser à terre et repoussa la femme. Pantelante, elle se prépara à lui donner un coup de pied si elle renouvelait son essai. Elle ne disait rien, mais ses yeux brillaient de colère et de peur.

Mrs. Trelawney ne se le fit pas dire deux fois. Elle se trompait rarement, mais quand cela lui arrivait, elle savait faire machine arrière.

« Je vous laisse prendre votre bain », dit-elle en reculant, d'une voix posée de parfaite hôtesse, comme si rien ne s'était passé, et elle sortit.

Toute tremblante, Kate se précipita dans le bain. Elle s'y sentait en sécurité et n'en sortit que lorsque l'eau fut devenue froide. Elle passa le reste du week-end à essayer d'éviter d'être seule avec la mère de Pagan et elle ne put se décider à retourner chez elle avant plusieurs mois. Mrs. Trelawney se comporta alors d'une façon si naturelle qu'elle se demanda presque si elle n'avait pas imaginé toute cette scène.

Ces malheureuses minutes devaient avoir de lourdes conséquences sur le futur comportement amoureux de Kate qui, dans les bras d'un homme, éprouverait un désir presque insupportable suivi d'un sentiment de peur, de répulsion et de honte.

# 3

La musique d'un piano, le tintement de la vaisselle et, de temps à autre, un rire clair dominaient le bruit des voix dans le grand hall de l'Imperial. Depuis quatre heures de l'après-midi, les gens entraient pour prendre un thé ou un apéritif. Sous le regard serein d'une madone peinte, une hôtesse contrôlait la liste des bridgeurs et, à la table de jacquet, on commençait à lancer les premiers dés. Dans un coin, le prince Ali Khan chuchotait à l'oreille d'une Sud-Américaine à la chevelure aile de corbeau. Un peu plus loin, jeune et mince, Elizabeth Taylor attaquait son quatrième morceau de Sacher Torte [1].

Accompagné par quelque séides impassibles, Aristote Onassis franchit les portes battantes, suivi d'une petite jeune fille blonde serrant une pile de livres sous le bras. C'était une entrée bien malheureuse pour quelqu'un qui cherchait à passer inaperçu, étant donné que les têtes du concierge et du maître d'hôtel se tournèrent toutes deux en même temps pour s'assurer que l'on s'occupait convenablement de l'un des hommes les plus riches du monde. Derrière lui, Judy Jordan s'efforçait d'avoir l'air d'une cliente de l'hôtel ; elle se dirigea d'un pas rapide vers l'ascenseur, en regardant droit devant elle au moment où elle passait devant la réception. Elle était vêtue d'une jupe plissée écossaise et d'un pull-over blanc boutonné dans le dos, elle portait des socquettes blanches et ses souliers richelieu s'enfonçaient dans l'épais tapis. Elle y était presque. Plus que quinze pas... dix... cinq... zut ! Un groupe de gardes du corps arabes venait d'apparaître brusquement de chaque côté de l'ascenseur. Judy entrevit le cou olivâtre d'un jeune homme mince et brun qui entra dans l'ascenseur suivi d'un aide de camp en uniforme occidental. Pour des raisons de sécurité, personne n'avait le droit de monter dans l'ascenseur avec le prince Abdullah ou tout autre membre de la famille royale de Sydon qui

1. Gâteau au chocolat, spécialité de Vienne.

occupait deux suites à l'Imperial, tandis que le jeune prince de dix-huit ans poursuivait ses études au Mornay.

Comme Judy changeait de direction pour aller vers l'escalier, elle sentit une main s'abattre lourdement sur son épaule. « *Fraulein*, siffla le concierge, vous n'avez rien à faire dans le grand hall ; vous devez utiliser l'escalier de service ; vous ne faites même pas partie du personnel permanent. C'est le dernier avertissement avant qu'on vous renvoie.

— Je vous prie de m'excuser, mais on nous a gardés très tard au cours de langues et il faut que je me change avant de prendre mon service au Chesa. Je voulais gagner du temps.

— A l'Impérial, aucune excuse n'est une excuse. Et maintenant, filez par l'escalier de service. »

Donc, au lieu de monter en ascenseur jusqu'au sixième étage, Judy dut gravir cent vingt-deux marches, puis grimper quatre à quatre les deux étages conduisant au grenier aménagé en boxes minuscules séparés par de minces cloisons pour loger le personnel.

Elle jeta ses livres sur la couverture grise et enfila la tenue des serveuses du salon de thé qui dépendait de l'hôtel. Plus que trois jours avant dimanche, son jour de congé, pensa-t-elle en serrant la coulisse de son chemisier brodé en dentelle blanche. Elle sauta dans une jupe paysanne rouge et tira sur les cordons d'un corselet noir. Tout en achevant de s'habiller, elle courut au bout du couloir, frappa à une porte et entra précipitamment sans attendre la réponse.

Nick était allongé sur un lit de fer, les jambes croisées. Il avait retroussé les manches de sa chemise blanche et un doigt de pied sortait par un trou de ses chaussettes grises. « L'année 1928 a été presque aussi bonne que l'année 1948, dit-il. Exceptionnelle pour les médocs, les graves, les saint-émilions et les pomerols, pas tout à fait aussi bonne pour les bordeaux blancs et secs, mais excellente pour les sauternes. (Il posa son cahier.) J'ai mon examen mardi. Tu as le temps de m'interroger sur les vins, Judy ?

— Impossible, Nick. Je suis en retard. Je suis seulement venue te demander si tu pouvais me dénicher quelque chose à manger aux cuisines au cas où je ne trouverais rien.

— Tu es trop jeune pour mourir de faim, lui répondit-il en s'asseyant. Promets de passer la journée de dimanche avec moi et je glisserai dans mes poches doublées de plastique un repas qui te fera trois jours.

— Marché conclu. Dans ce cas, je t'interrogerai sur les vins.

— Entendu. J'irai prendre un café au Chesa avant d'aller travailler. Je ferais n'importe quoi pour t'apercevoir. » Elle lui envoya un baiser en réponse et sortit très vite pour descendre les cent vingt-deux marches en direction du salon de thé.

Malgré son énergie considérable, Judy se sentait très fatiguée. En réalité, elle aurait préféré rester au lit dimanche. Elle n'était en Suisse que depuis quatre mois, mais déjà elle était épuisée à longueur de journée. A l'institut de langues de Gstaad, les cours débutaient à huit heures du matin et se terminaient à trois heures et demie de l'après-midi et elle faisait ses devoirs pendant l'heure du déjeuner. Ensuite, jusqu'à une heure du matin, elle travaillait, six jours de la semaine, au salon de thé du Chesa, avec une toute petite pause pour grignoter un morceau. En Suisse, il n'existait pas de règlements syndicaux et pas de problèmes de permis de travail, non plus. Elle avait eu de la chance de trouver cet emploi. C'était le pasteur Hentzen qui le lui avait procuré, au début de la saison, quand l'hôtel avait besoin de tous les bras qui se présentaient. On l'avait engagée pour deux mois et ensuite, on l'avait gardée, à un salaire bien inférieur à celui des autres serveuses. C'était juste suffisant pour payer son blanchissage, mais elle était nourrie et logée et c'était le principal.

Maxine, Kate et Pagan étaient déjà installées au Chesa en compagnie d'une quatrième fille qui avait été invitée pour la seule raison qu'elle avait un frère au Mornay. Pourtant, depuis une demi-heure Pagan se disait que si Nigel ressemblait à son idiote de sœur, il n'y avait aucun intérêt à faire sa connaissance.

« Papa dit que Nigel est totalement transformé ; il s'est fait des relations fantastiques, déclara Francesca d'une voix traînante. Papa dit que c'est un bon investissement parce qu'il souhaite que Nigel ait une vision internationale des choses et au Mornay, on ne rencontre que des gens qui ont un nom et de l'argent. Voyez-vous, tous les enfants des grands pétroliers vont là. On ne dirait pas une école. C'est un vieux château sur le lac Léman. (Elle mordit dans un gâteau à la crème.) Le soir, ils ont le droit d'aller à Genève ou à Lausanne et ils peuvent partir en week-end si les parents donnent l'autorisation. (Francesca prit une autre tête de nègre.) Ils ont beaucoup de travail, mais ils ne sont pas cloîtrés comme nous, à l'Hirondelle. Et bien entendu, ils peuvent aller danser le samedi soir. Pendant l'hiver, il y a toujours un bal dans l'un des hôtels, mais Nigel ne fréquente que les endroits très chics, comme l'Impérial ou le Palace.

— Nous n'avons jamais été au bal, dit Kate. En fait, nous ne savons même pas danser.

— Excepté la polka et le pas écossais qu'on nous a appris à l'école, corrigea Pagan. »

Les garçons, les bals, les grands hôtels, comme c'était palpitant et angoissant ! Quelle veinarde, cette Francesca, d'avoir un frère aîné, pensaient-elles.

« Quand donc les garçons du Mornay doivent-ils arriver ?

— Ils passent trois mois à Gstaad, de janvier à mars. Maman dit que l'organisation est parfaite ; après les vacances de Noël, la malle de Nigel sera expédiée à Gstaad et non à Roue, tout simplement.

— Ah ! au fait Francesca, dit Pagan, improvisant un mensonge au pied levé, Mademoiselle m'a demandé de te dire de passer à la poste. Il y a un paquet qui t'attend et tu auras trois francs à payer. »

Francesca émit un couinement de joie anticipée, régla sa consommation et s'en alla en courant.

« Je ne pouvais vraiment plus la supporter, déclara Pagan d'une voix forte.

— Moi non plus », enchaîna la petite serveuse. Pagan se retourna et réalisa tout à coup que la fille en costume folklorique suisse n'était autre que celle qu'elle avait tirée du précipice. Ses courts cheveux blonds donnaient l'impression d'avoir été taillés avec des ciseaux de cuisine, et c'était d'ailleurs le cas. « Vous m'avez sauvé la vie..., dit-elle d'un air grave.

— Je suis bien contente que vous en soyez consciente ! coupa Kate.

— ... et vous vous êtes cassé le bras !

— Non, je me suis seulement foulé l'épaule, rectifia Pagan. Et vous, vous n'avez rien ?

— A peine une égratignure, mais j'ai eu une peur effroyable. J'en ai eu les jambes en coton pendant plusieurs heures. Je ne trouve rien d'autre à vous dire, à part merci. Oh ! je sais, je n'aurais pas dû m'enfuir comme ça...

— Ce n'est rien. Nick nous a tout expliqué, dit Pagan.

— Vous n'avez peut-être rien eu, mais ce n'est pas le cas de Pagan, remarqua sèchement Kate. Elle s'est évanouie et elle avait la main et l'épaule en lambeaux. Elle a dû rester couchée pendant deux jours.

— Tais-toi, Kate, pourquoi veux-tu qu'elle se sente coupable ? Après tout, elle n'a pas fait exprès de tomber dans le précipice.

— En réalité, je ne suis pas tombée. C'est le sol qui a cédé. Mais je m'inquiétais presque davantage de mon retard que de ma survie.

« — Bien, n'y pensons plus, conclut Pagan, embarrassée. Hé, regardez qui vient d'arriver ! »

Elle fit signe à Nick qui venait de pousser la lourde porte de chêne. Il lui répondit de la main et baissa la tête pour ne pas se cogner à une poutre basse, noircie par plusieurs siècles de fumée. Le Chesa était plus ancien que le reste de l'hôtel ; c'était une ferme du XVIIᵉ siècle avec des murs épais comme la longueur d'un bras.

« Je ne peux pas rester avec vous plus longtemps, dit Judy. Nick et moi avons congé dimanche ; nous aimerions vous connaître mieux... et vous remercier mieux. Et puis, j'ai quelque chose pour vous. »

Elle remplit en hâte les tasses avec du chocolat chaud et partit comme une flèche avec son plateau. Nick la suivit du regard, complètement subjugué.

Le dimanche suivant, dans l'après-midi, la porte du Chesa s'ouvrit toute grande, laissant pénétrer un tourbillon d'air froid, en même temps que Nick et Judy. Elle avait mis sa tenue du dimanche, un blue-jean roulé à la cheville, des mocassins, des chaussettes blanches et une veste bleu marine. Elle jeta un coup d'œil circulaire et s'illumina en voyant les deux filles.

« Salut ! » s'exclama-t-elle, en tendant à Pagan une grosse boîte enveloppée dans du papier cadeau fixé par un ruban de satin blanc. Pagan trouva à l'intérieur une paire de socquettes rouges à semelle de cuir. Elle était ravie. « Elles sont assorties à mon écharpe de soie, dit-elle en insistant pour que Kate les lui mette aux pieds sur-le-champ.

— Pourquoi vos parents vous ont-ils envoyée dans une école de langues plutôt qu'à la finishing school ? demanda Maxine à Judy.

— Ils ne m'ont envoyée nulle part. Je ne leur avais pas dit que je m'étais présentée pour avoir une bourse d'études ; je ne pensais pas l'obtenir, et quand je l'ai eue, ma mère s'est fâchée. Elle trouvait qu'à quinze ans, j'étais trop jeune pour partir et, de toute manière, elle ne comprenait pas pourquoi je voulais apprendre les langues étrangères, mais notre pasteur l'a convaincue que je me devais de cultiver le don que le Seigneur m'a donné. (Elle sourit.) Le pasteur de l'église luthérienne de Gstaad est censé avoir l'œil sur moi. J'ai l'impression qu'il croit que je vais partir comme missionnaire en Afrique et que j'ai donc besoin de connaître le français et l'allemand pour parler aux païens du Congo belge et de l'Afrique orientale.

— Et ce n'est pas votre intention ? Maxine lissa la belle robe mandarine qu'elle avait mise puisque, après tout, elle aussi avait rendez-vous avec Nick.

— Non, j'irai à Paris, affirma Judy, d'un air décidé.

— Toute seule ? Vos parents vous laisseront y aller seule ?

— Ils n'en sauront rien. Je le leur dirai une fois que j'aurai trouvé du travail. Sinon, ils risqueraient de refuser », expliqua-t-elle.

Un silence admiratif s'établit. Jamais les trois autres jeunes filles n'avaient songé à leur avenir et leurs plans n'allaient pas au-delà des prochaines vacances. Tout semblait clair et simple dans leur future existence, comme dans un livre d'images, et la responsabilité en incombait à d'autres.

Kate questionnait avidement Judy sur le laboratoire de langues.

« Oui, les cours sont très intensifs, et c'est très bien, parce qu'on a un an seulement pour apprendre à parler couramment le français et l'allemand. Personne n'a de temps à perdre. Ils sont tous plus âgés que moi, mais vraiment âgés... Certains ont plus de trente ans ! Quand on a besoin de posséder une autre langue pour son travail, on vient à Gstaad du monde entier et on reste toute la journée dans une petite cabine avec des écouteurs sur les oreilles. Je ne parle pas encore assez bien l'allemand pour soutenir une conversation. Je ne devrais certainement pas parler avec Nick. Je ferais mieux de m'entraîner en allemand. »

Nick la regarda tendrement. « En réalité, nous n'avons guère le temps de parler. Nous ne sommes dans nos chambres que pour dormir. A sept heures du matin, je commence à préparer les tables pour le petit déjeuner, ensuite je travaille au restaurant jusqu'à trois heures de l'après-midi. Après, j'ai un moment de repos et je retourne au restaurant à six heures et demie pour en partir à onze heures, à moins qu'il y ait une soirée et, dans ce cas, je ne termine pas avant deux heures du matin, ce qui ne m'empêche pas de me lever à sept heures. Ici, les chambres sont bien. C'est une chance, poursuivit Judy. Les élèves garçons de restaurant qui sont envoyés par le Lausanne Palace nous ont dit que là-bas, ils sont cinq dans une chambre sous les toits, et à Saint-Moritz, au Palace, le personnel temporaire est logé au sous-sol.

— Bigre ! L'Hirondelle me fait l'effet d'une véritable cure de repos », dit Pagan qui aimait bien le rythme nonchalant du train-train scolaire, contrairement à Kate que la lenteur et la monotonie des cours exaspéraient.

Après cette réunion, tous les mercredis après-midi, Judy gardait une table pour ses nouvelles amies qui restaient deux heures à déguster une tasse de chocolat hors de prix ; le dimanche, Nick les emmenait toutes les quatre prendre le thé et elles mangeaient à s'en rendre malades.

La vie indépendante de Judy fascinait les trois autres jeunes filles et elles lui enviaient son entrain, son énergie et sa gaieté sans se douter que Judy devait prendre sur elle chaque matin pour résister à la perspective de la dure journée qui l'attendait. De mauvais gré, elles obéissaient à leur emploi du temps, mais Judy avait fixé elle-même le sien et elle s'y tenait sans faiblir. Les Hirondelles s'étonnaient aussi de la sincérité avec laquelle Judy s'exprimait. Elle disait exactement ce qu'elle pensait, tandis que ses trois amies plus favorisées avaient été éduquées à cacher leurs sentiments et à ne pas déclarer leurs opinions et leurs envies.

Elles s'aperçurent rapidement que si Nick était entiché de Judy exclusivement, il était le frère aîné dont elles avaient toutes rêvé pour les admirer, les protéger, les taquiner, leur faire connaître d'autres garçons et leur payer des sorties. Avec lui, il n'y avait rien à craindre, il ne rentrait pas dans le système succès-échec du jeu des chasseurs de têtes, et les trois Hirondelles adoptèrent instinctivement une manière particulière de flirter avec lui. Avec Nick, elles pouvaient se permettre d'être outrageusement provocantes sans en craindre les conséquences ; en somme elles se livraient à ces acrobaties avec un filet de sécurité.

Nick était flatté et ravi de servir de cavalier à trois filles séduisantes mais peu exigeantes. Enfant timide habitant à la campagne, élevé dans la rigidité glacée d'un pensionnat anglais traditionnel, il n'avait guère eu d'occasions de connaître des filles. Cependant, il avait de belles manières et une fois qu'il fut arrivé à contrôler ses rougissements, il se montra fier comme un sultan de leur servir d'escorte. De plus, jouer un rôle aussi important au sein de ce que les autres pensionnaires de l'Hirondelle avaient baptisé « la bande » lui fit rapidemant perdre sa timidité d'enfant unique et le débarrassa du tragique manque d'assurance dont souffrent les jeunes Anglais.

Les filles savaient qu'elles feraient d'autres connaissances au moment où les bals commenceraient, à la mi-novembre, mais malgré la présence de Nick, elles se sentaient parfois assoiffées d'aventures.

« Un soir, on pourrait peut-être se glisser par la porte de derrière pour aller dans un fabuleux night-club, comme le Gringo », proposa Pagan en bâillant, un samedi après-midi, après avoir englouti un énorme banana split.

Nick leur lança un regard sévère, tout en rejetant ses cheveux noirs en arrière.

« Vous feriez mieux de faire attention. Si on vous pince, vous serez renvoyées. »

Pour Pagan, Kate et Maxine, les jours s'écoulaient dans un charmant nuage de sentimentale ingénuité. Malgré leur corps de femme, les élèves de l'Hirondelle étaient encore des enfants. Avec une vigueur et une exubérance de jeunes chiens, elles riaient à tout propos, gambadaient, folâtraient, poussaient des cris et, dans l'ensemble, elles se conduisaient plutôt stupidement. Les cours les ennuyaient, l'amour les fascinait ; c'est la passion qu'elles auraient voulu étudier et leur unique ambition était de tomber amoureuses. Une troublante atmosphère d'attente s'était installée et elles se préparaient à être des *femmes !* Des magazines offrant croquis et conseils dans une main et des tubes de fond de teint dans l'autre, elles passaient des heures à tenter de déterminer si elles avaient le visage rond, ovale ou carré. Elles consacraient un temps infini à discuter, à essayer ou à échanger des vêtements. Elles se serraient toutes la taille au maximum avec de larges ceintures élastiques ; elles portaient des ballerines, des jupes très amples et des chandails bleus ou roses, avec un petit rang de perles. Les Américaines avaient des soutiens-gorge qui partageaient leur poitrine en deux hémisphères propulsés vers le haut, ce qui les faisait ressembler à un cornet de glace double. Le samedi suivant, toutes les autres se ruèrent pour acheter des soutiens-gorge de dentelle à balconnet, à la suite de quoi, elles se livrèrent à des comparaisons sans fin à propos de leurs seins pigeonnants qu'elles mesuraient et qui leur causaient beaucoup de soucis. « J'en ai un plus gros que l'autre... Pourquoi la mienne est-elle plus basse que la tienne ?... Séréna a des poils sur ses bouts de sein... J'aimerais en avoir davantage.. J'aimerais en avoir moins. »

Un soir, Maxine apprit à Kate à danser le slow. Fredonnant « Slow Boat to China », elle maintenait fermement son amie et toutes deux piétinaient solennellement l'espace étroit compris entre les deux lits.

« C'est mieux qu'il n'y ait pas de place ; c'est exactement comme dans les boîtes de nuit », expliqua Maxine qui n'y avait jamais mis les pieds.

Étant française et d'un an plus âgée que Kate et Pagan, Maxine était une autorité incontestée en matière de sexe, d'autant plus qu'on l'avait mise *au courant.* Les garçons, lui avait expliqué le curé, étaient tous des cochons. Ils ne recherchaient qu'une chose et il ne fallait pas leur céder, car une fois qu'ils étaient arrivés à leurs fins, ils vous méprisaient d'avoir succombé. Même s'il vous avait juré son amour, un homme qui avait eu ce qu'il désirait vous traitait automatiquement avec mépris en privé, et pis encore en public. Si un garçon sérieux et qui aimait vraiment une fille insistait, eh bien, c'est qu'il voulait la mettre à l'épreuve — le curé n'avait pas précisé de quel genre d'épreuve il s'agissait. Mystérieusement, les hommes étaient incapables de se contrôler et la passion sexuelle les rendait fous furieux ; c'était la faute des filles parce qu'elles étaient jolies et on appelait cela de la provocation. Une catastrophe risquait fort d'en résulter. En effet, que dire à son mari au moment de la nuit de noces ? Ne devait-on pas se garder pour lui ? Le mariage serait alors un désastre, dès le départ et la vie tout entière ruinée. Impossible de cacher cela à un homme.

Aucune ne contestait le fait qu'on fît deux poids deux mesures. Elles trouvaient normal que la passion tourne la tête aux garçons, mais il ne leur venait jamais à l'esprit qu'il puisse arriver la même chose à une fille. C'était aux filles qu'il incombait de fixer des limites et de mettre une barrière au désir masculin. Elles apprenaient donc à refréner leur besoin d'érotisme et se moulaient dans un comportement stéréotypé. Aussi, après avoir contrarié, pendant des années, leurs élans naturels, beaucoup avaient du mal à sauter le pas. Leur sexualité se trouvait faussée.

Un jour, Maxine affirma que, tout en se gardant pour leur mari, les Italiennes laissaient les hommes aller jusqu'au bout en utilisant un autre chemin pour faire le voyage.

« Oh ! Tu inventes des histoires, tu es dégoûtante, lui dit Pagan. Et de toute façon, comment un homme peut-il savoir ?

— S'il ne peut pas rentrer, c'est la preuve que tu es vierge, expliqua Maxine, à moins que tu sois très sportive, que tu montes à cheval ou que tu fasses du vélo ou de la gymnastique. »

Même à l'égard d'un soupirant sérieux qui pouvait éventuellement se transformer en fiancé, il y avait des règles d'étiquette sexuelle très définies. Fort heureusement, Maxine les connaissait et elle communiquait son savoir à ses amies. « Rien au cours du premier rendez-vous, leur disait-elle, avec autorité, uniquement un regard significatif en partant. » Un court silence s'établit tandis qu'elles s'entraînaient à lancer des regards significatifs dans le noir. « La fois suivante, on peut permettre un baiser sur la joue et ensuite, un vrai baiser en se quittant.

— Un baiser avec la langue ? demanda Kate.

— Pas avant la quatrième rencontre », déclara sentencieusement Maxine.

Kate se réveilla avant que la cloche eût sonné et elle se rendit compte aussitôt qu'il s'était produit quelque chose d'étrange pendant la nuit. Les bruits de la rue étaient étouffés et la chambre était plus claire que d'habitude. Le gel avait plaqué des fleurs blanches sur les vitres. Elle se précipita pour tirer le rideau et ouvrir la fenêtre. Pieds nus, couverte de sa seule chemise de nuit bleue, elle se pencha pour regarder. Les arbres étaient enveloppés de neige, les toits des chalets étaient recouverts d'un épais manteau blanc qui luisait dans le soleil du matin et les tourelles de l'Impérial miroitaient comme un gâteau glacé. Au-delà du village, les fantomatiques forêts de sapins ressemblaient à de la dentelle grise.

La neige tomba en abondance pendant plusieurs nuits et, en une semaine, la petite ville changea totalement d'aspect. Le magasin de location de skis ne fermait pratiquement pas ; les skieurs glissaient dans la rue et, ficelés comme de gros paquets, les enfants tiraient de petites luges colorées. On livrait le lait dans des traîneaux attelés à des chiens et on vit sortir des écuries de magnifiques traîneaux à chevaux. La saison s'ouvrait enfin.

Du jour au lendemain parut une élite nouvelle. Tout homme sachant skier était devenu séduisant et ne l'était pas celui qui ignorait cet art. Des ouvriers agricoles ou des maçons restés obscurs pendant tout l'été se transformèrent soudain en dieux, sous la forme de moniteurs de ski. Quand l'hiver arrivait, le moindre plombier se prenait à espérer épouser une des riches héritières de la finishing school et, par conséquent, les élèves de cet établissement avaient droit à un traitement de faveur pendant les cours de ski et on leur consacrait beaucoup plus d'attention qu'elles n'en méritaient. Avec leur bonnet et leur pull-over de laine rouge, ces moniteurs agiles et bronzés faisaient battre tous les cœurs, cajolant, grondant, accourant au secours des égarées, allant et venant avec une grâce et une aisance que toutes ces demoiselles enviaient, car bien skier constituait la plus haute distinction sociale.

On vénérait aussi, mais d'un peu plus loin, l'équipe de ski suisse qui s'entraînait à Gstaad. On discutait sans fin des mérites des quatre membres de cette équipe et des deux remplaçants, mais ceux-ci n'avaient guère le loisir de se consacrer à autre chose qu'à leur entraînement. Ils habitaient dans un chalet en bordure du village et on ne les voyait presque jamais. Ce qui ne faisait qu'augmenter leur séduction.

Un matin, au petit déjeuner, Pagan interrompit soudain le flot ininterrompu des suppositions roulant sur ce qui allait se passer le samedi suivant, à l'occasion du premier bal de la saison. Elle tenait à la main une des rares lettres de sa mère.

« Devinez un peu, dit-elle. Ma mère connaît le père de Nick. Je lui en avais parlé dans ma dernière lettre et elle pense que c'est peut-être lui qui était à Eton avec mon cousin Toby. Elle me dit que si son nom de famille est Cliffe, avec un « e », c'est qu'il s'agit du fils de Sir Walter Cliffe et qu'il héritera un jour d'une importante chaîne hôtelière.

— Ce n'est sûrement pas lui, sinon il en aurait parlé, objecta Kate.

— S'il est vraiment le fils de Sir Walter Cliffe, je suis certaine qu'il n'en aura rien dit, au contraire. C'est la modestie britannique, tu comprends », ajouta-t-elle, à l'intention de Maxine.

Un peu plus tard, dans le vestiaire du Chesa, Judy fut mise au courant.

« Sans blague ! Même à moi, il n'a jamais parlé de ça. Je croyais qu'il voulait simplement devenir garçon de restaurant. »

Elles retournèrent s'asseoir à leur table. Nick apparut, se frayant un chemin dans la foule des clients. Au grand embarras de ses trois amies, Judy fondit sur lui.

« C'est vrai que tu vas hériter un jour de l'affaire des Cliffe ? »

Nick rougit. Pour se donner le temps de répondre, il repoussa ses cheveux en arrière, puis il balbutia : « Oui, c'est vrai, c'est moi qui en deviendrai le directeur, mais je n'en serai pas vraiment propriétaire. C'est une affaire de famille et ce sera à moi de m'en occuper... pour les autres.

— Tu es riche, alors ? demanda Judy. » Il y eut un silence.

« Je ne suis pas pauvre, reconnut tristement Nick. Mais j'aurai beaucoup de responsabilités. Bon, et maintenant est-ce que ça vous ennuierait qu'on parle d'autre chose », ajouta-t-il, avec une fermeté inaccoutumée.

Un moment après, dans le vestiaire, Maxine, toute rayonnante, se tourna vers Judy.

« Eh bien, maintenant, je pense que ce Jim de Virginie n'a plus aucune chance.

— Et pourquoi ? demanda Judy, stupéfaite.

— Parce que apparemment Nick est fou de toi. C'est un beau parti, non ? »

Judy éclata de rire. « Écoute, je n'ai même pas seize ans. Je n'ai pas l'intention de me marier avec qui que ce soit et encore moins avec un gars dont je ne suis pas amoureuse. J'ai promis à ma mère de ne même pas sortir avec un garçon pendant mon séjour ici, et c'est à cette seule condition qu'elle m'a laissée partir. Il me semble que c'est une promesse très raisonnable et je la tiendrai. Sans doute trouvez-vous ça curieux, vous autres gosses de riches, mais il faut que je gagne ma vie. C'est dur de suivre à la fois des cours de français et d'allemand et mon travail ici me rend la chose encore plus difficile. Mais c'est ma seule chance et je m'y accroche. J'aurai bien le temps de m'occuper des hommes plus tard ; ils peuvent attendre un peu. » Elle hésita, puis avoua : « Si tu veux savoir la vérité, je n'ai pas d'amoureux en Virginie ; ce Jim n'existe pas. C'est une petite histoire que je raconte aux garçons quand ils s'intéressent à moi, afin de ne pas blesser leur vanité. Les hommes détestent qu'on leur dise non sans raison.

— Peut-être, mais si tu fais un beau mariage, tu n'auras plus besoin de travailler, rétorqua Maxine, perplexe.

— On parie ? » dit Judy.

Ce soir-là, la salle à manger était toute bourdonnante des voix des pensionnaires. Elles discutaient de la tenue qu'elles porteraient pour le bal. Maxine aurait sa robe de soie bleue, sans bretelles, avec un boléro à manches bouffantes et Kate mettrait sa robe de moire crème, un peu triste, avec une grosse ceinture et un sage décolleté en forme de cœur garni d'un fichu de dentelle. Maxine lui offrit de retailler audacieusement le devant et sa proposition fut immédiatement acceptée ; cependant, il restait à résoudre le problème de Pagan.

« Impossible. Je ne peux pas y aller ; je n'ai pas de robe longue, déclara Pagan, d'un air sombre.

— Mais tu as une jupe de taffetas noir, répliqua Maxine, et le chemisier de soie blanche de ta grand-mère. Suppose qu'on achète deux mètres de taffetas rose vif qu'on froncera autour du bas de ta jupe pour qu'elle t'arrive à la cheville, qu'on te drape ce qui en restera autour de la taille et qu'on ouvre le haut du corsage pour le décolleter. »

Pagan se dérida. D'une certaine façon, Maxine lui faisait penser à la vieille Mrs. Hocken et rien ne plaisait davantage à Pagan que de transformer un vêtement pour un usage totalement différent de ce qui était prévu au départ.

Le soir même, Maxine dessina à la craie un décolleté provocant sur la moire crème et Kate ferma les yeux en murmurant une prière au moment où les ciseaux entrèrent en action. Puis, s'agenouillant aux pieds de Pagan, Maxine épingla une feuille de journal autour de sa jupe pour faire le patron du volant. Dans tout le chalet, les pensionnaires essayaient leur robe de bal, et celles qui n'en avaient pas envoyèrent des lettres par avion à leurs parents leur demandant de l'argent pour des leçons de violon supplémentaires...

Avec ses tourelles et ses clochetons dignes d'un château de conte de fées, l'Impérial est l'un des plus beaux hôtels du monde. Au moment où le minibus vert et non chauffé de l'école arrivait devant les étincelantes portes de verre, les élèves ôtèrent leurs inélégants manteaux d'hiver (très peu d'entre elles possédaient un manteau du soir), car il valait cent fois mieux se geler qu'avoir l'air mal fagoté. Encadré par deux surveillantes maussades, le bataillon s'achemina vers la salle de bal qui avait déjà commencé à se remplir. Les gens étaient assis à des petites tables blanches éclairées aux bougies. Les jeunes filles s'installèrent en rang d'oignons sur les banquettes rouge sombre réservées par l'école et commandèrent des gin-fizz — elles devaient payer elles-mêmes leur consommation et c'était le gin fizz qui était censé durer le plus longtemps. Poli et formel, Nick se présenta pour prendre les commandes.

Les filles se sentaient toutes mal à l'aise ; elles avaient peur d'être invitées à danser, peur de ne pas l'être, peur de faire des faux pas et de marcher sur les pieds de leur cavalier. Elles faisaient semblant de ne pas voir la file de célibataires qui commençait à se former à l'autre bout de la salle et se préparaient à connaître — peut-être — leur première grande humiliation publique. Pagan se réjouissait d'être assise et que les garçons ne puissent pas se rendre compte de sa haute taille. Elle était trop grande pour la moitié des hommes présents, mais elle ne voyait pas très bien pourquoi cela leur déplaisait tant. Pour sa part, peu lui importait qu'un homme fut plus petit qu'elle.

« Je crois que je vais aller aux toilettes, fit Kate d'un air détaché.

— Non, tu n'iras pas, déclara Pagan. Une chose est certaine, c'est que personne ne t'invitera à danser si tu es aux toilettes. N'aie pas tant le trac. Regarde-moi. Ça nous évitera de penser à cette horrible épreuve. J'ai une frousse bleue de me prendre les pieds dans cette saleté de volant et de tout déchirer. »

L'orchestre attaqua « La Vie en Rose », il se produisit une soudaine bousculade et leur table se trouva entourée par des garçons qui voulaient tous danser avec... *Kate !* Éberluée, elle accepta l'invitation de celui qui était le plus près et, tandis qu'il l'entraînait dans le slow, elle remercia le Bon Dieu que Maxine lui ait donné des leçons. Bientôt, elles furent toutes les trois sur la piste, délivrées de l'affreux destin qui consiste à faire tapisserie.

A la fin de la danse, leurs cavaliers les raccompagnèrent

jusqu'à leur table, les saluèrent et se retirèrent. Puis, au moment où l'orchestre attaquait une samba, la ruée sur Kate se renouvela. Incrédule, elle se retrouva évoluant sur la piste dans les bras d'un jeune homme dégingandé qui s'appelait François et qui était étudiant au Mornay.

François était un beau brun, comme il se doit. Dans les bras de ce garçon si sûr de lui, même quand il dansait la valse à l'envers, Kate se sentit flotter sur un nuage de félicité, surtout lorsque, d'un geste impérieux, il la plaqua sur sa chemise blanche amidonnée, et son cœur se mit à cogner au contact de cette tiédeur inhabituelle. La deuxième danse fut une rumba que François exécuta avec toutes sortes de difficiles variations. Avant que le morceau se fût terminé, Kate se sentit envahie par une bouffée de chaleur. Il fait trop chaud ici, pensa-t-elle, et soudain, elle éprouva une étrange sensation, un certain flou dans la tête, mêlé à un choc à l'estomac et une faiblesse dans les genoux. Je vais m'évanouir, se dit-elle. Comme c'est drôle. Mais tout à coup, elle comprit ce que c'était. C'est sûrement ça, exulta-t-elle, ivre de bonheur et prenant le désir pour de l'amour.

François avait mis au point tout un petit répertoire de banalités bien rodé. Pendant qu'ils évoluaient sur la piste et qu'il la faisait aller d'avant en arrière dans une samba dansée de plus en plus serrée, il lui parlait poliment, comme s'il était venu prendre le thé chez ses parents. Kate trouvait étrangement érotique de sentir son corps se durcir contre le sien (ou bien se faisait-elle des idées, car il ne semblait pas s'en apercevoir), tandis qu'il lui décrivait les plus belles promenades en forêt, les pistes de ski, les guides, les bars, les hôtels et les bals de la région.

Kate ne disait presque rien. Ses yeux verts regardaient avec adoration le visage bronzé de François qui lui expliquait une chose bien fâcheuse : quand la soirée serait terminée, les élèves de l'Hirondelle n'auraient plus le droit de parler à leurs cavaliers.

Selon le directeur, les jeunes filles devaient en principe savoir danser à la perfection avant qu'on les renvoie à leur famille. En effet, poursuivit François, la médiocrité de certains résultats pouvait être imputée à un manque de dispositions, à la paresse, à la nervosité qui caractérise les filles pubères ou à un énervement prémenstruel, mais les parents se fâchaient tout rouge si leur fille leur revenait sans savoir danser. Le moyen le meilleur et le plus économique de leur trouver des cavaliers désireux de leur enseigner cet art, tout en les faisant parler français, c'était d'autoriser les élèves à fréquenter les bals publics aux frais de leurs parents. Cependant, M. Chardin ne mettait aucune confiance dans ces adolescentes dont il était responsable et il ne voulait pas que de futurs grands-parents ulcérés viennent frapper à sa porte pour réclamer un dédommagement ou, ce qui aurait été encore plus difficile, un nom. La façon la plus simple d'assurer sa tranquillité et de mettre ses élèves à l'abri des ennuis, c'était de les enfermer chaque nuit, comme des poulets.

C'était rechercher des complications.

Quand minuit sonna, Kate s'imaginait être Cendrillon. La soirée l'avait tant étourdie qu'elle ne remarquait même pas qu'aucune de ses camarades ne lui adressait la parole. Elles n'étaient pas seulement jalouses de son succès ; elles étaient surtout irritées parce qu'elles n'en comprenaient pas la raison. Kate faisait si *ordinaire*. « Je ne vois pas ce qu'ils lui trouvent tous, avec sa vieille robe triste, dit aigrement l'une d'elles. Encore si elle était jolie. Des cheveux maigres, même pas longs, et ces drôles d'yeux verts encapuchonnés. »

Kate faisait, pour la première fois, l'expérience de la jalousie déconcertée de ses congénères qu'elle aurait à supporter pendant trente ans. Ne comprenant pas pourquoi Kate attirait les hommes, les autres femmes la jugeaient sournoise ; elles pensaient qu'elle avait un truc et que pas un homme n'était en sécurité avec elle. Elles se trompaient. En réalité, c'était Kate qui n'était en sécurité avec aucun homme.

Dans un grand fracas de cymbales, le projecteur se fixa soudain sur le chef d'orchestre qui annonça que le concours pour l'élection de Miss Gstaad se déroulerait après la prochaine danse, au cours de laquelle on allait distribuer les bulletins de vote. « En tout cas, on sait bien qui va se présenter à notre table, déclara Pagan, rayonnante. Kate est la reine de la soirée, elle pourrait bien aussi être élue Miss Gstaad.

— Ne dis pas de bêtises, répliqua Kate. Je n'ai pas l'intention de grimper sur cette estrade pour me ridiculiser.

— Oh ! je t'en prie, lui dit Maxine. Ce n'est pas bien sérieux, après tout, il ne s'agit pas d'être élue Miss Monde, ce n'est qu'une petite sauterie de village. » Elle poussa Kate d'un geste ferme, l'obligeant à se lever. « Ne sois pas si britannique. »

Kate s'achemina à contrecœur vers la piste de danse. Un maître d'hôtel la fit mettre en rang et lui remit un grand carton portant le numéro 17. Les élèves de deux autres finishing schools assistaient aussi au bal et il y avait une trentaine de jeunes filles en compétition, dont une voluptueuse Italienne moulée dans une robe de velours noir, sans bretelles. Kate se rendit compte qu'elle n'avait aucune chance d'être élue, mais il était trop tard pour reculer. Lentement, les candidates se mirent en cercle.

Mais c'était compter sans Nick qui, s'approchant du garçon qui distribuait les bulletins de vote, lui adressa un sourire qui semblait dire : « On s'arrangera tout à l'heure », enfourna une poignée de bulletins dans sa poche, fila aux toilettes des hommes et griffonna à la hâte le chiffre 17 sur chacun d'eux. Puis il sortit et s'empara du chapeau haut de forme qui devait servir à ramasser les bulletins. Rien de plus simple.

On éteignit les lumières et le projecteur balaya les candidates à tour de rôle, au moment où chacune d'elles montait les marches conduisant sur l'estrade, se plaçait au centre du podium, souriante ou embarrassée, montrait son numéro, puis redescendait l'escalier.

Les lumières se rallumèrent au milieu des applaudissements et des sifflets, et les spectateurs remirent leur bulletin de vote dans le chapeau que Nick faisait passer entre les tables.

Les candidates essayaient toutes de prendre un air détaché. Mais, pour elles, ce concours de beauté était bien autre chose qu'une petite attraction organisée par un maître des cérémonies blasé mais boute-en-train par profession. Elles faisaient, ce soir-là, leur entrée dans la compétition sexuelle, aussi eurent-elles le cœur battant et le souffle un peu court jusqu'au moment où, après la samba qui suivit, l'organisateur s'avança pour annoncer que Miss Gstaad 1948 était, mesdames, mesdemoiselles, messieurs... le numéro 17 !

Incrédule, Kate secoua la tête. Maxine la saisit dans ses bras pour l'embrasser, Pagan se mit à pousser des cris de joie et un petit détachement de serveurs complices vint lui faire la haie jusqu'à l'estrade où le maître des cérémonies drapa autour d'une Kate rouge de surprise et de plaisir une écharpe bleu pâle qui portait cette mention : « Miss Gstaad 1948 ». Il lui posa ensuite une couronne diamantée sur la tête et lui remit deux magnums de champagne, puis, prenant une pose protectrice, il se plaça à ses côtés pour la photographie.

« On va avoir des soucis avec celle-là », maugréa l'une des surveillantes harassées qui accompagnaient les demoiselles de l'Hirondelle.

C'était là une prédiction fort juste.

# 4

Quand arriva la fin du mois de novembre, les jeunes étudiantes avaient presque toutes leur soupirant attitré et elles avaient découvert que la petite ville était incroyablement riche en lieux de rendez-vous secrets. On se rencontrait derrière l'église, dans les écuries, dans les granges, dans les voitures, dans l'arrière-boutique des magasins de skis, dans les salons de thé un peu écartés ou au sommet des pistes. Elles découvraient avec étonnement, et pour la première fois de leur vie, qu'elles possédaient une sorte de pouvoir. Dès qu'elle en avait pris conscience, chacune d'elles ressentait une étrange fierté d'être capable de réduire en esclavage un, voire deux ou trois garçons, ce qui multipliait d'autant leur puissance. Pas une ne se rendait compte de la force et du danger que recelait cette attraction sexuelle, pas une seule ne réalisait que cette magie pouvait être noire ou blanche, selon la façon dont on en usait ou abusait. En 1948, le sex-appeal était une arme, la seule que ces filles pouvaient jamais espérer détenir et elles l'utilisaient sans vergogne et à plein rendement. Bien entendu, elles savaient parfaitement jusqu'où on pouvait aller dans ces petits jeux et il ne leur venait jamais à l'esprit qu'un homme eût du mal à stopper ses élans quand cela leur convenait. Elles n'imaginaient pas que le désir qu'elles éveillaient n'était pas uniquement de l'amour et que s'il était contrarié, il pouvait se transformer en désir de violer ou de tuer. Jamais on ne leur avait parlé des réactions d'un homme frustré.

Judy servait de boîte à lettres à ces amours adolescentes. Pour la première fois depuis le début du trimestre, on se mit à consulter grammaires et dictionnaires, et Maxine fut très demandée comme traductrice. Judy transmettait également des messages à propos des lieux de rendez-vous qui étaient souvent fonction du temps. Lorsqu'elle déposait sur une table une addition ou une serviette en papier, elles étaient souvent accompagnées d'un billet disant : « Sheila, remonte-pente du jardin d'enfants à cinq heures », ou encore : « Hélas, Gérard chéri, impossible cette semaine. Samedi prochain à trois heures, ton Isabel. »

Il arrivait parfois qu'une de ces demoiselles fût surprise par une personne de l'école en grande conversation avec un garçon et elle était alors privée de sortie pour une semaine, mais Kate était la seule à se faire coincer régulièrement ; primo, parce qu'elle était complètement subjuguée par le beau François et secundo, parce qu'étant d'un naturel sans détour, elle ne parvenait pas à dissimuler. Mise devant le fait accompli, elle avoua à Mademoiselle qu'elle rencontrait François dans l'église. Quinze jours plus tard, une camarade jalouse vint raconter qu'elle avait donné rendez-vous à François dans une écurie et la semaine suivante, une surveillante la surprit à boire du *Glühwein* sur le Hornberg, ce qui constituait un délit majeur. Kate se sentait de plus en plus inquiète, jusqu'au jour où François lui annonça qu'il avait réservé un salon dans une petite pension en bordure du village. Il avait envie d'être seul avec elle et dans des conditions agréables, sans avoir à ramper dans la paille, à se geler dans la neige ou à se retrouver dans un café, au vu de tout le monde. Il voulait lui parler en privé parce qu'il avait quelque chose d'important à lui dire. Il va faire sa demande, pensa Kate.

Aussi le suivit-elle dans un chalet aux volets verts. Lourdement chaussés, ils montèrent bruyamment le sombre escalier de bois. François ouvrit une porte et Kate s'arrêta net en apercevant un grand lit en bois sculpté recouvert d'une courtepointe à carreaux bleus et blancs. François l'attira tendrement vers un fauteuil près de la fenêtre et se mit à l'embrasser. Les jambes flageolantes, Kate se dit qu'il n'avait peut-être pas *remarqué* le lit. Peut-être ce lit était-il une erreur, peut-être était-il impossible d'avoir une chambre sans cela.

Elle se débarrassa de ses après-ski et sentit la langue tiède de François lui lécher l'oreille, puis descendre vers sa nuque et elle se retrouva allongée dans ses bras, les yeux clos et la bouche entrouverte.

« Tu verras comme on va bien s'entendre tous les deux », lui murmura François tout en défaisant lentement un à un les boutons de son chemisier de soie grise et en glissant sa main à l'intérieur. Kate avait l'impression de nager sous l'eau dans un film au ralenti, tandis qu'il repoussait son corsage avec des gestes très doux, dégrafait son soutien-gorge et se penchait pour caresser de ses lèvres les pointes roses de ses seins.

Nue jusqu'à la taille, elle se pelotonna langoureusement sous la couverture à carreaux et sentit la chaleur humide de sa langue dans son autre oreille. La main de François glissa sous sa jupe dans un mouvement habile et naturel, comme si elle agissait sans que son propriétaire en eût connaissance.

Elle tenta alors de lui échapper. « Je n'ai jamais fait ça, je t'en prie, laisse-moi. Je ferai tout ce que tu voudras si tu arrêtes. »

Oh ! mon Dieu, se dit Kate. Il avait déboutonné son pantalon et elle sentait sa chair palpiter contre la peau douce de son entrecuisse. En équilibre au-dessus d'elle, François la regardait comme s'il ne la connaissait pas, haletant, les yeux brillants, l'air absorbé mais comme absent. « Bon, alors je vais faire attention », marmonna-t-il et, au grand soulagement de Kate, il retira sa main. Mais ce n'était que dans le but de se rouler de côté et d'enlever ses vêtements. Il n'avait pas l'air de se rendre compte qu'on voyait son machin.

Elle fit une nouvelle tentative pour se redresser, mais il la repoussa sur le lit et attira brutalement sa poitrine vers lui, lui fourra son sexe frémissant entre les deux seins et se mit à donner des coups d'estoc. Ecrasée sous lui, Kate était confondue et indignée. Ce poids sur elle l'empêchait de respirer. François frissonna et se raidit avec un grognement rauque. Puis, il s'effondra sur elle et elle sentit quelque chose de visqueux lui dégouliner dans le cou. Elle savait ce que c'était et n'osait pas bouger au cas où ce truc se répandrait là où il ne fallait pas. Elle était terrorisée.

« Tu vois, ma chérie, je t'avais bien dit que je ferais attention », bredouilla François. Ce n'était pas du tout l'opinion de Kate. Comment osait-il l'appeler sa chérie ? Mais, d'un autre côté, n'était-ce pas exactement ce qu'elle souhaitait une demi-heure auparavant ? Être sa chérie ? Sa passion pour elle était sans doute incontrôlable.

Oui, c'est ça, se dit-elle. Il l'aimait, c'était la raison. Elle s'attendait à autre chose ; cela n'avait été ni romantique ni merveilleux, mais écœurant et désagréable. Mais peut-être en était-il de l'amour comme du ski, difficile et pénible les deux premières fois...

Quoi qu'il en fût, elle l'avait laissé accomplir la phase numéro deux, par conséquent, il était obligatoirement le grand amour de sa vie.

Pourtant, elle avait envie de pleurer.

Au bout de deux jours, Kate réalisa que ses camarades ne lui adressaient plus la parole. Elle était frappée d'ostracisme. Elles affichaient leur mépris d'une façon dédaigneuse, théâtrale et ouverte. « Qu'est-ce qu'il y a ? Qu'est-ce que j'ai fait ? demanda Kate à Pagan qui parut ennuyée.

— C'est parce qu'elles s'imaginent que tu as été jusqu'au bout avec François. Ne t'occupe pas de ces garces qui crèvent de jalousie.

— Mais ce n'est pas vrai ! » s'écria Kate, tout en se demandant si, après tout, elle ne se trompait pas. En tout cas, c'était bien l'opinion de l'école tout entière. Et de plus, on la punissait d'avoir été élue Miss Gstaad.

Le dimanche suivant, Judy attendait Kate devant le Chesa, les bras repliés sur la poitrine, les mains ensevelies sous les aisselles et battant la semelle dans la neige pour se réchauffer. « Écoute-moi, Kate, ce salaud qui sort avec toi raconte partout qu'il a couché avec Miss Gstaad. C'est le barman de l'Impérial qui l'a dit à Nick et Nick est venu aussitôt m'avertir. On a pensé qu'il fallait que tu saches.

— Je ne te crois pas », répondit Kate, comprenant enfin pourquoi toute l'école était au courant. Elle courut trouver François à la pension et celui-ci nia totalement. Elle le crut parce qu'elle avait envie de le croire. Elle se sentait vidée de toute énergie, abandonnée, meurtrie. Elle se serra contre François, se laissa déshabiller entièrement. Frissonnante, elle l'étreignit sous la couverture, pendant qu'il la caressait et lui passait la main entre les jambes... Elle eut un peu mal quand il introduisit un de ses doigts en elle. Elle restait passive, ne sachant ce qu'on attendait d'elle, mais puisqu'on l'accusait, autant que ce fût pour quelque chose. Elle était submergée par la chaleur et le poids de François. Il y eut une seconde de flottement et, soudain, elle poussa un cri de douleur. Cependant, ils commencèrent rapidement à remuer en cadence, comme s'ils dansaient et elle éprouva une légère excitation. Mais avant même que cette sensation ait eu le temps de ressembler vaguement à la montée d'un orgasme, François s'immobilisa dans un sursaut et une moiteur tiède envahit Kate. Il semblait très content de lui, mais Kate se sentit étrangement lasse et désappointée. Peut-être y avait-il quelque chose d'anormal chez elle. Peut-être était-elle frigide ?

L'idée ne l'effleura pas que François pouvait être fautif. Les garçons savent s'y prendre. Elle manquait sans doute d'expérience. Elle se dit qu'elle finirait bien par prendre le coup.

Après les vacances de Noël, Maxine regagna le pensionnat avec dix jours de retard, des yeux au beurre noir et un nez parfait. Kate et Pagan avaient fini par la convaincre qu'elle ne pouvait pas continuer à vivre avec celui que la nature lui avait donné.

« Ah, quelle comédie ! s'exclama-t-elle en ôtant ses lunettes noires pour montrer ses ecchymoses. J'ai crié, j'ai pleuré, je ne voulais plus sortir. Vous auriez été fières de moi. Je me suis montrée épouvantable et entêtée ! J'ai fini par convaincre tante Hortense de payer les frais de l'opération si mes parents y consentaient, expliqua-t-elle en rajustant ses lunettes. Ma tante ne croyait pas que mes parents diraient oui, mais je n'ai pas cessé de leur seriner qu'ils ne pouvaient se montrer cruels au point de refuser une telle offre. Je peux vous affirmer que j'ai passé la journée de Noël à pleurer. Alors, ils ont fini par accepter. Il n'a fallu que quatre jours de clinique, mais après tout ce cinéma, j'avais vraiment besoin de repos ! »

Ce nouveau nez accrut considérablement la confiance de Maxine en elle-même et elle consacra alors tous ses efforts à perdre encore davantage de poids. Elle mangeait et buvait le moins possible et skiait tant qu'elle pouvait. Le matin et le soir, elle s'installait par terre, dans sa chambre, et écrasait ses hanches rondelettes avec un rouleau à pâtisserie. « Quatre-vingt-dix-huit... oo, quatre-vingt-dix-neuf... il faut souffrir pour être mince, oh là là... cent. Ouf ! Et maintenant où sont mes chaussettes de ski ?

— Tu ne vas tout de même pas faire du ski aujourd'hui ? lui demanda Kate ? Il y a un brouillard à couper au couteau. C'est un dimanche à rester au coin du feu.

— Je n'ai perdu qu'une livre la semaine dernière, regarde le graphique sur le mur. Encore cinq kilos à perdre. »

Maxine s'achemina péniblement vers le remonte-pente. Elle avait décidé d'essayer une piste plus longue et plus difficile, aussi prit-elle le téléphérique qui montait au sommet du Wispile. La montagne était grise et menaçante et le ciel couvert de gros nuages noirs. Maxine frissonna et consulta la pancarte, un arbre de Noël de flèches colorées indiquant les différentes pistes. Les jaunes étaient faciles, les rouges un peu plus difficiles et les noires étaient réservées aux skieurs expérimentés.

Maxine qui ne faisait du ski que depuis deux mois jugea que la piste noire n'avait pas l'air très compliquée — en fait, elle paraissait très facile et bien plus jolie que les autres. Cela dura ainsi pendant les cent cinquante premiers mètres, puis la piste vira brusquement sur la gauche et Maxine se retrouva sur un sentier abrupt qui descendait à travers la forêt. Pendant un moment, elle envisagea de remonter, mais elle allait trop vite et n'arrivait pas à s'arrêter. Ses skis crépitaient sur les ornières. Elle avait peur d'aller s'enrouler autour d'un arbre ; il ne lui vint pas à l'esprit qu'il pût y avoir quelqu'un d'autre sur la piste. Elle buta sur une bosse, trébucha et tomba.

Elle se releva et se remit en route — trop vite, encore une fois — sur la glace ondulée et elle tomba de nouveau, en se heurtant la hanche. Bien qu'elle portât deux paires de gants de laine sous ses gants de ski, elle ne sentait plus ses mains engourdies ; ses joues et son front étaient tout endoloris par le froid. Elle se releva une deuxième fois et, pendant une dizaine de mètres, elle réussit à skier lentement en pratiquant de prudents dérapages. Puis, la neige se mit à tomber et la visibilité devint si limitée qu'elle ne voyait pas à plus de quelques mètres. La piste fut vite recouverte et elle ne distinguait plus les flèches. Les flocons s'amassaient impitoyablement ; l'absence totale de bruit avait quelque chose de surnaturel et la peur la gagna.

Tout à coup, un skieur vêtu d'une tenue noire et d'un bonnet orange la dépassa dans un éclair. Elle se mit à crier en faisant des signes avec ses bâtons, mais il ne s'arrêta pas. Maxine poursuivit à grand-peine sa descente en suivant la direction que l'homme avait prise. Elle arriva dans un champ en pente raide et couvert de bosses glacées. N'osant le descendre tout droit, elle en entreprit lentement la traversée. A chaque fois qu'elle atteignait l'extrémité du champ, elle exécutait une conversion laborieuse et repartait vers le bas, gagnant à grand-peine environ cinquante centimètres à chaque fois. L'effort faisait trembler ses genoux, mais elle continua ainsi à zigzaguer, renonçant à toute prétention de style. Elle venait enfin d'arriver en bas du champ quand l'homme au bonnet orange repassa devant elle avec grâce.

« Au secours ! » hurla-t-elle. Mais le skieur ne parut pas l'avoir entendue. Elle tenta de le suivre et se retrouva au bord de la pente la plus raide qu'elle eût jamais vue.

Elle fut saisie d'épouvante. Elle se demanda s'il ne vaudrait pas mieux revenir en arrière, mais elle se dit qu'il serait plus facile de descendre que de monter. Elle ôta donc ses skis et, les traînant derrière elle, elle se mit en marche, assurant chacun de ses pas en fichant le talon de ses chaussures dans la neige et redoutant de lâcher un ski qui dégringolerait alors sans aucun doute la pente glacée et serait perdu à jamais. Comme elle peut-être...

Bien qu'elle continuât à descendre, elle avait l'impression angoissante qu'elle se trompait de chemin. Cela faisait maintenant trois heures qu'elle avait quitté le sommet de la montagne. Elle était trempée ; la neige lui dégoulinait dans le cou et elle ne sentait plus ses pieds. Frigorifiée, désespérée, prise de panique, elle s'assit dans la neige pour se reposer un peu, tourmentée par les morsures du froid et scrutant l'épais rideau gris qui l'environnait.

Cette fois, comme elle ne skiait pas, elle entendit l'homme au bonnet orange approcher. Elle se redressa et lui fit de grands signaux en criant : « Arrêtez-vous, arrêtez-vous, je vous en prie. »

Il s'immobilisa près d'elle.

« Pourriez-vous, s'il vous plaît, m'indiquer le chemin le plus facile ? » demanda Maxine d'une voix anxieuse.

Il la regarda à travers les verres jaunes de ses lunettes et déclara en français :

« Il n'y a pas de chemin facile. Vous êtes sur la piste noire. Pourquoi n'en avez-vous pas choisi une autre ? (Il avait l'air exaspéré.) Bon, vous feriez mieux de me suivre, sinon vous n'arriverez jamais en bas. Remettez vos skis. »

Centimètre par centimètre, Maxine descendit derrière lui le flanc de cette diabolique montagne. Il partait devant, puis il s'arrêtait pour l'attendre, la regardant glisser, trébucher, serrer les dents avec détermination, tandis que l'obscurité s'épaississait. Puis, tout à coup, ses jambes cédèrent et elle s'écroula dans la neige avec un petit sanglot.

« Je ne peux plus continuer. Il faut que je me repose. Je suis désolée, mais je ne peux plus faire un pas. »

Le skieur vêtu de noir prit une voix douce et persuasive pour l'encourager à continuer. « Allons, lui dit-il. Vous vous débrouillez merveilleusement bien, on est presque arrivés à la halte qui est à mi-chemin. Elle se trouve après le prochain virage. Vous allez pouvoir prendre le téléphérique pour redescendre ! »

Ils se remirent alors lentement en marche jusqu'au moment où Maxine tomba une nouvelle fois. Elle avait mal partout. « Je n'en peux plus », murmura-t-elle, enfouissant son visage dans ses genoux et se repliant dans la position du fœtus.

Le skieur soupira, défit ses skis et les planta dans la neige. « Je vais vous réchauffer », lui dit-il. Il lui frictionna les bras, puis le dos jusqu'à ce qu'ils lui fissent mal. Ensuite, il lui frotta vigoureusement les jambes et quand la circulation revint, il l'aida à se mettre debout.

Lentement, péniblement, ils continuèrent leur progression. La halte en question n'était pas après le premier virage, ni même après le second. Il leur fallut près d'une heure avant de la voir apparaître. Maxine s'y traîna littéralement, mais son terre-neuve lui déclara qu'il allait continuer à skis et qu'il la rejoindrait en bas, dans un café, si elle le voulait bien.

Puis, sans aucun effort, il glissa le long de la pente et disparut.

Arrivée en bas du téléphérique, ayant un peu recouvré ses esprits, Maxine se dirigea vers le café le plus proche et pénétra dans les toilettes en chancelant. Elle enleva son bonnet, ses lunettes, ses pull-overs, baigna, ô suprême félicité ! son visage avec de l'eau chaude et fit bouffer ses cheveux du mieux qu'elle put. Elle entra ensuite en traînant les pieds dans la salle embuée, entièrement recouverte de boiseries. Étant donné que personne n'était assez fou pour faire du ski par un temps pareil, le bar était désert, à l'exception d'une grande forme sombre, accoudée au comptoir, qui balançait un bonnet orange et des lunettes jaunes.

« Un grog pour vous, j'imagine, et un thé pour moi, dit-il, tandis qu'elle lui souriait de son nouveau et irrésistible sourire. Je dois reconnaître que je ne m'attendais pas à trouver une jolie fille sous un tel amas de vieilles couvertures de cheval. »

Son visage bronzé était encadré par une frange de cheveux blonds et bouclés. Il suffit à Maxine d'un seul regard sur ces yeux clairs, bleus et étonnés pour tomber amoureuse sur-le-champ.

Il se révéla en outre que son sauveur était l'un des remplaçants de l'équipe de ski suisse et toutes ces demoiselles de l'Hirondelle auraient été jusqu'au meurtre pour faire la connaissance de l'un de ses membres. Quand je vais leur raconter ça ! pensa-t-elle.

Mais elle ne leur raconta rien. Elle resta dans le bar désert en compagnie de Pierre Boursal jusqu'à l'heure du dîner, ensuite il la raccompagna en lui portant ses skis, pendant qu'elle priait le Ciel qu'il lui proposât de la revoir — non pas pour skier, merci beaucoup, une fois suffisait — ce qu'il fit. Il avait déjà pris pour elle une telle importance qu'elle n'avait plus envie de parader. Elle n'en parla même pas à Kate et à Pagan, pour ne pas tenter le diable. Ni Kate ou Pagan.

A partir de ce jour, ils se virent souvent — après la fermeture du dernier remonte-pente, bien entendu. Pierre n'avait pas prévu d'avoir une petite amie. Il prenait son entraînement très au sérieux. Il ne fumait pas, ne buvait pas et n'avait pas l'intention de se laisser distraire par les filles. Maxine se disait qu'avec lui, grâce à cet entraînement, sa vertu était en totale sécurité, ce qui ne l'empêchait pas d'avoir fort envie de lui quand ils se pressaient l'un contre l'autre sur une minuscule piste de danse où qu'il lui passait son bras musclé autour de la taille dans le coin le plus sombre d'un salon de thé. Elle réalisait alors qu'il lui serait très, très facile de mal se conduire.

Si jamais on lui en donnait l'occasion.

Le départ du slalom devait être donné à dix heures, ce matin-là. Rameutées par Maxine qui avait mis son bel anorak jaune et une splendide capuche en renard argenté, les Hirondelles montèrent au sommet de l'Eggli. Encadrées par le professeur de gymnastique, elles s'entassèrent dans le petit bus vert pour aller jusqu'au téléphérique qui emmenait les skieurs encore plus haut. De temps à autre, les sapins vert sombre frissonnaient et la neige tombait silencieusement de leurs branches.

Bien qu'il fût tôt, les jeunes filles se partagèrent une carafe de *Glühwein* rouge, tout brûlant, en arrivant au restaurant d'altitude car elles savaient qu'elles n'allaient pas tarder à se geler. Le professeur leur expliqua encore une fois que cette compétition requérait à la fois une très haute technique, une condition physique sans faille, un équipement parfait — et des conditions météorologiques favorables. Par visibilité médiocre, les skieurs ne voient pas très loin devant eux. Un ciel cotonneux se confond avec la neige et il est impossible de déterminer où finit la piste et où commence le ciel, de même qu'on ne peut savoir si on est face à une montagne ou au bord d'un gouffre vertical. Par mauvaises conditions atmosphériques, la chance joue un rôle encore plus important que par beau temps, quand le soleil fait ressortir les inégalités du terrain et que les bosses, les trous, les ornières sont nettement marquées par des ombres sur la neige.

Le matin, au moment où les jeunes filles quittaient Gstaad, les pentes raides et verglacées miroitaient sous le premier rayon de soleil de la semaine. Mais le temps qu'elles arrivent au sommet, il avait disparu derrière de gros nuages et il s'était mis à neiger — pas très fort, mais juste assez pour réduire la visibilité. Les officiels qui se trouvaient au départ de la course décidèrent alors de l'avancer de vingt minutes, avant qu'il neige davantage.

Tandis qu'elles descendaient vers le poteau d'arrivée, le seul bruit que les jeunes filles percevaient, dans cette atmosphère ouatée, était le crissement de la neige sous leurs skis. Une barrière beige délimitait le parcours de chaque côté et allait se perdre dans la paisible blancheur de la montagne. Avec ses trois cents mètres de longueur et ses neuf cents mètres de dénivelé, le tracé de la course se plaçait sur la droite d'un bosquet de sapins. Cinquante paires de piquets de couleur étaient fichés dans la neige, soit cinquante portes, à cinq mètres d'intervalle. Ce slalom masculin constituait une épreuve individuelle. Chaque skieur était confronté non seulement aux autres concurrents, mais aussi à son meilleur temps, tandis qu'il descendait seul le premier parcours, puis le parcours annexe.

Pierre Boursal n'espérait pas avoir de grandes chances de gagner. Il y avait trente-sept partants, y compris trois membres de l'équipe et l'autre remplaçant. Mais il fallait qu'un remplaçant se qualifie pour prendre place au sein de l'équipe car, la veille, Leist s'était brisé la clavicule dans un accident de voiture.

Pourquoi attendre sur place, alors que je peux skier, se dit soudain Pierre, impatienté. Il monta dans le téléphérique et redescendit par la piste. Plus que tout au monde, il aimait glisser silencieusement sur ses skis, ne se servant que de son corps et de la force de la pesanteur pour planer comme un faucon au-dessus de la féerique surface blanche. C'était pour lui le comble de l'exultation.

A cet instant, Pierre descendait l'Eggli avec un style parfait et à une vitesse folle, skiant à la limite de ses possibilités et même un peu au-delà. En guise d'assouplissement avant la course, il vira autour des bosses les plus difficiles, puis il quitta la piste pour s'enfoncer dans la profonde, en se penchant en arrière pour que l'avant de ses skis ne s'enlise pas. Derrière lui, la neige voltigeait dans un silencieux jet de diamants. Il revint sur la piste, s'accroupit presque, les coudes aux genoux, et partit dans un schuss final, les skis parallèles, la tête baissée et les bâtons sous les bras. Son angoisse s'était envolée. Il n'y avait plus que la sensation physique de son propre corps, la neige et, à cette altitude élevée, l'air froid et pétillant de l'hiver qui lui montait à la tête.

Les skis sur l'épaule, Pierre remonta le long du parcours, tâchant de le fixer dans sa mémoire, car les concurrents n'avaient pas le droit de faire une descente d'essai. Il ne saurait exactement ce qu'il fallait faire que lorsqu'il serait sur la piste, filant comme l'éclair au milieu du labyrinthe des poteaux. Quand il attendrait son tour, il observerait le skieur précédent pour essayer de comprendre le parcours d'après ses mouvements. Il fallait être parfaitement concentré car les portes étaient placées irrégulièrement et souvent très près l'une de l'autre ; rien de plus facile que de s'écraser dans un piquet ou de manquer une porte.

Pierre se rendit au point de départ et attendit en compagnie des autres concurrents. Il avait tiré le numéro huit, un bon numéro, étant donné que les sept skieurs précédents auraient tracé la piste, sans que les profondes ornières qui risquaient d'accrocher l'extrémité des skis des derniers concurrents aient eu le temps de se creuser.

C'était bientôt à lui. Pierre arrangea le bandeau de laine rouge qui empêchait ses cheveux de lui tomber dans les yeux et lui protégeait le front et les oreilles du froid. Il s'éclaircit la gorge, cracha dans la neige et se plaça au sommet de la piste. Les muscles tendus, il faisait glisser d'impatience ses skis d'avant en arrière, attendant qu'on lui donnât le signal du départ.

« Partez ! »

Pierre bondit, tout en ayant conscience de la haie noire et silencieuse que les spectateurs formaient le long du parcours. Il piqua en avant, puis effectua un virage très serré au-dessus de la première porte. Avant même de l'avoir franchie, il faudrait qu'il se prépare à la suivante et qu'il décide à quel endroit il ferait son tournant. Depuis qu'il avait commencé à s'entraîner, l'instructeur n'avait cessé de lui crier : « Pense à tes deux prochaines portes », et : « Plus vite, plus vite, plus vite ». On lui avait appris à démarrer prudemment, pour sentir la course, puis à aller le plus vite possible sans perdre le contrôle, dès qu'il avait trouvé son rythme.

D'un coup sec, il vira sur sa droite, franchissant la porte, les jambes fléchies et légèrement écartées pour assurer son équilibre, puis il fit passer le poids de son corps sur sa jambe intérieure en se penchant vers la montagne. Dans un mouvement de patineur, sa jambe extérieure le poussait, le poussait et le poussait en avant.

Après un passage abrupt au niveau de la huitième porte, son corps commença à s'ajuster au rythme de ses mouvements. Pierre sentit la tension l'abandonner et son cœur se mit à cogner très fort à mesure que l'anxiété laissait la place à l'excitation. A chaque porte franchie, c'était comme un éclair de soulagement.

Soudain, ses skis vibrèrent et crépitèrent sur l'abrupte déclivité qui précédait la porte 14. Pierre lutta pour se reprendre. L'espace de quelques terrifiantes secondes, il heurta la glace là où les concurrents précédents avaient arraché la fine couche de neige. Il arriva presque aussitôt après sur un troisième passage très en pente. Il tourna pour prendre une porte difficile, sur sa gauche. De nouveau, ses skis vibrèrent atrocement sur la glace et il perdit un instant le contrôle de lui-même. Tout à coup, il cessa de penser aux deux portes suivantes et ne vit plus qu'une paire de piquets fichés juste devant lui et qui le défiaient impassiblement.

Un petit virage serré et particulièrement vicieux. Il avait senti le poteau osciller contre son avant-bras. Et, tout de suite après, un tournant encore plus aigu, presque au même niveau. Il se propulsa rapidement vers le haut avec sa jambe extérieure et sentit ses muscles trembler sous l'effort. Il leur en demandait trop, sans doute ; il n'y arriverait jamais.

Il fit un écart sur la gauche afin d'éviter un poteau renversé qu'on n'avait pas redressé. Il faillit rater la trente-quatrième porte et sa concentration se relâcha au moment où, ralentissant un peu, il manqua de rentrer tête la première dans un piquet. Décontenancé, sa première réaction fut de ralentir, mais sa profonde détermination le poussa en avant et, avec la ténacité d'un champion-né, il franchit les dix portes suivantes en skiant encore plus vite.

Et soudain, Pierre entendit les encouragements rythmés de la foule. Il savait que c'était signe qu'il s'était particulièrement bien comporté. Il ne faut pas que je les écoute, pensa-t-il. Je dois me concentrer.

Puis — non Seigneur, par pitié ! — une autre pente abrupte... Avec une audace folle, Pierre s'en servit comme d'un tremplin, poussant ses skis en avant et rassemblant tout ce qui lui restait d'énergie pour se propulser au-delà du poteau d'arrivée.

Un sentiment d'euphorie s'empara de lui. Pas mal...

Quand tous les concurrents eurent terminé la première descente, Pierre sut qu'il menait d'une seconde et demie. Quatorze des trente-sept partants étaient tombés.

Le second slalom devait se disputer à côté du premier parcours, à une vitesse certainement plus rapide, étant donné que les concurrents étaient plus détendus. Cependant, les conditions atmosphériques avaient empiré ; le temps était froid et couvert, et la lumière blafarde, trompeuse. La visibilité étant quasiment nulle, Pierre se demanda si la course n'allait pas être annulée. Faites que non, ô mon Dieu, implora-t-il.

Cette fois, arrivé en bas de la piste, il ne ressentit aucune euphorie, mais seulement une fatigue angoissée. Il pensait avoir réalisé un bon temps. Mais était-ce suffisant ?

Il glissa en direction du grand panneau où on affichait les temps et resta planté là, le dos à la piste, à regarder les chiffres s'inscrire au fur et à mesure. Restée un peu à l'écart, Maxine retenait sa respiration.

Enfin, le numéro 8 apparut sur le tableau, avec un temps de 1 minute 56. Maxine se précipita vers lui et lui jeta les deux bras autour du cou en hurlant :

« Pierre, tu as gagné ! Tu as gagné ! »

Et, à la grande surprise de Maxine, autant qu'à la sienne propre, il l'embrassa avec une fougue qui la laissa sans voix.

« Il faut que j'aille rejoindre mon équipe, chérie, murmura-t-il. Rendez-vous au Chesa dans une demi-heure. » Et, bien vite, il se retrouva entouré de ses instructeurs, de ses supporters et de ses camarades qui lui souriaient en lui assenant des grandes claques dans le dos.

Maxine l'attendait au Chesa. Ils étaient l'un et l'autre trop excités pour manger, mais ils n'en burent pas moins la traditionnelle bouteille de champagne. Au bout d'une demi-heure, Pierre — qui ne buvait pratiquement jamais — l'entoura de son bras, en lui disant : « Alors, on va chez moi, maintenant ?

— Maintenant ? répéta Maxine, incertaine, partagée entre l'envie et la crainte.

— Maintenant. »

Le chalet de l'équipe de ski était désert. Dans la chambre de Pierre, il y avait deux lits étroits. Avant de refermer la porte, il déposa un cendrier à l'extérieur ; c'était un signal convenu avec ses camarades. Maxine avait à la fois envie de partir et de rester.

Pierre se mit à la déshabiller rapidement, l'embrassant à chaque fois qu'elle tentait de protester. Elle voulait qu'il s'arrête et elle voulait aussi qu'il continue. Devait-elle lui dire que jamais elle n'était allée plus bas que la ceinture ?

Il lui décocha un sourire nonchalant tout en lui dégrafant son soutien-gorge d'une main experte. « Ne te fais pas de souci. J'ai fait ça des centaines de fois.

— Des centaines de fois ? s'exclama Maxine, soulagée, choquée et vexée.

— Enfin, presque. » Un petit différend éclata à propos de son pantalon de ski qu'elle voulait à tout prix retenir, aussi Pierre commença-t-il lui-même à se déshabiller. Au moment où il enlevait son pantalon, Maxine ferma les yeux. Elle les rouvrit quelques secondes après, sauta sur le lit et se cacha la tête sous la couette, comme une autruche.

« Pierre, il fait jour. J'ai honte. On pourrait nous voir par la fenêtre.

— Nous sommes au troisième étage ! » fit-il en riant. Mais pour montrer son obligeance, il alla tout de même fermer les rideaux.

Tout à coup, elle le vit allongé, nu, près d'elle. Il lui écarta tendrement les mains de la figure et lui embrassa les seins avec une assurance qu'elle trouva sauvagement excitante. Partagée entre la gêne et l'ardeur, elle s'enroula involontairement autour du corps de Pierre, enfouissant la tête dans sa poitrine pour ne plus rien voir.

« Enlève-moi ce sacré pantalon », marmonna-t-il, et les vêtements de Maxine surgirent de dessous la couverture pour aller voler aux quatre coins de la pièce.

Elle risqua un coup d'œil furtif vers le bas et se figea aussitôt. Que c'est gros ! Mais c'est absolument impossible, je vais me fendre en deux ! Puis, elle dit à voix haute :

« J'ai peur, je crois qu'il vaudrait mieux s'arrêter là. »

Sur ce, il s'arrêta effectivement en grommelant :

« Tu as raison, tu es trop jeune », reconnut-il à contrecœur et, du coup, elle se sentit vexée.

« Je ne veux pas te faire mal », murmura Pierre, en roulant néanmoins sur elle. Et soudain, une grande douleur. Ce machin était entré en elle et ils remuaient de concert.

« Est-ce que ça va ? » chuchota Maxine qui s'inquiétait de

savoir si elle suivait bien le rythme. C'est un peu comme de danser la samba, mais à l'horizontale, pensa-t-elle en se demandant si elle devait bouger *avec* lui ou dans le sens opposé.

« Ne t'inquiète pas, n'y pense pas », lui murmura-t-il à l'oreille. Des vagues de chaleur la submergeaient. Elle ressentit un picotement bizarre parcourir tout son être et se mit instinctivement à lui répondre.

Soudain, il commença à exécuter des mouvements frénétiques et de plus en plus pressants. Le dos arqué, il poussa un gémissement étranglé et s'écrasa lourdement sur Maxine. Elle crut d'abord qu'il s'était évanoui, mais au bout de quelques minutes, elle entendit un grognement qui ressemblait à celui d'un chiot repu et ensommeillé, et il s'assoupit.

Tout s'était très bien passé. Vraiment ? Elle était soulagée que ce fût fini. Elle avait sauté le pas, elle était devenue une vraie femme et, malgré tout, elle se sentait toute drôle, à bout de forces, mais bien réveillée pourtant, crispée et mal à l'aise. Le bras de Pierre était glissé sous son dos et elle n'osait pas bouger de peur de le déranger. Centimètre par centimètre, elle rampa vers le fond du lit jusqu'à ce que son bras se trouvât sous son cou. Elle était enfouie sous l'édredon. Un sentiment de solitude s'empara d'elle ; elle ferma les yeux avec l'envie de pleurer.

Ce n'était que ça ? Tout ce qu'elles avaient supposé et espéré, une fois la lumière éteinte, tout ce qui était suggéré dans les romans d'amour des magazines ? Ce drap humide et ensanglanté sous son coude, cette odeur inhabituelle de corps en sueur, cette senteur âcre, cette substance visqueuse qui lui dégoulinait entre les jambes.

Tout ce dont elle avait envie maintenant, c'était d'être propre, d'être couchée dans son lit, dans sa chambre, les rayons du soleil perçant à travers les rideaux de dentelle. Ce qu'elle désirait le plus au monde, c'était prendre un bain.

Elle n'avait pas dû faire ce qu'il fallait... Ou bien c'était lui.

« Beaucoup d'entraînement dans certains domaines et manque d'entraînement dans d'autres, grommela Pierre d'une voix ensommeillée, en relevant la tête pour la regarder. Oh, Maxine, tu as les plus beaux seins qui puissent exister ! » Et, avec une grande concentration, il fondit dessus.

Maxine se sentit bientôt moins triste et un flot chaud et délicieux l'emporta. Son corps commença à se mouvoir en cadence, malgré elle, elle avait l'impression qu'elle se fondait en lui ou lui en elle. Elle le saisit à bras-le-corps et attira sa croupe ferme contre elle. « Ne t'arrête pas, je t'en prie, ne t'arrête pas », haleta-t-elle.

Elle avait le sentiment d'être en équilibre, comme une chute d'eau gelée, puis son corps s'arqua encore et encore, et un plaisir étourdissant l'envahit, aussi merveilleux qu'elle l'avait espéré — et même plus merveilleux encore.

# 5

Un dimanche après-midi, ne tenant plus en place, Pagan arriva à convaincre ses trois amies de louer un traîneau à cheval pour une heure.

Le cheval s'en fut cahin-caha sur les pavés couverts de neige, les quatre filles douillettement pelotonnées sous de vieilles couvertures en renard argenté. Se balançant au rythme des clochettes d'argent tintant sur le harnais, elles adressaient des signes aux passants et se retrouvèrent dans la campagne, en direction de Saanen. Quand le traîneau s'arrêta, elles allèrent s'asseoir à tour de rôle sur le siège du conducteur, fouet et rênes en main, et Pagan les photographia avec son petit appareil.

Judy, qui n'avait jamais conduit un cheval, agita soudain les rênes, fit claquer le fouet et s'écria : « Hue donc ! » Malheureusement, la lanière de cuir atteignit l'oreille de la vieille jument, qui se cabra de saisissement. Épouvantée, Judy lâcha le fouet et se cramponna à son siège, tandis que l'animal prenait le galop, faisant valser le lourd traîneau d'un côté du chemin à l'autre. Kate et Maxine, toutes secouées par les trépidations, s'aplatirent à l'arrière. Pagan et le conducteur, restés sur le sentier, les regardaient s'éloigner, bouche bée.

Tandis que le traîneau croisait un petit groupe de skieurs, l'un d'eux saisit les rênes, en tentant de retenir la jument. Peu à peu, elle ralentit et, au moment où Pagan arrivait, tout essoufflée, près du traîneau, elle vit l'homme apaiser la bête frémissante en caressant son cou fumant et en lui murmurant des paroles dans une langue qu'elle ne comprenait pas.

« Pourquoi as-tu fait ça ! hurla Pagan à l'adresse de la malheureuse Judy, blême de terreur. Pourquoi as-tu fouetté cette jument ? Pourquoi l'as-tu fait ruer et galoper sur la neige, espèce d'idiote ! Monte derrière ! » Elle avait rejeté la tête en arrière, relevant impérieusement son petit nez droit, les narines dilatées par la colère.

Préoccupée par l'état du cheval, elle prit les rênes des mains de l'étranger, le remercia sans presque le regarder et ramena le cheval au cocher ulcéré.

Quand elles arrivèrent à l'écurie, un homme les attendait. C'était un garçon brun, vêtu d'une tenue de ski et qui avait l'air arrogant des domestiques de grandes maisons. Le visage dépourvu de toute expression, sauf peut-être d'une pointe de morgue, il s'approcha de Pagan en s'inclinant légèrement.

« Mon maître, Son Altesse Royale le prince héritier Abdullah, souhaiterait vous inviter à l'Hôtel Impérial.

— Et moi, je suis la reine de Chine, répliqua Pagan, toujours furieuse et sourde aux excuses de Judy.

— Tu sais, Pagan, dit Judy, c'est vrai qu'Abdullah est à l'Hôtel Impérial. Deux suites sont retenues pour lui en permanence, pendant qu'il fait ses études. Je ne l'ai jamais vu, mais ce type a bien l'air d'être un de ses gardes du corps. » Judy enroula son écharpe bleue autour de son menton. « Bon, il faut que je m'en aille, je suis de service au Chesa. A ta place, j'accepterais cette invitation. Est-ce que ça t'arrive souvent d'être invitée à prendre le thé par un prince ? » Et elle partit, en courant maladroitement dans ses grosses bottes.

« Il n'y a aucun mal à aller dans le grand salon de l'hôtel, insistèrent ses deux autres amies. Oh Pagan, un *prince !* » ajouta Kate, tandis qu'elles emboîtaient le pas à l'homme au teint basané.

Vêtu d'une tenue de ski entièrement blanche, le prince Abdullah était assis dans un coin du salon, très droit et l'air impatient. Sous des sourcils étirés, luisait le regard perçant du faucon, le regard d'un homme qui a l'habitude d'être obéi. Sans tourner la tête, ses yeux suivirent les jeunes filles ; il se leva alors et leur déclara poliment : « C'est si aimable à vous d'être venues. Quel temps splendide nous avons, n'est-ce pas ? » Il parlait un anglais saccadé, avec une très légère pointe d'accent.

Le prince leur désigna les chaises de velours disposées autour de sa table. Tout le monde s'assit et se mit à parler du temps, de l'hôtel et des pistes de ski. Son dos droit comme un I, son calme arrogant et presque menaçant proclamaient une souveraineté qui paraissait bien singulière sur les épaules d'un garçon de dix-huit ans. Pagan se dit alors qu'il était certainement plus à l'aise sur la croupe d'un cheval arabe que sur les antiques chaises de velours vert de l'hôtel. Elle aiguilla donc la conversation sur les chevaux et le prince sourit pour la première fois.

A cet instant, on aurait dit que les deux autres filles n'existaient pas.

« Bataille ! » s'écria Pagan, allongée sur une peau d'ours, devant un grand feu de cheminée. Elle ramassa les cartes, tandis qu'Abdullah, assis en face d'elle en tailleur, souriait en haussant les épaules.

Le prince Abdullah ne voulait pas aller au Chesa. Il disait qu'il avait horreur d'être dévisagé et qu'il ne voulait pas que les *paparazzi* viennent lui agiter leurs appareils photo sous le nez. Mais ce qu'il ne disait pas, c'était qu'il trouvait risqué pour sa sécurité d'aller dans lieu aussi fréquenté que ce salon de thé. Au début, Pagan avait refusé de venir lui rendre visite dans son appartement, mais finalement, confiante en sa promesse de « se tenir comme il faut », elle avait accepté de passer ses samedis après-midi à se prélasser sur l'épais tapis marron du salon d'Abdullah, pour lui parler de chevaux ou lui apprendre des jeux de cartes enfantins comme la bataille ou le menteur.

Dans le privé, Abdullah se dépouillait de son invisible manteau de majesté. Il s'en débarrassait à l'instant même où il congédiait ses gardes du corps d'un petit signe de tête.

« Je commence à croire que vous trichez », fit Abdullah en bâillant, lui qui trichait toujours. Son sourire s'élargit, dévoilant une dentition blanche et régulière.

Au moment où Abdullah s'allongeait sur le côté, dans un souple mouvement de félin qui avait quelque chose d'inquiétant dans sa langueur, on entendit un violent craquement dans la chambre voisine. Il se leva d'un bond et Pagan le vit tirer un revolver de dessous son pull-over rouge. Il se précipita vers la porte et l'ouvrit d'un coup de pied.

La pièce était silencieuse, excepté le crépitement du feu de bois. Tel un chat, il se glissa à l'intéricur, le dos à la porte.

« Tout va bien ? demanda-t-il, au bout de quelques secondes. Excusez-moi, Pagan. »

Elle se leva et courut vers lui. Contrairement au salon, luxueux avec ses velours et ses tapis moelleux, la chambre d'Abdullah était totalement nue — il n'y avait même pas de rideaux —, en dehors d'un lit à deux places situé au milieu de la pièce, et d'une petite table basse où étaient posés une carafe d'eau, un flacon de médicaments et un autre revolver.

Abdullah s'avança vers la fenêtre pour regarder dehors.

« Je crois que c'est simplement un arbre qui est tombé, constata-t-il. Je suis désolé de vous avoir fait peur, mais je suis obligé d'être prudent.

— Mais... les gardes du corps ! s'écria Pagan.

— Un garde du corps s'achète pour pas grand-chose, répondit-il en haussant les épaules. Je suis dans la même situation que le plus pauvre mendiant de mon pays ; si je ne veille pas sur moi-même, personne ne le fera.

— Quelle drôle de chambre ! remarqua Pagan, en regardant autour d'elle.

— Les Arabes ont de très difficiles rapports d'amour et de haine avec le luxe et le confort, expliqua-t-il. Le luxe amollit les hommes et si je veux survivre, je ne peux pas me permettre d'être mou. Il faut que mon esprit reste aussi dur et aussi résistant que mon corps. » Apparemment peu troublé par cet incident, il la considéra longuement avec l'air de superbe assurance du mâle. Il remit son revolver dans sa ceinture et tira son pull-over par-dessus.

« Terminons notre partie, s'empressa de déclarer Pagan en l'entraînant dans le salon. De quoi aviez-vous peur… que pensiez-vous qu'il allait se passer ?

— Peut-être un enlèvement, peut-être un assassinat. » Il haussa les épaules et parut légèrement embarrassé. « Voulez-vous du thé ? demanda-t-il, en appuyant sur la sonnette.

— Vous ne pensez tout de même pas qu'on veut vous enlever ?

— La première fois qu'on a tenté de me kidnapper, j'avais un an. Ma gouvernante a été lapidée à mort pour avoir pris part à l'affaire. La seconde fois, j'avais sept ans. Mon garde du corps me poussa sous le lit, mais ils me tirèrent dessus, lui donnèrent cinq coups de couteau et le laissèrent pour mort. Cependant, il ne mourut pas sur le coup et réussit à donner l'alarme avant que les conjurés aient eu le temps de m'emporter hors du palais. » Il eut un sourire las et regarda le visage incrédule de Pagan. « La troisième fois, j'avais quatorze ans. Nous revenions d'une partie de chasse. J'étais dans la première Land Rover. On nous tendit une embuscade dans un défilé et je reçus deux balles dans le bras et une dans la poitrine, avant l'arrivée de la seconde Land Rover chargée de gardes qui se mirent à tirer dans toutes les directions. Je fus touché à la jambe par l'un des nôtres, mais je réussis à tuer un des attaquants. A partir de ce moment, poursuivit-il d'un air dur, je n'ai plus fait confiance à personne. Je n'ai eu aucun mal. Mon cœur s'est endurci d'un seul coup. Risquer la confiance, c'est risquer la mort : c'est aussi simple que ça. Ce fut aussi la dernière fois que je n'ai pas pris de précautions. De ce jour, j'ai toujours eu un revolver sur moi, dormi avec une arme sous mon oreiller et conduit ma voiture avec une mitrailleuse sur l'autre siège. »

On entendit un coup discret frappé à la porte. Habillé en garçon d'hôtel, Nick ouvrit la porte. Son expression respectueuse s'évanouit un instant quand il vit Pagan affalée sur la peau d'ours, mais il reprit immédiatement son masque de serviteur stylé. Abdullah commanda du thé et de la limonade, puis, encore un peu mal à l'aise, il se mit à faire nerveusement les cent pas à travers la pièce.

« Arrêtez de marcher comme ça, ordonna Pagan.

— J'ai l'esprit agité. Quand on ne se sent pas en sécurité, il est normal de se sentir agité. »

Nick revint avec un plateau et décocha à Abdullah un regard de servile insolence, tout en se penchant avec raideur et en déposant les boissons sur une table basse. Pagan lui fit un clin d'œil, mais il l'ignora. Il ne peut pas souffrir Abdullah, se dit Pagan. Je me demande bien pourquoi.

Pas un seul tressaillement de muscle ne montra qu'Abdullah avait reconnu Nick et pourtant, l'espace d'un court moment, il venait de revivre le moment le plus humiliant de toute son existence.

Le grand panneau de feutre vert accroché près de l'escalier était le pivot des activités de toute l'école. On y épinglait de nombreuses informations concernant les cours spéciaux, les sorties, les clubs, les pratiques religieuses et aussi les sports. Abdullah se souvint de sa joie enfantine quand, un matin, en retournant dans sa chambre après le petit déjeuner, il avait vu son nom figurer sur la liste de l'équipe de football d'Eton. Il était bien là, griffonné à la main : Abdullah. Il était le seul ici à ne pas avoir de patronyme. Il était le seul à ne pas avoir d'ami.

Abdullah ne comprenait pas pourquoi tous les élèves — lui-même compris — étaient sur le même rang à l'intérieur de ces vénérables murs de pierre. Aux yeux d'Abdullah, cet établissement centenaire, traditionnel et fréquenté par le gratin britannique était un univers hostile et incompréhensible. Ignorant du langage particulier et des conventions rigides de ses condisciples, il faisait toujours ce qu'il ne fallait pas faire — selon l'étiquette d'Eton — et disait ce qu'il ne fallait pas dire. Il pensa alors qu'on avait dû lui pardonner. *Il faisait partie de l'équipe !* Avec un grand cri de joie, il se précipita pour aller chercher ses livres pour le cours suivant.

Tous les élèves avaient une petite chambre particulière, meublée d'une table couverte de cicatrices, d'un étroit lit de fer, d'un bureau et d'un coffre pour ranger les équipements sportifs. La chambre d'Abdullah était absolument semblable à toutes les autres, à une seule exception : au mur étaient accrochées des photos encadrées du yacht de son père, de sa mère en robe de cour, de son père en tenue de cérémonie pendant qu'il était décoré par le roi George VI, d'Abdullah à treize ans, salué par la garde du palais de Sydon et. enfin, une autre photo sur laquelle Rita Hayworth l'embrassait sur la joue.

Tandis qu'il fourrageait dans son bureau à la recherche de sa grammaire latine, Abdullah entendit des voix qu'il connaissait bien, venant du couloir.

« Tu t'imagines, Horton ? Tu as vu ça ? On vient de faire monter le singe dans l'équipe première.

— Non, tu te payes ma tête ! ! ! Ce n'est tout de même pas un bougnoule qui devrait nous représenter dans la meilleure équipe. Pourquoi ne l'a-t-on pas laissé là où il était ?

— Parce qu'il est assez bon dribbleur, je crois. Mais il n'arrête pas d'essayer d'accaparer le ballon et de se faufiler...

— La prochaine fois, un amoureux des nègres tentera de le faire élire au Pop[1]... mais il risque bien de récolter un joli lot de coups de pied, ha ha ha ! Ce serait bien fait pour son cul ! »

Abdullah n'osa pas aller relever le défi. Les trois garçons étaient des membres du Debate[2] et il était impensable qu'il allât se plaindre d'eux ; on lui rirait au nez. Ses mains se mirent à trembler sous le coup d'une fureur impuissante. Et pourtant, pourquoi se mettre martel en tête à cause de ces moins que rien. Ils étaient destinés à n'être que des fermiers, des soldats ou des hommes politiques, alors que lui, il était destiné à être roi, le chef de son peuple, adoré par de nombreuses tribus, acclamé par ses hommes et par ses femmes.

Soudain, il prit une longue inspiration... Les femmes ! Ces arrogantes nullités n'avaient pas été initiées pendant trois semaines par le *hakim* du Caire... Debout, tremblant de rage, sa grammaire latine éculée à la main, une merveilleuse idée de vengeance se mit à germer dans son esprit.

Il aurait leurs femmes.

Pagan quitta l'appartement d'Abdullah plus tôt que d'habitude. Au lieu de sortir de l'Impérial, elle prit l'ascenseur jusqu'au dernier étage et grimpa les marches restantes pour aller voir Nick. Par chance, il venait de terminer son service et il lui ouvrit la porte en bras de chemise.

1. *Pop :* 25 des élèves les plus anciens qui sont responsables de la discipline de l'établissement.
2. *Debate :* association qui regroupe les élèves choisis pour représenter la section primaire d'Eton.

« On visite ses pauvres ? s'enquit-il froidement, tandis que Pagan lui déposait un baiser sur la joue.

— Non, je venais seulement te demander pourquoi tu détestes tant Abdullah. Tu n'espères tout de même pas retenir notre attention exclusive, d'autant que nous savons que tu t'es amouraché de Judy. »

Les ressorts du lit crièrent quand elle s'assit dessus. Nick avait l'air malheureux.

« Ta vie privée ne me regarde pas.

— Mais alors, Nick, qu'est-ce que c'est ? Abdi fréquente-t-il une autre fille ?

— Je n'en sais rien. Et puis, ça ne me regarde pas. Même si j'étais au courant de quelque chose, je ne te le dirais pas... mais... nous étions au collège ensemble et je te jure que ce forban d'Abdullah n'est pas ce qu'il a l'air d'être. Les *femmes* le trouvent irrésistible, bien entendu. De toute évidence, il est très séduisant.

— Il n'y a pas que ça, fit Pagan avec un petit rire. C'est cette mise en scène qui est tellement drôle. Ses gardes du corps avec leurs robes flottantes et leurs terribles moustaches noires, et toutes les... euh... précautions qu'il prend, hésita-t-elle, en se demandant tout à coup si Abdullah avait l'autorisation de porter une arme. Il devait avoir un passeport diplomatique qui lui permettait de faire tout ce qu'il voulait. Je m'étonne de ne pas être tombée amoureuse de lui, mais le fait est là, soupira-t-elle. Il me fascine, mais je ne suis pas entichée de lui, comme toi de Judy. »

Pagan, et avec elle le pensionnat tout entier, aurait bien voulu savoir si Abdullah l'inviterait pour le bal de la Saint-Valentin. On le voyait rarement en public, surtout depuis le jour où on l'avait photographié avec Pagan, dans un traîneau, un dimanche après-midi. Le cliché avait été très vite vendu à *Paris-Match* et, en l'espace de vingt-quatre heures, il avait paru dans les journaux du monde entier.

Tous les deux jours, Pagan recevait une brassée de roses rouges à longues tiges, sans carte de visite.

« Il me semble t'avoir entendue dire que tu trouvais les roses rouges vulgaires », remarqua perfidement Kate, sur quoi elle reçut un polochon en pleine figure.

A la troisième gerbe, le directeur convoqua Pagan dans son bureau et lui enjoignit de ne plus accepter de fleurs désormais. M. Chardin semblait particulièrement nerveux. La moitié des rédacteurs de potins de l'Europe étaient venus le harceler. Cette publicité serait très bénéfique pour l'institution, sans aucun doute, mais il était obligé d'adopter une attitude désapprobatrice.

Quelques jours plus tard, Pagan fut rappelée dans le bureau de Chardin. Elle en ressortit troublée.

« Que s'est-il passé ? lui demanda Kate à qui Maxine passait du vernis sur les ongles des pieds.

— C'était le téléphone.

— Qui ça ? » Un appel téléphonique était toujours un événement dans leur vie.

« Mon cousin Caspar. Il est ambassadeur aux Émirats. Il a entendu dire que je voyais beaucoup Abdullah et m'a conseillé d'être très prudente. Il m'a dit aussi qu'à Sydon, les femmes étaient considérées comme des biens meubles et, une fois qu'on les avait déshonorées, on les renvoyait. Il arrive même qu'elles soient lapidées à mort.

— Bigre, tu as vachement intérêt à te tenir tranquille.

— Je lui ai demandé ce que les femmes arabes déshonorées avaient à voir avec moi, poursuivit Pagan en se jetant sur l'autre lit. Ce cher Caspar m'a dit alors qu'Abdullah avait été confronté au pouvoir avant l'âge, parce que son père était extrêmement religieux, un peu dingue et qu'il vivait dans une totale réclusion. Mais il m'a dit aussi qu'il était très, très dur, pas aussi civilisé qu'il le croit et qu'il n'est pas, non plus, tout à fait adapté au xxᵉ siècle. S'il a l'impression qu'on le tourne en ridicule ou qu'on l'humilie, il risque de devenir méchant. » Elle fit voler ses babouches, grimpa sur le lit de Kate où elle s'assit, jambes croisées et ajouta, très vite et d'un ton détaché : « Il paraît qu'Abdi est fiancé.

— Quoi ! s'écria Maxine. Et avec qui ?

— Une princesse arabe qui n'a que dix ans ! Vous vous imaginez un peu ! Ils se marieront quand elle aura quinze ans. » Pagan tentait de paraître indifférente, mais sa voix se brisa et elle poursuivit sur un ton mal assuré : « J'ai éclaté de rire, alors Caspar s'est fâché et m'a dit qu'il allait téléphoner à ma mère. »

La lumière s'éteignit d'un seul coup, commandée depuis l'appartement du directeur, et la lune qui filtrait à travers les rideaux de dentelle jetait une couronne de roses gris pâle entrelacées sur le lit de Maxine qui rejeta ses draps et se précipita pour embrasser Pagan.

« Ma pauvre, pauvre chérie ! Quel sale type, quel faux jeton, quelle ordure !

— Si c'est vrai, c'est digne du Moyen Age, s'exclama Kate.

— C'est bien l'avis de Caspar. Abdi ne ressemble pas à ces riches jeunes occidentaux qui essaient de se conduire en hommes du monde. C'est une espèce de bandit du désert, impitoyable et très puissant. Je crois que c'est pour cela qu'il me fascine tant, ajouta-t-elle, après un court silence.

— Oui, mais on ne peut absolument pas avoir confiance en lui ! s'écria Maxine. Du reste, on ne peut avoir confiance dans aucun homme.

— Dans ce cas, à qui se fier ? demanda Kate.

— Nous pouvons avoir confiance les unes dans les autres », affirma Maxine.

Alors, s'installant solennellement sur le lit de Kate et inondées par le clair de lune, elles se jurèrent mutuellement une amitié éternelle.

« Pour le meilleur et pour le pire, déclara farouchement Pagan, en agitant les mains au-dessus de la tête, comme un boxeur meurtri mais victorieux.

— Pour le meilleur et surtout pour le pire, spécifia Kate, qui répéta pensivement : oui, oui, surtout pour le pire. »

Le lendemain matin, on vint chercher Pagan au milieu d'un cours et, quand l'heure fut terminée, elle se hâta de leur communiquer la nouvelle.

« Maman est dans tous ses états. Elle a essayé de me faire promettre de ne pas voir Abdullah seul à seul. Je lui ai demandé si elle pouvait avoir la gentillesse de m'envoyer des vêtements convenables — ce qui lui a cloué le bec — en lui expliquant que je risquais d'être invitée au bal de la Saint-Valentin et elle sait pertinemment que je n'ai rien à me mettre. Mais, comme il faut que je sois absolument sûre d'avoir une robe, j'ai ensuite téléphoné à grand-père pour lui demander s'il pouvait, merci grand-père, m'envoyer une robe du soir. A vrai dire, ajouta-t-elle, un peu honteuse, je lui ai laissé entendre que si je n'en avais pas, Abdi pourrait bien m'en offrir une. Grand-père a alors déclaré qu'il serait content de me faire ce cadeau et j'ai dû lui promettre de n'accepter aucun présent de la part d'Abdi. »

Quelques jours plus tard, une énorme boîte marron arriva pour Pagan, délivrée par courrier spécial. Toutes les pensionnaires se massèrent derrière elle, tandis qu'elle se précipitait dans la salle à manger, jetait la boîte sur l'une des grandes tables vides, déchirait l'emballage, plongeait les mains dans le papier de soie bruissant et en tirait un merveilleux nuage de dentelle gris pâle, scintillant de gouttelettes de diamants. C'était une robe du soir de Norman Hartnelle, avec un décolleté en cœur très strict, mais tout de même passable.

Tout le monde poussa un soupir d'envie.

Pagan revint de son rendez-vous suivant avec Abdullah, l'air tant soit peu préoccupé.

« Je lui ai demandé s'il avait vraiment une fiancée de dix ans ; il a paru mécontent, a pointé son menton vers moi et m'a avoué que c'était la vérité mais que c'était une affaire diplomatique qui n'avait rien à voir avec nous deux. Pendant dix minutes, il m'a semblé bizarre, puis il est parti dans sa chambre pour téléphoner et figurez-vous que vingt minutes après, on a frappé à la porte du salon et un de ses farouches gardes du corps est entré en compagnie d'un petit homme de chez Cartier. Il a remis une boîte à Abdi et s'est sauvé très vite à reculons. Alors, Abdi s'est tourné vers moi et m'a tendu un superbe coffret de velours cramoisi doublé de satin blanc et, à l'intérieur, un collier de diamants absolument divin scintillait de tous ses feux. Si je n'avais pas fait cette promesse à grand-père, je l'aurais accepté sur-le-champ. Je lui ai donc dit que je ne voulais rien recevoir de lui. J'ai l'impression qu'il n'a pas l'habitude qu'on lui refuse des colliers de diamants ni qu'on lui dise non, en général. »

Le lendemain soir, un petit bal était organisé à la mairie. Les Hirondelles étaient chaussées de leurs gros après-ski et elles avaient enfilé un manteau de tweed sur leur robe longue, mais elles avaient emporté leurs souliers de bal dans un sac. Pendant qu'elles montaient dans le petit car vert, la surveillante compta les têtes, comme elle le ferait à leur retour.

Pagan avait fait du charme à Maxine pour qu'elle lui prête sa robe de Christian Dior en taffetas bleu clair. Maxine avait rallongé l'ourlet de quelques centimètres pour qu'il lui arrive à la cheville. Pendant que Pagan et son cavalier tournoyaient sur la piste au son d'une musique espagnole, elle sentit que quelqu'un lui tapait sur l'épaule. C'était un garde du corps d'Abdullah, mal à l'aise dans sa tenue de soirée occidentale qui était deux fois trop grande pour lui et qui lui dit :

« Mon maître, le prince héritier Abdullah, souhaite danser avec vous.

— Eh bien, il faudra qu'il attende un peu », rétorqua l'étudiant danois qui dansait avec Pagan et, l'enserrant encore plus fermement de son bras, il reprit ses évolutions. Le gorille fit alors un pas en avant et le Danois se retrouva étalé par terre.

Indignée, Pagan se retourna et vit Abdullah debout dans l'entrée. Lentement, avec un petit sourire, elle s'avança vers lui, dirigée par la main de fer de l'homme qui la poussait dans le dos. Sans cesser de sourire, elle déclara :

« Son Altesse Royale pourrait-elle avoir la bonté de dire à ses hommes de main de ne jamais me toucher. Et souvenez-vous que je ne fais pas partie de vos sujets. Je ne suis pas *votre* bien et je danse avec qui me plaît. »

Après un court silence, Abdullah répondit avec raideur :

« C'est extrêmement regrettable. J'ai des serviteurs trop zélés.

— Je vous en prie, cessez de parler comme un recueil de phrases toutes faites, lança Pagan, agacée. Je suis contente d'être avec vous, bien entendu, mais on ne peut pas bousculer les gens à sa guise et s'attendre ensuite à ce qu'ils vous aiment. C'est un bal pour tout le monde et si vous ne voulez pas être traité comme tout le monde, vous n'auriez pas dû venir. »

Abdullah pinça les lèvres et ses yeux lancèrent des éclairs. Pagan crut un instant qu'il allait la frapper, mais il l'entoura de son bras et ils se mirent à danser en silence. A l'insu du prince, elle envoya un baiser au Danois qui lui répondit par un regard renfrogné.

Soudain, Pagan s'aperçut qu'elle tremblait et elle se pressa contre le corps musclé d'Abdullah, davantage sensible à sa présence physique là, au milieu de la foule, qu'elle ne l'avait jamais été quand ils étaient seuls dans son appartement. Ce soir, Pagan se sentait différente, prête à tout, à cause du souffle chaud, puis de la langue qui venait caresser son cou, érotique, tentatrice.

Pendant toute la soirée, Pagan évolua sur la piste dans une sorte de transe érotique. Comme minuit allait bientôt sonner, Abdullah la regarda droit dans les yeux et murmura sur un ton persuasif :

« Rentrez à l'hôtel avec moi et je vous montrerai ce qu'est l'amour. Vous éprouverez des choses que vous ne connaissez pas.

— Mmmmm, soupira Pagan, tandis qu'il lui effleurait la nuque. En êtes-vous aussi sûr ?

— Oui, parce qu'à seize ans, j'ai passé trois semaines au Caire avec le *hakim* Khair al Saad ; il m'a appris à faire l'amour en ne pensant qu'au plaisir.

— Vous avez pris des leçons d'amour pendant trois semaines ? Vous l'avez étudié, comme la géographie ? » Pagan était stupéfaite, impressionnée et intriguée. Elle mourait d'envie de lui demander ce qu'il avait appris et comment. Y avait-il des femmes en chair et en os ou bien un tableau et des craies ? Donnait-on des devoirs à faire ? Au lieu de cela, elle balbutia seulement : « Comment ça ? »

Il lui mordit le bout de l'oreille et ronronna : « Venez à l'Impérial et je vous montrerai. »

Fascinée, Pagan ne pouvait détacher son regard de ses yeux

noirs si assurés. Malgré elle, elle suivit Abdullah en direction de la sortie, mais, tout à coup, elle se souvint de son cousin, de sa mère, de la fiancée, des paparazzi et elle s'arrêta en disant avec un regret sincère : « Je ne peux pas, je ne peux vraiment pas, Abdi. Regardez, la surveillante nous fait signe d'aller au vestiaire. »

Brûlant de désir, il l'attira à lui, tandis qu'elle tentait de lui échapper.

« A quoi vous attendiez-vous ? gronda-t-il. Vous m'excitez et puis vous disparaissez dans la nuit. Dans mon pays, il existe un mot pour qualifier ce genre de femme.

— Oh ! dans le mien aussi, ne put s'empêcher d'ajouter Pagan. Mais, après tout, vous êtes fiancé. »

# 6

Pour le bal, Maxine avait mis un nœud dans ses cheveux crêpés; il lui avait fallu près de deux heures pour l'arrimer solidement, afin qu'il tienne bien en place. En proie à une excitation voisine de la souffrance, elle repéra immédiatement Pierre.

Kate ne trouvait pas François. En fait, il y avait plus d'une semaine qu'elle n'avait pas eu de ses nouvelles. Judy lui avait glissé un mot où il expliquait que son père avait insisté pour qu'il fasse un stage de ski supplémentaire. Elle aurait préféré que ses parents aient moins d'ambition pour lui, mais il était entendu que le ski avait priorité sur tout le reste. Son père espérait le voir entrer dans l'équipe suisse de ski. Kate fermait les yeux sur les défauts de François et elle refusait d'entendre la moindre critique à son égard. Elle était allée jusqu'au bout parce qu'elle était amoureuse de lui. Et si c'était l'inverse? Elle aurait bien voulu le savoir.

Au moment où Pierre se dirigeait vers Maxine, Kate aperçut François. Il était entre deux filles brunes et rondelettes qui avaient les mêmes yeux somnolents, abrités sous des paupières tombantes. Elle lui fit un signe, mais il sembla ne pas la voir. Un jeune homme l'invita à danser et, à l'instant où elle passait devant la table de François en fox-trottant, elle lui adressa un autre signe de la main et, cette fois encore, il ne la regarda pas.

Quand la danse fut terminée, Judy se faufila vers la table de Kate. Elle était vêtue d'un costume suisse traditionnel composé d'une blouse blanche, d'un corselet noir lacé et d'une ample jupe écarlate.

« Quel bonheur quand je n'aurai plus à m'accoutrer en coucou suisse! Je ne peux pas rester longtemps, parce qu'il faut que j'aide au bar. Kate, que se passe-t-il? »

Quand Kate lui eut tout raconté, Judy lui conseilla:

« Tu as deux jambes et une bouche pour parler. Ne reste pas assise dans ton coin et va lui dire bonjour. »

Superbe, dans sa robe de taffetas crème, Kate se leva et se

dirigea vers la table de François. Il leva les yeux vers elle en fronçant un peu les sourcils.

« Ah ! bonsoir, Kate. Permets-moi de te présenter Anna et Helana Stiarkoz. » Kate sourit aux deux jeunes filles qui, toutes deux, inclinèrent la tête d'un bon quart de centimètre. L'une d'elles était en train d'introduire avec soin une cigarette dans un long fume-cigarette en or et François lui présenta la flamme de son briquet d'un geste quasi automatique.

« Ma table est à l'autre bout, François, dit Kate.

— Oui, j'ai vu. Je serai ravi de danser avec toi tout à l'heure, peut-être. »

Éberluée, Kate comprit qu'il la renvoyait et elle regagna sa place en butant maladroitement dans les tables.

Tout à l'heure ?... Peut-être ?... Quel joli bal de la Saint-Valentin !

« Ça ne va pas ? » lui demanda Maxine.

Kate n'arrivait pas à prononcer un seul mot. Elle avait peur de se mettre à pleurer. Une rougeur mal seyante envahit son visage.

« Viens dans les toilettes », dit vivement Maxine en la prenant par la main.

En traversant la salle aux lumières tamisées, Maxine aperçut Judy et lui montra les toilettes d'un signe de tête. Judy les y rejoignit quelques minutes plus tard.

« Kate, ma chérie, il ne faut pas pleurer. Il a certainement une raison pour se conduire de la sorte. » Mais, tout en lui parlant ainsi, Maxine savait que François avait, en effet, deux bonnes raisons qui étaient assises de chaque côté de lui.

« Écoute-moi, c'est un salaud ; heureusement que tu en es débarrassée, intervint Judy.

— Il ne faut pas qu'il sache qu'il t'a fait de la peine, enchaîna Maxine.

— Il a déjeuné toute la semaine au Chesa avec ces deux pouffiasses. Ce sont les héritières d'un armateur et François le sait parfaitement. Tu peux donc, soit continuer de pleurnicher, soit te montrer courageuse et ne pas laisser voir qu'il t'a plaquée. »

Malheureusement, une autre élève de l'Hirondelle qui était aussi dans les toilettes surprit cette conversation. Triomphante, elle se dépêcha d'aller répandre la nouvelle. Enfin, Miss Gstaad avait eu ce qu'elle méritait. Quand Kate apparut, maquillée de frais, elle comprit aussitôt que son humiliation était de notoriété publique. Son sang irlandais ne fit qu'un tour et elle appela le garçon.

« Nick, apporte-moi quelque chose de bien tassé, tu seras un amour. »

Au courant, lui aussi, de l'affaire des jumelles grecques, Nick revint avec un double brandy, strictement interdit. Kate s'étrangla en le buvant et en demanda un autre, mais Nick refusa. Toutefois, il ne cessa de lui apporter des boissons non alcoolisées, ridiculement colorées et remplies de morceaux de fruits, qu'il paya de sa poche et il entretint avec elle un bavardage ininterrompu qui ne demandait pas de réponse. Nick trouvait un réconfort à réconforter Kate. Il comprenait fort bien ce qu'elle éprouvait, car il était dans la même situation vis-à-vis de Judy. Pourquoi était-elle insensible à son amour ? Ne se sentait-elle pas *forcée* de l'aimer ? Pourquoi refusait-elle obstinément de voir en lui autre chose qu'un ami ? Pour Nick comme pour Kate, la douleur qu'ils éprouvaient était due en partie au fait qu'ils ne se rendaient pas compte que cet amour n'était pas le seul de leur vie, mais simplement le premier.

« Regarde, voilà des garçons du Mornay, lui chuchota-t-il. Ils attendent tous de tomber amoureux de toi. »

Un groupe d'adolescents en smoking venait de franchir les portes vitrées de l'entrée. Un mélange très cosmopolite, deux Persans, aux sourcils arqués qui se rejoignaient au-dessus du nez, un rajah hindou olivâtre et un Scandinave blond et maigre qui se comportait comme s'il avait l'habitude que tout le monde marche derrière lui.

Tandis qu'ils gagnaient leur table, un silence brusque et révélateur s'établit ; c'était l'instant d'attente qui précède toujours l'arrivée d'une personne de sang royal. Toutes les têtes se tournèrent vers la porte pour regarder l'hôte d'honneur, Abdullah, qui se tenait aussi raide que s'il passait des troupes en revue. A son bras, Pagan descendait modestement l'escalier, environnée d'un nuage de tulle vaporeux et scintillant.

Kate s'était mise à flirter ouvertement avec Nick, avec qui elle se sentait en sécurité. A minuit, un lâcher de ballons roses et blancs tomba du plafond et toutes les dames eurent droit à un poudrier doré en forme de cœur et à une rose à longue tige. On déploya des banderoles argentées dans toute la salle et tout formalisme fut abandonné.

Ne pouvant plus supporter cette gaieté, Kate voulut se réfugier dans les toilettes, mais Nick qui avait un peu bu, bien qu'il fût de service, l'intercepta.

« Écoute, nous sommes malheureux tous les deux, murmura-t-il. Judy ne veut pas me considérer comme autre chose qu'un ami et, ce soir, elle ne m'a même pas adressé la parole. Je suis seul et triste, Kate ; j'ai besoin de toi, dit-il simplement. Kate, ma chérie, viens dans ma chambre. »

A sa grande surprise, Kate réfléchit à la proposition. Elle avait besoin de la chaleur rassurante des bras d'un homme, après l'abandon dont elle venait d'être victime.

« Euh... je ne sais pas, répondit-elle. Je veux dire : comment pourrions-nous faire ?

— Sois parmi les premières à te faire compter devant le car de l'école et ensuite, faufile-toi vers la porte de service pendant que la surveillante est occupée à compter les autres. Demande à Pagan de te faire rentrer après. »

Kate avait l'air si malheureux que Nick se risqua à lui donner un rapide baiser.

« D'accord, j'essayerai, mais je ne te promets rien. Ça dépendra de Pagan. »

Elle revint discuter de la chose avec Maxine qui était légèrement grise après deux coupes de champagne.

« Pierre veut que je reste, lui aussi, dit-elle, manifestement très tentée.

— Il va t'emmener au chalet ?

— Non, il a réservé une chambre ici, au cas où.

— Mon Dieu, sans être sûr ! Ça doit coûter une fortune, constata Kate, très impressionnée.

— Et pourquoi ne le ferait-on pas ? » Les deux amies tournèrent les yeux vers Pagan qui jouait les princesses sur la piste de danse. « Tu crois que Pagan voudra ne pas rentrer, elle non plus ?

— Je ne crois pas qu'elle oserait. » Elles firent un signe à Pagan et se ruèrent de nouveau vers les toilettes.

« Ne pas rentrer ? s'exclama Pagan. Comment pourrais-je ne pas rentrer ? Tout le monde s'en apercevrait. Je viendrai vous ouvrir la porte à cinq heures. Mais, par pitié, ne soyez pas en retard. »

A une heure du matin, Kate et Maxine montèrent dans le car. Elles se trouvaient juste devant Pagan qui créa une diversion en faisant des manières insensées pour escalader les marches en tenant ses jupes et elle réussit presque à faire dégringoler la surveillante dans le caniveau, pendant que les deux autres s'esquivaient par l'autre portière.

La neige crissant sous ses pas, Maxine s'avança à la rencontre de Kate qui grelottait de froid sous un lampadaire, dans la rue aux ombres bleutées. Elles se prirent par la main, coururent jusqu'à l'école et frappèrent des coups discrets à la porte de service.

Ce fut une Mademoiselle en furie qui leur ouvrit la porte.

« Ah, la belle équipe que vous faites, cria-t-elle. Vous devriez avoir honte. Allez immédiatement dans le bureau du directeur. »

Vêtu d'un peignoir en soie marron, M. Chardin, ulcéré, faisait les cent pas. Enveloppée dans une vieille robe de chambre en poil de chameau, d'une coupe monacale mais relevée par une ceinture de satin rouge, Pagan était assise, pâle et silencieuse, pianotant nerveusement sur le bras du fauteuil. Elle avait reçu un coup de téléphone de sa mère : son grand-père avait eu une très violente crise cardiaque dans l'après-midi, il s'était trouvé mal à l'écurie et il était mort peu après minuit. Pagan devait rentrer immédiatement en Angleterre.

En traversant la chambre de Kate et de Maxine pour atteindre celle de Pagan, Mademoiselle s'était aperçue qu'aucune des deux filles n'était dans son lit. Bien qu'atterrée par la nouvelle de la mort de son grand-père, Pagan n'avait rien avoué et, comme pour le leur faire comprendre, elle leva les yeux sur ses deux amies qui entraient dans le bureau et demanda :

« Où étiez-vous ? Au Gringo ? »

Maxine vit aussitôt la perche qu'on lui tendait.

« Nous sommes allées danser avec des amis, dit-elle au directeur. Excusez-nous, monsieur Chardin. » A côté d'elle, Kate pleurait en silence. Après avoir été abandonnée par François, elle avait l'impression qu'un renvoi de l'école briserait toute son existence. Les deux filles posèrent sur Chardin un regard suppliant. Pagan, qui pensait à son grand-père, était en proie à des sanglots incontrôlables.

Chardin ne disait rien. La détresse de ses pensionnaires lui procurait un sentiment de puissance. Il ne souhaitait pas que son établissement fût le théâtre d'un nouveau scandale qui risquerait de mettre la puce à l'oreille à certains parents qui s'étaient plaints des mœurs relâchées de l'école. Il les punirait en leur interdisant bals et sorties dominicales jusqu'à la fin de l'année.

« Étant donné que je ne veux pas jeter l'opprobre sur mon établissement, déclara-t-il enfin aux trois malheureuses, tremblantes de peur, je ne renverrai pas ces deux irresponsables écervelées. J'espère qu'elles ont conscience de l'indignité de leur conduite. Venez dans mon bureau demain, à neuf heures ; je vous mettrai au courant de ma décision. Encore heureux qu'aucune de vous ne soit enceinte. Et maintenant, au lit, toutes les trois. »

A bout de forces, terrorisées, les trois filles regagnèrent leur chambre, les jambes tremblantes, mais soulagées, malgré tout.

Inutile de se faire du mauvais sang, se dirent-elles, tout en se déshabillant avec des gestes las.

Pourtant, elles avaient tort, et le directeur aussi.

L'une d'elles *était* enceinte.

# DEUXIÈME PARTIE

# 7

Consciente de l'aspect miteux de son manteau, Judy se sentit tout à coup l'air péquenot. Elle mourait d'envie de posséder ces superbes et fragiles atours si artistiquement exposés dans les vitrines de Paris que Maxine lui montrait, sans cesser une seconde de bavarder. Elles arrivèrent devant chez Hermès et poussèrent timidement la porte vitrée, sur quoi Maxine prit un air snob et hautain pour examiner les foulards de soie et les sacs les plus chers du monde, comme si rien de tout ça n'était assez bien pour ces deux adolescentes. Grisée par la riche odeur du cuir, Judy acheta un agenda Hermès en veau très souple, avec un petit crayon en or fixé sur le côté.

Voilà qu'elle se sentait un peu plus parisienne et un peu plus adulte. Après tout, n'avait-elle pas dix-sept ans et n'était-elle pas à Paris depuis deux jours déjà. Paris la fascinait totalement, avec ses magnifiques boulevards bordés de marronniers, ses boutiques étincelantes, ses femmes élégantes et parfumées, ses restaurants qui vous faisaient monter l'eau à la bouche et l'appartement gai et bruyant des parents de Maxine, où Judy devait rester une semaine ou deux, jusqu'à ce qu'elle ait trouvé du travail et un logement. Elle ne voulait pas encore y songer, pour le moment ; aujourd'hui, elle allait faire comme si elle pouvait se permettre de mener une existence protégée et sans soucis, comme Maxine, Pagan et Kate. Un jour, Judy se l'était juré à elle-même, elle vivrait toujours de la sorte, et pas seulement pendant quelques jours.

« Et maintenant, cap sur le Quartier latin », déclara Maxine. Elles partirent à grandes enjambées à travers les rues encore enneigées en ce mois de février et s'engouffrèrent sous l'arche de lys en fer forgé, style Art déco, qui signalait l'entrée du métro Palais-Royal. Elles dégringolèrent les marches et passèrent devant une vieille marchande de fleurs obèse, toute ratatinée sur son tabouret et la tête recouverte d'un châle. Une bouffée de chaleur bienvenue apportait avec elle une odeur de gauloises, de vieux journaux, d'égouts et d'ail.

« Nous sommes en retard. J'avais dit à Guy qu'on serait là à midi », s'inquiéta Maxine, au moment où elles émergeaient à nouveau dans la lumière du jour. Remarque, je serais étonnée qu'il soit à l'heure, surtout avec moi. Depuis que nous sommes tout petits, il tire un grand orgueil du fait qu'il a trois ans de plus que moi. Nous nous voyons très souvent, parce que nos mères étaient de très bonnes amies de classe, aussi est-il obligé de me supporter. »

Elle remonta rapidement le boulevard Saint-Germain, tirant Judy par le bout de son gant rouge, alors que celle-ci aurait aimé flâner dans les rues sinueuses qui donnaient sur le boulevard.

« Quel genre de vêtements fait Guy ? demanda Judy.

— Surtout des tailleurs et des chemisiers, avec quelques manteaux légers.

— C'est lui qui les confectionne ?

— Non, non, il a un coupeur et une couturière. Ils travaillent tous les trois dans la même pièce et lui, il dort dans une petite chambre à côté. Il va bientôt être obligé de chercher un atelier, mais c'est incroyablement difficile d'emprunter quand on n'a pas de mise de fonds — et c'est le cas de Guy.

— Comment fait-il pour payer ses deux employés ? demanda Judy.

— Son père refuse de l'aider parce qu'il prétend que la couture est un métier de pédéraste et Guy a eu un peu d'argent grâce à des clients. Quand il s'est installé, il est allé voir ma mère pour lui proposer de lui faire quatre tenues par an en échange d'une modeste allocation annuelle payable d'avance. Elle a accepté et lui a envoyé des amies qui ont toutes conclu avec lui le même contrat, y compris tante Hortense. »

Cette fameuse tante Hortense avait fort déconcerté Judy qui n'avait encore jamais rencontré de tantes semblables à celle-là. La veille, tante Hortense les avait emmenées dîner chez Mme de George et, tout en dégustant des œufs de caille, des artichauts, de la pintade et un dessert qui avait un goût de glace au cognac, Judy s'était sentie bien loin de Rossville. Après ce somptueux repas, on avait éteint les lumières et le spectacle avait commencé, dans un frou-frou de plumes d'autruche roses qui cachaient — à peine — les parties intimes d'une rangée de girls d'une surprenante beauté, toutes grandes et élégantes, avec des hanches étroites et des seins placés haut. Soudain, Judy remarqua qu'elles avaient de larges épaules, des biceps et des avant-bras musclés. Elle n'en croyait pas ses yeux. Elle pinça Maxine en disant : « Ces filles... euh... ce sont... des hommes ?

90

— Oui, répondit Maxine, en riant sous cape.

— Je suis stupéfaite que ta tante nous ait emmenées dans un pareil endroit.

— Elle voulait que tu voies quelque chose de olé olé ! C'est le moins pervers de tous les lieux pervers de Paris. Tante Hortense adore *épater le bourgeois*[1] ; elle ne peut supporter les gens solennels.

— Jamais je ne vous comprendrai, vous autres Européens.

— Ah ! mais nous, nous vous comprenons, nous savons ce qui vous choque », dit tante Hortense. En entendant cette voix, Judy pensa à de la neige s'amoncelant doucement, à des gouttes d'eau éclaboussant le rebord d'une fontaine, au tintement poli de la porcelaine et à des bottes de cheval en cuir patiné. Judy se prit à penser que même quand elle était hors d'elle, tante Hortense ne devait jamais élever le ton. Elle avait une grosse figure taillée à coups de serpe, un nez énorme qui saillait au-dessus d'une grande bouche continuellement étirée dans un sourire trompeur et des paupières fardées de vert assorties à son chapeau de satin émeraude. Elle était grande, autoritaire et semblait rébarbative jusqu'au moment où elle posait sur vous un sourire étrangement charmeur.

Marchant à grands pas dans les rues enneigées, les deux filles arrivèrent enfin devant Les Deux-Magots. Elles s'installèrent à la seule table libre et commandèrent des punchs chauds au citron.

« Merde, je voulais dire mince, personne que je connaisse, se lamenta Maxine. Le soir, ce n'est pas pareil. Une fois, j'ai vu Simone de Beauvoir qui se disputait avec Jean-Paul Sartre. Et aussi Juliette Gréco. Elle est toujours en pantalon et en pull-over noirs — bizarre, tu ne trouves pas ?

— Ça évite d'avoir à prendre une décision tous les matins », commenta un jeune homme blond et filiforme, vêtu justement d'un pantalon et d'un chandail noirs. Il s'assit près d'elles. On aurait dit un rat d'hôtel, non masqué ; il était petit, avec un nez légèrement busqué, une grande bouche sensuelle et une masse de cheveux couleur de lin.

« Bigre ! Quelle différence... ah ! Maxine, je ne t'ai reconnue que de dos. Et tu es devenue si mince que je pourrais t'engager comme mannequin. »

Il enleva le long foulard noir enroulé autour de son cou et commanda un croque-monsieur.

« Que deviens-tu ? lui demanda Maxine.

1. En français dans le texte.

— Je me suis installé sur la rive gauche, à l'hôtel de Londres, depuis plus d'un an, comme couturier, mais personne ne semble s'en être aperçu.

— Comment avez-vous fait pour devenir couturier ? s'enquit Judy, tranchant directement dans le vif du sujet. Comment avez-vous échappé au service militaire ?

— J'ai eu la tuberculose à quatorze ans et l'armée n'a pas voulu de moi. Quand je suis entré chez Jacques Fath, papa a fulminé, bien entendu, mais maman était ravie parce que j'ai cessé de vouloir lui faire des robes. Elle disait qu'elle en avait par-dessus la tête de mes essayages — je lui enfonçais les épingles dans la peau ! ajouta-t-il avec un petit rire.

— Vous avez quitté l'école pour entrer du jour au lendemain dans l'atelier d'un couturier célèbre dans le monde entier ?

— A dire vrai, j'ai eu cette place parce que ma mère connaissait la chef vendeuse de chez Jacques Fath. Quand il n'y avait plus d'épingles à ramasser, je me mettais à faire des croquis de mode et de façon à ce que tout le monde me voie, bien sûr. Je dessine très bien. » Il fit voler l'enveloppe de sa paille au visage de Maxine. « Au bout d'un an, je suis entré dans l'atelier de dessin et au bout de deux ans, on m'a nommé assistant dessinateur. Pas assistant de Fath lui-même, naturellement, mais de l'un de ses collaborateurs. » Il versa du vin dans les trois verres. « Mon travail consistait à traduire les croquis de Fath pour l'atelier de couture, à faire des petits arrangements pour l'exécution de la toile, et à contrôler les moindres détails, jusqu'à ce que le modèle soit prêt pour le premier essayage. Bien entendu, je n'avais jamais affaire à la clientèle, c'est le rôle des vendeuses... Maxine, tu ne devrais pas manger des croque-monsieur à une telle cadence si tu tiens à garder cette ligne extraordinaire.

— Mais comment avez-vous appris à faire des robes ? insista Judy qui voulait tout savoir.

— Oh ! je ne sais pas, ça s'est fait tout seul », répondit Guy en haussant les épaules.

En dépit de son air détaché de génie nouvellement éclos, le véritable secret du succès de Guy Saint-Simon, c'était — en dehors de son talent — un intérêt passionné pour la mode qui l'avait conduit à consacrer tous ses loisirs à la fréquentation des tailleurs et des coupeurs de Jacques Fath, apprenant ainsi à couper avec cet art qui s'était perfectionné au cours des générations et qui se transmettait — uniquement par l'exemple — de tailleur en tailleur, ceux-ci étant toujours des hommes, les femmes exécutant les travaux de couture.

— Mais on ne peut pas se lancer comme ça, objecta Judy.

— Eh bien, j'ai d'abord fait quelques ensembles convenables pour ma mère et elle les a portés. Je croyais que c'était uniquement pour me faire plaisir, mais toutes ses amies se sont mises à vouloir les mêmes. Et voilà ! C'était parti ! Et maintenant, dites-moi ce que vous avez l'intention de faire, toutes les deux.

— Moi, je voudrais faire de la décoration d'intérieur et aller suivre des cours à Londres, déclara Maxine, mais je n'ose pas encore en parler à papa. Je vais d'abord essayer de convaincre tante Hortense pour qu'elle intercède en ma faveur.

— Et moi, je vais me trouver une place d'interprète à Paris », enchaîna Judy, paraissant bien plus sûre d'elle qu'elle ne l'était en réalité. Elle n'ignorait pas qu'à Paris, la lutte pour trouver un emploi était presque aussi meurtrière que la circulation et que les heures de travail étaient nombreuses et mal payées.

« Ensuite, elle retournera à New York, ajouta gaiement Maxine. Elle rentrera dans une de ces fabuleuses sociétés internationales où elle pourra utiliser toutes les langues qu'elle a apprises et — pourquoi pas ? — épouser le patron !

— Guy, est-ce que je pourrais voir vos modèles ? demanda Judy, désireuse de changer de sujet de conversation.

— Naturellement. Vous allez peut-être épouser toutes les deux de vieux millionnaires décatis et devenir mes meilleures clientes. Mais pas aujourd'hui ; il faut que je sois chez mon fabricant de boutons dans dix minutes. Venez me chercher demain soir à six heures à l'hôtel de Londres. Je vous emmènerai dîner aux Beaux-Arts ; demain, c'est la Saint-Valentin et les étudiants organisent une fête fantastique... Qu'est-ce qu'il y a ?... Vous avez l'air bizarre, toutes les deux... J'ai dit quelque chose qui ne vous plaît pas ?

— Non, non, s'empressa de dire Maxine. C'est parce que nous avons eu des petits ennuis, l'année dernière, à la Saint-Valentin, quand nous étions en Suisse. Nous étions... euh... rentrées du bal un peu plus tard que prévu.

— Bon, ces petits tracas puérils sont terminés pour vous, maintenant », rétorqua Guy qui agita l'addition, sans remarquer le silence embarrassé des deux jeunes filles.

Dehors brillait un timide soleil d'hiver, le vent était tombé et il faisait moins froid. Les deux amies partirent se promener sur les quais, le long des parapets de pierre qui longeaient la Seine où étaient installés les étals des bouquinistes.

« Guy aime-t-il les femmes ? demanda Judy, pendant qu'elles

passaient sur le pont Royal. Il a une drôle de façon d'agiter les mains.

— Je n'en sais rien. Peut-être ; je n'en ai aucune idée. En tout cas, il n'est pas question que tu tombes amoureuse de lui, c'est compris ? Je veux te laisser à la garde de quelqu'un qui veillera sur toi, quelqu'un qui prendra la place de Nick — d'un frère, pas d'un amoureux, pour le moment, du moins. Il ne faut pas que tu te sentes seule à Paris.

— Et je ne peux pas avoir les deux ?

— Si, bien sûr. Tu n'y échapperas pas ici. Attends que le printemps arrive et que les marronniers fleurissent. Regarde, il y a déjà des fleurs dans le jardin des Tuileries. »

Elles traversèrent rapidement le parc et tournèrent à gauche en direction de l'avenue Montaigne, leur excitation croissant à mesure qu'elles approchaient du numéro 32 où étaient installés les salons du plus grand couturier du monde, Christian Dior.

Un nuage parfumé les enveloppa au moment où elles se réfugiaient dans la luxueuse tiédeur des salons. Tante Hortense avec qui elles avaient rendez-vous n'était pas encore arrivée, aussi flânèrent-elles dans la boutique, palpant d'exquis chemisiers de soie vert amande, lorgnant des dessous d'une incroyable délicatesse et caressant des gants de daim.

A son grand soulagement, les vendeuses ignorèrent Judy et vinrent s'affairer autour de Maxine qui avait mis son manteau bleu marine de Dior, ce qui l'encouragea à oser essayer une ou deux choses. Elle revêtit un long manteau de chacal sous le regard indulgent d'une vendeuse qui savait fort bien que cette enfant n'avait aucune intention de l'acheter, quoique, visiblement, quelqu'un lui eût offert des vêtements chez Dior. Elle enfila ensuite une chemise de nuit de coton garnie d'une étroite ganse de satin vert qui coûtait l'équivalent de ce qu'on lui donnait en trois mois. Elle venait de l'enlever et de faire l'achat d'un porte-jarretelles en dentelle bleue — trois semaines de son argent de poche — quand tante Hortense arriva. Elles allèrent aussitôt retirer leurs places réservées au grand bureau ancien de la réception.

Si tante Hortense n'avait pas été une aussi bonne cliente, l'élégante hôtesse se serait enquise de leur nom, de leur adresse et de leur numéro de téléphone pour les inscrire dans le grand livre de cuir des visiteurs ; elle aurait également voulu savoir qui leur avait donné l'idée de venir visiter la maison Dior. Cette petite enquête permettait de trier les espions et les gens sans intérêt par rapport aux clients sérieux. Les espions commerciaux tentaient rarement de s'introduire après la première présentation de la collection, parce qu'on leur donnait toutes les informations voulues trois jours après, mais certaines élégantes — parfois de vraies clientes, comme par exemple Helena Rubinstein, la reine des produits de beauté — venaient voir la collection en compagnie d'une « amie » beaucoup moins bien habillée, qui était en réalité une couturière.

« On est si bien ici, fit remarquer tante Hortense au moment où elles s'asseyaient sur les fragiles chaises dorées du premier rang, dans le salon gris perle. Malgré tout, je n'ai jamais compris pourquoi les hommes s'imaginent que les femmes adorent faire les magasins. C'est une pénible épreuve qu'il faut subir pour renouveler sa garde-robe. Cette corvée est composée de deux parties : choisir le vêtement qui convient et ensuite, s'assurer qu'il vous va... Ah, les prises de bec que j'ai pu avoir avec les essayeuses ! Je viens chez Christian Dior parce que j'ai horreur de faire les magasins. On se sent moins déprimée chez un couturier que dans une boutique où l'on vous force à essayer des choses dans lesquelles on se trouve grosse, affreuse et godiche.

— Quand encore la vendeuse ne se plaint pas que vous faites une taille peu courante, ce qui vous donne l'impression d'être un monstre, renchérit Judy.

— Ou bien, qu'on vous fait le coup de l'intimidation, si bien que vous finissez par acheter des choses très chères, uniquement parce que vous vous trouvez moins horrible que dans tout le reste, ajouta Maxine.

— C'est vrai. C'est plus simple d'aller chez Dior. C'est plus cher, mais on ne gâche pas son argent et on paraît toujours à son avantage. Ha, voilà le premier modèle ! »

Tout comme des acheteurs de chevaux pendant une vente aux enchères, l'assistance prit un air très concentré pour voir les mannequins élégants et dédaigneux apparaître, garder la pose, puis s'esquiver derrière les rideaux de velours gris.

« Comment peut-elle avoir une taille aussi fine ? demanda Judy à la vue d'une fille aux cheveux aile-de-corbeau, enveloppée dans un manteau de flanelle gris pâle étranglé par une large ceinture de cuir gris argenté. Où donc met-elle ce qu'elle mange ?

— Si vous défaisiez sa ceinture, vous vous apercevriez qu'il n'y a pas de flanelle dessous, mais simplement une bande de taffetas reliant le haut et le bas. Voilà pourquoi sa taille paraît si fine. Mais je trouve qu'elle ne devrait pas porter ses fourrures avec tant de précautions. Pierre Balmain prétend que le fin du fin, quand on a un vison, c'est de le porter comme si c'était un manteau de tissu, et inversement, de traiter un manteau de tissu comme s'il était aussi précieux qu'un vison. »

Comme l'exige la tradition, le dernier modèle de la collection était une robe de mariée garnie de petits volants de dentelle bouillonnant à partir des épaules pour former une traîne de deux mètres cinquante de long.

« Excellente idée, commenta tante Hortense, le dos d'une toilette de mariée devrait toujours être intéressant afin que les invités aient quelque chose à regarder pendant que les époux sont agenouillés devant l'autel. Et maintenant, occupons-nous un peu des essayages. »

Elles pénétrèrent dans un salon où une essayeuse muette — parce qu'elle avait la bouche pleine d'épingles — était en train de faire des retouches sur une robe à manches bouffantes, en soie abricot, avec des manches bouffantes et une taille très cintrée. « Trois essayages pour chaque vêtement, grommela tante Hortense. Mais c'est une garantie de perfection et c'est ce qui fait la supériorité de la haute couture. Il faudrait l'élargir un peu à la taille, vous ne trouvez pas ? ajouta-t-elle en s'adressant à l'essayeuse. Judy, voulez-vous savoir pourquoi j'ai choisi cette robe ? Parce qu'elle est originale sans excès. Seules les femmes très riches, très belles ou réellement excentriques peuvent s'habiller de façon vraiment originale. Ce n'est pas mon cas.

— Ce décolleté en V est moins échancré que celui de la collection, critiqua Maxine.

— Monsieur Dior est partisan des encolures très fermées. Avant six heures et demie et après six heures quarante-cinq, on ne devrait pas montrer un seul centimètre de peau.

— C'est très chic, déclara Judy qui fut immédiatement remise en place.

— Très élégant, pas très chic. Schiaparelli a inventé le mot chic pour dire excentrique et original. On ne peut pas être chic de temps en temps. On l'est ou on ne l'est pas. Je ne suis pas chic. »

Tante Hortense n'avait pas une garde-robe très variée, mais tout était coupé dans la plus vaporeuse mousseline, la soie la plus fine, le tweed le plus souple et les fourrures les plus fluides. En dehors de ce qu'elle achetait chez Dior, toutes ses tenues étaient des versions différentes d'une toilette qu'elle estimait convenir à son genre de vie et à son âge, c'est-à-dire un tailleur composé d'une veste sans col et d'une jupe plissée ou clochée en soie ou en lainage, agrémenté d'un chemisier de mousseline du même ton. Pour chaque ensemble, elle avait deux chapeaux, une petite toque bien emboîtante et un feutre ou un paille à larges bords. Ces tenues très simples étaient rehaussées par de magnifiques bijoux. Si tante Hortense aimait la discrétion pour les vêtements, il n'en allait pas de même pour les bijoux. Ses goûts allaient aux lourdes parures d'or, aux grosses chaînes de platine, aux cabochons de quartz émeraude incrustés de diamants et aux longs rangs de perles baroques.

Après la visite chez Dior, tante Hortense emmena les deux jeunes filles prendre le thé au Plaza Athénée. Le vaste hall était peuplé de petits fauteuils de velours et il y flottait une odeur de parfums de prix, de cigares coûteux et d'Américaines bien propres.

« Comment avez-vous trouvé la collection ? demanda tante Hortense au moment où on amenait le chariot de pâtisseries.

— Splendide », répondit Judy en se laissant aller contre le dossier de son fauteuil. Se faire servir était pour elle une jouissance que ne peut imaginer quiconque n'a pas été de l'autre côté de la barrière. « Splendide et merveilleux, mais à mon avis, il faut que les vêtements soient pratiques et ceux-là ne le sont pas. Même si j'avais les moyens de les acheter, je n'aurais pas les moyens d'en prendre soin ; par conséquent, même si j'étais très riche, ce n'est pas ce que je choisirais. »

Elle planta sa fourchette dans une meringue. « Maxine, ne me regarde pas comme si j'avais manqué de respect à la Vierge Marie ! Est-il possible de laver à la main une jupe qui fait cinq mètres de large ? Peut-on donner à nettoyer à sec une robe de bal en crêpe blanc ? Crois-tu qu'un manteau de daim crème puisse rester propre longtemps ?

— Tes couturiers américains sont incapables de réaliser quoi que ce soit qui ressemble à la haute couture parisienne, répliqua Maxine, indignée. C'est pour ça qu'ils viennent acheter chez nous.

— Écoute-moi, Maxine. Je reconnais que cette collection est divine, mais je pense aussi que, sauf pour des personnes qui ont une femme de chambre et un crédit illimité chez le teinturier, elle n'est absolument pas pratique. Tante Hortense m'a demandé mon avis et je le lui ai donné. J'espère bien être toujours trop occupée dans la vie, pour ne pas pouvoir passer la moitié de mon temps à m'inquiéter de mes affaires.

— Voilà une critique intéressante et avisée, dit tante Hortense qui était assise toute droite sur son petit fauteuil, comme un cadet de Saint-Cyr. J'en parlerai à M. Dior, mais bien sûr, il n'y prêtera pas la moindre attention. Il n'y a guère que huit cents femmes, dans le monde entier, qui soient assez riches pour s'habiller en haute couture, à Paris et il semble qu'elles fassent toutes la queue devant sa porte ; il n'a donc pas besoin de se soucier du côté pratique. Mais Judy a entièrement raison de dire ce qu'elle pense. Quand j'avais votre âge, j'étais timide comme une petite souris et terrorisée à l'idée d'ouvrir la bouche. Il faut dire qu'avant la Première Guerre mondiale, on voyait les enfants, mais on ne les entendait jamais.

— Si je dis toujours ce que je pense, expliqua Judy, c'est que je ne sais pas m'exprimer autrement. J'imagine que les Européens doivent me trouver mal élevée, mais je ne comprends pas pourquoi.

— Tu manques de tact et tu cries, rétorqua Maxine, encore fâchée des critiques adressées à Christian Dior.

— Il m'arrive de crier quand je suis énervée, parce que lorsque j'étais petite, c'était ma seule possibilité de me faire remarquer des plus grands.

— Ne changez surtout pas, lui conseilla tante Hortense. Vous avez vos idées, vous ne répétez pas les opinions des autres. Vous êtes directe et vous voulez que tout le monde le soit aussi. Il se peut que vos manières semblent un peu brusques à ceux qui ne vous connaissent pas, qu'ils en soient irrités ou même alarmés, mais vous aurez tôt fait d'acquérir un vernis social, maintenant que vous n'êtes plus une enfant. Personnellement, je trouve votre franchise rafraîchissante, poursuivit-elle en buvant pensivement une gorgée de thé. Perdre son innocence n'a rien à voir avec la virginité, voyez-vous. On perd son innocence quand on est obligé de se colleter soi-même avec le monde ; quand on a compris que la grande règle de la vie, c'est de tuer ou d'être tué. Rien à voir avec les livres d'images. Comme Maxine le sait, je préfère l'action à la discussion. Il ne faut pas rester assis à se rouler les pouces en attendant qu'il vous arrive quelque chose.

— Sûrement pas ! s'écria Judy avec conviction. Il faut forcer le sort.

— Parfaitement. Ah ! ce qu'on a pu s'amuser pendant la guerre, au milieu de tant d'horreurs et de souffrances ! Maurice, notre chauffeur, était mon chef dans la Résistance ; on s'occupait des trains. » En réponse à la question muette de Judy, elle fit claquer son majeur contre son pouce et ajouta : « On les faisait sauter. Ensuite, on a fait partie d'un réseau qui organisait des évasions. » Tante Hortense se mit à remuer délicatement son thé avec une cuiller d'argent. « On apprend vite quand on est obligé.

— Qu'auriez-vous aimé apprendre ?

— J'aurais aimé apprendre à considérer les transformations comme des choses naturelles, dans tous les domaines, y compris soi-même. A dix-sept ans, on croit être une personne bien déterminée, mais à vingt-cinq ans, on est devenu quelqu'un de tout différent. » Elle se tut, haussa les épaules et reprit : « Et puis, dix ans plus tard, on s'aperçoit qu'on a encore changé, et ainsi de suite. » Elle souleva le couvercle de la théière et remarqua : « Vous me semblez toutes bien plus au fait, sexuellement, que je ne l'étais à votre âge. »

Au début, Judy avait pris tante Hortense pour une snob, mais elle se rendit rapidement compte qu'elle était simplement riche et vieille, qu'elle avait de l'expérience, qu'elle était intéressante à écouter et qu'elle se moquait éperdument de l'opinion d'autrui. Judy était fascinée par ce personnage. Quelle différence avec ma mère, se disait-elle perfidement, et cette pensée lui donnait mauvaise conscience. Le spectre de Rossville l'épouvantait toujours. Elle redoutait que sa vie ne s'enfuie comme celle de sa mère sans que personne s'en aperçoive, pas même elle-même.

Sa mère n'était jamais parvenue à oublier les souvenirs des années trente, quand, pendant deux pénibles années, son mari s'était retrouvé au chômage. Elle avait réussi à communiquer à Judy la hantise de manquer d'argent et celle-ci avait fini par rêver à la sécurité financière, comme les autres filles rêvent au prince charmant. Le mariage n'était pas une garantie de richesse et de sécurité, elle le savait bien. Il lui faudrait travailler longtemps et durement avant de pouvoir sortir un gros billet de son porte-monnaie de crocodile et le remettre au garçon sans jeter un seul regard sur l'addition, comme tante Hortense venait justement de le faire.

Après avoir questionné Judy sur ses projets, tante Hortense lui déclara avec beaucoup de gentillesse : « Si vous n'avez personne pour veiller sur vous, rappelez-vous, je vous en prie, que je n'ai personne sur qui veiller. Je ne suis pas aussi féroce que j'en ai l'air et je me souviens très bien de ce que c'est que d'avoir dix-sept ans. Téléphonez-moi donc si vous avez besoin de quelque chose... téléphonez-moi, de toute façon. »

Maurice reconduisit les deux jeunes filles à Neuilly. Judy contemplait ses larges épaules sous sa casquette noire. « Est-ce que tu crois qu'il a eu des relations intimes avec elle ? chuchota-t-elle.

— Avec tante Hortense ? Qui peut le savoir ? » répondit Maxine en chuchotant à son tour.

Tandis que la vieille Mercedes traversait le centre de Paris à toute allure, Judy se sentait au paradis. Comme bien des Américaines avant elle, elle était déjà amoureuse de Paris.

## 8

Le hall de l'hôtel de Londres avait fort triste mine. Le papier peint flétri se décollait en haut des murs et les plinthes étaient bien écorchées.

« Où est l'ascenseur ? demanda Maxine à la réception.

— Au Ritz. » L'employé lui désigna l'escalier au fond du hall. Les jeunes filles passèrent devant un palmier défraîchi qui se prélassait dans une vasque en cuivre et montèrent les marches craquantes jusqu'au cinquième étage où se trouvait l'atelier de Guy, tout au bout d'un couloir obscur. Petit et bas de plafond, bien plus propre que le reste de l'hôtel, il donnait sur une courette. La silhouette d'une femme courbée sur une machine à coudre bourdonnante se détachait devant la fenêtre ; les manches retroussées, un homme en blouse blanche était en train de couper du lainage mauve sur une table qui occupait presque toute la pièce. A gauche de la porte, il y avait un casier plein de pièces de tissus et à droite, deux présentoirs à roulettes où étaient accrochés des vêtements protégés par du papier de soie.

« Et maintenant, je vais tout vous montrer », déclara Guy après avoir présenté le coupeur et la couturière aux deux jeunes filles. Il décrocha les vêtements l'un après l'autre et les dégagea précautionneusement du papier qui les enveloppait. Il y avait surtout des tailleurs et des ensembles dépareillés. De capiteuses vestes de soie et des jupes vieux rose ou bleu lavande se combinaient avec des pantalons en jersey plus soutenu ; des tailleurs en velours grenat, topaze ou saphir se portaient avec des manteaux assortis. La ligne en était très simple, sans baleinage ni rembourrage.

« Il faut porter ces tenues avec des bijoux dorés et audacieux, expliquait Guy pendant que les deux filles essayaient ses créations et allaient ensuite s'admirer devant une grande glace. Je ne fais qu'un modèle d'imperméable, mais en trois longueurs différentes, et puis il est réversible. Il peut se porter avec toute ma collection, avec ou sans ceinture. » Il leur montra une gabardine cannelle doublée de lainage cramoisi et ajouta : « J'aimerais bien la faire aussi en gris foncé doublée de rose pâle, mais pour ma première collection, je ne peux pas me permettre de sortir mes modèles dans des couleurs trop nombreuses.

— Tout me plaît, ou presque », s'extasia Judy, en se retrouvant en combinaison avec Maxine, après avoir passé une demi-heure à essayer des vêtements avec la frénésie des filles de cet âge. « Ils sont si faciles à porter. On a l'impression de ne rien avoir sur soi ; on n'y fait même plus attention.

— Mon but, c'est qu'une femme soit élégante sans qu'elle se sente mal à l'aise. Avez-vous remarqué que toutes mes ceintures sont élastiques ? Et je tiens à ce que le mannequin aille aux toilettes avec chacune des tenues pour s'assurer qu'elles sont vraiment pratiques. »

Les confortables vêtements de Guy étaient tout différents des ensembles exquis mais contraignants que Judy avait vus chez Dior. Tout en ayant l'air naturel, le style de Guy était extrêmement élégant parce qu'il choisissait des tissus merveilleux.

Il tira une pièce de soie mauve du casier, en drapa une longueur sur les épaules nues de Judy et se mit à l'épingler. « Ce n'est pas ainsi que travaillent les couturiers, en général, marmonna-t-il, la bouche pleine d'épingles. Madame Grès est la seule à couper directement dans le tissu et à épingler sur un mannequin en chair et en os.

— Est-ce que votre coupeur et votre couturière font des essayages ?

— Jamais de la vie ! C'est le plus important et c'est moi qui le fais. Ça ne me plaît pas tellement, mais je n'ai personne qui puisse le faire. On naît essayeur, c'est une chose qui ne s'apprend pas et à Paris, nous avons les meilleurs qui existent dans le monde entier. Restez tranquille, sinon je vais vous piquer. Je peux aussi faire des patrons, des échantillons ; je sais couper, coudre, faire des essayages et diriger un petit atelier, mais à la base, je suis modéliste et quand je pourrai me le permettre, je ne ferai pas autre chose, merci beaucoup.

— Et la vente ? demanda Judy. Qui s'en occupe ?

— Pour l'instant, avoua Guy d'un air inquiet, je n'ai pas besoin de vendeuse parce que mes clientes me connaissent et elles m'amènent leurs amies. Ça les amuse beaucoup de venir dans un endroit aussi moche ; elles pensent qu'elles vont trouver des choses bon marché et c'est le cas. Elles s'imaginent aussi avoir découvert quelqu'un qui ira loin, et j'espère bien qu'elles ne se trompent pas. Dites-moi, ma chère, que pensez-vous de ça ? » Il se recula et Judy s'approcha de la glace avec précaution. Elle était drapée dans le plus pur style d'une déesse grecque.

« Oh, comme j'aimerais l'avoir !

— Nous verrons cela quand je serai plus riche. Pour le moment, le moindre centime est pour moi d'une nécessité vitale. Et maintenant, puis-je vous offrir un apéritif ? » dit-il en ôtant les épingles et en ramassant adroitement la cascade de soie qui lui tombait des épaules.

Il ouvrit la porte qui donnait dans sa chambre, étrange contraste avec la pièce nette et fonctionnelle dans laquelle ils se trouvaient. Les affaires personnelles de Guy — livres, sous-vêtements, chaussures — étaient empilées au bout du lit qui constituait le seul endroit à moitié vide de cette chambre encombrée de mannequins à demi habillés, de casiers de tissus, de balles de mousseline et de patrons. Guy repoussa un peu le tas de livres et de chaussures et ils s'assirent tous trois en tailleur sur le lit, buvant du vermouth blanc dans un verre à dents et deux gobelets en carton. Il leur exposa ses projets, esquissa le tableau de sa carrière future et brossa le plan de toute son existence. C'est presque aussi net que la vue qu'on avait hier de l'Arc de Triomphe, songea Judy en lui disant :

« Vous semblez tellement sûr de vous.

— Moi ? Je doute constamment de moi-même. Je vis dans une angoisse secrète. Vous n'avez pas idée du supplice que j'endure quand il faut trancher entre une veste à boutonnage simple ou croisé et, ajouta-t-il d'un air maussade, c'est une décision capitale, étant donné que je ne peux pas me permettre de faire un grand nombre de modèles ; je dois donc choisir l'un ou l'autre. Et tant que je ne pourrai pas me payer un assistant, je n'aurai personne avec qui discuter de la question. Je vous le dis, je me sens bien seul.

— Je vous comprends parfaitement, lui répondit Judy. Maxine va me manquer affreusement. Je n'aurai plus personne avec qui bavarder et je ne sais même pas où je vais aller habiter.

— Pourquoi ne pas vous installer ici, suggéra Guy. C'est l'endroit le moins cher que j'ai pu trouver, à peine cinq cents francs par jour — ça fait à peu près deux dollars, je crois. La rive gauche fourmille de petits hôtels pour étudiants, mais celui-ci est propre et on peut même avoir son petit déjeuner au lit, à condition d'avoir les moyens de s'en offrir un. Quand j'avais la grippe, je me faisais monter trois petits déjeuners par jour. Et puis, il y a le téléphone. Le vieux grognon de la réception vous prend les messages si vous lui donnez un pourboire une fois par mois.

— Formidable ! s'exclama Maxine. Guy pourra veiller sur toi

et toi, tu lui donneras ton avis sur les boutonnages simples ou croisés. »

En descendant pour aller dîner, ils s'arrêtèrent à la réception où, après avoir marchandé un prix mensuel avec le portier bourru, Maxine finit par obtenir quinze pour cent de réduction. Ils descendirent ensuite la rue Bonaparte jusqu'au restaurant des Beaux-Arts qui était très animé. Tandis qu'ils buvaient mutuellement à leur santé, Judy se sentit bien plus rassurée. Il ne lui restait plus qu'à trouver du travail.

Deux jours plus tard, quand elle partit à la chasse à l'emploi, son optimisme retomba un peu.

Armée de ses diplômes suisses, elle alla attendre son tour dans un bureau de placement d'aspect minable. Elle répondit aux questions que lui posait une femme d'un âge incertain, au visage typiquement français — ce mélange de teint brouillé, d'yeux marron fatigués et de cheveux blondis à grands frais et tirés en chignon. Elle parlait très vite et Judy bafouilla un peu en répondant. A la fin de l'entretien, la femme renifla dubitativement, haussa les épaules d'un air résigné, puis sortit de son tiroir un gros compte-minutes de cuisine et soumit Judy à un test dactylographique. En dépit de l'atmosphère peu propice, elle s'en tira parfaitement. La femme renifla encore, mais de surprise, cette fois, haussa de nouveau les épaules d'un air de dire qu'il fallait s'attendre à tout, donna quatre coups de téléphone, remit à Judy quatre cartes de visite et l'expédia à son premier employeur éventuel.

Quand elle eut enfin trouvé l'immeuble, Judy emprunta un ascenseur qui avait l'air d'une cage et qui l'amena dans un bureau sans air où elle fut reçue par un petit homme gras et méticuleux qui lui posa une foule de questions sans cesser de regarder par terre et de s'épousseter la manche gauche. Sa candidature n'ayant pas été retenue, elle se rendit à la seconde adresse et passa finalement une semaine et demie à courir d'un bureau minable à l'autre. Au bout du compte, après avoir dû rogner sur le salaire que l'agence lui avait indiqué, elle fut embauchée par un importateur de tissus entre deux âges, à la stature massive. Il lui dictait des lettres en français, mais quand c'était nécessaire, Judy les traduisait en anglais ou en allemand avant de les taper et elle se battait avec les innombrables règlements douaniers qu'il fallait observer pour faire venir du tweed d'Écosse, de la toile de Dublin, ou pour envoyer à New York des soieries de Lyon ou des dentelles de Valenciennes. Son patron la considérait uniquement comme une machine à écrire et à parler ambulante et ne faisait aucun effort de conversation en dehors d'un bref « B'jour, mademoiselle » quotidien.

« Hier soir, j'ai mis ta magnifique robe de soie et j'ai dansé à chaque fois avec un jeune homme différent — et je me suis ennuyée à mourir », déclara mélancoliquement Maxine à tante Hortense. Elles se trouvaient dans la bibliothèque aux boiseries d'érable de l'appartement parisien de tante Hortense. C'était Maxine qui avait demandé à la voir et elle était tendue mais déterminée.

« Je ne pourrai pas en parler à mes parents sans que la discussion tourne mal. On se croirait en 1850 et pas en 1950. Maman n'arrivera jamais à comprendre que je n'aie pas envie d'aller dans toutes les réceptions possibles, de danser avec le plus d'hommes possible pour finir par épouser l'un d'eux. Je n'ai pas l'intention de me marier avec Pierre, ce dieu des pentes neigeuses, et de connaître la réplique exacte de l'existence monotone et confortable que mène ma mère. »

Sous son immense chapeau de paille à bords verts, tante Hortense leva des sourcils embroussaillés et renifla de son grand nez osseux. Contrairement à Judy, Maxine avait un peu peur de sa tante qui hochait la tête sans rien dire. Encouragée, elle poursuivit : « J'aime ma famille, naturellement, mais je ne veux plus vivre cette existence surprotégée. Je veux m'en aller. Je veux vivre ma vie.

— " C'est ce qui se passera si tu épouses ce Boursal ", ne cesse de me répéter maman. (Maxine se mit à imiter le ton exaspéré de sa mère.) Pierre a déjà parlé à papa, mais quand je vais chez ses parents, avenue George-V, j'ai envie de fuir. Je fais de la claustrophobie et je me sens prise au piège. Bien que ce soit beaucoup plus somptueux que chez nous — du marbre blanc et une femme de chambre noire — sa mère mène exactement la même vie que la mienne, si ce n'est qu'elle s'habille en haute couture. Je ne veux pas épouser Pierre parce que je ne veux pas de cette vie. »

Maxine se rongea rageusement les ongles bien qu'il restât peu de chose à ronger. « Et puis il y a une autre raison bien plus importante. La seule chose qui intéresse vraiment Pierre, c'est le ski. Je sais que tu dois me trouver ridicule et que tu vas me dire que ça lui passera, mais j'ai l'impression que si ça lui passe un jour effectivement, il ne saura rien faire d'autre. Il est riche et il aime le ski ; il n'a pas envie de travailler et il n'a aucune raison de le faire. » Elle regarda sa tante avec un air implorant. « Je ne pourrais pas supporter d'être la femme d'un riche skieur et encore moins d'un riche skieur sur le retour. C'est pourquoi je vais lui dire non et, ensuite, j'aimerais quitter Paris pendant un certain temps. J'ai passé toute ma vie ici ; j'ai envie d'aller ailleurs — à Londres et à Rome. »

Tante Hortense secoua une nouvelle fois la tête pour se donner le temps de la réflexion. Bien des filles de cet âge raisonnaient comme Maxine, mais elle la trouvait particulièrement impatiente d'obtenir ce qu'elle désirait. Avec le temps, elle modérerait sa fougue pour arriver à ses fins, au lieu de se jeter tête baissée dans ce genre de discussion. C'est une chose qu'elle finirait par apprendre.

« Qu'est-ce que tu veux exactement ? demanda tante Hortense.

— Je veux aller à Londres pour apprendre la décoration d'intérieur, puis revenir à Paris et m'installer à mon compte. C'est toi qui as éduqué mon regard en m'emmenant acheter des robes, des antiquités et en me faisant visiter des musées. Tu as ton style propre. Je voudrais créer le mien. Les décorateurs français font toujours la même chose qu'avant la guerre. Des intérieurs encombrés, surdécorés et archi-coûteux. C'est exactement ce que je cherche à éviter. Je vais demander à papa de me laisser partir à Londres pendant deux ans, ajouta-t-elle en regardant sa tante à la dérobée. Je voudrais que tu le persuades de me donner l'autorisation, parce que je sais que moi je n'y arriverai pas et que toi tu le pourras. »

Tante Hortense hocha encore la tête, comme elle faisait toujours quand elle estimait qu'il était plus prudent de ne rien dire.

Encouragée, Maxine poursuivit : « Mon amie Pagan m'a dit que le meilleur décorateur de Londres était James Partridge qui vient de refaire l'appartement de sa mère. Il paraît qu'il a un sens extraordinaire des couleurs et des antiquités, et Pagan lui a déjà parlé de moi. Elle lui a demandé s'il pourrait me trouver du travail. »

Tante Hortense opina pour la énième fois. Ce n'était pas une mauvaise idée. Cela pouvait toujours servir si elle faisait un beau mariage ; elle s'aiguiserait l'œil.

Elle invita donc les parents de Maxine à l'un de ses somptueux dîners intimes. Elle avait installé son père entre une actrice vaguement connue et vaguement aguichante et une jolie petite comtesse veuve depuis un an, qui n'avait pas la réputation d'être inconsolable. Le père de Maxine était aux anges. Après le dîner, pendant que les invités dégustaient leur café et leur cognac, sa sœur le prit à l'écart et lui dit : « Louis, je voudrais te parler un peu de ma filleule. Je pense qu'elle ne devrait pas perdre plus de temps à faire des mondanités à Paris. Il faut qu'elle poursuive son éducation.

— Oui, mais nous pensons qu'elle va se marier avec le fils Boursal...

— Ah ! non, sûrement pas ; ce n'est tout de même pas ce que tu ambitionnes pour ta si intelligente fille ! Pas ce nigaud ! Allons, elle vient à peine de sortir de l'école et tu voudrais la marier avec ce crétin sans cervelle ? Non, non, je crois que Maxine tient de toi. Elle est intelligente, elle a un réel talent artistique. Ce serait une très bonne idée de la faire étudier sérieusement.

— Tu as peut-être raison, Hortense, reconnut le père de Maxine qui ne se souciait guère de ce que ferait Maxine avant de se marier, pourvu que cela ne lui coûte pas trop cher. Je vais damander à sa mère qu'elle se renseigne sur les cours des Beaux-Arts.

— Très bonne idée, Louis. Mais il y a une autre petite chose dont il faudrait s'occuper. Son anglais n'est pas merveilleux ; bien moins bon que le tien. Elle parle anglais comme Winston Churchill parle le français — exécrable ! Le mieux serait qu'elle aille deux ans à Londres pour faire un stage chez un très bon décorateur. On apprend beaucoup plus vite avec de la pratique qu'avec de la théorie. Tu n'es pas de mon avis ?

— Londres ? Deux ans ? Tu es folle, Hortense, jamais sa mère ne la laissera partir. N'oublie pas qu'elle n'a que dix-neuf ans.

— Tu viens de laisser entendre qu'elle était assez grande pour se marier. De plus, elle a des amis à Londres. Oh, Louis, pense à la jeunesse maussade que nous avons eue. Elle a tant de talent, ta Maxine ! Je suis certaine que tu souhaites permettre à cette pauvre petite de déployer un peu ses ailes avant d'être confrontée au métier souvent assommant de fidèle épouse.

— Et si je l'autorise à partir à Londres, chez qui ira-t-elle ? dit-il après un silence.

— Chez le meilleur décorateur de Londres, bien entendu, répondit tante Hortense sans hésitation. C'est M. Partridge. Je ne sais pas du tout s'il y a une place de libre dans sa maison ni s'il fait payer pour instruire les apprentis, mais je peux lui téléphoner dès demain pour me renseigner. Non ! Non ! Ce sera un plaisir pour moi, Louis. »

Elle revint avec lui dans la bibliothèque, assez satisfaite d'elle-même. Incroyable ce qu'on peut faire avaler aux gens avec quelques flatteries !

Et c'est ainsi que peu après, ayant dit au revoir à Judy, Maxine partit pour Londres par la Golden Arrow. Kate et Pagan l'atten-daient à Victoria Station. Kate avait déjà loué un appartement à Chelsea pour Maxine et elle-même. Il n'était composé que de deux petites pièces sombres, mais il donnait sur Walton Street, charmante rue de Chelsea bordée de minuscules maisons du XIXᵉ siècle.

Chaque soir, à six heures, Judy fuyait son bureau déprimant pour se réfugier dans sa chambre tapissée de roses trop écloses de l'hôtel de Londres. Elle donnait sur une cour intérieure et le spectacle dont on jouissait était digne d'un roman-feuilleton. Personne, apparemment, ne fermait jamais les rideaux, aussi entendait-on toutes les disputes, de même qu'on voyait les gens faire l'amour et qu'on profitait des odeurs de cuisine des appartements d'en face.

A mesure que la collection de Guy avançait, sa chambre devenait de moins en moins habitable et il avait pris l'habitude de grimper deux étages supplémentaires pour trouver chez Judy un verre de vin et de la sympathie. Assise sur son oreiller, elle eut tôt fait de tout apprendre sur le monde de la couture parisienne.

« Encore toute une journée perdue en essayages, grommela Guy, un soir, en s'affalant au bout du lit. Comme il me tarde de créer des modèles pour le prêt-à-porter.

— Quelle différence cela fera-t-il ?

— Des commandes en grande série, ma chère. De la production en grande série et plus de ces foutus essayages. Un vêtement de haute couture se fait sur commande et il comporte trois sacro-saints essayages qui font perdre un temps fou. Par contre la confection pour les boutiques se fait par lots, dans des tailles standard et elle est vendue en prêt-à-porter. C'est au client ou au magasin de le retoucher, si besoin est. »

Judy attrapa la bouteille de vin qui était sous le lit et en remplit deux petits verres. « Je croyais que tu aimais la clientèle de haute couture ?

— Uniquement parce que je suis obligé. Très rares sont les femmes qui peuvent se l'offrir. Toutes sont gâtées et beaucoup sont changeantes. Très peu d'entre elles s'en tiennent à une seule maison de couture, sauf les plus élégantes. » Il avala lentement une gorgée de vin et poursuivit : « Les clientes célèbres empruntent souvent une robe du soir pour un gala et la rendent salie, voire déchirée, sans un seul mot de remerciement. Zut ! Je n'ai pas l'intention de passer *ma* vie à la botte de quelques riches salopes qui passent *leur* vie à se préparer pour aller à des cocktails. Tout à coup, il se redressa et pointa son index en direction du lavabo. *Nom de nom*[1], qu'est-ce que c'est que ça ? s'écria-t-il en montrant un fer

1. En français dans le texte.

à repasser niché au creux d'une feuille de papier d'aluminium, le tout bien calé dans une corbeille à papiers.

— C'est ma cuisinière. J'ai acheté une petite casserole et je fais la cuisine sur la semelle du fer. C'est un de ces nouveaux appareils à thermostat ; je le mets sur " toile " pour faire des œufs durs ou des toasts et sur " laine " pour faire mijoter mes ragoûts. »

Guy roula des yeux épouvantés. « C'est un risque d'incendie épouvantable ! Tu as de la chance d'être encore en vie ! Tu sais bien qu'on n'a pas le droit de faire de la cuisine dans les chambres. Tu vas te faire mettre à la porte.

— Je ne peux pas me permettre de manger tous les jours au restaurant ; je mets la nourriture dans une valise, sous mon lit.

— Tu ne vas pas tarder à avoir des souris et des cafards.

— Non, je mets tout dans une boîte en fer. » Elle tira la valise pour la lui montrer. « Regarde, je vais te faire un œuf dur.

— Non, je t'en prie. » Admiratif en dépit de sa désapprobation, Guy ajouta : « Vous autres, Américains, vous êtes incontestablement ingénieux. Je le vois bien dans votre industrie de la mode ; vous avez dix ans d'avance sur nous pour la fabrication, la vente et votre façon de vous spécialiser. Aux États-Unis, la même maison ne propose pas à sa clientèle tous les types de vêtements, depuis la robe du soir jusqu'à la jupe, comme on le fait en France. Ceux qui font des jupes à dix ou vingt dollars ignorent pratiquement tout de la manière de faire des jupes à quarante ou cinquante dollars. On gagne plus d'argent dans la couture quand on se spécialise.

— On doit avoir beaucoup de satisfactions quand on est couturier, soupira Judy en pensant au travail rebutant qu'elle accomplissait.

— Pas vraiment, répondit Guy après un silence, en allant s'asseoir sur le bord du lit. Excuse-moi, je suis d'humeur mélancolique. J'ai le cafard. C'est uniquement parce que je suis fatigué et inquiet, et au lieu de me colleter avec le travail important, je n'ai pas arrêté de bricoler toute la journée, à rajouter un quart de centimètre ici et à en enlever un autre quart là.

— Tu te sens déprimé parce que tu es épuisé et sous pression. Demain matin, tu seras de nouveau amoureux de la couture.

— Peut-être, mais je te le répète, je ne veux pas passer ma vie au service de quelques femmes fortunées. Je vais créer des vêtements dans lesquels des milliers de femmes se sentiront irrésistibles. » Il poussa un soupir exaspéré. « Aujourd'hui, les femmes veulent être elles-mêmes et je veux les aider.

— Je vais te masser le dos, lui dit Judy en se détachant de la fenêtre. Ça t'aidera à te détendre. »

Il se leva d'un air las et se mit à déboutonner sa chemise de coton bleu, en continuant à penser tout haut. « Un autre inconvénient, c'est que les industriels de la confection du monde entier nous volent nos modèles et qu'en fin de compte on travaille pour eux à l'œil. »

Judy enleva les oreillers du lit, arrangea la couverture, étendit dessus une serviette propre et retroussa ses manches. Guy ôta ses chaussures et s'allongea.

« ... Mais on ne se fait pas un nom dans la grande série, on s'en fait un dans la haute couture. » Il s'allongea sur le ventre et Judy se mit à lui masser fermement la colonne vertébrale avec les pouces, en commençant par le bas, tandis qu'il continuait à penser tout haut. Au moment où elle s'attaquait aux muscles des épaules, elle le sentit se détendre et respirer plus profondément. « Veux-tu que je te dise mon idée ? marmonna-t-il. Je veux faire quelque chose de nouveau, me spécialiser dans la confection de haute qualité en grande série. Mes modèles seront meilleur marché que dans la haute couture, mais plus chers que la majorité des vêtements en confection. Mon ambition à long terme, c'est de monter une affaire qui se situera entre les deux formules et de réaliser mes propres créations sous mon nom personnel. »

Les pouces de Judy couraient maintenant sur sa nuque et en chassaient fermement la tension. « Mmmm... je me sens déjà mieux... je voudrais faire du prêt-à-porter qui ait la classe, la coupe et la qualité de tissu de la haute couture, sans toutefois faire d'essayages aux clientes. Les modèles devront être conçus de façon à pouvoir être retouchés facilement. Je vais commencer avec une collection d'ensembles dépareillés, et plein de jersey... aaah, c'est merveilleux.

— Retourne-toi face à la fenêtre, maintenant, lui ordonna Judy, sinon je ne pourrai pas te masser correctement le côté gauche, puisque le lit est contre le mur. Dis-moi un peu, empereur de la mode, quand tes ensembles seront-ils prêts et qu'as-tu l'intention d'en faire ?

— Les modèles de présentation seront terminés en juillet. Je vais louer une suite dans un hôtel pour les présenter aux boutiques et aux grands magasins. Avec un peu de chance, j'aurai des commandes qui seront exécutées par une petite usine à Fauchon.

— Voilà, tu es tout neuf », lui dit Judy en lui donnant une claque amicale dans le dos.

Guy se releva et enfila sa chemise. « Merci, fit-il en ébouriffant la frange en bataille de sa nouvelle coiffure style poulbot. Tu sais, Judy, je suis sincèrement désolé d'avoir été de si mauvaise humeur, mais cette journée a été totalement négative pour moi. José, ma couturière, a été absente toute la semaine parce qu'elle s'est foulé le poignet et nous sommes donc en retard sur le programme. J'ai tant de choses à faire, même les livraisons.

— Je t'emmène dîner, lui proposa Judy.

— Tu es un ange, Judy, mais c'est impossible. Il faut que je fasse les comptes avant de payer les employés demain. Ces fichus comptes me rendent fou ; ça ne me prend qu'une heure par semaine, mais je n'arrive jamais à la trouver.

— Si tu veux bien et si ça ne prend vraiment qu'une heure, je pourrai m'en occuper à ta place. Tu me paieras quand tu en auras les moyens. J'emmènerai les commandes et les factures au bureau et je demanderai à Denise, notre comptable, de m'expliquer les choses que je ne connais pas. Je pourrai m'en occuper le mardi.

— Quel amour ! Veux-tu un ensemble en guise d'avance ? Le bleu en soie, avec le grand décolleté en V ? Tu pourras le mettre le soir sans rien dessous, seulement des perles. »

# 9

« Ne bougez pas et inspirez, supplia Judy en tirant sur la fermeture Éclair. Et maintenant, par pitié, ne respirez plus. »

Un des quatre mannequins leur avait fait faux bond, aussi Guy allait-il présenter sa première collection avec trois filles seulement. Les rideaux de voile frémissaient dans la brise légère, mais la chaleur de juillet était presque insupportable, même ici, au Plaza Athénée. Guy vérifiait la liste des accessoires et les plaçait sur trois tables à tréteaux installées par la direction de l'hôtel, à la place des deux lits jumeaux qu'on avait retirés pour la circonstance. Trois cents invitations avaient été lancées, mais on n'attendait qu'une trentaine de personnes.

Après avoir travaillé presque sans arrêt pendant quatre mois, Guy était gris de fatigue et naturellement très crispé. Il devrait s'occuper des mannequins, pendant que Judy qui avait pris une semaine de vacances, conduirait les invités à leur place et annoncerait les modèles. La plupart des grandes maisons de couture parisiennes avaient déjà présenté leur collection. La mode était toujours jolie, mais inconfortable, avec des jupes volumineuses, des tailles très serrées et des poitrines compressées sous des vestes raidies par le rembourrage. Les vêtements simples et confortables de Guy paraîtraient différents, sans aucun doute. Tous les soirs, Judy courait acheter les journaux pour lire les comptes rendus des collections présentées dans la journée et Guy donnait de fiévreux coups de téléphone pour recueillir des informations de coulisses.

La première à franchir la porte dorée à double battant fut la mère de Guy, accompagnée d'un groupe d'amies ; puis les clients particuliers arrivèrent un à un. Tante Hortense lança un clin d'œil conspirateur à Judy et chuchota : « Vous pouvez sortir votre carnet de commandes ; j'ai l'intention d'acheter deux toilettes, même si on nous montre des linceuls. » Deux amis que Guy avait connus chez Jacques Fath se présentèrent également, mais pas un seul journaliste ne vint et seulement trois des acheteurs des grands magasins et des boutiques élégantes qu'on avait invités.

Le premier mannequin fit son apparition dans un ensemble grenat composé d'une courte veste droite et d'une jupe à plis creux. Il avait un béret marin posé très en arrière sur la tête et traînait le fameux imperméable cannelle. Il adressa un sourire radieux à l'assistance, comme si elle avait été innombrable, s'avança dans la pièce avec la démarche nerveuse d'un cheval de course, puis il exécuta une très lente pirouette. A cause de l'absence du quatrième mannequin, il fallait faire traîner les passages en longueur, afin de donner aux filles le temps de se changer.

Une fois revenues dans la chambre, les mannequins faisaient feu des quatre fers. La couturière leur tendait le modèle suivant, tout prêt à être enfilé, le coupeur se saisissait du vêtement qu'elles ôtaient et Guy, posté près de la porte avec un chronomètre pour leur donner le départ, leur remettait les accessoires qu'elles attrapaient au vol.

A la fin de la présentation, des applaudissements polis se firent entendre, puis un garçon, qui avait reçu la consigne de maintenir les verres toujours pleins, vint distribuer du champagne. Dans la coulisse, Guy payait les mannequins en espèces, comme c'était la coutume, tandis que ses deux assistants remballaient la collection. Toutes les clientes particulières passèrent fort aimablement des commandes. La mère de Guy attendit de voir ce qui était laissé pour compte — un tailleur en lainage crème à jaquette militaire qui n'était guère flatteur pour une femme d'âge mûr — et elle en fit la commande. Tante Hortense acheta l'imperméable cannelle, une veste de velours safran avec une jupe courte, une jupe longue et un chemisier de mousseline assorti, mais elle ne voulut pas du pantalon en tuyau de poêle. Les clientes particulières prirent congé toutes en même temps, à grand renfort d'applaudissements et d'encouragements.

Dès que le dernier invité fut parti, Guy s'effondra dans un fauteuil de brocart bleu pâle et se prit la tête dans les mains. « Pas une, pas une seule commande, en dehors des amis ! »

De retour dans la chambre de Judy, à l'hôtel de Londres, il s'affaissa sur le bord du lit, contemplant avec désespoir les roses épanouies qui lui faisaient face, sur le mur.

« Allonge-toi. Je vais te faire du thé », lui dit gentiment Judy, en le poussant sur le lit. Mais le temps que le fer à repasser eût chauffé l'eau, Guy s'était déjà endormi. Judy lui retira ses chaussures, le mit bien en place sur le lit, comme s'il était mort ou ivre, puis elle se coucha à ses côtés. Elle aussi, elle était à bout de forces. Hélas, pensa-t-elle, les factures ne vont pas me donner beaucoup de travail...

Le lendemain, le téléphone les réveilla dans le milieu de la matinée. C'était José qui les appelait de l'atelier. L'acheteur des Galeries Lafayette voulait savoir quand Guy pourrait venir avec sa collection.

Cinq semaines plus tard, Guy fit irruption dans la chambre de Judy, bondit sur le lit et se mit à sauter dessus en poussant des cris de Sioux.

« Avant, mon problème, c'était l'échec, et maintenant, c'est le succès, hurla-t-il. On a vendu toute la collection d'hiver et j'ai dû refuser deux millions de commandes. Nous sommes submergés ! C'est affreux parce que je n'ai pas assez d'argent pour financer une fabrication plus importante et je ne veux pas me trouver face à une crise de liquidités. Mon père dit que c'est toujours ce qui arrive quand on se développe trop vite.

— Depuis quand ton vocabulaire s'est-il enrichi d'expressions comme " crise de liquidités " ? »

Guy se calma et s'installa au bout du lit. « Mon père a changé de refrain. Il m'a vraiment beaucoup aidé. Hier soir, nous avons examiné les comptes et je crois qu'il a été surpris de constater qu'ils étaient si bien tenus — entièrement grâce à toi, bien entendu... Quoi qu'il en soit, il m'a dit qu'il était essentiel de limiter la quantité de chaque modèle et de ne pas accepter plus de commandes que je ne peux me permettre d'en satisfaire. Il faut que je dise aux derniers arrivés que je regrette beaucoup, mais que mon carnet de commandes est plein. *Et il l'est !* Mets ton ensemble. Je t'emmène au Ritz prendre une coupe de champagne.

— N'y aurait-il pas une meilleure façon de le leur dire ? demanda lentement Judy en revêtant le tailleur de soie bleu pâle — portable en toutes saisons — qui constituait sa seule tenue décente. N'y a-t-il pas un moyen de ne pas irriter les clients et de les inciter à passer leurs commandes plus tôt, la prochaine fois. Pourquoi ne pas donner une ou deux toilettes à des célébrités, à condition qu'elles répètent partout qu'elles sont mortifiées de ne pas avoir eu le droit d'en commander davantage ? (Elle remonta sa fermeture Éclair.) Ta collection en semblera beaucoup plus sélect. Au lieu d'essayer de dissimuler le fait que tu ne peux pas financer une production importante, *vante-t'en !*

— Mais je ne connais aucune célébrité, et je ne peux pas me payer le luxe de donner des vêtements. Je n'ai pas sué sang et eau pendant des années pour faire des cadeaux à des étrangers. »

Judy boutonna rapidement sa jaquette et ferma un collier de chien doré autour de son cou. « Il faut que tu te fasses de la publicité, Guy. Les Européens n'arrivent pas à se mettre ça dans la tête ! Personne ne chantera tes louanges gratis. Bon sang, j'aimerais que tu puisses m'engager à temps plein !

— Dès que j'en aurai les moyens, je t'embaucherai, mon chou. Pour le moment, j'ai besoin de toute ma fortune pour t'offrir un verre au Ritz. Ah non, non, pas les vernis noirs, les chaussures beiges. »

Malgré son amitié pour Guy, Judy regrettait Nick plus qu'elle ne voulait bien l'admettre. Il lui écrivait chaque semaine, mais ses lettres lui parvenaient irrégulièrement, tantôt trois en deux jours, tantôt aucune en un mois. Les réponses de Judy n'avaient pas, non plus, de fréquence déterminée, car elle n'écrivait que lorsqu'elle avait quelque chose de spécial à raconter. Alors, elle griffonnait quelques lignes à l'encre verte, exactement comme si elle parlait, avec un mépris total pour la grammaire et la ponctuation. Elle faisait de même avec Maxine, Pagan et Kate. La seule personne à qui elle écrivait régulièrement et proprement, une fois par semaine, était sa mère et c'était pour elle une corvée. Elle avait l'impression de faire ses devoirs de classe. Elle ne pouvait pas lui écrire librement ni lui dire quoi que ce soit au sujet de ce monde de la mode qui la passionnait de plus en plus, car sa mère serait morte sur le coup si elle avait su que Judy le fréquentait.

Quand vint la fin du mois d'août, la température était devenue étouffante ; les pavés des rues, eux-mêmes, semblaient fondre sous la chaleur. Il doit faire encore bien plus chaud en Malaisie, se dit Judy en apercevant une enveloppe par avion bleu pâle dans son casier et en se précipitant pour la prendre. Arrêtée à côté du palmier languissant qui ornait le hall, elle déchira l'enveloppe et poussa un cri étouffé.

« Ma chère Judy, écrivait Maxine, j'ai une bien mauvaise nouvelle à t'annoncer. Nous avons d'abord espéré qu'il s'agissait d'une erreur, mais nous avons contacté le ministère de la Guerre et il n'y a plus aucun doute. Je ne sais pas comment te le dire. Nick a été tué en mission... dans une embuscade des communistes, en Malaisie. »

Judy lut la suite de la lettre avec ses yeux, mais son contenu ne pénétra pas en elle. Foudroyée, elle gravit machinalement les sept étages, entra dans sa chambre, ferma soigneusement la porte à clé et se précipita vers le lavabo pour vomir. Ensuite, elle le nettoya méticuleusement, enleva ses chaussures, s'allongea bien au milieu du lit et se mit à trembler malgré la chaleur.

Dans le couloir, le concierge, la femme de chambre et Guy parlementaient.

« C'est la vérité, ça fait deux jours que je n'ai pas pu entrer dans sa chambre ; c'est fermé de l'intérieur, disait la femme de chambre. Il faudrait enfoncer la porte.

— Et elle ne répond pas au téléphone, enchaîna le concierge. Mais la porte est verrouillée et si on l'enfonce, je ne veux pas être responsable des dégâts.

— Je paierai, s'impatienta Guy. On sait qu'elle est là ; il n'y a aucun bruit, ou bien elle est malade, ou bien... Ça fait des heures que je hurle. Je l'enfoncerai moi-même si vous ne le faites pas. » Il jeta rageusement son corps frêle contre la porte. « Judy, tu m'entends ?

— Il faudrait peut-être appeler une ambulance, suggéra la femme de chambre.

— J'aurais dû faire ça dès hier, gronda Guy, en poussant de tout son poids contre la porte. On peut se demander si elle est encore en vie, alors qu'elle est enfermée là depuis deux jours et qu'on n'entend aucun bruit. »

Soudain, à son grand soulagement, la chaîne glissa hors de son logement, la clé tourna dans la serrure et la porte s'ouvrit tout doucement. Judy était là, avec les bas et les vêtements froissés qu'elle n'avait pas quittés depuis deux jours. Elle avait le teint blafard et l'air hébété.

« Que se passe-t-il ? Tu es malade ? Pourquoi t'es-tu enfermée ? » questionna Guy, furieux maintenant qu'il voyait qu'elle ne s'était pas ouvert les veines et qu'elle n'était pas dans le coma.

Ils envahirent la chambre tous les trois. Guy repoussa le concierge et la femme de chambre à l'extérieur et claqua la porte. Judy lui lança un regard noir, mais soudain, elle sentit les larmes couler sur ses joues et réussit enfin à pleurer.

Guy la prit dans ses bras et la serra contre lui. Elle avança la main à tâtons vers la table de nuit, prit la lettre et la tendit à Guy. Il la lut par-dessus son épaule, tout en lui caressant doucement les cheveux jusqu'à ce qu'elle se soit un peu calmée. « Déshabille-toi et mets-toi au lit, lui dit-il gentiment. Je descends dans ma chambre, mais ne t'avise pas de fermer encore cette porte à clé. » Il revint quelques minutes plus tard avec une grande bouteille d'eau de Cologne et un demi-litre de lait qu'il fit chauffer en prenant bien soin de régler le fer sur « laine ».

« Je me sens coupable, si affreusement coupable pour *tout*. Je n'aimais pas Nick, lui, il m'aimait, et maintenant, c'est trop tard, sanglota Judy.

— L'amour ne se commande pas.

— J'ai l'impression d'être incapable d'aimer. Je sors avec quelques garçons, oui, mais je n'en aime aucun.

— Judy, tu as dix-huit ans et tu m'as dit que tu ne voulais pas tomber amoureuse d'un Français. Tu m'as dit que pour le moment, tu ne voulais pas de complications dans ta vie. »

Il se remit à lui caresser les cheveux et resta avec elle jusqu'au moment où, dans le gris du crépuscule, elle s'endormit.

Dans l'obscurité, Guy glissa la lettre bleue dans sa poche. Il aurait aimé pouvoir étrangler Maxine. Pourquoi ne lui avait-elle pas téléphoné ?

Par deux fois dans la nuit, Judy se réveilla en larmes et Guy lui caressa les cheveux pour l'aider à se rendormir. Au matin, il décrocha le téléphone et commanda avec assurance deux cafés au lait avec des croissants, au grand étonnement de la femme de chambre qui l'avait toujours cru de l'autre bord.

# 10

Le samedi qui suivit la mort de Nick, tante Hortense téléphona à Judy et lui trouva aussitôt quelque chose de changé. « Êtes-vous malade, mon enfant ? Votre voix me semble bien triste et bien lasse. Je comptais venir vous enlever pour vous emmener à Versailles.

— Je crains que ce ne soit impossible, répondit Judy. J'ai du travail à faire pour Guy. »

Tante Hortense téléphona immédiatement à Guy qui lui révéla la véritable raison de la morosité de Judy. Elle la rappela donc et lui déclara avec autorité :

« Je vous envoie ma voiture à l'instant même ; j'ai envie de bavarder avec vous, si vous n'y voyez pas d'inconvénient. Et puis j'ai un cadeau pour vous. »

Sur ce, elle raccrocha, sans que Judy ait eu le temps d'inventer la moindre excuse.

Généralement, Judy adorait se rendre chez tante Hortense qui habitait une belle et ancienne maison aux balcons ouvragés, dans cette île de la Cité qui fut le berceau de Paris. Mais ce jour-là, elle s'enfonça, apathique, à l'arrière de la Mercedes, et au moment où la voiture passait devant une échoppe où des jeunes filles confectionnaient des couronnes mortuaires avec des violettes, des lys et des roses, elle éclata en sanglots.

Le soleil couchant accrochait des reflets d'or aux murs du salon quand tante Hortense tendit à Judy un coffret de velours gris. A l'intérieur, il y avait un collier ancien en semence de perles.

« Mais pourquoi ? s'étonna Judy. Ce n'est pas mon anniversaire. Je ne peux pas accepter...

— Mais si, répliqua tante Hortense. Je l'avais accepté à votre âge et pour une raison bien moins avouable. Je veux vous le donner. Qu'en ferais-je maintenant ? Il est fait pour le cou d'une jeune fille. »

Judy attacha lentement le collier autour de son cou et alla se placer devant le miroir. Les perles luisaient sur sa peau, dans leur vieille monture d'argent déformée.

« Pourquoi me le donnez-vous, tante Hortense ?

— Pour être franche, c'est parce que vous êtes malheureuse, que vous avez perdu un ami et que vous n'en pouvez plus de faire un travail ennuyeux. Peut-être pourrions-nous tenter de vous trouver une autre place.

— Oui, bien sûr, n'importe quelle autre place vaudrait certainement mieux, mais tous les emplois de bureau se ressemblent.

— Ce n'est pas à un travail de bureau que je pensais. Je me suis dit que vous aimeriez peut-être entrer comme aide-vendeuse chez Christian Dior. Elles sont toutes très jeunes, voyez-vous, ajouta-t-elle, avec un battement de ses paupières émeraude. Je ne peux rien vous promettre, comprenez-moi bien, mais j'ai vu la directrice et elle est prête à vous recevoir. Le salaire est affreux, bien entendu, à cause de la concurrence. Je sais que vous n'êtes pas une fanatique de M. Dior, mais c'est chez lui que je peux le plus vous pistonner. On me connaît et c'est pourquoi on accepte de vous recevoir. Mais, je vous en conjure, ne donnez surtout pas votre opinion sur ce que fait M. Dior. Et puis, ma chère enfant, n'oubliez pas de passer par l'entrée de service.

— Vous êtes si bonne, tante Hortense.

— C'est une question de bon sens. Il faut faire quelque chose.

— Maxine et moi vous avons surnommée secrètement tante Bon Sens.

— Je sais, ma chère. J'ai connu pire. »

C'est ainsi que Judy retourna chez Christian Dior, mais, cette fois, en empruntant la porte de service qui était extrêmement bien gardée. Elle eut un entretien avec une personne à l'air perspicace qui portait une robe de toile grise parfaitement coupée et dont les cheveux argentés étaient coiffés en chignon.

« Ainsi, vous parlez français, anglais et allemand ? demanda-t-elle.

— Oui, et aussi un peu d'espagnol.

— Vous êtes secrétaire dans une maison d'import-export. Pourquoi ne voulez-vous plus travailler dans un bureau ?

— Parce que je veux apprendre la vente et être avec des *gens*. Voilà près d'un an que je travaille toute seule dans une pièce. Et puis, je ferais n'importe quoi pour entrer chez Dior.

— C'est ce que disent presque toutes celles qui viennent ici. Elles aiment la mode, mais elles ne se rendent pas compte que c'est très dur et très fatigant physiquement. »

A mesure que l'entretien s'avançait, les connaissances techniques de Judy en matière de mode étonnèrent de plus en plus la directrice, jusqu'au moment où elle apprit qu'elle s'occupait de la comptabilité de Guy Saint-Simon.

« Ah ! je comprends maintenant. Voilà un jeune homme à surveiller de près. Naturellement, à cet âge, ce n'est pas difficile de faire un peu parler de soi ; mais s'il ne se monte pas la tête, s'il sait rester modeste pour le moment et si les acheteurs continuent à avoir confiance dans son talent, dans la qualité et la finition de sa production et, par-dessus tout, dans son sérieux, alors il ira loin.

— C'est bien son intention. »

Il n'y avait pas de place vacante chez Dior, mais on prit son nom et, au début de décembre, le directeur du personnel lui téléphona pour lui dire que l'une des aides-vendeuses était atteinte d'une hépatite. Judy voulait-elle la remplacer temporairement jusqu'à la fin des collections, en février ? N'importe quoi pour avoir un pied dans la maison, pensa Judy qui accepta sur-le-champ.

Les bavardages s'arrêtèrent brusquement quand Judy pénétra timidement pour la première fois dans la salle des vendeuses. Cela lui rappela son entrée au lycée. Terrifiant. Elle portait, comme ses collègues, une robe de flanelle grise fournie par la maison. Son premier Dior ! Annie, sous les ordres de qui elle devait travailler, la présenta rapidement à tout le monde, puis l'entraîna sans plus tarder vers les salons. Annie ne cessait de ronchonner à propos de ses pieds et de ses commissions dont elle calculait perpétuellement le montant sur un petit carnet noir, à grand renfort de suppositions. « Si la comtesse en prend une autre en noir... si la femme de l'ambassadeur ne la trouve pas trop flamboyante... si Zizi Jeanmaire aime les plumes rouges... »

Dans l'ensemble, les autres aides-vendeuses étaient plus âgées que Judy ; elles ne touchaient qu'un salaire de misère et aucune commission. Elles devaient endurer deux années de vaches maigres afin de pouvoir accéder à une place de première vendeuse dans une maison de couture de seconde catégorie, après quoi, elles avaient la possibilité de devenir première vendeuse dans une maison de première catégorie. L'importance du personnel nécessaire pour faire fonctionner les élégants salons gris pâle étonna Judy. Le portier, la parfumeuse, les vendeuses de la boutique et des salons, la directrice, les employés du service de publicité, les six mannequins et l'habilleuse, tout cela n'était que la partie visible de l'iceberg. L'immense armée immergée était composée du placide, redoutable et lunaire monsieur Dior, en personne, de ses assistants, des dessinateurs (tous des hommes) et de *leurs* assistants. Il y avait aussi le directeur commercial, les acheteurs, les comptables, les secrétaires, les tailleurs, les coupeurs, les essayeuses, les petites mains, les midinettes et ainsi de suite jusqu'aux garçons de course.

Elle eut tôt fait de perdre toute admiration pour ces vendeuses distinguées qui, en coulisse, ne cessaient de se chamailler à propos des nouvelles clientes ou de l'attribution des places aux anciennes. En revanche, elle se prit à beaucoup estimer les essayeuses en chef, à l'aspect plus modeste, comme M$^{me}$ Suzanne, qui s'était occupée de la robe de soie abricot de tante Hortense. Ces femmes passaient leur journée debout ou à genoux et travaillaient souvent jusqu'à neuf heures du soir — et même plus tard, avant les collections — à ajuster avec un soin infini les modèles sur des mannequins épuisés et capricieux. Chaque essayeuse avait la responsabilité d'un atelier comprenant une quarantaine d'ouvrières qui bavardaient sans arrêt tout en cousant ; elles étaient toutes vêtues d'une jupe et d'un chandail noirs et d'une blouse blanche, sauf le jour de la Sainte-Catherine où elles arboraient les rubans vert et jaune de leur sainte patronne.

En coulisse régnait une constante atmosphère de presse, mais une fois franchies les portes qui menaient dans les salons au calme somptueux, tout le monde changeait de comportement. Annie s'exprimait alors sur un ton posé et presque inaudible ; elle adoptait une attitude respectueuse, empressée, mais sans jamais pousser à la vente. Elle se gardait bien de critiquer les clientes en quoi que ce fût, même si on la poussait dans ses retranchements. Les clientes avaient toujours raison. Si quelque chose n'allait pas, c'était la couleur, la coupe, la forme ou l'éclairage. Mais, dès qu'elle repassait les portes battantes, ce tact exquis s'évanouissait comme par enchantement. « La comtesse a bien pris cinq kilos depuis le dernier essayage. Judy, où est mon livre de commandes ? On pourrait croire qu'une ambassadrice sait si la couleur cyclamen lui va, sans avoir à me le demander. Judy, où est la liste des essayages pour demain ? Cette vieille chipie de Belge sait très bien qu'on ne peut faire aucune transformation sur un modèle sans l'accord de M. Dior. Comment se fait-il que chaque cliente s'imagine être la seule à vouloir ses robes pour Noël ? Judy, qu'a-t-on dit à l'atelier au sujet du numéro 22 en satin blanc, pour la comtesse de Ribes ? »

Chez Dior, la tension et la précipitation croissaient à mesure que le grand jour de la collection de février approchait. Les mannequins couraient des cabines d'essayage aux ateliers, enveloppés dans des blouses blanches qui protégeaient les modèles de

120

la poussière et empêchaient quiconque de les apercevoir avant la présentation à la presse. De même, M. Dior tenait absolument à ce que tout le personnel des ateliers porte des tabliers blancs pour que les vêtements restent d'une propreté impeccable. Une auréole de mystère entourait le studio de dessin qui tenait à la fois de l'église moderne et de la salle d'opération. Pas un seul pan de mur blanc qui ne fût éclairé ; pas une ombre ; les stores beiges étaient baissés jour et nuit, afin qu'on ne puisse pas espionner par-delà l'autre côté de la rue avec des jumelles. M. Dior avait son studio particulier où il était environné de tubes de peinture, de crayons, de photos, de bouts de tissu. Les modélistes travaillaient dans une autre salle où les planches à dessin étaient groupées autour d'une immense table à couper centrale qui mesurait six mètres de long sur trois mètres de large. Les murs étaient tapissés d'étagères et de casiers où étaient soigneusement rangés boutons, ceintures, sacs, chaussures, bijoux, ainsi que d'innombrables échantillons de tissu. C'était là, en principe, que les représentants venaient montrer leur marchandise et ils laissaient souvent une coupe de tissu, dans l'espoir qu'elle tape dans l'œil d'un dessinateur, car lorsque M. Dior prenait quelque chose, on en voulait aussi dans le monde entier.

Pendant la répétition de la présentation, on postait un garde à chaque porte. Christian Dior — « Le Maître » — vêtu d'un impeccable complet gris, était assis à califourchon sur une chaise, les bras croisés sur le dossier, sans que le moindre signe d'émotion ou d'humeur se reflétât sur son visage pâle de chérubin vieillissant qui ne trahissait que la fatigue. Avec calme et courtoisie, il passait au crible les mannequins qui défilaient devant lui et décidait avec ses assistants des bijoux et des accessoires qui accompagneraient chacun des modèles.

Il pleuvotait sur l'avenue Montaigne au moment où Judy se dirigeait en toute hâte vers le lieu de son travail. Dès huit heures du matin, la foule s'était amassée devant l'entrée principale. Des photographes, l'appareil en bandoulière, se bousculaient près de deux camions de cinéma dont l'équipe grelottait un peu plus loin, sur le trottoir. Un étranglement s'était créé devant l'entrée de service, car on contrôlait tout le monde. A l'intérieur, on ne parlait guère et chacun s'affairait, la mine préoccupée.

Il y eut un branle-bas général quand les portes s'ouvrirent et la foule se pressa à l'intérieur, brandissant les cartes d'invitation comme si c'étaient des passeports de réfugiés. Un désordre indescriptible régnait devant le bureau de la réception où l'on vérifiait toutes les invitations et demandait aux suspects de montrer leur carte de presse dûment estampillée par la chambre syndicale et accompagnée d'une photo. Devant les portes, l'équipe de sécurité formait un cordon en se tenant par les bras, comme le font les policiers sur un terrain de football pour écarter les spectateurs. Des bouffées d'air froid balayaient l'escalier de marbre et la foule poussait des acclamations en voyant arriver les célébrités : la princesse Ali Khan, alias Rita Hayworth, Gene Tierney qui la regardait d'un œil maussade et la duchesse de Windsor qui avait l'air d'une petite gouvernante.

Le flot des heureux élus s'engouffra dans le grand salon où toutes les chaises dorées étaient numérotées. Malgré tout, les journalistes se disputaient au sujet des places. En effet, ni la chambre syndicale de la couture ni les maisons elles-mêmes n'étaient au courant de l'importance respective qu'ils occupaient dans leur pays. Des protestations véhémentes s'élevaient quand de célèbres chroniqueurs trouvaient leur place — retenue depuis des semaines — occupée par de petits folliculaires de Little Rock. Ils étaient prêts à se battre jusqu'au bout pour la récupérer, avec tout le désespoir d'un kamikaze.

Il en allait bien autrement au premier rang, toujours réservé aux vedettes de cinéma, à *Vogue, Harper's Bazaar, Women's Wear Daily...*

La meute massée derrière le premier rang s'était un peu calmée et les blocs-notes étaient prêts. Les effluves de cent parfums différents se faisaient de plus en plus incommodants. La chaleur grandissait et ce serait encore pire quand on allumerait les projecteurs.

La lumière se fit et le silence s'installa immédiatement.

Derrière, dans les cabines d'habillage, Judy voyait se dérouler un véritable kaléidoscope de visages angoissés, de regards anxieux, de questions chuchotées et de désordre généralisé. Nues jusqu'à la taille, les bas accrochés à leur porte-jarretelles — les mannequins ne portaient pas de slip pour qu'il ne marque pas sous les vêtements —, les jeunes femmes étaient assises devant leur glace avec tout un méli-mélo de pots de crèmes colorées à moitié vides, de tubes de fond de teint graisseux et de bâtons de rouge à lèvres. Elles se fixaient d'immenses faux cils, pendant que des coiffeurs leur donnaient un dernier coup de peigne. Ensuite, les habilleuses vinrent les aider à enfiler les robes. L'habilleuse en chef s'assura que tous les accessoires étaient bien en place, les ourlets bien droits et les modèles impeccables et bien repassés.

Préposée aux accessoires, Judy regardait les mannequins quitter leur cabine, prêts à entrer en scène. Tout était réglé au chronomètre. La présentation avait été conçue pour mettre en valeur la couleur, la coupe et la ligne de la nouvelle collection et les modèles étaient classés de façon à ce que la presse puisse voir se construire une nouvelle ligne ou un nouveau coloris. Judy avait vu tout cela se décider pendant la première répétition. On avait alors affiché toutes les instructions sur le grand tableau placé devant les cabines d'essayage et épinglé les cartes portant le nom du mannequin et le numéro du modèle selon l'ordre de passage.

Les mannequins étaient nerveux comme des chevaux de course sur le départ et trituraient les colliers que Judy leur passait, tiraient sur leur veste et se lissaient les cheveux. Il y avait les six mannequins de la maison, plus huit mannequins volants qu'on avait fait venir d'outre-Atlantique. Ces filles étaient encore plus décharnées que les autres, parce qu'il fallait à tout prix qu'elles rentrent dans les modèles du couturier. Elles se nourrissaient de Dexedrine et de yaourts et il leur arrivait fréquemment de s'évanouir d'épuisement, d'inanition et de surmenage, après les collections.

Le premier modèle fut annoncé par une voix étrangement essoufflée et haut perchée.

« Pékin, numéro trois, nomber sri. » Le mannequin était maquillé en Asiatique, ses yeux de biche soulignés d'un trait de crayon noir. La veste vague en toile blanche, la jupe droite et le chapeau de coolie en paille faisaient soigneusement référence au thème de la collection : l'influence chinoise.

On permettait aux journalistes de prendre des notes, mais pas de faire des croquis ou des descriptions complètes. Il faisait de plus en plus chaud. Une fille en manteau de lynx qui s'était évanouie fut rapidement évacuée. Un mannequin de la maison, à la chevelure d'ébène, qui présentait une robe rouge sans bretelles, d'une ligne très pure, surprit un journaliste en train de dessiner. Elle s'arrêta, se toucha le lobe de l'oreille gauche et lui sourit.

Annie bondit.

On lui confisqua ses notes et ses croquis et on inscrivit son nom sur la liste noire. Un peu plus tard, deux autres journalistes furent expulsés. Protestations, menaces, supplications, larmes, rien n'y fit.

Au bout d'une heure, Judy entendit un tonnerre d'applaudissements. M. Dior s'avança pour remercier l'assistance, puis il pénétra dans les salons d'habillage. Les embrassades fusèrent de toutes parts.

« Je suis comme un ressort cassé, remarqua tristement Judy, cinq jours plus tard.

— Allons, allons, courage, lui dit Guy qui était assis par terre, ses pieds nus sur le lit. Tu savais bien que cet emploi chez Dior était temporaire.

— Oui, mais j'espérais qu'on me garderait.

— Tu restes encore jusqu'à la fin du mois et tu y as gagné une robe de flanelle grise qui t'aurait coûté plus de huit mois de salaire si tu avais dû la payer. Si tu veux bien travailler pour la misère qu'on te donnait chez Dior, je peux t'embaucher chez moi à temps complet. On vient de me dire que je ne peux plus continuer à travailler ici, à l'hôtel. Ta première tâche sera donc de dénicher deux pièces quelque part. »

Judy trouva un local parfait, éclairé par une verrière, à deux rues de l'hôtel. Elle était désormais responsable de tout ce qui ne relevait pas de la confection proprement dite, allait voir les clients, répondait au téléphone, tenait la comptabilité et s'occupait des expéditions.

Guy créait les modèles, achetait les tissus et supervisait le personnel de l'atelier. On avait adjoint à la fidèle José une autre couturière, Marie, dont la mère était première main chez Nina Ricci et qui, par conséquent, avait appris le métier dès l'enfance.

Judy était plus occupée et plus heureuse que jamais. Les acheteurs l'appréciaient parce qu'elle ne se contentait pas de les considérer d'un air morne, le carnet de commandes à la main, mais qu'elle bavardait et plaisantait avec eux. Elle avait un sens aigu du ridicule et aimait faire rire les gens, même à ses dépens. Quelques personnes trouvaient son exubérance épuisante et d'autres avaient du mal à accepter ses manières directes, car elle disait toujours ce qu'elle pensait. Un jour, l'ayant vue gronder un acheteur parce qu'il ne commandait pas une de leurs créations, Guy lui dit : « Tu devrais agir avec un peu plus de tact, Judy. Pourquoi ne te comportes-tu pas avec les acheteurs comme tu le fais avec les amis de tante Hortense, en faisant un peu plus de façons ? Je sais que ce n'est que de la franchise, poursuivit-il sur un ton ennuyé, mais les Français ne le comprennent pas. Ils s'imaginent que tu es " dure ", ce qui n'est pas vrai.

— Tant pis pour eux, répliqua Judy, fronçant les sourcils à cause d'une liasse de factures étiquetées " impayées " qu'elle tenait à la main. C'est par là que je vais commencer. Je vais me montrer dure sur la question des paiements. Tu ne peux pas te permettre de faire crédit à ces gens. A l'avenir, il faudra qu'ils règlent en faisant leur commande et on ne la leur enverra pas tant que leur chèque n'aura pas été encaissé.

— Vendre au comptant est une excellente idée, mais ça ne se fait pas dans la couture. Je perdrais tous mes clients.

— Et un tas de mauvais payeurs. C'est pourtant comme ça que tu as commencé, souviens-toi. Ta mère et toutes ses amies de l'avenue George-V te payaient d'avance. Si les gens veulent tes créations, pourquoi ne payeraient-ils pas à la commande ? Il est temps de savoir s'ils tiennent vraiment à toi, avant que tu aies fait faillite. »

Judy faisait tous ses efforts pour paraître plus que son âge. Pour Guy et pour elle, la jeunesse était un gros handicap dans les affaires, parce que personne ne les prenait au sérieux. En attendant, Judy se laissa pousser les cheveux et se fit un chignon qui ne lui allait pas du tout. Elle ne quittait plus sa robe de Dior en flanelle grise et se mit à porter de grosses lunettes à monture d'écaille, espérant ainsi se donner un air de maturité, de distinction et de respectabilité.

« Tu me fais presque peur, ma chère », lui dit Maxine. Elle était rentrée de Londres la veille, après deux années d'apprentissage et elles étaient en train de prendre le petit déjeuner aux Deux-Magots en se racontant les dernières nouvelles. Maxine envisageait de demander un prêt à son père pour monter une affaire.

« Quelle veine d'avoir un père riche, lui dit Judy avec un soupçon d'envie.

— Papa n'est pas riche, lui répondit Maxine en trempant son croissant dans son café au lait. Je ne serais jamais allée en Suisse si tante Hortense n'avait pas payé mon séjour. J'espère seulement qu'il donnera sa garantie pour que je puisse emprunter de l'argent à une banque. Je ne crois pas qu'il ait les moyens de m'en avancer, mais il acceptera de courir le risque pour moi. » Elle mordit dans son croissant et des miettes tombèrent sur la table pendant qu'elle marmonnait : « C'est le père de Guy qui est riche. »

Interloquée, Judy posa sa tasse. « Alors, pourquoi Guy est-il à ce point à court d'argent ?

— Primo, parce qu'il veut se débrouiller tout seul et secundo, parce que, comme tu le sais, son père n'aime pas les couturiers. Il n'a pas caché qu'il n'aiderait pas Guy et c'est pourquoi Guy veut prouver à son paternel qu'il est capable de s'en sortir sans lui. »

Judy se rendit ensuite à son travail et demanda une augmentation à Guy, après quoi ils se lancèrent tous deux dans la préparation de la collection de juillet. Ils allaient sortir toute une gamme d'ensembles — vestes, jupes et tailleurs — chacun en trois couleurs différentes, avec un manteau et un imperméable. Judy adorait les teintes de la nouvelle collection : des gris subtils et séduisants couvrant toutes les nuances de l'étain, de l'argent, de l'huître et de la perle, mêlés à des étoffes rose pâle, lie-de-vin, feuille morte, cuivre et bronze.

Avec cette présentation, Guy espérait se faire une réputation d'homme d'affaires sérieux et non plus seulement de jeune prodige de la mode. Aussi avaient-ils décidé de retourner au Plaza Athénée, mais dans le grand style, cette fois, et sous les auspices d'un organisateur professionnel. Ce serait cher, mais le jeu en valait la chandelle.

Pour Guy, c'était quitte ou double.

# 11

Cinq jours avant la présentation de sa collection, Guy fit irruption dans la chambre de Judy. Trop épuisée pour travailler une minute de plus, elle avait décidé de se coucher de bonne heure, avant l'inévitable rush de dernière minute.

« On nous a volés ! Tout a disparu ! Même les accessoires ! Il ne reste plus rien dans les casiers ; six mois de travail qui sont partis en fumée ! La collection tout entière s'est envolée.

— Tu as prévenu la police ? demanda Judy, après avoir compris qu'il ne plaisantait pas.

— Naturellement. Tout de suite. Mais ça n'a pas eu l'air de les émouvoir beaucoup. L'étonnant, c'est que les voleurs n'ont emporté ni mon petit service à café en argent ni la machine à écrire ni les pièces de tissu, bref aucun objet de valeur ; uniquement les vêtements. »

Ils se précipitèrent tous les deux dans l'atelier dévasté.

« Il faudra réparer cette porte pour la nuit, déclara Judy. On ne peut pas laisser les tissus à la portée de n'importe qui.

— Je vais dormir ici », dit Guy, catastrophé. La sonnerie du téléphone les fit sursauter. Une voix masculine demanda à parler à Judy. Surprise, elle prit le récepteur des mains de Guy.

« Judy Jordan, à l'appareil.

— Si vous voulez récupérer les vêtements avant vendredi, il en coûtera huit millions de francs cash au papa », dit la voix, et on raccrocha aussitôt.

« C'est du chantage, dit Judy en communiquant le message à Guy.

— Comment peut-il savoir que la présentation a lieu vendredi ?

— Beaucoup de gens sont au courant ; tous ceux que nous avons invités. Il vaudrait mieux retourner voir les flics. »

Ils passèrent le reste de la soirée au commissariat. Seule la police parisienne est à même d'apprécier le désastre que représente, pour un couturier, la perte de toute sa collection.

Judy dut subir un flot ininterrompu de questions. Mademoiselle était-elle sûre d'avoir bien compris? A quoi ressemblait la voix? Guy et elle avaient-ils des ennemis? Quelle était la valeur commerciale de la collection, par rapport à la valeur des vêtements? Et ainsi de suite.

Judy et Guy retournèrent ensuite à l'hôtel. A la poignée de la chambre de Judy était accroché un sac à provisions; à l'intérieur, elle découvrit un chemisier de taffetas géranium complètement lacéré. Horrifiée, elle tenait encore les lambeaux à la main quand le téléphone sonna.

« Vous avez reçu le chemisier rouge? Bien. Soyez au Rubis, près des abattoirs, demain après-midi, à quatre heures. Il y aura un paquet pour vous. »

Deux étages plus bas, Guy, lui aussi, avait trouvé un sac à sa porte contenant un pantalon de velours safran sauvagement taillladé.

« Faut-il aller le dire à la police? demanda Guy.

— Attendons, conseilla Judy. On va encore nous faire remplir des montagnes de formulaires. De toute façon, j'ai l'impression que je suis le suspect numéro 1. Essayons de trouver quelques indices avant de retourner à la police. Essayons d'analyser le peu que nous savons. »

Soudain, elle secoua la tête. « Les deux appels téléphoniques étaient pour moi. Pourquoi pas pour toi. Tout le monde sait que tu vas présenter une collection, mais très peu de gens ont entendu parler de moi et savent où j'habite. En outre, je suis une étrangère; je suis incapable de dire quoi que ce soit d'une voix française entendue au téléphone, si ce n'est qu'il s'agit d'un homme, d'une femme ou d'un enfant. C'est donc quelqu'un que nous connaissons! Quelqu'un de l'atelier, un acheteur, un journaliste, peut-être, ou même encore un fournisseur... Faisons la liste de toutes ces personnes en nous servant des bons de commande et des adresses de presse. »

Le lendemain matin, un paquet les attendait devant la porte de l'atelier, avec « Judy » écrit dessus au crayon. Il contenait un chemisier en soie topaze déchiré en plein milieu. Guy était complètement affolé.

« C'est seulement pour nous montrer qu'ils ne plaisantent pas, constata Judy. Ils ne vont pas détruire toute la collection, sinon ils n'auront plus rien à nous vendre. Ils n'ont déchiré que deux chemisiers et un pantalon, mais pas une seule veste. On aura peut-être le temps de les refaire. C'est Marie qui s'en est occupée, je crois. » Elle se tut un instant. « Tiens, c'est intéressant ! Pas un seul de ces vêtements n'a été fait par José. »

Mais Guy refusait de croire que José, qui travaillait avec lui depuis le début, aurait pu le voler. « Et le coupeur ? » demanda alors Judy, mais Guy ne voulait pas admettre qu'un membre quelconque de sa petite équipe ait pu le trahir ; ils savaient tous quel acharnement il mettait dans son travail, quel souci il se faisait et combien il prenait soin de ne pas trop exiger d'eux.

Pourtant, soudain, Guy eut une idée.

« Le mari de José décharge la viande et le Rubis est près des abattoirs ! Un jour j'y ai déposé José qui avait rendez-vous avec lui.

— Drôle de coïncidence, alors qu'ils y a tant de cafés dans Paris. »

A quatre heures, ils entrèrent au Rubis. Au moment où ils poussaient la porte, ils furent assaillis par le bruit et la moiteur. Accroché au plafond soutenu par de minces colonnettes de fer, des tubes de néon dispensaient un éclairage violet et agressif. Au comptoir étaient accoudés des prostituées teintes au henné, des bouchers aux tabliers ensanglantés et des porteurs de viande avec des bracelets de cuir aux poignets.

Ils s'installèrent à une table et, sans qu'ils aient rien demandé, on posa devant eux une assiette d'amuse-gueule : d'épaisses tranches de saucisses épicées, des morceaux de jambon cru et de gros cubes de pâté de langue fumée. Pendant trois heures, ils attendirent devant une tasse de café, mais rien ne se passa et on ne leur apporta aucun paquet. Leur anxiété et leur nervosité allaient croissant et, à la fin, n'y tenant plus, Judy déclara :

« Je vais téléphoner à tante Hortense pour lui demander conseil. »

Par chance, tante Hortense était chez elle. Judy lui raconta l'affaire en quelques mots. Après un court silence, elle lui dit :

« Attendez jusqu'à dix heures, puis rappelez-moi et s'il ne s'est toujours rien passé, venez chez moi. »

Enfin, à neuf heures, le garçon s'approcha de Judy et lui demanda :

« Vous êtes américaine, mademoiselle Jordan ? Téléphone. »

Elle entra dans la cabine, au fond du café, sorte de boîte en bois de la taille d'un cercueil, qui sentait la sueur et le tabac froid. Elle décrocha l'antique récepteur fixé au mur et annonça, d'une voix décidée : « Judy Jordan.

— Procurez-vous l'argent demain matin et mettez-le dans une enveloppe blanche, toute simple. Ensuite, restez à votre bureau. Surtout, ne vous avisez pas de marquer les billets, nous vérifierons.

Si vous essayez de nous doubler avec les flics, vous n'entendrez plus parler de nous avant jeudi, car nous serions occupés à faire travailler les ciseaux à denteler. »

Judy sortit de la cabine empuantie et répéta le message à Guy. Elle avait entendue une voix masculine, assez grave et grondante ; elle ne pouvait rien dire de plus, ni même définir s'il s'agissait d'une voix déguisée.

« Il a dit " ciseaux à denteler " et pas simplement " ciseaux " ? Tu en es bien sûre ? Il n'y a qu'un professionnel de la couture pour employer ce terme », constata Guy, soucieux.

Ils partirent en vitesse chez tante Hortense. Elle les attendait dans la bibliothèque et, à leur grande stupéfaction, ils virent Maurice, le chauffeur, qui, installé dans un fauteuil, les jambes croisées, buvait un whisky-soda. Guy et Judy ne voulurent rien prendre et le jeune homme fut prié de raconter à nouveau toute l'affaire, au cas où une légère différence dans le récit apporterait une indication. Après un silence méditatif, tante Hortense lui demanda :

« Savez-vous où habitent vos employés ? Ont-ils le téléphone ? Non ? Parfait. Allons tout de suite voir Marie, votre jeune couturière. Guy n'aura qu'à se montrer très énervé et dire qu'il aimerait savoir combien de temps il lui faudrait pour refaire les deux chemisiers et le pantalon. C'est un simple prétexte ; le but de cette visite est de la surprendre chez elle, au dépourvu. »

Vêtue d'une chemise de nuit en coton, les cheveux roulés dans des papillotes, Marie resta effectivement interdite en voyant Guy. Elle l'invita immédiatement à entrer et lui répondit qu'elle était prête à travailler nuit et jour pour remplacer les vêtements.

« Tu peux la rayer de ta liste, déclara Guy en remontant dans la Mercedes. Et maintenant, allons chez le coupeur. Je vais lui poser la même question. » Et là, de nouveau, Guy fut prié d'entrer et le coupeur accéda aussitôt à sa demande.

« Raye-le aussi. Au tour de José. »

Ce fut une José visiblement épouvantée qui vint lui ouvrir prudemment la porte. Guy lui demanda s'il pouvait entrer, mais elle trouva des prétextes pour refuser. Elle n'était pas habillée, à une heure pareille, c'était donc impossible ; son mari dormait et elle ne voulait pas le déranger, car il devait se lever très tôt pour être aux abattoirs à cinq heures. Guy lui demanda alors d'essayer de se souvenir si un étranger était entré dans l'atelier, la semaine précédente. José rétorqua que la police lui avait déjà posé cette question par deux fois et qu'elle avait dit que les coursiers et les représentants en tissus étaient sans cesse en train d'entrer et de sortir. De nouveau, Guy lui demanda la permission d'entrer et elle refusa une fois encore, la panique dans le regard.

« Demain matin, à l'atelier, on parlera de tout ce que vous voudrez. Mais maintenant, il est trop tard, monsieur Guy. Je ne voudrais surtout pas le réveiller. »

Guy prit congé, s'engagea dans le couloir de l'immeuble en faisant du bruit, puis revint sur ses pas, sur la pointe des pieds, et colla son oreille à la porte. Il entendit un murmure de voix saccadées. Il était sûr, désormais, que ses modèles se trouvaient à l'intérieur de cet appartement et la fureur lui donnait envie d'enfoncer la porte. Tremblant d'une rage impuissante, il se dirigea vers la Mercedes qui attendait devant l'immeuble et raconta à tante Hortense ce qui venait de se passer.

« Qu'en pensez-vous, Maurice ? demanda-t-elle au chauffeur.

— Il est fort improbable que ce soit un acheteur, un journaliste ou un fournisseur, madame. Le risque est trop grand pour huit malheureux millions. Il s'agit vraisemblablement de quelqu'un qui n'a que des petits revenus, un coursier, un représentant en tissus ou un employé.

— Un coursier ou un représentant en tissus n'aurait jamais parlé de " ciseaux à denteler ", objecta Guy, par contre mes employés utilisent ce mot. Il m'est arrivé, un jour, de déposer José devant le Rubis. Ce soir, elle était terrorisée ; elle a prétendu que son mari dormait, mais je les ai entendus parler, deux minutes plus tard. Pourquoi ce mensonge ?

— Par-dessus le marché, intervint Judy, il se trouve que, par une étrange coïncidence, aucun des modèles confectionnés par José n'a été déchiré. Elle me connaît, elle sait que je suis étrangère, elle sait certainement aussi que le père de Guy est riche et elle est susceptible d'employer le terme " ciseaux à denteler ".

— Si nous entrions par effraction dans leur appartement, pendant leur absence, qu'aurions-nous à perdre, même s'ils sont innocents ? La police ne bougera pas, sauf si José porte plainte et, dans ce cas, je pense qu'elle préférerait avoir une porte neuve et un petit pécule, en échange de son silence. Qu'en pensez-vous, Maurice ? demanda tante Hortense.

— Je suis porté à croire qu'elle est coupable, madame. Je propose une descente surprise dans son appartement, à l'heure même du rendez-vous fixé pour remettre l'argent. Nous agirons seuls, madame. La police n'est pas assez rapide.

— C'est exactement mon avis. Oh, on se croirait revenu au bon vieux temps ! Je conduirai la Mercedes, comme autrefois. Vous enfoncerez la porte tous les deux et vous êtes capables d'écarter les attaquants. Guy ouvrira une fenêtre et lancera les vêtements à Judy qui attendra sur le trottoir, prête à tout enfourner dans des sacs à ordures, puis à les jeter dans la Mercedes. S'il se produit un ennui quelconque, je partirai avec le chargement et vous laisserai vous débrouiller tout seuls. Il faudra mettre des talons plats, Judy, au cas où vous auriez à courir. » Elle se tourna vers Guy. « Maurice est très fort dans ce genre d'action, mais il faudra faire vite. Vous n'aurez que cinq minutes, ne comptez pas sur plus. Toutefois, vous serez surpris de voir ce qu'on peut faire en cinq minutes. »

Le lendemain matin, Guy et Judy se rendirent à l'atelier, comme à l'accoutumée. Pendant que Guy jouait les modélistes désespérés, les employés se remirent au travail. José — qui avait vraiment l'air épouvanté — vint s'excuser auprès de Guy pour ne pas l'avoir fait entrer chez elle, la nuit dernière.

« N'en parlons plus ; je n'aurais pas dû venir. J'avais bu un verre ou deux. »

A chaque fois que le téléphone sonnait, les machines à coudre s'arrêtaient de ronronner et tous les visages se figeaient. A midi, une voix au bout du fil demanda Judy.

« Soyez à cinq heures cinq devant le cinéma *Odéon*, sur les Champs-Élysées. Venez seule, sinon ça ne marchera pas. Placez-vous face aux photos exposées sur la droite du cinéma. Tenez l'enveloppe contenant l'argent dans la main droite et gardez l'autre le long du corps. Et surtout, ne tournez pas la tête.

— Qu'est-ce qui nous assure que vous nous rendrez les modèles ?

— Ils ne nous servent à rien. Une fois que nous aurons l'argent, nous vous enverrons un message pour vous dire où ils sont entreposés. »

Cette conversation fut rapportée à tante Hortense.

« Très habile, dit-elle. La séance se termine sans doute à cinq heures et il y aura donc foule autour de Judy, au moment où la personne viendra lui prendre l'argent, aussi ne pourra-t-elle identifier personne dans cette cohue. Je suis certaine qu'ils n'ont aucunement l'intention de restituer les modèles, mais de les flanquer dans la Seine, tout simplement. Nous ferions bien de lancer notre attaque surprise. »

Au jour dit, à cinq heures moins le quart de l'après-midi, Maurice vint garer la Mercedes à deux rues de l'appartement de José et céda sa place à tante Hortense. Elle se tourna vers Guy, qui était blanc comme un linge et lui déclara avec entrain :

« La justice dépend de celui qui tient les fléaux de la balance. Il y a trois choses que vous ne devez surtout pas oublier, mon cher ami. Primo, si la police vous surprend, ne dites rien, pas même votre nom et demandez qu'on appelle mon avocat. Secundo, faites exactement ce que Maurice vous dit de faire ; c'est lui le patron. Et enfin, poursuivit-elle sur un ton posé, gardez toujours à l'esprit que vous ne faites que reprendre votre bien. »

En arrivant devant l'immeuble de José, Judy sauta de la voiture et se posta sur le trottoir avec ses sacs à ordures. Guy et Maurice franchirent la porte cochère, traversèrent une cour intérieure, montèrent les escaliers et s'engagèrent dans un couloir sombre et étroit. Maurice jeta un regard circulaire, examina la porte vermoulue qui fermait l'appartement de José, palpa la serrure du bout des doigts et, après une seconde de réflexion, il s'appuya contre le mur opposé, leva le pied gauche à la hauteur de la serrure et frappa un grand coup. La porte s'ouvrit toute grande et Maurice fonça en avant.

Les volets étaient fermés et, en dehors des bruits de la rue, l'appartement était silencieux et sentait le renfermé. Il y avait très peu de meubles ; un canapé à fleurs, deux fauteuils, un lampadaire muni d'un abat-jour en imitation parchemin, un buffet et quelques tableaux représentant des saints agonisants, accrochés aux murs.

Maurice passa sa tête dans l'embrasure de la porte et fit signe à Guy qu'il pouvait entrer.

« Fouillez la pièce de gauche et moi, je m'occupe de celle de droite. »

La porte de droite donnait sur une petite cuisine contenant le strict nécessaire et sur les W.-C. La porte de gauche ouvrait sur une grande chambre occupée par un lit à deux places surmonté d'un crucifix. Attenante à cette chambre, il y avait une autre pièce plus petite et, dans la pénombre, Guy aperçut un lit sur lequel s'entassait toute sa collection.

Il lança un cri de triomphe et poussa les persiennes avec vigueur, tandis que Maurice faisait irruption dans la pièce.

Deux étages au-dessous et cinquante mètres plus loin, environ, Guy vit Judy qui regardait en l'air avec anxiété. Il l'appela et elle courut aussitôt se planter sous la fenêtre. Tante Hortense mit le contact et la Mercedes suivit lentement Judy puis s'immobilisa, le moteur toujours en marche.

Les hommes se mirent à jeter tous les deux les vêtements par la fenêtre et Judy n'avait même pas le temps de les enfourner dans les sacs. Elle ouvrit alors une des portières de la Mercedes et fourra à l'intérieur ensembles, robes, chaussures et chapeaux, du plus vite qu'elle le pouvait. Stupéfaits, de rares passants assistaient à la scène, bouche bée. Quand tout fut terminé, Judy sauta à l'arrière de la voiture, sur le tas de vêtements ; les deux hommes arrivèrent en courant et se serrèrent sur le siège avant. Tante Hortense mit les gaz et prit le premier virage sur les chapeaux de roue, laissant derrière elle, sur le trottoir, un escarpin de satin rose et un foulard vert qui frissonnait dans le vent.

« Doucement, madame, doucement ! s'écria Maurice. Ce n'est pas le moment de se faire arrêter pour excès de vitesse. » Mais tante Hortense se délectait. Elle roula à tombeau ouvert jusque chez le teinturier de Guy, où elle déposa Judy avec les vêtements. Celle-ci était en proie à une jubilation sans précédent ; elle venait de connaître l'exaltation que procure l'action. Elle s'était imaginée qu'elle allait avoir peur, mais au contraire, elle en avait tiré une incontestable jouissance. Et ils avaient gagné.

« On dirait qu'il ne manque rien, dit Guy à tante Hortense, pendant qu'ils roulaient vers l'atelier. Seuls les bords des chapeaux sont abîmés. »

Tante Hortense ralentit et céda, à regret, le volant à Maurice.

« Inutile de mettre la police au courant, lança-t-elle. Elle n'aime pas beaucoup les effractions et elle risquerait de vouloir garder les vêtements comme pièces à conviction. Ne vaut-il pas mieux que cet incident vienne grossir le nombre des affaires mystérieuses ? »

Guy approuva d'un signe de tête et grimpa les escaliers quatre à quatre, dans l'espoir de surprendre José avant son départ de l'atelier. Les deux autres employés étaient déjà partis et José était en train de boucler la ceinture de son imperméable. Un seul regard lui suffit pour comprendre que tout était découvert. D'un bond, Guy s'avança sur elle, la saisit par le poignet et l'entraîna vers le téléphone.

« Si vous ne voulez pas que j'appelle la police, vous feriez mieux de me dire pourquoi vous avez fait ça et qui vous a aidé, fit-il, la bouche pincée par la fureur.

— Lâchez-moi ! Vous êtes fou, monsieur Guy, lâchez-moi, sinon je crie.

— Criez, criez, et quelqu'un appellera la police. » Elle tenta de se libérer et de donner des coups de pied à Guy, puis, de désespoir, elle avança vers la fenêtre, tout en continuant à batailler.

« Je ne vous laisserai pas vous jeter par la fenêtre, José, haleta-t-il. A quoi cela servirait-il ? Je ne veux pas vous faire de mal ; je veux seulement savoir ce qui s'est passé. Je sais que l'idée ne vient pas de vous. Je sais que vous n'étiez pas d'accord. Nous avons récupéré la collection. Elle était posée sur un lit, dans votre appartement. »

Pétrifiée, elle cessa de lutter et le regarda, l'air épouvanté mais circonspect.

« José, je n'ai aucun intérêt à vous faire jeter en prison. J'ai retrouvé mes modèles, mais je veux savoir ce qui s'est passé. Si vous me racontez tout, je n'en parlerai *peut-être* pas à la police. Mais si vous essayez de me mener en bateau, j'appelle les flics sur-le-champ et c'est la prison pour vous. Allons, José, dites-moi la vérité. C'est une idée de votre mari, n'est-ce pas ?

— Je ne comprends pas ce que vous voulez dire.

— Nous avons trouvé la collection chez vous, déclara-t-il, après un court silence.

— Ce n'est pas lui ! » explosa José. Elle se tut de nouveau et Guy la tira vers le téléphone. « Non, non, c'est son copain André ; c'est un pickpocket. Il ne m'a jamais plu. Oh, Sainte Mère, qu'allons-nous devenir ?

— C'est donc cet André qui a téléphoné ?

— Oui, oui, c'est lui.

— Menteuse ! s'écria-t-il en lui tordant le poignet. André n'aurait jamais parlé de ciseaux à denteler. Encore un mensonge et j'appelle les flics. »

Elle éclata de nouveau en sanglots. Guy la secoua par les épaules, mais cela ne fit que la faire pleurer davantage. Pourtant, quand il décrocha le téléphone, elle s'arrêta net au milieu d'un sanglot et lui déballa toute l'histoire. C'était extrêmement simple.

A cinq heures de l'après-midi, son mari était allé se poster à cent mètres du cinéma, parce qu'il n'avait pas confiance en son ami pickpocket. Une fois qu'ils auraient empoché leur butin, ils devaient s'engouffrer dans le métro, prendre la première rame venue et descendre dans un quartier tranquille. Quand il aurait fait nuit et que les gens auraient été rentrés chez eux, ils se seraient partagé l'argent. Le mari de José avait projeté d'envoyer sa part, dans une enveloppe à son nom, à la poste restante. Quand l'affaire se serait tassée, il aurait été la chercher.

Guy ne pouvait que murmurer, la fureur lui avait coupé la voix.

« Allez-vous-en, coassa-t-il. Et ne remettez jamais, jamais les pieds ici, sinon, j'appellerai immédiatement la police. »

José éclata une fois de plus en sanglots et prit ses jambes à son cou.

En l'espace de vingt-quatre heures, l'histoire de Guy et de sa collection kidnappée et retrouvée fit le tour du petit monde de la couture parisienne, et bien qu'il niât tout devant les reporters venus l'interviewer, cette curieuse affaire fit venir à la présentation de sa collection bien plus de journalistes qu'il n'en avait espéré.

Cette collection consacra Guy comme un jeune couturier à suivre ; on ne le prit plus pour un fils à papa tâtant de la mode. Quant à Judy, elle eut tôt fait de s'apercevoir que les relations avec la presse l'occupaient pratiquement à temps complet.

# 12

Les deux années suivantes se déroulèrent dans une activité croissante et une agitation frénétique. Le succès entraîna automatiquement, pour Guy, des problèmes d'argent, jusqu'au jour où il obtint une aide d'une personne inattendue : le directeur de sa banque.

Après avoir étudié la situation financière de Guy et le relevé de ses profits et pertes, ce dernier téléphona de lui-même au père du jeune couturier pour lui dire qu'il serait vraiment dommage de tourner le dos à une entreprise susceptible de réaliser des bénéfices, pour l'unique raison qu'elle avait été créée par son propre fils. Il en résulta que la banque accepta de prêter des fonds à Guy, et son père, trop heureux de pouvoir enfin abandonner son attitude inflexible, se porta garant. Néanmoins, même s'il avait désormais suffisamment de commandes pour pouvoir s'agrandir, Guy estimait que ce n'était pas une raison pour le faire.

Quant à Judy, il lui arrivait parfois d'avoir le mal du pays. Elle avait beau vivre depuis longtemps à Paris et s'y plaire énormément, elle se sentait trop fondamentalement américaine pour vouloir faire sa vie en Europe. Elle se demandait aussi si c'était pour cette raison qu'elle ne tombait jamais amoureuse, comme toutes les autres femmes de Paris. Elle ne voulait pas épouser un Européen. Tout le reste était formidable. Cependant, une autre chose la préoccupait. Assurément, elle menait une existence fantastique, mais elle n'avait pas envie de jouer toute sa vie les seconds violons, aux côtés de Guy. Qu'était-il advenu de ses propres ambitions ?

Un soir, au moment où Guy et elle se préparaient à fermer la boutique, le téléphone retentit. Étrange, quelqu'un qui téléphone à près de neuf heures du soir.

Mais à Rossville, il n'était que trois heures de l'après-midi. Elle reconnut la voix de son père et l'inquiétude s'empara aussitôt d'elle. Il ne pouvait s'agir que d'un malheur ; il fallait une urgence catastrophique pour que son père se décide à demander une communication internationale.

« C'est toi, Judy ? » Il y avait de la friture sur la ligne. « J'ai une très mauvaise nouvelle à t'annoncer. C'est ta mère. Tu m'entends, Judy ? Il vaudrait mieux que tu rentres. »

# 13

Les agences de publicité qui marchent bien ne semblent pas attendre l'arrivée du photographe de *House and Garden,* se dit Judy. Et celle-ci ne fait pas exception. A dire vrai, ce bureau était presque aussi minable que celui où elle avait travaillé, lors de ses débuts à Paris. Le mur qui lui faisait face était tapissé de photographies dédicacées d'artistes qui avaient été des gloires du show-business, cinq ou dix ans auparavant. Le calendrier de l'année précédente était accroché dans un coin. On s'était arrêté d'arracher les feuilles le 5 avril 1954. En face était placé un bureau en métal gris, envahi de vieux journaux, de magazines et de corbeilles métalliques remplies d'anciennes coupures de presse. Une grande blonde dégingandée, vêtue d'un tailleur rouge et portant des souliers vernis noir aux talons ridiculement hauts, était également juchée dessus.

« J'imagine qu'il y a très peu de gens qui décident au départ d'être agents de publicité et qui font des études dans cette branche, déclara la blonde. Un beau jour, on réalise qu'on l'est devenu. Avant, j'étais journaliste, mais mon canard a fait faillite. J'étais au chômage quand un ami m'a dit que les Ice Follies cherchaient un homme de pointe. " C'est quoi, un homme de pointe ? " ai-je demandé et la semaine suivante, je me suis retrouvée homme de pointe à Philadelphie. Pourquoi voulez-vous travailler dans les relations publiques, au juste ? demanda-t-elle, en tirant une bouffée de sa cigarette.

— J'ai fait un peu de publicité, en France. A Paris, j'étais en rapport assez étroit avec la Wool International et c'est eux qui m'ont suggéré de venir vous demander du travail. »

*Suggéré ?* Vraiment ? Cette petite ne se rendait-elle pas compte que le président de la WI de Paris, en personne, avait téléphoné à Lee & Sheldon pour demander si on pourrait la prendre à l'agence de New York. Et comme la réponse était un peu hésitante, on leur avait aimablement suggéré que la WI souhaitait que cette Miss Jordan inconnue travaillât sur leur budget de publicité. Malgré sa jeunesse, elle devait avoir une expérience impressionnante. Alors, pourquoi voulait-elle une place d'assistante ? Pourquoi tous ces exaspérants remaniements intérieurs, uniquement pour intégrer Miss Jordan au personnel ?

Mais Judy savait qu'il lui fallait faire une expérience sur le tas, avant de pouvoir gérer un budget de publicité dans un bureau de New York. Elle ne voulait pas être secrétaire de direction. Elle avait décidé de faire un tri parmi les contacts qu'elle pourrait se faire dans la 7e Avenue, en attendant le bon moment et de voir si elle avait une possibilité de trouver un travail dans le genre de ce qu'elle avait fait avec Guy. Les relations publiques lui paraissaient convenir parfaitement à ses intentions.

Elle était restée dix-sept semaines à Rossville, jusqu'à ce que sa mère se fût remise de son anévrisme au cerveau, pour autant qu'elle pût se remettre, car elle ne retrouverait jamais entièrement l'usage de son bras gauche et elle avait toujours la mâchoire un peu tombante.

Quoiqu'elle se sentît encore un peu coupable d'être partie de chez elle, Judy avait fait la paix avec sa mère et s'était réconciliée, autant que faire se pouvait, avec son père qui racontait avec fierté et d'une manière touchante que sa fille « avait pris l'avion, *le jour même*, depuis Paris ». Dans les moments difficiles la présence d'un enfant est une source de prestige.

Au bout d'un certain temps, Judy comprit qu'il allait lui falloir de nouveau partir. Mais cette fois, il ne s'agissait plus seulement d'elle-même ; elle devait gagner de l'argent pour payer les frais médicaux considérables que l'assurance de son père ne couvrait qu'en partie. Elle écrivit à Guy et à ses amis de France pour leur expliquer pourquoi elle ne pourrait revenir à Paris.

Guy répondit aussitôt par un télégramme extravagant : DÉSOLÉ PERDRE MON BRAS DROIT STOP REFUSE METTRE UN TERME À NOS RELATIONS STOP ESPÈRE M'AIDERAS À M'INSTALLER EN AMÉRIQUE STOP VITE VITE STOP MILLIONS DE BAISERS STOP GUY.


A son arrivée à New York, Judy loua un studio dans la 11e rue est, elle expédia trois cents exemplaires de son curriculum vitae et s'entretint au téléphone avec dix-sept personnes, dont trois seulement acceptèrent de la recevoir en apprenant qu'elle n'avait jamais eu d'emploi aux États-Unis. Parfois, au souvenir du travail enivrant et des amis qu'elle avait laissés à Paris, le regret l'envahissait : elle se sentait seule et elle avait l'impression d'avoir renoncé, par sentimentalité, à un avenir plein de promesses.

C'est alors qu'elle reçut un mot de la WI de Paris, lui suggérant d'entrer en contact avec l'agence Lee & Sheldon.

« Il faut que vous sachiez que vous aurez à voyager beaucoup, lui déclara la blonde au tailleur rouge. Votre travail de base consistera à m'aider à faire la publicité de la WI. Nous annonçons les tendances de la mode aux journaux, expédions des communiqués, préparons des dossiers de presse avec croquis et photos à l'appui, et, deux fois par an, après les collections parisiennes, nous coordonnons les modèles en lainage que la WI a commandés aux couturiers. Nous faisons la promotion des copies qui doivent être exécutées par les confectionneurs américains, sans oublier de leur rappeler bien haut que la laine est une chose merveilleuse et qu'ils devraient en acheter davantage. » Elle balança gracieusement une jambe gainée de nylon et adressa un regard interrogateur à Judy qui lui répondit :

« J'ai déjà fait ce genre de travail, mais pas sur une aussi grande échelle, bien entendu.

— Nous passons aussi à la télévision où nous faisons des exposés sur la laine, illustrés par des dessins et des photos. Soit dit en passant, tout cela est loin d'être aussi excitant qu'on se l'imagine, même quand on invite des rédacteurs en chef de mode à déjeuner.

— Je sais, déclara Judy, qui se sentait de plus en plus à l'aise.

— Les agents de presse consacrent toute leur carrière à expliquer que leurs clients ne sont pas des abrutis, alors qu'en réalité, ils le sont, poursuivit la blonde, en changeant encore de position et en allumant une autre cigarette. Si vous entrez chez nous, vous vous occuperez des présentations itinérantes. Les modèles que nous achetons à Paris font aussitôt le tour des meilleurs magasins, dans toutes les grandes villes américaines. Vous devrez organiser ces présentations, rassembler les modèles, puis partir en voyage avec eux, en surveillant les filles et les vêtements, en emportant du matériel publicitaire, en distribuant des cartes et des échantillons de tissus, ainsi que des petits cadeaux bon marché. Deux fois l'an et pendant quatre semaines, vous changerez de ville, tous les jours. Vous pensez pouvoir tenir le coup ?

— Essayez-moi.

— Et si on essayait de prendre un Martini. »

Jamais Judy n'avait travaillé aussi dur. Pat Rogers était une patronne impitoyable. En temps qu'ancienne journaliste, elle était extrêmement exigeante. Elle estimait que tout le monde devait travailler aussi vite qu'elle et son contact était prodigieusement formateur. Judy comprit très vite que ce qui n'était pas absolument parfait était mauvais ; le presque bien ne suffisait pas.

« Pour devenir un bon attaché de presse, lui disait Pat, il faut se mettre dans la tête qu'on n'achète pas une bonne couverture avec un bon déjeuner ; il est nécessaire d'avoir des choses valables à raconter. Ici, on n'est pas à Paris, ma petite. Il faut se battre pied à pied, car la concurrence est féroce. » Elle se renversa contre le dossier de son fauteuil et croisa les jambes sur son bureau. « Il s'agit d'un échange de bons procédés. Les journalistes veulent qu'on leur apporte des faits, et en vitesse. En retour, ils diront peut-être du bien de nos produits ; voilà le marché de base. Il existe très peu de bons attachés de presse et ce sont presque tous d'anciens journalistes, parce qu'ils connaissent la musique. Un ancien journaliste sait qu'une information est une chose dont personne n'était au courant la veille, et quand une histoire n'est pas nouvelle, elle ne vaut pas grand-chose, aussi intéressante soit-elle. »

Un jour, Pat lui déclara : « Il est temps que vous appreniez à écrire, ma petite. N'allez surtout pas vous embringuer dans des cours par correspondance. Couchez plutôt avec un journaliste pendant un mois ou deux. Non ? Bon, alors préparez-vous pour samedi, sortez vos Kleenex et venez chez moi, je vous apprendrai. Je suis à moi toute seule l'École pratique de journalisme accéléré, la plus petite au monde, dans cette discipline. »

Après deux samedis de papiers froissés et d'insultes, Pat s'étira et dit :

« Je crois que vous avez compris. En général, les gens pigent vite ou jamais, et c'est le plus souvent jamais. Vous êtes impatiente et c'est un atout ; vous vous lassez vite, et c'en est un autre. Vous ne serez jamais Ernest Hemingway, mais pour ce qui est de rendre compte des faits, il ne vous manque plus que la pratique. Et maintenant, allons boire un Martini. »

En septembre, Judy partit en déplacement, pour la première fois. Elle précédait la présentation de deux jours, afin de mettre tout au point et de répandre la nouvelle de son arrivée, exactement comme on annonçait, jadis, une tournée de saltimbanques. Elle traînait derrière elle des valises bourrées d'échantillons, aplanissait les inévitables problèmes et parvenait à ses fins à force de flatteries, de cajoleries et d'amabilités. De l'instant où elle s'arrachait de son lit, le matin, à celui où elle s'écroulait dans un autre, le soir, elle ne pensait qu'à une seule chose : la laine.

C'était une existence dure et solitaire, mais, pendant la journée, elle avait trop à faire pour y songer et, le soir, elle était trop épuisée. Elle ne cessait de courir d'un aéroport à un hôtel minable, puis elle se précipitait dans des bureaux et des studios de télévision, pour retourner ensuite à l'aéroport où un avion l'emportait dans une autre ville. Son maigre budget ne lui permettait pas de descendre dans de bons hôtels. Elle avait beau la triturer dans tous les sens, son indemnité de déplacement ne parvenait pas à couvrir ses frais réels. Elle n'arrivait pas à aborder ce problème avec les services de la comptabilité, aussi se mit-elle à tricher sur ses frais. jusqu'au jour où Pat lui dit que le numéro 2 de la maison avait fait remarquer qu'il avait une note de téléphone moins importante que la sienne. Judy avait alors explosé. Elle aimait manger ; le service financier ne tenait pas compte de la rapidité avec laquelle elle devait travailler ni d'un quelconque changement dans la routine théorique. Elle proposa donc que le prochain déplacement soit pris en charge, non pas par elle, mais par un comptable, pour voir comment il s'en sortirait.

« Je vois que vous aimez crier, mais ce n'est pas ainsi qu'on impose ses vues », remarqua Pat qui s'en fut incontinent semoncer le comptable, lequel augmenta alors l'indemnité de Judy. Sa vie était toujours morne et solitaire, mais au moins, elle mangeait.

Et elle obtenait de bons résultats.

En moins de six mois, Judy parvint à convaincre Pat de faire venir Guy à New York pour discuter de la possibilité d'une présentation de mode itinérante. La nouvelle collection de Guy couvrait toutes les nuances de bleu, depuis le bleu lavande jusqu'au violet sombre. Les formes souples de ses créations apportaient de l'aisance au mouvement et donnaient aux femmes l'impression de ne rien avoir sur elles, ce qui les faisait paraître à leur avantage, sans aucune gêne. Il avait toujours utilisé des tissus de luxe et refusé de produire une gamme bon marché.

« Un seul beau tailleur est un meilleur investissement que trois ensembles à peu près », affirma-t-il à Judy.

Vue du bateau avançant sur l'eau vert mordoré, Wall Street faisait penser à des rubans de téléscripteur s'étirant vers le ciel.

« C'est la première promenade obligatoire des touristes, lui expliqua Judy. On descend d'abord l'Hudson, on passe devant la statue de la Liberté, puis on remonte l'East River pour faire le tour de Manhattan. Après, je te piloterai dans toute la ville. Tu ne peux pas t'imaginer comme je l'aime.

— Plus que Paris.

— C'est différent. » En l'espace d'une semaine, Judy avait compris qu'elle était chez elle dans cet endroit merveilleux, étincelant et épuisant, et qu'elle y resterait toujours. Elle avait conçu pour New York un sentiment de possession exclusif qu'elle n'avait jamais éprouvé pour Paris. « J'aime New York et je commence à aimer ce que je fais. J'ai une vie moins trépidante et plus agréable depuis que je me déplace en même temps que la collection, au lieu de la précéder. » Elle se tourna vers Guy, clignant les yeux dans le soleil déclinant de la fin d'après-midi. « Au fait, Pat voudrait dîner avec nous pour qu'on puisse parler de la tournée de ta prochaine collection. Je te préviens, elle veut que tu l'accompagnes, avec ton accent fascinateur de Français pur sang. A Cleveland, le seul son de ta voix fera chavirer tout le monde.

— Je ne suis pas contre un voyage gratuit à travers les États-Unis.

— Ce ne seront pas des vacances, sois-en sûr, répliqua Judy. Ces voyages paraissent merveilleux quand on voit les mannequins arriver à l'aéroport et monter dans de superbes voitures, les bras chargés de fleurs, mais tout ça, c'est de la poudre aux yeux. En réalité, quand on arrive par le dernier avion du soir — à six personnes pour trente-huit valises — c'est une camionnette qui vient nous chercher. Le matin, je tire tout le monde du lit et un des mannequins s'habille à toute vitesse pour l'émission de télévision du petit déjeuner, pendant que les autres se préparent pour aller défiler dans un magasin où toute l'assistance très au fait de la mode porte des tailleurs-pantalons fatigués et des imperméables avachis. Après, les journaux locaux viennent nous interviewer ; l'après-midi, une autre présentation dans un autre magasin, de nouveau la télévision, puis à l'aéroport, sans perdre une minute. Quand on prend l'avion du soir, on arrive trop tard pour dîner et quand on prend celui du matin, on n'a pas le temps de manger ou de boire quoi que ce soit, en dehors du Nescafé qu'on trouve dans la chambre d'hôtel. Après une tournée de ce genre, je te jure qu'il faut rester deux jours au lit, téléphone décroché, pour que les nerfs et l'estomac se remettent en place. » Elle se tut pour regarder les mouettes planer sur l'eau grise. « On n'arrête pas de faire et de défaire les bagages. La malheureuse habilleuse doit donner tous les modèles à repasser avant chaque présentation, ensuite il faut qu'elle prépare des accessoires. Ce sont de vraies saintes, ces habilleuses ! s'exclama-t-elle. Mais les mannequins sont des démons et avec elles, les complications amoureuses n'ont jamais de fin. Dans le dernier voyage, nous avions deux lesbiennes ; elles ne pouvaient s'empêcher de se tripoter, même sur l'estrade... Il y a aussi le problème de nourriture. Les mannequins ont la terreur de grossir et les plus décharnées sont les pires. Ou bien elles suivent un régime d'algues séchées et de fleurs de citronnier et elles s'imaginent que l'hôtel en a en réserve, ou bien elles commandent du champagne et du caviar et essayent de le faire passer sur la note. Nous prévenons toujours les hôtels que nous ne réglons pas les extras et elles le savent parfaitement. Pourtant, elles font la tête quand elles voient qu'il faut payer leur caviar tout de suite ou le renvoyer.

— Parle-moi encore de ces pauvres filles squelettiques et de leurs problèmes sentimentaux. Elles ne sont pas toutes aussi épouvantables, j'en suis sûr.

— Je pense qu'au fond, certaines sont de très chic filles, mais elles mènent une vie instable. Elles sont entièrement tournées vers l'extérieur. Elles ne profitent même pas de leur beauté, parce qu'elles ont toujours la hantise de la perdre. Aucune d'elles ne se croit belle. Ce n'est pas surprenant ! Pour avoir des contrats, elles passent sans cesse des auditions, même les plus réputées, et quand il y a vingt filles en compétition, on en rejette dix-neuf. Elles ont donc à faire face à des refus permanents et, par conséquent, elles sont très vulnérables. » Elle tira son bonnet de tricot sur ses oreilles. « Certaines ont recours à des coupe-faim ; ça les rend nerveuses et elles prennent la mouche pour un rien. Il y en a d'autres qui ne peuvent pas dormir parce qu'on change d'hôtel tous les jours, aussi avalent-elles des somnifères et, le matin, elles sont incapables de se lever. Il arrive aussi, poursuivit-elle en riant, que je ne puisse pas les faire lever parce qu'il n'y a personne dans le lit. Elles ont déniché un type dans un bar et ont disparu. Le seul fait d'empêcher les photographes de s'approcher d'elles me prend déjà tout mon temps.

— Tu n'arriveras pas à me dégoûter, répondit Guy en lui chatouillant le bout du nez. Je la ferai, cette tournée. Nous partirons ensemble. Tu m'as aidé à réussir en France et cette fois, Judy, je ferai en sorte que tu participes à mon succès ici ! Tu ne m'échapperas pas aussi facilement... Sauf si tu persistes à porter des chapeaux aussi ridicules. »

Il lui retira son bonnet de laine et le jeta dans l'East River. « Ma grand-mère avait un truc de ce genre pour tenir les œufs à la coque au chaud. »

Et, à sa grande stupéfaction, Judy fondit en larmes.

# TROISIÈME PARTIE

# 14

Le givre accrochait des rideaux de dentelle à l'extérieur de la fenêtre.

Élisabeth répugnait à se lever par ce temps de frimas. Le ciel était encore sombre et froid ; la cime des pommiers et la haie de hêtres qui entourait le jardin étaient saupoudrées de neige. Elle avait envie de rester au chaud sous son édredon de plume, à se lover dans sa tiédeur, tout en écoutant parler les autres en bas.

« Élisabeth, tu vas être en retard », lui cria maman du pied de l'escalier.

Les yeux encore fermés, la petite posa les pieds sur la carpette et se dirigea en trébuchant vers le pied du lit en bois sculpté pour prendre ses vêtements qui étaient soigneusement rangés sur un coffre en laque rouge. Encore tout endormie, elle enfila maladroitement son épais collant noir, ses chauds sous-vêtements de laine, sa robe à carreaux bleue et son tablier marine, puis elle s'assit sur le tapis pour lacer ses grosses bottes noires et raides. Tout cela constituait l'uniforme d'hiver traditionnel des petites filles suisses.

Elle grimpa sur une chaise, frotta le givre qui embuait la vitre et examina l'état du temps. Il ne neigeait pas et le jour commençait à poindre au-dessus des montagnes sombres et déchiquetées, de l'autre côté de la vallée. En bas, il y avait un jardin qu'on apercevait à peine par-delà la balustrade de bois incrustée de neige. Sous la fenêtre de sa chambre, le balcon du premier étage faisait tout le tour du chalet et sous le toit d'ardoise, cette vieille prière était gravée :

*Dieu bénisse les habitants de cette maison*
1751

L'enfant sauta de la chaise et s'engagea dans le couloir, martelant lourdement le plancher de bois de ses grosses bottes. Elle ouvrit brusquement une porte ; la chambre de son frère de lait faisait face à la montagne et la lumière filtrait à peine à travers les vieux volets.

« Debout, debout, paresseux, s'écria-t-elle en riant et en se jetant sur la couverture en patchwork d'où émergea une figure indignée. Tu n'es pas allé chercher le pain chez le boulanger.

— Félix a dit qu'il irait, grommela Roger, tout ensommeillé.

— Je ne te crois pas. Félix travaille tard cette semaine. »

Félix, qui était hongrois, était chef de réception à l'hôtel Rosat, à Château d'Oex. En 1939, on était venu le chercher dans la ferme paternelle pour l'enrôler dans l'armée hongroise, puis on l'avait incorporé de force à l'armée allemande pour combattre les Russes sur le front oriental. Après la chute de Budapest, la division de Félix avait fait retraite vers l'Allemagne et, de là, il avait réussi à passer en Suisse. Il fendait le bois et accomplissait divers travaux de force ; en échange, maman lui lavait et lui reprisait son linge.

« Je t'assure qu'il rentrera de bonne heure », promit Roger. Élisabeth sortit de la chambre en courant et descendit les escaliers à grand bruit, puis elle entra dans la cuisine où toute la maisonnée avait coutume de se tenir, en hiver, pour économiser le mazout. Maman préparait le chocolat sur une cuisinière verte émaillée.

« Roger n'est pas allé chercher le pain pour le petit déjeuner.

— Tant pis, Élisabeth, ça ne fait rien. Je vais humidifier un peu le pain d'hier et le faire réchauffer dans le four. Tu ne t'apercevras même pas de la différence, mademoiselle la rapporteuse. » Les cheveux noirs de sa mère adoptive pendaient, encore défaits, dans le dos de sa robe de chambre de flanelle blanche. Elle posa le pot de chocolat chaud sur la table.

Le mari de maman s'était tué sur le glacier des Diablerets, huit ans auparavant. Il était guide de montagne. Un jour qu'il emmenait un groupe sur le glacier, il fut surpris par le mauvais temps et tout le monde fut porté disparu dans la neige. Angelina Dassin resta seule avec un bébé qui l'empêchait de se placer comme bonne à demeure, comme elle l'avait fait avant son mariage. Étant presque sans ressources, elle accepta le premier emploi qui se présentait et qui consistait à laver le parterre dans la clinique du village. Le soir et pendant le week-end, elle brodait des chemisiers blancs garnis de dentelle pour la boutique de souvenirs. Trois années durant, elle mena une vie très dure et, un jour, on lui demanda de prendre en charge un bébé qui venait de naître à la clinique. Angelina put alors abandonner son travail harassant, rester douillettement chez elle avec les deux bébés et se consacrer à la broderie.

Angelina éleva Élisabeth comme si elle faisait partie de la famille Dassin, mais elle ne lui cacha pas qu'elle avait une autre mère, une *vraie* mère et qu'un jour — quand elle serait plus grande — cette vraie mère viendrait la chercher pour la ramener chez elle. C'est toujours à cela qu'elle pensait quand, chaque soir, Angelina lui chantonnait doucement « Au clair de la lune, mon ami Pierrot » et d'autres berceuses, pour qu'elle s'endorme et que, dehors, les sapins bruissaient dans le jardin obscur.

A dire vrai, Angelina n'en savait guère plus qu'Élisabeth au sujet de cette mère mythique. Tous les mois, un chèque anonyme sur une banque de Gstaad lui parvenait dans une enveloppe anonyme. Angelina commençait toujours ses lettres laborieuses par « Chère Madame », en espérant que la pauvre enfant était enfin mariée, mais les réponses ne lui fournissaient aucune information sur l'envoyeur. On lui posait seulement des questions au sujet des progrès de la petite, et elle y répondait scrupuleusement dans son rapport suivant.

Au début, Élisabeth avait imaginé sa mère sous l'aspect d'une sorte d'ange en chemise de nuit de dentelle. Tous les soirs, après avoir dit sa prière sur la descente de lit, elle murmurait : « Bonne nuit, vraie maman. » Par la suite, elle s'était prise à espérer que sa vraie mère était une princesse de légendes et qu'elle ne pouvait pas venir la voir parce qu'elle était condamnée à dormir dans la clairière d'une forêt jusqu'à ce qu'un prince charmant vînt la réveiller d'un baiser. Oh, qu'il se dépêche ! soupirait Élisabeth, en espérant que la forêt n'était pas trop humide ni envahie de fourmis.

Pour la taquiner, Roger prétendait que sa vraie maman était une sorcière aux ongles crochus, sans dents et sans cheveux, mais Élisabeth refusait de le croire et Angelina gronda Roger quand elle le surprit à raconter ces fables. Quelle méchanceté vis-à-vis de cette sœur, sans laquelle Angelina eût été en ce moment en train de frotter à genoux des mètres carrés de sol inondé au lieu de broder des edelweiss bleus sur des décolletés en forme de cœur, dans une cuisine bien chaude.

« Roger m'a dit que Félix viendrait de bonne heure, remarqua Élisabeth en avalant son chocolat.

— Alors, je ferais bien de m'habiller en vitesse ; dépêche-toi, ma petite. »

En un rien de temps, elle ficela Élisabeth dans un manteau rouge, guida ses doigts dans les gants accrochés aux manches par un cordon, enferma sa tête dans une cagoule de laine rouge, lui enroula une grosse écharpe autour du cou et l'embrassa.

Une fois dehors, Élisabeth se mit sur la pointe des pieds en haut des escaliers, tentant d'apercevoir Félix. Elle frissonnait ; son haleine gelait contre son écharpe ; ses yeux pleuraient et les larmes se transformaient immédiatement en glace. Un sifflement strident se répercuta à travers la montagne au moment où le train de Montreux passa en crissant, un chasse-neige à l'avant pour dégager la voie. Élisabeth entendit le meuglement caverneux des vaches, le tintement des seaux et le fracas montant de la ferme voisine. Elle huma l'odeur de la paille et du fumier. Le chalet des Dassin était le dernier du chemin. Au-dessus, la forêt de sapins montait à l'assaut des cimes, enneigées en ce mois de janvier. Sous le chalet, le jardin dégringolait jusqu'à la rivière gelée qui partageait la vallée en deux. Le tapis blanc n'était interrompu que par cette ligne noire et sinueuse et par la voie du chemin de fer.

Elle aperçut la silhouette massive de Félix, grimpant le raidillon, un grand panier au bras. La frêle enfant dévala le chemin à sa rencontre en poussant des cris de joie.

« Félix, est-ce que tu seras là quand je rentrerai de l'école ? Tu me raconteras des histoires ? Tu me répareras ma poupée ? Son bras s'est détaché. Est-ce que tu me fabriqueras un autre igloo ?

— Oui, oui et oui, si tu n'es pas en retard à l'école.

— Oh ! je te promets que non. »

La fillette maigrichonne dégringola en glissant le sentier recouvert de neige, réussit à se faufiler par la porte vitrée de l'école et à se couler devant le tableau noir au moment où tante Gina sonnait la clochette d'étain. La pendule annonça sept heures trente quand elle atterrit derrière son bureau, sur le banc de bois rugueux qui deviendrait de plus en plus dur à mesure que la journée s'avancerait jusqu'à ce que les enfants en tablier bleu, perchés dessus, commencent à se tortiller désespérément.

Après la prière, toute la classe se mit à psalmodier les tables de multiplication : « Une fois deux, deux. Deux fois deux quatre... » Ensuite, comme on était mercredi, Élisabeth monta dans le salon de tante Simone pour prendre sa leçon d'anglais. Elle avait aussi un cours de français particulier, le vendredi.

Le salon de tante Simone sentait les miettes de biscuits, la naphtaline, l'eau de Cologne et la vieille dame. Les murs tapissés d'un papier broché sombre étaient ponctués par les visages attentifs d'anciens élèves photographiés en noir et blanc. Sous ces photos se dressait un vieux piano droit, tandis que le milieu de la pièce était accaparé par une table ronde recouverte d'un châle indien plein de taches d'encre et entourée par des chaises tendues d'un velours bleu passé, dont le dossier était protégé par une têtière de dentelle. Sur l'une de ces chaises trônait une personne qu'Élisabeth adorait.

Mademoiselle Sherwood-Smith apprenait à Élisabeth des chansons d'enfants traditionnelles et lui montrait des livres racontant les aventures d'un lapin nommé Peter, d'un ours appelé Rupert et l'histoire sanglante et saturée de batailles des rois et des reines d'Angleterre. Elle aidait Élisabeth à rassembler les pièces d'un grand puzzle qui représentait la carte de l'Angleterre et faisait avec elle des parties acharnées de petits chevaux qui permirent à Élisabeth d'apprendre à compter en anglais.

Les leçons de français lui plaisaient beaucoup moins. Elle parlait avec l'accent rythmé du canton de Vaud dans lequel on baissait toujours le ton au milieu de la phrase, pour le hausser à la fin, dans un doux beuglement extrêmement musical. M^lle Pachoud était beaucoup plus âgée que M^lle Sherwood-Smith. C'était une Française de France et elle donnait à Élisabeth des leçons de diction pour qu'elle parle le français classique et non un dialecte suisse. Mais quand Élisabeth voulut montrer ses talents, ses camarades se moquèrent d'elle.

Elles revinrent à la charge à midi, au moment où Élisabeth s'emmitouflait pour retourner déjeuner chez elle. Une grande lui subtilisa sa cagoule et la fit danser devant elle, mais hors de sa portée. Petite pour son âge, Élisabeth se mit à sauter pour essayer de l'attraper jusqu'à en être à bout de souffle et rouge d'épuisement et de larmes refoulées.

« Tu vois, Fil-de-Fer, tu n'es pas si dégourdie, malgré tes leçons particulières. Personne ne veut être ton amie, espèce de prétentieuse. »

Élisabeth sauta de nouveau, mais son bonnet rouge se déroba encore.

« Tu t'imagines être au-dessus de nous, mais tu te trompes. J'ai entendu ma mère dire que tu étais une *bâtarde*. Petite bâtarde gringalette, petite bâtarde prétentieuse. »

Deux autres filles reprirent le refrain en chœur et se mirent à danser autour d'Élisabeth, en lui tirant ses longues tresses noires, jusqu'au moment où la petite exaspérée baissa la tête et chargea l'une de ses tortionnaires à l'estomac, à l'instant même où M^lle Gina entrait dans les vestiaires.

« Elle m'a fait tomber, Elisabeth m'a fait tomber, mam'selle. »

Mademoiselle Gina considéra Élisabeth, cramoisie, les dents serrées et les jambes pliées, prête à frapper. « Tu n'as pas honte, Élisabeth ? Rentre chez toi immédiatement. »

Un peu plus tard, pendant le déjeuner, M^lle Gina dit à sa sœur :

« Encore des histoires avec Élisabeth.

— Tu ne crois pas qu'elles la cherchent ?

— Même si c'est le cas, la violence ne sert à rien. Il y a souvent des disputes dans la cour de récréation, mais la seule à se servir de ses poings, c'est Élisabeth. Elle se bat comme un garçon.

— Il faut dire que Roger, son frère de lait, est son grand ami. J'imagine qu'il lui a appris de bons coups. C'est dommage qu'elle soit si différente des autres filles ; elle est un peu à part. Elles sont méfiantes et mal à l'aise avec elle ; c'est pourquoi elle est si difficile et n'a pas de très bonnes amies.

— Ne lui cherche pas d'excuses, Simone. Cette enfant est très susceptible, toujours prête à se juger offensée et prompte à se venger. Elle ne devrait pas réagir aussi violemment.

— Ce n'est que lorsqu'elle croit avoir été traitée injustement qu'elle perd le contrôle d'elle-même ; dans ce cas, elle ressent le besoin d'agir pour se débarrasser de sa rancune. Cinq minutes après, elle redevient calme et en dehors de ça, c'est une élève sage et très appliquée.

— Quoi qu'il en soit, elle ne peut pas se permettre d'avoir un caractère aussi violent. La vie ne sera pas facile pour cette petite... »

Pendant qu'elle courait vers la maison dans la neige qui étouffait tous les bruits, le froid calma son esprit échauffé. Agrippant la rampe de fer, elle gravit une à une les marches menant à la porte d'entrée qui se trouvait au-dessus du niveau de la neige. Elle se hissa sur la pointe des pieds pour cogner le heurtoir, puis se baissa pour soulever le volet de la boîte à lettres et renifla profondément. Des pommes de terre sautées avec du bacon et des oignons. Elle se sentait rassurée dès qu'elle était de retour à la maison.

Angelina ouvrit la porte en prenant bien garde à ne pas laisser rentrer la neige. Comme à l'accoutumée, elle était vêtue d'une robe de coton et d'un tablier bleus, d'un grand cardigan informe et de chaussures noires. Elle n'avait jamais ni maquillage ni bijoux, en dehors de son alliance.

« Maman, qu'est-ce que ça veut dire bâtarde ? On m'a dit ça à l'école. »

L'air préoccupé, Angelina regarda Élisabeth taper des pieds pour faire tomber la neige.

« C'est un nom idiot pour désigner les enfants qui n'ont pas de père.

— Roger n'a pas de père, lui non plus. Est-ce que c'est aussi un bâtard ?

— Vous pourrez avoir un père, tous les deux, si vous en voulez un. » Perplexe, Élisabeth leva les yeux, tandis qu'Angelina la poussait doucement dans la maison et refermait la porte.

154

« Chut... C'est un grand, très grand secret. Qui choisirais-tu comme père ?

— Un prince de conte de fées.

— Non, quelqu'un que tu connais.

— Pas Roger, il n'est pas assez vieux... ah, je sais — Félix !

— Exact ! »

Vêtue d'un maillot de bain jaune, ses longs cheveux noirs et le bout de ses doigts touchant le sol, Élisabeth s'accrocha au trapèze, la tête en bas, et enroula ses jambes maigres autour des cordes.

« Et maintenant, relève-toi et assois-toi sur la barre, lui dit Félix. Allez, encore une fois, Lili, aussi haut que tu peux... Très bien. »

Depuis qu'il avait épousé Angelina, dix-huit mois auparavant, Félix avait appris aux deux enfants certains des numéros qu'il exécutait en Hongrie, avec son frère.

« Et maintenant, Lili, un peu de trampoline », ordonna-t-il en tirant le petit trampoline vert sur la pelouse. Pendant que Félix faisait travailler Élisabeth, le soleil venait lentement déposer ses couleurs flamboyantes sur les cimes lointaines des montagnes. Angelina apparut au balcon et les appela pour le dîner. Une nuée de papillons beiges voletait autour du mirabellier et une odeur suave montait des pois de senteur roses et bleus qui poussaient sous le balcon, contre un treillis de bois. Angelina regarda Élisabeth s'agripper aux mains de Félix, ses jambes fluettes remonter le long de sa cuisse, de sa hanche et enfin, se poser sur ses robustes épaules. Elle vacilla un peu avant de retrouver son équilibre, lui lâcha les mains et se redressa lentement, les genoux légèrement ployés et les bras écartés.

« Je peux avancer ? lui cria Félix.

— Pas encore, je ne suis pas prête... oh, Félix, méchant...

— Arrête de parler et concentre-toi, Lili. Je veux te voir sauter impeccablement de mes épaules et atterrir sur le trampoline, les pieds joints. Et pas d'arrivée vasouillarde. »

Docilement, la petite fille s'élança, rebondit deux fois sur la toile verte, puis sur l'herbe. Elle atterrit les pieds un peu écartés.

Félix alla ranger le trampoline dans la cave, puis il monta avec Élisabeth l'escalier de bois qui menait à la cuisine. Roger était déjà à table. Il était parti se baigner dans un torrent et, au retour, il avait rempli sa casquette de petites fraises des bois.

« Elles sont presque aussi bonnes qu'en Hongrie », déclara Félix d'un air approbateur, après avoir mangé une délicieuse truite. Généralement, ce genre de remarque était accueilli par des ricanements, mais ce soir-là, il ajouta : « Avant la guerre de 1939, tous les restaurants hongrois, quelle que fût leur classe, étaient dans l'obligation de proposer un plat à un pengö, c'est-à-dire un franc suisse. Donc, en principe, du moment qu'il possédait un pengö, n'importe quel clochard pouvait y aller manger, aussi crasseux fût-il. De par la loi, le restaurateur devait le servir. »

Élisabeth grimpa sur ses genoux, comme elle avait coutume de le faire après le dîner et se mit en boule comme un chaton.

« Parle-nous des Gundel », supplia-t-elle, car elle adorait entendre les histoires gaies et romanesques qu'il leur racontait sur la Hongrie d'avant-guerre.

« Tu sais, Lili, je n'étais qu'un jeune serveur, mais ce qu'on s'amusait ! Je t'ai déjà dit que la famille Gundel, avec ses dix enfants turbulents, vivait du restaurant et que ce restaurant était situé au milieu des arbres, avec deux immenses grilles de fer forgé noir qui fermaient le parc.

— Raconte-nous la soirée dans le parc, s'écria Élisabeth, en proie à une grande excitation.

— Les cinquante premières tables formaient une brasserie en plein air, bien qu'on y bût presque uniquement du vin blanc. Les cinquante tables suivantes étaient réservées aux repas plus coûteux et puis, au fond, il y avait huit marches de pierre qui menaient sur une terrasse couverte de vignes et c'était là que l'aristocratie mangeait. Toute la Hongrie se régalait ensemble dans ce jardin, au son de la musique des cuivres, dans la brasserie et d'un orchestre tzigane, sur la terrasse.

— Montre-nous comment jouaient les Tziganes, Félix, s'exclama-t-elle.

— Ils portaient de magnifiques costumes hongrois aux couleurs très vives. »

L'homme se leva, installa précautionneusement la petite fille sur sa chaise, se drapa une serviette rouge autour du cou, prit des cerises jumelles dans le compotier et se les mit en guise de boucles d'oreilles. Il se noua ensuite un mouchoir à pois rouges autour de la tête et commença à sauter lentement autour de la table, comme un gros ours jouant sur un violon imaginaire.

Élisabeth poussa des hurlements de joie.

« Est-ce qu'on peut jouer à la plus belle soirée, oh Félix, je t'en prie ? »

Félix se tourna vers Angelina et, d'un regard, lui en demanda la permission. Elle hocha la tête en riant, sur quoi, la petite fille se précipita hors de la cuisine et y revint en toute hâte avec son jupon, deux morceaux de drap blancs et une large ceinture rouge à lacet.

« Commence, Félix, commence, s'écria-t-elle, pendant qu'Angelina lui nouait obligeamment les deux bouts de tissu sur ses épaules maigres.

— La plus belle soirée, déclara Félix en lissant sa longue moustache noire, ce fut ce soir enchanté de 1939 où le roi Zog d'Albanie se fiança à une aristocrate hongroise. Elle s'appelait Géraldine Apponyi. » Angelina défit les tresses de la petite et fit bouffer les longs cheveux noirs. « Elle était brune et belle, psalmodia Félix, et elle allait devenir reine d'Albanie. On donna un dîner gigantesque sur la terrasse et je fis le service de sept heures du soir à sept heures du matin. » Angelina prit des roses dans un vase et les fixa dans la chevelure de l'enfant, en forme de couronne, tandis que Félix poursuivait : « Il y avait de la musique, mais pas de bal et, toute la nuit, on discourut joyeusement. » Angelina laça la ceinture autour de la taille mince d'Élisabeth qui se leva, droite et grave, émue et consciente de tous ces regards posés sur elle.

« La petite reine n'était-elle pas un peu effrayée, Félix ?

— Un peu désorientée, peut-être. Mais elle était éblouissante dans sa robe blanche, avec ces dentelles et ces diamants qui étincelaient dans son épaisse chevelure noire. »

Sous la couronne de roses blanches, les grands yeux sombres de l'enfant brillaient rêveusement dans son visage doré par le soleil. Jolie, sereine et sûre d'elle, elle leva son petit front et fit un signe de tête royal.

« Qu'est-ce que j'avais mangé, Félix ?

— Je vous avais servi des œufs à la crème, de la cervelle d'agneau et des champignons, un simple en-cas, répondit Félix, transformé soudain en serveur obséquieux, se courbant en déposant un plat imaginaire. J'osais à peine respirer. Je n'arrivais pas à détourner les yeux de cette femme splendide.

— C'est l'heure d'aller au lit, dit Angelina, en commençant à défaire le costume d'Élisabeth.

— Félix, est-ce que je me débrouille aussi bien que toi, quand tu étais petit ?

— Au trapèze, oui, mais un peu moins bien au trampoline. Quand nous irons en Hongrie, en septembre, tu pourras t'entraîner avec oncle Sandor sur celui que nous utilisions quand nous étions enfants. Mais d'ici là, je compte sur toi pour me faire un double saut périlleux, arrivée pieds joints. »

# 15

Élisabeth était penchée à la fenêtre, faisant de grands signes aux gens qu'elle apercevait. Perdus au milieu des hauts plants de maïs, des luxuriantes feuilles de tabac et des tournesols dodelinants, des paysans vêtus de cotonnade lui renvoyaient ses saluts. Des bergers à cheval faisaient tournoyer leur fouet au-dessus des troupeaux de grands bœufs blancs qui ruminaient paresseusement. Semblable à une machine à remonter le temps, le train traversait la campagne hongroise qui n'avait guère changé depuis deux siècles.

Tout était si joli qu'Élisabeth ne comprenait pas pourquoi Félix avait perdu sa gaieté habituelle. Il était assis, le dos au couloir et se mordillait les lèvres, silencieux et tremblant. Bien qu'il regardât par la fenêtre, il ne semblait pas voir les champs de blé dorés et les lacs bordés de saules aux branches tombant dans l'eau et peuplés de pêcheurs flegmatiques assis dans des barques à fond plat.

Au moment où le train passait devant des tours et des fortifications qui s'élevaient au-dessus des arbres, Angelina tira Élisabeth par la robe et lui dit : « On est presque arrivés, viens que je te coiffe... »

A Sopron, oncle Sandor les attendait sur le quai, agitant son fouet en signe de reconnaissance. Il était d'une sombre et altière beauté, comme un gitan, et portait des moustaches encore plus longues que celles de son frère Félix. Après de multiples embrassades, ils montèrent dans une carriole rustique rouge et poussiéreuse. Ils avaient devant eux une heure de trajet sur des routes ombragées de peupliers, qui traversaient des hectares de vignobles mûrissants.

Ils arrivèrent à la ferme au moment où le soir tombait sur la maison basse. Des buissons de lauriers roses et blancs au parfum de vanille croissaient le long des murs blanchis à la chaux, de longs rubans de grains de poivre rouge sombre séchaient à la fenêtre de la cuisine, des chiens aboyèrent quand la carriole s'immobilisa dans un crissement d'essieux. Grand-mère Kovago se précipita dans la cour, en s'essuyant les mains sur son tablier blanc, puis elle entraîna les enfants dans la cuisine éclairée à la lampe où grand-père Kovago, vêtu d'une chemise ouverte sans col et d'un costume noir élimé, les attendait.

Sur le mur qui faisait face à la porte, étaient accrochés un tambourin, trois vieux fusils de chasse et plusieurs gravures dans des cadres dorés sur lesquelles des saints peinturlurés roulaient des yeux au plafond. Deux portraits à la sépia de l'impératrice Élisabeth, datant du XIXᵉ siècle, contemplaient la lampe d'un air grave. Sur la table de la cuisine, étaient disposés des assiettes de bois et des grands plats de faïence. Une odeur aigre de fromage, d'épices et de vin âpre flottait à travers la pièce basse. Des jambons noircis pendaient aux poutres enfumées, avec des chapelets de saucisses et des guirlandes de champignons séchés.

Quand les femmes eurent couché les enfants et que Félix se retrouva, pour la première fois, seul avec son père, le vieil homme laissa aussitôt éclater son inquiétude.

« Pourquoi es-tu revenu, Félix ? Comment as-tu osé prendre un tel risque — non seulement pour toi-même, mais aussi pour ta femme et les enfants ! »

Félix ne répondit pas. Il avait pris une grave décision. Trois mois auparavant, après avoir reçu de sa mère un message clandestin, il lui était venu des suées à la pensée du danger qu'il allait courir. En tant que réfugié de guerre, il n'avait pas reçu la nationalité suisse et il n'était pas en mesure de demander un passeport hongrois. Le seul fait d'aller au consulat hongrois de Berne pour se renseigner sur la possibilité de retourner dans son pays natal aurait déjà été en soi de la folie pure. Félix avait combattu les Russes non seulement dans l'armée hongroise, mais aussi dans l'armée allemande. Quand il était allé à Genève pour demander conseil à l'association des exilés hongrois anticommunistes, on lui avait dit qu'il devait s'attendre à être arrêté à la frontière et envoyé dans un camp de travail, pendant vingt ans — s'il avait de la chance !

Cependant, après quelques discussions, ils avaient fini par accepter de procurer des faux papiers à Félix et il fut entendu qu'il franchirait la frontière en compagnie de sa femme et des deux enfants suisses pour accréditer la thèse d'une visite familiale.

Jusque-là, malgré ses angoisses, tout avait bien marché. Dans la clarté de la lampe, il releva la tête et, pour la première fois, il s'adressa à son père d'homme à homme et non plus en fils respectueux.

« Tu sais bien pourquoi je suis revenu, papa. Parce que maman me l'a demandé. Parce que tu vas... tu ne vas pas vivre éternellement... et nous le savons tous. Je suis venu pour vous voir tous les deux une... une fois encore... et je suis revenu parce que maman voudrait que je fasse sortir Sandor. Voilà pourquoi je suis revenu et voilà ce que j'ai l'intention de faire.

— Angelina est-elle au courant ?

— Non. Elle court moins de danger si elle ne sait rien.

— Et Sandor ?

— Pas encore, et pour la même raison. »

Il y eut un silence, puis le vieil homme soupira et dit :

« Tu es un garçon courageux et je suis fier de toi, mais tu es fou et c'est ta folie qui me met en rage à cause du danger qu'elle te fait courir. »

Pendant les quinze jours suivants, les enfants menèrent l'agréable vie pastorale hongroise qui avait peu changé depuis l'époque médiévale. Ils montaient à cru, se baignaient dans le lac et cueillaient des baies dans les haies pour faire de la gelée. Sur le sol humide et saumâtre des bois, ils ramassaient des champignons pansus, tout perlés de rosée et gros comme un poing de bébé.

Les deux enfants s'entraînaient à faire des acrobaties sur le trampoline qu'oncle Sandor avait sorti de l'écurie pour les faire sauter et voltiger sur la toile. Le petit corps frêle de Lili obéissait à tous les ordres de Sandor et elle continuait à rebondir dans les airs longtemps après que Roger s'était lassé. Ils faisaient tous deux de courtes promenades avec grand-père Kovago et de longues marches en forêt en compagnie de Sandor qui portait leur déjeuner dans un panier accroché sur son dos. Un jour, ils allèrent jusqu'à la frontière autrichienne, au nord-ouest de la ferme.

Tout autour de celle-ci, le regard se perdait dans les vignobles qui s'étalaient jusqu'à l'horizon. La vigne ne poussait pas à hauteur de taille, comme en Suisse ; elle s'enroulait autour de piquets hauts de six mètres et faisait penser à des huttes d'Indiens couvertes de feuilles. Quand on commença à faire la récolte, Angelina se joignit aux autres vendangeuses qui cueillaient les grappes les plus hautes en grimpant sur une échelle posée contre les vignes. Un robuste contremaître sillonnait lentement les rangées, courbé sous le poids d'un grand réceptacle de bois accroché à son dos. A chaque fois qu'il passait devant une femme, il s'arrêtait pour qu'elle puisse y verser le contenu de son baquet.

Un soir, Élisabeth se jeta, triomphante, dans les bras de Félix.

« Je me suis entraînée toute la journée ! J'arrive à faire un saut périlleux arrière, en partant de la grille de la ferme et en atterrissant sur le trampoline !

— Sans blague !

— Enfin, presque.

— Voyons Lili, ou tu y arrives ou tu n'y arrives pas. C'est oui ou non ; c'est fait ou ce n'est pas fait ; c'est bon ou c'est mauvais. Tout le monde sait ce que sont le noir et le blanc, mais le gris se promène entre les deux, aussi, tenez-vous-en au noir et au blanc, mademoiselle. Et maintenant, voyons un peu ce saut périlleux. »

Le soir, les deux frères se rendirent à la *csarda* du coin, à trois kilomètres de la ferme, pour aller voir leurs vieilles connaissances. Au retour, tandis qu'ils marchaient dans le clair de lune, après beaucoup de bavardages et bien trop de vin blanc, Sandor déclara soudain :

« Félix, je dois t'avouer que je t'ai cru idiot d'avoir quitté la Hongrie, idiot d'y revenir et plus idiot encore de m'avoir laissé la ferme. Mais aujourd'hui, je n'en suis plus aussi sûr. »

— Et pourquoi ? demanda prudemment Félix. Tout me semble aller aussi bien qu'autrefois. La vigne pousse, le soleil brille et les enfants jouent.

— Félix, tu n'as jamais été capable de voir plus loin que le bout de ton nez, grommela Sandor. Ce n'est pas le temps du Bon Dieu qui est en cause, c'est la tyrannie des hommes. Malgré les apparences, les choses vont de plus en plus mal en Hongrie. Tu n'as pas ressenti la peur qui règne dans les villes. Tu ne vois pas que les gens sont dans la gêne et qu'on nous donne tout au compte-gouttes. Tu ne remarques pas qu'on est allé chercher les hommes dans les fermes pour les faire travailler dans les nouvelles usines et que, par conséquent, la campagne produit moins, maintenant que l'agriculture est passée au second plan. »

Sandor s'arrêta et se mit à compter sur ses doigts en caricaturant un ivrogne.

« L'agriculture vient après le charbon, la bauxite, l'industrie chimique et les colorants. Les Russes nous envoient des matières premières pour qu'on les transforme et qu'on les manufacture, puis tout repart en Russie et nos ouvriers ne peuvent même pas montrer le fruit de leur travail. L'ensemble de la production agricole est ramassée par l'État et une grosse quantité de produits alimentaires est envoyée à l'étranger, aussi le paysan n'est-il guère encouragé à faire passer la culture avant tout. Mais s'il n'a pas assez de denrées à fournir, il risque d'être jeté en prison.

— Mais Sandor, qui peut dire si tu as vendu une oie ou un cochon ?

— Si tu es pris à vendre une oie au marché noir, tu peux avoir sept ans de prison. Ce que je veux dire, c'est que nous sommes en train de devenir, peu à peu, les esclaves des Russes. »

Ils se remirent en chemin sur la route éclairée par la lune, puis Sandor reprit :

« Janos, le maître d'école, dit que la radio et les journaux sont censurés et que les nouveaux livres et les pièces de théâtre sont, presque tous, de la pure propagande soviétique.

— Ce n'est pas nouveau, Sandor.

— Bien sûr, mais Janos dit aussi que les intellectuels communistes de Budapest eux-mêmes commencent à critiquer la dureté du système russe. Tu vois ce que je veux dire ? grommela-t-il à nouveau. Les *communistes* hongrois critiquent l'Union soviétique.

— C'est très sain.

— Les Russes ne le permettront pas. La police secrète devient chaque jour plus puissante. » Il passa un bras sur l'épaule de son frère. « Un soir, en juin dernier, Miklos, le forgeron, s'est enivré à la csarda et il a dit à peu près ce que je viens de te dire. Dès le lendemain après-midi, la police secrète est arrivée en voiture, et y a fourré Miklos pour l'emmener à Budapest. » Il s'immobilisa brusquement dans le clair de lune, perdu dans ses souvenirs. « Personne n'a eu de ses nouvelles, mais quelqu'un a prétendu qu'on l'avait emmené au quartier général de l'Avo, dans la rue Andrassy et tout le monde sait que c'est au soixante de la rue Andrassy que l'Avo a ses installations de torture. Par conséquent, nous n'espérons pas revoir jamais Miklos. Je te le dis, s'il n'y avait pas la ferme et les vieux, je partirais avec toi après la fête des vendanges. »

Félix ne lui dévoila pas encore ses projets, il remarqua simplement :

« Un paysan ne crève jamais de faim quand il sait fermer son clapet. »


Des marchands ambulants tournaient autour des tentes, en essayant de persuader les paysans de leur acheter des saucisses, des gâteaux et des friandises. A l'intérieur, le commerce des chapeaux, des robes, des pots, des casseroles, des faucilles et autres outils agricoles allait bon train. La veille, il n'y avait autour de la *csarda* qu'une prairie nue, mais ce matin, elle était envahie par des paysans en costume du dimanche rutilant, qui célébraient le *szuret*, la fête des vendanges. Il y avait des femmes qui avaient jusqu'à vingt-cinq jupons sous leur jupe rouge ou verte qui frôlait le haut de leurs souples bottes de cuir rouge ; leurs chemisiers d'organdi étaient richement brodés, de même que leurs petits boléros.

Le matin, de bonne heure, les femmes avaient fabriqué une immense couronne de grappes de raisin entremêlées de fleurs des champs et attachées avec des rubans de couleur. On avait transporté cette couronne en grande pompe des vignobles jusqu'au village, suivie d'un orchestre de Bohémiens qui grattaient joyeusement leurs violons, en tête de la cohorte des vendangeurs. Gambadant autour du bruyant cortège, Élisabeth et Roger traversèrent lentement le bourg pour arriver à la *csarda* où, comme tout le monde, ils burent un verre de vin clair et doré, avant le début des festivités. Alors, le chef des musiciens rejeta ses cheveux noirs en arrière et se mit à faire glisser lentement son archet sur les cordes du violon. Un à un, les autres instruments se joignirent à lui et la musique se fit de plus en plus forte, de plus en plus rapide et de plus en plus obsédante. Bientôt, les bottes commencèrent à frapper, les jupes à virevolter, les bras à tournoyer et les danseurs à pirouetter en poussant d'irrépressibles cris de joie.

« Nulle part on ne sait danser comme en Hongrie, hurla oncle Sandor en entraînant Angelina dans la ronde. Nous avons la danse dans le sang, rien ne peut nous en empêcher. »

« Viens, Lili, je vais t'apprendre à danser », lui cria Félix en la saisissant par la main. Il était superbe avec sa blouse blanche à grandes manches bouffantes, sa large ceinture rouge, son gilet noir et son étroit pantalon noir rentré dans des bottes de cuir rouge. Il la tira vers le groupe des danseurs et, soudain, il s'arrêta, descendit deux marches en clopinant et s'immobilisa de nouveau en grimaçant.

« Bon Dieu, je ne peux pas. Mon pied me lance. Tu vas être obligée d'attendre oncle Sandor. »

Et Lili se mit à virevolter, à tournoyer et à taper du pied avec Sandor, pendant que Félix allait s'asseoir sur un banc en boitillant pour se déchausser. Il montra son pied à Angelina en disant :

« C'est une piqûre de moustique que j'ai grattée, et maintenant, elle s'est envenimée. Il n'y a pas de quoi en faire un drame. »

Ne voulant pas qu'une piqûre de moustique vienne ternir la joie du *szuret*, il remit péniblement sa botte et, ignorant son pied douloureux, il se contenta de regarder les danseurs au lieu de se joindre à eux. Mais le soir, il revint à la ferme en carriole, avec les femmes.

Angelina lui fit prendre un bain de pieds dans une bassine en fer, pendant que grand-mère Kovago préparait un cataplasme à la mie de pain. Grand-père se moqua d'Angelina qui suggérait de faire venir le médecin. Le vieil homme à la figure ravinée retira sa pipe de sa bouche et se mit à rire. « Le médecin ? Pour une piqûre de moustique ? » Et la chaîne de montre en or qui bouclait sur son ventre maigre se mit à tressauter d'hilarité.

Le lendemain, Félix resta assis devant la porte de la cuisine, le pied emmailloté dans un linge blanc et posé sur une chaise. Le soir, il ressentit des élancements dans la jambe et le lendemain matin, il pouvait à peine marcher.

Angelina insista pour qu'on fasse venir le médecin et Sandor partit à Sopron à cheval. Le soir, quand le docteur arriva, Félix transpirait à grosses gouttes sous l'effet d'une forte fièvre et le moindre mouvement le faisait souffrir.

« C'est un empoisonnement du sang. C'est de la pénicilline et non pas des cataplasmes à la mie de pain qu'il lui faut », grogna le docteur en examinant le pied rouge et enflé, tout en fronçant les sourcils par-dessus ses lunettes qui lui tombaient au milieu du nez. « Vous en avez pour quinze jours de lit, au moins. Si tout se passe bien. »

Et c'est ainsi qu'Angelina écrivit à Herr Pangloss, le directeur de l'hôtel Rosat, pour lui dire que Félix ne reviendrait pas avant la fin du mois d'octobre. Mais il n'y avait aucune raison de s'alarmer. Après tout, ce n'était qu'une piqûre de moustique.

Dans la soirée du mercredi 24 octobre 1956 (alors que Roger et Élisabeth auraient dû avoir réintégré leur école suisse depuis trois semaines), oncle Sandor partit faire sa coutumière promenade vespérale de trois kilomètres pour aller à la *csarda* retrouver Janos, le maître d'école, et boire, fumer et bavarder avec lui. Les soirées étaient désormais si fraîches qu'il avait mis son *bunda,* traditionnel manteau long et brodé, en peau de mouton, dont la fourrure est tournée vers l'intérieur.

A dix heures, comme il n'était toujours pas rentré, grand-mère se mit à grommeler :

« La politique, la politique, toujours à parler de cette stupide politique et à en profiter pour boire trop de vin. »

Quand onze heures sonnèrent, ils renoncèrent à l'attendre et ils étaient sur le point d'aller se coucher quand ils virent la porte s'ouvrir d'un seul coup et Sandor surgir, hors d'haleine.

« La révolution a éclaté ! A Budapest ! Vite, allumez la radio ! Les étudiants se sont emparés de la radio ! » Un brouhaha de chaises remuées et de questions l'accompagna tandis qu'il se précipitait vers l'antique poste pour mettre Radio Budapest qui

164

diffusait de la musique de Bohême au parfum bien peu révolutionnaire.

Réveillée par tout ce fracas, Élisabeth se glissa hors de son lit et vint épier à la porte. Pour une fois, Félix ne fit pas attention à elle. Les adultes étaient rassemblés autour de la T.S.F. et elle entendit oncle Sandor s'écrier : « Les Russes ont désigné Nagy comme président et la loi martiale a été proclamée ce soir, à neuf heures. C'est ce que la radio a dit, à la *csarda*. Et après, on a annoncé que Nagy avait demandé aux troupes russes de l'aider à restaurer l'ordre.

— Nagy est un patriote, il n'aurait jamais fait ça, protestèrent-ils tous en chœur.

— Eh bien, si, je l'ai entendu.

— Alors, c'est que les Russes l'ont forcé.

— Et maintenant, assieds-toi, Sandor et raconte-nous tout depuis le commencement. J'ai bien l'impression que cette maudite radio ne va pas passer autre chose que de la musique.

— On devrait peut-être rentrer en Suisse, suggéra Angelina, inquiète.

— Impossible. Les frontières sont fermées et personne ne peut partir sans l'autorisation des Russes. »

Épouvantée, Angelina regarda Félix. Il s'approcha d'elle en boitillant, la prit dans ses bras et lui dit :

« Il n'y a aucune raison d'avoir peur ; nous sommes en sécurité ici. Va recoucher Lili et reste auprès d'elle jusqu'à ce qu'elle s'endorme... et toi aussi, maman, monte te coucher. La guerre est une affaire d'hommes. »

Anxieuses mais soumises, les femmes s'éclipsèrent. Alors, Sandor déclara : « Félix, tu resteras ici jusqu'à ce que tu sois guéri et tu veilleras sur la maison. Je te laisse un fusil et j'emmène les deux autres à Budapest avec moi. On demande de la nourriture et demain, à l'aube, nous chargerons une charrette. Si, papa, ils se battent pour nous et c'est à nous de leur donner à manger. Demain, je pars à Budapest avec Janos. »

En dépit des pleurs angoissés de grand-mère, Sandor partit très tôt, le lendemain, en faisant crier la carriole croulante de provisions et on aurait dit un char de la fête des Moissons, en la voyant cahoter dans les ornières profondes, boueuses et gelées du chemin.

L'après-midi, grand-père se rendit au village pour avoir des nouvelles et il ne revint pas avant la tombée de la nuit. « A Budapest, les Avos ont tiré sur une foule désarmée de vingt mille personnes où il y avait des femmes, des enfants et des vieillards, gronda-t-il. Et ensuite, ils ont jeté les corps dans le Danube. »

Le dimanche, cinq jours à peine après le début des combats, la voix lasse mais triomphante du président Nagy annonça à la radio que Khrouchtchev avait accepté de retirer les troupes soviétiques. Il semblait donc, contre toute attente, que le pays s'était véritablement libéré, au moment où les chars russes commençaient à quitter les rues de Budapest dévasté et, pour la première fois depuis dix ans, la radio et les journaux n'étaient plus censurés.

Cependant, grand-père était sceptique et soupçonneux. « Ce n'est pas le genre des Russes d'abandonner si facilement la partie ; il y a quelque chose là-dessous, insistait-il. Quand vous aurez mon âge, vous vous méfierez des ours qui prennent des airs de moutons. Cette révolte a dû les surprendre — comme elle a surpris tout le monde — et ils ne se doutaient certainement pas que les Magyars pouvaient encore faire preuve de tant de combativité, après tout ce temps. »

Il alluma sa pipe, suçota le tuyau et secoua la tête. « Retenez bien ce que je vous dis, les Russes se font tout doux uniquement pour empêcher les nations occidentales de venir à notre secours. Une fois que l'émotion et l'intérêt seront retombés, ces salopards reviendront nous écraser de leurs bottes. »

Grand-père avait raison. Le 1er novembre tomba l'effrayante nouvelle que les chars soviétiques se déversaient en Hongrie. Des milliers de soldats russes encerclaient Budapest.

Tous les matins et tous les soirs, à huit heures, grand-père allait à la poste du village au moment où Sandor lui avait dit qu'il essayerait de téléphoner.

« Pas encore de nouvelles, maman, disait-il en revenant, sauf que les réfugiés affluent des villes vers la frontière autrichienne, que les chars russes les repoussent et qu'ils tirent sur tous ceux qui tentent de se faufiler. Ce n'est pas bien drôle de prendre la fuite par ce temps ; un vent mordant, beaucoup de neige et le pire n'est pas encore là. »

Le mardi suivant, dans la soirée du 6 novembre, Sandor réussit à faire passer un message par la poste. « Surtout, maman, ne t'affole pas. Ils se sont attaqués à un char soviétique et Sandor a été touché au bras et à l'épaule droite », dit grand-père, en omettant d'ajouter que Janos avait été tué. « Les Russes se déversent dans Budapest ; ils bombardent les immeubles et tirent sur les passants. Il y a eu également de rudes combats dans les autres villes, mais c'est pire à Budapest et les Russes ont repris le contrôle de la cité. C'est exactement comme en 1945, que Dieu nous vienne en aide ! »

« Sandor dit qu'on crève de faim en ville, poursuivit tristement grand-père. Les combattants de la liberté sont à court de munitions et de médicaments... Sandor essaye de rentrer à la maison et il estime qu'on devrait tous fuir en Autriche. Les représailles vont être terribles et tous les adultes valides risquent bien d'être expédiés dans des camps de travail, chez les Soviets.

— Je t'en supplie, Angelina, dit Félix, emmène les enfants ailleurs. »

Ces derniers temps, on avait presque oublié les enfants et comme l'angoisse des grands leur pesait, ils restaient un peu à l'écart. Il faisait trop froid pour sortir, mais il n'y avait pas encore assez de neige pour jouer, seulement une mince pellicule nappant la terre durcie. Mais voilà qu'oncle Sandor était blessé et tout le monde paraissait inquiet.

« Accrochez une lanterne à la fenêtre et laissez-la allumée toute la nuit au cas où Sandor reviendrait », ordonna grand-père. Il se tourna ensuite vers Félix et lui saisit les mains. « Nous sommes trop vieux pour partir, fils. Nous sommes nés ici et nous voulons y mourir, quand le Bon Dieu l'aura décidé. Mais vous autres, vous vous en irez dès que Sandor sera de retour... On n'a pas élevé nos deux fils pour les beaux yeux des Russes. »

Incapable de prononcer une seule parole, grand-mère ne parvenait pas à détacher de Félix ses yeux tristes tout environnés de rides. Elle se disait qu'elle le voyait peut-être pour la dernière fois.

La lune perça les nuages et inonda la campagne de ses reflets argentés. Un hameau et des vignobles bordés d'arbres apparurent au regard du petit groupe qui avançait à grands pas sur le chemin traversant des champs enneigés et dénudés. Les marcheurs avaient de gros manteaux foncés et les deux enfants portaient, accrochés autour du cou, des cartons où leur nom était inscrit, au cas où ils viendraient à être séparés des adultes. Sandor avait le bras droit en écharpe, par conséquent, il ne pouvait pas boutonner son manteau jusqu'en haut et le froid lui mordait la poitrine. Pour marcher, Félix s'aidait d'une houlette de berger et, dans l'autre main, il tenait le seul fusil restant.

Il était deux heures du matin et ils approchaient de la frontière. C'était un parcours facile, principalement à travers bois et collines. Par deux fois, ils avaient dû traverser à gué des rivières tempétueuses et glacées. Élisabeth était alors montée sur les épaules de Félix qui boitait toujours très bas et qui n'aurait jamais dû marcher avec sa jambe infectée. Un sentier en forêt que Sandor savait n'être pas barré les conduisit jusqu'à la frontière. Il se terminait sur une clôture de fils barbelés et, au-delà, s'étendaient cinq cents mètres de no man's land, puis d'autres barbelés qui délimitaient la véritable frontière. Ces deux clôtures ainsi que le no man's land étaient surveillés par des patrouilles de policiers accompagnés de chiens.

Paradoxalement, il était souvent moins risqué de franchir la frontière en des points situés près des tours de guet en bois qui la ponctuaient et du haut desquelles un seul homme pouvait surveiller tout le territoire avoisinant. Ces postes étaient faibles en effectifs et même, parfois, totalement vides. Nos fugitifs n'en espéraient pas tant, mais ils escomptaient qu'en passant près de l'une de ces tours, ils pourraient voir comment les rondes s'effectuaient et dans quelle direction on envoyait les projecteurs.

Leur plan consistait à attendre le passage de la patrouille, puis à s'élancer vers la liberté. Sandor espérait pouvoir repérer l'endroit grâce au clair de lune ; ensuite, on attendrait que les nuages ramènent l'obscurité pour passer. Il aurait préféré une nuit tout à fait claire, mais il ne fallait pas faire le difficile : plus on remettrait la fuite, plus le danger serait grand.

Tout à coup, ils faillirent buter dans la clôture. Haute de un mètre quatre-vingts, environ, et munie de barbelures bien plus acérées que les fils de fer des champs, elle était presque invisible. De l'autre côté, c'était le no man's land. Des plaques de neige parsemaient l'herbe rêche qui tapissait une butte assez raide, empêchant de voir ce qu'il y avait derrière.

Sandor toucha l'épaule de son frère et pointa son index vers la droite, sans dire un mot. Ils contournèrent les arbres et parvinrent finalement en vue d'une tour de guet. Elle semblait n'être occupée que par un seul homme qui faisait lentement pivoter un unique projecteur. Le petit groupe alla de nouveau se fondre dans les arbres. Il fallait se soustraire au flair des chiens, tout en restant à portée de voix. Par chance, ils se trouvaient face au vent qui soufflait de la frontière. Après le passage de la patrouille, ils n'auraient qu'à s'approcher de la clôture et cisailler les fils inférieurs avec des pinces soigneusement enduites de boue pour qu'elles ne brillent pas dans le clair de lune. Puis, avant que le projecteur ne se pose sur eux, ils iraient se remettre à l'abri des arbres et s'élancer ensuite pour franchir la clôture, dès que l'obscurité serait revenue. Roger devrait s'accrocher au manteau de Sandor et Élisabeth à celui de Félix.

Sandor ne sentait plus ses pieds glacés. Il avait mal aux bras, au cou et à la poitrine, mais ce n'était rien comparé au danger que courait Félix avec sa jambe infectée et douloureuse. Sandor s'avança sans bruit et alla se poster sous un sapin qui s'ébroua silencieusement et lui saupoudra les épaules de neige. Il perçut, dans le lointain, des craquements de bottes, des grondements étouffés et des halètements de chiens. Il rejoignit ses compagnons sous le couvert des arbres et consulta sa montre lumineuse : deux heures vingt.

Dans le froid glacial, ils attendirent le retour de la patrouille, afin d'évaluer le temps qui s'écoulait entre chaque ronde. Angelina frotta doucement les joues des enfants avec ses gants de laine, pour leur faire circuler le sang.

Des murmures de voix et des halètements de chiens accompagnèrent le retour de la patrouille. Elle avait le vent dans le dos et Sandor attendit de bien voir les deux hommes vêtus de capotes et de casquettes russes à oreillettes. Ils étaient armés de fusils automatiques.

Cinq minutes entre chaque patrouille ; c'était suffisant.

Il se hâta vers les autres et leur fit signe d'avancer. La lune était cachée derrière les nuages et ils avaient du mal à suivre la silhouette confuse qui courait entre les sapins.

Angelina resta à couvert avec les enfants, pendant que les deux frères se faufilaient vers la clôture et commençaient à sectionner les fils du bas. De la main gauche, Sandor s'en prit maladroitement au barbelé le plus près du sol, tandis que Félix s'attaquait au suivant. Pantelants, les deux hommes tailladaient fiévreusement la clôture, sachant bien que leur vie dépendait de leur rapidité. Au moment où le projecteur allait fondre sur eux — comme il le faisait toutes les douze minutes — ils se précipitèrent à l'abri des arbres.

A l'instant où la lumière disparut, ils s'élancèrent de nouveau vers la clôture, jurant et soufflant, jusqu'à ce qu'elle cédât enfin avec un claquement sourd.

Les deux hommes revinrent vers les autres en se baissant et ils attendirent tous, le cœur battant, le passage du faisceau lumineux. Un rayon grisâtre balaya les ténèbres, prenant de l'éclat à mesure qu'il approchait d'eux, puis il s'éloigna et se ternit. Ils bondirent tous les cinq, comme des coureurs prenant le départ. Angelina avait si peur qu'elle tenta de faire le vide total dans son esprit pour ne plus penser qu'à suivre Félix. Les deux frères écartèrent les fils pour la faire passer avec les enfants. Puis, empêtrés dans leurs manteaux et leurs bottes trempés, ils se lancèrent tous les cinq à l'assaut de l'escarpement.

Malheureusement, la seconde clôture était bien plus éloignée qu'ils se l'étaient imaginé. Il leur restait à parcourir la plus grande partie des cinq cents mètres du no man's land et les pentes les moins inclinées étaient couvertes de gros blocs qui rendaient l'escalade difficile, mais qui permettaient de se dissimuler. Le petit groupe se sépara et alla se cacher derrière les premiers moellons, quelques secondes seulement avant que le faisceau lumineux n'arrive sur cette zone.

A cet instant seulement, Félix se permit d'espérer la réussite de leur évasion. Ils se redressèrent et avancèrent en trébuchant sur le terrain inégal. Tout à coup, Félix chancela et sentit la tête lui tourner, mais la main d'Élisabeth fermement agrippée à son pardessus, pleine de confiance, le força à continuer. Puis, à sa grande horreur, il entendit l'aboiement lointain des chiens qui avaient flairé leur piste.

Rassemblant désespérément ses dernières forces, Félix entraîna Élisabeth. Il ignorait totalement où se trouvaient ses compagnons. Il n'avait plus qu'une seule pensée : arriver à la seconde clôture avant que sa jambe malade ne le trahisse et que les chiens les rattrapent.

Il faillit buter dans les barbelés. Ils étaient redoutables, plus hauts et plus acérés que les premiers et on les distinguait moins bien, parce qu'il n'y avait plus de lune. Il posa la main dessus et poussa un cri étouffé. La clôture était électrifiée.

Tremblant, haletant, Félix jeta son bâton, coucha précautionneusement son fusil par terre et se pencha vivement vers Élisabeth en lui murmurant d'un ton pressant :

« Lili, ma chérie, tu sais qu'une acrobate doit être obéissante. Tu vas grimper sur mes épaules et m'exécuter le plus beau saut périlleux que tu aies jamais fait, par-dessus la clôture. Ne retombe pas comme sur un trampoline. Essaie d'atterrir mollement, en boule. Fais une *mauvaise* arrivée, pour Félix. Tu as bien compris, ma chérie ? Un joli saut, très très haut et une arrivée molle et en boule. Ensuite, relève-toi, descends la colline en courant et entre dans la première maison venue. Ne m'attends pas, ma chérie, et *ne regarde pas en arrière !* »

Il lui retira ses moufles pour qu'elle ait une meilleure prise. Sans comprendre, mais docile, elle grimpa sur ses épaules. Lentement, elle se concentra et se redressa, puis elle prit une longue inspiration, plia un peu les genoux et s'élança au-dessus des fils barbelés, comme s'ils n'avaient pas existé.

Elle atterrit durement et à quatre pattes de l'autre côté, sur une mince couche de neige.

Tandis qu'elle se relevait, Lili entendit les chiens aboyer et elle hésita ; mais Félix lui cria : « Obéis, Lili ! Cours ! *Cours !* »

Elle se mit à descendre la pente à toutes jambes, petite ombre grise sur la neige.

Derrière les barbelés, Félix ramassa son fusil et se tapit. Il entendit le souffle rauque et le grondement guttural du gros berger allemand, avant que la faible clarté ne lui permette de le voir.

Au moment où l'animal se jetait sur lui, Félix appuya sur la détente. Le coup toucha le chien à l'épaule, mais il était trop tard pour que Félix puisse l'empêcher de sauter sur lui et de le renverser à terre. Avec un hurlement sauvage, rendu furieux par la douleur et oubliant tout ce qu'on lui avait appris au dressage, la bête attaqua.

Felix se trouva cloué au sol sous l'énorme poids du chien convulsé. Il sentit passer sur son visage une haleine fétide et saccadée, puis une souffrance intolérable l'envahit au moment où les crocs du molosse se plantaient dans sa gorge.

# QUATRIÈME PARTIE

# 16

A dix-sept ans, Maxine commença à travailler chez Partridge, à Londres, dans un atelier chaotique situé au-dessus de la paisible boutique de Bond Street. Mr. Partridge avait davantage l'air d'un agent de change de la cité que d'un décorateur célèbre. Il diffusait une sorte de charmante impuissance qui obligeait les autres à faire le travail parce qu'il en était lui-même incapable. Les membres de son personnel avaient davantage l'impression d'être des individus indispensables que de simples employés. C'était un homme bon, doux et cultivé, mais absolument intransigeant dans son métier. Sa vertu suprême résidait dans un extraordinaire sens des couleurs allié à une discrétion et un goût exquis.

Après s'être familiarisée avec la collection d'échantillons de Partridge, Maxine passa la plus grande partie de son temps à courir de droite et de gauche. Elle collectait des échantillons de peinture ici et en livrait d'autres de tissus, là ; elle assortissait une soie citron à un satin citron. On la chargea rapidement de faire des collages ; c'est-à-dire qu'elle préparait de grands cartons sur lesquels elle fixait des échantillons carrés de peinture, de tissus et de fournitures d'ameublement, avec des photos ou des dessins de tous les articles utilisés dans un intérieur. Elle adorait ce travail qui combinait son don de la couleur à un sens absolu de la clarté. Elle devint aussi très forte pour établir des devis. L'esprit de Maxine était aussi bien rangé qu'un classeur et son bon sens perspicace était inappréciable dans les inévitables moments difficiles.

Au bout de quelques mois, Mr. Partridge découvrit qu'elle avait une passion pour les meubles anciens et il l'envoya patrouiller dans de lointains et poussiéreux magasins d'antiquités et dans de petites salles des ventes peu connues, comme Austen de Peckham, où on pouvait acheter, moyennant quelques livres, une armoire d'époque victorienne en acajou — avec un compartiment spécial pour les chapeaux d'opéra — ou encore, pour un nombre de livres bien supérieur, un bureau-bibliothèque à contour brisé, *presque* Chippendale.

Mais c'était dans une étrange boutique de Pont Street que Maxine aimait le mieux fouiner. Elle était calme et sombre, et son propriétaire, Jack Reffold, était un adorable vieux monsieur doté d'une voix tremblotante et haut perchée, d'un goût très sûr et d'un sens infaillible de la proportion. Chez cet antiquaire, Maxine découvrit des objets introuvables ailleurs : un service à petit déjeuner en porcelaine décoré de plumes, provenant du yacht de la reine Victoria ; un trousseau de mariée de poupée rangé dans une malle portemanteau miniature ; une huile sanguinolente représentant la bataille de Trafalgar. Jack Reffold expédiait directement ses plus belles pièces à New York, mais Maxine devint une cliente fidèle pour les meubles victoriens en pin, tout simples, que sa grand-mère aurait mis au rebut, les jugeant indignes même des domestiques.

Un soir de juillet, fatiguée par sa journée de travail, Maxine quitta Mayfair dans le crépuscule doré de l'été londonien. Elle traversa Belgrave Square et s'engagea dans Pont Street. Le magasin de Reffold était encore ouvert et elle s'y arrêta pour prendre un verre de sherry avec Jack et ses trois charmants collaborateurs, des vieux messieurs, eux aussi.

Maxine était très au courant du mobilier français et anglais et du prix que les Américains étaient prêts à payer pour l'acquérir. Jack Reffold lui avait beaucoup affiné le goût et lui avait montré ce qu'il fallait rechercher, que ce soit dans une chaise Sheraton ou dans une coupe à fruits de Meissen. Ce soir-là, il se mit dans tous ses états à cause d'un vase Rockingham décoré qui ne lui plaisait pas.

« Regardez-moi cette horreur, Maxine ! N'oubliez jamais qu'il faut toujours examiner la forme fondamentale ; elle doit être bonne. Inutile d'entasser des décorations sur une forme comme celle-ci qui est disproportionnée à la base, gronda-t-il de sa voix tremblotante. Et par-dessus le marché il est énorme ! N'achetez jamais de gros objets, dans quoi que ce soit, ma chère enfant ; ils sont trop difficiles à revendre. » Il lui remplit son verre et poursuivit : « La plupart du temps, les gens ont des petites pièces ; ils veulent donc de petits meubles, ils ne veulent pas d'objets surdécorés qui sont très ennuyeux à nettoyer. Sir Hugh Casson prétend que si un bibelot est digne d'être possédé, il est digne d'être épousseté, mais je serais fort étonné que sir Hugh fasse souvent les poussières. »

Ensuite, Maxine rentra tranquillement chez elle en se disant que la vie était formidable. Mais, au moment où elle ouvrait la porte d'entrée vermillon, elle entendit un bruit de sanglots venant de la chambre à coucher  Elle y courut et vit Kate couchée sur le lit étroit, la tête enfouie dans les genoux de Pagan qui pleurait elle aussi. Sans dire un mot, elle leva sur Maxine des yeux rougis et mouillés et lui tendit le journal du soir. Sur la dernière page, un entrefilet de deux lignes disait : « Le ministère de la Guerre vient d'annoncer que le sous-lieutenant des Green Howards tué la semaine dernière à Panang, dans une embuscade tendue par des terroristes communistes, s'appelait Nicholas Cliffe et qu'il était le fils de Sir Walter Cliffe de Barton Court, à Barton dans le Shropshire. »

Maxine ne pouvait en croire ses yeux. La mort ne faisait pas partie de son univers. Des parents âgés disparaissaient, on emportait des vieux chats pour les « endormir », mais ce n'était pas une chose qui pouvait arriver à soi-même ou à des amis. Elle éclata, elle aussi, en sanglots.

« Est-ce que Judy est au courant ? » demanda-t-elle soudain. Un silence horrifié s'établit ; elles comprenaient très bien, toutes les trois, que le chagrin qu'elles éprouvaient n'était rien en comparaison de celui qu'aurait Judy en apprenant la nouvelle.

Quand la saison de Londres débuta, Pagan et Kate présentèrent Maxine à un nombre incalculable de jeunes gens avec qui elles allaient à Windsor voir des matches de polo, à Wimbledon pour assister à des parties de tennis et à Ascot, pour les courses de chevaux. Maxine était invitée dans des maisons de campagne où elle put se rendre compte de la façon incroyable dont les Anglaises s'habillaient en week-end : le foulard noué sous le menton, comme la princesse Elizabeth, le twin-set mal ajusté, la jupe en tweed pochée (et couverte de poils de chien), et le sempiternel sac en croco qui rendait l'âme. Des vêtements propres, bien coupés et bien repassés étaient invariablement le fait des étrangers.

Maxine allait danser de temps en temps, mais pas très souvent, parce qu'il fallait qu'elle soit au bureau à neuf heures. De plus, en Angleterre, la coutume voulait qu'une jeune fille passe la soirée tout entière avec le même cavalier, à l'exclusion de tout autre. Ayant l'habitude de la France et de la Suisse, où l'on change de partenaire dans la plus grande décontraction, Maxine s'ennuyait mortellement à danser et à converser tout le temps avec le même garçon, jusqu'au moment où il tentait invariablement de la séduire sur la banquette arrière de sa voiture de sport. Ces jeunes gens en chapeau melon et costume à la Édouard VII, ou en casquette de golf et pantalon de tweed, pendant le week-end, ne la tentaient guère : ils s'habillaient, parlaient, se comportaient, pensaient, même, tous pareillement.

Pagan et Kate adoraient la vie mondaine de Londres, mais Maxine s'en lassa très rapidement Elle était déjà *sérieuse*[1]. Elle préférait ce qu'on appelle le travail à ce que d'autres appellent les plaisirs A son retour à Paris, elle se mit en devoir de persuader son père de consacrer l'argent de sa dot à l'achat du bail d'un petit magasin d'antiquités, rue Jacob. Elle projetait de le peindre entièrement en vert olive passé et d'importer directement le genre de meubles qu'elle achetait chez Jack Reffold, c'est-à-dire des pièces qui n'avaient pas suffisamment de valeur pour traverser l'Atlantique. Elle se spécialiserait dans ce qu'on appelle, en France, le style anglais et qui est généralement basé sur une interprétation du XVIIIᵉ siècle britannique des formes indiennes ou chinoises, combinée à des meubles d'Adam, très simples, ou à de confortables chaises et canapés George V en tapisserie.

Après avoir passé deux années à Londres, Maxine était en mesure de fabriquer du style anglais en un tournemain, mais elle prenait grand soin de ne pas le laisser voir. Elle avait compris que les clients surestiment le temps passé et sous-estiment l'expérience et le talent. James Partridge lui avait proposé un emploi permanent et bien rémunéré chez lui, mais elle préféra rentrer à Paris pour entreprendre une « carrière ». La différence entre travail et carrière, lui avait un jour déclaré Judy, c'est qu'un travail ne mène nulle part. Quand on a décidé d'une carrière, un travail devient alors un pas en direction d'un objectif déterminé et quand on accepte un emploi, il faut savoir exactement à quel moment on a l'intention de le quitter.

« Allons donc ! s'était exclamée Maxine. Pourquoi n'écris-tu pas un manuel d'éducation personnelle, comme Dale Carnegie ? » Mais, en définitive, cette réflexion n'était pas si farfelue, et ce fut avec cette idée derrière la tête qu'elle quitta Partridge et rentra à Paris où elle s'aperçut qu'au lieu de poursuivre sa propre carrière, Judy s'employait activement à aider Guy à se faire un nom dans la couture.

Le père de Maxine était ravi de revoir sa fille, fier de son anglais et encore plus fier de ses nouvelles compétences. Il prenait un vif plaisir à faire des projets avec elle car elle avait su fort bien s'y prendre. En effet, elle le traitait comme un client de choix. Il était impressionné par ses connaissances et son sérieux, mais consterné par son ignorance en matière de finances.

« Je ne sais vraiment pas pourquoi tu as voulu à tout prix rester

1. En français dans le texte.

en Suisse six mois de plus pour passer des examens de comptabilité. Pas étonnant que tu aies échoué ! C'était de l'argent jeté par les fenêtres ! Pendant un an, tu me téléphoneras tous les jours à dix heures, pour me tenir au courant de la chose la plus importante qui s'est passée la veille. Une chose seulement, mais jamais moins. Ça t'apprendra à sérier les problèmes prioritaires. Et puis, je veux voir tes comptes, tous les samedis matin. »

Cependant, à la grande surprise de son père, Maxine se révéla très compétente en affaires. En l'espace d'un mois, elle trouva une boutique avec un bail de sept ans au 31 de la rue Jacob. Elle n'avait eu aucun mal à dénicher quelque chose dans cette rue bordée de magasins d'antiquités poussiéreux qui n'étaient pas encore devenus à la mode, d'échoppes crasseuses et décrépites davantage fréquentées par les marchands que par les touristes. La boutique du 31 était étroite et sombre, mais elle était très profonde et l'appartement du dessus était compris dans le bail. Maxine le sous-loua à un vieux professeur de latin polonais. Elle rebaptisa le magasin « Paradis » et engagea tout de suite une personne, afin de ne pas être obligée de fermer quand elle devait sortir. Elle trouva ensuite un étudiant en arts, pour exécuter à mi-temps les travaux dont elle avait été chargée chez Partridge. Son père lui procura un comptable, Christina, femme au physique lourd et ingrat, qui avait une figure large et des yeux bovins. Dès sept heures trente du matin, elles arrivaient toutes les deux à la boutique et Maxine installa une chaise longue dans la petite cuisine pour qu'elles puissent s'y reposer une demi-heure, à tour de rôle, quand elles restaient tard le soir à travailler.

Le samedi, son père lui apprenait à établir un budget et à faire des prévisions financières ; il lui enseigna aussi à déchiffrer un bilan, toutes choses qu'elle trouva plus faciles et plus intéressantes qu'elle se l'était imaginé. A l'étonnement général, Maxine se révéla très économe et instinctivement douée pour les affaires.

Au bout de six mois, Christina lui demanda de la prendre comme associée et elle apporta des capitaux. Elle avait un père, elle aussi, et l'avait également persuadé d'investir sa dot dans le commerce, d'autant qu'à trente-quatre ans passés, elle était en droit de douter que cette dot lui servirait un jour.

Un an après son ouverture, l'entreprise Paradis put commencer à traiter des chantiers plus importants. Ce n'était plus une salle de bains par-ci, et une cuisine par-là, mais des appartements tout entiers, des petits bureaux et même des maisons de campagne. Paradis s'occupait de tout, depuis les boutons de porte jusqu'aux châssis de fenêtres, et bien qu'elle utilisât des coloris modernes et des techniques d'éclairage, Maxine se spécialisa dans le style traditionnel. Elle avait désormais deux décorateurs à plein temps, ainsi que des assistants à temps partiel.

Tous les lundis matin, Maxine et Christina dressaient un plan de travail pour la semaine et répartissaient les tâches entre les décorateurs et, tous les lundis soir, elles tenaient une petite réunion pour le personnel à temps partiel, après la fermeture du magasin. Ensuite, tout le monde allait dîner au restaurant des Beaux-Arts, toujours bourré d'étudiants bruyants, bons vivants et affamés. Ces dîners du lundi étaient unanimement appréciés parce qu'ils se déroulaient dans une atmosphère de camaraderie et qu'on y abordait les problèmes de travail dans la détente.

En 1953, à vingt-deux ans, Maxine était parvenue à une réussite modeste, mais certaine, et elle commençait à réaliser des bénéfices. Son père était aux anges mais sa mère s'inquiétait de voir qu'elle ne se mariait pas et semblait trouver ennuyeux tous les prétendants convenables.

« Ce n'est pas normal, se lamentait-elle auprès de tante Hortense. Cette petite ne s'intéresse à aucun homme, si ce n'est pas un décorateur, un client, un client potentiel ou un de ses protégés barbus et crasseux qui fréquentent encore les Beaux-Arts.

— Je vais voir ce que je peux faire », repartit tante Hortense, en hochant la tête d'un air méditatif.

Quelques mois après cette conversation, tante Hortense appela Maxine au téléphone et lui dit :

« Ma chère Maxine, j'ai un client pour toi ; c'est le neveu d'une amie. Ce pauvre garçon vient d'hériter d'un château décrépit près d'Épernay. Apparemment, c'est le chaos le plus total ; il n'est plus habité depuis la guerre et ce malheureux n'a pas le temps de s'occuper de la maison, car il a fallu qu'il reprenne en main un domaine honteusement négligé depuis quinze ans. J'ai pensé que tu serais intéressée par cette affaire. Donc, ma chérie, si tu es d'accord, je viendrai te chercher demain matin, à neuf heures et nous irons à Chazalle en voiture. Je crois qu'il y a aussi des vignobles qui font partie de la propriété, vingt-huit hectares, environ, eux aussi dans un état lamentable. »

Le lendemain, tante Hortense vint prendre Maxine qui avait revêtu sa tenue d'attrape-client : un superbe tailleur de toile pêche avec des souliers d'un ton plus foncé, et elle avait noué son épaisse chevelure blond sombre par un nœud de soie pêche. La voiture prit la direction de la Champagne. La propriété des de Chazalle se trouvait à treize kilomètres au sud d'Épernay, en bordure de la Côte des Blancs, entre Vertus et Oger.

Au-dessus de la forêt qui couvrait le sommet aplati des collines, des coteaux plantés de vignes descendaient jusqu'à la masse dorée des blés noyant la plaine. La Mercedes quitta la poussiéreuse route de campagne pour franchir des grilles de fer forgé rouillées, dont l'une sortait à moitié de ses gonds, et remonta une allée longue de cinq cents mètres, envahie par les mauvaises herbes, qui aboutissait à un parterre de fleurs défraîchies. Se profilant sur le ciel bleu lavande, se dressait la silhouette sombre et crénelée d'un magnifique château. En s'approchant, elles s'aperçurent qu'il était, lui aussi, dans un état de grand abandon. Maxine remarqua que des tuiles brisées jonchaient le sol de la cour, au moment où, avec sa tante, elle gravissait les marches de pierres abîmées qui conduisaient à la porte d'entrée. Elle tira la chaîne rouillée de la cloche et elles eurent la surprise de l'entendre résonner dans un lointain corridor.

Un grand jeune homme maigre, vêtu d'un vieux chandail marron, vint leur ouvrir. Il avait un visage mince et étroit, à l'ossature très fine, et le coin de ses yeux était souligné par des petites rides amusées. Il parut surpris et ravi, comme si on lui apportait un cadeau inattendu. Il s'inclina, leur baisa la main et les pria d'entrer.

« Il y a de la poussière partout, aussi je n'arrête pas d'éternuer. J'ai dégagé un coin dans un des salons et une femme du village vient y faire le ménage. Ce château est dans un état pitoyable. »

Les volets fermés donnaient à l'entrée sombre et nue un aspect déprimant. La peinture s'écaillait, des toiles d'araignées enguirlandaient les coins et une porte cassée gisait sur le sol. Le château avait été réquisitionné par l'armée allemande et les magnifiques portes sculptées avaient été tailladées, les armoiries arrachées des antiques boiseries et des graffitis obscènes étaient gribouillés sur les murs. Une grande partie du mobilier avait servi à faire du feu (à l'exception de quelques pièces entreposées au grenier par le *Kommandant,* dans l'espoir de les emmener avec lui, plus tard).

« En dehors de celui-ci, il n'y a que quatre beaux châteaux encore debout, dans cette région. Montmort est de toute première classe, de même que Brugny, mais Mareuil est moins impressionnant et, personnellement, je n'aime pas beaucoup l'architecture de Louvrois. » Le jeune comte avait un long cou et il se tenait légèrement voûté. De temps à autre, il regardait Maxine à la dérobée. Il me croyait plus âgée, se disait-elle ; il ne veut pas confier les travaux à quelqu'un d'aussi jeune. Par conséquent, ayons l'air compétent. Elle se mit donc à prendre une foule de notes sur un grand bloc de papier.

Modeste et timide, Charles de Chazalle séduisait par son air d'impuissance. Alors qu'un homme plus entreprenant aurait trouvé Maxine trop sûre d'elle-même, elle lui parut correspondre exactement à ce dont il avait besoin et son admiration s'accrut à mesure que la journée s'avançait. Maxine n'arrêtait pas de griffonner et, à la fin de l'après-midi, elle lui proposa un plan simple mais efficace pour faire face au chaos dans lequel il s'était trouvé subitement plongé, et elle emporta l'affaire.

Après ce jour, elle vint presque tous les après-midi, dans sa petite fourgonnette Renault blanche, accompagnée chaque fois d'un représentant d'un corps de métier différent. D'abord, d'un métreur et d'un architecte, puis d'un commissaire-priseur, d'un spécialiste en toitures et en travaux d'assainissement, d'un restaurateur de meubles et d'un expert en tableaux.

Ces professionnels rendirent leur rapport et, tous les vendredis soir, Maxine et Charles discutaient des travaux, tout en dînant, à Épernay, dans un relais de poste du XVIII<sup>e</sup> siècle. Après l'été, ils dégustèrent du gibier local, du sanglier et toujours le fromage de Boursault, blanc, moelleux et savoureux, en buvant, bien entendu, le vin blanc du pays, naturellement sec et délicat, avec un léger goût de noisette.

Pour Maxine, elle aurait aussi bien pu dîner d'un morceau de pain sec et d'un verre d'eau. Malgré les grands débats qu'ils tenaient avant de choisir les plats, elle se rendait à peine compte de ce qu'elle mangeait ; elle était tout à son désir de lui plaire.

Charles, lui, appréciait chaque bouchée. Il ne dînait pas souvent dehors ; il menait une vie retirée et n'avait nulle envie de briller dans la société parisienne, en allant palabrer dans les soupers élégants. Il travaillait à longueur de journée pour remettre en état ses vignobles si longtemps négligés. Il préférait passer ses soirées, seul, au coin du feu, à lire ou à écouter de la musique. Maxine l'amusait et l'intriguait, principalement à cause de son sérieux.

« Il y a tant à faire, soupira-t-il, un vendredi soir, alors qu'ils achevaient de dîner. Pour le moment, nous sommes loin de produire suffisamment de vin. Le rendement moyen à l'hectare devrait être de 5 600 litres de champagne. Comment est-ce que je sais ça ? s'interrompit-il en faisant signe au garçon d'apporter le café. Eh bien, il n'y a rien d'étonnant à ce que j'en sache long sur la théorie de la production du champagne. Après tout, ma famille est installée ici depuis des siècles, mais ce n'est que depuis la mort de mon père que je peux mettre mes théories en pratique. »

Il se tut pendant que le sommelier lui servait son cognac, puis il inclina son verre à liqueur sur la table pour s'assurer qu'il y avait bien la quantité requise ; le verre devait presque déborder. Puis, il poursuivit :

« En France, la plupart des gens souhaitent que leur fils entre dans l'entreprise familiale, mais mon père était tellement désireux de prouver son indépendance qu'il ne m'a jamais laissé prendre réellement part à ses affaires. D'un autre côté, il ne voulait pas que je travaille ailleurs. Je me sentais très frustré parce qu'il était résolument opposé aux méthodes modernes ; mais, sachant qu'il ne vivrait pas vieux — il avait été atrocement torturé par la Gestapo, pendant la guerre — je ne suis jamais allé contre sa volonté. »

En province, les restaurants ferment de bonne heure et le Royal-Champagne se vidait peu à peu. Cependant, Charles continuait à faire tourner son verre de cognac entre ses doigts.

« Je pense que c'est naturel qu'il ait eu la nostalgie de l'avant-guerre. Il aimait faire comme s'il n'avait pas changé, comme si rien n'avait changé. » On lui apporta la note sur une assiette ; il y jeta un bref coup d'œil (« impossible qu'il ait pu vérifier aussi vite », pensa Maxine), la signa et poursuivit : « Malheureusement, ses méthodes de travail étaient démodées, elles aussi. Quand j'essayais de discuter avec lui, il me remettait sèchement à ma place : " Tu auras tout le temps de faire des transformations, quand je serai mort ", me disait-il. Telle était sa volonté, et je m'y pliais, mais aujourd'hui, j'ai l'intention de tout faire pour remettre la maison de Chazalle sur les rails. » Il hésita, regarda Maxine et lui dit enfin : « Notre champagne n'est plus considéré comme l'un des meilleurs, mais j'ai décidé d'y remédier. » Puis, comme s'il s'attendait à être contredit, il se mit à parler très vite et sur un ton un peu agressif. « Cette ambition n'a rien de démesuré. Au début, Lanson n'était qu'une petite exploitation et ses vignobles ont été presque entièrement ravagés pendant la première guerre mondiale, mais les deux fils, Victor et Henri, ont couru le monde entier pour trouver des débouchés et ils ont bâti une réussite fantastique. »

Le garçon commença à éteindre les lumières et Charles comprit l'allusion.

« On s'en va ? » Dissimulant son regret, Maxine se leva. Un autre serveur se précipita pour lui tirer sa chaise. Charles la suivit vers la sortie en lui disant : « Je ne vois pas pourquoi je ne tenterais pas de faire ce qu'ont fait les Lanson. Leur champagne est devenu

célèbre dans le monde entier, en l'espace d'un demi-siècle entre-
coupé de deux grandes guerres et d'une longue période de crise. »

Sans se l'avouer, ils attendaient tous deux le vendredi soir avec
une impatience croissante et, chaque semaine, Maxine rentrait de
plus en plus tard à Paris. Elle n'arrivait plus à quitter Charles qui
s'était mis à la taquiner gentiment à propos de sa conscience
professionnelle et qui la faisait rire d'elle-même et d'un rien. Il
avait le don de lui faire prendre des fous rires, comme elle n'en
avait plus eu depuis qu'elle avait quitté l'école.

Aux yeux des autres, il paraissait calme, réservé et presque
morne, mais pas pour Maxine. Savoir faire rire une femme est un
puissant aphrodisiaque et le vendredi soir n'arrivait jamais assez
vite à son gré. Dès le matin, quand elle se préparait, elle se sentait
tout excitée, changeait au moins trois fois de tenue et laissait sa
chambre dans un grand désordre de vêtements éparpillés. Sa mère
se réjouissait : l'indécision en matière d'habillement est toujours
signe qu'il y a anguille sous roche.

Et puis, le soir, tandis qu'ils buvaient leur café au Royal-
Champagne, elle souhaitait de toutes ses forces que Charles posât
la main sur elle. Mais il ne le faisait jamais.

Un vendredi, la conversation parut s'alanguir et une barrière
de gêne se dresser entre eux. Pour Maxine, Charles n'était plus un
simple client et elle se surveillait beaucoup ; par exemple, elle
prenait garde à ne pas se gratter la tête avec le bout de son crayon,
manie que ses parents n'avaient cessé de combattre, ou bien à ne
pas faire des bruits incongrus en mangeant ou en buvant.

A la fin de la semaine suivante, Maxine était dans un tel état
d'énervement qu'elle avait du mal à supporter la proximité de
Charles. Ce soir-là, elle lui avait montré plusieurs tableaux en très
mauvais état, des chevaux qu'elle avait glanés un peu partout dans
le château et empilés dans un couloir. Ces toiles ressemblaient à
celles que Jack Reffold vendait aux Américains. Ils s'étaient mis en
retard pour le dîner, mais elle tenait absolument à ce qu'il les vît,
car elle se demandait s'il valait la peine d'en expédier une ou deux
à Jack pour obtenir son avis.

« Revenez donc avec moi, après le dîner, suggéra Charles.
Ainsi, nous pourrons choisir ceux que nous enverrons à Londres.

— Ça me ferait rentrer trop tard, objecta-t-elle.

— Je vous raccompagnerai, proposa-t-il.

— Non, c'est trop loin ; vous ne seriez pas de retour à Épernay
avant l'aube. » Elle se disait intérieurement qu'il risquait même de

ne jamais rentrer. La seule chose qui lui déplaisait en Charles, c'était son intrépidité au volant.

Ils poursuivirent leur repas et, après que le garçon leur eut apporté le café, Charles se pencha au-dessus de la table et, lentement, délibérément, il caressa son épaisse chevelure couleur des blés. Elle ne parvenait plus à respirer correctement, elle était essoufflée, comme si elle s'était trouvé en altitude. Charles retira sa main et un petit gémissement s'échappa des lèvres de Maxine. Il le remarqua.

« Ces retours tardifs vous fatiguent, observa-t-il. Pourquoi ne pas venir vous installer chez moi ?

— Parce que mes parents en feraient une maladie !

— Pas si nous étions mariés », fit-il, sans la quitter des yeux et, élevant son poignet gauche à la hauteur de ses lèvres, il en baisa très doucement les veines bleutées.

Maxine qui, d'ordinaire, était toujours maîtresse de la situation et savait exactement ce qu'elle voulait, en resta sans voix. Elle avait le souffle court ; elle n'osait pas bouger ; elle se sentait si faible qu'elle se demandait si elle allait pouvoir se lever et sortir du restaurant. Son regard était rivé sur lui. Pour une fois, il ne souriait pas, il était étrangement impassible.

Ils regagnèrent le château, à tombeau ouvert, sans prononcer une parole. En arrivant, Charles saisit Maxine par la main et, toujours sans mot dire, il l'entraîna dans l'escalier qui menait à l'entrée, indifférent aux senteurs nocturnes de terre et d'herbe chaudes. Il n'avait conscience que du désir farouche, urgent et impérieux qui passait entre leur mains jointes, comme un courant électrique.

Une fois entrés dans le château, il l'attira contre lui et l'embrassa passionnément sur la bouche, tout en explorant son corps d'une main. Tout doucement, il descendit le long de sa colonne vertébrale et lui palpa la croupe. Il la plaqua contre lui et elle perçut la montée de son désir. Il lui releva lentement la jupe et elle sentit sa main remonter le long de ses cuisses et se glisser sous la dentelle de son slip. Elle frémissait de tous ses membres ; elle le désirait comme jamais elle n'avait désiré aucun homme ; ses genoux tremblaient et elle pensa défaillir.

Faisant un effort sur lui-même, Charles s'écarta d'elle, poussa un soupir de bonheur anticipé, la souleva dans ses bras (elle n'avait jamais été un poids plume) et l'emporta dans la somptueuse chambre à coucher tapissée de brocart bleu. A travers les volets clos, le clair de lune zébrait la pièce de rayures argentées. Il la déposa précautionneusement sur l'antique dessus-de-lit de soie, puis lui déchira sauvagement ses vêtements et s'abattit sur elle.

Maxine en resta stupéfaite. Jamais elle n'aurait cru que ce garçon doux, aimable et drôle pût être si dominateur, si passionné et si habile.

Pendant les quatre heures qui suivirent, Maxine sentit son corps se mouvoir et répondre comme jamais elle ne l'en aurait cru capable. Elle ne voulait plus quitter Charles et, se serrant contre lui, elle murmura : « Je n'ai pas envie de m'en aller.

— Tes parents vont s'inquiéter, lui répondit-il tendrement. Je vais te raccompagner à Paris et demain, j'irai voir ton père. »

S'arrêtant à peine un instant dans le hall pour ramasser le tortillon de dentelle blanche, ils prirent à toute allure la route de Paris, dans la Lagonda décapotable vert foncé. Tandis que la voiture filait dans l'obscurité pleine de mystères, ils se sentaient tous les deux ivres de bonheur. La nuit étrangement silencieuse semblait leur appartenir. Des nuages passèrent devant la lune, puis, de nouveau, le ciel retrouva son apparence de velours sombre, déchiré seulement par le faisceau doré des phares.

# 17

Étant en Égypte, Pagan ne put assister au mariage, mais pour rien au monde Kate et Judy n'auraient manqué cet événement. Kate offrit à Maxine un morceau d'améthyste pour servir de presse-papiers et Judy lui fit cadeau d'une charmante gravure de Steinberg représentant une mariée au regard vide serrant un marié à l'air emprunté. Pagan lui envoya un merveilleux coffre de Damas incrusté d'un motif en perles.

Maxine et Charles se marièrent à la mairie d'Épernay, près d'un an après leur première rencontre. Maxine portait une robe de soie rose pâle, dont le bas s'étageait comme des pétales de rose, et un chapeau de paille crème, à larges bords. Assis sur des petites chaises dures, ils écoutèrent la brève allocution du maire ceint de son écharpe tricolore, puis ils allèrent signer le registre de l'état civil. Ils étaient donc officiellement mariés et toute la famille gagna le Royal-Champagne pour un déjeuner qui se poursuivit jusqu'à six heures. Le soir, comme le voulait la coutume, Maxine rentra à Paris avec ses parents.

La cérémonie religieuse se déroula le lendemain, toujours à Épernay, dans une église en pierre patinée. Les deux jeunes cousines de Maxine lui servirent de demoiselles d'honneur et lui emboîtèrent le pas pour pénétrer dans la nef.

Pour une fois, Maxine n'avait pas l'air compétent. Tandis qu'elle passait entre les solennelles colonnes de pierre, elle paraissait complètement éthérée. Sous son long manteau crème, moussait un bouillonnement de tulle de la même couleur et, sur la tête, elle portait une petite couronne de fleurs en forme d'étoiles. Au moment où elle passait devant Kate, Maxine, d'ordinaire si réservée, lui décocha une œillade coquine.

Dès son retour de voyage de noces, Maxine fut présentée à toutes les familles importantes de la région. Christina continua à gérer les affaires courantes de Paradis, pendant qu'elle faisait ces nouvelles connaissances. Elle apprécia, par-dessus tout, sa visite chez Moët et Chandon, dont la tradition d'hospitalité remontait à l'époque napoléonienne. On lui fit faire le tour des interminables caves souterraines pour qu'elle assiste à la fabrication du champagne, puis le groupe parcourut les voûtes sombres et verdies par les ans, qui sentaient la craie humide, la moisissure et le vin aigre.

« Plus de cent kilomètres de caves ont été creusées dans le sous-sol crayeux d'Épernay », lui expliqua Charles. Il lui prit la main et lui fit racler les ongles contre la roche. « Tu vois, toute cette région est constituée de cette craie particulière ; c'est uniquement sur ce sol que la vigne donne un raisin qui produit le goût spécifique du champagne. Il n'existe pas d'autre endroit au monde semblable à celui-ci. »

Quand la visite prit fin, Maxine se dit qu'elle avait suffisamment entendu parler de champagne pour le moment et, comme s'il avait lu dans ses pensées, Charles lui déclara : « Ne te fais pas de souci, je n'ai pas l'intention de devenir l'un de ces raseurs qui n'ont pas d'autre sujet de conversation que le champagne. Mon métier fait partie de ma vie et de mon héritage ; en d'autres termes, c'est ma fonction. Mais je ne suis pas un homme d'affaires, je suis un paysan. J'aime m'occuper de mes terres, les parcourir en compagnie de mes chiens et, le soir, rentrer chez moi pour lire ou écouter de la musique, une vie simple, en somme.

— Et la nuit, enchaîna Maxine, tu aimes faire l'amour.

— Pas seulement la nuit », corrigea Charles, avec autorité.

Le lendemain, Charles proposa à Maxine de venir visiter son quartier général, pour en apprendre un peu plus sur la production du champagne.

« En tant qu'épouse de propriétaire, tu dois être au courant de toutes ces choses. J'essayerai de ne pas être trop ennuyeux, ma chérie. »

Je suis bonne pour une matinée assommante, pensa Maxine, tout en enfilant son ensemble de voyage de noces en toile primevère qui se composait d'une jupe à gros plis cassés et d'une petite veste cintrée, boutonnée de haut en bas. Vêtue de la sorte, elle avait un air sage et charmant.

« Tu fais très comme-il-faut et très distinguée », remarqua Charles d'un ton approbateur, tout en lui ouvrant la portière de la Lagonda.

Faisant crier les pneus de la voiture, il s'arrêta dans une cour pavée et ils pénétrèrent dans un vieux bâtiment qui lui servait de bureau. Tandis qu'ils montaient les marches usées conduisant au laboratoire, il commença ses explications :

« L'objectif d'une maison de champagne, c'est de produire un vin qui garde toujours le même goût et la même qualité. Aussi, étant donné que le temps et la récolte ne sont jamais semblables d'une année sur l'autre, on ne peut arriver à ce résultat qu'en effectuant des mélanges. La réputation d'une maison dépend donc du palais, des yeux et du nez. »

Ils pénétrèrent alors dans un laboratoire d'une propreté méticuleuse. Des crachoirs étaient disposés devant une rangée de chaises en bois. Plusieurs bouteilles sans étiquette étaient placées sur une table centrale. Des pancartes portant l'inscription « Défense de fumer » étaient accrochées aux murs. Pour l'instant, c'est effectivement assommant, se dit Maxine en son for intérieur, tandis que Charles lui présentait un monsieur ventru dont la figure compassée était de la couleur d'une crête de coq.

Le chef de cave leur tendit solennellement un verre de champagne non millésimé. Maxine le remercia avec toute la grâce et la dignité qui convenaient à sa nouvelle position, puis Charles la ramena dans le hall obscur, par un long corridor dallé de marbre blanc et noir. Tout à coup, il la saisit par le poignet et la poussa dans un recoin sombre, sous l'escalier. Il déboutonna rapidement sa veste et plongea ses deux mains dans son soutien-gorge de dentelle, en arrêtant d'un baiser le cri d'horreur qu'elle s'apprêtait à pousser. Elle sentit sa langue se presser contre la sienne, puis il se recula et déclara, sur un ton parfaitement normal :

« La première mise en bouteille a généralement lieu après le mois d'avril et on ajoute un peu de sucre de canne pour provoquer une seconde fermentation. »

Il se mit à lui embrasser les seins ; Maxine se sentit défaillir mais, au moment où elle laissait échapper, malgré elle, un gémissement de plaisir, il la lâcha brusquement et la reboutonna aussi prestement que l'aurait fait une femme de chambre.

« Tu ne devrais pas... vraiment, tu ne devrais pas faire des choses pareilles », murmura Maxine, tremblante de désir.

Charles la prit par la main et lui fit monter un autre escalier de pierre, en disant d'une voix forte : « La seconde fermentation a lieu quand le champagne commence à pétiller. Ce pétillement est dû à des gaz. La fermentation provoque une compression explosive des gaz et c'est pourquoi il est essentiel d'employer de bons bouchons. »

Tout en continuant à parler sur un ton égal, il la poussa à nouveau dans un coin sombre et la pressa contre sa poitrine, tandis qu'il glissait sa main droite sous les plis de sa jupe et tirait sur son slip.

« Enlève-moi ça, murmura-t-il.

— Oh ! Charles, tu es fou ! On pourrait nous voir, protesta Maxine.

— Enlève-moi ça », ordonna Charles, en empoignant impérieusement la dentelle. Crispée, Maxine parvint à ôter son slip, puis elle tenta de ramasser le morceau de dentelle jaune, mais Charles l'en empêcha.

« Pas question que tu deviennes une de ces petites comtesses guindées qui s'inquiètent toujours de ce que les gens pensent d'elles, comme mes sœurs. »

Mais, entendant des bruits de pas s'approcher, il s'immobilisa. Maxine ferma les yeux, attendant le moment où elle serait couverte de honte ! Les pas continuèrent à s'avancer, puis ils cessèrent et elle entendit une porte s'ouvrir et se refermer en claquant. Charles relâcha son étreinte. Elle se baissa rapidement, saisit son slip et le fourra dans son sac de toile. Sans dire un mot, il la saisit par le bras, l'entraîna vers l'ascenseur qui se trouvait au fond du hall, tout en remarquant, sur un ton très naturel : « J'espère que tu ne vas pas prendre froid ; je t'ai prévenue, hier, que ces caves étaient très fraîches. Veux-tu que j'aille chercher un manteau dans la voiture ? »

Un jeune garçon en blouse blanche surgit derrière eux et se précipita pour ouvrir la porte de l'ascenseur.

« Non, non, Charles, ne te fais pas de souci », répondit Maxine d'une voix mal assurée, au bénéfice de l'employé qui referma respectueusement la porte sur eux. Charles appuya sur un bouton vert et le petit ascenseur commença sa descente en cahotant et, comme elle s'y attendait un peu, il glissa de nouveau une main sous sa jupe et ses doigts se mirent à courir en cadence sur sa peau, tandis qu'il plaquait son autre main contre sa croupe. Le bas de sa robe se trouva coincé contre la paroi de l'ascenseur et elle pensa qu'elle ne parviendrait jamais à la défroisser ; il fallait des heures pour la repasser.

« Jusqu'en 1668, au moment où dom Pérignon fit son apparition, les bouteilles étaient fermées par des tampons de chiffon trempés dans de l'huile d'olive et, naturellement, ce n'était pas très hermétique », lui expliquait gravement Charles. Oh, Dieu, elle n'arrivait pas à penser à autre chose qu'à ses doigts. Maintenant elle était prête à subir toutes les humiliations, plutôt que de le voir cesser. Charles continuait à discourir, comme s'il s'entretenait avec sa mère. « Dom Pérignon eut l'idée de génie de mouiller un bout de liège pour l'assouplir, puis de l'enfoncer dans le goulot de la bouteille. » Maxine frémissait et se cabrait, tandis qu'il poursuivait tranquillement : « Le bouchon scelle la bouteille et empêche le gaz de s'échapper. »

L'ascenseur s'arrêta avec un petit tremblement. Charles tira la grille de fer. « La pression à l'intérieur d'une bouteille de champagne équivaut à peu près à celle d'un pneu d'autobus... tu vois donc combien le bouchon est important. »

Maxine sortit de l'ascenseur en titubant et en lissant sa jupe. Tremblante, le souffle court, elle parcourut les caves remplies de milliers de bouteilles rangées dans des casiers, la tête en bas, contre les murs de craie verdis. D'un geste, Charles lui désigna les bataillons bien rangés constitués par les petits soldats verts de son empire. « On laisse les bouteilles de vin pendant un an ou deux dans les caves, puis on les place dans des casiers spéciaux pour que le dépôt vienne doucement tomber sur le bouchon.

— Sur le bouchon », répéta Maxine d'une voix hébétée. Une goutte d'eau suintant du plafond vint atterrir sur sa joue. Charles la poussa dans un recoin obscur et encombré de bouteilles et se mit à nouveau en devoir de lui déboutonner sa veste. Cette fois, elle ne protesta pas.

« Parfaitement, reprit-il très sérieusement. Sur le bouchon. » Il la fit revenir dans l'allée centrale et ils se dirigèrent vers un groupe d'employés en pull-overs marin et en tabliers qui faisaient tourner vivement les bouteilles. Maxine regarda celles-ci avancer lentement dans la mâchoire brillante de la machine. A sa légère déception, Charles se conduisait très correctement. Mais, à un moment donné, il la fit s'approcher de la machine pour qu'elle les cache aux regards des ouvriers qui ne voyaient plus que leurs têtes. Alors, il lui empoigna la main et la pressa contre lui pour qu'elle puisse sentir son désir croissant, sans cesser, toutefois, de parler comme si de rien n'était.

« Quand on ôte le bouchon, le dépôt solidifié et collé contre lui s'évacue en même temps. Bonne idée, hein ? » Son corps frémit au contact de ses mains, tandis qu'il poursuivait de la voix monocorde d'un guide s'adressant à des touristes : « Ensuite, on renifle le vin pour s'assurer qu'il n'a pas tourné et enfin, comme nous allons le voir dans la prochaine travée, on lui fait un petit cadeau d'adieu, c'est-à-dire qu'on lui ajoute une dose infime d'alcool doux composé de vin vieux et de sucre de canne... »

Il poussa un profond soupir de contentement, puis, après quelques instants, ils allèrent dans la travée suivante et Charles prit un gobelet de liqueur qu'il fit humer à Maxine. « Pour le brut, qui est généralement la meilleure qualité, on en ajoute très peu et on augmente la dose selon le vin que l'on veut obtenir, demi-doux ou doux qui est épouvantablement sucré et qu'on ne servira jamais à ma table.

— A notre table, rectifia Maxine, tandis qu'ils s'éloignaient.

— Tu n'as pas encore vu la dernière étape du travail. La voici. C'est là qu'on rebouche les bouteilles et qu'on fixe les fils de fer qui maintiennent les bouchons en place. Ensuite, les bouteilles se reposent pendant quelques années et, en dernier lieu, on les étiquette et on les expédie aux clients. »

Le regard de Maxine courut le long des parois des hautes voûtes. Les côtés étaient percés de niches profondes bourrées jusqu'en haut de bouteilles dont le culot vert foncé leur faisait face, dessinant un motif sans fin. Tout à coup, Charles l'attira dans un renfoncement et lui plaqua les épaules contre le mur, à un endroit où personne ne pouvait les voir. Mais Maxine ne se préoccupait plus, maintenant, que du violent désir que lui inspirait son mari et leur jouissance mutuelle explosa bientôt avec toute l'impétuosité d'un bouchon de champagne qui saute.

# 18

Au bout de trois mois de mariage, Maxine constata à sa grande joie qu'elle était enceinte. Malheureusement, elle fut malade durant toute sa grossesse. Il fallut donc remettre à plus tard le projet de restauration du château et elle fit un minimum de travail pour Paradis. Elle remerciait le Ciel que la solide Christina fût là pour continuer à veiller aux affaires courantes. A mesure qu'elle s'élargissait, elle se sentait de plus en plus morose et endormie.

« Je m'étais imaginé que j'aurais un teint superbe, que je serais radieuse et sereine, cria-t-elle à Charles, depuis la salle de bains. Et voilà que j'ai pris un air bovin et léthargique. Non, surtout n'entre pas. Je suis en train d'essayer de m'introduire dans cet affreux corset. Je crois bien que je ne vais plus m'habiller et que je vais me contenter de passer un négligé pour rester étendue sur un canapé, comme M<sup>me</sup> Récamier, pendant les mois qui restent. »

Elle accoucha facilement d'un fils prénommé Gérard. Tout à leur joie, ils comptaient ses doigts et analysaient ses traits.

« Il a ton nez, remarqua tendrement Charles.

— Et ta bouche, ajouta Maxine.

— Et aussi mes cheveux, mais pas encore autant », fit Charles en caressant doucement la petite tête soyeuse.

« Jamais je n'avais pensé que je serais si heureux d'être père, reconnut Charles, quatre mois plus tard. Il écarta le déshabillé de dentelle beige de sa femme et lui baisa tendrement la base du cou.

— Dans ce cas, Charles, tu vas être deux fois plus heureux. »

Dressant l'oreille, il se redressa et la regarda d'un air interrogateur.

« Juste Ciel ! Tu ne veux pas dire que... Gérard à tout juste quatre mois !

— Le Ciel n'a rien à voir là-dedans », lança Maxine, paraphrasant sont malicieusement Mac West.

Cette fois, l'accouchement fut extrêmement difficile. Les douleurs durèrent pendant trois interminables journées, au bout desquelles elle donna naissance à un second fils qu'ils appelèrent Olivier.

Cet accouchement laissa Maxine épuisée et déprimée. Des points de côté la faisaient souffrir au moindre geste. Elle éclatait en larmes pour des riens et malmenait Charles. Sachant qu'elle avait de la chance et aucune raison d'être malheureuse, elle s'inquiétait secrètement de cette mélancolie envahissante. Qu'est-ce qui n'allait pas en elle ? Charles mit discrètement le docteur au courant de ses accès de larmes et de sa mauvaise humeur. Elle n'avait pas eu cette réaction après la naissance de Gérard. Le médecin déclara qu'il lui faudrait sans doute encore deux bons mois avant de se remettre complètement. N'avait-elle pas une mère, une sœur ou une amie qui pourrait s'installer au château et lui remonter un peu le moral ? Quelqu'un qu'elle connaissait depuis longtemps et avec qui elle se sentirait bien ?

Aussitôt que le médecin fut parti, Charles prit le téléphone. Pagan était toujours en Égypte et Kate ne répondait pas, mais il joignit Judy du premier coup.

« Je ne peux absolument pas tout laisser tomber et venir tout de suite, répondit Judy. N'oubliez pas que je ne suis qu'une employée. Mais, je serai bientôt en vacances et, de toute manière, dans deux mois, je dois venir à Paris pour les collections. Si vous voulez, je pourrai être chez vous quinze jours avant. »

En apprenant la nouvelle de la visite de Judy, Maxine éclata en sanglots. Elle ne voulait voir personne. N'en pouvant plus, Charles partit faire une longue promenade sous la pluie, avec ses chiens. Ah, ces femmes ! Cependant, à mesure que les jours passaient, Maxine reprit des forces et de l'entrain et, à la date prévue pour l'arrivée de Judy, elle ne tenait plus d'impatience de la revoir.

Tous les matins, Judy prenait son petit déjeuner dans la chambre de Maxine, tendue de soie bleue. Ensuite, elles partaient faire une courte promenade, en poussant les deux grands landaus sur le sol gelé du parc. L'après-midi, elles bavardaient tranquillement dans la chambre d'enfants.

Dès que Judy fut là, Maxine commença à retrouver sa gaieté. Elle appréciait énormément la faculté de Judy d'aller droit au fait.

« Tu excites mon intelligence, Judy, lui avoua-t-elle avec admiration et une pointe de regret. Tu m'obliges à me fixer sur ce qui est important, par opposition à ce qui est simplement urgent. Et tu fais ça naturellement, alors que moi, je dois faire un gros effort de volonté pour y arriver. Chaque jour, quand je m'assois à mon bureau, je le trouve encombré de problèmes. Il est si tentant d'éluder les graves questions et tellement plus facile de s'occuper des petites difficultés.

— C'est parce que tu es grosse, désœuvrée et bien mariée, rétorqua Judy.

— Je suis pour le mariage, répondit Maxine en bâillant. Pourquoi n'essayes-tu pas ?

— Je connais beaucoup d'hommes, Maxine, mais je n'arrive pas à m'intéresser à l'un d'eux en particulier, voilà tout. Je sors avec eux, mais je ne tombe jamais amoureuse. Je me rends bien compte que c'est une chose qui arrive tout le temps aux autres femmes, mais pas à moi. De toute manière, je suis toujours en déplacement et une liaison sérieuse est, pour moi, une impossibilité géographique.

— Tu ne crois pas que c'est que tu as peur de te donner à un homme ?

— Oh, arrête, Maxine. Non, vraiment, il y a d'autres choses dans la vie, tu sais... et je n'ai que vingt-deux ans ! A mon âge, les hommes ne se tourmentent pas et ne se lamentent pas s'ils ne sont pas amoureux. A mon avis, les femmes surestiment beaucoup la chose. »

Maxine se mit ensuite à lui parler de la fabrication du champagne. Judy fixa son regard sur le grand feu de bois, le fit errer à travers la pièce, puis le posa sur Maxine et lui dit en souriant : « Je vois que tu sais tout, ma petite.

— Elle est bien bonne, je me donne un mal de chien ! » s'écria Maxine, s'emportant soudain, et le chat couché auprès du feu se contracta de surprise. « Quel fichu travail de tenir une maison, quelle que soit la taille. En fait, je crois qu'il est plus facile de gérer une entreprise, parce qu'au moins, on voit les résultats, alors que dans une maison, personne ne s'aperçoit de ce qu'on fait, à moins, justement, qu'on ne fasse rien et, dans ce cas, tout le monde se plaint. Et puis, quand on travaille, c'est généralement huit heures par jour et cinq jours par semaine, alors que dans une maison, il n'y a jamais de cesse. Enfin, soupira-t-elle, au moins, je ne me sens plus coupable d'être une mère qui quitte la maison pour aller travailler — bien que les sœurs de Charles ne cessent de me faire des réflexions à ce sujet. »

Elle retrouva son calme et le chat se détendit. « Tu te souviens qu'après la naissance de Gérard, j'étais aussi un peu déprimée sans raison apparente ? Charles travaillait beaucoup, tenir une maison n'était plus une nouveauté pour moi, je n'étais plus une jeune mariée qui cherche à briller... Je me sentais coupable d'être déprimée. Je m'imaginais que cela voulait dire que je n'étais pas maternelle, que j'étais une mauvaise mère, sinon j'aurais dû être heureuse avec mon bébé, n'est-ce pas ? » Un sourire ironique courut sur son visage. « Alors, pour me changer les idées, je me suis mise à grignoter entre les repas, sans vraiment me cacher, mais quand j'étais seule... tu comprends ? Tu sais que j'ai grand faible pour le chocolat ; eh bien, je mangeais des gâteaux et des glaces au chocolat et je buvais du chocolat chaud avec de la crème épaisse... Quand je me suis aperçue que je grossissais, je me suis contentée de ne plus me peser et ensuite, j'ai attendu si vite un autre enfant que j'avais une bonne excuse pour être... euh... naturellement, je n'utilise jamais l'adjectif " grosse " en parlant de moi-même. » Elle leva les yeux, tout en continuant à caresser le chat couché sur ses genoux. « Et puis, un beau jour, dans la rue, je me suis vue dans une vitrine... et je ne me suis pas reconnue ! Je te jure que j'ai eu un choc et je me suis dit que j'allais bientôt être aussi boudinée qu'à mon arrivée en Suisse. A l'époque, c'était de la graisse de bébé, facile à perdre ; mais après deux enfants, le docteur m'a prévenue que j'aurais un peu plus de mal. »

Le chat étira ses pattes avant, sortit ses petites griffes et les planta dans les genoux de Maxine. Elle lui donna une petite tape et poursuivit :

« C'est pourquoi, afin de ne plus penser au régime qu'il m'avait indiqué, je suis retournée travailler à Paradis. Pendant un mois, j'y suis allée tous les jours, et à la fin du mois, je me suis aperçue, à ma grande surprise, que j'étais de nouveau heureuse ! Je n'avais plus ni le temps de manger, ni le temps de m'ennuyer, ni le temps de me lamenter sur mon sort. Aussi, quand j'aurai fini de nourrir Olivier, je retournerai travailler, ajouta-t-elle en bâillant.

— Tu as dix sur dix pour pure et simple ingratitude, lui dit Judy. Tu as vingt-quatre ans, un mari merveilleux, deux enfants adorables, une affaire florissante, un titre et un château. Que te faut-il de plus ?

— De l'argent, répondit simplement Maxine.

— Mais je te croyais riche !

— C'est aussi pour cette raison que j'ai recommencé à travailler. Paradis nous paye nos dépenses personnelles, bien que je devrais réinvestir les bénéfices dans l'affaire. Christina n'est pas contente et elle a raison. Mais que faire ? Nous sommes pauvres. C'est pratiquement notre seul revenu. » Elle hésita une seconde, puis lança, tout à trac : « Pour te dire la vérité, je ne sais pas si nous pourrons nous permettre de rester ici très longtemps. C'est pourquoi je suis si heureuse que tu sois venue maintenant. Charles est têtu comme une mule ; il refuse de vendre le château, mais il

196

risque de nous tomber sur la tête, à tout moment. Il prétend qu'un jour, la vigne rapportera, mais la récolte est entièrement hypothéquée et ça ne fera aucune différence pour nous si elle est bonne ; en revanche, si elle est mauvaise, nous serons dans un affreux pétrin. Dimanche, papa doit venir discuter affaires avec Charles. Il est exportateur et il trouvera peut-être une possibilité pour améliorer nos ventes à l'étranger. Mais il y a une telle concurrence dans le champagne et personne n'a entendu parler du champagne de Chazalle.

— Pardonne-moi de te faire remarquer que vous avez six domestiques à la maison, dit pensivement Judy. Je n'appelle pas ça être pauvre.

— Peut-être, mais il faut deux bonnes pour entretenir une aussi grande maison. Charles a besoin d'une secrétaire. Si je travaille, les enfants ont besoin d'une gouvernante. Pour ces quatre personnes, il faut une cuisinière et un maître d'hôtel pour surveiller tout le monde. »

Judy leva un sourcil sceptique, se renversa contre le dossier de son fauteuil et contempla le feu d'un regard hypnotisé. « Maxine, je suis certaine que vous êtes assis sur une mine d'or. Je le sens. Je ne peux pas définir exactement comment vous pourriez gagner de l'argent, mais j'ai passé ici des moments si merveilleux qu'à choisir, je préférerais descendre chez vous que dans un palace. Ce mois a été un vrai rêve. Je ne me suis jamais sentie aussi bien, aussi heureuse de ma vie. Tu es une hôtesse très douée, Maxine. Pourquoi ne pas convertir le château en une sorte d'hôtel, enfin, pas vraiment un hôtel, mais un endroit où l'on reçoit des hôtes payants qui souhaiteraient faire l'expérience de la vie de château, comme s'ils étaient invités. Pour, disons, soixante dollars le weekend, les gens passeraient un moment fantastique ! »

Maxine se redressa. Quelle idée merveilleuse ! Comment n'y avait-elle pas pensé ? C'était une chose qu'elle faisait déjà, sur une petite échelle ; les sœurs de Charles considéraient un peu le château comme un hôtel. Et pourquoi ne pas installer une boutique d'antiquités dans les écuries ?

« Je pourrais te faire de la publicité aux États-Unis, proposa Judy. Il te faudrait un apport régulier de clientèle d'outre-Atlantique. Tu devrais commencer par inviter gratuitement des personnalités américaines célèbres.

— Je croyais que le but de l'opération était de gagner de l'argent, objecta Maxine.

— Oui, mais si tu invites des stars d'Hollywood — il en vient souvent à Paris — tu auras des articles terribles dans les journaux américains et on parlera de toi. De bouche à oreille ! Sincèrement, Maxine, je connais la musique. Ne t'imagine pas qu'on peut avoir de la publicité pour rien. Tu ne dois pas commettre l'erreur que font tous ces enfoirés de Français. Ça te coûtera de l'argent, comme si tu passais une annonce publicitaire, en somme. » Judy s'amusa à rouler des yeux exaspérés, puis elle ajouta : « C'est plus aléatoire, étant donné qu'il est impossible d'exercer un contrôle sur la diffusion de la publicité, mais si tu as un produit valable et un service de presse compétent, tu bénéficieras d'une bonne couverture.

— J'en parlerai à papa dimanche, avant qu'il voie Charles au sujet des vignobles », répondit Maxine d'un air absorbé.

Quand on mit Charles au courant de ce projet, ses cheveux se dressèrent sur sa tête et il déclara sans ambiguïté qu'il n'y prendrait aucune part. L'idée de laisser des gens envahir la maison familiale lui était insupportable. Il se rendait bien compte qu'il fallait faire quelque chose pour sauver le château de la ruine, mais il s'efforçait par tous les moyens de rentabiliser et de moderniser son exploitation et il n'avait pas de temps à consacrer à d'autres solutions. Il finit, toutefois, par se laisser convaincre par l'enthousiasme insistant de Judy et par la tranquille détermination de Maxine. Vulnérable, en raison de sa fatigue et de son angoisse, il lui donna le feu vert, à condition qu'elle ne puise pas dans son maigre capital qui ne pouvait souffrir la moindre ponction.

Maxine était dans un état d'intense surexcitation. Elle avait du mal à se concentrer sur les aspects pratiques du projet, car de charmantes petites idées ne cessaient de prendre possession de son esprit. Elle pensait installer des miniboutiques dans les immenses écuries désaffectées ; elle pourrait vendre des articles hors taxe, comme les hôtels de Paris, et aussi du champagne, à la bouteille ou à la caisse.

Consulté, le père de Maxine déclara prudemment que, tout en estimant que l'idée était réalisable, il ne pourrait absolument pas financer lui-même une pareille entreprise. Mais il serait peut-être possible d'obtenir un prêt bancaire.

Dès qu'ils commencèrent à tirer des estimations, ils s'aperçurent que la restauration du château exigerait beaucoup plus d'argent qu'ils n'en gagneraient en le transformant en hôtel. Maxine avait entendu parler d'une ou deux grandes demeures anglaises qu'on avait aménagées en centres de loisirs historiques pour sorties familiales, avec musées et stands de jeux. Elle pensait que ce serait une possibilité intéressante, mais elle n'osa pas confier ce projet à Charles, avant de l'avoir étudié à fond. Elle imaginait sa fureur à l'idée de faire de la maison de ses ancêtres un parc d'attractions.

Après le départ de Judy, Maxine s'absenta une quinzaine de jours pendant lesquels elle alla visiter les châteaux de la Loire ouverts au public. Les intérieurs étaient tous presque vides et complètement dépourvus d'intérêt, sauf pour les spécialistes. Elle alla aussi en Angleterre et visita Longleat, exemple exquis d'architecture élisabéthaine, appartenant à la marquise de Bath ; elle se rendit ensuite dans la magnifique et célèbre abbaye de Woburn, puis elle remonta dans le Derbyshire pour admirer la splendeur glaciale de Chatsworth, propriété du duc de Devonshire. Elle revint à Épernay avec des idées bien arrêtées et l'intention de ne pas organiser, dans son château, une simple visite guidée, mais de tenter de recréer le passé grâce à des procédés techniques employés dans le spectacle.

Avec son père et le comptable de la propriété, Maxine se livra à de nouveaux calculs concernant son ambitieux projet. Les deux hommes étaient un peu sceptiques, mais elle tenait absolument à ce qu'il soit établi sur des bases financières exactes. Désespérée par le chiffre définitif, elle téléphona à Judy.

« Il nous faudra environ 177 000 dollars. Ça me paraît impossible.

— Rien n'est jamais impossible tant qu'on n'a pas fait la preuve du contraire. Aie donc l'air d'avoir confiance et tu donneras confiance aux autres. »

Maxine avait beaucoup appris depuis le moment où elle avait dressé ses premières prévisions financières dans le but d'accroître son commerce d'antiquités. Aidée de son père et du comptable, elle dressa une estimation du coût des travaux et ils se rendirent tous les quatre à Paris — Charles avait fini par accepter de participer à la présentation — pour en discuter avec un banquier. Il leur fallait un prêt de trente-trois millions de francs et, si jamais ils l'obtenaient, ils devraient faire un chiffre d'affaires de trente-neuf millions, afin de couvrir les frais et de réaliser un bénéfice. Avec un peu de chance, quinze années leur seraient nécessaires pour rembourser leur dette. Mais si la chance n'était pas avec eux, ils se retrouveraient sans toit et sans travail, car le domaine tout entier servirait de garantie, en plus de celle qu'apportait le père de Maxine.

Bien entendu, Charles s'éleva contre cette idée. « J'ai dit que j'étais d'accord sur le principe, à condition qu'on ne touche pas à mon capital.

— Il ne s'agit pas du capital. Il est simplement question d'utiliser les biens non hypothéqués comme garantie subsidiaire du prêt.

— Oui, mais si le projet échoue, nous serons en faillite.

— Et s'il n'échoue pas, tu n'auras pas besoin d'abandonner ta maison de famille et tes fils pourront, comme toi, grandir ici. »

Ce fut Maxine qui l'emporta.

Du jour où le prêt fut accordé, les intérêts commencèrent à courir, et il n'y eut plus un instant à perdre. Maxine engagea une secrétaire, une fille aux lèvres pincées, précise et compétente et, à partir de ce moment, il devint difficile de savoir si c'était Maxine qui dirigeait M<sup>lle</sup> Janine ou M<sup>lle</sup> Janine qui dirigeait Maxine.

Charles frémissait en songeant à tous les ennuis éventuels. Maxine, elle, ne pensait qu'au travail à accomplir ; elle se réveillait en se rappelant ce qu'elle avait oublié la veille, elle nageait dans les listes, mais elle débordait d'entrain. Judy avait déjà conçu pour elle un papier à lettres qui portait, gravée en caractères manuscrits, cette inscription très simple :

*Le Château de Chazalle, Épernay, France*

Pendant les mois qui suivirent, Maxine ne put pas consacrer à ses enfants autant de temps qu'elle l'aurait voulu. Mais, aussi occupée fût-elle, elle passait toujours l'après-midi avec eux. Une fois qu'ils étaient couchés, elle travaillait très tard dans la nuit sur son projet de château-hôtel, car elle avait repris également les activités qu'elle avait abandonnées lors de sa première grossesse.

En dehors de la partie relativement restreinte où vivait la famille, beaucoup de pièces et de corridors étaient toujours dans un état de désordre désastreux. Des trésors ignorés dormaient à côté de méchantes aquarelles barbouillées par les grand-tantes de Charles. Tout était sale, couvert de toiles d'araignées ou de chiures de mouches, voire grignoté par les souris.

Paradis prit en main de A à Z les travaux de restauration et de décoration. Maxine choisit un jeune décorateur parisien pour l'assister et, ensemble, ils établirent les plans. Elle ne voulait pas que des troupeaux de visiteurs viennent piétiner dans les merveilleux salons, sous la houlette d'un guide débitant son laïus d'un ton morne. Elle souhaitait que cette visite devînt un événement théâtral exaltant.

Une semaine durant, ils restèrent penchés sur les plans, griffonnant par-dessus et esquissant différentes possibilités d'organiser la visite. Puis, la famille tout entière alla s'installer à Épernay, dans une maison en location, pendant qu'on vidait complètement le château pour six mois, afin de pouvoir effectuer les travaux de rénovation. Avant d'être chargé dans le camion de déménagement, chaque objet, chaque meuble était répertorié et photographié. Consciente de l'inexorable transformation des goûts du public et aussi du fait que les rebuts d'hier deviendraient les antiquités de demain, Maxine avait résolu de ne presque rien vendre. « Nous avons de la place, disait-elle. Autant investir dans les stocks. Ce genre de tableaux et de meubles du XIX$^e$ siècle se vend déjà très bien aux États-Unis. Débarrassons-nous uniquement de très grosses pièces, comme ces armoires, par exemple. Je pourrai les vendre à des ébénistes qui en feront des bibliothèques faussement d'époque. »

Maxine inspectait elle-même chaque meuble. Sa plus belle découverte fut une paire d'élégantes commodes Boulle, aux pieds gracieusement incurvés, ornées de superbes ferrures de bronze, et dont les poignées, entourées d'une rosace de glands, étaient pareilles à celles des commodes Mazarine du Louvre, exécutées en 1709, pour Louis XIV. Un seul meuble fut vendu : un bureau à cylindre d'Oeben, incrusté d'une marqueterie florale, daté de 1765. Maxine l'avait détesté dès le premier coup d'œil. Elle le céda au Metropolitan Museum, moyennant cinq millions de francs, à la stupéfaction et à l'admiration de son mari, et il servit à payer la facture du plombier.

Ensuite, les entrepreneurs prirent possession du château et Charles se demanda s'ils le restauraient où s'ils le jetaient bas.

« Je ne peux plus supporter cette débâcle », se mit-il à rugir un matin, tout en agitant les bras au milieu du grand salon éventré, dans lequel on avait déposé portes et fenêtres et abattu les cloisons, provoquant un déluge de poussière et de gravats. Habituée au chaos accompagnant ce genre de travaux, Maxine ne voyait pas le saccage apparent mais, au contraire, l'endroit exquis que serait bientôt ce salon. Le prenant par le bras, elle l'emmena dans une autre aile où une grande partie de la rénovation était déjà terminée. Mais là, régnaient une cacophonie et une agitation encore plus grandes, car des équipes d'ouvriers ponçaient les parquets à l'aide d'énormes machines et frottaient les murs, grimpés sur des échelles et actionnant des bras automatiques qui s'insinuaient dans le moindre recoin.

Charles bondit vers la porte la plus proche et se réfugia dans la partie des écuries qui servait de chenil. Mais ce havre de paix avait été, lui aussi, envahi par une armée d'ouvriers. En effet, on était en train de remanier l'intérieur des écuries pour les transformer en une charmante galerie de petites échoppes surannées, avec également un bar, un restaurant et un stand de dégustation gratuite de champagne.

Charles leva les bras en l'air, dans un geste d'affreux désespoir, mais Maxine le rejoignit et le tira par la manche. « Mon chéri, tu as été si patient... plus que quelques semaines, mon amour... Je vais te montrer la partie qui est terminée, la Galerie des ancêtres, les travaux sont finis depuis hier ! »

Galerie des ancêtres était le nom qu'ils s'étaient amusés à donner à la promenade historique organisée au premier étage. La visite tout entière était commandée électroniquement, l'élément humain ne jouant qu'un rôle annexe, car Maxine ne savait pas jusqu'à quel point elle pourrait compter sur lui. De minces faisceaux lumineux indiquaient le chemin à suivre, entièrement bordé d'une corde cramoisie. Certaines petites pièces avaient été complètement peintes en noir et meublées de vitrines habilement éclairées par une lumière invisible, de telle sorte que les trésors familiaux semblaient flotter dans les airs.

Un couloir large de deux mètres cinquante, peint en jaune de Chine, était devenu la galerie de portraits des ancêtres de Charles qui se calma en passant devant les rangées des de Chazalle magnifiquement mis en valeur : en 1643, Christian, âgé de sept ans, conduisant un âne par la bride, dans le parc ; en 1679, Amélie de Chazalle, souriant dans une robe de moire gris pâle, très décolletée, un perroquet perché sur l'épaule ; en 1776, sept jeunes enfants (dont deux couples de jumeaux) assis solennellement autour d'une table, mangeant du raisin et des noix, tandis que leur petite maman toute bouclée faisait avaler des amandes à son singe fétiche.

« Pauvres malheureux, ils furent tous guillotinés à la Révolution, à l'exception du plus jeune des garçons. » Charles entendit soudain sa propre voix enregistrée. « Il s'enfuit à Genève, déguisé en femme de chambre et parvint, on ne sait comment, à épouser une riche héritière. Sa fille épousa Henri Nestlé, des chocolats. »

La voix de Charles accueillait aussi les visiteurs dans le hall d'entrée et, tout au long du circuit, il racontait l'histoire de sa famille, depuis le xiie siècle jusqu'à nos jours. On pouvait se procurer des traductions dans douze langues. Dans d'autres pièces, régnait un fond musical : des valses de Strauss, de la harpe, la voix de soprano d'un jeune garçon s'élevant sous la voûte de la chapelle et, dans l'ancienne chambre d'enfants, le bruit étouffé de babillages animés.

Maxine avait espéré ouvrir son château au public le premier juillet, mais en raison de certains problèmes survenus avec les ouvriers, elle ne put le faire qu'à la mi-août. Le jour de l'inauguration, l'attente mit les nerfs de chacun à rude épreuve. Et s'il ne venait personne ? A neuf heures du matin, tout le monde était à son poste, plein d'espoir. Mais rien ne survint.

Dans la cour pavée, entre les écuries et les bâtiments d'habitation, on avait installé un charmant manège du xix$^e$ siècle, où les enfants pouvaient choisir entre des chevaux, des sirènes, des dauphins ou des cygnes, tous sculptés et dorés. On avait également organisé à leur intention des promenades sur des poneys ou dans une vieille diligence laquée de jaune, datant du xviii$^e$ siècle. Maxine avait prévu une foule de distractions gratuites et, naturellement, une dégustation de champagne, pour que cette première journée soit un succès, non seulement afin de gonfler le moral de ses troupes, mais aussi en prévision des journalistes qui pourraient se trouver là.

Jusqu'à dix heures et demie, ce fut le calme le plus total. Mais, au moment où les trois premiers cars arrivaient (« il faudra consolider l'allée », pensa aussitôt Charles), le petit groupe anxieux qui attendait les visiteurs sur les marches du perron fit discrètement éclater sa joie. Dans un geste sans précédent, tante Hortense saisit son petit chapeau rond et le lança en l'air. Elle s'était fait encore plus de souci que quiconque. Elle était la seule à savoir que c'étaient ses arguments de dernière minute qui avaient convaincu le père de Maxine de se jeter à l'eau.

Si l'affaire échouait, il ne le lui pardonnerait jamais.

# 19

Dès le début, Judy n'eut aucun mal à assurer la publicité du château et la plupart des premiers hôtes payants vinrent des États-Unis. Maxine avait également invité une poignée de célébrités françaises, dont Guy Saint-Simon, devenu un couturier en vogue, afin que les Américains aient l'impression d'en avoir pour leur argent.

« Tout le monde a l'air de s'amuser prodigieusement, constata Guy, la première fois.

— Oh oui, répliqua gaiement Maxine. J'ai déjà une ou deux réservations pour un autre séjour. » Elle fut étonnée de découvrir qu'elle aimait recevoir ces étrangers ; ils avaient presque tous un côté intéressant et leur plaisir était contagieux.

A grand-peine, Maxine rassembla peu à peu les éléments disloqués de la demeure ancestrale et la fit renaître à la vie. Bien entendu, il était impossible de contenter tout le monde. Les sœurs de Charles adoptèrent une attitude glacée et elles trouvaient toujours une raison de critiquer. Elles considéraient qu'il était dégradant, pour un de Chazalle, de travailler et d'ouvrir sa maison à des étrangers. « Ça lui apprendra à épouser une bourgeoise, déclara l'aînée. Dieu sait ce qu'elle va imaginer la prochaine fois ; pourquoi pas des séances de strip-tease dans le salon ou un zoo dans le parc ? »

Les sœurs de Charles se lamentaient quasi unanimement de la vulgarité de l'associée américaine de Maxine, cette fille qui était venue de New York pour l'inauguration, cette Judy qui parlait fort et discutait affaires et argent à table.

Peu de temps avant que Judy reparte pour les États-Unis, Guy vint faire une visite au château. C'était le jour de congé du chef et on avait servi un repas froid dans la bibliothèque. Au moment où elle prenait une tranche de jambon, Judy flaira une étrange atmosphère de conspiration et de rires étouffés, qui lui rappelait les bancs de l'école. Elle avait l'impression qu'on s'apprêtait à lui dévoiler un secret. Peut-être allait-on lui faire un cadeau ?

Après tout, c'était elle qui avait eu l'idée de transformer le château... Elle prit son assiette et s'assit sur un pouf devant le feu de bois, aux pieds de tante Hortense. Il ne faisait pas froid au point de faire du feu, mais Maxine aimait qu'il y en ait toujours un dans la petite bibliothèque.

« Qu'avez-vous ? Que se passe-t-il ? Vous me cachez quelque chose », dit Judy d'un air soupçonneux.

Tante Hortense réprima un petit rire et faillit laisser tomber son assiette. Guy regarda Charles qui souriait bizarrement. Charles appréciait maintenant la compagnie de Guy, mais dans les premiers temps, il en avait un peu voulu à ce couturier d'avoir été l'ami d'enfance de Maxine.

Soudain, Guy adressa un signe de tête à Charles et se tourna vers Judy. Il avait l'air grave. « Judy, nous voudrions te proposer une affaire. Nous souhaiterions que tu montes ta propre agence et que tu t'occupes de notre publicité aux États-Unis.

— C'est très... très flatteur pour moi et très généreux de votre part, balbutia Judy, stupéfaite.

— Pas du tout ; c'est aussi notre intérêt, répliqua Guy. J'ai besoin, moi aussi, d'un attaché de presse aux États-Unis ; tu as travaillé avec moi pendant des années, tu connais bien la maison.

— Et il semble évident que nous allons dépendre des visiteurs américains, en ce qui concerne le château, enchaîna Maxine. Il nous faut donc quelqu'un de confiance pour s'occuper sur place de nos intérêts.

— Soyez certains que j'y avais pensé, mais je suis bien trop jeune et je n'ai aucun capital. Tu sais bien, Maxine, que je suis obligée d'économiser jusqu'au dernier centime pour payer les frais médicaux de ma mère. Je n'ai pas le sou.

— Pour le moment, nous payons d'autres agences pour faire ce travail, dit Charles. Nous pourrions aussi bien vous donner cet argent, à vous. Pour être franc, moi aussi, je vous trouvais trop jeune, mais nous avons tous commencé tôt. Vous allez avoir vingt-trois ans, Judy. Vous n'êtes pas obligée de démarrer tout de suite ; on pourrait fixer un délai de six mois.

— Est-ce que tu avais déjà cette idée en tête, la première fois que tu es venu à New York ? demanda Judy à Guy. C'est à ça que tu pensais, le jour de cette promenade en bateau sur l'East River ?

— Évidemment. Tu nous as aidés à débuter. Aujourd'hui, c'est nous qui voudrions t'aider, à notre tour. » Il se leva, sa flûte de champagne à la main. « A Judy ! »

Tout le monde reprit ce toast en chœur et Judy se mit à pleurer.

Charles décida d'investir la quasi-totalité de son mince budget de publicité dans les relations publiques, plutôt que dans des annonces. Les idées de Judy, son comportement très direct et ses résultats impressionnants l'avaient beaucoup surpris. Au début, il s'était senti mal à l'aise avec cette femme qui parlait d'une manière si brusque et si franche. Il était habitué à des discussions d'affaires plus sinueuses et à des femmes qui flattaient les hommes, mais il se rendait compte qu'il lui faudrait s'adapter aux idées nouvelles, s'il voulait survivre. Il se disait aussi qu'étant donné que Judy démarrait sa propre affaire, elle n'épargnerait pas sa peine pour promouvoir la maison de Chazalle.

Il n'est pas désagréable d'avoir à faire connaître un produit aussi plein d'attraits que le champagne. Dès le départ, Judy lança ces trois mots enchaînés : « Paris-Champagne-Maxine ». Elle prit le nom de Maxine, plutôt que celui de Charles, car il détestait la publicité. Maxine l'acceptait beaucoup mieux. Elle trouvait un grand plaisir à devenir une célébrité. La deuxième raison était que « Maxine » ressemblait beaucoup à « Maxim's ». Quand Judy imagina un nouvel en-tête où on lisait « Paris. Champagne. Maxine », se jugeant intimement associé à Paris, dans l'esprit du public, et craignant que l'utilisation du prénom de M^{me} la comtesse puisse prêter à confusion, le célèbre restaurant éleva immédiatement une protestation indignée. Mais, ravie, Judy refusa de changer l'en-tête.

Maxine devenait de plus en plus célèbre. Elle avait toujours une citation, une plaisanterie ou un commentaire avisé à sortir au bon moment. Judy l'avait mise en garde de ne jamais évoquer publiquement des questions d'argent, de politique ou de religion et de ne jamais se plaindre à la presse de quoi que ce soit. Si un article méchant paraissait sur son compte, elle devait l'ignorer. « Oui, je sais bien que j'ai des cartons entiers remplis de coupures de presse élogieuses, avait alors soupiré Maxine, mais malheureusement, on ne fait attention qu'aux vacheries.

— Il faudra bien que tu t'y habitues, répliqua fermement Judy. Peu importe que tu laisses éclater ta rancœur dans le privé, du moment que tu n'essayes jamais d'obtenir des excuses de la part d'un journal. Supporte ou oublie. »

Judy insista également sur le fait que Maxine se devait d'être toujours très élégante, instruction qui fut volontiers suivie. Dès qu'elle put se le permettre, elle alla faire des achats chez Dior, même si, au début, elle n'avait pas les moyens de s'offrir plus de deux toilettes par an. En sortant de chez le couturier, elle remontait tranquillement la rue du faubourg Saint-Honoré pour faire quelques emplettes et réassortir sa lingerie.

Pour une raison extrêmement intime, Maxine avait besoin d'une grande quantité de lingerie.

Charles était un époux aimant et indulgent. Après avoir manifesté une certaine irritation, il laissa Maxine prendre en main l'organisation de leur existence et il était à la fois fier et secrètement amusé de la voir opérer. Il lui arrivait, de temps à autre, de mettre les pieds dans le plat, mais c'était rare. En général, elle faisait ce qu'elle voulait et il lui laissait le dernier mot dans la discussion, mais il tenait à ce qu'elle sache que ce n'était pas parce qu'il se laissait mener par le bout du nez, mais parce qu'il était content de lui faire plaisir. Il avait même une façon très particulière de le lui rappeler.

Parfois, au cours de réunions très officielles, il lui arrivait de la faire sursauter, rougir et même oublier ce qu'elle voulait dire. Il parvenait à ce résultat rien qu'en jetant sur elle un regard significatif. Il possédait ce pouvoir et prenait un vif plaisir à l'exercer. Il avait le don d'ébranler son assurance par ce seul regard qui, il le savait bien, la faisait frissonner et perdre la tête. Maxine connaissait parfaitement la signification de ce regard.

Un jour, peu de temps après leur mariage, Charles lui avait murmuré :

« Ce soir, au bal des Frésange, je veux que tu ne mettes rien sous ta robe. Je veux être sûr que tu seras prête, s'il me prend l'envie de te prendre. »

Maxine avait cru qu'il plaisantait, mais, au cours de la soirée, il l'entraîna, tout en dansant, hors de la salle de bal, l'emmena sur la terrasse, dans un coin sombre et glissa vivement sa main sous les plis de sa robe rose.

Maxine portait une culotte.

Charles la lui arracha violemment et la jeta par terre, puis, de son bras gauche, il la plaqua contre la balustrade de pierre. De dos, ils ressemblaient à n'importe quel couple en train de flirter, mais les doigts de Charles s'activaient frénétiquement. Elle avait une peur atroce d'être vue ou de tomber à la renverse par-dessus la balustrade, mais elle ne pouvait résister à ses caresses rythmées. Il se déboutonna rapidement et elle le sentit s'introduire en elle avec une détermination farouche et égoïste qu'elle ne lui connaissait pas. Après avoir joui, il l'embrassa tendrement sur la bouche et lui dit : « Ma chérie, sur quelques points bien précis, j'attends que tu m'obéisses sans discuter. »

Après cette soirée mémorable, il réitéra de temps à autre la même exigence, en particulier quand ils devaient se rendre à une réception très officielle. Pour la circonstance, il donnait congé à son chauffeur, quelque peu surpris et, dans la voiture, il passait la main sous la robe de Maxine pour s'assurer que ses ordres avaient été respectés. Un jour qu'elle ne lui avait pas obéi, pour voir sa réaction, il avait arrêté l'auto et lui avait enjoint durement de descendre. Puis, sur le bas-côté herbeux de la route, il l'avait obligée à ôter son slip, l'avait jeté par-dessus la haie, après quoi, il l'avait poussée sur la banquette arrière et l'avait proprement fessée. Il ne plaisantait donc pas.

Quelques jours plus tard, après avoir dîné en tête à tête, Charles prit Maxine par la main et l'emmena dans le bureau qu'ils se partageaient et qui ressemblait à un confortable salon, en dépit des machines à écrire, des magnétophones et des fichiers qui traînaient dans tous les coins. Au centre de la pièce, trônait un immense bureau couvert de cuir vert et muni de tiroirs de chaque côté pour permettre à deux personnes d'y travailler.

Charles se laissa tomber dans son fauteuil pivotant.

« Déshabille-toi, lui dit-il doucement. Ici, maintenant. Je veux te voir nue.

— Mais, les domestiques ne sont pas encore couchés. Pourquoi ne pas monter ?

— J'ai dit, maintenant ! »

Il la regarda se déshabiller, avec un léger sourire, puis il se pencha vers elle, tira vigoureusement sur son impeccable chignon et les cheveux blonds de Maxine se répandirent sur sa forte poitrine. Ensuite, il la fit asseoir à califourchon sur ses genoux. Elle lui faisait face, nerveuse, intriguée et même assez inquiète. Il posa ses lèvres sur un sein veiné de bleu et se mit à le sucer avec passion, jusqu'au moment où, ne sachant plus où elle était ni ce qu'elle faisait, Maxine se cabra. Alors, il la souleva, la pressa contre lui et commença lentement à entrer en elle. A l'instant où elle était sur le point de parvenir à l'extase, il lui murmura à l'oreille :

« Et si les domestiques nous entendaient ?

— Non, non, haleta-t-elle. Continue, continue !

— Tu n'as pas peur que quelqu'un nous voie ?

— Non ! »

Un autre soir, dans le même bureau inondé par le clair de lune, il la fit de nouveau se déshabiller et s'asseoir sur le coin de la grande table. Il se mit alors à lui couvrir le dos de caresses aériennes et voluptueuses ; il fit courir légèrement le bout de ses doigts autour de son ventre rond et huma son odeur de femme, chaude et musquée, puis il la poussa doucement en arrière et elle se retrouva, toute frémissante, allongée sur le cuir du bureau, ses cheveux blonds éparpillés sur le dictaphone, pendant que Charles promenait sa langue sur son corps blanc. Il arracha ensuite ses propres vêtements et se coucha sur elle. Mais, soudain, il s'arrêta au moment le plus crucial et lui dit :

« Ça te serait égal que M$^{lle}$ Janine sache ce qui se passe dans ce bureau, en dehors des heures de travail ?

— Non ! Oh, Charles, mon amour, je t'en prie, reviens.

— Ça te serait égal qu'elle apprenne qu'il suffit que je passe ma main entre ses cuisses, pour que M$^{me}$ la comtesse, si correcte et si distinguée, se transforme en une vraie drôlesse ? »

Mais Maxine gémissait trop fort de plaisir pour être capable de répondre.

Maxine devenant de plus en plus connue, courtisée, citée et photographiée en compagnie de telle ou telle célébrité, Charles se plaisait à penser qu'il pouvait ébranler d'un seul regard tout ce bel équilibre. Dans une assemblée de gens importants et élégants, il n'avait qu'à la fixer avec intensité pour obtenir l'immédiate satisfaction de la voir tressaillir et rougir.

De retour chez eux, il lui déchirait sa mince chemise de nuit — il adorait arracher ces fragiles atours de dentelle du corps de sa femme — en disant :

« Voilà ce que le général aurait bien voulu te faire, hein ? » Ou bien, il se jetait violemment sur elle et, enfouissant la tête entre ses seins, il lui murmurait : « N'est-ce pas que tu aurais aimé que ce Newman se conduise de la sorte avec toi ? »

Jamais Maxine n'avait imaginé que son existence de femme mariée serait aussi pleine d'imprévus et qu'elle aurait de telles factures de lingerie à payer.

Ces moments de danger l'enchantaient.

La plupart des amies de Maxine trompaient leur mari, mais pour sa part elle avait résolu depuis longtemps d'être fidèle. Elle estimait qu'elle n'avait pas besoin de l'excitation des plaisirs extra-conjugaux et elle espérait bien qu'il en serait toujours de même.

Malgré sa gentillesse, Charles était un époux excessivement jaloux, mais uniquement quand il s'apercevait que Maxine attirait l'attention d'un homme particulièrement séduisant. Il n'était pas cette sorte de mari qui contrôle tous les faits et gestes de sa femme.

A une seule exception.

Au cours de l'hiver 1956, sans donner le moindre avertissement, sans parler de ses intentions à quiconque et en laissant uniquement un bref message à la secrétaire de Charles, Maxine s'éclipsa soudain pendant toute une semaine. Juste avant de disparaître dans sa petite MG verte, elle avait eu une longue conversation téléphonique dans l'intimité de son boudoir, pièce qu'elle utilisait rarement.

Sept jours après, elle reparut, blême, hagarde et bouleversée. Elle déclara à Charles, angoissé et hors de lui, qu'elle était allée à Bordeaux voir Colette Joyaux, une ancienne amie de classe, qui était tombée subitement malade.

Charles laissa alors exploser sa jalousie et sa fureur. Elle ne prenait même pas la peine de lui mentir avec son talent habituel. Il lui déclara, sur un ton sarcastique, qu'il trouvait curieux qu'une amie qu'elle voyait si peu et qui n'était, en somme, guère plus qu'une simple connaissance, ait soudain eu besoin de la présence de Maxine. De quelle maladie s'agissait-il ? Comment s'appelait le médecin de M$^{me}$ Joyaux ? Quel était son numéro de téléphone ? Pourquoi Maxine était-elle partie sans prévenir, mais avec une grosse valise ? Pourquoi avait-elle fait ses bagages elle-même, au lieu de demander à la femme de chambre de s'en charger ? Pourquoi ne lui avait-elle jamais parlé de la maladie de son amie ? Pourquoi avait-elle téléphoné, le matin de son départ, pour dire qu'elle serait absente pendant quelques jours, alors qu'elle savait pertinemment que Charles n'était pas dans son bureau d'Épernay ? Pourquoi n'avait-elle pas donné signe de vie de toute la semaine ?

Maxine tenta de répondre à ce feu croisé de questions, mais elle refusa obstinément d'expliquer son absence. Elle était blafarde et jamais Charles ne l'avait vue aussi triste. Elle ne semblait pas se soucier de ce qu'il pouvait dire, ressentir ou penser. Elle ne prenait même pas la peine de dissimuler son indifférence. Bien qu'elle fût physiquement présente, il se rendait compte que son esprit était à des kilomètres de lui. Avec quelqu'un d'autre.

Il sortit alors du boudoir, dégringola l'escalier en colimaçon, sauta dans sa Lagonda et passa toute la semaine à Paris, sans dire où il était. Après son départ, Maxine s'aperçut que deux photographies de Pierre Boursal avaient été arrachées de son album et elle les retrouva, réduites en menus morceaux, sur sa coiffeuse.

Un soir, après le dîner, Charles reparut, arborant un air sévère mais satisfait. Ils eurent alors une violente dispute qui se termina, farouchement mais heureusement au lit et cette affaire ne fut plus jamais évoquée.

Charles avait fait son enquête.

# 20

Dès qu'elle vit les lumières papilloter en bas, dans la quiétude de la vallée autrichienne, Élisabeth se sentit envahie par une sensation de solitude et d'angoisse. Elle répugnait presque à aller vers ces lumières. Hors d'haleine et à bout de forces, la petite fille s'arrêta pour frotter l'une contre l'autre ses mains glacées, puis elle se remit péniblement en marche sur le sentier enneigé et sinueux qui descendait sur Eisenstadt.

Au bout d'une heure, elle buta contre les marches de la première maison qui se trouvait sur son chemin et se hissa avec peine pour actionner le heurtoir. Une lumière s'alluma, une haute silhouette masculine se profila et elle entendit une voix qui disait : « Helga, apporte une assiette de soupe. En voilà encore un autre. » Muette et hébétée, l'enfant distinguait à peine la cuisine embuée et les étranges personnages en vêtements de nuit qui s'affairaient autour d'elle, puis elle s'endormit, enveloppée dans une couverture et pelotonnée sur un fauteuil.

Le lendemain, on l'emmena au camp de réfugiés d'Eisenstadt, installé dans de vieux baraquements de l'armée, où un flot constant de gens allait et venait en tous sens — quelques-uns des cent cinquante mille réfugiés hongrois qui franchirent clandestinement la frontière en 1956. Des bénévoles recrutés à la hâte passaient de baraque en baraque pour demander l'identité des malheureux fugitifs qui relevaient le col de leur manteau et serraient contre eux des paniers à provisions, des sacs de pommes de terre ou des petites valises contenant tous leurs biens.

Armée d'un registre, une femme au visage graisseux, fébrile et maussade, vint demander à Élisabeth comment elle s'appelait. Elle parlait dans un mauvais allemand et l'enfant, interloquée, ne comprenait rien. La femme lui adressa alors la parole en français : « Allons, parle, petite ! Tu as une ficelle autour du cou, mais pas de carton d'identité. A-t-il été arraché ? Il faut que tu me donnes ton nom avant la visite médicale.

— Lili, finit par articuler l'enfant.

— Lili comment ?

— Da... Da... » Non, elle ne s'appelait plus Dassin. « Ko... Ko... vago », sanglota Lili. Lili Vago (de langue française), née en 1949, inscrivit la femme en haut d'une fiche. Et c'est ainsi qu'à l'âge de sept ans, Lili fut gratifiée de son quatrième patronyme. D'abord le nom de son certificat de naissance, ensuite Dassin, puis Kovago et aujourd'hui Vago. On lui remit un morceau de savon et un bout de pain noir, puis on l'incorpora à une file d'adultes mélancoliques qui attendaient de subir l'examen médical. Lili sentit ses oreilles bourdonner et, comme venant de très loin, le froid d'un stéthoscope sur la poitrine. « On dirait une pneumonie. Victime d'un choc et d'un refroidissement. Emmenez-la à l'infirmerie. Au suivant, s'il vous plaît. »

Dès qu'elle fut en état de voyager, une personne de la commission des réfugiés vint lui dire qu'on allait l'envoyer à Paris, dans une famille.

« Tu as beaucoup de chance, Lili. La moitié des gens du camp n'ont pas trouvé de maison. »

Pendant le long et inconfortable voyage en train, l'enfant n'échangea pratiquement pas une parole avec les autres réfugiés anxieux et épuisés. Ils arrivèrent dans une gare imprégnée d'une odeur âcre où une autre personne de la commission des réfugiés, armée de l'inévitable registre, vint les accueillir. Elle cocha les noms et les conduisit dans une salle d'attente.

« Lili... Lili Vago, ah ! la voilà, là-bas, madame Sardeau. Lève-toi, Lili, viens dire bonjour. Madame Sardeau t'offre généreusement sa maison, tu vas aller vivre chez elle. »

Le couple que Lili vit arriver devant elle ne semblait guère généreux. Ils étaient tous les deux emmitouflés, à cause du froid, et on n'apercevait que leur nez pointu et leur bouche pincée dépassant d'une écharpe noire.

Ils serrèrent la main de l'enfant d'une façon très cérémonieuse, puis la femme déclara brusquement :

« Mais, c'est une fille beaucoup plus âgée qu'on attendait. Nous avions demandé qu'elle ait entre douze et quatorze ans ! »

Avec une égale brusquerie, le responsable de la commission répliqua :

« Madame, étant donné la situation, et bien que nous appréciions votre sens de l'hospitalité, il est impossible de commander des enfants dans les camps de réfugiés comme si c'étaient des grands magasins.

— Pas de bagages, pas de passeport ? demanda l'homme.

212

— Non, pas de papiers ce soir, répondit l'autre d'une voix lasse. Signez ici, là et là et venez demain au centre, quand vous voudrez, pour remplir les fiches et compléter les formalités. »

La fillette quitta la gare en compagnie des Sardeau, pour faire connaissance avec sa nouvelle existence et son nouveau logis. Elle sentait que quelque chose n'allait pas, qu'ils étaient déçus et contrariés. En silence, ils prirent le métro jusqu'à la station Sablons et s'engagèrent d'un pas rapide dans des rues sombres pour arriver enfin devant un immeuble vieillot. Lili suivit docilement ses nouveaux parents, trop épuisée pour sentir autre chose que ses chevilles et sa poitrine douloureuse et le brouillard qui lui emplissait la tête. Ils s'arrêtèrent devant une porte et, tandis que monsieur Sardeau fouillait dans sa poche à la recherche de sa clé, elle s'effondra sur le sol.

« Henri, tu n'as pas l'impression qu'on nous a donné une malade ? demanda anxieusement M^me Sardeau. Ce n'était pas prévu. Je ne veux pas avoir à régler des notes de médecin ; j'ai besoin d'une fille solide qui puisse m'aider à la maison.

— Pourtant, ce soir, il vaudrait mieux faire venir le docteur, déclara M. Sardeau en soulevant le fragile petit corps. Mets-la au lit et je vais chercher Dutheil. »

Le docteur Dutheil se montra très compatissant. « Je ne crois pas que cette petite soit en mauvaise santé. Les enfants ont énormément de ressort. Elle est dans un état d'extrême fatigue et, d'après ce qu'elle m'a dit, il semble qu'elle vienne d'avoir une pneumonie et qu'elle ne soit pas entièrement guérie. Elle a également été victime d'un très violent choc émotionnel et elle refuse d'en parler, ce qui est normal et compréhensible. Elle n'est pas encore assez forte pour revivre cette expérience en la racontant. Aussi, je vous en prie, n'insistez pas. Laissez-la en paix dans son lit. Donnez-lui de la bonne nourriture ; beaucoup de lait chaud et beaucoup de calme. »

Il regarda M^me Sardeau d'un air indécis, sans parvenir à l'imaginer dans un rôle de consolatrice. Il ôta ses lunettes, les essuya avec son mouchoir, se tut un instant, puis ajouta très finement :

« Vous êtes une héroïne, madame ! Vous êtes une sainte d'être venue au secours de cette enfant ! Je repasserai la voir demain et jusqu'à ce qu'elle soit guérie. Je ne vous ferai pas payer mes visites ; je vous supplie de me laisser contribuer à votre noble action. »

Le lendemain matin, M^me Sardeau s'enveloppa dans son manteau noir, noua un gros foulard rouille autour de son cou, arrima son chapeau à l'aide de deux épingles et se mit en route vers le siège central de la commission des réfugiés. Après avoir décliné son identité à la réception, elle alla attendre dans une petite pièce surpeuplée. Des personnes entraient et sortaient sans cesse. Certains étaient des employés, mais d'autres étaient, de toute évidence, des bénévoles. Au bout d'un moment interminable, on la fit entrer dans un minuscule habitacle glacial, où des piles de dossiers grimpaient jusqu'au plafond. Une femme petite et débordée la reçut.

« Vous n'êtes pas la personne que j'ai vue hier soir à la gare, constata M<sup>me</sup> Sardeau.

— Non, Yvonne parle le hongrois, aussi est-elle allée à la gare pour accueillir un convoi de nouveaux arrivants que nous n'attendions pas. Je suis désolée, madame, notre intention n'est pas de vous causer des tracas, mais nous avons, en ce moment, bien plus de problèmes qu'à l'accoutumée. Alors, où est la petite ?

— Au lit. Avec un docteur qui vient la voir quotidiennement et qui dit qu'elle doit rester couchée pendant quinze jours, au moins ! Imaginez un peu les frais ! Ça commence bien !

— Ah, quel ennui ! Nous sommes censés recueillir directement toutes les informations afin de tenter de retrouver les parents des enfants. Nous allons faire de notre mieux, pour le moment, mais quand elle sera guérie, il *faudra* nous l'amener pour qu'elle réponde elle-même. Bon, essayons de remplir ces questionnaires. »

Et c'est ainsi que les fiches furent dûment remplies, tamponnées et qu'elles retournèrent dans un dossier qui fut placé dans le tiroir V du classeur.

Quand Lili commença à aller un peu mieux, elle s'assit dans son lit, avec un gros châle rugueux enroulé autour de la poitrine et attaché dans le dos. Elle demanda anxieusement ce qu'étaient devenus Angelina, Félix et Roger, son frère adoptif.

« La commission des réfugiés essaye de les retrouver. Quand tu iras mieux, nous irons au centre et on te dira ce qu'on sait d'eux.

— Et est-ce que ma vraie maman sait où je suis ?

— M. et M<sup>me</sup> Vago ne sont pas tes véritables parents ?

— Non, Angelina s'occupe de moi jusqu'à ce que je puisse aller rejoindre ma vraie maman, dans un autre pays. Et Félix s'occupe d'elle et aussi de Roger, bien que Félix ne soit pas le vrai papa de Roger, naturellement. Félix s'appelle Kovago et moi, mon vrai nom, c'est Élisabeth, mais je préfère Lili parce que c'est le nom que Félix m'a donné. En Hongrie, tout le monde m'appelle Lili. C'est seulement à Château-d'Oex qu'on m'appelle Élisabeth. J'aime mieux Lili et j'aime mieux la Hongrie que la Suisse, il me semble, mais je voudrais savoir parler le hongrois comme il faut. Je ne connais que quelques mots. »

La petite a-t-elle encore le délire ? se demanda M^me Sardeau. Il valait mieux attendre la visite du docteur, le lendemain et ensuite la questionner de nouveau.

Le jour suivant, M^me Sardeau vint donc dans la chambre de Lili avec son carnet de cuisine et un crayon, pour tenter de mettre de l'ordre dans son récit.

« Ainsi, tu es la fille adoptive de M^me Kovago ; tu habitais en Suisse et tu étais en vacances en Hongrie quand la révolution a éclaté ? Et tu n'as aucun détail sur ta vraie mère ?

— Euh, oui... euh, non. Est-ce que je peux me rendormir, maintenant ? »

Pendant le dîner, M^me Sardeau discuta de l'affaire avec son époux.

« Ce n'est pas à nous de retrouver sa famille, c'est la commission qui doit s'en charger. De toute façon, je ne crois guère à tous ces contes embrouillés. Le docteur Dutheil m'a dit tantôt qu'il était possible qu'elle se soit fabriqué un univers imaginaire, afin d'échapper à la réalité. Il dit que c'est peut-être le seul moyen pour elle de faire face à la disparition brutale de sa famille.

— En attendant, ma chère, remarqua M. Sardeau en piquant un croustillant morceau de tarte aux oignons, je devrais peut-être écrire au maire de Château-d'Oex pour lui demander si, comme le prétend la petite, il existe dans sa commune une famille nommée Vago ou Kovago. Après tout, s'ils se sont enfuis, ils retourneront sans doute chez eux et, dans ce cas, nous leur renverrons l'enfant en leur demandant le dédommagement pécuniaire auquel nous avons moralement droit. D'autre part, s'ils n'ont pas pu fuir ou s'ils ont été tués, la petite héritera peut-être de quelque chose, de la maison, par exemple. Je dicterai une lettre demain matin. »

Au cours de l'hiver 1956-1957, Paris connut un froid exceptionnel. Le docteur Dutheil ne permit pas à Lili de sortir de l'appartement surchauffé avant la mi-février, époque à laquelle M^me Sardeau retourna pour la seconde fois au siège de la commission des réfugiés, en compagnie de Lili. Elles furent reçues par une secrétaire bénévole que M^me Sardeau n'avait encore jamais vue.

« Ton nom, ma chérie ?

— Lili Kovago. »

Suivit une demi-heure de recherches ennuyeuses, trente minutes passées à fourrager dans les piles de fiches qui couvraient le

bureau et les classeurs, jusqu'au moment où M^me Sardeau suggéra :
« Son dossier est peut-être classé à V, comme Vago. Au début, il y
a eu une erreur, ce n'est pas de ma faute, vous comprenez. »

Et, en effet, on découvrit le dossier à V. Ensuite, la femme
perdit ses lunettes et M^me Sardeau son sang-froid.

« C'est insupportable d'être obligée d'attendre ainsi et que les
papiers aient été perdus par deux fois.

— Nous n'avons reçu aucune demande au sujet d'une petite
fille de ce nom, constata la secrétaire, l'air de plus en plus
catastrophé.

— Idiote ! lança M^me Sardeau. La demande aura été faite pour
une enfant nommée Kovago ou Dassin, qui était l'ancien nom de la
mère et elle aura été classée à K ou à D. »

La malheureuse bénévole replaça le dossier de Lili — portant
toujours le nom Vago — dans le tiroir V. Jamais personne en quête
de Lili n'irait chercher au V, étant donné qu'il n'y avait aucune
raison de procéder de la sorte. Lili était désormais engloutie corps
et biens dans un océan de papiers mal classés.

Le lendemain, après avoir entendu le récit indigné de sa
femme au sujet de sa visite au centre des réfugiés, M. Sardeau dicta
une seconde missive pour se plaindre auprès du président de la
commission. Il en reçut une lettre contenant des excuses mais bien
peu d'informations.

Six semaines plus tard, un bref message du maire de Château-
d'Oex parvint à M. Sardeau disant qu'à sa connaissance, il n'y avait
pas de famille du nom de Vago dans sa commune, mais qu'un
Hongrois appelé Kovago et qui était employé dans un hôtel avait
loué, avec sa famille, un chalet dans les parages. Malheureusement,
ils étaient tous en Hongrie quand la révolution avait éclaté et ils
avaient vraisemblablement été tués en tentant de s'enfuir. Les
archives de la ville ne comportaient aucun autre détail.

« Surtout, ne t'imagine pas que nous sommes riches, déclara
M^me Sardeau avec un petit reniflement distingué, tout en franchissant le portail avec ses paniers à provisions et en s'engageant dans
la cour intérieure. Le loyer de l'appartement est bloqué. Après la
guerre, nous avons eu un coup de chance. »

« Ne t'imagine pas que nous sommes riches », c'était là une
phrase favorite des Sardeau. Quand Lili prenait un morceau de
pain supplémentaire, qu'elle oubliait d'éteindre la lumière dans le
cabinet de toilette vétuste et sans fenêtre ou qu'elle demandait

quoi que ce fût, ces mots tombaient automatiquement de leurs lèvres.

Les Sardeau n'avaient pas d'enfants. Aucun bébé tyrannique n'avait jamais mis en péril leur sommeil ou leurs bibelots. Ils n'avaient même pas eu de chat de qui s'occuper et derrière qui nettoyer et ils s'aperçurent bien vite que le fait d'avoir la responsabilité d'une petite fille ne les emballait guère. C'était une raison d'ordre matériel qui avait déterminé leur demande d'adoption : ils n'avaient personne susceptible de veiller sur leurs vieux jours, de pousser une éventuelle chaise roulante, de servir de garde-malade et d'aller toucher leur retraite. Ils n'avaient jamais eu les moyens de s'offrir une bonne. M^me Sardeau prenait de l'âge, elle avait besoin d'aide à la maison et aussi, peut-être cette fille serait-elle une compagnie, car M. Sardeau était fonctionnaire dans un institut de statistiques et vingt-sept années de vie commune avaient épuisé tous les sujets de conversation.

Malheureusement, bien qu'elle fût petite et maigrichonne et loin d'être aussi forte qu'une adulte, la fillette mangeait autant que l'aurait fait une bonne. Qui plus est, contrairement à une domestique, elle était souvent absente quand on avait besoin d'elle, parce qu'elle était en classe ou qu'elle rêvassait sur ses devoirs. Pour le moment, en tout cas, elle ne justifiait pas les frais de son entretien. Par-dessus le marché, on ne pouvait pas lui faire confiance ; elle était menteuse. Cette enfant avait manifestement une hérédité pernicieuse ; pourvu qu'elle ne fût pas juive.

Petite écolière pâle, soumise et obéissante, Lili s'était en effet mise à mentir pour se protéger, pour préserver un peu de temps afin de rêver de la vie qu'elle aurait aimé avoir. Elle mentait sur l'heure à laquelle elle quittait l'école, dissimulait le fait qu'elle s'était promenée dans le parc — endroit où elle était censée ne pas aller traîner —, qu'elle avait manqué la messe ou qu'elle n'avait pas terminé le ménage et le repassage. Les Sardeau contraignant son imagination à suivre la sombre voie de l'autoprotection, Lili devint secrète et se réfugia dans un monde de rêves dont elle était toujours l'héroïne adulée et resplendissante. Elle se fit de plus en plus renfermée et absente. Peu à peu, elle échafauda une songerie romanesque autour de l'identité de sa mère, pour ne pas avoir, peut-être, à faire face au brusque abandon dont elle avait été l'objet.

Malgré les difficultés de la vie scolaire, Lili s'aperçut bien vite qu'elle préférait l'atmosphère joyeuse et bruyante du lycée au climat oppressant et funèbre qui régnait chez les Sardeau. Elle décida de travailler en classe avec plus d'application que jamais.

Mme Sardeau ne permettait pas à Lili d'avoir des loisirs. Pendant les vacances, il lui fallait, non seulement accomplir les tâches ménagères courantes, mais aussi éplucher les légumes, servir à table, coudre et repasser.

Au bout de deux années, Lili comprit — mieux que les Sardeau peut-être — qu'on la considérait comme un piètre investissement qui, malheureusement, ne pouvait être troqué contre un autre, plus rentable. Elle n'était pas maltraitée. Elle était nourrie, logée et elle recevait des cadeaux utiles pour son anniversaire : un livre sur la vie des saints, une boîte à couture, une veste neuve, mais jamais elle ne se montrait reconnaissante.

Quelques jours avant son neuvième anniversaire, Mme Sardeau lui montra un journal où figurait la photographie d'un orphelin noir, aux yeux immenses et aux membres grêles.

« Tu vois ce que tu serais devenue sans nous ! »

Lili resta un long moment silencieuse, puis elle répliqua :

« Ma mère ne m'aurait jamais laissée mourir de faim.

— Tu sais très bien que ta mère est morte.

— Mon autre mère serait venue me chercher.

— Petite menteuse, s'emporta Mme Sardeau. Tes contes à dormir debout d'autre mère et de traîneaux dans la neige ne sont que des inventions. Le curé m'a dit que beaucoup d'enfants sont coutumiers du fait, surtout quand leurs parents sont obligés de les battre parce qu'ils se conduisent mal. Tu ferais mieux d'être plus reconnaissante. Tu as des devoirs envers nous. C'est nous qui te nourrissons, qui t'abritons et qui dépensons de l'argent pour toi. Ton père et ta mère sont morts ! Mets-toi bien ça dans la tête.

— Mais pas mes grands-parents Kovago. Ils ne se sont pas enfuis avec nous. Quand je serai grande, j'irai les retrouver.

— Même s'ils sont encore en vie, ils sont maintenant derrière le rideau de fer. Jamais tu ne les reverras. »

Luttant contre l'émotion et le désespoir, Lili ne répondit pas. Puis, soudain, sa colère et son ressentiment longtemps dissimulés éclatèrent et, dans un éclair de haine, elle cracha au visage de Mme Sardeau. Après un instant de silence stupéfait, puis outragé, la femme se mit à hurler :

« Ces manières de traînée trahissent tes origines ! Ce soir, je parlerai de ta conduite à mon mari et il saura te dresser. Et maintenant, file dans ta chambre ! »

Lili s'enfuit, les larmes roulant sur son tablier d'écolière, et elle se jeta sur son lit bosselé. Comme elle regrettait Angelina, Félix et Roger ! Et voilà qu'au lieu de deux mères, elle n'en avait plus du tout. Comment sa vraie maman apprendrait-elle jamais qu'elle était à Paris ? Comment ferait-elle pour la retrouver, quand le jour serait venu ?

Dans cette maison sans joie, Lili avait l'impression qu'un esprit invisible et malfaisant s'ingéniait à la punir et à l'écraser. Bien qu'elle n'eût que neuf ans, elle savait que son enfance était terminée et qu'il lui fallait maintenant patienter en attendant le jour où elle serait assez grande pour s'enfuir.

## 21

Au cours des trois années qui suivirent l'ouverture du château, Maxine travailla pratiquement sans arrêt. En 1959, elle s'aperçut que ses affaires progressaient en zigzag, effectuant un pas en arrière pour trois pas en avant. Le personnel du château apprenait le métier au jour le jour et Maxine, qui avait la responsabilité de tout le monde, devait se débattre avec des problèmes d'une tout autre importance que ceux qu'elle avait rencontrés rue Jacob.

La troisième année, le nombre des visiteurs dépassa cent soixante-quatorze mille et, la quatrième, les entrées atteignirent le chiffre mirifique de deux cent cinquante mille.

Oui, l'entreprise tiendrait le coup. Mais Maxine, elle, en serait-elle capable ? Inquiet, Guy confia à Charles qu'elle lui faisait penser à quelqu'un qui dévale une pente trop vite, entraîné par son propre élan, et qui ne parvient pas à s'arrêter. Charles tomba d'accord, et il répéta à la secrétaire de Maxine ce qu'il lui avait dit au début, c'est-à-dire de décharger M^{me} la comtesse d'un maximum de tâches. M^{lle} Janine réussit si bien que Maxine en vint à pouvoir lui déléguer presque toutes ses responsabilités, en dehors de la réunion du lundi avec le comptable et de celle qu'elle avait avec Christina, tous les vendredis, à Paris, pour la boutique de décoration.

Au lieu de se lever à six heures du matin, Maxine prenait désormais tranquillement son petit déjeuner au lit, se rendait à son bureau à neuf heures et, au moment du déjeuner, elle en avait terminé avec les affaires importantes. Elle pouvait donc consacrer beaucoup plus de temps à ses enfants. C'est l'avantage d'habiter sur les lieux de son travail, se disait-elle quand elle jouait avec ses deux adorables petits garçons, dans la chambre chauffée par un feu de bois, les jours où il faisait froid ou quand elle les emmenait se promener dans le parc avec les chiens, par les après-midi ensoleillés. Jamais elle n'aurait cru que la simple présence de ses enfants pût lui procurer tant de joie et, parfois, en les regardant, elle se sentait parcourue d'un furtif sentiment de culpabilité ; elle ne les méritait peut-être pas ; tout cela était trop beau pour être vrai et il lui arrivait de frissonner en songeant qu'un jour, le destin pourrait lui infliger un cruel châtiment pour avoir connu le bonheur et la réussite.

Grâce en partie au prodigieux succès du château, Paradis s'était acquis une solide réputation dans la sauvegarde et la transformation des demeures historiques. L'ouverture du château de Chazalle au public, accompagnée d'un grand renfort de publicité, ayant apporté la preuve de la compétence de Paradis, les clients commencèrent à faire la queue devant le bureau de Maxine et elle put ainsi mettre à son actif vingt-six admirables restaurations.

Paradis employait désormais quatre décorateurs à temps complet. Tout en exigeant de ses collaborateurs un travail acharné, Maxine s'efforçait d'entretenir un climat de bonne humeur et, quand elle était là, on entendait souvent des éclats de rire s'échapper de l'atelier. Avant d'être présentés aux clients, tous les projets étaient soumis à son approbation, quand ils n'en étaient encore qu'au stade de l'ébauche. Pas un détail, même le plus infime, ne lui échappait.

Maxine était également irremplaçable dans un autre domaine, extrêmement important. Les sommes nécessaires pour réaliser les projets de Paradis s'élevaient parfois jusqu'à cinquante millions et c'était elle qui s'occupait de trouver un financement. « Je te vois partir, les yeux tout brillants, comme un toréador prêt à entrer dans l'arène », lui faisait alors remarquer Charles.

Pour elle, travailler était un plaisir, peut-être parce qu'elle n'avait jamais rencontré d'ennuis majeurs.

Jusqu'à l'âge de trente ans, Maxine connut, dans l'ensemble, une existence captivante. Mais ensuite, deux événements se produisirent : elle devint enceinte pour la troisième fois et Charles tomba amoureux d'une autre femme.

Pendant un certain temps, elle ignora le second fait. Elle n'était pas ravie d'avoir un autre enfant. Ses deux fils lui suffisaient. Elle venait juste de se retrouver en tête dans sa profession et elle commençait à pouvoir jouir de sa position. Elle avait l'impression de contrôler la situation et non plus de se maintenir simplement à flot dans le courant quotidien des affaires. Elle était désormais organisée de façon très efficace et elle remboursait son prêt bancaire plus rapidement que prévu.

Mais, un matin, tout en lui remettant son courrier, M<sup>lle</sup> Janine lui dit : « M<sup>me</sup> de Fortuny est encore venue hier. Cette rédactrice de publicité me semble particulièrement consciencieuse. Elle n'arrête pas de téléphoner à M. le comte et j'ai remarqué qu'elle figurait sur la liste des invités pour le déjeuner d'aujourd'hui. Pour ma part, je trouve qu'elle sent trop l'œillet. Un excès de parfum risque toujours de monter à la tête. »

M<sup>lle</sup> Janine n'avait pas coutume de tenir des discours aussi longs et Maxine lui lança un regard aigu. De quoi diable voulait-elle parler ? Du parfum d'une rédactrice de publicité ? Cette Fortuny n'était-elle pas la personne qui travaillait sur les étiquettes et sur les prospectus destinés au nouveau champagne, se demanda-t-elle vaguement. Puis, elle chassa cette idée, mit son dictaphone en route et se plongea dans son courrier. Cependant, au déjeuner, elle consacra toute son attention à observer la jolie M<sup>me</sup> de Fortuny, vêtue d'un vrai Chanel, dernier modèle — et non d'une copie de Wallis —, en lainage crème, gansé d'une étroite bande de satin du même ton. M<sup>lle</sup> Janine avait raison : cette femme puait l'œillet, ce qui ne l'empêchait pas d'être drôle, intelligente, de raconter des histoires cocasses sur sa profession et de se montrer charmante avec tout le monde.

L'attention de Maxine fut soudain détournée par l'arrivée de Sir Walter et Lady Cliffe. Après le service funèbre célébré à la mémoire de Nick, Maxine et Kate avaient souvent rendu visite à ses parents, à Londres. La mère de Nick se raccrochait désespérément aux amis de son fils, surtout ceux qui avaient été les derniers à le fréquenter, comme s'ils étaient un lien qui la rattachait à lui.

Quand les invités furent partis visiter les caves, Lady Cliffe demanda à voir les enfants et, tandis qu'elles conversaient toutes les deux dans la chambre jaune et ensoleillée, regardant Gérard lutter avec Olivier, elle déclara pensivement :

« Pour moi, le plus triste, c'est que je n'aurai jamais de petits-enfants. Naturellement, Walter se désole, lui aussi, qu'il n'y ait personne pour hériter du titre qui va donc disparaître, mais il s'était fait à cette idée, bien avant la mort de Nick. » Devant l'air perplexe de Maxine, elle ajouta : « A quatorze ans, Nick a eu les oreillons compliqués d'une orchite. Par deux fois, on nous a dit qu'il était perdu ; pourtant, il s'est remis, mais les spécialistes nous ont assuré qu'il ne pourrait jamais avoir d'enfants.

— Nick le savait-il ? demanda Maxine, stupéfaite.

— Bien entendu ; il fallait qu'il soit au courant, mais je pense qu'il n'a jamais accepté cette idée et qu'il a toujours secrètement espéré pouvoir guérir. »

« Pauvre Nick. Heureusement pour Judy qu'elle n'a jamais eu

l'intention de l'épouser, dit Maxine à Charles, ce soir-là. Et pourtant, ajouta-t-elle en tapotant son ventre proéminent, je ne suis guère portée sur les enfants, en ce moment.

— Patience ! s'exclama Charles en riant. Tu n'en as plus pour longtemps. » Il se pencha pour lui déposer un baiser sur la nuque et, au même instant, Maxine détecta une odeur d'œillet légère, mais indéniable. Elle repoussa vivement la pensée qui lui venait. Après tout, Charles n'avait-il pas passé la journée en compagnie de cette femme ?

Quinze jours plus tard, Christina déclara à Maxine, d'un air très naturel :

« Hier soir, j'ai aperçu Charles au " Grand Véfour ". Vraiment, Maxine, il devient plus séduisant d'année en année.

— Au " Grand Véfour " ? Vous en êtes sûre ?

— Oui, il était avec la rédactrice de son agence de publicité. Jack Reffold est venu accompagner une livraison et je voulais l'emmener dans un endroit agréable. Charles était à l'autre bout du restaurant. Je lui ai fait signe, mais je ne crois pas qu'il m'ait vue. » Elle se replongea dans son travail, tout en parlant du dernier arrivage de meubles envoyés par Reffold. Pour Maxine, ce fut comme si elle avait reçu un verre d'eau froide en pleine figure. Elle sentait des picotements dans le bout des doigts et ne parvenait plus à respirer à fond. Christina avait choisi ses mots de façon à ce que Maxine pût les ignorer, si elle le souhaitait. Elle avait passé la soirée de la veille à la maison, à regarder un ballet à la télévision avec un plateau-repas, car Charles avait dû sortir des clients canadiens. Il fallait qu'il les emmène à Paris, aux Folies-Bergère, sans doute, puis dans une boîte de nuit, toutes choses qui ennuieraient Maxine à périr...

« Vous ne vous sentez pas bien, ma chérie ? demanda Christina en levant les yeux sur elle. Vous feriez peut-être mieux de vous allonger. C'est le bébé qui donne des coups de pied ? Pauvre chérie. Nous pensons tous que vous allez toujours vous comporter comme si de rien n'était, comme vous l'avez fait jusqu'à présent.

— Non, non », murmura Maxine. Elle avait l'impression de s'entendre parler de très loin. Il fallait qu'elle confie ses soupçons à quelqu'un. Elle téléphonerait à tante Bon-Sens, comme Judy continuait à la nommer.

Au ton soigneusement détaché de Maxine, tante Hortense comprit immédiatement qu'il s'était passé quelque chose de grave.

« Viens tout de suite, ma chère petite. Tu sais que je suis toujours chez moi. »

En arrivant chez sa tante, Maxine éclata en sanglots. Tante

Hortense fit allonger sa filleule et prit ses deux mains dans les siennes.

« Et maintenant, raconte-moi tout. C'est Charles ?

— Oui, murmura Maxine. Comment le sais-tu ?

— Eh bien, ma chère, tu attends ton troisième enfant et tu es mariée depuis huit ans. Je ne sais quoi te dire, parce que je ne connais pas les détails et je ne souhaite pas les connaître. Est-ce que Charles te trompe ? Oui. Bien ! Dans ce cas, je te conseille d'ignorer, si possible, la situation, jusqu'à ce que l'émotion soit retombée. Ce n'est pas le moment de lui faire une scène. » Maxine hocha la tête, tandis que sa tante poursuivait. « Charles a dû s'enticher de quelqu'un et par conséquent, il ne raisonne plus de façon logique. Quant à toi, mon enfant, tu es méfiante et jalouse et tu n'es donc pas en mesure de considérer les choses calmement. C'est pourquoi il ne faut à aucun prix provoquer une discussion, tant que c'est l'émotion et non le bon sens qui vous gouverne tous les deux. »

Maxine ne paraissait pas convaincue, mais sa tante continua d'argumenter avec autorité : « Il ne faut pas que tu provoques Charles. On ne sait jamais avec les hommes. Il pourrait partir avec cette femme, par simple défi. Il t'aime, c'est évident, sinon il ne chercherait pas à te cacher sa liaison. Vois-tu, de nos jours, les maris qui n'aiment plus leur femme ne prennent plus la peine de dissimuler.

— Elle est belle et mince, dit Maxine d'une voix lugubre.

— Ma pauvre petite, ce serait bien pis si elle n'était pas belle. Tu pourrais alors te torturer l'esprit pour deviner quel pouvoir invisible elle posséderait. » Tante Hortense lâcha les mains de Maxine et sonna pour demander du café. « En l'occurrence, il est facile de comprendre ce qui l'a attiré : la beauté alliée à la nouveauté d'une liaison coupable, constata-t-elle en haussant les épaules. Malgré tout son amour, Charles a fini par s'habituer à toi. Quel dommage qu'on ne prévienne pas les jeunes mariés qu'ils tomberont automatiquement amoureux d'une autre personne. » Elle tourna la tête pour donner des ordres au domestique qui venait d'entrer. « Allons, ma chérie, laisse Charles tranquille et fais semblant de ne rien savoir. Conduis-toi comme un ange. Il y a encore une chose à laquelle tu devrais réfléchir, continua-t-elle, en reprenant les mains de Maxine dans les siennes. Un bon mari est plus important qu'une affaire qui marche bien. Je ne veux pas dire par là que ton affaire ne soit pas une chose importante, je dis seulement qu'un bon mari est beaucoup, beaucoup plus important. »

Maxine se conduisit donc comme un ange, ce qui lui coûtait énormément, car elle devenait plus tendue et plus maladroite de jour en jour. Charles était souvent absent et, quand il était au château, il avait l'air préoccupé. Parfois, l'observant à la dérobée, elle surprenait un regard malheureux et accusateur qui lui déchirait le cœur.

Elle devint terriblement jalouse, possessive et ne cessait de contrôler secrètement son emploi du temps, sans oser, toutefois, l'interroger trop directement sur ses allées et venues. Elle s'efforçait de ne pas le harceler, craignant qu'il ne se sente épié au point d'être tenté de la quitter. Parfois, son humeur changeait brusquement et elle était prise d'un violent ressentiment en pensant à la trahison de son mari et au naturel avec lequel il lui mentait, jour après jour, mois après mois, sans le moindre trouble de conscience.

Charles était supposé se trouver à Lyon quand leur troisième fils naquit, une semaine avant la date prévue et beaucoup plus facilement que Maxine ne l'aurait cru. Elle serrait son bébé contre elle et refusait de s'en séparer une seconde. Le petit Alexandre était tout son espoir, le lien qui la rattachait à son mari.

Cette fois, il n'y eut pas de risque que Maxine se retrouvât de nouveau enceinte au bout de quatre mois, en effet Charles couchait toutes les nuits dans le lit Napoléon de son cabinet.

Quand arriva l'année 1963, Charles et Maxine vivaient comme des étrangers depuis trois ans et elle continuait à feindre d'ignorer l'infidélité de son époux. Elle n'y parvenait qu'en refoulant ses mouvements naturels et en se reposant sur les bonnes manières qu'elle devait à sa stricte éducation bourgeoise. De temps en temps, elle courait chez tante Hortense pour y trouver réconfort et affection.

Maxine persistait donc à se conduire comme un ange, mais à quel prix ! Elle dormait mal, son visage s'était creusé et, même quand sa bouche s'étirait dans un petit sourire confiant, ses yeux frangés de brun trahissaient son anxiété. Elle s'emportait parfois contre les enfants ou contre le personnel, parce qu'elle ne pouvait qu'éclater en sanglots ou se mettre à crier.

En mai, Judy vint passer un week-end de travail au château. En voyant le sourire triste et machinal de Maxine et en pensant à son existence active mais solitaire, Judy prit une soudaine décision. Charles était peut-être son client, mais Maxine était son amie. Il fallait choisir le moment propice, aussi, le lendemain matin, pendant que Charles l'emmenait en voiture à son bureau d'Épernay, elle se jeta à l'eau.

« Vous devez être heureux de voir que vos deux affaires marchent si bien ? »

L'air absent, Charles hocha la tête.

« Et vous devez être fier de vos trois beaux garçons ? »

Un autre hochement de tête.

« N'est-ce pas que Maxine est une merveilleuse hôtesse ? Aujourd'hui, on le sait dans la France entière. »

Nouveau hochement de tête mécanique.

« Et alors, Charles, combien de temps pensez-vous qu'elle va pouvoir continuer à supporter la situation présente ? Je crois qu'elle est à bout. Je sais qu'on divorce peu en France et qu'on préfère entretenir de discrètes liaisons qui ne mettent pas le mariage en péril. Seulement voilà, Maxine vous aime ; elle ne veut pas d'un autre homme. Je pense qu'elle finira par ne plus pouvoir endurer l'hypocrisie de la vie qu'elle mène et qu'elle vous quittera pour aller s'installer à Paris, préférant vous perdre carrément plutôt que de souffrir comme elle le fait. Dans ce cas, songez à ce que vous perdrez, Charles, dit Judy en prenant soin de ne pas faire appel à ses sentiments plus élevés mais à son instinct de préservation. Vous perdrez votre existence facile et confortable ; vous perdrez vos enfants ; vous perdrez l'hôtesse dont vous êtes si fier et qui représente pour vous un tel atout. Et que gagnerez-vous en échange ? »

Judy tourna la tête vers lui. Muet et outragé, Charles fixait toute son attention sur la route. Judy enchaîna :

« Ah, Charles, on ne peut pas tout avoir. Au nom du Ciel, qu'avez-vous fait de votre fameux sens de la famille, du confort et de l'argent ? »

Les mains de Charles se crispèrent sur le volant, mais il ne répondit pas. Il avait d'abord été choqué que Judy aborde un sujet personnel, puis ulcéré qu'elle ait osé le faire. Mais, au moment où ils arrivaient dans son bureau, Charles commençait déjà à réfléchir à ses paroles, à imaginer la vie sans Maxine.

Judy était partie depuis une semaine. Maxine était assise devant une table de fer forgé blanc, sous un hêtre roux planté à quelques pas de la terrasse. D'un œil, elle surveillait Gérard qui avait maintenant huit ans et qui, avec des cubes jaunes et orange construisait un fort pour Alexandre, son petit frère de deux ans. Elle parcourait distraitement la liste des personnes invitées à la grande réception qu'ils allaient donner pour fêter la première année millésimée de la société de champagne, nouvellement modernisée.

Soudain, Charles apparut sur la terrasse. Maxine leva les yeux. Il était rare qu'il rentre au milieu de l'après-midi.

En le voyant s'approcher d'elle, il lui sembla que sa vie l'abandonnait. Il paraissait tellement déterminé.

Elle attendit, le cœur battant.

Charles se pencha et lui embrassa l'oreille.

Comme autrefois.

Maxine tourna vivement la tête et le regarda dans les yeux. En voyant son expression, elle se sentit défaillir de joie et d'espoir, puis elle se leva d'un bond et se jeta dans ses bras, tandis que la chaise roulait à terre.

Charles la pressa très fort contre lui, puis, se penchant par-dessus son épaule, il raya le nom de Fortuny sur la liste des invités.

Quelques heures plus tard, Maxine rêvait, allongée sur son lit. Ce n'était plus la frénésie passionnée qu'ils avaient connue en faisant l'amour pour la première fois, mais une commune expérience des sens, remplie de volupté, au cours de laquelle Charles avait muettement demandé pardon à sa femme, qui lui avait répondu, muettement, elle aussi, que ça n'avait pas d'importance, que désormais, plus rien n'avait d'importance.

« Regarde sous l'oreiller », lui avait-il chuchoté. Maxine glissa la main sous la taie de soie crème et en tira un écrin de velours écarlate.

« Ça vient de chez Cartier ! Pourtant, ce n'est pas mon anniversaire !

— Ce n'est pas pour un anniversaire, dit Charles d'un air un peu honteux. C'est pour toujours. » A l'intérieur de la boîte scintillait un anneau de diamants taillés en carrés.

« Il est exactement à mon doigt ! » s'écria Maxine, et Charles la reprit dans ses bras, lui murmurant des mots tendres à l'oreille.

« Tu n'es pas la seule de la famille à savoir faire preuve d'efficacité. »

# CINQUIÈME PARTIE

# 22

Peu de temps après le décès de son grand-père, Pagan, qui avait immédiatement quitté la Suisse pour rentrer en Angleterre, se rendit compte que le chagrin inconsolable de sa mère n'était pas dû à la mort du vieil homme, mais au fait qu'il était mort pauvre. Ses affaires étaient dans un état de confusion indescriptible. La grande propriété de Cornouailles, elle, était parfaitement en ordre, mais il s'avéra qu'elle ne leur appartenait plus. Elle appartenait à la banque, car la moindre parcelle en était hypothéquée. Quand on fouilla dans le bureau Queen Anne, on ne trouva qu'une patte de lapin mangée aux mites et une alliance anonyme rangée dans un tiroir secret. Les autres tiroirs ne contenaient que des coupures de journaux en lambeaux, une boîte à cigares remplies de lettres envoyées par le père de Pagan quand il était à Eton, quelques exemplaires de *Horse & Hound,* copieusement annotés et un tas de lettres et de papiers jaunis. Pas de factures, étant donné qu'elles étaient automatiquement remises au régisseur et réglées immédiatement, sur l'énorme découvert consenti par la banque sur la garantie qu'offrait le manoir.

Il fallut très longtemps pour arriver à y voir clair dans cet embrouillamini. Quelques jours avant Noël 1949, Pagan et sa mère se rendirent chez le notaire de Saint-Austell et on leur apprit sans ménagements la mauvaise nouvelle : il n'y avait pas d'argent. Pourquoi ne pas vendre la maison à une institution quelconque, une école, par exemple ?

« Impossible, décréta la mère de Pagan. Il n'y a que vingt-deux chambres. »

Elles regagnèrent toutes deux la longue et basse demeure Tudor, dans un silence consterné. La mère de Pagan monta directement dans sa chambre pour téléphoner à Londres. Pagan, qui avait alors dix-sept ans, se mit à errer à travers toute la maison, pour lui dire adieu, comme si elle était déjà vendue. D'innombrables pendules, collectionnées par une grand-mère qu'elle n'avait pas connue, toquaient dans tous les coins. Il y en avait de toutes sortes : en marbre, en bronze, en cuivre, en porcelaine et même une pendule de chevet en émail indigo, avec un cadran incrusté de scintillantes pierres du Rhin, offert à la grand-mère en question par la reine Anne. De temps à autre, elles se mettaient toutes à frémir et à carillonner.

Jamais Pagan ne pleurait dans la maison ; elle se laissait aller à son chagrin dans la paix des bois ou au sommet de la falaise de granit, assise, les jambes toutes raides devant elle, comme une poupée de bois. C'est alors que Selma arriva pour passer le week-end.

Mrs. Trelawney partageait son appartement de Londres (« si vide depuis que tu es partie, ma chérie ») avec Selma, une femme d'une cinquantaine d'années, à l'aspect revêche et qui vivait d'une maigre pension versée par un ex-mari. Ce n'était pas le genre de personne avec laquelle Pagan s'imaginait que sa mère pût se lier d'amitié. Impossible de se représenter Selma avec une petite robe noire et un collier de perles. Elle n'était ni élégante ni à l'aise dans la société londonienne, mais dès qu'elle y échappait, son tempérament autoritaire reprenait le dessus.

Un soir, après le départ de Selma, tandis que le vent de la mer faisait trembler les fenêtres de la bibliothèque, Mrs. Trelawney, assise près du feu, avala rapidement une petite gorgée de whisky et dit à Pagan :

« Je voudrais te parler d'affaires sérieuses ; d'affaires d'argent. Selma pense qu'il serait possible de transformer le manoir en établissement diététique.

— En quoi ?

— En endroit pour les gens qui veulent maigrir. Autrefois, Selma a travaillé dans une maison de ce genre, dans la région de New Forest. En réalité, c'était un établissement spécialisé dans la désintoxication et qui faisait de ses clients des alcooliques socialement acceptables. Selma dit qu'on pourrait transformer Trelawney sans beaucoup de frais.

— Vraiment maman, il faut que tu sois timbrée pour envisager de faire venir une bande d'alcooliques sur le bord d'une falaise », se contenta de répondre Pagan.

Peu après, Mrs. Trelawney expédia sa fille chez Kate, à Greenways. « Ça te changera les idées », avait-elle prétexté.

« Et en plus, elle se débarrasse de moi », précisa Pagan à Kate, tandis qu'elles promenaient les chiens dans la prairie. « Je parie que Selma a rappliqué dès mon départ. Elles se sont toquées toutes les deux de ce projet foireux. »

Pourtant, quand Pagan lui eut donné quelques explications, le père de Kate ne trouva pas l'idée si mauvaise. « Ça pourrait marcher, avait-il déclaré pensivement. J'en vois très bien les avantages.

— Pour moi, étant donné qu'il n'y a pas d'argent, le seul avantage que j'y vois, c'est que je ne pourrai pas être présentée comme débutante, comme prévu », répliqua Pagan.

Le père de Kate ne dit rien, mais quand le moment fut venu, il téléphona à Mrs. Trelawney et lui proposa de financer la saison londonienne de Pagan si, en retour, elle acceptait d'introduire Kate dans la bonne société. Il voulait donner à sa fille toutes les chances de trouver un mari comme il faut, c'est-à-dire fortuné et, qui sait, pourquoi pas un...

Cette idée enthousiasma la mère de Pagan, ravie de ne pas avoir à entretenir sa fille pendant toute une saison.

« Ce que ton père n'a pas l'air de réaliser, confia Pagan à son amie, un soir qu'elles étaient assises par terre dans la chambre de Kate, à boire du chocolat, ce qu'il n'a pas l'air de réaliser, c'est que nous ne sommes pas des aristocrates, mais seulement des propriétaires terriens, et encore, je n'en suis plus très sûre. A l'heure qu'il est, il est fort probable que nous n'ayons plus de terres du tout.

— Il s'en fiche, du moment que je peux trouver un mari. Et maintenant, dis-moi combien il nous faudra, à ton avis, de robes du soir ? »

En Angleterre, l'été 1950 fut absolument idyllique. Quand Maxine arriva à Londres, Pagan et Kate étaient déjà prises dans un étincelant tourbillon de mondanités. Elles furent présentées à la cour. Il fallait pour cela être parrainée par une dame qui avait été elle-même présentée en son temps (en l'occurrence, Mrs. Trelawney). C'est ainsi qu'elles passèrent toutes les trois des heures à attendre sur le Mall, dans une Rolls-Royce conduite par un chauffeur et portant la mention X collée sur le pare-brise, en même temps que toutes les voitures amenant les autres débutantes. Les véhicules avançaient centimètre par centimètre, avant de pouvoir franchir au pas les grilles de fer forgé noir qui fermaient la cour. Puis, une fois passé les impressionnantes colonnes de pierre du porche, il fallait faire la queue dans une antichambre au sol recouvert d'un tapis rouge, en attendant l'appel de son nom. Pagan ne se sentait guère plus émue que si elle avait attendu l'heure du thé à l'école, mais Kate était très nerveuse et ne cessait de répéter mentalement sa révérence. En entendant son nom, elle se leva d'un bond. On la conduisit alors dans une autre antichambre — qui faisait davantage penser à un vaste corridor — dans laquelle le couple royal trônait, sur une estrade également recouverte d'un tapis rouge. Un pas en avant du pied droit ; un pas en arrière du gauche ; déplacez le pied droit sur le côté, puis rejetez la jambe gauche en arrière et inclinez-vous devant Sa Majesté le roi George VI. Relevez-vous, glissez le pied droit sur le côté, passez le gauche sur l'avant et vous voici devant la reine Elizabeth. Refaites alors une révérence et partez vers la droite...

Les jambes flageolantes, Kate alla ensuite dans une grande salle éclairée par de multiples lustres pour rejoindre ses congénères qui mangeaient des sandwiches au concombre en buvant du thé et qui conversaient sur un ton inhabituellement contenu.

Pagan et Kate organisaient d'innombrables déjeuners où elles recevaient d'autres débutantes et elles prenaient toujours le thé au Ritz, chez Gunter ou chez Brown. Elles se rendaient à deux cocktails, au moins, par soirée, sauf quand elles étaient invitées à dîner, avant un grand bal, car, dans ce cas, la mère de Pagan craignait qu'elles ne soient « surexcitées ».

Elles allaient aux courses à Ascot et à Goodwood ; elles assistaient à des compétitions d'aviron à Henley, de voile à Cowes et à des matches de cricket au Lord's. Aucun de ces sports ne retenait beaucoup leur attention (en dehors du tennis à Wimbledon), car, comme la plupart des débutantes, elles étaient bien trop occupées à détailler les tenues de leurs compagnes, avec satisfaction ou envie. Elles allaient aussi aux bals d'Oxford et de Cambridge et faisaient la tournée des maisons de campagne, pendant le week-end.

Le père de Kate réglait toutes les factures et c'était à ses frais que Mrs. Trelawney servait de la langouste à ses vieilles connaissances qui lançaient, elles aussi, leurs filles dans le monde. Pendant ce temps, Selma s'occupait activement en Cornouailles. Elle ne s'était pas trompée : la transformation de la propriété en établissement diététique n'entraînerait pas de gros travaux. A ses déjeuners, Mrs. Trelawney invitait également des directeurs de magazines féminins susceptibles de mentionner le nouvel établissement dans leurs colonnes et elle envoyait des bouteilles de champagne millésimé aux rédacteurs de potins afin de les inciter à écrire quelques lignes sur les deux jeunes filles. Pagan exaspérait sa mère en évitant soigneusement tous ces journalistes, alors qu'elle cultivait des amitiés jugées inopportunes.

Elles avaient toutes deux un beau choix de cavaliers : d'élégants jeunes officiers ; des banquiers en herbe habillés en pingoins, des agents de change, des assureurs, qui tous apprenaient à devenir des hommes du monde, aidés, parfois, d'un revenu plus que modeste. Une demoiselle bien élevée ne demandait jamais des consommations trop coûteuses et, dans les boîtes de nuit, on en revenait toujours au bon vieux gin-fizz.

Comme en Suisse, la chasteté était extrêmement prisée. Les débutantes feignaient toutes de respecter les convenances à la lettre, mais en réalité, dans les taxis, on se permettait un certain dévergondage. Toutefois, elles savaient qu'une conduite trop débridée risquait de faire parler d'elles dans les mess et dans les clubs.

Au cours de l'été 1950, Kate figura deux fois dans *Tatler* et Pagan sept fois, dont deux en compagnie du prince Abdullah. En temps normal, Pagan paraissait ne se soucier de rien ni de personne ; un tiers de son être semblait absent. Mais quand Abdullah venait à Londres, elle reprenait vie et entrain et bien qu'elle eût juré à Pagan et Kate qu'elle n'était pas amoureuse de lui, celles-ci étaient intimement persuadées du contraire. Pagan savait rarement à l'avance quand Abdullah allait débarquer au Dorchester pour un jour ou deux et elle ne tenait pas toujours ses deux amies au courant. Abdullah étant, à cette époque, obsédé par la possibilité d'un assassinat, sortir avec lui signifiait faire semblant de monter dans une voiture et sauter dans une autre qui arrivait inopinément par-derrière ; cela signifiait aussi être invitée dans un restaurant précis et se retrouver assise à une table écartée, dans un autre.

« Tu ne crois pas qu'Abdullah est légèrement paranoïaque ? demandait Kate. Tu ne trouves pas que toutes ces manières de conspirateur sont un peu mélodramatiques ? »

Deux jours plus tard, l'officier de la maison du prince monta dans la voiture officielle, mit le contact et tout sauta. Après cela, Maxine et Kate se sentirent beaucoup moins d'enthousiasme pour jouer les dames d'honneur et Pagan ne se plaignit plus des soudains changements de projets, quand elle était avec Son Altesse Royale.

Avec trois cents autres invités, Abdullah assista au bal donné en l'honneur des débuts de Kate et de Pagan, toutes deux resplendissantes de joie, Pagan dans une robe de satin blanc brodée de lys vert pâle et Kate en tulle primevère.

Tandis qu'elle dansait une valse, Kate sentit soudain ses jambes se dérober sous elle. L'espace d'un instant pétrifiant, elle avait aperçu François, son séducteur suisse, pénétrant dans la salle de bal en compagnie d'une jeune fille en robe de dentelle blanche. Très vite, elle se rendit compte que ce n'était pas lui. Ce garçon était encore plus beau que François, plus grand que lui et avec des épaules plus larges. Kate ne pouvait s'empêcher de le lorgner du coin de l'œil. Elle mourait d'envie de faire sa connaissance et, en même temps, de fuir le plus loin possible de lui. Elle demanda d'un air indifférent qui était ce jeune homme et elle apprit qu'il s'appelait Robert Salter, que son père était banquier et qu'il faisait ses études à Cambridge.

Pendant toute la soirée, elle se sentit irrésistiblement attirée par lui, mais pourtant, elle ne parvint pas à se décider à aller se présenter elle-même, bien que ce fût son bal.

Mais le lendemain matin, on livra à Walton Street un oranger accompagné d'un mot disant que Kate avait été la reine de cette merveilleuse soirée, et c'était signé Robert Salter. Bien qu'il n'ait pas eu l'occasion de danser avec elle, il savait déjà par sa cavalière que Kate était fille unique, que son père était très riche et que la famille vivait en Cornouailles, dans un château.

Robert se mit alors à l'inonder de cadeaux. Il n'ignorait pas qu'il lui faudrait s'atteler assidûment à la tâche dans la banque de son père, quand il rentrerait au Caire où il avait grandi et fait la connaissance de toutes les filles à marier de la ville. Il vaudrait mieux que je choisisse une femme ici, avait-il pensé en regardant Kate tournoyer gaiement dans sa robe de tulle, et il avait décidé de tenter sa chance.

Bien qu'il eût découvert, dès le premier rendez-vous, qu'il n'y avait pas de château, il tomba sous l'irrésistible charme sensuel de Kate. Celle-ci ne mit personne au courant de leurs rencontres, sauf sa mère à qui elle pouvait se fier pour garder le secret. Elle était éblouie par la beauté de Robert et son superbe raffinement. « Il semble plus adulte que tous les autres garçons », confia-t-elle un matin à sa mère, puis elle ajouta d'un air songeur : « Il n'y a rien d'extraordinaire à déjeuner au Savoy, mais quand j'y vais avec Robert, tous les serveurs viennent papillonner autour de nous. »

Elle ouvrit son sac et montra à sa mère un étui à cigarettes, un briquet en or, un poudrier assorti, un tube à rouge à lèvres en platine, un petit crayon de prix et un portefeuille en crocodile.

« Quand on est inondée de cadeaux, comme ça, c'est tous les jours Noël.

— J'espère que tu es raisonnable », maugréa sa mère, voulant dire prudente.

« Oh oui », mentit Kate, en faisant claquer le fermoir de son sac.

# 23

Après Noël, Pagan resta en Cornouailles. Ne voulant pas quitter Robert, Kate demeura dans le douillet petit appartement de Walton Street et elle passait ses journées à faire des achats ou à bavarder au téléphone. Elle caressait parfois l'idée de suivre des cours dans une école d'art et, quand elle était dans cette disposition, elle allait flâner au Victoria and Albert Museum pour admirer les bijoux élisabéthains et les miniatures perses.

Maxine était surprise de ce brusque changement. Quand elle n'était pas pendue au téléphone ou en visite au musée, Kate se contentait de rester couchée sur le tapis à écouter des disques ou affalée sur le divan sans rien faire pendant des heures. Maxine ne comprenait pas comment on pouvait passer toute une semaine à ne rien faire. Tous les vendredis, Kate prenait le train pour Cambridge et reparaissait le lundi suivant, soit fiévreusement heureuse, soit en larmes. Maxine avait beau la questionner et la taquiner, Kate refusait de parler de ces voyages, mais il y avait manifestement un homme là-dessous et, manifestement aussi, Kate ne voulait pas le faire connaître à ses amis. Donc, c'est sûrement du sérieux, en concluait Maxine.

Puis, un matin de septembre, Kate, radieuse, fit irruption dans sa chambre, sa robe de chambre déboutonnée et une lettre à la main.

« Il veut... il veut... il veut m'épouser. Robert... Kate Salter... Mrs. Robert Salter... Mrs. Salter.

— Tu veux dire que c'est le bon, cette fois ? Je croyais que tu étais déjà fiancée avec une quarantaine de garçons », répliqua Pagan qui passait quelques jours à Walton Street pendant que Maxine était partie travailler sur un chantier dans le Wiltshire.

« Oh ! la ferme ! Il va me téléphoner ce soir. Robert va me téléphoner ! Je dirai oui, naturellement. Bon, maintenant, je peux tout te raconter. Il a fait des études d'économie à Cambridge, mais son père est banquier au Caire et il va retourner travailler là-bas. Tu t'imagines ! Vivre en Égypte ! »

Kate sortit alors une poignée de photographies représentant un jeune homme à l'air un peu solennel. Il ne souriait sur aucune photo et sur toutes il donnait l'impression d'être sur le point d'annoncer quelque chose d'important. « Il a l'air merveilleux », commenta poliment Pagan, tout en se demandant pourquoi Kate avait fait tant de mystères sur ce Robert qui lui paraissait si prétentieux.

Kate était postée devant le téléphone depuis six heures du soir, quand, enfin, à deux heures du matin, Robert l'appela. La communication était très mauvaise et Kate était obligée de hurler dans l'appareil. De la chambre voisine, Pagan entendait très nettement la conversation. « Oui, je t'aime, moi aussi, Robert chéri, oui, oui... » Et ainsi de suite pendant vingt minutes. Heureusement que son père est banquier, songea Pagan et soudain, le silence se fit.

Pagan entra dans la chambre sans faire de bruit et trouva Kate en larmes.

« Allons, ne fais pas cette tête, tu es la première de la bande à te fiancer, il n'y a vraiment pas de quoi pleurer. A quand le mariage ?

— Pas avant l'été. Robert a commencé à travailler chez son père et il ne peut pas partir en voyage de noces dès le début. Il paraît que ça donnerait le mauvais exemple. Mais on ne peut pas attendre neuf longs mois. Il veut que je vienne. Il m'a proposé d'emmener ma mère, mais sincèrement, ce ne serait pas très drôle. Et toi, Pagan, tu ne pourrais pas venir avec moi ? demanda-t-elle soudain. Papa te payerait le voyage.

— En effet, je ne pense pas qu'il te laisserait partir seule au Caire. »

Kate décida de prendre l'avion pour Le Caire tout de suite après Noël, mais peu de temps avant leur départ, un jour qu'elle rentrait de faire des courses, elle trouva Pagan étendue par terre, dans le living-room, exténuée à force de se retenir de pleurer. Kate savait déjà pourquoi. Elle avait lu les titres des journaux du soir : « Abdullah et Marilyn — La star avoue son amour pour le prince — Marilyn annonce son mariage. »

« Alors, c'est vrai, Pagan ?

— J'ignore tout de ce foutu mariage, mais j'étais au courant de cette histoire depuis un moment, répondit-elle en donnant des coups de pied dans le pare-feu. Je m'imaginais qu'il considérait Marilyn comme toutes les autres filles bien en chair qui lui tournent autour ; elle était simplement plus connue. » Elle hésita, détestant reconnaître son humiliation. « Je sais qu'il est au Dorchester.

L'heureux couple a été photographié devant la maudite fontaine. J'ai téléphoné tout l'après-midi, en utilisant notre code secret, mais il ne veut pas me parler, le salaud.

— Sois raisonnable, Pagan. Il est peut-être occupé ; il est en train d'acheter un bateau de guerre ou de prendre le thé à Buckingham.

— Non, Kate. Je m'en suis bien rendu compte au ton de son secrétaire, à cette espèce de douceur méchante, cette façon terriblement sévère qu'il prend pour parler aux gens qui sont sur la liste noire. Ah ! bien sûr, soupira-t-elle. C'est plus commode pour Abdi de faire le mort ; c'est drôlement pratique d'être prince. »

Des jours durant, Pagan ne bougea pas de l'appartement de sa mère, les yeux rivés sur la cime feuillue des arbres du square. Elle ne pleurait pas ; elle ne voulait voir personne ; elle ne voulait pas aller en Cornouailles et refusait de quitter sa chambre. La conduite d'Abdullah lui avait fait perdre sa belle assurance. Il avait délibérément rompu leurs liens particuliers d'intimité et de confiance et semblait considérer comme terminée cette amitié à laquelle Pagan tenait tant.

Elle ne sortit de sa léthargie que lorsqu'il fallut préparer les bagages pour partir en Égypte.

Robert vint les chercher à l'aéroport du Caire et Kate vola dans ses bras. Tandis qu'ils montaient tous les trois à l'arrière de la Cadillac, Pagan jeta un rapide coup d'œil en direction de Robert. Il était beau garçon, sans aucun doute, mais un peu morne, peut-être, non ?

En revanche, Le Caire n'était pas morne. C'était un tumulte blond, chaud et poussiéreux. Des chameaux et des charrettes tirées par des ânes trottinaient à côté des tramways bringuebalants et des automobiles. Pagan vit une tente qui voisinait avec un immeuble moderne, près d'un bouquet de palmiers. Des hommes maigres et basanés, la tête couverte d'une calotte noire et vêtus d'une espèce de pyjama froissé ou d'une chemise de nuit à l'allure vaguement biblique envahissaient les trottoirs. Des hommes plus gras étaient enveloppés, de la tête aux pieds, dans des draps blancs ; des femmes entièrement voilées de noir circulaient dans la foule, d'un pas rapide. Des mendiants couverts de mouches étaient affalés sur les trottoirs ; des petits vendeurs de journaux criaient les titres d'une voix perçante et des marchands de bonbons vaporisaient nonchalamment de l'insecticide sur leur marchandise. Certaines boutiques arboraient des enseignes au néon ; d'autres étaient toutes sombres et leur peinture écaillée était passée par le soleil. Le moindre mètre carré de mur libre était placardé d'affiches représentant le général Neguib, le nouveau maître de l'Égypte.

L'appartement du père de Robert dominait toute la ville. C'était une enfilade de hautes pièces fraîches et blanches. Les domestiques, tous des hommes, portaient des tenues blanches et un fez rouge foncé. Ils étaient dans la famille depuis des années. Depuis le jardin en terrasse, les deux filles pouvaient admirer le Nil qui sinuait paresseusement à travers le désert, pour gagner la mer. Elles entendaient la rumeur de la ville qui leur parvenait, assourdie, de l'autre côté du fleuve : le grondement de la circulation, le sifflement des klaxons, la voix du muezzin appelant les fidèles à la prière par des haut-parleurs placés sur le toit des mosquées.

Très vite, Robert offrit à Kate sa bague de fiançailles, une marquise en diamants, qu'elle ne cessait de faire scintiller. Elle était folle de lui, répétait ses moindres paroles, le suivait partout comme un fidèle épagneul et, quand elle jouait au bridge avec lui, elle était terrorisée à l'idée de mal annoncer. Pagan estimait que ce comportement était très mauvais pour Robert qui était déjà bien trop satisfait de sa personne.

Toutes les nuits, Kate se glissait en cachette dans la chambre de Robert, dans laquelle, à sa grande déception, il ne se passait pas grand-chose. Robert était à peine entré qu'il était déjà sorti. Elle n'avait même pas le temps de se sentir frustrée, aussi avait-elle choisi de jouer la comédie.

En dehors de cette contrariété, Kate adorait la vie oisive du Caire. L'après-midi, les deux amies jouaient au tennis dans le club où se réunissaient tous les Anglais ; elles se baignaient dans la piscine, puis elles jouaient de très petites sommes au bridge, jusqu'à l'heure du dîner. Il y avait des bals et des réceptions presque tous les soirs. Elles furent même invitées à un bal de l'ambassade de Grande-Bretagne où se pressaient de typiques sujets de Sa Gracieuse Majesté, dignes de figurer dans un film : de vieux colonels aux tempes argentées, des diplomates ventripotents et des douairières ensevelies sous du taffetas noir.

Parfois, elles partaient faire un pique-nique dans le désert. Elles allèrent, bien entendu, visiter les pyramides dès que possible et se firent photographier sur un chameau, comme le veut la tradition. Ayant découvert qu'on louait des chevaux, Pagan enfourcha aussitôt un de ces bidets à l'air accablé qui, à sa grande surprise, partit au galop à travers le désert. Quand elle revint, Robert, furieux, lui déclara que jamais, au grand jamais, elles ne devaient aller seules, où que ce fût. Le jour où il les emmena dans le bazar, il leur enjoignit de ne pas le quitter d'une semelle. Ça sentait la chèvre, le cuir tanné, le tabac, le thé à la menthe, le jasmin et le patchouli. Elles ouvrirent des yeux émerveillés devant les tapis persans, les bois finement sculptés, les coffrets en teck incrustés de perles et d'ivoire et les hautes piles de pièces de mousseline aux couleurs chatoyantes. Cependant, au début, elles furent très gênées de voir que Robert n'achetait rien sans marchander.

Robert ne parlait jamais d'argent, mais il y pensait beaucoup. C'était une machine à calculer humaine. Toutes ses dépenses étaient d'avance contrebalancées par un bénéfice éventuel. Il avait même un petit carnet où, sans que Kate le sût, il notait le moindre centime qu'il dépensait pour elle, depuis le premier oranger jusqu'au moindre bouquet de roses et à tous les pourboires généreusement distribués aux garçons du Savoy.

Pagan était entourée d'une foule de soupirants. Elle s'efforçait consciencieusement d'oublier Abdullah. Elle ne supportait ni de rester sans rien faire ni d'être seule. Quand Kate et Robert partaient sans elle, elle se précipitait immédiatement sur le téléphone et organisait une réception impromptue sur la terrasse. A leur retour, les deux fiancés la trouvaient en train d'imiter une danseuse du ventre ou d'exécuter une parodie de branle écossais, au milieu des rires et des tintements de verres. Elle devint rapidement une des jeunes filles les plus courtisées du Caire et son exubérance séduisait manifestement le père de Robert, un veuf sardonique, avec des yeux semblables à des petits cailloux noirs. Contrairement aux femmes dolentes et laconiques de la société cairote, Pagan jouait au tennis et au bridge avec fureur, riait et dansait toute la nuit, et jamais on ne la voyait sur un balcon sombre. Elle a plus de classe que toutes les autres femmes réunies, pensait-il en la regardant parcourir la terrasse de sa longue démarche nerveuse, brusque et élégante à la fois. Il la comparait à Kate trottinant gracieusement derrière Robert, approuvant tout ce qu'il disait — surtout quand elle ne comprenait pas — et qui lui semblait fort insipide.

Un jour, Mr. Salter prit son fils à part et lui déclara sans préambule :

« J'ai fait une petite enquête en Angleterre et je ne sais pas si tu te rends compte que Pagan serait pour toi une épouse bien plus intéressante que Kate. Elle est d'un bien meilleur milieu et quoiqu'elle n'ait pas d'argent, elle possède un manoir en Cornouailles.

— Il appartient à sa mère, répliqua Robert, stupéfait. Tu veux parler de cet établissement diététique ?

— Non, c'est Pagan qui en est propriétaire. Elle l'a hérité de son grand-père, et sa mère lui verse un loyer symbolique. Elle a aussi beaucoup de terres. Cette pauvre Kate ne semble pas avoir l'art de briller en société, comme il faudrait que ce soit le cas de ta femme. Penses-y. »

Quand son père lui disait : « Penses-y », c'était un ordre et Robert le comprenait ainsi. Pas un seul de ses camarades de Cambridge n'aurait toléré une telle interférence paternelle dans sa vie sentimentale, mais Robert ne s'en montra ni surpris ni fâché. Si son père estimait devoir intervenir, il devait sans doute avoir raison. Ils avaient tous deux la même façon de voir les choses, et puis, l'avenir de Robert dépendait entièrement de son père.

Un soir, quelques jours plus tard, installés sous les palmes du jardin en terrasse, ils reprirent cette conversation.

« Papa, déclara Robert, en buvant lentement son whisky et en contemplant la citadelle du XIIᵉ siècle, voilée de poussière, qui se profilait à l'horizon. Papa, j'ai réfléchi à ce que tu m'as dit et je me demande si tu n'as pas raison. Il est possible que je me sois trompé. »

Mr. Salter était très content. Il n'aurait pas besoin de couper les vivres à son fils ni de renvoyer les deux filles en Angleterre.

« Naturellement, concéda-t-il, la situation est un peu embarrassante ; mais j'ai un plan. »

Le week-end suivant, Kate et Pagan furent invitées à Alexandrie chez une riche veuve levantine qui avait une réputation de parfaite hôtesse. A la dernière minute, Robert annonça qu'il ne pourrait pas les accompagner :

« J'ai beaucoup de travail à rattraper, à cause de problèmes de dernière minute », prétexta-t-il, tout en faisant clairement comprendre qu'il ne voulait pas que Kate le laisse seul. En définitive, Pagan partit donc sans eux à Alexandrie.

Le soir, Kate et Robert allèrent dîner à l'auberge des Pyramides. Après avoir regarder des danseuses du ventre onduler à leur façon si particulière, au battement des pièces d'or et d'argent tintinnabulantes accrochées autour de leurs hanches, Robert proposa d'aller admirer le clair de lune sur les pyramides, comme le font tous les amoureux qui viennent en Égypte depuis que les brochures de voyage existent.

Quand ils arrivèrent devant les tombeaux, il n'y avait pas de lune. Kate, pleine d'espoir, s'attendait à de grands débordements amoureux. Robert se dit que c'était le moment de mettre les choses au point.

« Chérie, euh... j'ai beaucoup pensé à nous deux, ma chérie, commença-t-il, en prenant un air très peiné. J'espère que je ne vais pas te faire trop de mal, mais je ne crois pas que ce soit une bonne idée.

— Qu'est-ce qui n'est pas une bonne idée ? demanda Kate, sans comprendre.

— De nous marier. Voilà deux mois que tu es ici et j'ai senti — pratiquement dès ton arrivée — j'ai senti que je m'étais trompé, même si, au début, j'ai pensé qu'il fallait attendre, fit-il en lui jetant un regard de côté.

— Tu veux dire attendre encore, attendre encore pour se marier ? » demanda-t-elle, pétrifiée.

Lentement, mais fermement, Robert secoua la tête.

« Non, chérie, je veux dire tout annuler.

— Qu'est-ce que j'ai fait ? Qu'y a-t-il de changé ? Que s'est-il passé ? demanda Kate incrédule et hébétée.

— La question n'est pas là, ma chérie. C'est tout simplement un processus chimique qui ne s'est pas opéré », précisa-t-il, en la regardant avec une expression de regret un peu théâtrale, de reproche, presque.

Kate était frappée de stupeur. Elle était également honteuse, humiliée et ne savait plus que dire ni que faire.

« J'en ai déjà parlé à mon père il y a quelque temps et il m'a conseillé d'attendre d'être tout à fait sûr avant de te le dire. Je sais que c'est dur pour une fille de voir son fiancé changer d'avis, mais il vaut mieux que je m'en sois aperçu avant qu'on soit mariés. Papa fera tout son possible pour t'aider. Il s'est montré formidable et très prudent dans cette affaire. Il a pensé que tu pourrais te sentir humiliée de rester au Caire quand tout le monde saura que nous... que je... que je ne veux pas... que nous ne sommes plus... » Il n'eut pas besoin de continuer.

« Je veux rentrer chez moi, murmura Kate. Je veux rentrer chez moi le plus vite possible. » Soudain, elle eut envie d'être avec sa mère, avec un être aimant, simple et peu exigeant. Elle se sentait salie et rejetée.

Le lendemain matin, Robert entra dans la chambre de Kate. Elle était immobile sur son lit, la figure toute blanche. Robert avait l'air calme mais préoccupé, un peu comme si elle avait attrapé la grippe. Jamais il n'aurait cru que ce serait si facile. Son père avait eu raison, une fois de plus.

« Papa a tiré quelques sonnettes et il s'est arrangé pour que tu puisses reprendre l'avion aujourd'hui même, si tu le souhaites. Malheureusement, il n'y avait qu'une place libre, aussi sera-t-il peut-être préférable que Pagan reste ici jusqu'à la fin de la semaine. Après tout, ce n'est pas de sa faute... »

Ah, je sais, pensa Kate. Il a compris que je lui jouais la comédie. Il a compris que j'étais frigide.

« De plus, ça paraîtra moins bizarre que si vous disparaissiez toutes les deux en même temps. On ne veut pas de racontars. Pagan pourra ainsi faire ses adieux et dire que tu as été obligée de rentrer pour raison personnelle. »

Comment mon père va-t-il prendre la chose? pendant tout le vol du retour, elle ne put penser à autre chose. Sa terreur à l'idée de la réaction paternelle parvenait même à dominer le chagrin et la colère que lui causait la conduite de Robert. Et elle avait bien raison.

Ses parents l'attendaient tous les deux à l'aéroport. Sa mère avait l'air triste et son père menaçant. Il ne lui adressa pratiquement pas la parole avant qu'ils soient tous montés dans la Rolls. D'un geste sec, il ferma la vitre de séparation, pour que le chauffeur ne puisse pas entendre, se tourna vers Kate et lui dit : « J'espère que tu te rends compte que tu t'es complètement ridiculisée ! »

Pour une fois, sa mère osa le contrer : « Je te défends de parler ainsi à cette pauvre petite », répliqua-t-elle d'une voix décidée.

Et, pour la première fois depuis que Robert lui avait annoncé sa décision, Kate se mit à pleurer.

# 24

A son retour d'Alexandrie, Pagan apprit, à sa profonde stupéfaction, que non seulement Kate avait disparu, mais qu'elle ne lui avait laissé aucun message. Robert semblait désolé.

« Elle m'a plaqué, lui dit-il, en ouvrant la main pour lui montrer la bague de fiançailles. Elle a voulu me rendre la bague à tout prix.

— Je ne peux pas croire que Kate ait fait une chose pareille, haleta Pagan. Ce n'est pas son genre d'agir de façon aussi précipitée et aussi brutale. Vous vous êtes disputés ?

— Non, c'est arrivé dans la surprise la plus totale. Elle s'est contentée de me dire qu'elle s'était trompée et qu'elle avait décidé de partir sur-le-champ.

— Et elle n'a même pas laissé un mot pour moi ?

— Non (soupir), et bien que je sois profondément meurtri, je ne peux m'empêcher de penser que si elle est coutumière de ce genre de choses, il vaut mieux qu'elle ait fait ça avant le mariage, plutôt qu'après. »

En réalité, Kate avait laissé une lettre pour Pagan, mais Robert l'avait ouverte et y avait lu le récit accablé et détaillé de ce qui s'était passé entre eux. Il avait simplement déchiré la lettre.

« Et elle ne voulait pas que je rentre à Londres avec elle ?

— Non, elle m'a dit qu'elle était désolée de me faire de la peine, mais qu'elle ne voulait pas gâcher vos vacances. Elle m'a dit qu'elle avait volontairement attendu que vous ne soyez pas là pour me faire part de sa décision. » Il se prit la tête dans les mains ; ses épaules tremblaient. Un peu embarrassée, Pagan s'éloigna vers le bord de la terrasse. Elle ne pouvait pas supporter de voir un homme pleurer.

Le père de Robert estimait que Pagan ferait preuve de plus de discrétion en ne téléphonant pas en Angleterre. Si Kate avait envie de l'appeler, elle saurait bien le faire. Peut-être valait-il mieux respecter ses volontés et la laisser tranquille, comme elle l'avait demandé. Il pensait aussi qu'elle devrait attendre une lettre de Kate avant de lui écrire. Pagan attendit donc, mais rien ne vint.

Au bout d'une semaine, Pagan écrivit à Kate pour lui dire, avec tout le tact possible, combien Robert était malheureux et lui demander de reconsidérer sa décision. Robert lui proposa de poster sa lettre à la banque.

Avec la même tranquille insolence, il interceptait également les lettres de Kate et les déchirait. Il lui suffisait simplement de se lever avant Pagan qui se faisait toujours servir le petit déjeuner au lit.

Au début, Pagan fut déconcertée par ce refus de lui répondre, ne fût-ce qu'en envoyant des cartes postales accusant réception des missives qu'elle lui écrivait de sa graphie large, généreuse et sinueuse. Ensuite, elle se sentit blessée d'être ainsi négligée et, finalement, inquiète. Étant d'une nature parfaitement honnête et sans détour, elle ne pouvait imaginer que Robert supprimait ses lettres et l'emprisonnait peu à peu dans un réseau de mensonges. Le jour où Pagan dit qu'en fin de compte, elle ferait peut-être bien de téléphoner à Kate pour s'assurer que tout allait bien, Robert la considéra d'un air attristé en lui demandant s'il ne lui était jamais venu à l'esprit que son amie pût avoir honte d'elle-même. Sinon, ne lui aurait-elle pas répondu, une fois au moins ?

Dès le départ de Kate, Robert fit tout pour séduire Pagan, avec l'aide subtile de son père. Partout où ils allaient, on leur accordait le maximum d'attentions, le meilleur service et les meilleures places. Elle était submergée de fleurs et le moindre de ses souhaits était réalisé. Elle appréciait toutes ces prévenances, essayant d'oublier Abdullah, dans cette ronde de plaisirs enchantée. Le Caire avait le romantisme d'une fleur de magnolia et elle était délicieusement gâtée. En outre, elle ne voyait rien qui requît sa présence en Angleterre.

Non seulement Pagan était ensorcelée par la vie luxueuse du Caire, mais de plus, Robert-au-Caire était un personnage bien plus intéressant que Robert-à-Londres où la concurrence masculine était nombreuse. Ici, les jeunes célibataires européens manquaient dramatiquement et les hôtesses se disputaient farouchement les jeunes gens disponibles qu'elles flattaient outrageusement. Les femmes étaient pendues aux lèvres de Robert et réagissaient à toutes ses plaisanteries par des rires en cascade. Pagan se mit donc à le regarder avec des yeux plus indulgents.

Le soir du réveillon de Noël, alors qu'ils rentraient du bal donné au Sémiramis, Robert se dit que le moment était venu de se déclarer. La lune était comme une fleur de lotus accrochée dans le ciel. Il avait pris soin de toujours remplir de champagne le verre de Pagan et elle était grise à souhait. Comme elle tanguait un peu pour arriver jusqu'à l'ascenseur, il passa autour d'elle un bras protecteur.

« Joyeuse nuit ! Joyeuse nuit ! Bon Noël ! » gloussa Pagan, et il lui sembla que rien n'était plus normal que de l'embrasser pour lui souhaiter le bonsoir. Elle entra ensuite dans sa chambre, jeta tous ses vêtements à terre, s'effondra sur le lit et s'endormit aussitôt.

A quelques mètres de là, Robert enfila le kimono japonais qu'il utilisait comme robe de chambre, en noua énergiquement la ceinture et pénétra dans la chambre de Pagan, dans un but bien déterminé.

Le lendemain matin, celle-ci se réveilla en se demandant, comme bien d'autres avant elle : « Que m'est-il donc arrivé ? »

Robert consacra alors tous ses efforts à lui faire une cour active, sous la bienveillante protection de son père. Il comblait Pagan de petits cadeaux : des boucles d'oreilles d'or en forme de clochettes, une améthyste carrée grosse comme le pouce, un adorable petit singe vêtu d'une veste écarlate que Pagan s'empressa bien vite de lui enlever.

Deux mois plus tard, sans qu'elle ait bien compris comment, Pagan et Robert se marièrent à l'ambassade britannique. Son beau-père lui offrit une Rolls-Royce bleu clair en cadeau de noces.

Dès les premiers jours, les choses commencèrent à se détériorer.

Le sexe n'avait jamais été la passion dominante de Pagan, aussi, au début, pensa-t-elle que Robert avait besoin de se roder un peu. Elle se trompait. Deux mois après leur mariage, elle se hasarda à lui demander :

« Tu ne pourrais pas m'attendre un peu ? »

Il se raidit aussitôt, répondit qu'il ne comprenait pas ce qu'elle voulait dire et l'accusa d'être frigide. Pagan concéda aimablement que c'était peut-être vrai, mais elle ajouta : « Ce qui m'étonne, c'est qu'avant, je ne l'étais pas. »

Robert devint rouge de colère et, lui citant le rapport Kinsey, il déclara qu'en moyenne, un homme mettait deux minutes et demie pour parvenir à l'orgasme ; ce qui voulait dire qu'elle avait droit à trente secondes de plus que la moyenne, n'est-ce pas ?

Pagan aurait bien aimé se confier à quelqu'un, mais elle était trop timide. Ah, si elle avait pu demander à Kate si elle s'était trouvée dans la même situation ! Elle n'aurait pas hésité à la questionner, parce qu'elle était trop malheureuse pour être gênée et elle se disait que si son amie connaissait son désespoir, elle n'hésiterait pas, non plus, à aborder le sujet avec elle. Mais Kate ne répondait à aucune de ses lettres.

En réalité, Kate avait envoyé à Pagan une lettre ulcérée quand elle avait appris son mariage avec Robert, mais, ayant reconnu son écriture, celui-ci l'avait interceptée au passage, l'avait ouverte et, avec une petite moue dédaigneuse, il avait parcouru les cinq pages d'accusation rédigées dans une petite écriture précise, chaque lettre bien distincte, sans boucles ni fioritures d'aucune sorte, mais où la douleur perçait à toutes les lignes. Il glissa ensuite le pli dans sa poche et le déchira en arrivant au bureau.

Le soir, en rentrant à la maison, il prit un air très peiné pour confier à Pagan qu'il avait reçu un mot de Kate disant qu'elle espérait qu'il pourrait lui pardonner et oublier le passé. Elle était amoureuse d'un Douzième Lancier nommé Jocelyn Ricketts et pensait devenir bientôt épouse de militaire. Pagan le pressant de lui montrer la lettre, il fouilla dans sa poche et, mince alors, il avait dû la laisser au bureau. Il la lui apporterait le lendemain soir. Le jour suivant, il déclara avec une certaine irritation qu'il avait encore oublié ce fichu mot et que Pagan se rendait certainement compte qu'il avait des soucis plus importants en tête que les gribouillis d'une femme qui lui avait fait tant de mal.

Pagan ne redemanda plus à voir la lettre mais, quelques jours plus tard, dès que Robert fut parti, et en dépit de son interdiction expresse, elle alla s'enfermer dans sa salle de bains bleue et demanda Walton Street au téléphone. Après une attente de quatre heures, on lui passa le numéro, mais il ne répondait pas. Le lendemain matin, elle fit une nouvelle tentative.

Toujours pas de réponse.

Le troisième jour, elle appela chez les parents de Kate. Cette fois, elle n'attendit que deux heures et ce fut la mère de son amie qui décrocha. Sur un ton étrangement formel et guindé, elle lui apprit que Kate était partie chez des amis, en Écosse. Oui, elle allait très bien ; oui, Mr. Ryan et elle-même allaient très bien, merci beaucoup.

« Vous ne pourriez pas dire à Kate qu'elle m'écrive ou qu'elle me téléphone ? » avait insisté Pagan.

Un silence, des craquements sur la ligne, puis Mrs. Ryan lui avait lancé, tout à trac : « Je ne crois pas que Kate ait envie d'avoir de vos nouvelles ni de celles de Robert. Ayez la bonté de la laisser en paix. » Mrs. Ryan avait ensuite raccroché, avec la ferme intention de ne pas tourmenter sa fille en lui disant que Pagan avait téléphoné pour lui demander pardon. Quel culot, cette fille, tout de même !

Quand vint le jour de son premier anniversaire de mariage, Pagan s'était entendu citer tant de fois le rapport Kinsey qu'elle pensa qu'il serait peut-être bon de vérifier sa prétendue frigidité. Elle eut alors une aventure avec son professeur de tennis, un Italien enjoué, doué de mains caressantes et d'un appétit voluptueux. Il n'y avait pas d'amour entre eux, aussi, au début, Kate éprouvat-elle une étrange impression de gêne et d'impersonnalité mais Alfonso était un amant expert qui aimait les femmes à la folie.

Après lui, elle connut deux jeunes diplomates de l'ambassade britannique, mais ils n'étaient pas du tout comme le professeur de tennis. Ils étaient raides, très polis, absolument pas caressants, en somme ils avaient beaucoup de points communs avec son mari.

Pour sa part, Robert commençait à se plaindre non seulement de sa frigidité mais de sa stérilité. Vu l'hostilité qu'il lui manifestait, Pagan était surprise de voir qu'il persistait à vouloir lui faire l'amour. « Bon, et si on essayait encore un petit coup », proposait-il avec un ricanement poli, et la malheureuse était soumise en bonne et due forme aux *coups* de ce qu'elle nommait secrètement la *chipolata* maritale, tout en espérant que Robert cesserait de lui tripoter le bout des seins comme s'il fermait un robinet.

Pressée par un époux impatient de pouvoir contempler toute une série de petits Robert, elle finit par aller consulter un médecin, non seulement pour recevoir l'assurance que ses trompes de Fallope n'étaient pas bouchées, mais aussi parce qu'à chaque fois qu'elle avait fait l'amour avec Robert, elle éprouvait une violente douleur dans le bas des reins qui persistait parfois pendant quatre heures. Elle se sentait alors crispée, déprimée, renversait les verres et laissait tomber les tasses et les cendriers. Elle commença même à avoir des insomnies. Ignorant que c'étaient exactement les symptômes classiques d'une excitation sexuelle non satisfaite, il lui arrivait de se lever vers quatre heures du matin et d'avaler un bon verre de vodka pour pouvoir s'endormir.

Le médecin lui confirma que rien ne s'opposait à ce qu'elle ait des enfants (« Continuez à essayer », lui disait-il d'un air égrillard), et il décréta que tous les autres troubles étaient causés par l'angoisse de ne pas être enceinte et que, par conséquent, ils étaient d'origine psychosomatique. Quand elle suggéra à Robert qu'il faudrait peut-être s'assurer que, de son côté, il n'était pas stérile, il se mit à glousser comme un pigeon en colère et refusa tout net de subir un examen, sous prétexte que cela portait atteinte à sa dignité.

En apparence, Pagan était exactement l'épouse qui convenait à Robert. C'était une femme superbe, une hôtesse charmante, donc un atout pour ses affaires. Mais une fois qu'elle se fut constituée une magnifique garde-robe, qu'elle eut fait la connaissance de tout le monde et qu'elle fut rassasiée de réceptions, elle commença à se languir des bois, des arbres, des falaises et de la mer grise et froide de Cornouailles. Elle se sentait de plus en plus oppressée par la poussière jaune des lotus, par l'opulence et l'insipidité de la vie du Caire, de sa propre existence et de Robert qu'elle ne pouvait plus supporter de voir toujours à la remorque de son père qui, pour une raison ignorée, ne semblait plus, désormais, apprécier le charme de sa belle-fille. Pagan savait que Robert rejetait sur elle le fait qu'ils n'aient pas d'enfants, mais elle ignorait que le père et le fils lui reprochaient aussi d'être sans le sou. Mr. Salter accusait injustement Robert d'avoir fait un mauvais investissement, oubliant commodément que c'était lui qui avait eu l'idée de ce mariage.

« Encore des ennuis avec ta maudite propriété », lui lança Robert, un soir, en rentrant du bureau. Il accepta d'un hochement de tête le whisky-soda que Mohamed lui apportait sur un plateau d'argent et poursuivit : « Mon père a dépensé des milliers de livres en avocats et ils n'arrivent pas à ôter la tutelle à ta mère. »

Pagan bâilla et répondit d'un ton détaché : « Et alors, ça ne fait rien, n'est-ce pas, chéri ? » Elle étira les bras et alla se placer sous le ventilateur. « Après tout, pour le moment, nous n'avons pas l'intention de l'habiter ; ça permet à ma mère de s'occuper et de gagner sa vie, de sorte que tu n'as pas à subvenir à ses besoins.

— ... C'est bien de toi ! hurla Robert. Mon père a raison ; tu te moques totalement des problèmes d'argent...

— Et toi, tu es totalement sous la coupe de ton père...

— Mon père, lui au moins, ne m'exploite pas... »

Il s'ensuivit une nouvelle scène de ménage. Désormais Pagan se rendait parfaitement compte que Robert ne l'aimait pas ; de plus il était fort en gueule et ne cessait de tenter de l'humilier par ses critiques. Il achevait l'œuvre commencée par Abdullah, l'œuvre visant à détruire l'esprit de Pagan. Non seulement il ne l'aimait pas, mais de plus il ne s'intéressait pas du tout à elle. Il se préoccupait uniquement de paraître juste et avisé aux yeux du monde et, pour atteindre ce but, il trichait tout le temps. Pagan pensait qu'il n'était pas assez honnête pour s'avouer à lui-même qu'il était un imposteur et un piètre amant. Aussi, un soir, après qu'il eut accompli son devoir conjugal pendant les trois minutes habituelles, elle le lui dit carrément. Robert alluma brusquement la lampe de chevet, s'assit sur son lit et la foudroya du regard.

« Qu'est-ce que tu entends exactement quand tu dis que je suis un imposteur malhonnête ? »

Pagan réalisa qu'elle venait de lui fournir un merveilleux prétexte pour lui faire une scène, mais peu lui importait, désormais.

« J'entends par là que non seulement tu es un amant égoïste, mais que de plus, tu fais semblant de ne pas l'être. Tu es fourbe et malhonnête quand tu te retournes de l'autre côté pour dormir, en sachant que je me tourmente et en faisant comme si tu l'ignorais. Je t'aimais quand nous nous sommes mariés, je ne voulais pas te faire de la peine et puis je me disais que tu avais simplement besoin d'un peu d'entraînement. Au début, je croyais que c'était la fatigue, les soucis de ton travail et puis, je me suis aperçue que c'était uniquement de la paresse et de l'égoïsme. Mais il y a quelque chose de bien plus grave : tu ne veux pas te laisser aller à t'attacher à moi. Si tu pouvais appuyer sur un bouton pour me faire disparaître quand tu as fini, tu le ferais.

— Tu es la seule femme qui se soit jamais plainte, s'écria Robert, écarlate. Et c'est parce que tu as des exigences incroyables ! »

Prenant alors sa respiration, Pagan lui jeta à la figure les mots qu'elle répétait dans sa tête depuis des mois.

« Je parviens à l'orgasme en cinq minutes en me masturbant, Robert. J'ai vérifié avec le compte-minutes de la cuisine. Voilà exactement le temps qu'il me faut.

— Espèce de salope !

— Non, ce n'est pas vrai, mais je ne suis pas une Betty Grable soumise ni une de ces femmes imaginaires que tu te figures tenir dans tes bras. Je ne peux pas me battre contre un mythe, contre une pin-up invisible et consentante. J'ai besoin d'honnêteté et de réalité. J'ai besoin d'avoir des rapports réels avec un homme réel.

— Tu parles comme une putain mal élevée.

— Et toi, tu penses comme un écolier mal élevé. J'imagine que du temps de ma mère, on aurait dit les choses plus délicatement ; je t'aurais dit que tu n'avais pas de sensibilité ou que tu ne comprenais pas les besoins des femmes. Mais je te parle franchement, pour une fois, parce que je veux qu'il n'y ait aucun doute sur mes paroles. Je ne veux pas que tu les transformes à ta convenance. Je te dis que je ne veux pas que tu te serves uniquement de moi pour le côté sexuel. Je veux être aimée. Je veux de l'intimité, de la sensualité et une tendresse mutuelle. Et pas un petit coup rapide, merci bien ! »

Elle crut que Robert allait la frapper, mais il se retint ; il se contenta de lui jeter un regard fulgurant et il partit dormir dans une autre chambre. Pendant trois jours, il arbora un air offensé et ne lui adressa pas la parole ; puis il regagna le lit conjugal et se comporta de nouveau comme si rien ne s'était passé.

Pagan pleura. Elle avait espéré qu'une fois un peu calmé, il prendrait en compte tout ce qu'elle lui avait dit. Mais il n'en fut rien.

# 25

Pagan était assise dans son lit en train de boire son jus de mangue matinal, quand Robert survint et lui lança le journal en disant : « Voilà ton cher bougnoule en première ligne. » En effet, on lisait en titre : *Un jeune roi guerrier monte sur le trône.*

Pagan ne fit aucun commentaire. Mais quand Robert fut parti au bureau, elle alla prendre une bouteille de vodka dans le bar et remonta avec dans sa chambre. Au bout de trois années de mariage, leurs relations conjugales avaient viré à une haine froide et polie. Elle ne faisait plus figure d'atout sur le plan professionnel ; en fait, elle s'enivrait sans vergogne la plupart du temps.

Le lendemain matin, en se réveillant, elle vit Robert qui, la tête appuyée sur une main, la considérait avec une telle animosité que la peur s'empara d'elle. Soudain, elle se rendit compte qu'elle avait toujours eu un peu peur de lui. Il fallait regarder les choses en face : elle avait commis une erreur épouvantable ; elle avait épousé un crétin infatué de lui-même, dont l'allure en imposait. Mais à l'intérieur, il était vide comme un ballon de baudruche.

« Tu penses encore à ce moricaud, hein ? » Robert rejeta les draps dans un geste de colère froide et, sans cesser de la dévisager haineusement, il arracha brutalement l'épaulette de sa chemise de nuit de soie topaze. Comme Pagan avait un mouvement de recul, il émit un petit sifflement bizarre, lui découvrit les seins et la viola.

Elle tenta de le repousser en poussant des cris, mais ses doigts lui labourèrent encore plus durement la poitrine. Quand tout fut fini, elle vit une expression de satisfaction éclairer son visage. Elle comprit qu'il avait pris du plaisir à lui faire mal et qu'il était devenu son ennemi intime.

Quand il eut quitté la chambre pour aller prendre sur la terrasse un petit déjeuner servi dans le plus grand style, Pagan, chancelante, partit dans la salle de bains. Des morceaux de soie déchirés flottaient autour de son corps et elle vit dans la glace qu'elle avait des marques sur les seins. Toute frissonnante, elle se fit couler un bain chaud et s'y plongea, puis elle saisit le téléphone d'une main mouillée et appela l'aéroport.

Abandonnant sa belle Rolls-Royce bleue — fort regrettée par la suite à cause de sa valeur marchande — elle prit le premier avion pour Londres.

Sa mère fut consternée, mais non surprise de la voir. La veille, un télégramme était arrivé pour Pagan et Mrs. Trelawney, croyant toujours sa fille en Égypte, l'avait ouvert.

INTENTION DIVORCER IMMÉDIATEMENT STOP MOTIF ABANDON DOMICILE CONJUGAL STOP PAS DE PENSION VU SCANDALEUSE CONDUITE STOP PRIÈRE ACCUSER RÉCEPTION ROBERT SALTER

En lisant ces mots, Pagan fit une grimace.

« Il parle comme si j'avais été renvoyée pour incompétence.

— Ça t'ennuierait de m'expliquer ce qui s'est passé ?

— Ma chère maman, ne pourrait-on pas aller d'abord boire quelque chose ? Tu sais que je viens de faire huit heures de train. » La mère de Pagan renifla, s'approcha d'un pas, puis renifla de nouveau. « Oui, je sais, j'ai bu une ou deux petites gorgées dans le train. Comme médicament. Et comme consolation. Si froid ici, après Le Caire. Et puis, j'étais un peu déçue que tu ne sois pas venue me chercher à l'aéroport. Tu n'as pas reçu mon télégramme ?

— Si, ma chérie, mais je ne peux pas simplement disparaître et laisser Selma seule pendant deux jours ; chacun a ses responsabilités. Et après tout, tu n'es plus une enfant, ce n'est pas bien difficile de prendre un taxi de l'aéroport pour aller à Paddington Station. Tu penses rester ici combien de temps ?

— Ma chère maman, je suis rentrée chez moi. Ici. Trelawney est ma maison. J'ai l'intention de m'établir dans cette bienheureuse Cornouailles. »

Il y eut un silence, puis Mrs. Trelawney se dirigea vers un placard suspendu en disant : « Je crois que nous avons toutes les deux besoin de boire quelque chose. » Elle remplit deux verres de sherry, tout en remarquant : « C'est plein, en ce moment. Il n'y a plus une seule chambre d'hôte, par contre une des chambres de domestiques est libre. Elle est au dernier étage, dans l'aile ouest.

— Tu veux parler de ce sordide grenier ?

— Vois-tu, ma chérie, on n'attendait pas ton arrivée, tu dois le reconnaître. Nous ne savions pas que tu allais venir et tout est réservé pour trois mois. Ça marche très bien depuis que nous faisons de l'hydrothérapie. Mon Dieu, tu as déjà fini ton verre, tu es bien sûre que tu en veux un autre ? »

La transformation de Mrs. Trelawney déconcerta quelque peu Pagan. Selma et elle avaient toutes deux adopté un uniforme blanc et raide et s'étaient décerné respectivement les titres de directrice et de conseillère diététique. Elles ne s'exprimaient plus que par murmures étouffés et apaisants, même quand il n'y avait personne. Mrs. Trelawney ne se maquillait plus, elle portait de grosses lunettes à monture en écaille et s'était mise au yoga.

Quand Pagan eut passé quatre nuits dans une petite chambre de domestique, sa mère vint lui annoncer :

« J'ai parlé de toi avec Selma et on te préparera une chambre d'hôte dès qu'il y en aura une de libre ; ce sera sans doute l'ancienne chambre de la gouvernante. Seulement, il faudra te tenir comme il faut. Tu m'as comprise. Pas une goutte d'alcool, ma chérie, pas la moindre bouteille cachée derrière un meuble. Tu te rends bien compte que je ne peux pas courir ce risque. »

Mais Pagan n'avait plus envie de vivre à Trelawney envahi par des inconnus qui erraient dans les couloirs et prenaient le thé dans la serre. Elle avait décidé de s'installer dans le pavillon du garde-chasse abandonné, situé à un peu plus d'un kilomètre du manoir. Il était niché au creux des bois et environné de massifs d'azalées. Mrs. Trelawney, qui avait projeté de le transformer en annexe de luxe, lui avait alors déclaré : « Ma chérie, je crains que ce ne soit impossible. » Mais Pagan avait froidement répliqué : « Ma chère maman, je te prie de te souvenir que Trelawney m'appartient. »

C'était une maisonnette en pierre grise, meublée de bric et de broc avec les rebuts du manoir et Mrs. Hocken venait y faire le ménage une fois par semaine. Un jour, appuyée sur son balai, celle-ci lui dit : « Ce qui vous manque, Miss Pagan, c'est un peu de compagnie, un petit chat ou un chien. »

C'est ainsi qu'elle hérita de Buster, un chien noir et blanc, haut comme un fauteuil et tout ébouriffé. A eux deux, ils réussirent à transformer la maison en chaos le plus total ; ça sentait partout le chien mouillé. Tous les jours, Buster emmenait Pagan en promenade, lui déboîtant presque le bras, à force de tirer sur sa laisse. Grâce à lui, elle ne restait plus seule toute la journée dans le pavillon, affalée sur un vieux sofa recouvert de chintz, dont les ressorts détendus craquaient dès qu'elle tendait le bras pour prendre sa bouteille de vodka.

Elle était amère et angoissée ; elle avait le sentiment d'être une ratée. Comment avait-elle pu en arriver là ?

Un matin, Mrs. Trelawney la trouva assise par terre, dans la cuisine, avec rien d'autre que ses bottes et de vieilles culottes de cheval.

« Voyons, Pagan, secoue-toi un peu.

— C'est toujours ce qu'on dit aux gens qui n'en sont pas capables. »

Sa mère lui suggéra d'aller voir le médecin de l'établissement habitué à venir en aide aux personnes gravement intoxiquées.

« C'est un peu tard pour commencer à t'occuper de moi », vociféra Pagan.

Elle était arrivée en Angleterre avec, en tout et pour tout, les cent cinquante-six livres qui restaient sur son compte de la Banque ottomane. Au bout de deux mois, sa fortune ne s'élevait plus qu'à dix-sept shillings et quatre pence et elle prit alors la décision d'attaquer sa mère sur la question d'argent. Elle attendit le soir pour aller à Trelawney ; après six heures, sa mère n'avait plus de raison de lui renifler au nez d'un air sec et entendu.

Mrs. Trelawney était dans son bureau, plongée dans des fiches de régime.

« Je te demande cinq minutes, ma chérie, murmura-t-elle, en levant les yeux par-dessus ses lunettes d'écaille. Sers-toi... » Mais déjà, Pagan se préparait un gin-tonic.

« Tu n'as donc pas de robe à te mettre, ma chérie ? Depuis que tu es ici, je ne t'ai vue qu'en jeans et en bottes de caoutchouc.

— Ah, si tu savais, ça me change tellement du Caire. Là-bas, s'habiller était un véritable travail ; il fallait se changer à tout bout de champ. Quelle corvée ! De toute façon, je n'ai pas de quoi m'acheter des robes et c'est à ce propos que je viens te voir.

— C'est-à-dire que tu voudrais que je t'entretienne ?

— Pour le moment, je ne vois pas qui d'autre pourrait le faire.

— C'est vraiment dommage que tu n'y aies pas pensé avant de quitter ton mari.

— Maman, veux-tu que je te dise pourquoi je suis partie ?

— C'est une affaire personnelle entre Robert et toi.

— Tu ne veux vraiment pas le savoir ?

— Non. »

Mrs. Trelawney ne tenait absolument pas à être mêlée à tout cela.

« Mais il faut bien que je vive de quelque chose, et je n'ai que Trelawney.

— Cesse de me rebattre les oreilles avec cette histoire. Sans Selma, il aurait fallu vendre.

— Peut-être, mais maintenant que vos affaires marchent bien, tu ne pourrais pas me verser une petite rente ? Après tout, si vous étiez obligées d'aller vous installer ailleurs, vous auriez un loyer à payer. Si je trouvais quelqu'un pour m'embaucher, je travaillerais, mais que pourrais-je bien faire ? Je n'ai aucune compétence. Tu ne m'as pas appris à gagner ma vie. Je suis une inutile.

— Je crois, ma chérie, que tu ne devrais pas prendre un autre verre. Si seulement tu t'arrêtais de boire, nous pourrions te trouver une occupation dans le service d'hydrothérapie.

— Pour aller arroser de gros bonshommes ?

— C'est fou ce que tu peux être vulgaire, par moments.

— Quelle est exactement la situation ? Faut-il que j'aille me renseigner auprès du notaire de Saint-Austell ?

— Vas-y, si tu veux, mais je peux aussi bien te le dire moi-même. J'ai loué Trelawney, en ton nom, à un établissement diététique, avec un bail de cinquante ans, pour une somme égale à l'intérêt annuel des prêts garantis par l'État, toutes choses que j'ai déjà expliquées aux avocats de ton mari. Ils m'ont harcelée pendant des mois, dès le lendemain de ton mariage.

— Hein ? Tu peux me répéter ça, s'il te plaît ? Tu veux donc dire qu'à soixante-huit ans, j'aurai encore la dette de grand-père sur le dos, bien que tu auras gagné de l'argent grâce à moi pendant un demi-siècle ? Que se passerait-il si tu mourais demain ?

— Selma et moi, nous avons fait le même testament, répondit Mrs. Trelawney, les yeux rivés sur le feu. Nous possédons chacune cinquante pour cent des parts de l'établissement et à la mort de l'une de nous, la survivante pourra racheter les parts de l'autre, à la même valeur. Je n'ai pas cru devoir en parler aux avocats de Robert, qui se sont montrés si désagréables, mais il me semble que tu dois être au courant.

— Tu veux dire que si tu décédais, Selma hériterait du bail ?

— Moi non plus, ma chérie, je n'ai pas été élevée à gagner ma vie. Quand grand-père est mort, j'ai été contrainte d'accepter la proposition de Selma. Naturellement, maintenant que j'ai cinq années d'expérience derrière moi, je pourrais très bien diriger cette maison toute seule. Mais souviens-toi dans quelle situation je me trouvais à l'époque. Note que le bail stipule que tout doit être remis en l'état. Tu récupéreras la maison en parfaite condition, ce qui en augmentera la valeur.

— Je ne vois pas l'avantage. Grand-père l'avait toujours parfaitement entretenue.

— J'aimerais bien que tu parles un peu moins fort, les malades pourraient nous entendre. Pour tout te dire, j'ai déjà évoqué la possibilité de te donner un petit quelque chose, avec les autres directeurs.

— Qui sont les autres directeurs ?

— Selma et son comptable. Notre comptable.

— Et qu'est-ce qu'ils ont dit ?

— Mr. Hillshaw pense qu'on pourrait s'arranger pour te donner trois livres par semaine.

— Quatre. Plus les dépenses courantes et l'entretien du pavillon.

— Certainement pas les dépenses courantes.

— Dans ce cas, j'irai à Saint-Austell demain.

— Bon, d'accord. Mais pas les factures de téléphone.

— Bien, maman chérie. Pas les factures de téléphone. »

# 26

Dans l'hélicoptère, les deux hommes transpiraient à grosses gouttes. Trois cents mètres au-dessous d'eux, leur ombre filait devant, dans le désert de Sydon. En survolant le territoire, on pouvait découvrir, au nord, une étroite plaine verdoyante partagée par le ruban sinueux et argenté d'un fleuve qui prenait sa source tout en haut des magnifiques sommets du massif oriental et qui allait ensuite se jeter dans la mer Rouge. Plus loin vers l'est, au-delà des montagnes, l'implacable monotonie beige du désert n'était interrompue que par les toits de Fenza.

Abdullah fit légèrement remonter l'appareil. En l'air, il se sentait heureux et indépendant, libéré de la peur, comme jamais il ne l'était sur terre. Suliman et lui avaient appris à piloter à Sandhurst et, par la suite, Abdullah avait passé son brevet de pilote d'hélicoptère. C'était le moyen idéal pour se déplacer rapidement et discrètement dans son pays.

Après avoir quitté Sémira, la capitale, ils avaient pris la direction du sud. La vieille cité, bâtie sur la rive gauche, était dominée par le palais royal au pied duquel s'étalaient les toits aux dômes blancs et étincelants, entassés les uns sur les autres, les ruelles étroites qui circulaient entre les maisons et, au centre, le petit souk. Pendant toute la semaine, le souk avait été parcouru d'un vent de prémonition ; l'atmosphère du marché s'était bizarrement assourdie, les visages étaient moroses, inquiets et parfois, de soudaines disputes éclataient. Abdullah s'était dit que le fait d'envoyer des jeunes gens étudier à l'étranger n'avait pas que du bon. Ils en revenaient avec des idées radicales, impossibles à mettre en pratique, qu'on qualifiait du terme général de « progressistes », et ils parlaient d'établir une prétendue république où personne ne manquerait jamais de rien.

La veille, le roi avait accordé à l'ambassadeur des U.S.A. une audience demandée de toute urgence. Les deux hommes étaient allés se promener sous la tonnelle couverte de vigne et dans les allées bordées de buissons bas où il était impossible de se dissimuler pour surprendre leur conversation. L'ambassadeur avait prévenu le roi qu'une nouvelle tentative d'assassinat allait être effectuée avant deux jours et, apparemment, le complot venait de très haut. Ni l'un ni l'autre n'en avaient été surpris. Au cours de l'année précédente, le jeune souverain de Sydon avait laissé entendre qu'il envisageait de procéder à de nombreuses transformations, qu'il entendait extirper la corruption et l'apathie qui régnaient dans le pays. Malheureusement, les hommes politiques en place ne souhaitaient pas du tout changer les vieilles habitudes ; quant aux étudiants occidentalisés, ils réclamaient des transformations radicales, dont la première était la suppression de la monarchie. Une telle situation ne pouvait engendrer que des troubles.

. L'hélicoptère fila ostensiblement vers le sud, le long de la ligne brillante et azurée de la mer, en direction de la frontière et du palais royal de Dinada, ce magnifique édifice de verre et d'acier construit par Philip Johnson pour le père d'Abdullah. Mais, tout à coup, l'appareil piqua et exécuta un virage de 70° vers l'est, en direction du désert intérieur qui composait les sept dixièmes du territoire. Au bout de dix minutes, les deux hommes repérèrent une tente en peau de chèvre, basse et noire, ainsi qu'un petit groupe de chameaux à l'attache. L'hélicoptère vint atterrir à une centaine de mètres des animaux pour ne pas trop les effrayer.

Un jeune officier de la Patrouille du Désert et deux officiers du Premier Régiment Blindé se précipitèrent vers l'appareil et se mirent au garde-à-vous, à l'extérieur de la zone couverte par les grandes pales. Suliman présenta les armes et attendit que l'hélice s'immobilise pour sauter à terre.

« *Salam Alaikum.*

— *Alaikum a Salam.* »

Après les salutations traditionnelles, les hommes s'inclinèrent devant leur roi qui pénétra dans la tente, s'assit vivement en tailleur et fit signe aux autres de l'imiter. Après un court silence, vint l'habituel échange de compliments extravagants et de protestations de dévouement. Suliman, qui avait grandi avec deux des officiers, leur adressa un signe de tête.

« Votre Majesté, le bruit court que la vie de Votre Majesté Sacrée est en danger. Nous le savons, parce que l'un de nous a été contacté par un officier de haut rang et on lui a promis un avancement s'il promettait l'obéissance totale pendant les prochains jours. »

Il se tut, regarda ses deux frères d'armes comme pour avoir leur approbation et poursuivit : « Nous savons aussi qu'on a offert d'énormes pots-de-vin à des militaires. » Les autres officiers hochèrent la tête, leurs yeux noirs luisant durement au-dessus de leur nez en bec d'oiseau.

« On nous a également avertis que le Premier Régiment Blindé recevrait bientôt l'ordre de partir pour une longue marche, un exercice de nuit secret. » L'orateur jeta de nouveau un coup d'œil circulaire avant de continuer. « Majesté, nous craignons qu'on ne nous ordonne d'encercler la capitale et d'en barrer toutes les sorties.

« Si une pareille chose survenait, dans la confusion générale, une guerre civile pourrait éclater, ou bien une puissance étrangère, ces chiens de Saoudiens, par exemple, risquerait de prendre le contrôle de Sémira, puis de la radio et enfin, du pays tout entier. » Il prit une longue et ultime inspiration. « Nous pensons que l'armée est truffée de traîtres. Nous doutons même de la loyauté de ceux qui nous commandent et nous souhaitons recevoir directement nos ordres de Votre Majesté. »

En dehors du sifflement du vent du désert, le silence régna en attendant qu'Abdullah prît la parole. Conscient du danger qu'avaient couru ces trois hommes pour contacter Suliman et organiser cette réunion, il leva le menton. Même assis de la sorte, il avait énormément de présence et irradiait une farouche énergie.

« Souvenez-vous, ô mes frères, déclara-t-il d'une voix ferme, que c'est Allah qui m'a désigné pour vous guider ! » Il leva la main droite et désigna chacun d'eux, à tour de rôle. « Vous vous souvenez tous du serment personnel que vous m'avez juré quand je suis devenu votre chef. Quand elle la connaîtra, la nation tout entière applaudira à votre action. »

Il croisa les bras sur la poitrine et haussa légèrement le ton. « La justice est de notre côté ! Nous allons agir sans pitié pour chasser cette menace de notre pays. »

Les trois hommes restèrent silencieux, puis, chacun à leur tour, ils réaffirmèrent leur fidélité, après quoi, ils se mirent à parler des complots éventuels, des conspirateurs suspects et de la date de leur exécution.

Il fut décidé que les trois officiers accepteraient toutes les propositions que leur feraient les conjurés pour en avertir ensuite Suliman, par téléphone ou de vive voix.

La réunion n'avait même pas duré un quart d'heure.

Dans la nuit obscure, les vaguelettes venaient battre contre les flancs du bateau de plaisance ancré à trois milles du rivage, au nord du port de Sémira. Prêtant l'oreille, penché sur la passerelle, le capitaine grec entendit le bruit étouffé que faisaient les rames des deux dinghies. De temps à autre, il apercevait un éclair phosphorescent et le papillotement argenté de leur sillage, tandis que l'un après l'autre ils s'éloignaient de l'échelle de corde accrochée au pont principal. Même à cette distance, ils n'osaient pas se servir des moteurs, à cause du bruit. Par chance, il n'y avait pas de lune. Sous le couvert des ténèbres, les deux dinghies devraient pouvoir gagner le port, ni vu ni connu, puis se mêler aux bateaux de pêche amarrés au quai nord. Ils y seraient certainement avant l'aube.

Le capitaine regarda en direction de la ville avec ses jumelles de nuit. Tout semblait calme. Quelques lumières dansaient autour du port, mais elles n'étaient pas très nombreuses, à cette heure tardive. Les dinghies avaient à leur bord assez de munitions pour faire sauter le port tout entier. Dieu merci, ce n'était plus son affaire. Rien de nouveau ne semblait être survenu depuis la veille, quand, dans l'après-midi, il avait reçu l'ordre de larguer les amarres en moins de vingt minutes, alors qu'il était devant le palais royal de Dinada. Sa Majesté s'était précipitée à bord, en compagnie de son garde du corps et lui avait enjoint de mettre pleins gaz vers le nord, direction finale Le Caire.

Dès que la côte eut disparu à l'horizon et que la nuit fut tombée, on éteignit tous les feux et on mit le cap sur le nord, vers Sémira, en navigant à la boussole.

Huit hommes de la garde d'Abdullah étaient montés sur le bateau de tête. Les meilleurs soldats avaient embarqué sur le second navire, avec Sa Majesté. Personne ne savait qui les attendrait à leur arrivée, ni même s'il y aurait quelqu'un au rendez-vous.

La veille, un des officiers de liaison d'Abdullah qui faisait partie du Premier Régiment Blindé avait téléphoné au palais de Dinada, dans l'après-midi, pour proposer à Suliman d'aller chasser la perdrix dans le désert ; il s'était offert de venir immédiatement à Dinada avec quelques amis. Suliman avait déjà préparé sa réponse : il préférait aller à la pêche. Il lui proposait donc un rendez-vous au port de Sémira, un peu avant l'aube, entre le hangar de la douane et le bureau du commandant du port.

« Impossible, j'ai déjà accepté une partie de chasse.

— Dans ce cas, tâchez de trouver d'autres amis pour se joindre à mes pêcheurs. »

Ensuite, Suliman était allé dire à Abdullah qu'il y avait tout lieu de penser que des blindés étaient sur le point de quitter la caserne de Sémira pour venir au palais de Dinada assassiner le roi.

Les deux hommes n'avaient aucun moyen de s'assurer que le jeune officier aurait le temps d'organiser la « partie de pêche », ni de savoir s'ils seraient attendus au port par un groupe de combattants loyalistes. En revanche, ils étaient certains de ne jamais revoir le jeune homme. Le coup de téléphone qu'il avait donné au palais, depuis la caserne, ayant été, sans nul doute, repéré, il serait automatiquement abattu comme informateur présumé.

Ils approchaient du rivage ; il n'y avait plus que deux cents mètres entre le premier dinghy et l'entrée du port dont on commençait à sentir les odeurs particulières : mazout, cordages, goudron, poisson pourri, urine, iode.

Un sifflement étouffé et les rames s'immobilisèrent. Dans l'élan, les embarcations continuèrent à glisser dans le port noir comme les Enfers ; elles virèrent et se faufilèrent sans bruit parmi les bateaux de pêche. Puis elles accostèrent et, de chaque dinghy, un marin pieds nus se hissa sur le quai pour fixer l'amarre à un poteau métallique. Un second sifflement et les marins aidèrent les soldats à grimper à leur tour, puis les hommes se fondirent dans la nuit, avec leur chargement.

Derrière la masse sombre du hangar de la douane, stationnaient deux voitures blindées avec un chauffeur et un officier. Les soldats s'y engouffrèrent en silence, laissant un des leurs à la garde des armes et des munitions qu'on n'avait pas pu mettre dans les véhicules.

« A la caserne », ordonna Abdullah.

Tendus, silencieux et farouches, les fusils prêts à tirer, ils quittèrent lentement le port pour s'engager dans les rues sombres et tortueuses qui aboutissaient aux portes nord, énormes panneaux de bois de trois mètres cinquante de hauteur, cloutés de fer et fixés dans les murailles de deux mètres d'épaisseur qui ceinturaient la vieille ville. Comme toutes les nuits, une sentinelle montait la garde. En les voyant arriver, l'homme leva son fusil pour les arrêter.

« Ouvrez les portes et laissez passer Sa Majesté le roi Abdullah, dit l'officier en se penchant par la portière.

— On nous a donné l'ordre de ne pas ouvrir les portes, cette nuit, répondit la sentinelle, sur un ton mal assuré.

— Soldat, intervint Abdullah, c'est moi, ton roi. Approche-toi et constate que c'est bien ton roi qui veut passer. »

Le soldat avança lentement, encore incertain et plongea son regard à l'intérieur de la voiture. Il se figea au garde-à-vous en reconnaissant le visage impassible d'Abdullah et ses yeux qui le transperçaient. Il courut alors ôter les barres de la porte et cria à la sentinelle postée de l'autre côté d'en faire autant.

Quand on eut repoussé les lourdes portes contre les murs, deux des hommes d'Abdullah sautèrent de voiture pour aller prendre la place des sentinelles qu'on fit monter sans bruit dans l'autre véhicule et tout le monde partit en trombe vers la caserne.

L'aube commençait tout juste à poindre quand ils arrivèrent en vue de l'entrée principale des baraquements bas et construits en brique. Des camions commençaient déjà à sortir de la grande cour par les trois portails voûtés. Les deux voitures stoppèrent brusquement devant le premier porche. Les premières s'ouvrirent toutes grandes et, à l'exception d'Abdullah et de son chauffeur, tous les occupants sautèrent à terre. D'un pas rapide, les deux officiers s'avancèrent vers les sentinelles et arrêtèrent le flot des camions pour permettre au roi de pénétrer dans la cour. L'escorte royale l'entoura aussitôt, tandis qu'il bondissait sur le toit de sa voiture. Couvert du *keffiyeh* rouge de la garde du palais qui lui donnait un aspect terrible et indomptable, il annonça qu'il était venu, lui, le souverain légitime, pour conduire ses hommes contre tous les traîtres.

Un tonnerre de vivats éclata, et les soldats basanés se précipitèrent vers sa voiture pour l'entourer. Des visages farouches, à la barbe noire et au nez busqué, se tendirent vers le sien ; des cris de joie fusèrent tandis qu'on brandissait les cimeterres. Il fallut cinq bonnes minutes à Abdullah pour apaiser les acclamations et pouvoir continuer sa harangue.

« Toutes les troupes doivent obéir aux ordres exclusivement sortis de ma bouche et non à ceux qui sont transmis par l'intermédiaire des officiers ou des sous-officiers. Personne ne devra quitter la caserne tant que tous les officiers félons n'auront pas été arrêtés ! Je déclare dès maintenant l'état d'urgence, durant lequel l'armée assurera seule et sous mon commandement le contrôle de tout le pays. »

Après de nouvelles ovations, Abdullah poursuivit : « Le parlement sera dissous et la constitution suspendue tant que l'ordre ne sera pas rétabli. Toutes les réunions politiques sont interdites et le couvre-feu instauré, sur tout le territoire, du crépuscule à l'aube. Les orateurs politiques n'auront plus le droit de s'exprimer à la radio, jusqu'à nouvel ordre. (Vives acclamations.) Tout rassemblement sera immédiatement dispersé par la troupe, à l'aide de gaz lacrymogènes et quiconque tentera d'élever des barricades ou de lancer des toits des projectiles sur nos soldats sera fusillé sur place. »

Une demi-heure seulement après son arrivée, Abdullah réunissait son état-major, après avoir donné l'ordre à toute l'armée de rester dans les casernes ou dans les camps pour attendre sa visite. La plupart des conspirateurs étaient des officiers supérieurs ; il y avait très peu de sous-officiers et pas un seul homme de troupe. Abdullah constata, à sa profonde amertume, que le complot avait été organisé par le commandant en chef de l'armée, soutenu non seulement par deux autres généraux, mais également par trois des cinq membres de son conseil privé, dont le nouveau premier ministre. Le coup était plus rude encore qu'il ne l'avait imaginé.

L'après-midi, au palais royal de Sémira, le roi convoqua les deux membres de son conseil restants ainsi que les officiers au-dessus du grade de commandant. Dans le vaste hall plein de fraîcheur, le murmure des voix s'éteignit peu à peu à mesure que montait le grondement sourd des tambours, venant de l'extérieur.

Tout à coup, le roi apparut sur le perron. C'était un personnage tout différent du chef de guerre drapé de rouge qui s'était adressé à la troupe, le matin même, debout, jambes écartées sur le toit de sa voiture et brandissant un cimeterre qui luisait dans les premiers rayons du soleil. Vêtu d'un uniforme de cérémonie d'un blanc immaculé, avec des épaulettes d'or, Abdullah s'avança lentement, un dirigeant plus qu'un chef.

Sur la plus haute terrasse du palais, les deux hommes contemplaient en silence les toits blancs de Sydon. Le soleil, énorme boule rouge sang, était en train de sombrer derrière l'horizon, striant le ciel de bandes jaunes et orange. Suliman risqua un sourire respectueux. « Tout s'est bien passé, sire.

— Oui, je crois bien. Faites en sorte que le premier ministre soit exécuté avant trois jours, de même que tous les conspirateurs qui n'ont pas pu encore s'enfuir en Syrie, où ils continueront, sans aucun doute, à comploter contre moi.

— Sire, il serait sage de s'entourer de toutes les précautions. »

Abdullah regarda le soleil disparaître et le ciel s'estomper. Il venait de prendre une décision. « Au fait, je vous prie d'inviter El Gawali dès que possible. Au sujet du mariage. Je ne peux plus le remettre davantage. Il me faut des fils. »

## 27

Ciel, quel boucan ! Non, elle n'irait pas ouvrir ! Pagan décida d'ignorer les coups frappés à la porte et ainsi, la personne qui insistait tant finirait bien par s'en aller. Elle était sur le point d'enfouir la tête sous son oreiller quand elle entendit une voix féminine qui chantait : « Joyeux anniversaire, Pagan, joyeux anniversaire ! », tandis que le heurtoir donnait la cadence. Mon Dieu, ma tête... mais oui... est-il possible que ce soit la voix de Kate ?

Pagan ouvrit les yeux, s'assit, les referma, se leva de son lit en chancelant, rouvrit les yeux, ramassa sa robe de chambre qui gisait par terre, tenta de l'enfiler mais, ne trouvant pas les manches, la rejeta et s'entoura du couvre-lit. Ensuite, elle descendit l'escalier à tâtons et ouvrit la porte. Au-dessus d'un bouquet de jonquilles ensoleillées, le visage de Kate lui souriait.

Mais Kate cessa de sourire quand elle vit les yeux cernés, la figure bouffie et les cheveux embroussaillés de Pagan. Elle s'avança et l'étreignit de toutes ses forces. Dieu, quelle haleine...

« Entre vite, il fait froid. Pourquoi chantais-tu ?

— Parce que c'est bientôt ton anniversaire.

— Ah bon ? dit Kate, indifférente. C'est quand, le vingt-sept ? Bigre, je vais avoir trente ans... oui, je crois que c'est trente ans ; si nous sommes en 1962, ça va me faire trente ans. C'est donc que je vis ici depuis plus de huit ans, constata-t-elle, en emmenant Kate dans le salon. J'ai l'impression que c'était hier... Merci, je vais les mettre dans un vase... Comment as-tu su que j'habitais là ? » Elle ne savait pas si elle était vraiment contente de retrouver Kate qui était en train d'ôter l'élégante veste en tweed kaki de son tailleur-pantalon de Mary Quant.

Kate lança un coup d'œil sur le sofa couvert de poils de chien et elle alla s'asseoir sur une chaise Windsor en bois. « La semaine dernière, j'ai rencontré Philippa, tu te souviens de cette grande femme autoritaire, aux cheveux roux frisés, avec laquelle on jouait au bridge, au Caire ? Elle m'a mis au courant de ton divorce et j'ai téléphoné tout de suite à ta mère. »

Des années durant, Kate avait accusé Pagan de lui avoir volé son fiancé. Mais Philippa lui avait raconté ce que toute la société du Caire savait depuis longtemps, c'est-à-dire par quelle ruse byzantine Robert avait brouillé les deux amies. Le traître, c'était donc Robert et non Pagan. Kate, qui depuis avait fait un mariage heureux, s'était soudain sentie prise de remords à l'idée de s'être laissé ainsi leurrer et de s'être fâchée avec son amie d'enfance.

« J'ai rencontré Philippa il y a une semaine environ et je suis venue dès que j'ai pu, ma chérie. Je voulais te faire une surprise. Tu as eu raison de divorcer. Robert est un couillon de première classe.

— Tu aurais pu me prévenir. »

Après un silence gêné, Kate éclata en sanglots. « Je ne peux pas supporter de te voir comme ça.

— Allons, je t'en prie, répliqua Pagan. Je suis très heureuse... Je ne me répands pas en larmes, dans tous les coins, comme Maxine et toi... Tu te souviens, c'était toujours soit des rires, soit des pleurs ? Je me demande pourquoi les femmes pleurent tant... Je vais voir s'il me reste du thé. »

Elle alla dans la cuisine, avala une rapide petite gorgée de vodka et finit par en ressortir avec un plateau chargé de tasses de porcelaine dépareillées, de quelques vieux biscuits au gingembre et d'un pot de confiture.

Pendant dix minutes, elles bavardèrent de choses et d'autres, puis Kate demanda avec ménagement : « Dis-moi, Pagan, pourquoi te caches-tu ainsi ? Pourquoi donc aucun de nos anciens amis de Londres ne sait-il où tu es ?

— Parce que je ne l'ai dit à personne, ma chéric... Après la vie de mondanités du Caire, je n'ai plus eu envie de voir qui que ce soit. J'avais tellement honte de moi, ajouta-t-elle, avec un petit rire triste, et maman aussi avait honte de moi... Aucune fille de notre promotion n'a divorcé. (Elle versa le thé qui infusait dans une théière en étain.) J'avais uniquement envie de me cacher des gens... Quelques copines ont contacté maman ou m'ont écrit pour me demander si elles pouvaient venir me voir, mais je n'ai jamais répondu à leurs lettres... En fait, je ne savais pas comment je réagirais, soupira-t-elle. De l'extérieur, je semblais normale, mais au-dedans, mes sentiments bouillonnaient. Quand quelqu'un me parlait gentiment, je me recroquevillais et j'avais envie de pleurer. C'est idiot, hein ?... J'avais une boule dans la gorge et je ne pouvais pas répondre. Aussi, j'ai fait en sorte de ne pas avoir à parler, en évitant les gens. Je parlais seulement aux habitants du village, quand je ne pouvais vraiment pas faire autrement et quand j'entendais la sonnette de la bicyclette du facteur, je courais me cacher. »

D'une main tremblante, elle rajouta un peu de lait dans sa tasse. Kate était effondrée de la voir si changée. Comment cet être vibrant et si plein d'assurance avait-il pu devenir cette loque égarée et à bout de nerfs ? Elle parlait de façon décousue et incohérente.

« Tu ne vois vraiment personne ? »

Pagan haussa les épaules. « Je suis devenue une sorte d'ermite ; à part maman que je vois de temps en temps... Un jour, je l'ai entendue expliquer à l'un de ses malades que je vivais en recluse et que c'était pour ça que je parlais toute seule. J'ai bien ri, remarqua-t-elle en tendant à Kate une tasse ébréchée. A vrai dire, je n'ai jamais compris pourquoi c'était mal de parler toute seule ; on rit à toutes ses plaisanteries et on a toujours raison dans la discussion... et c'est la preuve d'un très haut degré d'acceptation de soi. » Elle but une petite gorgée de thé. « Tu n'es pas obligée de terminer ce biscuit, il doit avoir au moins six mois... Ne t'imagine pas que je sois malheureuse. Buster me tient compagnie et, les six premiers mois, je me suis réveillée tous les matins avec un sentiment d'immense félicité en constatant que la tête de Robert n'était pas sur l'autre oreiller. Je suis très bien ici ; je lis et j'écoute la radio. En ce moment, c'est un peu en désordre parce que Mrs. Hocken s'est cassé la cheville et qu'elle n'est pas venue faire le ménage depuis deux mois.

— Tu fais toujours du cheval ?

— En fait, j'ai toujours l'intention de m'en procurer un, mais je remets de semaine en semaine, comme pour tout le reste. Maman a vendu les chevaux et les écuries servent maintenant de salle de gymnastique et de cabines de massages... Encore un peu de thé ? »

Elle tendit un biscuit à Buster, mais il lui échappa des mains. Il y eut un moment de silence, puis elle poursuivit : « Ah ! pourqoui ne vient-on pas au monde avec un mode d'emploi ? Mon problème, c'est que mes erreurs ne m'apprennent rien. Je ne fais pas que les répéter, j'en commets de nouvelles... Quand je regarde en arrière, il me semble que c'est en Suisse que tout a commencé à aller de travers. Depuis ce temps, je me suis toujours trouvée dans des situations merveilleuses, au début, et qui finissaient en catastrophe... Maintenant, je suis seulement fatiguée en permanence. Fatiguée de tout. Fatiguée de l'échec. Fatiguée de la vie. Alors, j'ai donné ma démission. »

Elle croisa les mains derrière la tête et se mit à contempler le plafond. Kate glissa subrepticement son biscuit dans son sac. De nouveau, le silence se fit, puis Pagan lança : « Bon, suffit pour moi. Je t'ai raconté tout ce que j'ai fait ces huit dernières années ; c'est-à-dire, rien... Ce n'est pas comme notre vieille Maxine. Il m'arrive de voir sa photo dans les journaux. Ce n'est pas que j'en lise beaucoup ; je me contente d'écouter le bulletin d'informations de neuf heures et, Dieu merci, on n'y parle jamais de moi... Incroyable, cette Maxine, dire qu'elle s'est métamorphosée en séductrice de choc... une locomotive, comme on dit... quant à nous, j'imagine que nous sommes les wagons. »

Elle s'étira en bâillant, puis demanda : « Et toi, Kate, que t'est-il arrivé pendant ces dix ans ?

— Ça me paraît ridicule aujourd'hui, mais ma rupture avec Robert m'avait plongée dans le désespoir. Mais, au bout d'un certain temps, je suis retombée dans le circuit habituel ; je me suis mise à sortir avec tous ceux qui me le proposaient, n'importe qui plutôt que de rester à la maison. Ça n'a été que sortie sur sortie, jusqu'au jour où j'ai fait la connaissance de Toby. Après notre mariage, nous avons mené une vie plus calme. Mais ne parlons pas de moi ce soir, dit-elle en terminant son thé tiède. Si on allait jusqu'à Trelawney. Il fait si beau. Les bois sont remplis de jacinthes.

— Il n'y a pas le feu, répliqua Pagan en prenant le plateau. Attends un peu pour laver ta voiture et la pluie viendra. C'est un vieux proverbe arabe. » Elle emporta le plateau dans la cuisine, ainsi que la bouteille de vodka qu'elle avait prestement dissimulée sous le couvre-théière. Qui que ce soit, remarqua-t-elle *in petto,* ce mari a les moyens de lui offrir des chaussures Gucci et un sac Hermès.

Tandis que Pagan s'affairait bruyamment dans la cuisine, Kate parcourait le salon du regard : des livres empilés par terre, des vieux journaux entassés sur des chaises, des tasses à moitié vides, une table couverte de marques de verres et de brûlures de cigarettes, des cendriers pleins à déborder et, partout, des poils de chien. La première idée qui lui vint fut de se mettre à astiquer Pagan et sa maison, qui pourrait faire un charmant petit nid, et la seconde idée, d'aller voir sa mère avant d'entreprendre quoi que ce soit. Elle ne faisait donc rien pour la sortir de là ? Cette maudite bonne femme n'était-elle pas spécialisée dans les ivrognes ?

Elles prirent un sentier à travers bois, admirant les jacinthes au passage. Après un massif de rhododendrons au feuillage vert sombre, elles franchirent le grillage qui était censé empêcher les cerfs d'aller sur la route. Elles escaladèrent une petite colline, en passant dans un champ détrempé et fleuri de boutons d'or, pour arriver enfin sur la pelouse bien entretenue qui entourait le manoir.

Devant la serre, se dressait un abri arrondi en plastique transparent, haut de quatre mètres. « La nouvelle piscine extérieure chauffée », expliqua Pagan. Elles traversèrent la serre, toute rutilante des chromes des bicyclettes et des appareils de massage. Après être passées devant une rangée d'individus au visage rose qui pédalaient frénétiquement en direction de nulle part, elles arrivèrent enfin dans le hall et montèrent le grand escalier couvert d'un tapis rouge qui conduisait au bureau de Mrs. Trelawney.

En les entendant entrer, elle leva les yeux au-dessus de ses grosses lunettes.

« Quel plaisir de vous voir, Kate, dit-elle comme si leur dernière rencontre datait de la veille. Vous n'avez absolument pas changé. » Avec des gestes précis, elle ôta ses lunettes, les replia et les rangea dans un étui en croco. Les deux femmes échangèrent une poignée de main. La température marmoréenne de la main de Mrs. Trelawney était à la mesure de son accueil. Elle sonna et on leur apporta du thé sou-chong dans des tasses en porcelaine de Chine à décor de roses. Après quoi, on partit visiter les installations.

Au bout d'une heure, Kate réussit à prendre la mère de Pagan à part.

« Je ne peux pas rester ici plus d'une semaine, lui dit-elle d'une voix basse qui n'en exprimait pas moins son irritation. Je voudrais remettre Pagan et sa maison en état le plus rapidement possible. Je suis sûre que vous pourrez me prêter deux personnes de votre équipe de nettoyage, pour demain. J'aimerais aussi expérimenter tous les traitements que vous proposez et que Pagan le fasse aussi. Je réglerai la note pour nous deux.

— Très aimable à vous, répondit Mrs. Trelawney, comme si elle commentait un paysage. Je serai ravie de mettre gratuitement tous les appareils à votre disposition. Quant aux traitements, je crains que ce ne soit un peu difficile, car notre carnet de rendez-vous est déjà complètement pris.

— Eh bien, annulez-en quelques-uns », rétorqua froidement Kate, en allant rejoindre Pagan au bord de la piscine.

Le lendemain, elles allèrent à Saint-Austell dans la Karmann Ghia gris métallisé de Kate qui commença par acheter de quoi manger, puis de la vaisselle, des casseroles, des serviettes de toilette jaune d'or, des draps à fleurs et des savonnettes parfumées. Comme Pagan protestait, elle lui dit sur un ton sans réplique que c'était pour son anniversaire, tout en signant un chèque pour l'achat de deux chaises longues de jardin à rayures jaunes. Elle l'emmena en dernier lieu chez Jaeger et lui offrit un chandail en cachemire bleu lavande avec une jupe en tweed assorti disposant d'un grand ourlet. Elle lui prit aussi un autre pull-over et une jupe vert tendre.

Depuis onze heures trente, moment de l'ouverture des pubs, Pagan était nerveuse, mais Kate ne la laissa pas seule une seconde. Pour éviter de boire de l'alcool, elle décida qu'elles n'iraient pas déjeuner au restaurant et, à la place, elle acheta deux pâtés en croûte aux oignons et à la viande qu'elles mangèrent dans la voiture. Elle s'aperçut que Pagan frissonnait, tout en secouant les miettes tombées sur sa robe.

« Pourquoi avoir mis un imperméable et non pas un manteau ? lui demanda-t-elle. Tu sais bien que le temps se dégrade rapidement, par ici. J'espère que tu en as un ?

— A vrai dire, j'en avais bien un, mais j'ai dû l'oublier quelque part. Au Caire, on n'avait pas besoin de gros manteaux.

— Ce matin, j'ai vu ta mère avec une veste de vison.

— Oui, mais si elle me donnait un truc comme ça, je le perdrais. Tu sais comme je suis, fit-elle sur un ton peu convaincant.

— Et le manteau d'Abdullah ! se rappela soudain Kate.

— Oh ! mon Dieu, je parie qu'il est toujours dans le grenier. Figure-toi que maman ne m'a jamais laissée le porter, s'exclamat-elle en s'illuminant. A cause de ma réputation ! » Elle éclata de rire et se détendit.

« S'il est encore ici, leur dit la mère de Pagan d'un air vague, on a dû le ranger dans un carton, dans le grenier de l'aile est. Vous verrez une quarantaine de boîtes étiquetées " vêtements ". »

Après avoir visité la moitié des cartons, Pagan poussa un cri de joie et se mit à écarter les plis chatoyants du manteau d'astrakan noir.

« Oh, mon Dieu, les mites ! »

En effet, la merveilleuse fourrure douce et noire était mangée par endroits.

« Il est tout de même mettable ! s'écria Kate. Il te tiendra chaud et, cet été, je te le ferai retailler. Ce sera mon prochain cadeau d'anniversaire. »

Ce soir-là, elles bavardèrent, assises devant le feu sur un tapis, comme du temps où elles étaient écolières.

« Quand j'y repense, s'interrogea Kate, je me demande ce qui nous a plu dans ce Robert. Il était raïde comme une chemise empesée. Tous ces béni-oui-oui, sortis de ce même moule immuable des public schools, ont la hantise de faire le moindre pas de côté. Je ne peux imaginer Robert en train de dire une grossièreté en public. »

Pagan était bien du même avis. « Moi non plus, je ne comprends pas comment j'ai pu tomber amoureuse de lui. En réalité, c'est de l'Égypte que je suis tombée amoureuse, pas de Robert, remarqua-t-elle d'un ton rêveur. C'est un pays si chaleureux, si ancien, si mystérieux. Vois-tu, cette vie de réceptions ne me plaisait pas vraiment, mais j'adorais les attentions dont j'étais l'objet. J'adorais être la belle du Caire, c'était si consolant après le chagrin de... bref, ça m'empêchait de penser à Abdi.

— Robert ressemblait un peu à Abdi, en un sens, ajouta Kate pensivement. Contrairement à tous les béni-oui-oui, il avait l'art de satisfaire à tous vos désirs, même les plus inconscients. » Après un instant de silence, elle reprit : « Une autre chose, chez Robert, c'est qu'il n'essayait pas de vous mettre à tout prix dans son lit comme la plupart des chasseurs de scalps. Il était toujours d'accord pour arrêter.

— Et pour cause ! » pouffa Pagan. Et sur ce, elles partirent d'un fou rire digne de ceux qu'elles attrapaient sur les bancs de l'école.

« Et l'amour, dans tout ça ? s'enquit Kate, curieuse. Qu'as-tu fait dans ce domaine, ces dernières années ?

— J'ai eu une petite aventure avec un client, soupira Pagan. J'étais allée voir maman et il m'a suivie jusque chez moi. On s'est bien amusés pendant deux jours et puis il est rentré au manoir rond comme un petit pois. Maman était folle furieuse. Interdiction de pervertir la clientèle ; son pain quotidien, sa réputation, sa vie et patati et patata. C'est très agaçant. Deux mois plus tard, j'ai ramené un auto-stoppeur, le genre grand blond irrésistible. Ça a duré quatre jours, et puis je l'ai surpris en train de farfouiller dans le tiroir de mon bureau, alors qu'il pensait que j'étais partie me promener. J'ai eu l'impression qu'il cherchait de l'argent, mais je le cache toujours dans mes bottes en caoutchouc de rechange. Je suis partie sur la pointe des pieds et je suis rentrée dans la maison en faisant beaucoup de bruit. Je lui ai alors annoncé que ma mère allait venir s'installer chez moi pendant deux jours et que, par conséquent, il fallait qu'il déménage. Il m'a demandé de l'argent pour prendre un billet de train pour Londres et il est devenu mauvais parce que je refusais... je me suis dit que la prochaine fois, je risquais bien de me faire étrangler, aussi j'ai décidé de me passer de ces petits divertissements. Tu sais bien que l'amour physique n'a jamais été très important pour moi. En fait, ça ne me manque pas. »

Le lendemain, deux robustes femmes de ménage vinrent envahir le pavillon et Kate envoya Pagan et Buster en promenade. Quatre heures plus tard, la maison était propre et en ordre, les provisions étaient bien rangées dans les placards, un grand feu brûlait dans la cheminée du salon que Kate avait égayé d'une grande corbeille de primevères. Épuisée, elle se dit qu'elle se contenterait d'ouvrir une boîte de pâté quand Pagan rentrerait.

Mais Pagan était déjà de retour. Après le départ des femmes de ménage, Kate la découvrit en allant chercher du bois. Elle dormait, étendue par terre, dans le hangar à bois, deux bouteilles de Guinness gisant à côté d'elle et une flasque vide dans la main. Glacée d'épouvante, Kate la secoua pour la réveiller.

« Allons, ma chérie, tu vas attraper la crève ici. Viens, rentrons, je te préparerai un bain chaud. »

Si l'alcool remontait le moral de Pagan, il ne la rendait pas légère pour autant. Quand elle l'eut bien séchée et mise au lit avec une bouillotte sous le couvre-lit en patchwork, Kate se sentit à bout de forces et aussi très inquiète. Elle alla manger un morceau et, vers six heures du soir, elle entra dans la chambre de Pagan avec une tasse de café noir.

« Pourquoi bois-tu ? explosa-t-elle, hors d'elle. Quand cela a-t-il commencé ?

Pagan poussa un grognement ; elle avait mal à la tête, mal au cœur ; elle n'avait plus aucun ressort ni d'intérêt pour quoi que ce fût. Cependant, elle sentait que le moment était venu. Jamais encore elle n'avait voulu reconnaître qu'elle était une alcoolique, pas plus vis-à-vis d'elle-même que vis-à-vis des autres. Mais, cette fois, elle avoua :

« C'est au Caire ; c'est là que tout a commencé. Avec quelques verres, je supportais mieux ces interminables soirées où je rencontrais toujours les mêmes gens collet monté. Un petit verre, et la réalité d'avoir à rentrer à la maison avec Robert s'estompait un peu. De plus, il aimait commencer la journée par une dispute ; il adorait les scènes de ménage, comme d'autres adorent jouer au tennis ou à la canasta. J'avais beau faire ; j'étais toujours paresseuse, idiote et inutile. Il était extrêmement convaincant, soupira-t-elle. Je restais couchée jusqu'à ce qu'il soit parti au bureau... ensuite, j'endormais ma rancœur en relevant mon jus de mangue avec un peu de vodka. » Elle chercha la main de Kate. « Quand je buvais, je n'avais jamais l'intention de m'enivrer. Et c'est toujours pareil. Je n'ai jamais l'impression d'en avoir besoin, je me dis seulement : " Pourquoi pas ? "

« Au Caire, nous n'en parlions jamais, ajouta-t-elle en s'agrippant à la main de son amie, mais je suis certaine que Robert savait. Un jour, il m'a dit qu'il savait que j'avais été malade pendant la nuit, parce que j'avais relevé le siège des W.-C. ; c'est donc qu'il avait compris. » Elle frissonna et se tut.

« Mais ça fait huit ans que tu as quitté Robert !

— Dans ce cas, c'est que mon sentiment d'incapacité date de huit ans. Je pensais me sentir mieux dès que je l'aurais quitté et que ma dépression disparaîtrait à l'instant où je remettrais le pied en Angleterre. Mais il n'en a rien été. » Elle se mit à tirer sur les fils du couvre-lit. « En quittant Le Caire, j'ai eu un soudain moment de cafard parce que je me rendais compte que j'avais coupé les ponts. Je croyais bêtement que maman serait venue m'attendre à l'aéroport... je ne l'avais pas vue depuis deux ans, mais je lui écrivais toutes les semaines et je lui avait télégraphié pour lui annoncer mon retour. » Un autre silence pendant lequel elle lissa soigneusement le dessus-de-lit et elle reprit :

« Mais elle n'était pas là. J'ai attendu, attendu et, soudain, en plein milieu du hall d'arrivée, j'ai complètement perdu les pédales. C'est difficile à expliquer. Je me sentais incapable et perdue. Tout à coup, j'ai été saisie de terreur en me voyant seule. » La gorge serrée, elle se tut un instant. « Curieux, n'est-ce pas ? Je n'avais jamais été proche de ma mère, alors pourquoi avoir l'impression que le monde s'écroulait autour de moi, uniquement parce qu'elle n'était pas venue me chercher ? » Kate lui serra très fort la main, en signe de silencieuse sympathie et Pagan continua : « C'était sans doute parce que, pour la première fois, je réalisais que j'étais seule dans l'existence et l'épouvante s'est emparée de moi. En tant qu'épouse, je m'étais montrée bonne à rien ; en tant que fille, je ne valais même pas la peine qu'on vienne me chercher à l'aéroport et en tant que mère, c'était le néant total, comme tout le monde le savait... Ma chérie, si tu continues à me serrer la main si fort, elle va devenir toute bleue.

« Ensuite, reprit-elle après un long moment, je me suis aperçue que j'étais pratiquement sans le sou et que cette garce de Selma avait complètement subjugué ma mère. Vraiment, elle l'adore, cette vieille peau de vache. C'est dur à supporter. » Kate crut un instant que Pagan allait se mettre à pleurer, mais elle se reprit. « Je ressentais une impression de vide total, j'avais la quasi-certitude de n'avoir rien, absolument rien, à espérer. Puis, cette impression s'est amplifiée. Elle est devenue de plus en plus aiguë ; c'était comme si je descendais une pente en courant, sans pouvoir m'arrêter. En bas, il y avait un grand trou. C'était de pire en pire. » Elle étreignit si fort les mains de Kate que celle-ci en grimaça de douleur. « J'étais paniquée et quand je suis paniquée, je bois. Je n'avais pas besoin de prétextes pour mourir, mais il m'en fallait pour vivre et j'ai bien failli en manquer. Si je me réveillais dans la nuit, j'avais des idées de suicide ; mais quand je buvais, je ne me réveillais pas. Donc, je buvais. L'alcool faisait fuir la déprime. Il me donnait l'impression d'être une personne réelle, la personne que j'étais et celle que j'aurais pu être. Quand j'étais soûle, je n'étais plus une ratée.

— Calme-toi, calme-toi, murmura Kate, alarmée par cette soudaine agitation.

— Quand j'étais petite, je me cachais de ma gouvernante et je me réfugiais dans un monde imaginaire peuplé par mes véritables amis, des animaux qui parlaient, portaient des pantoufles et des tabliers et qui se servaient de théières. Ma vie est un peu redevenue semblable à ça. La réalité étant trop effrayante, je la refuse.

— Mais voyons, Pagan, il n'y a personne qui puisse t'aider ? Le médecin du village ? Le pasteur ? Je suis sûre qu'ils savent tous que tu es al... que tu bois.

— Personne n'est au courant. Je prends beaucoup de précautions. J'enterre les bouteilles. Quand je vais au village, je suis très prudente... Oh mais tu as raison, Kate, j'imagine que personne n'est dupe. Pourtant, je ne suis pas une alcoolique. Tu n'as pas le droit de dire ça. J'aime m'enivrer ; ce n'est pas la même chose.

— Pagan, comment peux-tu être si puérile ? Qu'importe le mot qu'on emploie ? Tu es en train de gâcher ta vie. Tu ne peux pas aller voir un docteur à Londres ?

— Je vais te dire ce que je vais faire, Kate. Tant que tu seras là, je m'efforcerai honnêtement de ne pas boire. Si je mens ou si je triche, je te le dirai. Je ne peux pas te promettre davantage. »

Pendant toute la soirée, Pagan, nerveuse et crispée, ingurgita de multiples tasses de thé en se contentant de picorer dans l'omelette au fromage de Kate. Le lendemain, elles allèrent à Trelawney et Pagan se fit faire non seulement un massage, un nettoyage de peau et une manucure, mais elle demanda aussi une mise en plis et une épilation des sourcils.

Le soir, ses mains commencèrent à trembler, elle claquait des dents et son corps tout entier était parcouru de frissons. Kate la mit au lit et lui fit avaler du bouillon à la petite cuiller, tout en fredonnant comme on le fait pour un enfant malade.

« Pour l'amour du Ciel, Kate, cesse de me couver comme ça. C'est bien ce que tu voulais, n'est-ce pas ? »

Kate passa la nuit sur un fauteuil, dans la chambre de Pagan,

enveloppée dans une couverture. Elles ne dormirent guère, ni l'une
ni l'autre. Kate voulait aller trouver le médecin, mais Pagan lui fit
promettre de n'en rien faire.

« Dans le pays, tout le monde a connu grand-père. Je sais bien
que je suis la honte des Trelawney, mais je ne veux pas que tout le
monde soit au courant. »

Le lendemain matin, Kate alla trouver la mère de Pagan. Elle
ne lui mâcha pas ses mots.

« Vous savez très bien que Pagan boit. Pourquoi ne l'avez-
vous pas amenée consulter un spécialiste où dans un hôpital où on
pourrait lui venir en aide ?

— Kate, ce que fait Pagan n'est ni votre affaire ni la mienne,
déclara Mrs. Trelawney sur un ton poli et pincé ; ne vous mêlez pas
de ça. Pagan est adulte ; elle a trente ans. A vous dire le vrai, quand
je lui ai proposé d'aller voir un thérapeute, elle m'a répliqué qu'elle
ne pouvait voir ce mot écrit sans s'arrêter après le " thé "

— Mais pourquoi ne pas avoir insisté ?

— Parce qu'il n'y a rien qui cloche chez elle. Elle boit trop,
tout simplement. Rien ne cloche dans sa tête. Elle manque
d'autodiscipline. Les psychiatres sont faits pour les malades men-
taux et il n'y a pas de maladie mentale dans notre famille.

— Vous voulez dire que vous refusez de considérer l'éventualité de la maladie mentale dans votre famille ?

— Si j'avais pu faire quelque chose, je vous assure que je
l'aurais fait, car, très franchement, c'est une bien mauvaise
publicité pour notre établissement. A plusieurs reprises, j'ai parlé
de son cas avec notre médecin et Pagan est venue le voir, mais la
vérité c'est qu'elle est portée à l'autodestruction et je ne peux rien
faire pour l'en empêcher. Je n'ai jamais rien pu y faire.

— Vous n'avez jamais essayé », jeta Kate en sortant rageusement de la pièce.

Après une deuxième nuit sans sommeil, Pagan claquait des
dents de plus belle et son corps était tout secoué de tremblements.
Kate pensait que lorsque son organisme aurait besoin de sommeil,
elle s'endormirait fatalement. Pour le moment, peu importait que
Pagan dormît ou pas ; elle n'avait aucun rendez-vous urgent.

Trois jours durant, elle continua à trembler sans être capable
de dormir une minute. Elle ne parvenait pas à se lever et à se
déplacer sans aide. La quatrième nuit, elle ne ferma toujours pas
l'œil et vomit tripes et boyaux, mais, à l'aube, elle se calma et
s'assoupit.

« Je suis fière de toi », lui dit tendrement Kate, tout en trempant des mouillettes de pain dans l'œuf à la coque qu'elle faisait manger à Pagan.

« Ah ! et moi aussi, ma chérie. Non, je ne peux plus rien avaler. Jamais je n'aurais imaginé que ce serait si dur de m'arrêter. Je ne pensais pas être si dépendante de cette saloperie. »

Kate avait peur que Pagan ne retombe dans son vice quand elle serait rentrée à Londres, mais Pagan, elle, était beaucoup plus optimiste.

« C'est la première fois que je veux vraiment m'en sortir, tu comprends ? Après tout, quelle est l'autre solution ?

— On va faire mettre le téléphone et je t'appellerai tous les jours. Si tu te sens flancher, tu pourras au moins me téléphoner. Il y a une seule chose que je veux que tu me promettes : de ne pas avoir honte de me dire que... que tu n'y arrives pas.

— Je t'ai déjà dit que si je te mentais, je te le dirais après. »

Kate s'en alla donc, mais sans beaucoup d'espoir. Tant que le téléphone ne fut pas installé, elle lui envoya chaque jour un télégramme ou une courte lettre. Elle contacta aussi la société des Alcooliques anonymes qui s'avouèrent impuissants si Pagan ne venait pas les trouver de son plein gré.

## 28

Bien qu'elle se sentît toujours abattue, les améliorations croissantes apportées à la maison réconfortaient Pagan. Mrs. Hocken venait faire le ménage deux fois par semaine et Pagan entreprit de débarrasser le jardin de ses mauvaises herbes car elle voulait trouver une occupation en dehors de la maison. Tous les matins elle partait faire une grande promenade, et elle décida de continuer jusqu'au moment où elle serait suffisamment en forme pour remonter à cheval.

Protégée du vent par son manteau d'astrakan qui lui venait à la cheville, elle grimpait, avec Buster, jusqu'au sommet de la falaise et là, sur un banc de bois, elle s'asseyait, apaisée par le lointain grondement des vagues.

Mais un matin, tandis qu'elle gravissait lentement la côte et que le vent du printemps faisait claquer son manteau, elle aperçut quelqu'un assis sur son banc. En approchant, elle vit que c'était un homme, une silhouette noire qui se découpait sur le gris du ciel.

En parvenant au sommet, elle grommela un brusque « bonjour », puis elle s'assit à l'autre extrémité du banc et ramena les plis de son manteau autour d'elle. Le vent aigre lui fouettait le visage. Les flots avaient pris une teinte gris pâle à l'horizon et gris plus foncé à l'endroit où ils venaient s'écraser contre la falaise, juste en dessous. Partout ailleurs, la mer était noire.

« Vous venez souvent ici ? lui demanda son voisin poliment.

— Oui », répondit-elle d'un ton sec. Ils gardèrent le silence pendant une dizaine de minutes. Pagan sentait un tremblement sous ses pieds quand le vent projetait la masse de l'eau contre la base de la falaise. Dans le ciel gris s'entrelaçaient maintenant des nuages bleu lavande, comme des bandes. Un orage se préparait certainement.

« Belle journée, constata l'homme.

— C'est mon anniversaire. » Elle se tourna vers lui et le regarda.

« Dois-je vous féliciter ?

— Non.

— Prenez tout de même un bonbon. » Il sortit un paquet de sa poche et lui offrit un bonbon à la menthe tout collant. Elle ne l'avait jamais vu. Il n'était pas d'ici et ce n'était pas non plus un client de l'établissement, étant donné le paquet de friandises. « Pourrais-je vous offrir un verre de champagne pour fêter l'événement ? »

Un long silence, puis Pagan capitula.

« Vous voulez dire que vous avez une bouteille, ici ?

— Non, mais je suis descendu au *Lion d'Or* et je pense qu'ils en ont. Vous habitez le village ?

— Pas tout à fait », hésita Pagan qui ne voulait pas lui dire qu'il était sûr son domaine.

Ils revinrent à travers bois jusqu'au bar du *Lion d'Or.*

« B'jour, Miss Pagan, dit le patron. On ne vous voit pas souvent. »

La salle basse et déserte sentait la bière et le tabac froid. Une rangée de bouteilles était accrochée derrière le bar, la tête en bas, semblant n'attendre qu'un mot de Pagan. Il ne restait qu'une seule bouteille de champagne à la cave. Il était très vieux et beaucoup trop doux mais, tout en le dégustant, assise près du feu sur un banc de chêne, elle sentait un bien-être délicieux envahir tout son corps.

L'étranger se nommait Christopher Swann et il s'était installé au *Lion d'Or* pour terminer un livre.

« Ce n'est pas le genre de bouquin qu'on achète pour passer agréablement le week-end, précisa-t-il. Je m'occupe de biochimie et de virologie ; mon livre rend compte de certains travaux expérimentaux. Je travaille avec un groupe qui recherche un moyen de prévenir le cancer ; nous essayons de trouver un vaccin. Mon laboratoire est en train de mettre au point un vaccin contre l'hépatite B qui a beaucoup de points communs avec le cancer du foie.

— Un vaccin ? Comme pour la variole ?

— Autrefois, c'était très important.

— Est-ce que c'est un biochimiste qui l'a inventé ?

— Non, c'est un médecin de campagne nommé Edward Jenner. Vers 1796, il avait remarqué que les laitières semblaient ne jamais attraper la variole, mais que beaucoup d'entre elles étaient atteintes par la vaccine ou variole des vaches, qui est une maladie bien moins grave. Aussi Jenner pensa-t-il que si on inoculait à faible dose la vaccine aux humains, ils seraient peut-être immunisés contre la variole. Il vérifia alors sa théorie des anticorps en injectant dans le bras d'un enfant de huit ans le pus tiré d'une pustule d'une laitière atteinte de la vaccine. »

Au milieu de sa deuxième coupe de champagne, après avoir écouté pendant près d'une heure la fascinante conversation de l'étranger, Pagan l'invita à dîner.

« Ce ne sera pas un repas très sophistiqué », le prévint-elle, sachant qu'elle n'avait rien dans ses placards en dehors d'une boîte de pâté de foie gras et d'un pot de violettes confites. Il proposa de la raccompagner mais elle refusa.

« Je viendrai vous chercher ici à six heures pour vous emmener à la maison. » Soudain, l'énergie et l'espoir lui revenaient. Elle vola chez Mrs. Hocken.

« Ma chère Mrs. Hocken, aidez-moi, aidez-moi, je vous en supplie. Pourriez-vous venir faire le ménage aujourd'hui à la place de vendredi ? J'ai de la visite ! »

Depuis le départ de Kate, on n'avait guère fait de cuisine dans la maison et le réfrigérateur était vide, en dehors d'un pot de mayonnaise et d'un grand flacon de pilules vitaminées. Pagan repartit au village en vélo et acheta deux grosses côtelettes de veau, des pommes de terre qu'elle ferait cuire à la vapeur, de la salade et du cheddar frais. Elle prit aussi deux bouteilles de vin.

Tant que son hôte fut là, elle fit très attention, remplissant à peine son verre et attendant que le sien soit vide avant de se verser un doigt de vin. Comme il ne semblait pas en vouloir davantage, elle ne déboucha pas la seconde bouteille.

Mais, quand il fut parti, elle la vida immédiatement et se réveilla à quatre heures du matin, assise dans le fauteuil, frigorifiée et en proie à une forte migraine. Elle éclata en sanglots et lança la bouteille dans la cheminée où elle se brisa parmi les cendres encore tièdes.

Le lendemain matin, elle se fit de violents reproches mais elle avait l'esprit clair. Allongée dans son bain, elle se demandait ce qu'elle allait faire des bouteilles qu'elle avait cachées au fond du hangar à bois pour que Kate ne les vît pas. Elle envisagea de les jeter du haut de la falaise. Elle pensa aussi qu'elle pourrait prendre une bonne cuite avec.

Elle s'habilla, entassa les bouteilles dans son grand panier à provisions, les transporta dans la forêt et les dissimula sous une touffe de fougères. Puis elle rentra chez elle et chercha « biochimie » dans le dictionnaire.

Christopher travaillait en début de matinée et l'après-midi. Les trois jours suivants, Pagan le rejoignit, le matin, sur le banc de la falaise. Ils parcouraient les bois et les plages et escaladaient les rochers de granite qui émergeaient des flots, en bas des falaises. Ils étaient transpercés par l'écume salée, aspergés par les vagues qui se brisaient sur la grève plus près qu'ils ne l'avaient prévu, ils dérapaient sur la vase et les algues, puis ils rentraient au *Lion d'Or* pour manger un chausson à la viande et boire un verre de bière.

Christopher venait tous les soirs dîner au pavillon. Cajolée, flattée, achetée par Pagan, Mrs. Hocken accepta de jouer le rôle de cuisinière. Elle confectionnait des plats en sauce, des potages, des gâteaux et elle fit même une croustade de rognons avec les initiales de Christopher en pâte bien dorée.

Tous les soirs, Pagan préparait un grand feu, mettait un disque de musique classique sur l'électrophone et ainsi, ils bavardaient tard dans la nuit. Elle fut surprise de constater qu'elle était subjuguée quand Christopher lui parlait de ses travaux, même si elle ne comprenait pas très bien. Il lui arriva même, une fois, d'être si absorbée par sa présence et par les reflets du feu qui dansaient sur son visage qu'elle en oublia le hachis Parmentier qui réchauffait dans le four. Tout était brûlé.

Le matin, elle essayait de se limiter à une chope de bière et le soir à un verre de vin blanc, se dépêchant de verser le reste de la bouteille dans le verre de Christopher.

« Est-ce que vous cherchez à me soûler pour pouvoir ensuite profiter de mon état ? lui demanda-t-il, le quatrième soir, plaisantant à demi.

— Je ne bois pas beaucoup », grommela-t-elle.

Pourtant, le lendemain matin, elle partit fouiller dans les fougères mouillées, essayant désespérément de se souvenir où elle avait enfoui les bouteilles. Ne réussissant pas à les retrouver, elle fondit en larmes. Après de nouvelles recherches, elle finit par découvrir son trésor, déboucha une bouteille et ne reprit connaissance que quelques heures plus tard, raidie et trempée. Ce n'était pas la première fois que semblable aventure lui arrivait mais c'était la première fois qu'elle en était contrariée. Dans deux semaines, Christopher serait rentré à Londres.

Elle regagna la maison en titubant, prit une douche glacée et alla au manoir pour téléphoner. Elle appela d'abord le *Lion d'Or* et laissa un message pour Christopher lui disant qu'elle l'attendait pour dîner, comme de coutume, bien qu'elle n'ait pu venir le rejoindre le matin. Ensuite, elle appela Kate et se confessa.

« Tu ne peux vraiment pas le voir sans prendre un verre ? Ce n'est tout de même pas obligatoire.

— Mais je ne peux pas, je ne peux pas. C'est tellement vexant. Je serais obligée de tout lui expliquer... Je ne peux pas, je ne peux pas, se lamenta Pagan. Continue à m'envoyer des télégrammes et je continuerai à m'efforcer de boire le moins possible. Mais je ne peux pas arrêter brusquement. Il trouverait ça bizarre.

— Et encore plus bizarre si tu n'arrêtes pas », conclut Kate.

Le septième jour, Pagan et Christopher furent surpris par une averse soudaine, pendant qu'ils se promenaient dans les bois. Pagan n'ignorait pas qu'elle avait une allure folle avec ses cheveux dégoulinants, plaqués sur la tête et marchant à grands pas sous la pluie. C'était un de ses vieux trucs que de proposer une sortie quand le temps menaçait et, en outre, elle éprouvait une intense satisfaction physique à se faire mouiller.

Arrivés dans la cuisine, ils se débarrassèrent de leurs chaussures, de leurs chaussettes et de leur veste trempées. Dans le salon, le feu s'était éteint. Christopher se baissa pour le ranimer, tandis que Pagan frottait ses mains rougies l'une contre l'autre.

« Seul un bain chaud pourra me réchauffer », déclara-t-elle. Elle monta précipitamment et fit couler l'eau en y versant généreusement de l'huile de jacinthe achetée par Kate.

Une vapeur embaumée emplit la salle de bains.

« Il me faut un scout, cria Christopher, du bas de l'escalier. Je n'arrive pas à faire repartir ce feu.

— Le bois est un peu humide, répondit Pagan en passant la tête par l'entrebâillement de la porte. Prenez les allume-feu qui sont dans le placard, à gauche de la cheminée. »

Elle venait de se plonger avec délices dans l'eau chaude quand elle l'entendit appeler de nouveau : « La boîte est vide.

— Il doit y en avoir une autre dans la cuisine. Elle est sur le... ah, je ne sais plus... une minute, j'arrive. » Arrachant son bonnet de douche, elle s'enveloppa dans son peignoir jaune tout neuf et descendit le petit escalier raide. Elle finit par découvrir les allume-feu sous l'évier. « Tant que j'y suis, je ferais aussi bien de continuer. Il n'y a que moi qui comprenne ses humeurs. »

Elle s'agenouilla pour placer un allume-feu sous le petit bois et se pencha en enflammant une allumette. Ce faisant, sa robe de chambre s'entrouvrit, laissant voir le bout d'un sein. Charles s'approcha et y posa la main.

Pagan ne fit pas un geste. Le papier prit feu dans un chuintement. Les cheveux dégoulinants, elle tourna la tête et le peignoir jaune glissa sur ses épaules nues. Soudain, leurs bouches se joignirent et ils roulèrent sur le tapis vert mousse.

Christopher chercha son autre sein d'un geste rapide. Elle le toucha à son tour, pendant qu'il écartait sa robe de chambre et glissait la main entre ses cuisses mouillées. Il se mit à explorer son

282

corps avec douceur et, de tout son être, elle se sentit emportée vers lui.

Alors, il se coucha sur elle et la pénétra. Ils commencèrent à se mouvoir tous les deux au rythme des poussées qu'il lui imprimait. Il tenait toujours ses seins emprisonnés entre ses mains et, en cédant à cette force insistante, Pagan eut soudain l'impression de s'envoler. Des mouettes se mirent à tournoyer dans sa tête, des vagues allaient et venaient, elle ressentait l'attraction et la profondeur de la mer, la douce noyade des sens satisfaits.

Après, ils restèrent étendus sur le tapis, ne désirant ni s'éloigner l'un de l'autre ni parler. A la fin, Christopher murmura : « Le feu s'est encore éteint. Si on prenait un bain ? » Pagan abandonna son peignoir mouillé et Christopher ses vêtements épars au milieu de la pièce ; ils gravirent lentement l'étroit escalier. Il la déposa dans l'eau chaude et la savonna dans les moindres recoins. Il prit ensuite la douche à main et elle sentit le jet lui fouetter chaque centimètre carré de peau. Elle avait l'impression de renaître.

Christopher entra à son tour dans la baignoire et, ensemble, ils se balancèrent langoureusement dans l'eau chaude et parfumée. Puis, il s'appuya contre la paroi de la baignoire et Pagan s'assit sur lui. Il s'enfonça une nouvelle fois en elle, jusqu'au plus profond de son être, lui sembla-t-il. Dans leur ardeur, ils firent jaillir une grande vague d'eau qui inonda le sol de la salle de bains et ils partirent tous deux d'un grand éclat de rire.

Il l'essuya devant le feu de la chambre à coucher, l'épongeant tendrement avec les moelleuses serviettes jaunes de Kate. Dans la pénombre, il l'embrassa et la saisit dans ses bras d'un air affamé. Puis il la poussa sur le lit où il l'allongea, bras et jambes écartées. « Je veux apprendre à te connaître », lui murmura-t-il. Il s'agenouilla au pied du lit et commença par lui caresser la plante du pied gauche, s'amusant à lui embrasser les orteils en passant la langue entre chacun d'eux, tout en lui effleurant les jambes de caresses légères. Pagan sombra dans un demi-coma, uniquement consciente de la volupté qui l'envahissait.

« Mon pied droit va se plaindre, murmura-t-elle.

— Dis-lui qu'on a toute la nuit devant nous, répondit Christopher en lui chatouillant l'intérieur du genou. Du bout des doigts, avec la légèreté d'une plume, il remonta du genou à la cuisse. Pagan le repoussa.

— Non, je suis affreusement grosse à cet endroit. Ça me gêne, ne me touche pas.

— Les femmes s'imaginent toutes avoir des cuisses trop fortes.

Tu veux mon avis ? Les hommes adorent les cuisses enveloppées et pas ces muscles de garçons, tout noueux. Les hommes aiment la chaire douce et molle de l'entrecuisse. » Il la mordilla. « Pour la plupart des hommes, il n'y a rien de plus érotique que de glisser lentement la main au-dessus d'un bas de nylon bien tendu, de remonter le long du porte-jarretelles pour sentir une peau satinée, puis une chaleur plus douce encore et pleine de promesses. La dentelle de la lingerie est rêche et rugueuse à côté de l'entrecuisse d'une femme. Tiens, vois toi-même. » Il prit la main de Pagan et la fit courir sur sa propre peau. « Tu sens ? C'est de la chair de bébé toute douce. » Il fit l'amour à chacune de ses jambes, puis à chacun de ses bras et quand Pagan tenta de l'attirer à elle, il la repoussa autoritairement sur le lit en disant : « Tout à l'heure. »

Quand sa bouche atteignit son nombril, elle n'avait plus conscience que de la réaction de son corps à ses habiles attouchements. Elle poussait de petits cris d'oiseau et le plaisir lui était presque devenu insupportable. Elle allongea le bras pour lui toucher l'épaule et essayer une nouvelle fois de l'attirer contre elle, mais il la repoussa encore. Elle se mit alors à caresser la toison grisonnante de sa poitrine mais il écarta doucement sa main en marmonnant : « Je t'en prie, ne m'interromps pas », tandis que sa langue atteignait son aisselle. Elle crut alors s'évanouir de plaisir.

De nouveau, il fut en elle et elle eut l'impression que la tête du lit de cuivre s'élevait vers le plafond en tournoyant. L'extase lui donnait le sentiment de s'envoler. Il se mouvait de façon lente et insistante et, soudain, elle jeta un cri aigu, comme une mouette qui prend son vol.

# 29

La mère de Pagan n'en croyait pas ses oreilles. « Qu'est-ce que tu racontes ? Tu vas te marier ? Mais avec qui ? » Elle fut encore bien plus saisie en apprenant qu'elle allait devenir la belle-mère de Sir Christopher Swann, l'éminent directeur de l'Institut de recherche anglo-américain sur le cancer.

Kate s'emballa beaucoup moins. « Tu vas le mettre au courant, oui ou non ? » demanda-t-elle à Pagan, dans les toilettes de La Popote, un petit restaurant de Walton Street où elles s'étaient donné rendez-vous pour dîner.

« Pas encore.

— Tu crois que c'est honnête ?

— Je m'en fiche.

— Et puis, il est bien plus âgé que toi, remarqua Kate avec une petite moue. En plus, il est gros et chauve. C'est un vieux, bon sang ! Comment peux-tu épouser un vieux ?

— Voyons, ma chérie, il a quarante-neuf ans. Vieux, c'est quatre-vingt-dix ans. Il m'a dit qu'il était chauve depuis l'âge de trente ans. Tu sais, c'est très sexy, ce crâne dur et luisant. » Elle s'approcha de la glace pour se remettre du rouge à lèvres. « Et puis, il est fort, mais il n'est pas gros ; je te le jure, je l'ai vu comme la nature l'a fait ; il est tout en muscles. » Elle referma son tube de rouge à lèvres. « Tu aimes ce nouveau rose pâle ? Moi aussi. Tu veux l'essayer ?... Reconnais qu'il ressemble un peu à Peter Lawford, à part les cheveux, bien sûr. Et cette expression amusée qu'il a comme s'il lisait dans tes pensées les plus intimes, ça ne te plaît pas ? Moi, j'en ai les jambes en compote.

— Je vois bien que tu es amoureuse de lui, répliqua Kate en se disant qu'en définitive le rouge à lèvres rose pâle ne lui allait pas. Dans ces conditions, peu importe ce que les autres ne lui trouvent pas.

— Il y a autre chose : c'est un amant extraordinaire. C'est peut-être parce qu'il pratique la chose depuis très longtemps ; c'est sans doute un des avantages de la vieillesse, ma chérie. Tout ce que je peux dire, c'est que depuis quinze jours, nous n'avons guère quitté le lit. Je n'ai même plus le temps de penser à boire. Il me connaît si bien maintenant, il est capable de m'emmener au paradis des heures et des heures d'affilée. »,

Kate était très impressionnée. Elle avait toujours eu envie de savoir ce que pouvait bien faire un amant exceptionnel.

« Christopher m'a dit qu'il n'avait encore jamais connu une femme qui soit semblable à une autre. Il prétend que nous aimons toutes des choses différentes, que nous réagissons toutes à notre manière et qu'un homme devait, avant tout, faire dire à une femme ce qu'elle voulait et ce qui lui plaisait. C'est merveilleux, poursuivit-elle en se coiffant, ce n'est pas que nous pratiquions trente-six positions ni que nous gardions la pose pendant des heures, mais c'est cette intimité qui existe en nous. Quel soulagement quand je me suis enfin débarrassée de toute cette fausse pudeur, que j'ai pu fermer les yeux dans le noir et lui parler sincèrement. J'ai menti pendant des années, parce que je croyais être un phénomène, parce que je n'avais pas été touchée par la baguette magique. Aujourd'hui, Christopher m'a prouvé que je n'étais pas un phénomène... je vais te raconter ce qu'il fait...

— Attention, quelqu'un vient. Tu ne vas pas déballer toutes ces cochonneries devant des inconnus.

— Je te le dirai à mon retour de voyage de noces, pour ton éducation, uniquement. On va se marier dans trois semaines, dans la chapelle de Trelawney. Tu viendras, j'espère ? Tu ne devineras jamais où nous allons pour notre voyage de noces. A Indianapolis ! Christopher doit faire une conférence à Saint-Vincent. Ensuite, Dieu merci, nous irons en Californie et nous reviendrons par New York. Je te téléphonerai tous les détails cochons dès que nous serons rentrés, fin juin.

— Bon, et prends garde à ce que tu commanderas dans les hôtels.

— Je m'en tiendrai à la bière, uniquement à la bière et je la boirai dans des petits verres à vin blanc. En rentrant je suis décidée à arrêter complètement. »

Seules Mrs. Trelawney et Kate assistèrent au mariage, dans la chapelle du XVIe siècle nichée au creux du bois aux jonquilles. Pagan portait un tailleur Chanel en lainage rose, rehaussé de fils d'or et de boutons dorés à têtes de lion. Elle avait aussi un chemisier de soie bleu marine avec un gros nœud, un chapeau rond en paille également bleu marine et des sandales assorties. Elle sortit de l'église au bras de son mari, aux accents triomphants de la traditionnelle marche de Mendelssohn, jouée à l'orgue, sur un rythme un peu saccadé, par la sœur de Mrs. Hocken.

A la fin du mois de septembre, Kate n'avait toujours pas de nouvelles de Pagan. Elle dut attendre la mi-octobre pour recevoir un coup de téléphone.

« Ce voyage de noces a duré bien longtemps.

— Il s'est passé quelque chose, quelque chose d'effrayant. Pendant notre première nuit à New York, j'ai été réveillée par des râles étranglés. J'ai allumé la lumière et je me suis aperçue que Christopher était écarlate, qu'il avait le regard fixe et qu'il battait des bras. Je me suis jetée sur le téléphone et le médecin est arrivé si vite qu'on aurait pu croire qu'il attendait dans l'office. Il lui a fait une piqûre dans la poitrine et on m'a éjectée de la chambre. Ensuite, on a emmené Christopher à l'hôpital en ambulance. C'était une très grave crise cardiaque. Il est resté trois mois à l'hôpital ; heureusement, nous avons une assurance médicale.

— Ce n'est pas possible, haleta Kate. Où es-tu ?

— Je suis chez Christopher — je veux dire chez nous. A Onslow Gardens. Est-ce que tu peux venir, ma chérie ? Nous sommes rentrés hier soir. Je viens à peine de défaire les bagages ; je me sens si déprimée. Christopher est couché et il faut que je sois toujours rayonnante de gaieté. C'est affreux. »

Kate annula le rendez-vous qu'elle avait pour le déjeuner et fila directement à Onslow Gardens. L'immense salon de Pagan était en réalité une bibliothèque couleur avocat, avec des livres tapissant les murs du sol au plafond. Il y avait des tapis persans, des canapés de cuir brun, des lampes de cuivre avec des abat-jour bleu-vert et une grande baie donnant sur les ormes des jardins.

« Combien de temps faudra-t-il à Christopher pour se remettre un peu ? demanda Kate avec une certaine hésitation.

— A vrai dire, les médecins ne voient pas du tout la chose de cette manière, répondit Pagan d'un air sombre, tout en buvant une grande tasse de café. On soigne les syncopes en corrigeant le déséquilibre entre l'apport et la demande de sang et en débarrassant le malade des sécrétions excédentaires qui s'accumulent dans son sang.

— Hein ? Qu'est-ce que ça veut dire ? demanda Kate, totalement déroutée.

— Ça veut dire qu'il lui faut beaucoup de repos, tant physique que moral, qu'il n'a pas le droit de travailler longtemps, qu'il doit suivre un régime car l'excès de poids fatigue le système cardio-vasculaire. Il a dû aussi arrêter de fumer, mais le pire de tout, c'est l'interdiction des rapports sexuels.

— Pendant combien de temps ?

— Définitivement.

— Mais c'est affreux ! Mais je pense qu'il peut tout de même... s'occuper un peu de toi.

— Non, ça risquerait de l'exciter.

— Ces médecins sont fous ! Et comment Christopher prend-il la chose ?

— Assez égoïstement. Il ne veut pas mourir. Moi non plus, d'ailleurs. »

Voilà, maintenant je ne saurai jamais comment s'y prend un amant exceptionnel, pensa Kate. Ce serait trop vache de lui poser la question dans ces conditions. Oh, zut !

Kate vit aussitôt le danger que présentait l'alcoolisme de Pagan.

« S'il faut que quelqu'un veille sur lui, tu dois purement et simplement cesser de boire ; même de la bière dans des petits verres à vin blanc. Imagine qu'il ait une crise pendant que tu es bourrée.

— J'y ai pensé, répondit sombrement Pagan. Je sais qu'il faut que j'arrête et je sais aussi que ce ne sera pas facile. Avant notre mariage, j'ai vécu ici avec Christopher, pendant un mois, et tu ne peux pas te figurer à quelle vitesse j'ai replongé. J'ai essayé par tous les moyens de lutter contre mon envie, mais elle a été la plus forte. » Elle poussa un gros soupir. « Dès que Charles était parti au laboratoire, je mettais le réveil à sonner pour quatre heures de l'après-midi et je me jetais sur la bouteille de sherry de cuisine que je sirotais jusqu'à ce que je tombe dans les pommes ou que je sois malade. A chaque fois, la sonnerie me réveillait en sursaut et ensuite, j'avais deux bonnes heures devant moi pour me remettre sur pied avec une douche froide, de l'eau de Cologne et de l'aspirine. C'était atroce. Cela ne m'arrivait que lorsque j'étais seule, jamais pendant le week-end. Bien sûr, de temps en temps, je me faufilais dans la cuisine pour boire une petite gorgée, mais mon envie n'était pas trop forte. Dis-moi, il faut que tu me redonnes cette adresse, je l'ai perdue, l'adresse des Alcooliques anonymes.

— Ce sera inutile si tu ne mets pas Charles au courant. Veux-tu que je le lui dise pour toi ?

— Non, je lui en parlerai dès qu'il sera remis du voyage. »

Le mardi suivant, elle assista pour la première fois à une réunion des Alcooliques anonymes, laissant Christopher à la garde de Kate, avec deux grandes feuilles d'instructions dactylographiées, en cas d'urgence.

« Quelle tristesse ! lui confia-t-elle en rentrant. C'est dur. Ce n'est pas de la plaisanterie. On se rend bien compte que les gens ne viennent pas là pour s'amuser. Tout le monde a le même intérêt en commun. La réunion a eu lieu dans la crypte de Saint-Martin-in-the-Fields, tu sais, cette église qui est à Trafalgar Square, et on a bu du thé avec des biscuits.

— Et alors, c'était comment ? demanda Kate.

— Quelqu'un a d'abord pris la parole pour dire que chez les alcooliques, la volonté jouait un rôle à peu près aussi important que chez les cancéreux. Si on a une constitution qui supporte bien l'alcool éthylique, on en tire simplement un plaisir inoffensif, comme toi, par exemple. Mais si on ne le supporte pas, comme c'est mon cas, on devient progressivement dépendant de l'alcool. Ah, je te jure, ça m'a étrangement remonté le moral de savoir que je n'étais pas une vieille éponge, mais simplement une intoxiquée. »

Elle s'était nonchalamment allongée devant le feu, sur un tapis, et caressait Buster qui, étant sorti sous la pluie, sentait la couverture mouillée.

« Est-ce que tu as parlé avec quelqu'un ?

— Personne ne m'a rien demandé. Je me suis contentée de regarder et d'écouter. J'ai appris une chose : il faut commencer par essayer de ne pas boire pendant toute une journée. » Elle se tut. Pour la première fois, elle était pleine d'espoir et son sentiment d'impuissance désespérante l'avait abandonnée. « On ne guérit jamais. Quand on a été alcoolique, on le reste toute sa vie ; exactement comme un diabétique reste toujours diabétique, même s'il contrecarre sa maladie avec de l'insuline. » Elle était enthousiaste.

« Tu t'emballes trop, Pagan, ça m'inquiète. Attends d'être un peu calmée avant de parler à Christopher. Sinon, il ne te prendra pas au sérieux. »

Au contraire, il la prit très au sérieux.

« Ah, je m'en étais douté un peu avant notre mariage, parce que tu empestais le dentifrice, tous les soirs, quand je rentrais à la maison. J'ai même fait des marques sur les bouteilles. J'attendais que tu m'en parles. J'espérais pouvoir t'aider. »

Quand Christopher put enfin reprendre son travail, il emmena Pagan au laboratoire pour qu'elle fasse la connaissance de ses collègues.

« Je leur ai dit à tous de te donner des explications uniquement avec des mots d'une syllabe », lui murmura-t-il en l'embrassant sur l'oreille, au moment de descendre de voiture.

Pendant deux heures, on lui fit visiter les lieux comme si elle avait été un membre de la famille royale ; mais si tous ces savants s'étaient exprimés en swahili, elle ne les aurait guère moins bien compris. Elle posa un regard attentif sur les appareils, les ordinateurs, les étagères remplies de récipients de verre où on cultivait des cellules cancéreuses humaines qui servaient ensuite à la préparation du vaccin anticancéreux. En partant, désireuse de comprendre à tout prix en quoi consistait le travail de son mari, elle avait invité le chercheur qu'elle jugeait le moins déroutant à déjeuner le dimanche suivant. Elle se ferait donner des explications par ce Peter à la barbe noire.

Sur le chemin du retour, dans la voiture, Christopher lui dit soudain :

« Si nos recherches t'intéressent vraiment, Pagan, pourquoi n'essaierais-tu pas de nous aider à trouver de l'argent ? Je pense que tu saurais très bien t'y prendre. Kate pourrait te seconder.

— Non, pas Kate, répondit Pagan, mais peut-être Judy. »

Quelques mois plus tard, Pagan accompagna Christopher à New York où il devait donner une conférence au Sloan-Kettering Institute. C'était la première fois qu'elle revoyait Judy, depuis treize ans. Dans la pénombre du hall aux boiseries de chêne de l'Algonquin, elles se jetèrent dans les bras l'une de l'autre.

« Ah, Pagan, tu n'as pas changé du tout, en dehors des lunettes. Tu portes des verres de contact ?

— Oui. Mais toi, ma chérie, tu as beaucoup changé. Tu as toujours eu l'air d'une petite fille, mais aujourd'hui, tu as l'air d'une petite fille riche, dit-elle en remarquant les mèches blondes de ses cheveux coupés au carré et rejetés sur un côté du visage, l'ensemble safari en soie écrue et les chaussures de daim vanille.

— C'est une de mes tenues de travail. Ça vient de chez Guy, naturellement. Vois-tu, Pagan, il faut toujours faire croire qu'on a réussi quand on veut réussir ; c'est la première chose que tu devras garder en mémoire quand je te ferai le petit cours accéléré de relations publiques dont nous avons parlé au téléphone.

— J'ai demandé à Kate qu'elle vous mette au courant, Maxine et toi, de ce qui m'était arrivé. Ne te crois surtout pas obligée de commander un Coca-Cola parce que je suis là. Kate m'a sauvé la vie et dès que Maxine a su où j'étais, elle m'a écrit pour que je vienne chez elle avec Christopher. Elle a été formidable. J'avais l'impression qu'on s'était quitté la semaine précédente. Et maintenant, c'est toi qui me proposes de m'aider à faire connaître l'institut. Vous êtes, toutes les trois, de merveilleuses amies. Je ne le mérite pourtant pas après vous avoir laissées sans nouvelles pendant tant d'années. J'en suis encore plus honteuse.

— Écoute-moi, Pagan, le remords est le plus inutile de tous les bagages. Ne te mets pas martel en tête. Ça ne sert à rien et tu te rends malade, lui dit Judy en lui offrant une olive. Les vrais amis ne sont pas ceux avec qui on boit de temps en temps un verre en plaisantant. Il n'est pas nécessaire de voir ses vrais amis ; on sait qu'ils seront toujours là quand on aura besoin d'eux. Souviens-toi qu'à Gstaad nous avions fondé notre propre association d'entraide. Pour le meilleur et pour le pire, comme disait Maxine. »

Elle entrelaça ses doigts. « Comme ça, nous sommes liées les unes aux autres. C'est notre meilleur filet de sécurité, ne l'oublie pas. Bon, maintenant, ouvre tes oreilles et prépare-toi à recevoir mes instructions. »

Comme à son habitude, Judy se mit à jongler avec les idées. Pagan prit des notes en espérant qu'elle parviendrait ensuite à les remettre en ordre. La tête lui tournait.

De retour à Londres, elle se mit aussitôt à l'œuvre. Au début, elle était si gênée d'avoir à téléphoner à des inconnus qu'elle était obligée de s'enfermer dans sa chambre et elle rougissait en composant les numéros. Toutefois, ce qu'elle avait à présenter était nouveau et intéressant, et sa détermination farouche. En reprenant le réseau de ses anciennes relations, elle s'aperçut qu'elle connaissait quelques personnes très fortunées et d'autres, plus nombreuses, qui avaient de l'influence. Un contact en amenait un autre et Pagan découvrit rapidement les charmes et les résultats du travail. Tous les quinze jours, elle envoyait un rapport à Judy qui lui répondait par des critiques et des suggestions dactylographiées en lignes serrées.

Elle écrivit un premier article pour le journal de son ancienne école, dans lequel elle demandait de l'argent et des bonnes volontés. Elle transpira dessus pendant quatre jours et se rongea ensuite les sangs pendant plusieurs semaines, mais elle fut transportée de son succès. Elle récolta quarante-trois livres, vingt shillings et deux aides à temps partiel. En outre, comme il était aussi important d'attirer l'attention sur l'institut de recherche que de ramasser de l'argent, elle organisa une chaîne par correspondance. « S'il vous plaît, envoyez-moi deux livres et faites suivre une copie de cette lettre à deux de vos amis. N'interrompez pas cette chaîne ; elle sauve des vies. » Elle recueillit ainsi quatre mille soixante-huit livres, une somme bien plus considérable qu'elle ne l'avait escompté.

Quelques mois plus tard, espérant que son tailleur de velours gris pâle à poignets de renard argenté ne semblerait pas trop habillé pour un lunch, Pagan attendait les vingt journalistes influents qu'elle avait invités. C'était un lancement coûteux, mais elle n'avait pas voulu lésiner pour cette première réunion de presse. Elle n'avait pas invité les journalistes médicaux qui étaient déjà informés, mais seulement les collaborateurs des journaux à grande diffusion. Aucun d'entre eux ne représentait moins d'un million de lecteurs.

A son grand soulagement, les femmes ne se montrèrent ni dures ni agressives. Tous les invités semblaient se connaître et bavardèrent tranquillement en attendant que Christopher prît la parole. Alors tout le monde se précipita sur son carnet et se mit à poser des questions d'une précision impitoyable.

« Ma femme m'a demandé avec insistance d'utiliser un langage simple, commença Christopher. En effet, la première fois que je lui ai expliqué ce que je faisais, elle n'a absolument rien compris. Néanmoins, j'espère ne pas trop simplifier et tout à l'heure, je me ferai un plaisir de vous donner toutes les précisions techniques que vous souhaiterez. Je vais d'abord vous exposer quelques faits, mais j'aimerais répondre à vos questions aussi rapidement que possible. Je suis ici pour vous parler des travaux que nous faisons à l'Institut anglo-américain de recherche sur le cancer. Je suis également là pour vous demander de nous aider à trouver de l'argent pour poursuivre notre tâche. Aujourd'hui, on guérit un cancer sur trois. Nous voulons améliorer cette proportion. »

La petite assistance l'écoutait avec un intérêt poli mais, à la fin de sa courte allocution, Christopher déclara soudain : « Dans notre laboratoire du sud de Londres, nous fabriquons un vaccin encore rudimentaire que j'appellerai le vaccin X. Excusez-moi si ce nom sonne un peu comme une marque de lessive. Je ne peux rien avancer de certain tant que cette découverte n'aura pas été totalement expérimentée, mais je peux vous dire que le vaccin X stimule les capacités de l'organisme à attaquer et à vaincre les envahisseurs viraux et à empêcher notamment la formation des cellules cancéreuses. »

Les journalistes furent dès lors suspendus à ses lèvres. « Au cours d'une expérience récente, nous avons pris deux groupes de souris et injecté à l'un de ces groupes le vaccin X. Ensuite, nous avons implanté des cellules cancéreuses associées à ce virus chez toutes les souris. Au bout de deux mois, chez les souris traitées, les tumeurs n'avaient pas grossi et parfois complètement disparu, alors

292

que les tumeurs des souris non traitées avaient considérablement augmenté. »

Les questions fusèrent dans un grand bruissement de papiers. Voilà un bon début, pensa Pagan.

# SIXIÈME PARTIE

# 30

Les yeux rêveurs, Lili contemplait Atlanta en flammes, Vivien Leigh tirant sur un soldat portant le mot viol inscrit sur son visage, Olivia de Havilland dans sa robe à crinoline et toutes les autres affiches en couleurs placardées sur la façade du cinéma. A treize ans, Lili n'avait vu, en tout et pour tout, que deux films. Elle se mordit la lèvre inférieure et plongea les mains dans les poches de son imperméable en se demandant comment elle pourrait se débrouiller pour entrer.

« Vous l'avez déjà vu ? »

Elle se retourna et vit un jeune homme qui lui souriait. Il était grand, plutôt blond et il avait facilement vingt-quatre ans. « Non, mais qu'est-ce que ça a l'air beau, hein ? Et vous, vous l'avez vu ?

— Non, mentit le jeune homme. Et si on y allait ensemble ? Je suis tout seul à Paris. »

Lili hésita. Elle n'était pas censée venir se promener sur les Champs-Élysées, mais M^me Sardeau était partie en Normandie rendre à sa mère sa visite annuelle et Lili avait inventé un cours de maths supplémentaire à l'usage de M. Sardeau qui, de toute manière, n'aurait pas remarqué son absence puisqu'il était au bureau. M. Sardeau était un petit pédagogue ennuyeux, mais il avait cessé de lui faire la morale, de la corriger ou de la réprimander et, en règle générale, de lui accorder la moindre attention, depuis que sa poitrine bien formée et ses longues jambes un peu gauches avaient commencé à éveiller en lui des réactions physiques qu'il craignait parfois que sa femme ne remarquât. Une fois, il avait soupiré tout haut le nom de Lili, s'imaginant se prélasser entre ses cuisses minces et fermes, alors qu'en réalité il était en train de besogner sur le corps osseux de son épouse. Il avait réussi à persuader celle-ci qu'il n'avait rien dit et que ce qu'elle avait entendu n'était qu'un simple soupir de volupté. Il ne tenait aucunement à prendre de tels risques chez lui et, conscient du danger, il faisait tout son possible pour éviter Lili.

Lili leva les yeux sur le jeune homme. Il ressemblait un peu à

Leslie Howard qui lui souriait de sa photo ; il avait le même air de sincérité et il paraissait être étranger.

Jamais elle ne retrouverait une occasion pareille.

« Je veux bien, dit-elle. » C'était tout simple. En l'espace de quelques minutes, ils se retrouvèrent au siècle précédent, en pleine guerre de Sécession.

Quand la lumière se ralluma pour l'entracte, Lili nageait dans une extase romantique. « Comme elle est belle, cette Scarlett !

— Pas plus que vous », déclara le jeune homme.

Lili avait perdu sa figure enfantine. La masse de ses cheveux noirs était maintenue en arrière par un bandeau de velours ; ses immenses yeux bruns irradiaient une sensualité d'adulte. Mais le plus saisissant, c'était son petit nez fin, très légèrement busqué, surmontant une bouche voluptueusement dessinée et digne du ciseau de Michel-Ange. A treize ans, elle n'avait déjà plus un corps de petite fille et, malgré des jambes un peu grêles, elle avait pris des formes féminines.

Son nouvel ami lui offrit un esquimau, lui apprit qu'il s'appelait Alastair et qu'il venait de New York. De toute évidence, il s'imaginait que Lili était plus âgée car il ne le traitait pas comme une écolière.

Quand la lumière s'éteignit pour la seconde partie, il lui saisit le bout des doigts. Sa main était chaude et ferme et elle en ressentit un émoi presque intolérable. Le souffle court, elle se sentit prise d'une étrange sensation et il lui sembla que le fin duvet de ses bras se hérissait comme les poils d'un chat. Il lui venait une envie mal définie que cet inconnu ne se contentât pas de lui caresser la paume de la main et le dessus du poignet.

Au moment où ils se levaient et suivaient la foule qui piétinait vers la sortie, Alastair lui demanda : « Voulez-vous qu'on aille dîner quelque part ? »

Rejetant ses cheveux en arrière et rassemblant tout son courage, Lili accepta la proposition. Sous le crachin, ils se précipitèrent dans un restaurant et, à la fin du repas, Alastair en avait beaucoup appris sur Lili, alors que de son côté elle ne savait toujours rien de lui. Soudain elle fut saisie de panique. Il était presque onze heures ; jamais elle n'était rentrée si tard, expliqua-t-elle.

Sans discuter, il fit claquer ses doigts pour demander l'addition et la ramena chez elle. Dans le taxi, il lui mit un doigt sous le menton et fit doucement tourner vers lui le visage ardent et inquiet de Lili. Puis, exactement comme l'avait fait Rhett Butler, il se pencha vers elle et l'embrassa. Tremblante d'une merveilleuse et toute nouvelle sensation, assoiffée d'amour et de chaleur, Lili mit les bras autour du cou d'Alastair et leva la tête. Le temps que le taxi arrive devant chez elle, elle était déjà amoureuse.

Montant l'escalier sur la pointe des pieds, elle tremblait aussi, mais pour une tout autre raison, épouvantée de l'accueil qu'on allait lui faire, ne pouvant imaginer qu'elle parviendrait à se glisser dans sa chambre sans encombre. Mais M. Sardeau n'était pas encore rentré ; il ne tenait pas à rester à la maison dans les rares occasions où sa femme s'absentait.

Désormais, Lili se levait à cinq heures du matin pour faire la couture qui était supposée occuper ses après-midi de vacances, étant donné qu'elle consacrait désormais ces heures à Alastair. Elle ne se risquait plus à rentrer aussi tard, mais les horaires d'Alastair semblaient très élastiques et, à midi, elle courait toujours le retrouver pour déjeuner dans un café, puis, la main dans la main, ils allaient se promener au bois de Boulogne, baguenaudaient au parc Monceau, descendaient la Seine en bateau-mouche ou bien faisaient du lèche-vitrines.

« Pourquoi ne veux-tu pas que je t'achète une robe convenable ? Depuis que je te connais, je te vois toujours avec le même chemisier, le même chandail et la même jupe bleu marine.

— Oh, non, c'est impossible ! M<sup>me</sup> Sardeau s'en apercevrait.

— Et que dirais-tu de ces petites chaussures de daim rouge ?

— Non, je ne pourrais jamais les cacher, ils voudraient savoir comment je les aurais eues. » Cependant, sous les arcades de la rue de Rivoli, Alastair lui acheta un pendentif en forme de cœur avec une fine chaîne d'or qu'elle pourrait dissimuler sous son matelas. Il n'avait encore jamais rencontré une fille aussi confiante, aussi affectueuse et aussi peu exigeante. Elles étaient toutes intéressées, même les plus jeunes, surtout quand elles savaient qui il était. Alors, elles lui réclamaient des bijoux, de l'argent, voire parfois le mariage. Quand la situation devenait par trop délicate, Skinner, l'avocat de sa mère, prenait l'affaire en main, surtout dans les cas où le père se fâchait. Lili était exactement ce qu'il lui fallait et, pour le moment, à Paris, peu de gens le connaissaient.

Dans le taxi, Lili lui jeta les bras autour du cou et le remercia de son cadeau avec toute l'affection d'un jeune chien. Mais, quand elle aperçut la silhouette de la tour Eiffel, elle manifesta son étonnement.

« Où allons-nous ?

— Prendre un verre dans cet hôtel, mon petit chat. Je viens souvent ici. »

Derrière le bureau de la réception, une grosse concierge tricotait une sorte de tube gris qui pouvait être soit une chaussette soit une manche. Alastair lui tendit un billet et elle prit une clé qu'elle posa bruyamment sur le comptoir.

« Le dix-neuf, au premier. Si vous restez plus de deux heures, il faudra payer un supplément. »

Lili suivit Alastair dans l'escalier ; d'ordinaire, il l'emmenait dans des endroits plus chics. « C'est une exposition ? Pourquoi a-t-il fallu payer ? », demanda-t-elle.

Le dix-neuf était une chambre aux volets fermés, meublée d'un grand lit recouvert d'un tissu décoré de bergères roses, d'un bidet de fer rabattable et d'un lavabo. Lili se sentit mal à l'aise.

« Je voulais être un peu seul avec toi, mon petit chat.

— Mais pourquoi y a-t-il un lit ?

— C'est difficile de trouver une chambre d'hôtel sans lit, mon petit chat. Laisse-moi faire, je vais t'accrocher le pendentif autour du cou. » Il lui releva les cheveux, lui déposa un baiser sur la nuque et, passant les mains sous ses bras, il les posa sur sa poitrine, cherchant les bouts de ses seins sous le mince chemisier, puis il défit lentement les petits boutons roses.

Livrée à son innocence, au nouveau sentiment qui s'éveillait en elle et à son besoin d'amour, Lili ne lui opposa que peu de résistance. Sans qu'elle comprît trop bien comment, elle se retrouva allongée, nue, au milieu des bergères roses, subjuguée par la tranquille assurance d'Alastair, et par ses mains expertes et vives qui caressaient son ventre frémissant et lui chatouillaient le pubis.

« Dis-moi, mon petit chat, murmura-t-il, quel âge as-tu, au juste, hein ? On va faire semblant que tu as dix ans, que je suis l'instituteur et que tu dois faire tout ce que je dis. » Il se pencha pour lui mordiller gentiment le bout du sein. « Et si tu ne veux pas, je serai obligé de téléphoner à M. Sardeau pour lui dire que tu es une vilaine fille. Ça ne te plairait pas, je pense. »

Lili devint raide de frayeur. « Ne te fais pas de souci, mon petit chat, je plaisantais. Et maintenant, allonge-toi et détends-toi ; je vais te faire des choses qui te plairont beaucoup. »

Glissant une main entre les cuisses de Lili, il s'allongea auprès d'elle. Ses doigts partirent en exploration et remontèrent en dansant le long de ses jambes. Il l'embrassa violemment sur la bouche et, soudain, lui enfonça les doigts dans le corps. La douleur la fit sursauter.

« Reste tranquille, petite idiote, ne fais pas tant de bruit », chuchota-t-il. Puis, il lança la carte maîtresse, tenue en réserve jusqu'à présent. « C'est parce que je t'aime, Lili. C'est comme ça qu'on s'aime quand on est grand, mon petit chat.

— Mais ça me fait mal, pleurnicha-t-elle.

— Je vais faire attention », promit-il, lui embrassant doucement les seins et le visage, tout en se déshabillant. Ensuite, il se mit sur elle et la pénétra. Tout s'était passé si vite que Lili, assaillie par une foule de sentiments opposés, avait du mal à comprendre ce qui lui arrivait. Une nouvelle douleur, intolérable, cette fois, l'envahit, au moment où Alastair l'enfourcha. Puis, il frémit d'extase et se laissa rouler à côté d'elle, épuisé.

« C'était merveilleux, mon petit chat, murmura-t-il un peu plus tard. La prochaine fois, tu t'habilleras en écolière. » Au bout d'un moment, il recommença à lui caresser les seins, puis le corps tout entier, jusqu'à ce que des tremblements l'obligent à s'arrêter. Il se mit alors à lui chuchoter des mots d'amour. Elle voulait qu'il l'aime, n'est-ce pas ? Lentement, patiemment — pensant à l'après-midi du lendemain —, il regagna sa confiance, l'apaisa par des caresses, la rassura avec des mots d'amour, l'hypnotisa par son assurance, l'effraya en lui promettant en des termes voilés de lui retirer son amour ou de téléphoner à M^me Sardeau.

Ensuite, il alla se soulager dans le lavabo, s'habilla et sortit pendant que Lili se lavait dans le bidet. Elle se disait que s'il l'avait aimée il ne l'aurait pas emmenée ici. Mais, d'autre part, s'il ne l'avait pas aimée, comment en aurait-il eu envie ? S'il s'était conduit ainsi, c'était donc qu'il l'aimait.

Alastair revint au bout de quelques minutes et s'assit au bord du lit. Il l'assit sur ses genoux et sortit une boîte de pilules de sa poche.

« Je veux que tu en prennes une tous les jours. Regarde, c'est écrit sur l'étiquette.

— Pour quoi faire ?

— C'est pour ne pas avoir d'enfant. C'est une nouvelle pilule. Promets-moi de la prendre.

— Pourquoi ne pas se marier et avoir un bébé ?

— Parce que tu es trop jeune, voilà pourquoi, mon petit chat. Plus tard, si tu es bien sage et que tu réussis à tes examens, on verra. »

Après cela, il n'y eut plus de promenade en bateau ni de flânerie sous les arbres. Tout au long de cet été étouffant, Lili, intimidée et apeurée, retrouva Alastair à l'hôtel, de cinq à sept. Quand M^me Sardeau revint à Paris, Lili lui expliqua qu'il avait fait si chaud qu'elle était allée tous les après-midi au parc avec sa couture, pour prendre le frais. Les chemises de nuit de madame étaient exquises et la petite pâle comme un lys ; ce n'était peut-être donc pas une mauvaise idée de l'envoyer coudre au parc, du moment qu'elle était rentrée à temps pour préparer le dîner.

Le soleil matinal de septembre commençait à envahir l'autre côté de la cour quand Lili se mit à vomir. C'était le cinquième jour consécutif qu'elle se trouvait dans cet état. Épouvantée, elle retourna à tâtons dans son lit. Elle n'avait aucune connaissance gynécologique mais elle savait ce que signifiaient ces nausées matinales. Trop abattue et trop inquiète pour se lever et encore moins pour faire de la couture, elle entendit Mᵐᵉ Sardeau qui l'appelait. « Lili, Lili, où est passée cette petite ? Pourquoi le café n'est-il pas prêt ? Comment ! Encore au lit à sept heures du matin ! » Cependant, la petite avait fort mauvaise mine, elle semblait à peine capable de relever la tête et de grands cercles noirs assombrissaient ses paupières. Il serait peut-être bon de faire venir le médecin, mais il faudrait payer la visite. Attendons de voir si une journée au lit la remettrait sur pied. Inutile de dépenser de l'argent si elle n'était pas vraiment malade.

Vers midi, les nausées disparurent. Lili ne se sentait plus malade, mais seulement frappée de panique. Elle avait pris les pilules d'Alastair pendant trois jours, puis elle avait cessé parce qu'elle ne les supportait pas. Elle ne lui avait rien dit parce qu'elle craignait qu'il ne se fâchât après elle.

Il fallait qu'elle se lève. Elle avait rendez-vous au *Pam-Pam* avec Alastair. Par chance, c'était le jour de bridge de Mᵐᵉ Sardeau.

Quand elle eut fait part de ses craintes à Alastair, son expression ordinairement nonchalante se durcit. Soudain, il ne ressemblait plus du tout à Leslie Howard.

« J'aurais dû m'en douter ! Ces petites garces sont toutes les mêmes !... Tu en es vraiment sûre ?

— Je n'ai pas été chez le docteur, mais j'ai été malade toute la semaine.

— Eh bien, c'est entièrement de ta faute. Tu ne pourras rien me mettre sur le dos. Tu ne sais même pas où j'habite, personne ne nous a jamais vus ensemble et, pour autant que je sache, tu couches avec la moitié des hommes de Paris... Oh, pour l'amour du Ciel, ne pleure pas ! » Il se mit à réfléchir ; il valait peut-être mieux ne pas l'effrayer. Il ignorait son âge exact, mais il était certain qu'elle était mineure. Skinner pourrait-il faire avaler ça à la police française ?

« On ne va pas à l'hôtel ?

— Non, on n'y va pas. Je t'en prie, cesse de pleurnicher et laisse-moi réfléchir. » Dieu merci, elle ne connaissait pas son vrai nom. Quelle folie d'avoir levé cette petite ! Enfin, rien n'était encore perdu. Il fallait qu'il se sorte de là avant qu'on puisse lui mettre cette affaire sur le dos. Il y avait la concierge de l'hôtel, bien entendu, mais il lui clouerait le bec avec quelques milliers de francs. Une idée lui vint. Il fouilla dans sa poche et en sortit cinquante mille francs ; ce n'était pas grand-chose, mais il n'avait rien d'autre sur lui.

« Bon sang, Lili, arrête de pleurer, sinon je m'en vais. Écoute, voici ce que tu vas faire. Prends cet argent et va voir un médecin pour t'assurer que tu es bien enceinte. Je n'ai aucune idée de ce qu'il te prendra, mais je pense que ça suffira. Si tu n'es pas enceinte, alors c'était beaucoup de tapage pour pas grand-chose. Si tu l'es, va directement trouver la concierge de l'hôtel et elle te trouvera quelqu'un qui arrangera tout ça. Je m'occuperai de tous les frais. Fais-le le plus vite possible et surtout, n'en parle à personne. » Il posa un billet sur la table pour régler l'addition et se leva.

« Ne pars pas, Alastair, je t'en prie, ne pars pas. Je t'aime tant.

— Si tu m'aimes, fais exactement ce que je t'ai dit. Ou bien tu m'obéis, ou bien je ne te reverrai jamais plus.

— Je te reverrai quand, dis, Alastair, quand ? » Maintenant, la peur l'empêchait de pleurer.

« Dans quinze jours, fit-il en lui donnant une petite tape sur l'épaule. Allons, du courage ! Si tu es bien sage et bien obéissante, on oubliera toutes ces contrariétés. Alors, tu promets de faire ce que je t'ai demandé ?

— Oui, je te le promets, mais tu reviendras, dis ?

— Mais bien sûr, mon petit chat », lui dit-il d'un ton rassurant et il se pencha pour embrasser sa joue mouillée avec la ferme intention de ne plus jamais la revoir.

Il disparut avant que Lili ait eu le temps de penser à lui demander chez quel docteur elle devait aller. Elle regarda fixement la liasse de billets, puis les mit dans la poche de son imperméable et prit la direction de l'hôtel. N'osant pas entrer, elle tourna autour pendant un bon moment, puis elle se décida enfin à s'approcher des doigts boudinés qui tricotaient derrière la réception.

« On m'a dit que vous pourriez m'aider. » Les yeux de la femme se posèrent instantanément sur le ventre de Lili.

« Ça fait combien de temps ? »

Lili rougit et fixa son regard sur la cloche de bronze posée sur le comptoir. « Je n'en sais rien.

— Vous auriez dû avoir vos règles quand ?

— Environ quinze jours. Mais je n'ai pas encore été voir le docteur.

— C'est aussi bien. Asseyez-vous là et attendez-moi une minute. » Traînant les pieds dans ses pantoufles, elle se dirigea vers la cabine téléphonique placée au fond du hall. Au bout de quelques minutes, elle revint en demandant :

« Il vous a donné de l'argent ?

— Oh oui ! » Elle sortit les billets de sa poche et des déposa sur le comptoir. La femme les compta rapidement de ses gros doigts.

« Avec ça, vous n'irez pas bien loin. Dites-lui qu'il faut encore cent mille francs.

— Mais c'est tout ce qu'il m'a donné. Je n'ai rien d'autre. Il m'a dit qu'il paierait les frais.

— C'est toujours ce qu'ils disent, mais pour cette chose, il faut payer d'avance et en liquide. C'est comme ça. Votre famille ne peut pas vous aider ? » La figure blême de Lili pâlit encore davantage. « Vous ne pouvez pas emprunter de l'argent à des amis ? »

Aucune des camarades de Lili n'avait même jamais vu une somme pareille. Il n'en était donc pas question. Elle secoua lentement la tête.

« J'ai une idée, reprit la concierge en faisant semblant de réfléchir. Je connais un photographe qui pourrait vous engager comme modèle. Trois mille francs de l'heure, moins ma petite commission, ça vous irait ? »

Lili fit signe que oui. Elle aurait accepté n'importe quoi. La vieille repartit vers le téléphone et, en revenant, elle griffonna une adresse sur une feuille de son bloc-notes.

« Serge va vous recevoir tout de suite, ma petite. Voici son adresse. C'est juste en bas de la rue. Il habite sous les combles. »

## 31

Après avoir connu la célébrité comme photographe de mode, Serge était devenu, dans cet ordre, gros, blasé, paresseux et vieux. Son talent avait éclos dans le monde de la haute couture traditionnelle et il n'avait pas su s'adapter au style anticonformiste et décontracté des années soixante. Les magazines féminins l'avaient laissé tomber, les budgets de publicité s'étaient peu à peu amenuisés et il s'était retrouvé pratiquement sans travail, jusqu'au moment où il s'était mis à faire des photos de femmes nues. Bien entendu, il n'employait plus les mêmes modèles ; encore tout récemment, ces filles consentaient à peine à poser pour de la lingerie et il fallait leur verser de véritables primes de risque pour les photographier en maillot de bain. Mais ces mannequins débraillés et nouvelle vague n'avaient ni pudeur ni classe. Serge avait toujours fait des photos de nus ; c'était une de ses marottes. Toutefois, l'idée ne lui était jamais venue d'en faire commerce jusqu'au jour où une petite traînée avait exhibé un agrandissement représentant un bout de sein, ce qui avait soudain mis les nus de Serge en vogue. Au premier coup d'œil, il était souvent difficile de déterminer quelle partie du corps figurait sur la photo, mais l'effet en était original et étrangement érotique.

Quand Lili se présenta chez Serge, il la considéra en plissant les yeux, comme pour l'évaluer, puis il lui adressa un sourire nonchalant.

« Entre, lui dit-il. Ne fais pas attention à ma tenue de judoka ; au studio, je m'habille toujours comme ça. Un verre de vin ? Non, bon, la cabine de déshabillage est là-bas ; enlève-moi tout ça, ma cocotte.

— Tout ça quoi ?

— Tes habits, ma cocotte. Pourquoi crois-tu que je vais te donner trois mille francs de l'heure ? Et, d'après ce qu'on m'a dit, ce ne sera pas la première fois. Ne t'inquiète pas, ma cocotte, ce n'est pas nouveau pour moi. Tiens, en voilà la preuve. »

D'une main boudinée, il désigna, d'un geste ample, un gigantesque panneau de feutrine tapissé de photos de nus, excellentes, du reste, car Serge adorait les femmes et c'était un très bon photographe.

Lili se fraya un chemin au milieu de grandes toiles de fond de diverses couleurs et d'une forêt de spots. Elle pénétra dans une cabine où elle découvrit une longue tablette de maquillage encombrée de pots de crème aux couleurs les plus inattendues, d'éponges couvertes de fond de teint, de Kleenex froissés, de petites brosses sales, de foulards de mousseline évanescents et de fers à friser, le tout éclairé par la lumière crue d'une rangée d'ampoules électriques nues.

Pendant cinq minutes, Lili resta plantée là, sans pouvoir ni bouger ni penser.

« Je n'ai pas toute l'éternité devant moi, mon ange. » Bien que le ton fût enjoué, elle sentit une menace sous-jacente. Elle se déshabilla rapidement. Serge tira le rideau pour voir où elle en était. « Bon, tu es prête. Allons, viens par ici, s'il te plaît. »

Il avait installé les spots et son appareil photo en face d'une toile de fond noire. « Maintenant, je ne prends plus d'assistant, sauf si j'ai un reportage à faire. Bon, mets-toi bien droite, dos à l'appareil, mon ange. » Clic-clac. « Et maintenant, tourne-toi sur le côté. » Clic-clac. « Relève un peu le menton. » Clic-clac ! « Face à moi, pour finir ; c'est très bien. » Clic-clac ! Clic-clac ! « Voilà, c'est terminé, c'était pas trop mal, hein ? Je vais les développer tout de suite et, demain, je te ferai savoir si tu me conviens. »

Lili se sentit soulagée. La séance ne lui avait pas semblé plus obscène ou plus traumatisante que si elle avait posé pour des photos d'identité. Serge, quant à lui, se disait qu'il y avait fort longtemps qu'il n'avait pas vu une aussi jolie poulette. Pour sûr, pensa-t-il, il faudra la travailler un peu ; mais il était prêt à parier qu'elle allait sortir encore mieux sur les épreuves. Avant tout, il ne fallait pas l'effrayer. S'il manœuvrait habilement, elle lui ferait gagner une fortune.

Au bout de quelques séances, Lili se rendit compte qu'on attendait d'elle autre chose que simplement se déshabiller et poser nue devant le Rolleiflex. Dès le premier jour, Serge avait décelé les possibilités qu'elle pouvait lui offrir. Après avoir examiné les planches à la loupe et marqué à l'encre de Chine rouge les photos qu'il voulait agrandir, Serge s'était aperçu que cette petite était encore mieux qu'il ne l'avait cru. Elle possédait une ingénuité rare alliée à un érotisme stupéfiant dont elle semblait totalement inconsciente. Son visage avait un air de pureté impossible à simuler, mais sa bouche dénotait une sensualité certaine. C'était un être de rêve.

Il devrait agir avec tact. La gentillesse, voilà ce qu'il fallait ; une gentillesse paternelle qui rassurerait la petite créature et, ensuite, il y ajouterait une pointe d'autorité. L'amener là où il voulait avec douceur, lui donner quelque chose à faire pendant les premières séances, pour ne pas lui laisser le temps de réfléchir. Lui verser une petite avance, lui faire signer une reconnaissance de dette afin de pouvoir la tenir grâce à cela, si besoin était. Il faudrait surveiller ses côtes un peu saillantes et ses longues jambes dégingandées — il aurait préféré des cuisses plus charnues autour de la petite toison sombre — mais ses seins étaient la perfection même.

Quand Lili arriva pour la seconde séance de pose, elle trouva Serge vêtu de la tenue traditionnelle du photographe : un jean et un chandail noir, avec une grosse ceinture de cuir qui comprimait, tant bien que mal, sa bedaine proéminente. Il avait acheté un gâteau au chocolat pour Lili tandis que, pour sa part, il sirotait un verre de vin rouge et ne semblait nullement pressé de commencer.

Au bout d'un moment, il s'empara tout de même de son appareil photo et dit :

« Tu sais ce qu'on va faire, mon ange ? J'aimerais commencer par quelque chose de très naturel ; là, comme tu es, avec ta petite robe de coton, assise dans ce vieux fauteuil de velours. »

Il avait disposé ses lumières avant l'arrivée de Lili et il mit un disque d'une douce et envoûtante musique de danse.

« Bien, prends un autre morceau de gâteau, ma cocotte, il est tout pour toi... Prends-le dans ta main... Tourne lentement la tête vers mon appareil... Non, seulement la tête, mon ange... Souris, maintenant... C'est formidable, mon petit. Je sens que tu vas être très bien. On pourrait peut-être en faire une avec deux boutons défaits... Ça ne t'ennuie pas ?... Terrible... Continue à regarder l'appareil... Encore deux boutons... Bon, maintenant penche-toi sur la gauche et mange un morceau de gâteau. »

Lili se pencha sur la gauche avec précaution, mais au moment même où elle s'apprêtait à mordre dans le gâteau, il se désintégra dans sa main. Elle se retourna vers Serge en éclatant de rire et... clic-clac !

Serge travaillait avec deux appareils. Quand il eut terminé les deux pellicules, il disparut dans la chambre noire pour changer les bobines et en ressortit, vif et impersonnel, comme un dentiste. « Je vais te prendre en bikini. Tu en trouveras dans le tiroir du haut de la commode qui est dans la cabine. Prends celui que tu veux. »

Lili rêvait d'avoir un bikini et il ne fut pas nécessaire d'insister. Au bout de quelques minutes, elle reparut avec un maillot de bain en dentelle blanche et Serge en eut le souffle coupé. « Maintenant, mon trésor, tu vas te mettre debout, les jambes écartées et le ventilateur faisant flotter tes cheveux en arrière ; ensuite, tu porteras cette bouteille de soda à tes lèvres. Prends-la et souris... Très bien, ma jolie, tu as parfaitement compris. »

Au bout d'une demi-heure, Lili avait perdu toute nervosité. « Cette fois, tu ne vas garder que ton pantalon », fit Serge sur un ton détaché, tout en réglant son posemètre. Lili eut soudain l'air inquiet.

« Il le faut vraiment ?

— Mais bien sûr, mon trésor, si tu veux ton argent. Et de toute façon, à part nous deux, personne n'en saura rien.

— Ces photos, c'est pour quoi, au juste ? Pour un magazine ou quelque chose dans ce genre ?

— Qu'est-ce qui te fait croire ça ? C'est de l'art. Allons, ma cocotte, enlève ton soutien-gorge. »

Un peu méfiante, mais hésitant à exprimer les soupçons vagues et troublants que Serge s'employait à chasser de son esprit avec tant de soin, elle ôta son soutien-gorge et resta plantée, le visage inquiet et les mains sur la poitrine.

« Formidable, mon chou. Non, non, ne souris pas, reste comme ça. » En fond sonore, Herb Alpert continuait à faire entendre sa musique joyeuse et rassurante.

« Maintenant, assois-toi sur la chaise et replie tes genoux sur tes... Fantastique, ma biche... Agenouille-toi, les mains croisées derrière la nuque. Je voudrais aussi que tu enfiles une paire de bas. » Il lui donna d'épais bas noirs et des chaussures d'écolière. Lili ne les trouvait pas très artistiques, néanmoins, elle les passa docilement. Avec la culotte de dentelle blanche, ils accentuaient son air de jeunesse fragile et vulnérable, son innocence que semblait démentir une opulente poitrine de femme faite.

Le jour suivant, Serge l'emmena sur les toits et la photographia dans sa petite robe de coton, sur fond de cheminées, pour qu'elle se décontracte et lui rende sa confiance. Il jetterait le rouleau ; il ne prendrait même pas la peine de le développer. Ensuite, il lui lança un déshabillé de mousseline absolument exquis en disant : « Enfile ça. »

Quand elle revint, il inclina la tête sur le côté, fit une petite grimace désapprobatrice et lança sur un ton autoritaire : « Ce pantalon gâche tout. Enlève-le, mon petit chou, sois mignonne. » Il alla régler son appareil, puis la regarda. « J'ai dit, enlève-le. » Le ton de menace ne laissait aucun doute.

Frissonnant un peu dans le pâle soleil de septembre, Lili enleva son pantalon et Serge prit de merveilleux clichés de ces seins volumineux mais encore enfantins placés sur un corps d'adolescente un peu gauche et transparaissant sous le fin déshabillé qui s'ouvrait même, parfois, sans que Lili s'en rendît compte — avec comme arrière-plan les toits d'ardoises, les cheminées et les pigeons évoluant dans le ciel de Paris. Serge était très satisfait.

« Demain, nous irons chercher un coin tranquille au bois de Boulogne. On fera les prochaines avec des arbres et de la verdure. »

Lili aurait bien voulu arrêter les séances. Une fois qu'elle était loin de la rassurante présence de Serge, elle avait honte. Elle ne retournerait plus au studio.

Mais chaque matin, elle se réveillait l'estomac chaviré par les nausées et, tout en se précipitant dans les W.-C., elle se disait qu'elle était obligée de continuer. Un jour, pour raffermir sa détermination, Serge lui donna quelques photos de sa première séance. Elle les cacha sous son matelas, à côté du pendentif en or. Elle avait à la fois envie de les déchirer et de les conserver. Elle était tout de même bien jolie sur ces photos.

« Il faudra que tu termines mes chemises de nuit d'hiver avant que les classes recommencent », lui criait parfois Mᵐᵉ Sardeau, mais, en réalité, elle ne la surveillait guère et elle avait bien d'autres soucis en tête que ses chemises de nuit. Ces derniers temps, son mari rentrait très tard du bureau. Elle recevait de bien étranges coups de téléphone et quand elle décrochait, plus rien. M. Sardeau avait un drôle d'air et depuis qu'elle était rentrée de Normandie, il n'était pas venu l'importuner une seule fois, au lit. Tout cela était vraiment très curieux.

Lili ne touchait pas un centime pour les séances de pose. Serge versait directement l'argent à la concierge de l'hôtel, mais il faut dire, pour lui rendre justice, qu'il ne la volait pas du moindre sou. Cependant, la concierge ne voulant rien entendre avant d'avoir la somme totale, Lili dut continuer à poser jusqu'au troisième mois de sa grossesse.

Le métal dur et froid la fouaillait au plus profond de son être. Elle enfonça ses poings dans sa bouche et se mordit jusqu'à l'os pour combattre la douleur par une autre douleur. Elle n'osait pas crier.

Des larmes roulèrent sur ses joues et se répandirent sur

l'oreiller recouvert d'une feuille de papier. La sueur glacée qui l'inondait la faisait frissonner. Elle entendait monter la rumeur joyeuse de la rue parisienne, mais là, dans la petite pièce peinte en marron, il n'y avait aucun bruit en dehors de ses gémissements et, de temps à autre, le tintement du métal sur le métal. Elle allait compter jusqu'à dix et puis elle hurlerait ! Était-il possible que cette chose pénètre plus profond encore dans ses entrailles ? On aurait dit un poignard impitoyable, froid et obstiné. Elle avait envie de vomir, de s'évanouir ; elle avait envie de mourir. Elle ne pouvait plus supporter...

Tandis qu'elle était allongée sur la table dure, les étriers maintenant ses genoux écartés, l'homme faisait son travail avec une grande attention. Dès l'instant où elle était entrée, la pièce marron foncé et la table haute et raide placée au milieu l'avaient remplie d'effroi. Sur une autre table, s'alignaient des instruments nickelés et quelques récipients aux formes étranges. Un lit de camp et un paravent de toile occupaient un coin de la pièce. « Allez vous déshabiller là-bas », lui avait enjoint une femme en blouse blanche, en lui montrant le paravent. Une fois nue, elle s'était mise à trembler et elle ne parvenait plus à quitter son refuge, mais la femme l'avait impérativement saisie par le poignet pour l'entraîner vers la table où elle l'avait fait allonger sur le dos, ses hanches étroites reposant sur les bords de la table. Ensuite, la femme lui avait écarté les jambes et placé les talons dans les étriers glacés. Tremblante, mortellement humiliée, la petite fixait la puissante lumière placée au-dessus de sa tête.

On nc l'avait même pas anesthésiée. L'homme portait une blouse verte de chirurgien, toute froissée. Après avoir marmonné quelques instructions à son assistante, il introduisit deux de ses doigts dans le vagin de la gamine. Tenant le col de l'utérus d'une main, il lui avait placé l'autre sur le ventre afin d'évaluer sa dimension et sa position. La douleur l'envahit au moment où les dilatateurs commencèrent lentement à écarter le col, jusqu'à ce que l'ouverture fût assez large pour qu'on pût procéder à l'opération. L'homme prit une curette — cercle de métal au bout d'un manche long et fin — et il se mit à gratter.

Il travaillait avec adresse et rapidité, grommelant de temps à autre quelques mots à l'adresse de son assistante. Tout endurci qu'il fût, il évitait de regarder le visage de Lili ; les petits pieds posés sur les étriers étaient déjà, par eux-mêmes, un reproche suffisant. Il acheva prestement sa tâche, retira les instruments ensanglantés et sortit brusquement de la pièce. La femme vint désinfecter Lili, puis elle l'aida à descendre de la table et à s'allonger sur le lit de camp.

Étendue sous la couverture, Lili ne parvenait pas à réprimer ses tremblements.

La femme lui fit avaler des cachets, puis elle alla s'asseoir dans un coin et se plongea dans la lecture d'une romance à deux sous. Pendant la demi-heure qui suivit, le silence le plus total régna dans la pièce.

« Vous pouvez partir », lui dit enfin la femme et sa dureté soigneusement étudiée se relâcha un instant : « Pauvre petite ! Surtout, dites-lui de vous laisser tranquille pendant deux mois, au moins. »

Une fois dehors, Lili s'arrêta devant le portail et l'éclat du soleil la fit ciller. Elle remonta lentement le boulevard, entra dans un café et commanda une boisson chaude. Elle s'assit et se mit à boire à petites gorgées, le visage chauffé par le soleil, tandis que le juke-box égrenait le dernier succès des Beatles, *She Loves You.*

Elle n'avait envie ni de se lever ni de s'en aller. Elle avait les jambes en coton et tout son corps était à vif, comme ses pensées. Ce café était un havre à mi-chemin entre l'horrible expérience qu'elle venait de subir et l'abattement qui s'emparait d'elle à chaque fois qu'elle approchait de l'immeuble des Sardeau. Elle ne parvenait pas à oublier l'humiliante douleur de l'opération qui s'était ajoutée à la douloureuse humiliation de la disparition d'Alastair. Elle avait cru qu'il l'aimait.

Elle se traîna jusqu'au septième étage et sonna — elle n'avait pas droit à une clé. La porte s'ouvrit toute grande sur M$^{me}$ Sardeau, noire et croassante comme un corbeau. Elle tenait à la main le pendentif en or et les photos que Lili avait cachées sous son matelas.

« Qu'est-ce que c'est que ces cochonneries ? Voilà donc ce que tu fais quand je te crois au parc ! Voilà ce que tu fais dès que j'ai le dos tourné ! Voilà comment tu nous montres ta gratitude, petite putain ! »

Terrifiée, Lili recula et fit retraite dans les escaliers, tandis que M$^{me}$ Sardeau se déchaînait. De l'étage au-dessous, une voix cria : « Un peu moins de bruit, là-haut ! »

Lili continua à reculer en titubant et s'accrocha à la rampe pour ne pas tomber.

« Espèce de petite traînée, c'est facile de voir d'où tu sors, du ruisseau ! C'est bien ce qu'on pensait, sale putain ! Après tout ce qu'on a fait pour... »

Lili fit demi-tour et s'enfuit pour échapper à ces affreuses injures. Elle courut au studio de Serge et se jeta, éperdue, contre sa poitrine replète.

« Heum, alors, cette vieille chipie a découvert le pot aux roses, hein ? lui demanda-t-il très calmement. Oh, je ne suis pas surpris, ma cocotte, mais c'est bien malheureux. »

Il était d'autant moins surpris qu'il avait donné un coup de fil anonyme à M<sup>me</sup> Sardeau pour lui suggérer d'aller jeter un coup d'œil sous le matelas de Lili... Maintenant que l'avortement avait eu lieu, il n'avait pas l'intention de la laisser filer. Serge enveloppa Lili dans une couverture, l'allongea sur le canapé et lui fit chauffer une tasse de lait.

« C'était aujourd'hui, n'est-ce pas ? »

Emmitouflée dans sa couverture, Lili hocha la tête en sanglotant.

« Tu n'auras qu'à rester ici jusqu'à ce que tu te sentes mieux et ensuite, nous verrons. » Doucement, il caressa les cheveux noirs et emmêlés et elle finit par s'endormir. Les bavardages de Lili lui en avaient appris long sur les Sardeau. Elle ne retournerait pas chez eux ; il la tenait ! Il ne risquait plus de la perdre maintenant que ses parents adoptifs avaient tout découvert. Elle n'était pas la première adolescente à disparaître dans Paris ; ils ne remueraient certainement pas ciel et terre pour la retrouver. Elle pouvait rester cachée chez lui pour le moment, puisqu'il vivait seul. Lili avait presque quatorze ans, mais une fois maquillée, elle passait facilement pour en avoir dix-huit. Ôtez-lui sa frange, faites-lui mettre du rouge à lèvres, de nouveaux vêtements et des talons hauts et elle ne ressemblerait plus du tout aux photos qu'on aurait pu donner à la police. Et si, par hasard, on la retrouvait, quel mal lui avait-il fait, après tout ?

Serge venait de rentrer d'une visite à une agence de publicité. Son porte-documents contenait uniquement des photos de Lili. Lili étendue sur un lit défait, empourprée par le sommeil et à moitié cachée sous un châle de dentelle ; Lili avec des nattes, courant, nue, dans les hautes herbes ; Lili en chapeau de paille et en short ultra-court, poussant une bicyclette sur un chemin forestier ; Lili vue de dos, avec ses hanches étroites, en train de glisser une fleur de jasmin dans ses cheveux, devant un miroir reflétant sa voluptueuse poitrine.

L'éditeur avait relevé ses grosses lunettes à monture noire et, abandonnant son air blasé, il décrocha le téléphone. « Excusez-moi de vous déranger, dit-il. Vous vous souvenez du calendrier pour cette marque de pneus que nous devons sortir à Noël prochain ? Eh bien, je crois que j'ai ce qu'il nous faut. »

Un directeur de publicité extrêmement élégant entra précipitamment, feuilleta rapidement l'album en silence, puis le regarda de nouveau avec plus d'attention.

« Elles sont bonnes, dit-il, mais il n'y a qu'une seule fille.

— Nous en avons d'autres, bien entendu, mais c'est exactement le genre que je cherche ; quelque chose qui nous change un peu de tous ces culs et de tous ces nichons, une qualité d'innocence, une impression d'été éternel, une certaine nostalgie et un contrepoint à une joie de vivre exubérante.

— Oui, oui, elles sont très sexy. D'accord, qu'il fasse un essai de maquette. Mais il me la faut vite et je veux qu'il y ait au moins trois filles, dont une blonde. »

Un jour, cependant, un changement survint. Serge avait décidé de lui faire tourner un film. Il y avait une caméra dans le studio, et des hommes qu'elle ne connaissait pas.

Peu à peu, les films pornographiques qu'on faisait faire à Lili trahirent une sorte de lassitude, une certaine conscience du mal et son acceptation impuissante.

Que pouvait-elle faire d'autre, après tout ? Comme Serge ne cessait de le lui seriner, elle n'avait aucune qualification. Sa seule ressource serait de se placer comme vendeuse ou de faire le trottoir ; jamais elle ne trouverait du travail, étant donné qu'elle ne possédait aucune référence. Elle se mordillait alors les ongles, sachant que Serge avait raison. Néanmoins, quand il ne l'obligeait pas à faire ces choses humiliantes, il était très gentil. Il lui donnait tout ce qu'elle voulait : des bonbons, des magazines de cinéma, des disques, des souliers à talons et des robes. Il l'emmenait au cinéma, au restaurant et même dans des soirées, bien qu'elle ne les appréciât pas beaucoup. Elle n'aimait pas les regards obliques, intéressés et légèrement méprisants que les hommes posaient sur elle. Heureusement, Serge ne la laissait jamais seule ; il ne la lâchait pas d'une semelle. Dans le fond, il n'était pas méchant et, au moins, elle n'avait plus besoin de se lever à cinq heures du matin pour confectionner des chemises de nuit.

Se laissant aller au bien-être de son existence présente, Lili ne pensait plus jamais au passé et elle essayait de ne pas réfléchir à son avenir. Maintenant, elle se réjouissait qu'il fût impossible à sa vraie maman de la retrouver. Quand ses anciennes rêveries s'emparaient d'elle ou que le souvenir de Félix et d'Angelina lui revenait, malgré elle, à l'esprit, elle était bien forcée de s'avouer qu'elle avait honte de la vie qu'elle menait. Mais comment faire autrement ?

Elle commença à se forger une carapace et à faire comme si elle se moquait totalement de tourner ces films répugnants et avilissants. Ce n'était qu'à cette condition qu'elle arrivait à supporter de s'allonger toute nue sur des draps de satin, avec des inconnus au regard insolent et des femmes au visage dur, de tous âges et de toutes couleurs, en présence de tous les techniciens.

Serge ne ressentait à son égard ni jalousie ni pitié. Il la considérait comme un petit singe bien dressé ; elle accomplissait ses tours et, en échange, il lui assurait une existence confortable. Il lui fit signer un contrat de cinq ans avec les Sergio Productions, contrat qui n'avait aucune valeur puisque Lili était mineure, mais elle n'y avait vu que du feu. Les Sergio Productions faisaient payer fort cher des films pornographiques fabriqués par des professionnels, mais Lili ne voyait jamais la couleur de l'argent. En théorie, la société lui versait quatre cent mille francs par an, mais là-dessus, Serge déduisait quinze pour cent d'honoraires comme imprésario, trente pour cent comme directeur et trente autres pour cent pour la nourriture, le logement et l'habillement de sa vedette, ce qui ne laissait pas grand-chose à celle-ci.

Dans les obscures profondeurs veloutées d'une salle de projection privée près des Champs-Elysées, un homme murmura soudain à son voisin : « Qui est cette petite brune ? C'est une nouvelle, on dirait. Ah, la petite amie de Serge ? Elle est beaucoup trop bien pour ces conneries. Elle mérite mieux. Je lui téléphonerai dès demain. »

Peu avant son quinzième anniversaire, Lili fit sa première apparition légale sur la pellicule, dissimulée sous un épais maquillage verdâtre et la chevelure enfermée sous un casque de carton argent.

L'autocar vint la prendre à cinq heures du matin. Il était rempli de silhouettes endormies, silencieuses et emmitouflées dans de gros manteaux. Le véhicule sortit de Paris, traversa Versailles et arriva dans une forêt, puis il quitta la route, partit en cahotant sur un chemin défoncé et s'arrêta enfin dans une grande clairière où plusieurs camions étaient déjà parqués. Les passagers descendirent alors de l'autocar et se dirigèrent en silence vers le camion le plus proche. Voyant Lili hésiter, un jeune homme maigre, coiffé d'une casquette de yachtman, lui dit : « Allez donc chercher votre café, tant que c'est encore possible.

— Où y a-t-il du café ?

— C'est la première fois ? Venez avec moi. » Il enfonça les mains dans les poches de sa veste ornée d'une ancre marine et ils partirent tous deux, sur l'herbe mouillée, en direction du camion. Au moment où ils arrivaient à son niveau, la porte arrière s'ouvrit toute grande et l'employé de cantine commença à distribuer cafés et croissants. « Tenez, ça devrait vous réveiller, lui dit-il en lui tendant un gobelet en carton. Pour une raison que j'ignore, le café est toujours bon. Vous êtes figurante ? Un membre de l'équipe du vaisseau spatial ? Moi, je suis un Bohémien qui assiste au crash de l'engin dans la clairière. Vous avez un texte ?

— Non.

— Moi, j'ai trois lignes. Un vrai rôle ! C'est le premier, voilà pourquoi je suis si content. » Son visage s'illumina. « Et puis, j'aime être bien réveillé quand tout le monde est à moitié endormi et aggluté autour du camion, avec le soleil qui se lève à peine, les oiseaux qui chantent et personne dans les parages.

— J'ai horreur de me lever de bonne heure. Pourquoi faut-il venir si tôt puisque le tournage ne commence pas avant huit heures et demie ?

— Dans le cinéma, tout le monde se lève tôt, tout le monde doit être prêt pour huit heures et demie et, croyez-le ou non, mais il faut souvent trois heures pour ça.

— Vous n'avez pas l'air d'être français.

— C'est que je ne le suis pas. Ma mère était de Los Angeles, mais mes parents sont morts tous les deux dans un accident de voiture quand j'avais cinq ans. J'ai été élevé par une grand-mère française. Je m'appelle Simon Pont.

— Moi, je suis Lili ; j'ai perdu mes parents à l'âge de sept ans.

— C'est dur, hein ? Lili comment ?

— Seulement Lili, Lili tout court. » Elle ne lui expliqua pas qu'après avoir eu quatre patronymes successifs jusqu'à l'âge de sept ans, elle avait décidé que désormais elle s'appellerait tout simplement Lili.

« Mais où sont les vedettes ? Où sont Christopher Lee et M$^{lle}$ Collins ? demanda Lili, les yeux brillants, tout en mâchonnant le dernier morceau de son croissant.

— Les vedettes sont dans leur caravane et c'est un lieu sacré », lui répondit Simon, tandis qu'ils allaient consulter la fiche de tournage. « L'entrée en est formellement interdite. Personne ne monte jamais dans une caravane s'il n'y est pas autorisé. Il y a des caravanes pour le metteur en scène, les costumes, le maquillage et les vedettes. Quant aux autres, ils n'ont qu'à se débrouiller sans.

— Où est le metteur en scène ?

— Dans sa caravane, en attendant que tout soit prêt. Le scénariste, le chef décorateur et l'agent de publicité n'arrivent que vers huit heures et demie, sacrés veinards !

— Maintenant, je sais tout ce qu'il faut savoir à propos d'un tournage.

« — Tout, sauf l'endroit où se trouve le camion de maquillage et c'est là que vous devriez être en ce moment. Regardez, il y a votre nom sur la fiche de tournage — Maquillage, six heures et demie — vous feriez mieux de vous dépêcher ; je vous préviens, les maquilleuses sont parfois de vraies garces. Vous n'avez pas envie de vous retrouver avec des petits yeux de cochon et des grosses poches dessous, je pense ? »

Elle retrouva Simon à la pause du déjeuner et il alla chercher leurs sandwiches dans le camion. Ensuite, il étala sa veste sur l'herbe et ils s'assirent dessus, tous les deux. Il mordait dans le pain croustillant avec des dents blanches, écartées et incroyablement petites, comme des dents d'enfant. « Regardez-moi cet imbécile qui arrive sur le chemin à toute allure, avec sa Mercedes.

— C'est Serge, mon imprésario ; je vis avec lui.

— Ah ! bon, alors, je m'en vais. » Il ne parut ni surpris, ni désappointé.

Le mois suivant vit la parution du calendrier commandé par la marque de pneus. Ce calendrier était, en lui-même, un véritable événement, toujours conçu à grands frais par un photographe célèbre et un directeur artistique de premier plan. On les collectionnait comme des livres anciens. Le calendrier de l'année 1964, sur lequel Lili tenait la vedette, fit sensation. Tous les éditeurs et les dessinateurs d'art voulurent en avoir un, tous les routiers se mirent à lorgner la photo de Lili et tous les collégiens, sans parler de leurs pères, se prirent à soupirer devant son image. En quinze jours, le calendrier fut épuisé. On fit alors un second tirage de deux cent cinquante mille exemplaires qui disparurent aussi vite que les premiers.

Lili devint célèbre du jour au lendemain. Elle ne pouvait plus faire un pas dans Paris sans être reconnue.

Elle découvrit que le fait d'avoir si peu d'estime pour elle-même lui offrait l'avantage d'ignorer très facilement l'image qu'elle donnait au public d'une petite putain dure, provocante et rusée.

Serge lui apprit à glisser aux journalistes qu'elle était orpheline. Les orphelins ont toujours bonne presse, lui disait-il. Ils sont tristes et touchants. Mais il fallait aussi que Lili cessât de raconter des bêtises à propos de sa mystérieuse maman, parce que cela ne cadrait pas dans le tableau et, de plus, il ne voulait pas qu'une cohorte de vieilles rombières vînt prétendre être sa mère et essayer de mettre la main sur son magot.

La plupart des premières photos de Lili se revendirent et ses films pornographiques changèrent de main à des prix tels que la fortune de Serge devint presque un embarras pour lui. Il passait son temps à s'entretenir avec des hommes de loi et des comptables, à discuter des avantages fiscaux offerts par Monaco, Andorre ou Jersey, de la possibilité d'aller s'installer aux îles Cayman ou aux Bahamas, de monter une société à Panama ou à Mexico ou encore d'ouvrir un compte en Suisse.

Jamais on ne demandait à Lili de venir participer à ces discussions, car Lili ne possédait rien de toutes ces richesses. Elle était sous contrat avec les Sergio Productions, elle était donc la propriété de Serge. Lili ne récoltait que les regards vicelards, les œillades égrillardes et les ragots. Ne sachant quelle attitude adopter, elle accueillait tout le monde avec un air de suspicion.

Que pouvait-elle faire d'autre ?

# 32

Par une chaude journée du printemps 1965, peu de temps après son troisième anniversaire de mariage, Pagan jouait aux cartes avec Kate, dans le jardin.

« Buster n'aime pas beaucoup Londres, remarqua-t-elle, tout en battant les cartes. Pauvre chéri, il regrette toujours sa Cornouailles. Moi aussi, du reste. Est-ce que je t'ai dit que Christopher s'était fâché contre maman ? Ils étaient ensemble dans la bibliothèque à échanger des propos polis et venimeux, lorsque soudain, crac, c'est parti, et le résultat, c'est qu'on s'est retrouvés tous les trois chez le notaire de Saint-Austell. Et là, recrac, Christopher a déclaré qu'elle n'aurait jamais dû autoriser mon tuteur à lui louer, à elle-même, ma propriété, bien que je n'imagine pas une seconde qu'elle ait présenté la chose de cette façon à ce vieux schnock. Il avait l'air de croire qu'elle gérait l'affaire en mon nom et il n'était même pas au courant de son testament — et pan ! — elle l'a fait enregistrer chez un de ces escrocs chics de Londres — bon sang, je n'en suis pas encore revenue ! — et c'est ainsi que, pour dix livres, j'ai pris une option pour racheter, à sa mort, les parts de maman dans l'établissement — crac, ah, la vache ! — et pour dix autres livres — allons-y gaiement ! — j'ai pris une option pour racheter les parts de Selma au cours du jour, quand elle décédera. Tu te rends compte ! Quoi ? Tu ne comprends pas ? Ça signifie que Selma — merci petit Jésus — ne pourra pas mettre le grappin sur Trelawney, si maman casse sa pipe, et qu'en fin de compte, si je leur survis, je récupérerai tout. Autre chose, maintenant, je voudrais ton assistance dans une affaire délicate.

— De quoi s'agit-il, cette fois-ci ? demanda Kate.

— J'ai deux projets, expliqua Pagan, et pour les deux, j'ai besoin de ton aide. Primo, j'aime Christopher plus que la boisson et, secundo, je l'aime tant que je ne sais pas ce que je deviendrais s'il venait à mourir. Tu n'ignores pas que ça pourrait lui arriver d'une minute à l'autre et alors, je n'aurais plus rien de lui. Il ne resterait rien de Christopher. C'est pourquoi je veux un enfant. Même si ça doit le tuer, je veux un enfant de lui.

— Tu ne peux pas le faire avec... euh... avec l'insémination artificielle ?

— Certainement pas ! Je ne pourrais pas supporter une chose aussi antinaturelle. Je veux un enfant conçu grâce à un acte d'amour, même si c'est le dernier que nous accomplissions ensemble.

— Et malgré ce qu'a dit le médecin ? rétorqua Kate, très choquée par l'impitoyable raisonnement de Pagan.

— Oui, malgré ce qu'a dit le médecin, ma chérie. Je veux donc que tu m'aides à abuser Christopher, car je sais qu'il n'y consentira pas de son plein gré. » Kate était muette de stupéfaction. « Je vais pratiquer le contraire du contrôle des naissances et je voudrais que tu m'aides à déterminer la période dangereuse. Il faudra que tu vérifies mes calculs, parce que j'ai toujours été nulle en maths et je sais parfaitement que je n'aurai qu'une seule chance.

— Et si ce n'était pas suffisant ?

— Ça a bien été suffisant, autrefois. Souviens-toi, en Suisse, il avait suffi d'une seule fois pour fabriquer cet adorable petit être.

— Je t'en prie, ne parlons pas de ça, sinon je vais me mettre à pleurer. »

Elle poussèrent toutes les deux un gros soupir.

« Je suis allée au planning familial, poursuivit Pagan. On m'a donné une feuille de température avec un thermomètre et je vais prendre ma température tous les matins ; je voudrais que tu gardes la feuille pour que Christopher ne la trouve pas par hasard ; je suis bien capable de la laisser traîner sur la cheminée, un jour ou l'autre. Quand ma température commencera à baisser légèrement, il sera temps de passer à l'action ! Les gens du planning m'ont conseillé de vérifier ma courbe pendant deux mois avant d'entreprendre mes grandes manœuvres. »

Bien que Kate fût absolument scandalisée par cette idée, Pagan finit par la convaincre. Chaque matin, dès que Christopher était parti au laboratoire, Pagan téléphonait à Kate pour lui indiquer sa température. Les deux premiers mois, la courbe resta à peu près égale, mais le troisième mois, la température chuta, sans aucun doute possible.

Au bout du quatrième mois, quand arriva le jour propice, que la lune fut dans le bon quartier et que le thermomètre eut incontestablement vacillé, Pagan mit tout en œuvre pour séduire son époux légitime, avec toute la froide détermination d'un tigre.

Dès le lendemain, elle communiqua son rapport à Kate.

« Alors, voilà : je me suis précipitée d'abord chez Fortnum pour acheter du saumon fumé, une tourte de gibier, des mûres arrivées tout droit de la campagne, j'ai poussé le chauffage et quand il est rentré à la maison, il m'a trouvée dans ce voile oriental en mousseline rose, sans rien dessous. J'avais déjà débouché une bouteille de haut-brion 1959, et à peine s'était-il assis que je lui ai tendu un énorme mint-julep. Du bourbon pur avec de la menthe hachée et mélangée à du sucre fondu. Oh, là, là, que ça sentait bon ! Tu le trouves assez fort ? lui ai-je demandé. Tu sais que je ne peux pas goûter. Imagine-toi qu'il y avait la valeur de six coquetiers de bourbon pur, mais on ne s'en rend pas compte, à cause du sucre. Le reste a été très facile, mais c'était trop rapide pour être bien et si tu avais vù comme il était livide, après, sans toutefois oser se mettre en colère, de peur de faire monter sa tension. »

Aussi surprenant que cela puisse paraître, Pagan tomba effectivement enceinte. Une fois remis de sa fureur première et habitué à cette idée, Christopher laissa déborder sa joie. Pagan disait qu'elle voulait une fille, « une jolie petite fille avec de grands yeux bruns », précisa-t-elle, en se nichant sur ses genoux, bien qu'elle fût beaucoup trop importante pour y tenir. Christopher se mit à rire.

« Eh bien, ma chérie, tu ne l'auras pas.

— Et pourquoi donc ?

— Parce que nous avons tous les deux les yeux bleus et qu'il est génétiquement impossible pour des parents aux yeux parfaitement bleus d'avoir un enfant aux yeux noirs.

— Que veux-tu dire par génétiquement impossible ? »

Il l'attira contre lui et se mit à caresser ses cheveux acajou.

« Dans le noyau de chaque cellule humaine, il y a deux groupes de gènes — un pour chacun des parents — et ce sont eux qui déterminent les caractères héréditaires du bébé. Pour ce qui est des gènes de la couleur des yeux, poursuivit-il en faisant courir un doigt sur l'arc de ses sourcils cuivrés, on ne peut avoir un enfant aux yeux bleus que si les parents ont tous les deux des gènes d'yeux bleus. C'est un gène que l'on appelle " récessif ", c'est-à-dire que si une personne a un gène d'yeux bleus et un gène d'yeux noirs, elle aura obligatoirement des yeux noirs et non bleus. Et cela veut dire aussi que des parents aux yeux parfaitement bleus ne peuvent avoir qu'un enfant aux yeux bleus. Il leur est totalement impossible d'avoir un bébé aux yeux noirs. Donc, ma chérie, tu auras un enfant aux yeux bleus et j'espère qu'il sera ta réplique exacte. »

Sophia naquit pendant l'été 1966. Contrairement à ce qu'on aurait pu croire, Pagan se révéla une mère parfaite. Du jour au lendemain, elle perdit son côté négligent et désordonné. Cette transformation sidéra Kate, jusqu'au jour où elle vit son amie jouer à faire le chat avec Sophia. Kate se rendit alors compte que Pagan traitait sa fille comme elle traitait les animaux, c'est-à-dire avec beaucoup plus d'égards que les êtres humains.

Bien entendu, Kate fut choisie comme marraine.

« Écoute-moi bien, lui avait déclaré Pagan, c'est très sérieux. Je ne veux plus de catastrophe dans ma vie. Je voudrais que tu sois une marraine chez qui elle pourra toujours chercher refuge. Je voudrais qu'elle te considère toujours comme une alliée, comme quelqu'un qui sera de son côté, qu'elle le mérite ou non. Pour te parler franchement, ma chérie, je voudrais qu'elle ait ce que je n'ai pas eu quand j'en avais besoin. »

Kate hocha gravement la tête.

Elle offrit à Sophia un rang de perles baroques irisées. Naturellement, Pagan déclara alors : « Je ferais mieux de les porter ; elles perdront leur éclat si elles ne sont pas au contact d'une peau tiède. Ça ne sert à rien de les laisser dans un coffre. »

Sa période d'alcoolisme avait beau n'être plus qu'un lointain cauchemar, Pagan n'en continuait pas moins à aller presque chaque semaine aux réunions des Alcooliques anonymes. Elle savait qu'elle aurait intérêt à les fréquenter toute sa vie si elle voulait éviter de retomber dans l'ornière.

# SEPTIÈME PARTIE

# 33

On était au printemps 1956 et cela faisait quatre ans que Kate s'était enfuie du Caire. Elle avait passé la première semaine de son retour à pleurer, consciente de la déception outragée de son père et de sa fureur indignée. Il fallait qu'elle quitte la maison, qu'elle s'en aille loin de lui, elle le sentait bien. Elle avait besoin d'un prétexte pour s'installer à Walton Street. Ne voulant pas être esclave d'un travail à temps complet, elle décida de devenir traductrice indépendante. Elle ne parlait pas suffisamment bien le français — ni elle, ni Kate, ni aucune autre n'avait appris grand-chose à l'Hirondelle. Elle s'inscrivit donc à un cours intensif, chez Berlitz, dans Oxford Street et échappa ainsi à l'opulence du faux style George V de Greenways pour retrouver son vieil appartement de Walton Street, authentiquement George V, lui.

Elle n'avait pas de difficultés dans son travail. Elle était rapide et précise, et elle avait autant de traductions qu'elle le désirait grâce à un agent littéraire de Motcomb Street, ce qui lui permettait d'adapter ses heures de travail à sa vie personnelle. Bien que son père lui donnât de l'argent, moins de six mois après ses débuts, elle aurait pu s'en passer.

Elle s'efforça d'oublier Robert. Elle se remit à fréquenter ses anciens amis et, très rapidement, elle apprit qu'il ne lui fallait surtout pas rester seule à la maison quand elle se sentait déprimée. Elle partait alors se promener dans Londres, comme jamais elle n'avait eu le droit de le faire quand elle était enfant. Elle allait se mêler aux foules de jeunes étrangers débraillés qui flânaient à Piccadilly Circus. Elle aimait à s'asseoir parmi les lions de pierre des fontaines de Trafalgar Square, puis faire une visite à la National Gallery où elle passait des heures dans la salle paisible des *Nymphéas* de Monet.

Depuis qu'elle avait quitté Le Caire, Kate avait l'impression qu'on lui avait dérobé une partie de sa vie. En raison du fait qu'elle était fille unique et aussi de la violence verbale de son père, elle avait toujours été timide, indécise et solitaire, mais maintenant, elle avait en outre le sentiment d'avoir perdu quelque chose, sans trop savoir quoi.

Qu'avait-elle perdu, en effet ? Pas sa virginité ; cet événement avait eu lieu bien avant sa rencontre avec Robert et il n'avait pas eu ce caractère mélodramatique qu'il est censé avoir. Elle ne pleurait plus sur Robert, même si la nouvelle de son mariage avec Pagan lui avait donné un rude coup.

Mais c'était du passé et, autour d'elle, les hommes ne manquaient pas. Kate connaissait beaucoup de garçons sympathiques et, à vrai dire, elle était toujours un peu amoureuse — quinze jours ici, une demi-heure là, cinq minutes, même, d'un inconnu entrevu dans l'autobus. Elle savait qu'elle était sensuelle, elle savait qu'elle aimait toucher le corps d'un homme et sentir un homme la toucher. Dans chaque homme qu'elle rencontrait, elle trouvait toujours quelque chose qui éveillait sa faim, mais elle cherchait vainement à découvrir pourquoi les deux seuls hommes qu'elle avait vraiment aimés l'avaient repoussée.

Pourquoi ?

Kate se disait qu'elle avait toujours été soumise, fidèle, loyale, confiante et digne de confiance. Enfin, presque toujours. Qu'est-ce qui clochait ? Pourquoi l'avaient-ils laissée tomber ?

« Pourquoi ? », demanda-t-elle à Maxine qui était venue faire des achats à Londres.

Elles étaient assises toutes deux sur un vieux tapis effiloché, devant les flammes bleues d'un radiateur à gaz, buvant du chocolat.

« C'est peut-être parce que tu donnes trop vite, suggéra Maxine. Mais non, idiote, je ne parle pas de ton corps. Peut-être es-tu trop avide d'amour, trop prompte à t'attacher, trop dépendante, trop exclusive. » Elle souffla sur son chocolat pour le refroidir. « Tu as besoin d'amour plus que quiconque, Kate. On le voit tout de suite. Aussi, quand tu t'imagines l'avoir trouvé, tu te comportes comme un petit chien. » Elle avança le bout de sa langue vers la tasse et le retira précipitamment. « Je crois que tu devrais te montrer plus réticente, plus évasive. Les hommes donnent du prix à ce qu'ils ont du mal à obtenir. Souviens-toi comme tu t'étais jetée au cou de François ; tu t'étais aplatie devant lui comme un paillasson sur lequel on a inscrit " Bienvenue ". Alors, il s'est tout bonnement essuyé les pieds dessus.

— C'est parce que j'étais sincère, répliqua Kate.

— Et tu as payé cher pour t'être laissée aller et avoir manqué de retenue, objecta cyniquement Maxine. Quand une femme est difficile à gagner et qu'elle oblige les hommes à se casser la tête, à se tracasser et à consacrer du temps à sa conquête, alors ils trouvent la justification de tous leurs efforts dans la certitude qu'elle vaut vraiment la peine d'être possédée.

— Se montrer délibérément dure, c'est de l'exploitation psychologique et, en plus, c'est du baratin.

— Dans ce cas, appelons la chose par un autre nom, dit Maxine en haussant les épaules et en soufflant une nouvelle fois sur son chocolat. J'ai l'impression que tu manques de discernement. Je te vois sortir avec de vrais forbans.

— Ça n'explique pas pourquoi j'ai le sentiment d'avoir perdu quelque chose. Je t'assure que je ne pense presque jamais aux deux salopards qui m'ont plaquée, Dieu merci. Mais j'aimerais parvenir à identifier ce sentiment. Si ce n'est pas eux que j'ai perdus, alors, qu'est-ce que c'est ?

— Tu vas peut-être rire, Kate, répondit Maxine en buvant prudemment une gorgée de chocolat, mais je crois que c'est la confiance que tu as perdue. Tu n'as plus confiance en personne. En moi, si, bien sûr, mais tu n'as plus confiance dans les hommes, je pense. »

Kate avait été conditionnée à aimer les salauds. Sans s'en rendre compte, elle recopiait dans sa vie d'adulte le schéma qu'elle avait appris sur les genoux de son père : elle était vouée à l'abandon. Quand un homme commençait à la critiquer, elle tombait automatiquement amoureuse de lui. Et si elle tombait amoureuse, elle couchait avec lui, mais jamais elle ne jouissait et n'osant pas l'avouer, elle simulait.

Cependant, Kate avait toujours la hantise d'être découverte. Elle craignait que son amant ne la quitte s'il la croyait frigide et, comme l'idée d'être rejetée l'épouvantait, elle n'avait jamais eu de vrais rapports amoureux. Elle ressentait une telle insécurité que, dès qu'elle entrevoyait la plus légère possibilité d'être abandonnée par un homme, elle s'en débarrassait sur-le-champ.

Telle était donc Kate, une candidate potentielle à la nymphomanie, jusqu'au jour où elle rencontra Toby. Elle fit sa connaissance au réveillon du Jour de l'An 1956, au cours d'un bal donné par les Beaux-Arts de Chelsea, au milieu des ballons, des serpentins, des peintres vrais et faux. C'était un architecte de vingt-huit ans, spécialisé dans la construction des hôpitaux et il était depuis peu le plus jeune associé du cabinet dans lequel il travaillait. Toby introduisit Kate dans le monde de la bohème huppée et ses amis la changeaient agréablement des officiers de la Garde et des agents de change en herbe qu'elle avait fréquentés jusque-là. A vrai dire, elle était fascinée par tous ces concepteurs. Ils avaient un profond dédain pour tout ce qui n'était pas parfaitement proportionné et surtout pour les choses auxquelles ils n'avaient pas pensé les premiers. Quand ils allaient dans un cocktail, ils étudiaient les proportions de leur verre avant de boire la moindre gorgée et ils ne consentaient à manger que dans de la porcelaine blanche.

Kate se laissa totalement dominer par Toby ; il lui disait comment elle devait s'habiller, regarder, penser, sentir et se comporter. Un jour qu'il la critiquait pour sa mollesse, sa maladresse et son manque d'efficacité, non seulement elle accepta ses reproches mais, au grand étonnement de Maxine qui assistait à la scène, elle lui promit d'essayer de s'améliorer.

Kate était béate devant l'assurance de Toby et elle partageait la bonne opinion qu'il avait de lui-même. La voilà une fois de plus transformée en paillasson, pensa Maxine, bien qu'elle fût obligée de reconnaître que Toby était un garçon vif et agréable, même s'il n'était pas vraiment beau. De toute évidence, il était intelligent et passionné par son travail.

« L'ennui, quand on fait des plans pour un hôpital, c'est qu'on se sent ligoté, avait-il déclaré à Maxine, tout en mélangeant son Campari dans un verre de la plus parfaite simplicité. On n'a pas affaire à un seul client, mais à toute une escouade de clients : des médecins qui ne prennent pas la peine de lire les plans correctement, des infirmières-chefs, des conseils d'administration des hôpitaux et pour couronner le tout, le ministère de la Santé. »

Il éleva son verre dans la lumière. « Quelle merveilleuse couleur que ce liquide rouge ! Les conseils d'administration et les ministères sont très vieux jeu ; ils ont des idées préconçues et ils ne veulent pas entendre parler des nouvelles. Ils me disent qu'il faut " économiser ", alors qu'en réalité, ils me suggèrent de concevoir mes plans afin d'entasser le plus de monde possible dans les services.

— Ça me semble extrêmement complexe », observa poliment Maxine. Enfin une amie de Kate qui a un peu de jugeote, pensa Toby.

Kate buvait toutes ses paroles. Elle adorait l'entendre discourir sur son métier ; elle aimait son bureau calme et tout blanc, avec ses tables carrelées et ses grandes épures. Contrairement aux médecins, elle avait très vite appris à les lire.

Cependant, redoutant la fureur de son père, elle n'avait pas permis à Toby de s'installer à Walton Street. « Dans ce cas, je crois qu'il va falloir se marier », soupira-t-il d'assez mauvaise grâce et les yeux de Kate se mirent, une fois de plus, à étinceler.

Kate Harrington. Mrs. Toby Harrington. Mrs. Harrington.

Cette fois, il n'y eut pas de bague de diamant ; en fait, Kate parvint à grand-peine à se faire offrir une alliance, car Toby estimait que ce signe primitif de possession faisait par trop bourgeois. Il se laissa néanmoins persuader de faire l'acquisition d'un anneau d'or d'occasion.

La mère de Toby vint de l'Essex pour assister au mariage. La veuve du colonel Hartley-Harrington était une personne brusque et imposante, avec des mollets musclés et un grand nez. Bien que, pour la circonstance, elle eût mis une robe en soie bleu marine, on sentait qu'intérieurement elle portait un tailleur de tweed et qu'elle se demandait s'il n'arriverait rien de fâcheux à ses chiens pendant son absence. Elle n'ouvrit pratiquement pas la bouche et ne cessa de renifler et de tirer sur les poils de son étole de fourrure pendant toute la morne cérémonie civile, sans paraître le moins du monde penser qu'elle venait d'hériter d'une fille.

Elle s'adoucit un peu au cours du déjeuner qui eut lieu au Connaught, mais cette transformation était due davantage aux effets du vin qu'à une subite poussée d'affection envers sa nouvelle bru. Quand on eut terminé le premier plat, le père de Kate qui, depuis une bonne demi-heure, s'efforçait d'entrer en conversation avec la mère de Toby et se rendait bien compte qu'il était tombé sur un bec, cogna son verre avec la lame de son couteau, déclara qu'il n'était pas un orateur, que les jeunes menaient leur vie à leur guise, qu'il comprenait bien que les choses avaient changé — ce qui ne voulait pas dire qu'elles avaient changé dans le bon sens — mais que des jeunes mariés ne pouvaient pas vivre dans un trou à rat et que par conséquent il leur avait acheté la maison de Walton Street comme cadeau de noces.

Pleurant de joie, Kate se jeta dans ses bras.

Ensuite, l'atmosphère se détendit et des rires joyeux accompagnèrent les nouveaux époux quand ils prirent congé pour s'envoler vers Milan où se tenait l'Exposition triennale. Toby était capable de critiquer tous les projets qui avaient reçu des récompenses internationales, s'ils n'étaient pas dans sa manière de voir.

Au début, ils furent très heureux.

Le sous-sol que Kate occupait auparavant fut éventré, repeint en blanc, tapissé de liège et il devint le bureau de Toby. Il était toujours plein d'amis ; ils débarquaient pour manger, parfois sans même prévenir, et pour parler de leurs travaux, pendant et après les repas.

Kate était ravie.

Le rez-de-chaussée de la petite maison fut, lui aussi, éventré.

On peignit les murs, les plafonds et les encadrements de fenêtres dans une teinte chocolat assez lugubre ; le sol fut recouvert de carreaux de vinyle blanc — sur lesquels les traces de pas marquaient terriblement —, des spots fleurirent dans tous les coins et on ôta la rampe de l'escalier. Sur l'un des côtés de cet « espace d'habitat », on installa des éléments de cuisine dissimulés derrière un écran coulissant en lattes de pin, si bien qu'il fallait repousser le lourd panneau trois mètres plus loin pour prendre une petite cuiller. Le mur opposé à la cuisine était occupé par des étagères garnies de livres, de bouteilles, de fleurs visuellement acceptables (comme par exemple, un bouquet de marguerites dans un pot à confiture ou une rose à longue tige dans une cornue de chimie) et la collection de vieux jouets d'époque victorienne de Toby. Toby avait dessiné lui-même les chaises de métal. Certaines faisaient penser à des sièges de tracteur et d'autres étaient faites de fils de fer entrecroisés. « Des pince-culs », grommelait le père de Kate en pensant que cet endroit était diablement nu. Quand ses parents venaient la voir, Kate cachait les statues africaines obscènes et les gravures confidentielles d'Aubrey Beardsley.

Le soir, Kate se dépensait sans compter pour recevoir les clients de Toby, les relations qui lui étaient utiles, les journalistes spécialisés et les architectes qui travaillaient avec son mari. Elle se plongea avec délices dans l'apprentissage de la cuisine. Après quelques dîners catastrophiques (une casserole complètement brûlée, un jambon salé qu'elle avait oublié de faire tremper avant de le cuire), elle découvrit les livres de cuisine d'Elizabeth David et, depuis lors, il n'y eu plus que les œufs à la coque du petit déjeuner qu'elle acceptât de servir sans ail. Comme cadeau de Noël, elle demanda à Toby de lui offrir un moulin à sel et un bocal de confit d'oie de chez Fortnum. Elle le servit à ses parents pour le *Boxing Day*[1]. Sa mère trouva cela extrêmement gras, mais elle se dit que cette manie de cuisine exotique lui passerait quand elle aurait un bébé.

En embrassant Kate sur le seuil de la maison, son père lui déclara courageusement :

« En règle générale, je n'aime pas toutes ces cuisines étrangères, mais je dois avouer que c'était très bon, ma fille. »

Ce furent les derniers mots que Kate lui entendit prononcer.

---

1. Lendemain de Noël, jour férié en Grande-Bretagne.

# 34

En effet, le lendemain, tandis qu'il changeait une ampoule sur la loggia, le père de Kate reçut une légère décharge électrique, tomba de l'échelle sur le sol dallé et se brisa la nuque. Il était déjà mort quand sa femme le découvrit.

Kate pleura pendant toute une semaine, sans vraiment comprendre pourquoi, puisqu'elle avait tant souffert de ses colères et de sa tyrannie. Jamais elle ne pourrait oublier la frayeur qui avait hanté son enfance.

Après l'enterrement, elle resta prostrée jusqu'à la fin du mois, quand, au grand soulagement de Toby, Maxine vint lui rendre visite. Kate se servit un Campari, s'assit en tailleur sur le tapis de Finlande, vert et bleu à poils longs et elle éclata en sanglots.

« Vraiment, jamais je n'aurais cru ça, Maxine, me sentir si triste parce que ce vieux schnock est mort. Je suis épuisée et j'ai perdu toute confiance en moi. Comme du temps où j'étais à l'école ! » Elle trempa ses lèvres dans le Campari. « Sa mort a été un atroce mélange de farce et de tragédie. Quand je suis arrivée à Greenways, je l'ai trouvé allongé sur un canapé, dans le hall, comme s'il faisait la sieste, tout raide dans son pyjama à rayures bleues et serrant un lys dans la main. On l'avait maquillé, il avait les joues couleur brique et on lui avait attaché un mouchoir sous le menton pour que ses mâchoires restent serrées. »

Kate avala une longue gorgée d'apéritif, regarda son verre avec dégoût et alla se verser un scotch. Elle avait envie d'une « vraie boisson » comme disait son père. « Alors, j'ai pensé que s'il s'était vu ainsi, il serait mort de honte et ce n'est qu'à cet instant que j'ai vraiment réalisé. Il ne s'attendait certainement pas à mourir à cinquante-cinq ans, poursuivit-elle en reniflant. Ses papiers étaient dans un tel désordre qu'il m'a fallu toute une journée pour trouver son dossier médical.

— Ma pauvre chatte, lui dit Maxine en l'embrassant, bientôt, tu te sentiras mieux. »

De plus, le lendemain, Kate se disputa avec le notaire de son père. « Et maintenant, fais bien attention, maman, avait-elle dit avant d'entrer dans son bureau. Surtout, ne te laisse pas impressionner par ce bonhomme, je t'en prie. »

On fit entrer les deux femmes dans un petit bureau de Gray's Inn, aux étagères ployant sous des livres de droit reliés en cuir rouge et, à sa propre surprise, la timide Kate, furieuse au nom de son père mort, exposa froidement la situation.

« Mr. Stiggins, le mois dernier, le lendemain de la mort de mon père, vous avez semblé ne pas être très au courant des biens de mon père. Vous avez dit à ma mère qu'elle ne pourrait pas toucher d'argent avant un certain temps. »

Stiggins hocha la tête.

« Voyons, mesdames, inutile de vous inquiéter. Comme vous l'avez vu dans le testament, tous les biens de feu Mr. Ryan ont été réunis dans un fonds de dépôt au bénéfice de sa veuve et passeront, au décès de celle-ci, à leur unique héritière, Mrs. Harrigton. Il s'agit uniquement d'attendre que le testament soit homologué. Quelques mois... un an, peut-être. Feu Mr. Ryan m'avait personnellement désigné comme l'un des exécuteurs testamentaires, l'autre étant Mr. Jellaby, son ancien associé qui, comme vous le savez, est à l'hôpital depuis deux mois, à cause d'une attaque. Par conséquent, poursuivit-il d'un ton solennel, je suis responsable des investissements de feu Mr. Ryan et, après en avoir longuement délibéré avec notre agent de change, j'ai décidé de vendre toutes les actions. Une fois que les droits de succession auront été payés, l'argent restant sera investi dans le Fonds des veuves britanniques, une société financière absolument sûre.

— Une société financière ? qu'est-ce que c'est ? », demanda Kate, stupéfaite de voir qu'on avait pris des décisions aussi importantes sans même les consulter, sa mère et elle.

« C'est une société dont les experts financiers investissent les fonds en Bourse. Je veux dire que c'est une société extrêmement prudente. Je ne me permettrais pas de prendre le moindre risque... »

Kate ne comprit pas grand-chose au discours qui suivit, mais elle prit la décision de s'informer sur le marché boursier.

Elle découvrit en premier lieu que le Fonds des veuves britanniques était tellement « sûr » qu'il rapportait un intérêt minime.

« Je ne peux pas m'empêcher de penser que Stiggins se sucre en passant », maugréa-t-elle, fermement déterminée à surveiller les Veuves britanniques de très près.

Elle acheta un cahier d'écolier et se mit à prendre des notes sur le marché financier.

Deux mois plus tard, Kate avait trouvé un autre sujet d'intérêt. Elle était enceinte. Et ravie de l'être.

Cependant, elle continuait à se passionner pour ce que faisait Toby, à être fascinée par ses théories et son zèle missionnaire. Quand Maxine revint à Londres, elle eut la surprise de voir Kate piler quelque chose dans un vieux mortier de marbre. Le matin même de son arrivée, elle l'avait écoutée, deux heures durant, déverser son cœur, ses espérances et son bonheur. Kate était devenue une autre personne, une personne de plein droit, une personne d'importance. Elle n'avait plus son air réservé et inquiet. Elle arborait un sourire confiant et une robe de grossesse jaune canari, confectionnée dans un tissu d'ameublement qu'elle avait acheté chez Harrods, sans toutefois le dire à Toby, car Harrods n'était absolument pas design.

Maxine admira la belle layette puis écouta Kate lui exposer ses projets, dans la chambre d'enfant nouvellement décorée, au sol de linoléum mandarine, où des mobiles évoluaient dans la brise légère qui entrait par la fenêtre ouverte. Tandis que Kate continuait à babiller, Maxine réalisa tout à coup que son amie rêvait d'une relation d'amour délivrée de toute inquiétude. Elle était bien placée pour savoir que l'un des charmes de la maternité réside dans le fait que c'est la mère qui assume les responsabilités ; c'est elle qui prend les décisions. Enfin !

Quand Kate se trouva enceinte de sept mois, l'ancien associé de son père mourut et Stiggins resta seul exécutaire testamentaire. Kate consulta alors son petit cahier et constata qu'au cours des six mois précédents, les Veuves britanniques avaient chuté de 8,5 %, davantage que les autres actions, et qu'il y avait des honoraires énormes à verser au notaire pour le règlement de la succession de son père. Elle téléphona à la Société de droit et découvrit qu'elle ne pouvait rien faire pour retirer l'argent des Ryan du Fonds des veuves britanniques, sauf si sa mère se décidait à accuser formellement l'exécuteur testamentaire de négligence grave. Pour porter plainte, il faudrait passer par un avocat et il semblait difficile d'en trouver un qui accepterait de plaider contre un collègue.

« Ah, ma chérie, jamais je ne pourrai changer de notaire, déclara la mère de Kate, effondrée. Je ne pourrais jamais plus regarder le notaire de ton père en face. »

Cette nuit-là, Kate fut réveillée par de violentes douleurs et elle s'aperçut que le drap était trempé de son sang. Toby l'emmena de toute urgence à l'hôpital Saint-George où, quatre heures après son admission, on lui apprit qu'elle avait perdu son bébé.

Toby vint s'asseoir au chevet de sa femme muette et affaiblie. Il lui tint la main des heures entières et lui apporta un pot de jacinthes bleues. Le médecin lui conseilla discrètement de lui refaire un enfant le plus rapidement possible.

Toby suivit ce conseil.

Cette fois encore, Kate perdit son bébé.

Trois ans après cet accident, le 6 mai 1960, Toby assistait au mariage de Son Altesse Royale la princesse Margaret avec Anthony-Armstrong Jones. Il était là quand la célèbre épousée pénétra dans la nef, vêtue d'une somptueuse robe de Norman Hartnelle, en satin blanc, puis il eut le privilège de voir sa gravité se changer en une joyeuse exubérance, au cours de la réception donnée à Buckingham Palace.

Kate n'était pas là. Elle était à l'hôpital, après une troisième fausse couche.

Maxine, qui passait justement par Londres pour aller aux États-Unis, vint lui rendre visite. Elle la trouva seule dans une sorte de cellule haute et verte, environnée d'un méli-mélo de tuyaux qui faisaient penser à des serpents.

« Mon pauvre bébé », dit Maxine en déposant une brassée de jonquilles devant son amie. Elle rougit aussitôt, se rendant compte qu'elle venait de faire une gaffe.

« Qu'est-ce qui s'est passé, ma chérie ? »

Kate soupira et pendant quelques instants, on n'entendit rien d'autre que le gargouillement des tuyaux.

« Mes deux premières fausses couches se sont produites à la vingt-huitième et à la vingt-septième semaine, dit-elle enfin. Mais cette fois, j'en étais à la trente-deuxième semaine et l'enfant est mort-né. Tu ne peux pas savoir à quel point c'est dur et déprimant, remarqua-t-elle en faisant la grimace. J'ai eu des contractions et des douleurs exactement comme pour un accouchement et en même temps je ne cessais de penser à ce pauvre petit être mort qui allait sortir de tout ça.

— Mais il n'y a eu aucun signe avant-coureur ? Tu n'aurais pas pu rester couchée pour éviter ça ?

— La première fois, je me suis mise à saigner pendant mon sommeil ; j'ai eu des douleurs et le bébé est mort. A l'hôpital, on m'a allégrement cité les statistiques, comme si c'étaient des records. " Allons, du courage, une grossesse sur six se termine par une fausse couche, essayez encore. " Mais moi, je savais qu'ils me mentaient par charité. La plupart de ces fausses couches-là interviennent avant la quatorzième semaine… »

Elle huma le parfum acide et printanier des jonquilles. « J'ai bien peur qu'il n'y ait plus de vases. J'en ai demandé un ce matin. Impossible d'avoir un vase dans ce foutu hôpital.

— Zut, c'est vrai. J'aurais dû t'apporter une fleur en pot, dit Maxine en mettant le bouquet dans une cuvette.

— La deuxième fois, poursuivit Kate, ça a été encore pire. Je n'ai même pas eu le temps d'aller à l'hôpital. Sais-tu que lorsqu'on fait une fausse couche, on doit garder le fœtus et ce qui l'accompagne, mettre le tout dans un sac en plastique bien propre et le porter à l'hôpital pour le faire analyser et connaître la raison de la fausse couche ? Je l'ignorais, moi aussi, et j'ai eu de la chance que le médecin arrive à temps.

— Et alors, pourquoi fais-tu des fausses couches ?

— Tu penses bien que je le leur ai demandé. La première fois, on m'a dit que le fœtus s'était détaché du placenta et la seconde que j'avais le col de l'utérus faible et qu'il se dilatait trop tôt. J'ai donc suivi un traitement, mais le même phénomène s'est reproduit, cette fois encore. » Après un silence, elle ajouta : « Les médecins nous ont très délicatement suggéré qu'il était inutile de s'entêter. »

Les mains mollement posées sur le rabat du drap, elle paraissait presque indifférente, mais en réalité, elle prenait la chose très mal, plus mal que la plupart des femmes, avaient jugé les médecins en conseillant à Tony d'envisager une adoption. Kate était alors entrée en fureur et elle lui avait intimé l'ordre de ne jamais, jamais plus lui reparler de ça.

« Ne te fâche pas, lui avait dit Toby d'une voix apaisante. C'est parce que tu n'as jamais pensé à cette solution.

— Oh que si, j'y ai pensé ! » Kate était devenue encore plus hystérique et il avait fallu qu'une infirmière vienne lui faire une piqûre et mettre Toby à la porte.

Kate rentra chez elle affaiblie, à bout de nerfs et en proie à une tristesse sans nom.

Toby ne parvenait pas à comprendre pourquoi elle était si malheureuse. Ce n'était tout de même pas comme si elle avait tenu cet enfant dans ses bras. Elle refusait de parler à quiconque, elle voulait être seule et ne pas être seule, en même temps. Elle pleura des journées entières. Toby faisait tout ce qu'il pouvait pour la consoler, mais il n'était pas souvent à la maison car il terminait un important chantier près de Swindon et, ironie du sort, c'était justement une maison pour enfants convalescents.

Kate vit avec tristesse ses seins reprendre leur volume normal et son ventre se ramollir, alors qu'à peine un mois auparavant, elle le sentait dur et ferme. Elle fut reprise de la même sensation qu'elle avait éprouvée à l'enterrement de son père : un étrange sentiment de perte et d'égarement.

Qu'avait-elle fait de mal ?

Elle avait sûrement fait quelque chose de mal ! Elle tenta alors de chasser cette impression de vide en recevant de plus belle les relations d'affaires de son mari et la société frivole de Chelsea. Sa petite maison n'était qu'à cinq minutes de marche de King's Road et, trois fois par semaine, au moins, Kate et Toby allaient prendre un verre au Markham Arms, un pub belle époque très sophistiqué, situé près de Bazaar, la petite boutique de Mary Quant.

Bazaar faisait office de cocktail gratuit et permanent où les plus belles filles de Londres traînaient leurs maris et leurs amants. Étant donné qu'il n'y avait qu'une seule et minuscule cabine d'essayage, on passait les vêtements en plein milieu de la boutique et tous les passants pouvaient jouir du spectacle en regardant à travers la vitrine.

Chelsea était soudain devenu à la mode. A mesure que ses caves, ses cafés, ses boîtes dans le vent, ses boutiques de modes et ses filles « super » accédaient à la célébrité internationale, ce petit quartier londonien cessa d'être un lieu géographique pour devenir synonyme d'une façon de vivre et de s'habiller. Kate aimait l'effervescence qui régnait dans cet endroit ; elle adorait la nouvelle mode et portait des tenues prune ou rouille, avec des manteaux de cuir noir d'allure très martiale et des bonnets de fourrure aussi grands que ceux des sentinelles de Buckingham Palace. Extérieurement, c'était une fille de Chelsea, une jolie chose, provocante, sûre d'elle, bottée de cuir, les jambes gainées de bas noirs, à la pointe du branle-bas de combat proclamant que la seconde moitié du xxe siècle appartenait aux jeunes (ils le croyaient, du moins) qui s'efforçaient de donner le ton.

Kate était un peu impressionnée par Mary Quant, une petite rousse qui gardait, la plupart du temps, un silence terrifiant. De même que les autres filles de Chelsea, elle était d'une sophistication éblouissante et toujours naturellement dans le coup. A côté d'elles, Kate se sentait désespérément terne et dépourvue de talent. Ah ! Avoir fréquenté une école d'art ! Ah ! Être capable, comme Mary Quant, non seulement de créer, mais de porter avec aplomb le style du moment, que ce fût le style Lolita, le style collégienne, le style motard ou le style temps de pluie, avec une jupe en plastique jaune et un ciré de marin.

Kate faisait de son mieux. Elle se fit décolorer les cheveux et adopta une coiffure toute bouclée et très sexy. Mais, en dépit de ses yeux cernés d'un trait noir et de son rouge à lèvres rose pâle (passé sur une base blanche), elle continuait à se sentir profondément isolée et étrangère à ce monde. Elle pensa à s'incrire à la Chelsea Art School, pour apprendre la peinture et, un soir, elle confia timidement son projet à Toby, alors qu'ils se hâtaient d'arriver au Markham Arms, sous une petite pluie obstinée. Toby enfonça plus profondément encore les mains dans les poches de son duffle-coat qu'il portait sur un pantalon en tuyau de poêle et un chandail (il s'habillait comme Audrey Hepburn), baissa le nez vers ses bottes de daim en fronçant les sourcils et lui confia très gentiment qu'il ne pensait pas qu'elle avait des dispositions artistiques.

C'est à ce moment que Kate apprit que Pagan était rentrée en Angleterre depuis déjà un certain temps. Elles avaient vaguement entendu parler d'un divorce, Maxine et elle. Elles lui avaient écrit, au Caire comme à Trelawney, mais elles n'avaient reçu aucune réponse.

Mais, un soir, dans un vernissage, Kate rencontra — et reconnut instantanément — Philippa, une bridgeuse rousse, frisée et pourvue d'un long nez, qu'elle n'avait jamais revue depuis son séjour au Caire. Philippa était cette sorte de personne qui se fait un devoir d'État de rester en contact avec les gens et qui les comble inexorablement de ses cartes de vœux. Elle apprit à Kate que Pagan était divorcée depuis des siècles, qu'elle était rentrée en Angleterre et qu'elle s'était enterrée à la campagne. « Personne n'a été surpris quand ils se sont séparés, avait-elle ajouté. Robert était impossible ; quand je pense au sale tour qu'il vous a joué à toutes les deux ; c'était absolument typique de sa part.

— Quel sale tour ? demanda Kate, interdite.

— Comment... Vous ne savez pas... ? » Et la surprise de Kate se changea en indignation puis en fureur quand Philippa lui apprit comment Robert avait manœuvré pour les séparer... « Et Le Caire tout entier était au courant ; impossible de cacher quoi que ce soit aux domestiques à l'est de Gibraltar. »

Pagan était à Trelawney, cela ne faisait aucun doute pour Kate et, tout à coup, elle eut une envie folle de revoir son amie. Elle se prit à regretter la compagnie sans histoires de Pagan et, juchée sur un fauteuil en plastique gonflable et transparent que Toby avait dessiné pour la galerie d'art, elle se mit à rêver d'un bon vieux fauteuil bien confortable pour remplacer le ballon de torture sur lequel elle était assise.

Dès demain, elle téléphonerait à Trelawney.

Kate revint de chez Pagan avec le sentiment de pouvoir enfin prodiguer son amour et sa protection et d'avoir un objet sur lequel fixer son instinct maternel frustré. Elle dépensa une véritable fortune en télégrammes et s'inquiéta comme une mère pendant les brèves et folles fiançailles de Pagan. Quand celle-ci vint s'installer à Londres, après son mariage, Kate s'aperçut à sa grande joie et à son profond soulagement que leur amitié était aussi forte que si elles n'avaient jamais été séparées par des milliers de kilomètres, des années et beaucoup d'amertume. Elles reprirent immédiatement leurs conversations dans ce langage si particulier fait d'ellipses, de phrases tronquées ou sans verbe, incompréhensible pour leurs maris et pour tous ceux qui ne les connaissaient pas depuis vingt ans.

# 35

A trois heures du matin, le téléphone sonna chez Judy. Tout endormie, elle décrocha en tâtonnant.

« Je vous réveille ? demanda une charmante voix masculine remplie de sollicitude.

— Oui.

— Parfait ! Vous allez avoir besoin d'être bien réveillée. Ici Tom Schwartz, des Empire Studios. Vous avez eu le culot de faire paraître publiquement une annonce au sujet de l'un de nos plus importants achats de films pour l'année 1963, sans même nous consulter. Oui, je veux parler de l'affaire Joe Savy. Ne vous est-il jamais venu à l'esprit que des grands studios puissent avoir envie d'annoncer leurs nouvelles eux-mêmes ? A moins que vous vous attendiez à des remerciements pour nous avoir épargné ce mal ? Est-ce que je sous-estime votre influence ? Walter Winchell ne vous consulte-t-il pas toujours en premier ?

— Écoutez, mon vieux, répliqua Judy d'une voix ensommeillée, vous voulez la bagarre, c'est parfait pour moi. La façon la plus démoniaque de mettre un terme à une discussion, c'est de raccrocher et c'est ce que je vais faire. Je viendrai vous voir demain, vers dix heures et je vous laisserai crier pendant sept minutes et demie, exactement, parce qu'en effet j'ai agi inconsidérément. J'aurai le sac, apportez la cendre. »

Elle lui raccrocha au nez, débrancha le téléphone et se rendormit.

« Est-ce que j'aurais *intentionnellement* contrarié quelqu'un d'aussi important que vous, monsieur Schwartz ? »

Pendant dix-sept minutes, ils n'avaient cessé de s'insulter avec une délectation croissante, dans l'élégant bureau de Tom.

« Comme je vous l'ai déjà dit, je m'en fous éperdument. Mais si vous avez vraiment envie de vous racheter, commencez par remettre vos lunettes sur votre nez afin de voir au moins le dessus de mon bureau. Je vous ai vue en photo avec ce petit Français et sur toutes, vous portiez des lunettes. Quand une femme porte des lunettes pour se faire photographier, c'est qu'elle n'y voit rien sans. »

Judy fouilla dans son sac, en sortit une paire d'énormes lunettes rondes cerclées de noir, se les planta sur le nez, et se redressa en adressant un sourire contrit à son interlocuteur. Quand elle prenait son air vulnérable, d'ordinaire, les gens lui pardonnaient. Mais Tom avait l'habitude des starlettes des deux sexes qui venaient lui faire du charme. « Arrêtez les frais, lui dit-il. Ne perdons pas de temps. »

Après deux mois de travail en commun, Tom l'invita à déjeuner à la *Côte Basque*.

« Vous êtes très capable, lui dit-il.

— Je sais.

— Je suis très capable.

— Je sais. Nous ferions une équipe épatante.

— Alors pourquoi pas ? » Tom se pencha sur la table et posa sa main sur la sienne.

« Dans ce cas, enlevez votre main. Si vous parlez vraiment sérieusement, vous êtes bien le dernier avec qui je coucherais.

— Avec vous, un petit geste de la main en dit long, répliqua Tom d'un ton aigre. Est-ce que vous dites toujours ça à chaque fois qu'un homme vous invite à dîner ?

— Oh oui, mais je m'arrange toujours pour dire que je suis reconnaissante pour le hamburger. Je suis franche, mais polie.

— Bon, je ferais mieux de laisser tomber et de vous dire ce que nous pourrions faire ensemble. J'ai l'intention de quitter ma place et de m'associer avec vous pour faire de votre agence une petite affaire de relations publiques qui couvrirait tout le pays.

— Vous avez bien dit petite ?

— Oui, avec un siège à New York et des ramifications dans toutes les grandes villes par l'intermédiaire d'autres agences de publicité et de relations publiques.

— Quel intérêt pour ces agences ?

— L'argent. Le fait de s'affilier à une agence de New York. J'ai passé la plus grande partie de ma vie à promener de capricieuses vedettes de cinéma pour Empire et je connais la musique. Grâce à nous, les agences locales pourront rencontrer des personnalités intéressantes, ce qui les changera des marques de lessive. » Tom fit signe au garçon de lui apporter une autre bouteille de Perrier. « Je veux m'occuper du coup par coup aussi bien que des clients permanents. Je ferai en sorte que les gens

340

fassent appel à nous quand leur service de publicité sera surchargé et qu'une vedette réclamera une attention particulière. Les Empire Studios nous sous-traiteront sûrement des affaires si mon départ ne les rend pas trop furieux.

— Et pourquoi une vedette accepterait-elle que nous nous occupions d'elle ?

— Quand on tente d'organiser une tournée à partir de New York, c'est toujours du temps perdu, parce qu'il est impossible pour une seule agence de contrôler ce qui se passe dans les médias de toute l'Amérique. En revanche, les agences locales sont très au courant et elles connaissent les types qui ont le plus de poids dans leur ville.

— Et pourquoi moi ? demanda Judy.

— Il y a longtemps que je cherche quelqu'un. Vous êtes à la hauteur.

— Faudra-t-il que je laisse tomber certains de mes clients actuels ?

— Non. Ils seront les fondations sur lesquelles nous bâtirons.

— Faudra-t-il que je mette de l'argent ?

— Un peu, naturellement. Il nous faut de l'argent pour avoir des bureaux convenables et du personnel.

— Alors, c'est non. Je n'ai pas d'argent.

— Je pourrais peut-être vous servir de garantie pour un prêt bancaire. »

Je dois avoir l'air honnête, pensa Judy. « Et vous, vous avez de l'argent ?

— Depuis l'âge de dix-neuf ans, j'ai toujours investi dix pour cent de mes gains en Bourse.

— Je crois que la réponse est toujours non. Je viens tout juste de finir de payer mes dettes et j'ai envie de dormir tranquille. »

Depuis les trois années que Judy s'était installée à son compte, elle avait eu des soucis financiers permanents. Elle connaissait le métier de la publicité, bien entendu, mais, en dehors des comptes fort simples qu'elle avait tenus pour Guy, elle ignorait tout du monde des affaires et elle avait été profondément choquée de constater que dans ce monde-là, il y avait des gens qui ne payaient jamais leurs dettes, parce qu'ils n'en avaient pas la possibilité ou parce qu'ils n'avaient jamais eu l'intention de le faire. Par deux fois, on l'avait mise à la porte de son petit appartement parce qu'elle n'avait pas réglé son loyer. La première fois, Pat Rogers, son ancienne patronne, restée une amie fidèle, avait payé à sa place et la seconde, elle avait insisté pour que Judy prenne un nouveau comptable. Ensuite, elle avait apporté sa garantie pour que Judy reçoive de la banque un prêt assez conséquent et elle lui avait discrètement repassé quelques clients mineurs : une maison de produits d'entretien pour les sols et un jeune chanteur ambitieux nommé Joe Savy.

« Je ne serai pas renvoyée pour déloyauté, avait dit Pat pour rassurer Judy. On vient de me proposer d'écrire des articles pour *Harper's Bazaar* et je vais revenir dans le journalisme à la vitesse du son. »

Au souvenir des difficultés qu'elle avait eues pour rembourser Pat, Judy secoua la tête et dit : « Non, Tom. C'est impossible. Je n'ai pas les capitaux.

— Écoutez, si vous préférez, c'est moi qui vous avancerai l'argent.

— Et pourquoi devrais-je mettre la moitié de l'argent alors que j'ai des clients et que vous n'en avez pas ? » Son regard bleu marine s'enflamma soudain. « Pourquoi n'achèteriez-vous pas simplement ma clientèle pour, disons, vingt mille dollars ?

— Vous plaisantez, je pense. » Il se tut ; elle allait dire oui.

Ils marchandèrent entre le potage et la sole grillée et se mirent enfin d'accord au dessert. Tom lui achèterait sa clientèle pour sept mille dollars et en investirait quatre mille autres dans l'affaire.

« La société ne pourra pas continuer sous votre seul nom, objecta Tom.

— Comment voudriez-vous l'appeler ?

— Société d'Organisation et d'Implantation des Entreprises.

— C'est un peu longuet.

— Pas si on en fait un sigle.

— S.O.I.E. »


Avant même que le réseau national fût mis sur pied, SOIE commença à faire des bénéfices. « Mais, c'est incompréhensible ! » gémit Judy, un soir qu'ils examinaient ensemble les comptes du mois précédent. Elle venait juste de rentrer d'un voyage de treize semaines au cours duquel elle avait passé des accords avec les agences de publicité choisies pour collaborer avec la société. « J'ai toujours les mêmes clients, nos frais généraux ont augmenté, et pourtant, voilà qu'on fait des bénéfices. Comment ça se fait ?

— Mettez cela sur le compte de la logique et des douze années où j'ai appris à me battre, dans l'industrie cinématographique, répondit Tom en bâillant. Il est presque dix heures. Finissons vite et rentrons chez nous.

— En tout cas, j'espère que vous avez investi vos économies

de jeunesse dans la Bell, remarqua Judy en examinant une facture de téléphone. Voilà une chose qui me semblerait logique.

— Personne n'agit vraiment de la façon logique, rétorqua Tom en bâillant de nouveau. Surtout les femmes. La logique n'est pour elle que la faculté de rationaliser ce qu'elles feraient de toute manière.

— Et les hommes ?

— Les hommes, eux non plus, ne sont pas des êtres rationnels. Ils agissent irrationnellement sous l'emprise de la peur.

— Est-ce pour ça que nous réussissons ? Parce que vous faites peur aux gens ?

— Parce que je n'hésite pas à me montrer sans pitié, certainement. Quand les gens sentent que vous hésitez, ils en profitent. C'était votre cas, ce n'est pas le mien ; voilà la différence.

— Et votre nouveau système de paiement est bien accepté. »

Tom avait décidé que les honoraires seraient facturés d'avance et réglés dans les trente jours. Ils ne donnaient pas un seul coup de fil tant que le contrat n'était pas signé et l'argent viré sur leur compte, et, une fois que le contrat était expiré, ils ne travaillaient pas deux minutes de plus. Le rôle de Tom était de veiller à la rentabilité de la société, de diriger l'agence et de s'occuper des clients réguliers. Judy avait pour tâche de rapporter des affaires, de conduire les campagnes publicitaires isolées et de superviser les agences locales. Elle prit également en charge l'ouvrage de création et l'organisation des campagnes ; elle travaillait aussi avec les rédacteurs et les dessinateurs, aspect de son métier qui lui plaisait le plus.

Une fois qu'on avait tracé le profil général d'une campagne publicitaire et démarré l'étude, Judy envoyait le projet aux directeurs régionaux qui se chargeaient de l'exécution locale du plan. Entre SOIE et les agences locales, le téléphone ne cessait guère de fonctionner ; pour une tournée de vingt-cinq villes, il s'échangeait facilement six cents appels. Mais le client, lui, ne décrochait son téléphone qu'une seule fois, pour appeler SOIE.

C'était simple comme bonjour. Et voilà pourquoi la société marchait si merveilleusement bien.

## 36

Kate et Toby étaient mariés depuis six ans, quand survint une chose épouvantable.

Par une chaude soirée d'août, Kate qui s'était mise au lit lisait un article sur la mort atroce et dérisoire de Marilyn Monroe.

« Elle était si sympathique et si drôle », soupira-t-elle, et deux larmes de compassion vinrent trembler au bord de ses cils, attirant l'attention de Toby.

« Elle était aussi très belle, ajouta-t-il. Oh, Kate, comme tes cils sont longs.

— Oui, mais ils sont trop clairs. Si je ne mettais pas de mascara, tu ne les verrais même pas.

— Tu crois que les miens paraîtraient plus longs si je mettais du mascara, moi aussi ?

— Sans doute, mon chéri. L'article dit que la pauvre Marilyn avait les pieds sales et que le vernis de ses orteils était tout écaillé. Ah, comme c'est triste ! »

Toby disparut dans la salle de bains et en ressortit au bout de dix minutes.

Kate leva machinalement les yeux sur lui et poussa un cri horrifié : « Toby ! »

Il s'était outrageusement maquillé et il faisait penser à une vieille maquerelle myope et peinturlurée.

« Oh, Toby, va enlever ça tout de suite », supplia Kate.

Mais Toby lui sourit d'un air bizarre, la regarda fixement et lui dit, d'une voix inquiétante, haute et cassante (un peu comme celle de la mère de Pagan) :

« Non, je veux faire l'amour comme ça. »

Le lendemain, Kate ne reparla pas de cet incident, mais le soir, après avoir bu une copieuse ration de cognac, consécutivement à une quiche aux épinards, Toby remarqua d'un air sarcastique :

« A mon avis, chérie, la tarte aux épinards n'est pas ton fort. » Et, sur ce, il monta dans la chambre.

Lorsque Kate, tourmentée par un pressentiment indéfinissable, vint le rejoindre, elle le trouva allongé sur le dessus-de-lit à rayures turquoise, contemplant le plafond d'un air absent. Il était fardé et il s'était affublé d'une chemise de nuit en dentelle blanche, appartenant à Kate.

« Allons Toby, arrête. J'en ai assez. Cesse ce petit jeu, je t'en prie. » Mais Toby se redressa, prit un air boudeur et, avec une étrange voix de petite fille, il lui déclara :

« Et pourquoi Toby n'aurait-il pas le droit de mettre de jolies choses, comme toi ? » Il l'attira contre lui en murmurant : « Toby aime se faire beau. Toby aime se déguiser, mais promets-moi que ça restera un secret entre nous, un secret entre deux petites copines, un secret très important. »

Ce ne fut pas long. En moins de dix minutes, tout fut terminé, mais Kate mit vingt-quatre heures pour s'en remettre.

Quand la chose se reproduisit, Kate s'en trouva encore ébranlée pendant toute une journée et, ainsi, inexorablement, soir après soir, Toby « se déguisait », selon son expression.

Au bout d'un certain temps, Kate sentit qu'il fallait qu'elle parte loin de Londres et loin de Toby. Aussi, quand Pagan revint de son voyage de noces avec des descriptions éblouissantes de New York et une invitation de Judy, elle décida d'aller y passer un mois.

Judy se mit en quatre pour elle. Elle donna une réception en son honneur, la gâta de toutes les manières, répandit partout le bruit qu'elle était une fille formidable et, soudain, Kate se sentit renaître à la vie.

La veille de son retour à Londres, elle se résolut à confier ses soucis à Judy.

« Je n'en peux plus. Est-ce que tu vois une solution ? » Et, après un court silence, elle fondit en larmes.

« Ah, je vois que tu n'as pas changé. Tu pleures toujours à la moindre occasion ? » demanda Judy d'un air un peu absent, car elle réfléchissait intensément.

« C'est une... une façon de m'exprimer. J'ai... j'aime pleurer. Les gens comprennent alors ce que je ressens et ça me fait du bien.

— Eh bien, ma petite, sèche tes larmes et écoute-moi. A mon avis, tu devrais te précipiter chez un psychothérapeute, dès ton retour à Londres.

— Tu crois que j'ai quelque chose qui ne tourne pas rond ?

— Non, ne t'affole pas ! Je pense seulement que tu devrais aller parler de ton cas avec quelqu'un du métier. Parce que toi, tu n'y connais rien ; moi non plus et Toby encore moins. »

A peine rentrée chez elle, Kate alla donc consulter un psychiatre. Il s'installait d'un côté de la cheminée, dans un fauteuil en velours à oreillettes, le menton dans les mains, et Kate, assise de l'autre côté, lui faisait son rapport deux fois par semaine. Il lui conseilla de répéter à son mari ce qu'elle lui avait déjà dit très clairement, à savoir qu'elle avait ces séances de « déguisement » en horreur. Toby prit très mal la chose, aussi le médecin lui écrivit-il pour lui demander de venir le voir au sujet d'une « affaire qui perturbe gravement votre femme ».

A peine Toby eut-il ouvert la lettre qu'il entra dans une colère folle.

« Tu lui as parlé de notre secret, j'en suis sûr. Je croyais que nous étions d'accord pour que ce soit notre secret.

— Ce n'est pas notre secret ; c'est ton secret », hurla Kate.

Toby finit tout de même par consentir à aller voir le psychiatre qui, ensuite, dit à Kate :

« Je ne peux pas, bien entendu, vous rapporter la conversation que j'ai eue avec votre mari, mais je l'ai trouvé extrêmement agressif et mon diagnostic est très pessimiste.

— Que voulez-vous dire ?

— Je pense qu'il va continuer dans la même voie en prenant des risques de plus en plus grands. Très bientôt, il risque de s'habiller en femme en dehors de chez lui. »

Un autre mois de disputes nocturnes s'écoula avant que Kate se rendît compte qu'elle ne pouvait vraiment plus supporter cette existence. Même s'il arrêtait sa mascarade, elle ne pourrait plus ignorer, désormais, quel était son réel penchant.

Après une bagarre au sujet de la maison — qui était au nom de Kate — Toby partit en emportant l'argenterie, une statue obscène, les chaises en fil de fer et les instruments scientifiques anciens qui avaient le plus de valeur.

Après leur séparation, Kate eut un accès de rejet à l'égard de la pureté de la ligne et de la structure essentielle des objets. Elle fut saisie d'une fringale de rideaux de cotonnade rose, tout froncés, de chintz à fleurs et de gravures d'oiseaux. Elle reconvertit le sous-sol en appartement et le loua, ce qui couvrit les frais d'entretien de toute la maison. Cependant, comme elle se retrouvait une nouvelle fois sans ressources, elle mit une annonce dans le *Times* pour des traductions.

Les amis de Kate et de Toby furent tous stupéfaits en apprenant leur séparation. Toby n'était certes pas facile, mais, que diable, il n'était pas le seul. Il possédait un sens extraordinaire de la proportion et sa réussite était certaine ; d'ailleurs, on venait de le désigner pour la première fois pour faire partie d'une commission officielle. Étant donné qu'elle ne pouvait se confier à personne, Kate déchargeait sur le papier son cœur débordant d'indignation et envoyait le tout à Judy. D'après le ton de ces lettres, Judy sentit que la dépression menaçait son amie et elle lui écrivit qu'elle craignait que le métier de traductrice à domicile fût trop solitaire et qu'elle pensait qu'elle devrait sortir de chez elle pour faire de nouvelles connaissances.

« Pourquoi n'essayerais-tu pas d'écrire des choses de ton propre cru ? lui suggérait-elle. Tu as traduit des livres et des articles pendant des années. Fais donc quelques papiers sur la décoration et les décorateurs et montre-les à quelqu'un. Respire un bon coup et téléphone à toutes les revues spécialisées de Fleet Street. On ne te mangera pas ; on risque simplement de te dire non. »

Kate téléphona et, partout, on lui demanda :

« Pouvez-vous nous citer quelques-unes de vos idées ?

— Quand ?

— Tout de suite.

— Ah.

— Résumez-nous quelques idées et on vous écrira. »

C'est ce qu'elle fit, mais elle n'eut aucune réponse. Cependant, un jour, dans une réception, elle fit la connaissance du directeur artistique de *House Beautiful* et elle commença à rédiger les légendes pour cette revue. Bien qu'on la payât très mal, elle était heureuse d'avoir l'occasion d'apprendre à écrire en professionnelle. Six mois plus tard, elle envoya d'autres idées à Fleet Street et on lui demanda d'en développer deux : un article sur le pop art dans la maison et un autre sur une nouvelle société qui avait trouvé le moyen de reproduire, de façon très convaincante, des statues antiques en pierre reconstituée, sans oublier les taches de moisissure. Peu à peu, elle comprit ce qu'était une information : n'importe quoi d'inédit, quel que soit son intérêt. Elle alla interviewer deux décorateurs chez eux et ses articles parurent dans la presse. Elle envoya encore d'autres idées, trois lignes sur une feuille de papier avec son nom et son adresse en haut.

Puis, un soir, Judy téléphona à Kate pour lui dire que tout était arrangé pour qu'elle aille interviewer une de ses clientes, une danseuse jadis très célèbre et maintenant sur le retour, qui partait faire un séjour à Londres.

« Quoi ! » Kate couina d'épouvante. « Tu n'as pas fait ça !

— Essaie donc. » New York semblait être à des millions de kilomètres. On entendit un sifflement transatlantique sur la ligne et Judy cria : « Maintenant que tout est arrangé, si tu n'y vas pas, je t'étrangle.

— Moi aussi, je vais t'étrangler, hurla Kate. Et en tout cas, elle nous étranglera toutes les deux.

— Mais non. Souviens-toi que Joujou ne connaît rien ni personne à Londres ; ni à quoi que ce soit d'autre, au reste. En tout cas, elle est très sympa.

— Que faudra-t-il que je fasse ? Où devrai-je aller ?

— Tu n'as qu'à téléphoner au Ritz et prendre rendez-vous avec sa secrétaire. Je lui ai raconté que tu travaillais au *Globe*.

— Mais c'est faux !

— Alors, évite d'aborder ce sujet. Elles attendent ton coup de fil et, pour l'amour du Ciel, garde ton sang-froid. Il ne faut pas qu'elle se doute que c'est ta première interview. Elle s'imagine que tu es une journaliste confirmée et j'ai assez fréquenté ce genre de personnes pour savoir que tu pourrais très bien en être une.

— Mais c'est impossible !

— Qu'as-tu fait de ton cran britannique ? Allons Kate, décide-toi ! Et même si tu te cassais le nez, est-ce que ce serait si épouvantable ? De toute manière, je sais que ça marchera. »

Les vociférations de Judy avaient beau lui parvenir très étouffées, Kate se rendait parfaitement compte qu'il lui serait bien plus facile d'affronter Joujou que de tenir tête à Judy, si elle se défilait. Après un long silence, elle capitula.

Vêtue d'une tunique Courrèges rose pâle, qui lui arrivait à mi-cuisse, et chaussée de bottes de vinyle blanc, Kate s'assit sur le bord du lit de Joujou, son bloc ouvert sur les genoux. Elle se sentait oppressée, angoissée et la tête lui tournait. Joujou, qui faisait aujourd'hui davantage penser à une téléspeakerine qu'à une danseuse, avait de magnifiques mèches blondes et un très joli teint. Cela faisait vingt ans qu'on lui donnait trente-cinq ans.

Le lit était parsemé de diamants et de photos de bijoux datées d'un cachet.

« Je suis obligée d'emporter ces photos pour donner la preuve que je ne les ai pas achetés à l'étranger ; c'est la loi américaine », expliqua Joujou. Elle fila dans la salle de bains, troqua son cafetan contre une serviette, revint, écarta Kate, les diamants et les photos, et se coucha sur le lit. La masseuse attaqua alors sa cheville gauche. Sans que Kate le lui ait demandé, Joujou lui confia que le secret de l'existence était de ne paraître ni trop maigre ni trop jeune et de ne jamais rouspéter. Des grandes occasions, elle n'avait gardé que le souvenir des robes qu'elle portait pour la circonstance. Que s'était-il passé quand elle avait fait la connaissance du général de Gaulle ? « Ah oui, j'avais ma robe de dentelle marron. » Quelle était sa distraction favorite ? « Faire des achats. Quelle taille je fais ? Du trente-huit, chéli. Ou peut-être du quarante. Non, pour être honnête, je fais du quarante-deux. J'ai les plus belles toilettes du monde et voilà pourquoi je travaille ; pour les payer. Mais je suis si prise que je n'ai même plus le temps de faire des essayages, vous comprenez. » Elle considéra Kate d'un air évaluateur. « Vous avez de la chance, on a la même taille, constata-t-elle.

— Mais je fais du quarante-quatre, répliqua Kate, surprise. Et encore, c'est un peu juste. »

Joujou l'examina avec attention.

« Tenez, essayez donc une de mes robes. »

Elle avait raison. Elles avaient la même taille.

« Voilà, comme ça je vais pouvoir acheter d'autres choses et vous les essayerez à ma place », expliqua-t-elle.

Elle téléphona aussitôt à la boutique Christian Dior pour damander qu'on lui amène un choix de « tenues de représentation », et pendant que Joujou faisait masser sa cellulite allongée sur son lit, la pauvre Kate, transpirant à grosses gouttes, s'habillait et se déshabillait dans la chambre surchauffée. Joujou acheta le tout.

Quelques instants plus tard, le téléphone sonna. Joujou décrocha, écouta, puis répondit d'un ton glacé :

« Je ne me suis jamais fait faire de lifting. J'ai voulu porter plainte contre cette Suzy et lui réclamer un million de dollars de dommages et intérêts, parce que jamais de la vie je ne me suis fait tirer la peau où que ce soit, mais croyez-vous que j'aie du temps à perdre en procès ? » Sur ce, Joujou raccrocha avec un haut-le-corps.

Instinctivement, Kate comprit qu'elle tenait là un bon papier et elle referma son bloc. Judy lui avait dit de ne pas rester trop longtemps. Elle remercia Joujou d'un geste, se faufila entre deux coiffeurs et se retrouva dans Piccadilly.

Comparé à l'agitation qui régnait dans la chambre de Joujou, le brouhaha de la rue lui sembla reposant.

## 37

Lili gisait sur des rochers tout gluants d'algues. Elle avait du sang sur les bras et sur les jambes, ses cheveux trempés dégoulinaient sur ses épaules et ce qui restait de sa robe rose ne cachait pas grand-chose de son corps juvénile. Le bleu de la mer Egée en arrière-plan, elle paraissait épuisée, mais pas suffisamment, toutefois.

« Coupez, ordonna Zimmer. Et toi, Lili, fais attention à ton œil. » Quand Lili était fatiguée, elle avait tendance à loucher légèrement de l'œil gauche.

« J'aimerais qu'on fasse encore une prise de vues avant que le soleil devienne trop chaud, s'il te plaît, dit Zimmer. Souviens-toi que tu es quasiment morte, que tu peux à peine bouger et que tu viens de réchapper à un naufrage. »

*S'il te plaît.* Voilà la différence entre Serge et Zimmer, pensa Lili. Zimmer ne traitait pas les gens comme des paquets de viande. Il était toujours courtois, encourageant, prévenant, même quand quelque chose n'allait pas sur le plateau et il y avait toujours quelque chose qui n'allait pas. Si Zimmer avait dû arrêter le tournage pour chercher le responsable, il se serait ensuivi des discussions interminables et beaucoup de temps perdu, aussi se contentait-il de sourire de ce petit sourire pincé en dodelinant légèrement de la tête, qui était sa façon de donner un avertissement et semblait être le reflet d'une prière muette : « Mon Dieu, donnez-moi la force de surmonter cette difficulté. »

La considération polie dont Zimmer faisait preuve était une technique soigneusement étudiée, qui lui était surtout utile quand il travaillait avec des femmes. A sa connaissance, très peu d'hommes étaient gentils avec les femmes, sauf quand c'était inhérent à leur métier. Pourtant, le moyen d'obtenir d'une femme le meilleur d'elle-même, que ce fût à la cuisine, au lit ou sur un plateau de cinéma, c'était de la complimenter et de la rassurer, tout en restant autoritaire.

Il ne faut jamais oublier qu'une actrice n'a généralement pas confiance en elle, même quand elle semble avoir beaucoup d'aplomb ; il est donc essentiel de lui donner de l'assurance, c'est-à-dire le maximum d'attention possible.

Il y a une grande différence dans la façon de manier les hommes et les femmes. Les femmes se donnent beaucoup plus de mal. Zimmer avait vu des femmes complètement exténuées, parce qu'elles étaient sur la brèche depuis cinq heures du matin et qu'il était huit heures du soir, renaître à la vie devant la caméra. Elles y arrivaient car, si elles n'avaient pas la force physique des hommes, elles possédaient des ressources de volonté inouïes. Les actrices qui perçaient étaient celles qui avaient un peu de chance et un petit supplément de volonté, mais elles manquaient toutes de confiance en elles, les malheureuses, et il fallait les rassurer sans cesse. Zimmer s'était souvent demandé s'il existait au monde une seule actrice heureuse. Les responsabilités et la dureté physique de leur métier finissaient par avoir raison d'elles. Le temps qu'une comédienne accède au vedettariat, elle commençait à avoir la hantise de perdre sa beauté ; une fois qu'elle était parvenue au sommet, réalisant alors la situation d'insécurité dans laquelle elle se trouvait, elle avait alors, et à juste titre, l'impression de marcher sur la corde raide.

Lili était déterminée, travailleuse, et c'était une beauté. Mais elle finirait comme toutes les autres ; ça aussi il le savait.

« Coupez. Parfait, amenez-le au développement. C'est fini jusqu'à trois heures, les enfants. Quand tu seras un peu reposée, Lili, pourras-tu venir me voir dans ma caravane ? Je voudrais qu'on parle un peu de cette scène de la plage. »

L'équipe de tournage était stationnée depuis une quinzaine de jours à une dizaine de kilomètres d'Athènes et Lili avait encore une scène décemment vêtue à faire. De toute manière, le fait d'avoir sur elle un vêtement, aussi succinct fût-il, était pour elle un agréable changement. Une ceinture nouée sur son kimono de coton bleu, ses cheveux dénoués flottant sur les épaules, elle se laissa tomber dans un fauteuil de toile, à l'ombre d'un olivier au feuillage argenté. Elle contempla un moment la petite plage de sable. L'eau aigue-marine venait lécher les rochers. Au fond de la plage, là où le sable se mêlait aux broussailles, une cinquantaine de personnes étaient rassemblées autour des voitures et des camions. Tout luisants d'huile solaire, armés de porte-documents et de blocs de papier, coiffés de chapeaux en tissu avachis et le nez chaussé de lunettes noires, les membres de l'équipe vaquaient sans se presser à leur travail. Stan Valance discutait avec Zimmer. Le vieil acteur américain avait un visage squelettique ; jamais Lili n'avait vu personne suivre un régime aussi draconien : il ne mangeait pratiquement rien, en dehors de ses *biltong,* fines lamelles de viande de bœuf séchée qu'il faisait venir spécialement d'Afrique du Sud et qu'il mâchonnait comme du tabac.

Il restait toujours très lointain et ne dépensait pas un seul atome d'énergie à parler à quiconque, en dehors de Zimmer.

A trois heures, on commença à tourner la scène de la plage. Lili jouait le rôle d'une jeune fille riche et gâtée, passagère sur un bateau de croisière, au début du siècle, et Stan Valance, celui d'un membre de l'équipage qui la sauvait du naufrage en la remorquant jusqu'au rivage.

« Lâchez-moi ! » l'apostropha-t-elle, au moment où il la tirait à grand-peine de l'eau en la prenant sous les bras. Elle échappa à l'emprise défaillante de Stan et se laissa tomber, épuisée, dans l'écume. « Je nage très bien, haleta-t-elle. J'aurais parfaitement pu m'en tirer toute seule ! »

Lili tenta alors de se redresser, mais une expression de stupéfaction envahit son visage quand elle s'aperçut que ses bras flageolants ne la portaient pas, et sa tête retomba sur le sable humide. A bout de souffle, Stan la saisit par les mains, sans dire un mot et entreprit de la tirer au sec. Lili leva la tête à grand-peine et murmura, les dents serrées : « Ne me touchez pas ! »

A son ton, il était évident que Stan était un domestique et un homme. Par ces quatre mots, Lili avait su exprimer en même temps son épuisement, une arrogance indomptable et une pudeur virginale blessée. En outre, elle était extrêmement sexy.

« Coupez ! »

Un peu plus tard, Zimmer et Stan Valance regardaient les rushes dans l'obscurité. Soudain, Stan s'exclama : « Merde alors, elle sait jouer, la petite garce ! »

Le lendemain matin, Valance attendit que Serge se fût éloigné et il s'approcha tranquillement de Lili qui était assise sous l'olivier. Il ne se perdit pas en vains propos.

« Mon petit, j'ai connu Marilyn et j'ai tourné avec toutes les plus grandes, Joan Crawford, Vivien, Liz et bien d'autres. Aussi, je vais te dire une chose : ne te sous-estime pas. Tu as tout ce qu'il faut... Comme moi, autrefois.

— Vraiment ? Vous le croyez ? » Elle leva sur lui un regard ardent.

« Pour sûr. Quoi que tu fasses, ça marche toujours. Ne laisse personne t'influencer et ne t'accroche pas à des foireux. »

Il veut parler de Serge, pensa Lili, tandis que Valance s'en allait. Quand elle ne tournait pas, Serge ne la quittait pas d'une semelle et c'était aussi bien, car elle avait besoin de Serge. Elle avait besoin de lui à cause de sa célébrité. Le succès lui avait fait croire qu'elle n'était qu'une chose qu'on pouvait exploiter ou mépriser. Le succès l'avait humiliée. Désormais elle ne pouvait plus s'abriter derrière l'anonymat. Parfois, elle avait l'impression que tout le monde avait vu cet infâme calendrier et ces horribles films. Les gens la considéraient avec un certain agacement, les femmes en dissimulant leur jalousie et les hommes avec une dureté libidineuse. Peu à peu, elle devenait paranoïaque. Elle ne pouvait pas acheter un bouquet de fleurs à un marchand ambulant sans se demander s'il avait vu le fameux calendrier.

Elle finit par éviter tous ces petits rapports quotidiens et par sortir rarement. Quand elle avait besoin de quelque chose, elle le commandait par téléphone ou bien elle demandait à la secrétaire de Serge d'aller le lui acheter. L'insolente assurance qu'elle déployait n'était qu'une façade qui cachait son irrésolution et quand elle était avec des gens qu'elle ne connaissait pas, elle se montrait abrupte, maladroite, voire impolie. Certaines personne abusaient de sa confiance ; elles étaient gentilles avec elle uniquement parce qu'elles voulaient quelque chose et tout le monde, soudain, s'était mis à vouloir quelque chose ! Un autographe, une photo, son numéro de téléphone, des boutons de son manteau, des cheveux, des interviews...

Serge n'avait aucun mal à exploiter Lili et il faisait tout pour qu'elle perdît de plus en plus le sentiment de son identité, afin d'accroître sa dépendance vis-à-vis de lui.

La secrétaire de Serge ouvrait son courrier et répondait au téléphone. Lili ne quittait pratiquement pas le luxueux appartement que Serge avait loué rue François-Ier. Elle n'avait aucune compagnie, pas même un petit chat, car Serge avait le rhume des foins. Il s'habillait chez Cerruti, maintenant, et il était toujours sorti. Il passait son temps avec des agents de publicité, des hommes d'affaires, des metteurs en scène et des juristes, aussi était-il bien trop occupé pour lui faire la conversation. Pour tous ces gens-là elle n'était pas un être humain, elle était une bonne affaire, un capital à faire fructifier. Bien utiliser Lili était pour eux une préoccupation majeure.

Serge la traitait désormais sans aucune bienveillance. Maintenant qu'elle lui était pieds et poings liés, il n'avait plus à se soucier de ses envies ou de ses problèmes — sa secrétaire disposait d'un certain budget pour couvrir tous ses besoins — et, franchement, il la trouvait fort ennuyeuse. Elle avait presque dix-huit ans, mais c'était une petite gourde. Par chance, l'inspection académique ne s'était jamais inquiétée d'elle. Si elle ne lui avait pas fait gagner tant d'argent, il l'aurait laissée tomber depuis belle lurette. Lili se rendait compte que Serge se désintéressait d'elle ; elle ne comprenait pas pourquoi ou, plutôt, elle ne voulait pas comprendre. Il était évident qu'elle l'exaspérait, qu'il ne supportait plus sa compagnie et, pourtant, il ne lui laissait pas faire un pas toute seule. Lili était perplexe et inquiète. Que ferait-elle si Serge ne voulait plus d'elle, elle n'avait nulle part où aller.

« Et souviens-toi que tu n'étais rien, ricanait-il en lui faisant claquer les doigts sous le nez, rien, avant que je te découvre. Et sans moi, tu retomberais dans le néant ! »

La première du film qui avait pour titre *Q.* eut lieu à Paris peu avant le dix-huitième anniversaire de Lili et, en dépit du fait que c'était une production à petits moyens, disposant d'un maigre budget de publicité, il connut un succès immédiat. Lili, triomphante, souriait sous les flashes, relevant haut la tête, superbe dans un smoking de soie grège et un chemisier assorti en voile transparent, tenue qui proclamait son nouveau statut de star, sans en dissimuler les raisons.

Après avoir joué des coudes pour écarter la foule et regagner leurs voitures, les vedettes, le réalisateur, le producteur, les commanditaires et l'agent de publicité se rendirent chez *Lipp* où la coutume voulait qu'on attendît, sur les banquettes de velours rouge, la première édition des journaux avec les comptes rendus de presse.

Le budget ne permettant pas de donner à Stan Valance le gros cachet qu'il réclamait pour assister à la première, ce fut Lili qui monopolisa toute l'attention. Escortée par Zimmer, toujours agrémenté de son petit sourire pincé, Lili rayonnait. La police dut former un cordon autour d'elle pour qu'elle puisse monter dans sa voiture.

« Il faudra que tu t'exerces à monter et à descendre lentement de voiture, lui fit remarquer Zimmer. En public, aie toujours l'air nonchalant. Pour être une grande star, il faut plus que de la beauté et du talent, il faut du style et de la classe. Tu dois toujours avoir l'air de descendre d'une Rolls et non de courir après un autobus. »

Tandis que la voiture émergeait de la foule, Zimmer, le visage tour à tour obscurci et éclairé par les lumières de la rue, se tourna vers Lili.

« Lili, j'aimerais te dire deux choses, dont une qui ne me regarde pas. J'ai été surpris de voir que tu étais très bonne. Tu as le sens naturel de la caméra. Tu réagis envers ce sacré engin comme si tu en étais amoureuse. Et tu écoutes ce qu'on te dit, tu écoutes vraiment. Tu n'attends pas simplement que j'aie terminé de te donner mes directives pour me dire ce qu'il faudrait faire, à ton avis. Tu as l'étoffe d'une très bonne actrice, Lili, à condition que tu travailles avec de bons metteurs en scène. »

Il allongea le bras sur le dossier de la banquette arrière et se tut un moment, avant de poursuivre : « Je ne peux m'empêcher de me demander si ce pauvre Serge est capable de faire la différence entre un bon réalisateur et un metteur en scène de second ordre qui verra ce qui est évident chez toi, mais qui passera sans doute à côté de la mélancolie, du charme fragile et de la candeur qui émanent de toi. Ce sont ces qualités magiques, Lili, qui feront de toi une star. »

Au moment où la voiture franchissait le pont de la Concorde, Zimmer se mit à soupirer. « Bien, maintenant venons-en à ce qui ne me regarde pas. Je me demande pourquoi je te dis ça, étant donné que, en général, je me garde bien de me mêler des affaires d'autrui. Sais-tu, Lili, que nous t'avons versé un cachet de vingt mille dollars dans une banque suisse ? Naturellement, Valance nous a coûté beaucoup plus cher, car il nous fallait une vedette internationale. J'ai l'impression que tu ne verras pas grand-chose de cet argent. Bon sang, Lili, pourquoi ne le laisses-tu pas tomber ? Tu n'as pas besoin de ce salopard.

— Si, j'en ai besoin, répondit tristement Lili. Sans lui, j'ai peur. Voilà pourquoi j'ai besoin de lui. Il est ma seule... famille.

— Tu t'accroches à Serge par besoin de sécurité, mais tu n'auras aucune sécurité avec lui, répliqua Zimmer. C'est normal que tu aies peur. Tu as tout juste dix-huit ans. Tu en as vu de dures, mais tu ne feras jamais rien, si tu ne lui échappes pas. Il veut te garder sous sa coupe, afin que tu sois épouvantée à l'idée de partir. »

Poussant un nouveau soupir, il lui tapota l'épaule au moment où ils arrivaient devant la brasserie *Lipp*.

Ils furent accueillis par d'autres photographes et les acclamations spontanées des clients. Ils se dirigèrent vers leur table où les attendaient une bouteille de champagne dans un seau en argent et un énorme bouquet de lys entouré de télégrammes.

Zimmer s'inclina et remit le bouquet à Lili en lui disant : « A partir de ce soir, Lili, tu es célèbre.

— J'aimerais bien me sentir célèbre à l'intérieur », répondit-elle d'une voix hésitante, tout en pressant les fleurs contre sa poitrine. « A l'intérieur, je suis seulement angoissée.

— C'est normal, après toute cette tension, lui dit gentiment Zimmer. Et puis, tu te fais du souci à cause des critiques. Ça va passer. Pense uniquement que tu seras bientôt une star. Je n'ai pas besoin de lire les critiques pour le savoir. Tu ne peux pas te souvenir d'Elizabeth Bergner, mais elle avait aussi un charme fragile et une touchante séduction. Quand on voyait ce petit être vulnérable sur l'écran, on retenait son souffle. Toi, Lili, tu as cette même délicatesse.

— Je ne suis pas un pétale de rose », répondit Lili.

Pendant trois mois, Lili avait écouté attentivement tout ce que lui disait Zimmer et elle avait pris l'habitude de lui faire confiance. Aussi, après la soirée, se mit-elle à réfléchir aux conseils qu'il lui avait donnés. Vingt mille dollars, c'était une vraie fortune. Avec ça, elle pourrait s'acheter un appartement et peut-être même une petite voiture. Ensuite, elle apprendrait à conduire.

« Combien m'ont-ils payée pour faire ce film ? » demanda-t-elle à Serge d'un air détaché, au moment où ils allaient se mettre au lit, au petit matin.

« Bon Dieu, en voilà une heure pour poser des questions ! Tu vas être la coqueluche de tout Paris et ta seule pensée, c'est l'argent !

— Oui, et c'est combien ?

— Tout dépend si l'on considère la somme brute ou nette et comme tu ne sais même pas ce que ces foutus mots veulent dire...

— Ce qui m'intéresse, c'est de savoir quelle est la somme totale que Zimmer t'a donnée. C'est la somme brute, hein ?

— Par pitié, Lili, il est six heures du matin ! Tu trouves que je n'en fais pas assez pour toi ? Je n'ai même plus le droit de dormir ? Va te coucher, sinon gare à toi. Demain soir, nous prenons l'avion pour Londres et tu commences à tourner le jour suivant ; alors, dors tant que tu le peux. Occupe-toi de tes affaires et moi, je m'occuperai des miennes !

— Serge, je veux savoir. Est-ce qu'ils t'ont donné vingt mille dollars ? »

Le plat de la main de Serge s'abattit sur le côté de la tête de Lili. Il la frappait toujours de façon à ce qu'elle n'ait pas de marques ; mais il ne se retenait pas, il y allait de toutes ses forces.

Lili tomba à genoux. En la voyant à quatre pattes, sanglotant de peur et d'humiliation, Serge ricana : « Tes nichons et moi, c'est ta seule chance, ma cocotte. Si tu me perds, tu perds tout. »

# 38

Le reportage sur Joujou fut le premier que Kate vendit au *Globe.* Son interview teintée d'ironie eut droit à une demi-page et le *Globe* la sollicita immédiatement pour d'autres articles. Kate commença à travailler pour ce quotidien comme journaliste indépendante, en sachant que quand Scotty, le directeur de la rédaction, lui téléphonait, elle devait tout lâcher et accourir. Quand il lui demandait des idées, il attendait d'elle qu'elle lui en présente une demi-douzaine en l'espace d'une demi-heure et, s'il fallait veiller toute la nuit pour en développer une, elle ne reculait pas devant la tâche.

Au début, Kate avait trouvé hostile et rébarbative l'atmosphère de la rédaction du *Globe,* installée dans de vastes locaux sans fenêtres et peints en beige. Ensuite, elle avait appris à se concentrer, malgré le bruit incessant des machines à écrire, le crépitement des téléscripteurs, le brouhaha des conversations téléphoniques et la bousculade de la dernière heure.

N'ayant ni formation ni expérience, la vie de Fleet Street lui semblait bien dure. Tout le monde luttait sans cesse contre la montre et personne n'avait le temps de donner des explications à une débutante. On était dans le coup ou on ne l'était pas et, de toute manière, les débutants n'étaient pas censés fréquenter Fleet Street. En écoutant ses collègues des bureaux voisins, Kate apprit à se façonner une bonne voix téléphonique. Elle apprit aussi à avoir toujours son bloc à portée de la main, à ne jamais transformer une citation et à vérifier, vérifier et encore vérifier.

Scotty était incroyablement gentil, rapide, drôle et terriblement sérieux, à la fois. Kate ne jurait que par lui. Un jour, la trouvant en train de récrire un article pour la neuvième fois, il lui tapa sur l'épaule en disant :

« On ne peut pas faire un papier parfait. Tâchez qu'il soit le meilleur possible, étant donné les circonstances et faites-le passer. Et rappelez-vous que ce n'est pas votre papier, c'est celui de toute une équipe et vous êtes le premier maillon de la chaîne. »

Kate se rendait compte de sa chance. Au cours de sa première année à Fleet Street, il lui arriva souvent de travailler de huit heures du matin jusqu'à onze heures du soir, parce qu'elle n'avait pas encore appris à aller directement à l'essentiel. Elle aimait le rythme rapide du monde des quotidiens, elle aimait sa fébrilité, la presse de la dernière minute et elle aimait travailler avec cet homme affable et plein d'humour qui la protégeait, l'encourageait, la bousculait et coupait impitoyablement dans sa copie.

Un matin du printemps 1966, Scotty fit appeler Kate dans son bureau aux murs lambrissés. Sur la cloison de droite, était fixée une étagère inclinée sur laquelle on pouvait étaler les épreuves typographiques. Scotty n'était jamais assis derrière son imposant bureau d'acajou ; il était toujours appuyé contre la planche, griffonnant quelque chose ou discutant avec un interlocuteur. Les rédacteurs n'arrêtaient pas d'entrer et de sortir et faisaient même parfois la queue s'il y avait quelqu'un avant eux.

Le matin même, le *Globe* avait fait paraître une interview d'un chef de char israélien, le général Nakte Nir, réalisée par Kate. Tout en parlant avec ce héros, dans le salon d'un modeste hôtel londonien, Kate se disait qu'elle était certainement là à la suite d'une erreur. Pourtant, elle s'en était fort bien tirée ; elle avait le vent en poupe.

« Asseyez-vous un instant, Kate, lui dit Scotty. Votre papier a beaucoup plu au rédacteur en chef. » Il lui lança un regard étrange. « La vue du sang vous fait-elle tourner de l'œil ? Avez-vous déjà dormi à la belle étoile ? Pouvez-vous partir pour un mois ? Seriez-vous contente d'avoir un emploi permanent au *Globe* ? On pense à vous envoyer à Sydon.

— Mais il y a la guerre, là-bas !

— Très juste. Nous avons déjà deux reporters sur place, mais il nous faudrait quelque chose de différent de ce qu'ils nous envoient. Ils ne nous communiquent que des trucs qu'on peut apprendre par les dépêches ; nous voudrions des reportages sortant de l'ordinaire.

— Mais je n'ai jamais... D'accord, Scotty. Entendu. Ce sera quand ?

— Il y a un avion ce soir. Enregistrement dix-sept heures à Heathrow. Vous changez à Rome. Ne vous chargez pas trop. Un stylo et un bloc suffiront. Et surtout, pas de papier genre magazine féminin ; ce n'est pas du tout notre objectif. Le rédacteur en chef vous envoie là-bas pour avoir d'autres éléments vus sous un angle neuf. Et n'oubliez pas de remplir vos notes de frais comme il faut. Je suis fatigué d'avoir à les refaire pour vous. »

Kate partit en toute hâte s'acheter des chaussures de marche, un sac de couchage, un sac à dos et une gourde à accrocher à la ceinture. Elle n'avait pas le temps de faire d'autres achats ; en fait, elle put tout juste téléphoner à sa mère pour lui demander de veiller sur sa maison. Au consulat de Sydon, situé dans South Kensington, elle dut attendre un moment interminable pour obtenir son visa. Par chance, il n'était qu'à cinq minutes de chez elle. Elle n'eut que dix minutes pour faire sa valise, avant de prendre un taxi pour l'aéroport.

L'avion atterrit deux heures avant le lever du soleil. Ensuite, Kate monta dans un petit autocar bringuebalant qui mit six heures pour arriver à Fenza où le *Globe* lui avait retenu une chambre. Elle était d'une propreté douteuse et il n'y avait pas d'eau chaude ; cependant, Kate s'écroula sur le lit et dormit jusqu'à midi, heure à laquelle elle se rendit au bar de l'hôtel Majestic transformé en centrale de presse.

C'était la première fois que Kate se trouvait dans une ville en guerre. Fenza n'était pas très loin du front et le centre avait été mis à feu et à sang. La ville était pratiquement déserte ; les pilleurs étaient abattus sur place et tous ceux qui avaient pu s'enfuir l'avaient fait. On ne pouvait pas circuler en voiture car des débris de toutes sortes bloquaient les rues et il était dangereux d'aller à pied parce qu'un pan de mur risquait de vous dégringoler dessus à tout instant.

Kate marchait d'un pas rapide dans la ville noircie et dévastée. Défiant les lois de la pensanteur, des immeubles ravagés s'inclinaient dangereusement au-dessus des rues désertes et encombrées de gravats. A mesure qu'elle se frayait un chemin à travers les sacs de sable empilés et des montagnes de briques et de plâtras, elle sentit une forte odeur de brûlé provenant des poutres et des encadrements de fenêtres incendiés. Elle aperçut une bicyclette disloquée qui gisait au milieu de la rue, parmi des fragments de meubles brisés ; elle vit aussi une voiture incendiée et, finalement, un camion éventré couché sur le trottoir devant l'hôtel Majestic qui était dans un état de semi-abandon.

Le lendemain, Kate se leva à quatre heures car le car partait à cinq heures. A sa profonde surprise, elle vit qu'on amenait les journalistes au front dans de grands autocars, comme s'il s'agissait d'une sortie paroissiale.

Lorsque Kate fut installée dans le véhicule poussiéreux et empestant le tabac, son voisin lui déclara :

« Ce qui se passe ici, ce n'est pas seulement une guerre entre Arabes. Ce sont les Américains qui soutiennent Sydon contre les Russes qui soutiennent les Saoudiens ; tout l'armement saisi a été fabriqué en Russie. »

De l'autre côté de Kate était assis un homme à l'air fatigué qui était vêtu d'un treillis. Il prit à son tour la parole.

« Sydon n'est qu'un tout petit pays, mais il y a ces sacrés champs pétrolifères que tout le monde convoite ; par conséquent, tous les prétextes sont bons pour l'envahir. Officiellement, Moscou a refusé d'intervenir dans la bataille pour les champs pétrolifères, mais c'est principalement parce que le Kremlin ne veut pas fournir aux Américains une excuse pour prendre l'initiative dans cette zone. »

Le tonnerre lointain se transforma en un grondement incessant et assourdissant à mesure que le car se rapprochait du front, après avoir traversé une zone désertique et sablonneuse parsemée de broussailles d'un gris-vert éteint. Des combats très rudes avaient laissé en témoignage des chars endommagés, des morceaux de ferraille tordus qui avaient été des jeeps, et des camions incendiés, le nez planté dans des sables mouvants. Le bruit des mitrailleuses était insupportable.

Au moment où les journalistes descendirent du car, une bombe heurta une pièce d'artillerie de Sydon et une autre atteignit un camion qui devait transporter des munitions car il explosa aussitôt.

Une odeur de cordite puissante et âcre piquait le nez et la gorge de Kate ; ses yeux et ses oreilles étaient emplis de flammes et de cris effrayants. On ne voyait presque rien. Elle se mit à avancer à quatre pattes dans la brume grisâtre, essayant de percer l'épais brouillard ocre, strié des rubans de fumée noire qui montaient des chars en feu et des camions renversés. Elle était terrifiée.

Au bout de quinze jours, Kate n'était plus la même. Au lieu d'être nerveuse, tendue et angoissée, elle était tout bonnement trop occupée pour être déprimée ou terrorisée. Pour la première fois de sa vie, elle était son propre maître. Personne pour lui dire ce qu'elle devait faire, personne pour la critiquer, personne de qui chercher l'approbation. C'était à elle seule de décider de ce qu'il fallait faire et comment ; sa survie autant que sa réussite dépendait de ses décisions.

Elle trouvait cette situation étrangement exaltante. Elle avait trente-quatre ans et elle avait l'impression d'en avoir cinquante, mais la concentration nécessaire pour accomplir sa tâche effaçait tous les autres sentiments, même son épuisement permanent. Kate comprenait très bien maintenant comment les correspondants de guerre arrivent à prendre ce que les civils appellent « des risques insensés ». Sans doute ne les voient-ils même pas ; ils n'en ont pas le temps.

Les membres du service de presse étaient tout différents de l'image que Kate s'en était faite. Au bar du Majestic régnait une atmosphère de sérieux et de fatigue, chacun semblait sous pression et personne ne s'enivrait. Comme eux, Kate devint circonspecte, fureteuse, méfiante et garda jalousement pour elle ses moindres tuyaux. Elle démarrait dès l'aube, sans savoir si elle dénicherait quelque chose et s'estimait heureuse d'avoir pu trouver un sujet d'article à dix heures du soir.

Elle s'attachait surtout à montrer les effets de la guerre sur les êtres, soit dans une ville en proie aux bombardements, soit sur un champ de bataille, avec son interprète, Ali, un garçon de douze ans qui avait fréquenté l'école de la mission et qui prétendait être beaucoup plus âgé qu'il ne l'était.

« Ali, le roi, où ? », lui demanda-t-elle brusquement un soir, devant le *Majestic*. « Beaucoup, beaucoup d'argent pour Ali si moi voir le roi. »

Ce que Kate désirait par-dessus tout, c'était une entrevue avec le roi, et elle ne se rendait pas compte que c'était impossible car personne ne lui avait dit qu'il ne donnait jamais d'interviews exclusives mais uniquement des conférences de presse occasionnelles.

Pendant deux jours, les combats s'étaient un peu calmés. Après avoir été prise par surprise, l'armée sydonienne avait repoussé les Saoudiens vers l'est, vers la frontière entre les deux pays. Ils avaient décroché derrière une ligne de collines basses qui s'étendaient entre le front, à trente kilomètres à l'est de Fenza, et la frontière, située à quarante kilomètres au-delà. Pendant ces deux jours, personne n'avait su où était le roi Abdullah. Il était d'abord allé sur le front pour commander ses troupes, mais aujourd'hui il semblait avoir disparu.

« Le roi dans montagnes de l'est dans tribu Hakem. » Ali rayonnait. « L'argent, maintenant, s'il te plaît, m'dame.

— Les montagnes de l'est sont pourtant derrière les lignes ennemies.

— Oui, m'dame, mais ennemi toujours à Sydon.

— Comment le sais-tu, Ali ? Je ne te payerai pas tant que je ne serai pas sûre que c'est vrai. » C'était en effet un bruit qui courait, mais Kate n'avait pas l'intention de payer pour des bruits.

« Moi emmener m'dame là-bas, proposa Ali.

— Comment ça ? Je n'ai pas de voiture et il est impossible d'aller en jeep plus loin que le front car les Saoudiens nous tireraient immédiatement dessus !

— La jeep jusqu'au front comme dernière fois, puis louer chameau d'un cousin », fit Ali d'un air détaché.

Des chameaux ! pensa Kate. Peut-être ne tireraient-ils pas sur une femme et un petit garçon montés sur des chameaux... Pourquoi pas ? Elle se mit alors à discuter avec Ali du prix d'une jeep et de deux chameaux.

Le lendemain, il leur fallut deux heures pour arriver jusqu'au front, en suivant la piste jalonnée de bidons de pétrole vides, dans une chaleur suffocante et bourdonnante de mouches. Enfin, Ali désigna du doigt quelque chose qui avait dû être une petite cabane et qui n'était plus qu'un tas de pierres croulant avec des trous béants. Sur les murs blancs salis, des marques de balles témoignaient d'un combat serré. Des lambeaux verts du drapeau sydonien pendaient encore au mur.

« Ici ? s'étonna Kate. Moi pas voir chameaux ici !

— Attendre cousin ici », affirma Ali et Kate arrêta la jeep. Elle resta immobile un moment, si grand était son soulagement après tant de secousses, puis elle descendit et se dirigea vers la cabane suivie d'Ali.

Au bout de deux heures, ils distinguèrent à l'horizon trois taches qui, après un long moment, se révélèrent être un vieillard monté sur un chameau poussif, suivi par deux autres animaux. Beaucoup d'argent changea alors de mains — trois cent vingt dinars, somme suffisante pour acheter des chameaux plutôt que pour les louer. Kate en proposa davantage mais le vieux refusa de les accompagner. Il siffla les chameaux pour les faire baraquer, aida Kate à s'installer sur la selle de cuir recouverte d'un petit tapis et siffla une nouvelle fois pour faire lever les bêtes. Il remit ensuite à Ali un bâton épineux, leur adressa un signe de tête et remonta sur son chameau qui prit en tanguant la direction du sud.

« Qu'est-ce qu'il a dit ? demanda Kate à Ali.

— Il a dit chameaux revenir dans un jour sinon m'dame donner encore de l'argent. Il a dit machines occidentales pas bonnes pour le désert, le chameau, c'est mieux. Le chameau mange pas beaucoup, boit une fois en cinq jours et porte lourdes charges.

— Tu es bien sûr que tu sais où tu vas, Ali ?

— Oui, oui, m'dame, vers les montagnes. »

Au coucher du soleil, ils atteignirent les premiers contreforts et, peu après, ils s'engagèrent dans le fond d'un petit ravin pierreux qu'ils suivirent au balancement de leur monture.

« Voilà ! s'exclama Ali, radieux. Toi être dans les montagnes de l'est. Maintenant, toi trouver le roi.

— Mais non, Ali, toi m'amener au roi », rétorqua vivement Kate.

Ali ne rayonnait plus ; il semblait terrorisé.

« Ali savoir roi être dans les montagnes, mais pas exactement où », fit-il, l'air buté.

Kate était catastrophée. Le voyage avait été plus long que prévu et il était trop tard pour revenir en arrière. De toute évidence, Ali n'avait aucune idée de l'endroit où se trouvait le roi et ils étaient maintenant derrière les lignes ennemies.

« Fais baraquer mon chameau, s'il te plaît, Ali. Nous ferions mieux de rester ici pour la nuit. Il fait si sombre que je te vois à peine. »

Ali siffla, mais le chameau de Kate ne s'en émut guère et continua à tanguer entre les pierres du ravin.

« Ali, fais arrêter ce sacré chameau ! »

Soudain, on entendit des pierres rouler, un claquement, et deux formes surgirent de l'obscurité. L'une d'elle arracha les rênes du chameau des mains de Kate qui se retrouva face à face avec le canon d'une mitraillette.

Entre deux sanglots, Ali répondit aux questions qui pleuvaient sur lui dans le noir. On lui avait lié les mains derrière le dos et une corde l'attachait à Kate qui avait, elle aussi, les mains ficelées. Les hommes échangèrent quelques murmures, puis ils poussèrent sans ménagements leurs prisonniers en haut du ravin et leur firent suivre un étroit sentier qui montait puis descendait. Kate était complètement désorientée.

Soudain, après un tournant, ils commencèrent à descendre vers une sorte de cuvette plantée de tentes basses et noires, en peau de chèvre.

On les poussa brutalement à l'intérieur d'une tente et, à sa profonde stupéfaction, Kate se retrouva agenouillée devant un homme qui ne lui était pas inconnu. Bien qu'elle ne l'eût jamais vu vêtu des voiles blancs des habitants du désert, elle ne pouvait se tromper sur ce visage dur et émacié.

« Suliman Hakem ! » s'exclama-t-elle.

A la pensée qu'ils n'étaient pas tombés aux mains de l'ennemi, un sentiment de soulagement l'envahit et elle se rappela aussitôt que Suliman ne quittait jamais Abdullah.

« Qu'est-ce que vous faites ici ? », lui demanda brusquement Suliman en anglais. Il m'a donc reconnue, lui aussi, pensa Kate.

« Je suis correspondante de presse. Je cherche à joindre le roi Abdullah parce que... parce que j'ai un message personnel à lui communiquer.

— Qui nous prouve que vous n'êtes pas des espions ?

— Si quelqu'un avait la bonté de me délier les mains, je pourrais prendre la carte qui est dans ma poche. »

On ne lui délia pas les mains mais un soldat fouilla dans ses poches et Suliman Hakem put examiner sa carte de presse. Ensuite, il lança quelques mots dans une sorte d'aboiement guttural. On les détacha et on les fit relever.

« Demain, on vous ramènera à Fenza sous escorte, déclara brièvement Suliman. On s'occupera du petit et des chameaux. Vous avez eu de la chance que la sentinelle ne vous ait pas tiré dessus. »

Sur ces mots, il sortit de la tente, sa grande djellaba flottant autour de lui et Kate avait du mal à se persuader que cet homme avait pu fréquenter un des collèges les plus chics du monde et qu'il avait été formé à Sandhurst.

Suliman reparut un instant plus tard.

« Vous resterez placée sous surveillance tant que vous serez au camp. Maintenant, vous allez pouvoir vous laver et manger. »

On conduisit Kate dans une petite tente et un gardien se plaça devant l'entrebâillement. On lui amena une cuvette avec une serviette, puis un jeune garçon en robe blanche entra, portant un broc d'eau en fer et un plateau sur lequel il y avait du riz et des morceaux d'agneau rôti. Kate se rendit soudain compte qu'elle avait une faim de loup. Elle s'assit, jambes croisées, sur le tapis qui couvrait le sol de la tente et se mit à manger avec ses doigts. Par l'ouverture, elle voyait la lune qui projetait des ombres noires sur le sable argenté et, derrière les flammes d'un feu de camp, elle apercevait les cous et les têtes dodelinantes d'un troupeau de chameaux se profilant dans la nuit.

Quand elle eut terminé son repas, deux autres gardes enturbannés de noir firent leur apparition. Ils avaient chacun un fusil à la main et un cimeterre recourbé au côté. Ils ne prononcèrent pas un seul mot et se contentèrent de faire un signe de tête dans sa direction. Kate se leva et les suivit.

On la fit entrer dans une tente longue d'une dizaine de mètres. Des tapis aux motifs luxueux recouvraient le sable et, sur des coussins ornés de glands, elle découvrit le roi Abdullah, assis le dos bien droit et le regard vif. Il fit un signe aux gardes qui se retirèrent, les laissant tous les deux seuls.

Aussi sûr de lui que jamais, Abdullah la considéra d'un air circonspect et arrogant. Sa peau brune était tendue sur les os de son visage, ses sourcils noirs et arqués surmontaient un nez recourbé comme le bec d'un faucon, au-dessus d'une bouche large. Il la regarda, puis lui demanda d'une voix profonde :

« Alors, Kate, comment diable avez-vous fait pour venir jusqu'ici ? »

Elle lui résuma l'histoire en deux mots tout en remarquant qu'il semblait vieilli et fatigué, ce qui n'était pas surprenant.

« Vous avez eu beaucoup de chance, commenta-t-il quand elle eut terminé son récit. Moi aussi, à dire vrai. Ces chiens de Saoudiens ne bougent plus depuis quelques jours, nous nous contentons donc de les attendre, ce qui est diantrement ennuyeux. Dans ces conditions, une visite surprise est toujours la bienvenue... bien que vous ne me paraissiez pas aussi élégante qu'à l'ordinaire », ajouta-t-il en posant un regard amusé sur sa veste et son pantalon kaki, couverts de taches, sur ses chaussures crottées et sur ses cheveux embroussaillés.

« Vous comprenez bien, j'espère, qu'il s'agit uniquement d'un entretien privé, poursuivit-il. Je ne peux vous parler ni de la guerre ni de la politique, sinon, il y aurait du remue-ménage chez les journalistes. Vous pouvez faire une description vague de cet endroit et dire que je crois fermement en la victoire. Naturellement, nous relirons votre article. » Puis, à brûle-pourpoint, le regard perdu dans la nuit, il lui demanda sur un ton détaché : « Comment va Pagan ? »

Kate lui donna des nouvelles de son amie, sans omettre de lui dire qu'elle allait avoir un enfant dans quelques mois.

« Oui, je le sais », fit Abdullah avec un sourire étrangement triste.

Un silence embarrassé s'établit.

« Quel âge ont vos enfants ? lui demanda enfin Kate.

— Mustapha a quatre ans et il me ressemble beaucoup. C'est un petit polisson ; il n'arrête pas de faire des bêtises et n'a peur de rien. Bien entendu, soupira-t-il, je regrette de ne pas avoir d'autres fils, des fils légitimes, corrigea-t-il, et je prie Allah de m'en accorder.

— Pourquoi êtes-vous ici, au juste ? demanda Kate.

— Vous n'aurez qu'à dire que c'est une visite de routine à la tribu Hakem. Je ne vais pas vous révéler quoi que ce soit qui pourrait intéresser l'ennemi. Je rends régulièrement visite aux cheiks les plus importants. Nous recrutons nos meilleurs soldats parmi les tribus du désert et non dans les villes. Cette nuit, ces hommes dormiront sur le sable, uniquement couverts de leur manteau, fit-il en faisant un geste vers l'ouverture de la tente. Les Bédouins sont durs. Ils dédaignent le confort et n'ont que mépris pour la civilisation et ses merveilles diaboliques.

— A l'exception des revolvers, des fusils et des transistors, répliqua Kate.

— Exact. Mais ils vivent avec le minimum. Une famille peut se contenter d'un couple de chameaux, de quelques chèvres, d'une tente, d'un tapis, de couteaux, de récipients en peau et d'un morceau de corde. Ce sont leurs uniques besoins et leur unique désir. Je vous le jure, Kate, grommela-t-il, il m'arrive souvent de souhaiter pouvoir passer toute ma vie dans le désert, parmi ces hommes simples et rudes. Et maintenant, vous feriez mieux de retourner dans votre tente, sourit-il. Vous connaissez mon effroyable réputation et, demain, vous allez avoir une dure journée. »

Ce ne fut que le lendemain soir, quand la jeep l'eut ramenée à Fenza, que Kate se rendit compte qu'elle venait de réaliser un exploit impossible, sans parler de la promenade à dos de chameau sur un champ de mines. En la voyant entrer dans le bar du *Majestic,* ses collègues l'applaudirent discrètement.

Scotty fut enchanté de son reportage.

« J'avais bien dit qu'elle rapporterait quelque chose de différent, et voilà qu'elle nous a dégoté une interview exclusive de ce satané roi ! Envoyez-lui immédiatement un télégramme, fit-il en se tournant vers sa secrétaire. FÉLICITATIONS SCOOP ABDULLAH GROSSES BISES SCOTTY GLOBE. »

# 39

A son retour en Angleterre, Kate s'aperçut qu'elle était devenue une sorte de curiosité, voire une petite célébrité. « Bon Dieu, quelle mine elle a, pensa Scotty. Elle a terriblement maigri. » Il lui donna donc quinze jours de vacances et elle décida de les passer à New York, chez Judy.

Judy faisait maintenant de la publicité pour des livres, des personnalités connues et des maisons de modes. Il était clair que ses affaires avaient prospéré au cours des deux dernières années. Kate jeta un regard circulaire sur le living-room spacieux du nouvel appartement de son amie, perché très haut, sur la 57e rue est. « Ce tapis de Boukhara lui a au moins coûté sept mille dollars », pensa-t-elle. Les mains croisées derrière la nuque, Judy était assise en face d'elle, dans un fauteuil capitonné aux bras en forme de serpent, dont le bois était incrusté d'ivoire.

« Maintenant, Kate, il faut que tu écrives un livre. Tu as acquis une certaine notoriété, mais elle ne durera pas si tu ne fais rien pour l'entretenir. Un bouquin est toujours une bonne chose pour le prestige, sinon pour le compte en banque. Tenais-tu un journal pendant la guerre ? Et les notes que tu as prises ? Bien. Fais un livre avec tout ça — quelque chose de mince — dans les soixante mille mots, environ. Demain tu resteras au lit pour écrire ton synopsis et je pourrai y jeter un coup d'œil, le soir, quand je rentrerai... Mais si, tu es capable d'écrire un synopsis ! Assieds-toi et écris-moi tout de suite trois phrases simples résumant ce que contiendra ce livre. »

Après avoir réfléchi quelques minutes, Kate tira un carnet de son sac, fit ce que Judy lui avait demandé, arracha la page et la lui tendit.

« Formidable ! s'illumina Judy. Maintenant, tu n'as plus qu'à développer ces trois phrases pour en faire un synopsis et le partager en chapitres. Ensuite, je t'emmènerai dîner pour que tu t'entraînes à te conduire comme un auteur à succès. »

« Kate a tout le talent qu'il faut, pensa Judy. Mais elle n'est pas capable de le canaliser toute seule. Elle a besoin de quelqu'un qui la pousse en avant, au lieu de lui faire des croche-pieds, comme l'ont fait tous les hommes qu'elle a connus. » Tout en étant obligée de reconnaître que son amie n'était pas assez combative, Judy lui trouva une attitude beaucoup plus positive que lors de sa dernière visite.

Le lendemain soir, Judy arrangea un peu le synopsis de Kate, transforma légèrement la mise en page et déclara :

« Parfait. Je me charge de la promotion. Nous l'appellerons *Une femme à la guerre.* » Elle tira de son sac un petit paquet enveloppé dans du papier cadeau et le balança au nez de Kate. « Un cadeau pour toi. »

Kate le saisit d'une main, le déballa, et vit un petit coffret de Tiffany en cuir marine dans lequel il y avait un réveil miniature carré en émail marine et or.

« Comme ça, tu vas pouvoir commencer ton bouquin dès que tu seras rentrée à Londres.

— Mais, je n'ai pas le temps, protesta Kate. Et puis, mon travail me pompe toute mon énergie.

— Tu n'auras qu'à mettre ce machin sur cinq heures, tous les jours, et taper pendant deux heures, avant de partir au bureau. Non, non, pas le soir, tu n'aurais pas l'esprit assez frais. D'accord, d'accord, pas le dimanche. Toutefois, si tu ponds mille mots par jour, tu auras tout terminé en quatre mois, y compris les corrections. »

Kate eut des difficultés pour démarrer son livre car, dès son retour, Scotty lui mena la vie dure. Un matin, il la fit appeler dans son bureau et elle le trouva debout devant sa planche de travail, l'air mécontent.

« Vous allez me faire le plaisir de cesser de jouer les célébrités et de vous remettre immédiatement aux interviews. Je ne veux pas vous voir parader en tenue de combat. Allez voir cette femme qui vient d'être jugée non coupable de l'assassinat d'un mari travesti. Sept cents mots.

— Mais je ne peux pas, répondit Kate, effondrée.

— Et pourquoi ? » Puis Scotty reporta toute son attention sur la page de journal étalée devant lui. Kate se dit qu'elle n'avait pas de vraie raison de ne pas faire cette interview. Peut-être était-ce, après tout, un moyen d'évacuer une fois pour toutes cette triste expérience.

Le livre de Kate parut en juin 1967. Il sortit en même temps en Angleterre et aux États-Unis où Judy allait se charger de son lancement.

Kate débarqua chez Judy un soir, très tard. Elle se dirigea vers la salle de bains et disparut dans un brouillard tiède et parfumé de Chamade.

« Quelle bande de saligauds, ces types de l'aéroport ! Quand je leur ai dit qu'on m'avait perdu m'a valise avec toutes mes tenues pour la télévision, ils m'ont froidement donné un formulaire à remplir, puis ils m'ont fait cadeau d'une brosse à dents et de deux culottes en papier. Me voilà bien !

— Oh ! ce n'est pas grave », fit Judy, en tirant un carnet de la poche de son pantalon rouge, tandis que Kate s'immergeait complètement sous l'eau et que des bulles glougloutantes apparaissaient à la surface. Judy attendit que la tête dégoulinante de Kate ait reparu et elle se mit à griffonner une liste.

« En attendant d'en faire baver à ces bons à rien de l'aéroport Kennedy, voyons un peu ce qu'il te faut pour la tournée. Nous irons faire des achats demain et souviens-toi que moins tu t'encombreras, mieux ça vaudra. Deux robes légères pour le Sud et les soirées ; un bon tailleur avec sept chemisiers au minimum, car tu n'auras pas le temps de les laver tous les soirs ; et attention, en polyester, pas en soie. Et puis, quelques bijoux en toc et des foulards. »

Un cri angoissé monta de la baignoire.

« Est-ce que tu cherches à me démoraliser avant de commencer ? Je ne suis pas une danseuse étoile. Je suis là pour parler de la guerre ; les gens ne s'attendent pas à voir une gravure de mode.

— Mais si, affirma Judy. Les femmes se souviendront toutes de ce que tu portais. Si tu ne tiens pas bien ton rôle, qui t'écoutera ? »

Kate fit une grimace, lissa ses cheveux en arrière et s'empara de la bouteille de shampooing. Judy la considéra en plissant les yeux.

« Recoiffe-toi en arrière. Au moins, quand tu as les cheveux mouillés, on voit vraiment quelle tête tu as. Kenneth te les coupera demain. Dis-lui de bien te dégager le visage pour qu'on voie enfin tes yeux verts de tigre. » Elle esquiva une éponge mouillée. « Bigre, on se croirait revenues au pensionnat. Tu devrais aussi acheter une paire de chaussures basses et une grosse boîte de sparadrap. En tournée, il faut bichonner ses pieds comme un fantassin.

— C'est tout ?

— Des pilules vitaminées, des gouttes pour les yeux si tu ne veux pas qu'ils soient tout rouges après plusieurs heures de vol et un déodorant pour homme. On étouffe dans les studios.

— Je crois qu'en définitive il est inutile d'essayer de faire revenir ma valise de Mombassa ou de Dieu sait où, dit Kate en sortant de l'eau. Il n'y a rien de tout ça dedans. J'avais emporté des choses très voyage princier. Je suis bien contente de les avoir perdues.

— Il faut absolument que tu comprennes que tu devras faire un effort constant pour paraître sous ton meilleur jour pendant toute cette maudite tournée. » Kate grimaça et Judy se mit à crier : « Ça nous coûte un minimum de deux cents dollars par jour, aussi faut-il que tu leur en donnes pour un million. »

Kate partit en tournée le 5 juin. Judy, qui venait de se lever, arrêta son moulin à café pour mettre la radio en marche. « Une attaque éclair d'Israël a causé aux Arabes de lourdes pertes en hommes et en territoires, surtout en ce qui concerne l'Égypte et la Jordanie. »

C'était le premier bulletin d'information au sujet de ce qu'on allait appeler la guerre des six jours.

Immédiatement, Judy sut que *Une femme à la guerre* serait un best-seller.

« Pour vous faire un peu redescendre sur terre, grogna Scotty quand Kate fut rentrée de New York, voyons un peu comment vous allez vous débrouiller avec une histoire de cul. » Et c'est ainsi qu'il envoya Kate interviewer une jeune starlette qui était venue faire un film en Angleterre, un conte de fées remis au goût du jour qu'on était en train de tourner dans le Hampshire.

Aux premières lueurs de l'aube, Kate arriva sur les lieux du tournage, dans une clairière froide et humide. Tout emmitouflée, elle humait l'odeur automnale des feuilles en décomposition. Une caravane jaune était stationnée sous les arbres et, soudain, apparut la plus exquise créature que Kate ait jamais vue. Lili avait les mains enfouies dans son manteau de fourrure sombre dont le col était relevé et qui cachait les haillons d'opérette qu'on avait soigneusement déchirés pour dévoiler la plus grande partie de son corps.

Kate retint sa respiration. Lili était vraiment ravissante. Elle avait un teint mat et sans défaut, d'immenses yeux bruns et un profil presque parfait. Kate la trouva superbe, même de dos. Quand elle rejeta son manteau, prête à entrer en action, une nappe de cheveux se déploya jusqu'à sa taille mince. Tandis qu'elle s'avançait vers la clairière, on apercevait une croupe au galbe admirable et des cuisses satinées sous les ridicules oripeaux dont elle était affublée. Il émanait d'elle une innocence de petit faon ; on aurait dit à tout moment qu'elle allait se fondre dans la forêt brumeuse qui l'entourait.

Kate pensait ne pas ressentir autre chose que le froid, sur ce tournage, mais elle fut saisie par la magie tranquille qui irradiait de Lili pendant qu'elle évoluait gracieusement, pieds nus, dans la forêt.

Le film était presque terminé. Il avait coûté beaucoup plus cher et duré bien plus longtemps que prévu. Tout le monde, sauf Lili, paraissait épuisé et de mauvaise humeur. Le réalisateur ne s'adressait au cameraman que par l'intermédiaire de son assistant et les gens ne se parlaient pratiquement plus. Entre les prises de vues, l'habilleuse accourait avec une bassine d'eau chaude dans laquelle Lili plongeait ses pieds gelés jusqu'à ce que l'équipe fût prête à se remettre au travail.

Un peu plus tard, Kate alla interviewer Lili dans sa caravane. Elle parlait bien anglais. Serge avait insisté pour qu'elle apprenne à parler anglais couramment et à monter à cheval ; deux choses très importantes pour une actrice de cinéma, disait-il. Lili répondit très calmement et posément aux questions que Kate lui posait sur sa façon de jouer.

« Par quoi commencez-vous quand on vous donne un rôle à interpréter ?

— Oh, je ne vois pas la chose sous cet angle, pas du tout. Je lis et je relis le rôle jusqu'à ce que je voie comment je me comporterais si j'étais le personnage. Je m'imprègne de lui jusqu'au moment où tout devient évident et, soudain, j'ai l'impression que je *suis* le personnage et qu'il est plus réel que mon vrai moi. C'est une chose que je fais depuis que je suis toute petite ; je n'ai aucune difficulté. »

Lorsque Kate se mit à la questionner au sujet de sa célébrité et lui demanda si elle était contente d'être sous les feux des projecteurs, Lili eut une expression de méfiance.

« Non, bien sûr, répondit-elle, mais ça fait partie de mon métier, aussi je m'y plie. » Elle parlait dans un anglais très correct mais avec un très fort accent français. « J'ai horreur de ces choses abominables qu'on imprime sur moi. Je ne peux pas supporter ce que racontent les journaux... que je n'arrête pas de coucher avec un homme ou un autre. Ce sont des mensonges. Si c'était vrai, je ne trouverais même pas le temps de dormir. »

Quand Kate commença à aborder sa vie privée et à lui poser des questions au sujet de ses débuts, elle parut un peu agacée. Kate avait pris le dossier de presse de Lili dans la bibliothèque du *Globe* avec les photos sur lesquelles on voyait Lili dans la fameuse robe transparente de communiante.

« Quand on accepte de faire ce genre de choses, on ne peut pas s'attendre à avoir une bonne réputation, fit remarquer Kate.

— Ces photos ont été prises quand j'avais treize ans ; je faisais ce qu'on me disait de faire. Je pense qu'il en allait de même pour vous quand vous aviez cet âge.

— Mais comment vos parents pouvaient-ils permettre une chose pareille ?

— Je suis orpheline ; je m'étais enfuie de chez mes parents adoptifs parce que... parce qu'ils me battaient », répondit Lili, comme Serge le lui avait ordonné. Puis, elle ajouta soudain : « A vrai dire, je me suis trouvée entraînée... » Et, pour la première fois, elle se mit à raconter sa première séance de pose dans le studio de Serge.

A mesure que Lili parlait, Kate comprenait combien il avait dû être facile d'exploiter cette enfant vulnérable et sans défense. On avait l'impression que Lili faisait l'objet de toutes sortes de soins et d'attentions, mais en fait, tout cela venait uniquement de gens qui gagnaient de l'argent sur son dos.

« Vous n'avez donc pas d'amis ?

— Non, pas moi ; je n'ai pas le temps, soupira Lili, résignée. Mais Serge connaît une foule de gens. »

Jamais Kate n'aurait pu imaginer qu'elle éprouverait un jour de l'affection et de la compassion pour une starlette aguichante.

« Magnez-vous, je veux ce papier avant cinq heures », déclara Scotty. Kate s'assit, se mit au travail et le lui remit avec une demi-heure d'avance. Scotty parcourut rapidement sa copie et poussa un grognement exaspéré.

« Jamais je ne pourrai faire passer ça en troisième page ! Les histoires à l'eau de rose ne font pas vendre les journaux. » Il se mit à lire à voix haute ce qu'elle avait écrit : « Manquant étrangement de confiance en elle-même... tremblante comme une biche prête à se réfugier dans la forêt... Allons, allons, Kate ! Montrez-moi vos notes. » Il les lut en grommelant. « Allez donner ça à Bruce, il a tout juste le temps de remanier votre papier. Il serait capable de faire ça en dormant ! »

L'article commençait ainsi : « Je suis toujours au lit avec un type ou un autre, me déclare miss Fange, plus connue dans le cinéma porno sous le nom de Lili. » L'attaque était cinglante, méprisante et — en dehors de la première phrase, relativement exacte. Malheureusement, elle était publiée sous la signature de Kate.

« Épatant, commenta Scotty. Un vrai tueur. »

Kate sauta au plafond. « Mais pourquoi a-t-on fait paraître ça sous ma signature ?

— Vous savez très bien que ce sont des choses qui arrivent, dans un quotidien », fit Scotty en haussant les épaules.

« Tu vois un peu ce qui se passe quand on t'interviewe sans moi ? ricana Serge, furieux. Cette garce d'Anglaise t'a complètement embobinée ! Dès que je te laisse seule, tu ne fais que des bêtises. » Serge jeta le journal par terre et se versa un second whisky. « Dans ce pays, il n'y a pas moyen d'obtenir un seau à glace plein ! Même dans ce foutu hôtel *Dorchester !* »

Il se mit à contempler la cime mouillée des arbres de Hyde Park et à regarder la circulation s'écouler lentement sous les lumières de l'avenue à laquelle le léger brouillard donnait un aspect fantomatique.

« Tu veux que je te dise ce qui cloche chez toi, Lili, c'est que tu es une conne. Tu ne sais même pas qui tu es si je ne suis pas là pour te le rappeler.

— C'est vrai, murmura Lili en pensant à sa *vraie maman*. Je ne sais même pas qui je suis.

— Tu n'es même pas capable de te tenir sur tes deux pieds si on ne te dit pas comment faire. Tu as besoin de moi, ma belle ! Pour le moment, rappelle-toi simplement que tu es désormais une actrice de premier plan et, par conséquent, commence par te conduire comme telle ! » Il ramassa le journal froissé. « Je suis sûr que tu l'as dit ; c'est bien de toi, toujours au lit avec un type ou un autre. Ah, mon Dieu, quelle connasse !

— Elle a tronqué mes paroles. Ce n'était pas du tout dans ce sens-là que je le disais. Je parlais anglais depuis plus d'une heure, c'était le soir et, soudain, je me suis sentie très fatiguée.

— Et cette histoire de robe de communiante ! On dirait que tu sors du ruisseau et que tu n'es qu'une petite pute mal embouchée.

— Et alors, ce n'est pas ce que je suis ? s'exclama Lili exaspérée.

— A quoi sert-il de descendre dans les meilleurs hôtels, de t'acheter les plus jolies robes, d'axer toute la publicité sur ton jeu, si tu permets à une rusée salope de journaliste de dire que tu n'es qu'une paire de nichons ? » Serge la regarda d'un air écœuré et vida son verre. « Même si c'est vrai, ce n'est pas bon pour les affaires. »

En 1968, Londres se trouva propulsé à l'avant-garde de la mode. La rue devint une gigantesque fête costumée. La minijupe avait fait naître des fantasmes sexuels quotidiens. Les filles s'habillaient en bohémiennes déguenillées, en squaws, des bandeaux de cuir ceignant leurs cheveux frisés, en cow-boys de fantaisie avec des shorts frangés ultra-courts, en pionnières de l'Ouest américain, en fermières coiffées de chapeaux de paille fleuris. Laura Ashley fit fortune. Carnaby Street se transforma en pays des merveilles où des hommes d'affaires jadis bon chic bon genre venaient se fournir en costumes de velours trois pièces au pantalon moulant, en chemises à fleurs, en pull-overs arc-en-ciel, en bottes à talon, en colliers et même en sacs à main.

Londres avait le vent en poupe et la Bourse grimpait. Kate était parvenue à persuader le notaire de sa mère de prendre un autre agent de change en lui mettant sous le nez une liste comparée de la valeur des actions au cours des années précédentes et aussi en le menaçant de porter plainte contre lui pour négligence grave. A force d'étudier le marché, elle finit par y prendre un véritable intérêt et par se dire qu'elle pourrait peut-être spéculer en Bourse pour son compte personnel. Elle demanda un prêt à sa banque et plongea tête baissée dans le marché australien du nickel en achetant des Western Mining. Au bout d'un mois, elle s'aperçut qu'elle avait gagné plus qu'en deux ans de journalisme.

Après cela, Kate n'eut guère le temps de penser à autre chose qu'à son travail car Scotty lui confia une nouvelle tâche. Partant du principe que les gens vivaient au ralenti le dimanche et que, par conséquent, les nouvelles du lundi étaient fort maigres — ce qui signifiait un journal ennuyeux — il lui confia la direction d'une nouvelle rubrique appelée « Vie et Style ». Elle visait à couvrir tous les événements de la nouvelle vague et les gens qui la faisaient. Pour Kate, c'était une nouveauté, mais, ayant travaillé avec Scotty pendant cinq ans, elle s'y mit très rapidement, travaillant tard dans la nuit, argumentant avec Scotty au sujet des photos et des articles. Elle ne pouvait plus s'absenter une minute du journal, pendant la journée. Elle était installée derrière un grand bureau, face à cinq téléphones, dans un petit réduit sans fenêtre. Sa secrétaire et ses trois collaborateurs étaient logés dans d'autres réduits donnant sur le couloir. Kate établissait des plans, discutait, écoutait et tenait des réunions. Elle coupait dans les copies et se colletait avec les crises et les problèmes.

« Vie et Style » fut un succès dès le premier jour. Les annonceurs affluèrent, la rubrique fut immédiatement copiée par les concurrents du *Globe* et les femmes se mirent à écrire en masse.

# HUITIÈME PARTIE

## 40

« Je me demande bien comment tu parviens à attirer un homme là-dedans et comment il se débrouille pour trouver la sortie dans tout ce foutoir, ironisa Maxine. C'est un vrai nid de pie, chez toi, Judy ! Tu n'as jamais su jeter quoi que ce soit.

— C'est sans doute parce que je n'ai rien eu à jeter pendant très longtemps ! Et puis, n'oublie pas que ma chambre est aussi pour moi un lieu de travail. J'y lis, j'y médite et j'y fais des projets, tout autant que j'y dors. C'est là que je gagne mon argent.

— Tu as toujours su que l'argent était une chose importante, Judy. Nous autres, nous avons été plus longues à le comprendre. En général, les femmes n'aiment pas penser à l'argent. Elles trouvent cela ennuyeux.

— Bien moins ennuyeux que de ne pas en avoir et uniquement lorsqu'on n'a pas appris à le manipuler, répliqua vivement Judy. Toutes les femmes devraient apprendre comment le gagner, le multiplier et le *garder !* Mais on leur apprend seulement à le dépenser. J'ai remarqué aussi que dans les coups durs, il est rare que les femmes aient de l'argent.

— Tu en connais certainement long au sujet de l'argent, ma chère, mais tu ignores presque tout des joies de la richesse. » Maxine regarda de nouveau autour d'elle. Judy ne permettait à personne de faire le ménage dans sa chambre, aussi était-elle dans un état de chaos permanent. Les deux tables de chevet étaient encombrées de piles de vieux journaux, de revues jaunies, de livres et de carnets. Toutes les autres surfaces planes, y compris le rebord de la fenêtre, étaient surchargées de vieux étains, de cendriers souvenirs, de tableaux sans cadre, de cartes de vœux de l'année précédente et de fleurs en papier défraîchies.

« En général, personne ne dépasse le living-room », s'excusa Judy.

Avec un petit reniflement dédaigneux, Maxine s'empara d'un carnet et s'assit sur le bord du lit. « Un peu d'organisation sera nécessaire, ma chère. Non, je promets de ne rien jeter, mais on mettra tout ça ailleurs. Tu n'as tout de même pas besoin de trois chambre d'amis ?

— Justement si. C'est une des raisons pour lesquelles Tom a voulu que je prenne un appartement plus grand : c'est là que nous recevons, nous avons beaucoup de visiteurs — nous directeurs régionaux, entre autres — et parfois, il en vient plusieurs en même temps.

— Tu ne pourrais pas t'en tirer avec deux chambres d'amis et un bureau équipé d'un canapé-lit ? Je vais faire une liste et demain nous irons chez Bloomingdale, avant que je parte en tournée. »

Maxine ramassa une chaussure de soie bleu lavande ornée d'une plume recourbée sur le côté. « *Fait main à Florence,* ah ! je vois. Tes affaires semblent marcher aussi bien que les nôtres. Tu ne trouves pas que c'est merveilleux de dormir la nuit ? Le soixante-six a été encore meilleur que le soixante-quatre ; c'est pourtant l'année où nous avons vraiment démarré.

— Nos gains ne viennent pas tous de SOIE ; ils sont aussi le résultat des spéculations de Tom. J'ai d'affreuses crises d'angoisse à ce sujet et, en fait, j'ai du mal à dormir. Pour Tom, c'est différent ; il arrive à rester serein, mais moi, je ne peux pas. J'ai pourtant essayé de vivre avec ça, poursuivit-elle. En effet, il semble que Tom ait besoin du frisson et du suspense de la spéculation, comme d'autres ont besoin de descendre des montagnes à ski ou de les escalader. Il prétend qu'il lui faut de l'adrénaline.

— Mon Dieu, tu veux dire que Tom est un joueur ?

— Moi, je dis que oui et lui dit que non. Il dit qu'il prend des risques calculés, alors que le jeu est bon pour les imbéciles qui croient en la chance. Il est totalement contre le jeu.

— Dans ce cas, comment se peut-il qu'il prenne tant de risques ? L'a-t-il toujours fait ?

— Non, parce que sa femme était farouchement contre. Bon sang, un tas de gens investissent leur argent à Wall Street, ce n'est peut-être pas dangereux, après tout, je n'en sais rien. Mais ce que fait Tom va à l'encontre de tout ce qu'on m'a inculqué : ne jamais avoir de dettes, faire des économies... Pour ma mère, les mots les plus ignobles qui soient sont " carte de crédit ".

— Jamais je ne pourrais voyager dans toute l'Europe sans carte de crédit !

— Ma mère ne voyage pas dans toute l'Europe. » Judy s'approcha de la fenêtre et contempla le parc. « Pour te dire la vérité, j'ai une trouille monstre. »

Aux yeux de Judy, SOIE était l'assise frêle et menacée sur laquelle reposait tout ce système d'emprunts et Tom avait beau pointer un doigt impérieux sur le bilan, elle n'arrivait pas à se débarrasser des préceptes de son enfance au point de considérer leur prospérité croissante comme une réalité. SOIE était une affaire bien réelle, le reste n'était qu'une série de chiffres sur une feuille de papier. Elle se souvenait de la dispute épique qui les avait opposés quand le prêt bancaire de SOIE avait dépassé le demi-million de dollars. « Allons, Judy, il faut grandir, s'était contenté de lui dire Tom. De nos jours on ne lance pas une affaire et on ne fait pas fortune sans s'endetter ; ce sont seulement les premiers cinquante mille dollars qui sont durs à emprunter. »

« Cet appartement est-il payé ? demanda Maxine.

— Oui, je le voulais à tout prix et, à ma grande surprise, Tom n'a pas fait d'histoires. Il a seulement pris un air méprisant pour me dire que mes inutiles principes étaient fort coûteux. Je ne comprends pas comment un homme aussi raisonnable et aussi compétent dans son métier peut être aussi fou dès qu'il s'agit d'argent. La dernière fois que nous nous sommes disputés, j'ai cru que nous serions obligés de nous séparer.

— Tu as trente-cinq ans, déclara Maxine en caressant pensivement la plume de la chaussure de soie, tu as un superbe appartement, un métier agréable et bien payé. A ta place, j'oublierais tout le reste et je laisserais Tom agir à sa guise. »

Judy ne répliqua pas mais elle ne cessa pas pour autant de se faire du souci.

Trois semaines plus tard, Maxine rentra de sa tournée publicitaire à travers les États-Unis.

« Une véritable amie est celle qui avoue peser plus que vous, déclara Judy en voyant Maxine monter sur le pèse-personne de la salle de bains.

— Surtout si ce n'est pas le cas, reconnut Maxine. Est-il possible que j'aie pris quatre kilos en trois semaines de tournée ?

— Dans une tournée, les gens grossissent ou maigrissent toujours. Maintenant, mets ta robe de chambre et viens avec moi dans le living-room. J'ai rapporté ton dossier de presse du bureau. »

Elles entrèrent toutes les deux dans le double living-room aux murs beiges. Des lits de fumeurs d'opium, noirs, bas et sculptés, étaient disposés sur trois côtés autour d'une grande table en marbre sang de bœuf. Des peaux de zèbre étaient jetées sur le parquet et un paravent perse ancien, peint en rouge et noir, zigzaguait dans un coin. Deux magnifiques glaces Louis XIV dorées encadraient une cheminée de marbre et, sur le mur opposé, était accrochée une collection de plus en plus fournie de dessins de Steinberg.

Maxine se précipita sur le dossier rose posé sur l'un des canapés et s'adossa contre les coussins de soie mauve et bleue pour examiner les coupures de presse. Elle ne les avait pas encore vues, ayant quitté chaque ville avant la publication de ses interviews.

« Pas mal, pas mal. Cet entrefilet dans *Time* avec la petite photo est formidable. Tu as été si gentille, Judy, de me téléphoner tous les soirs. C'était toujours pour moi un moment d'angoisse, à ne pas savoir si je m'en étais bien tirée, et puis, je me sentais si seule. Je regrettais presque de ne pas avoir emmené ma secrétaire.

— Quand tu auras fini d'admirer tes coupures de presse, tu viendras voir ce qu'on a fait des chambres pendant ton absence. J'ai dit au décorateur de suivre tes instructions à la lettre. »

Maintenant, la chambre de Judy avait un air de luxe apaisant. Des tentures de soie sauvage recouvraient le mur où se trouvait la fenêtre et on avait jeté une couverture en renard roux sur le lit de velours brun dont l'un des côtés renfermait un tableau de commande pour la télévision, la stéréo, la radio, le téléphone et l'ouverture des rideaux. Deux grosses commodes basses en bois de rose encadraient le lit de Judy et cachaient tout son fourbi.

La pièce voisine avait été transformée en bureau. Des bibliothèques tapissaient les murs peints dans une couleur framboise sombre. Bien disposés sur des étagères, les objets curieux de Judy pouvaient maintenant passer pour une collection de jouets anciens ou de choses ésotériques. Un bureau à cylindre d'époque victorienne était placé devant la fenêtre.

« J'adore ce rouge sombre, dit Judy.

— Je viens de l'utiliser pour les nouveaux bureaux de Guy. Il a plus de concurrence maintenant que Saint-Laurent s'est installé à New York. Voilà pourquoi on ravale la façade. »

Les deux amies revinrent ensuite dans la chambre de Judy où celle-ci commença rapidement à se déshabiller et à se préparer pour la soirée.

« Guy n'a pas à se faire du souci pour la concurrence. Personne ne peut rivaliser avec ses ensembles », remarqua Judy tout en ôtant son tailleur-pantalon écarlate à la coupe exquise. « Ces dernières semaines, je ne l'ai pratiquement pas quittée, cette tenue. Quand as-tu vu Guy pour la dernière fois ?

— Oh ! ça fait des mois, mais le fait de ne pas se voir n'altère pas notre amitié. C'est pareil avec Kate et Pagan ; on ne s'écrit jamais, on se voit très peu, mais à chaque fois qu'on se rencontre, c'est comme si on ne s'était jamais quittées.

— Pour moi, une véritable amie, c'est ta tante Hortense. Je ne peux pas l'imaginer dans ce genre de vêtement. Et toi ?

— Au contraire, elle aurait été formidable dans un tailleur-pantalon. La dernière fois que je l'ai vue, avant son attaque, elle jouait sous le hêtre avec Alexandre — il devait avoir deux ans, à l'époque. Elle avait un chemisier en mousseline verte ; il avait trouvé moyen de lui défaire deux boutons et il lui glissait très sérieusement des marguerites dans le décolleté. Elle paraissait inhabituellement négligée et inhabituellement heureuse ; c'est ainsi que je veux me souvenir d'elle. »

Elles se turent toutes les deux, tandis que Judy enfilait une minirobe en crochet noir réduite à sa plus simple expression.

« On dirait que tu n'as rien dessous. Cette nouvelle mode nous fait ressembler à des girls de revue, avec ces minijupes et ces hautes bottes. Pas étonnant qu'elle plaise aux hommes. Est-ce à l'intention d'un homme que tu t'habilles comme ça, ma chère ?

— Non, personne en particulier. » Elle fixa à ses oreilles des boucles de diamants en forme de soleil et ajouta : « Je dîne avec Tom et quelqu'un de *Newsweek*... Tu sais bien que je ne tombe pas amoureuse, apparemment. »

« Dépêchons ! Dépêchons ! cria Tom du living-room, deux jours plus tard. Allons, Judy, pressons. » Il glissa la tête par l'entrebâillement de la porte de la chambre. « On ne peut pas être en retard quand on invite, surtout quand les Nixon sont les hôtes d'honneur.

— Je suis désolée, Maxine a été retardée à l'aéroport. » Judy se frotta vigoureusement la tête avec une serviette, remonta la fermeture de sa robe de velours noir et se brossa rapidement les cheveux.

« Pourquoi ne vous maquillez-vous jamais ? » Il était entré dans la chambre, les mains dans les poches.

« Parce que j'ai l'air d'un clown ou d'une collégienne peinturlurée. J'ai pourtant pris une leçon de maquillage chez un professionnel. Comment ça se fait ?

— Vous faites trop jeune. Au fait, pourquoi ces gens de la recherche sur le cancer ont-ils choisi le Carlyle ?

— C'est moi qui l'ai choisi. Le service de sécurité est excellent et leur personnel est trié sur le volet. Cette année, nous avons déjà perdu Martin Luther King et Bob Kennedy et, avec Nixon qui vient ce soir, je suis affreusement nerveuse.

— Bien sûr. Ce sont de nouveaux clients et votre amie Pagan

les a dirigés sur nous. Mais ils connaissent aussi votre savoir-faire, mon trésor, vous n'avez pas à vous inquiéter. »

Cependant, pendant toute la soirée, Judy se sentit nerveuse comme une chatte, surtout quand elle réalisa qu'un homme brun et grand ne cessait de la regarder. Il s'appuya contre le mur, les mains dans les poches et, comme elle passait devant lui, lui dit :

« Vous avez l'air terrible et merveilleuse.

— Tout comme l'Everest », répliqua-t-elle avec un sourire pincé. Il ne faisait manifestement pas partie du service de sécurité. Elle l'ignora pendant tout le reste de la soirée à une exception près. Elle avait senti son regard derrière son dos, elle s'était retournée et c'était bien lui qui était là, la considérant calmement de dessous ses lourdes paupières. Il continua à la regarder sans bouger et elle eut alors l'impression d'être toute nue devant lui. Elle se sentait impuissante, le souffle court et le visage en feu. Avec un effort presque douloureux, elle se détourna, furieuse contre elle-même... Elle lui trouvait quelque chose de familier, sans pouvoir dire pourquoi. Ce front bosselé, cette grande bouche et ce sourire lointain... Ça y est !

C'était Griffin Lowe, d'Orbit Publishing. Il ne figurait pas sur sa liste, mais quelqu'un de haut placé avait dû l'amener. Elle s'approcha de lui.

« Vous êtes bien Mr. Lowe, n'est-ce pas ? Voulez-vous que je vous présente à quelqu'un ?

— Non, merci. Je suis venu avec les Javit, mais je crois que je vais m'en aller. C'est le deuxième jour que je porte des lentilles de contact et elles me mènent la vie dure. Si on filait pour aller dîner ?

— Non, je travaille.

— Moi je vous dis que vous ne travaillez pas.

— Je regrette, mais c'est non. » Judy s'éloigna avec à peine une pointe d'impolitesse. Elle n'appréciait pas du tout cet étalage de puissance que permet la richesse.

Elle fut la dernière à partir. Après avoir réglé les derniers détails de la note avec Luigi, elle sortit sous l'auvent de toile et se préparait à appeler un taxi, quand une Rolls marron s'arrêta devant elle et la portière s'ouvrit.

« Une proposition que vous ne pouvez pas refuser. Je vous ramène chez vous, sans conditions. Nous connaissons l'adresse. »

Elle se mit à rire et monta à l'arrière de la voiture qui était aménagé en petit salon et embaumait discrètement le cuir véritable.

Elle ne lui demanda pas de monter et il ne fit aucune allusion. La voiture disparut dans la nuit et Judy alla se faire couler un bain chaud, un peu déçue de ne pas avoir eu l'occasion d'envoyer promener Griffin Lowe une deuxième fois.

# 41

Pendant six semaines, elle n'entendit plus reparler de lui, puis, un lundi matin, il lui téléphona à sept heures et demie pour l'inviter à dîner un soir de son choix.

« Mais vous êtes fou ! s'écria-t-elle. Est-ce pour affaires ? En tout cas, ça n'a pas l'air d'être pour le plaisir.

— Écoutez, je sais que vous vous levez tôt. Ce sera ce que vous voudrez. Je vous confirme que j'utilise les services des sociétés de relations publiques.

— Entendu. Que diriez-vous du Chantilly, ce soir à sept heures ? »

Elle ne fut pas surprise de constater que Griffin Lowe était d'une compagnie intéressante et agréable. Elle n'avait pas omis de se faire amener son dossier de presse au bureau, mais dans le monde des médias, tout le monde connaissait Griffin. Son empire d'édition comprenait un fort pourcentage de camelote rentable, mais également une ou deux des meilleures revues américaines. Griffin était bien connu pour être un individu habile et impitoyable qui se souciait fort peu de ce qu'on pouvait penser de lui, et c'était aussi bien. On savait qu'il était capable de faire des coups éclatants et inattendus ; on savait qu'il avait un sens personnel d'une justice un peu rude et que c'était un coureur de jupons. Oh, bien sûr, on savait aussi qu'il était marié et qu'il avait trois enfants, ou même quatre peut-être.

Judy s'installa sur la banquette avec Griffin Lowe en face d'elle. Ils mangèrent de la bisque de homard, de l'agneau rôti et terminèrent par des tranches d'orange caramélisées. Au café, Griffin prit doucement la main de Judy, sous la table et elle faillit en mourir de saisissement. N'étions-nous pas, pourtant, en 1968, à l'époque où il était devenu classique de s'aborder par ces mots : « Salut, on baise ? » N'était-elle donc pas une femme de trente-cinq ans, émancipée, forte, directe et adulte ? Alors, son trouble était-il dû à cette vieille sensation familière qu'elle avait éprouvée quand elle était une collégienne ?

Oui.

Ils restèrent ainsi, pendant plus d'une heure, à se tenir la main sans rien dire. En quittant le restaurant, Judy ne marchait pas, elle flottait littéralement. Le chauffeur lui ouvrit la portière de la Rolls et Griffin murmura :

« Vous devez vous demander si c'est ma façon habituelle d'entrer en matière. J'étais heureux de vous tenir la main. J'aurais voulu que ça dure éternellement. Et maintenant, dites-moi, voulez-vous qu'on continue dans cette voie ?

— Jusqu'au coude, peut-être. »

Il se pencha vers elle et la prit dans ses bras. Judy sentit tout à coup sa bouche s'écraser sur la sienne, ses bras étreindre son corps, son haleine sur sa joue et ses doigts dans ses cheveux.

Elle ne se rappelait plus être sortie de la voiture pour monter chez elle. Elle savait seulement que ses mains tremblaient au moment où Griffin avait baissé la fermeture de sa robe qui avait glissé sur le parquet du living. Il l'avait ensuite attirée contre lui, avait plaqué sa bouche contre la sienne, ses mains robustes et carrées la pressant contre lui, à tel point qu'elle avait manqué se laisser tomber, tant ses jambes flageolaient. Après, il l'avait complètement dévêtue et allongée, toute tremblante, sur les coussins doux et moelleux du canapé.

Frissonnante de désir, elle défaillait sous les caresses de ses mains et de sa bouche. Il se déshabilla à son tour et elle sentit contre elle sa chaleur et son odeur.

Il la souleva dans ses bras et alla la déposer sur les draps de soie du lit. Alors, savourant chaque instant, ils s'abandonnèrent au mouvement lent et sensuel de l'amour.

Il fit courir sa langue sur les endroits les plus intimes de son corps. Puis il partit à la recherche des points les plus sensibles et il s'avéra qu'ils l'étaient pratiquement tous. Tout à coup, il se fit brutal, elle de même et il s'ensuivit une courte lutte pour établir lequel des deux serait dessus. Griffin laissa la victoire à Judy mais, pour une raison quelconque, ils dégringolèrent ensemble au bas du lit, sur la couverture de renard roux. Elle sentit ses doigts en elle, après quoi il la pénétra par-derrière assez bruyamment et elle s'aperçut que cette humidité tiède et gluante ne lui déplaisait pas du tout. Elle se cabra jusqu'à ce qu'il fût sous elle, à bout de forces, du moins faisaient-ils semblant de le croire. Elle se trémoussa contre lui, l'amenant au même degré de frénésie qu'il lui avait fait connaître dix minutes auparavant. Ensuite, elle le repoussa sur les oreillers de soie cannelle, se recula et le saisit aux chevilles. Elle sentit sa force pénétrer en elle, ses cuisses velues et dures contre ses fesses et ses doigts qui la rendaient folle.

Elle se réveilla de bonne heure, heureuse et apaisée. Se rappelant brusquement les événements de la nuit, elle tourna la tête et aperçut les sourcils noirs et arqués de Griffin. Elle fut alors saisie d'une nouvelle et curieuse sensation. Elle ne le réveillerait pas ; une fois qu'il serait réveillé, il s'en irait. Cette vulnérabilité qu'elle découvrait en elle lui inspira une méfiance instantanée. Voilà qu'elle devenait possessive. Elle se glissa du lit en se répétant que cet amant de fraîche date était un don juan notoire, enfila sa robe de chambre et alla préparer le petit déjeuner.

Griffin Lowe ouvrit un œil, allongea un bras, la tira par la chemise de nuit, l'obligea à s'allonger sur le lit et lui fit part en murmurant de la façon dont il aimait commencer la journée. Pas par le petit déjeuner. Elle s'étendit sur lui et ils se mêlèrent une nouvelle fois, le corps frêle de Judy sur celui de Griffin, puissant et voluptueux.

A la fin, il lui dit d'une voix tendre :

« J'ai dit à Carter d'amener la voiture à huit heures. Il va falloir que je m'en aille, mais je reviendrai. »

Quand il eut pris sa douche, il disparut, la laissant sans forces, incapable de penser, incapable de travailler, incapable de faire quoi que ce soit, sauf de revivre en imagination chacune des minutes qu'elle avait passées avec lui.

Elle comprit brusquement que cette nouvelle sensation n'était pas simplement du désir et de la passion charnelle. A trente-cinq ans et pour la première fois de sa vie, elle se demandait si elle n'était pas en train de tomber amoureuse.

Désormais, Griffin se mit à envahir les pensées de Judy aux moments où elle s'y attendait le moins, la surprenant hors de ses gardes pendant les conférences et les réunions de travail. Elle perdait un temps fou à rêvasser, les yeux perdus dans le vide, à penser à sa peau, à la façon dont sa nuque s'attachait sur ses larges épaules, à la douce toison de ses avant-bras, à la cicatrice de sa main gauche (Pourquoi ? Elle avait tant de questions à lui poser), à la chaleur de son corps. Griffin savait même se déshabiller de façon érotique, cette manière de desserrer lentement sa cravate en la fixant, d'ôter ses chaussettes avant son pantalon pour éviter de lui offrir le spectacle ridicule et vaudevillesque de deux jambes poilues apparaissant entre la chemise et les chaussettes.

Dans un tiroir de la commode qui était près de son lit, elle avait rangé une chemise bleu pâle qu'il avait portée et, quand il n'était pas là, elle la pressait contre sa joue et en respirait l'odeur musquée.

Griffin fit immédiatement appel aux services de SOIE, en insistant sur le fait qu'ils auraient une raison supplémentaire de se voir. Sa façon de travailler décontractée étonna Judy. Il ne gaspillait pas son énergie à paraître dynamique ; parfois même, il donnait l'impression de n'avoir rien à faire. Dans les réunions, il avait toujours un air humble, contrit presque et se grattait l'aile du nez de l'index gauche pendant qu'il posait des questions, faisait des commentaires, encourageait ses collaborateurs et vérifiait le moindre détail. A la fin, il résumait en trois minutes l'intégralité des débats. Quand Griffin Lowe assistait à une réunion, qu'il s'agît d'une occasion très solennelle, dans la salle de conférences ou d'une discussion sans façons où l'on mettait les pieds sur la table, tous les participants semblaient réfléchir deux fois plus vite et avec une efficacité accrue. C'était une particularité qu'il avait en commun avec Judy.

Ils se voyaient trois fois par semaine. Au début, ils se montrèrent discrets mais, peu à peu, ils devinrent plus audacieux. Sa femme est certainement au courant, se disait Judy, et Griffin pensait de même. « Elle ne dira rien ; elle ne dit jamais rien », déclara-t-il un jour à Judy qui fit la grimace. Elle ne pouvait supporter de se considérer comme une énième aventure dans la vie de Griffin.

Il y eut un long silence.

« C'est une vraie vacherie, ce que tu viens de me dire », fit-elle en plaisantant à demi.

Mais Griffin savait pertinemment qu'il serait obligé de lui faire encore de la peine. Il faudrait qu'il mette les choses au point, concernant leur avenir, par simple honnêteté. Un soir, ils étaient couchés tous les deux dans le lit, inondés par les derniers rayons du soleil couchant, submergés par la voluptueuse fatigue d'après l'amour. Griffin n'avait pas très envie de se jeter à l'eau, mais il le fallait. Il lui serra la main très fort et lui avoua très simplement :

« Delia sait parfaitement que je ne la quitterai jamais, ni elle ni les enfants. J'ai trop bagarré pour avoir ce que j'ai pour laisser tomber les miens ou leur faire du mal. » Le long silence qui s'établit le mettait mal à l'aise et Judy lui paraissait si lointaine et si fermée qu'il sortit du lit, alla tout nu dans la cuisine et en revint avec une bouteille de champagne à la main.

« Je ne comprends pas pourquoi elle supporte cette situation, remarqua Judy.

— Parce qu'elle se dit que, paradoxalement, un homme qui ne cesse de tomber amoureux présente une sorte de stabilité. »

Pendant qu'il débouchait la bouteille, il s'aperçut que Judy était furieuse. Il devait être franc avec elle.

« Premièrement, Judy, je connais beaucoup de jolies femmes et je les apprécie. Deuxièmement, j'ai une famille. Ce sont pour moi deux pôles d'intérêt bien distincts et j'espère que tu le comprends. »

Sortant un bras de dessous les draps froissés, elle prit la coupe de·champagne qu'il lui tendait. « J'insiste bien, Judy, je ne veux pas te faire de la peine et je ne veux pas que tu te fasses des idées fausses, mais il faut que tu te mettes dans la tête que jamais, au grand jamais, je ne quitterai ma femme. Ça lui ferait trop de mal et ensuite, je ne pourrais plus vivre en paix avec moi-même.

— C'est toujours ce que les hommes disent », déclara Judy au bout d'un long moment, tout en lui égouttant soigneusement sa coupe de champagne sur la tête. « De toutes manières, t'ai-je demandé quelque chose ? Il y a très longtemps, j'ai décidé de ne jamais me marier. Je ne vois pas l'intérêt de se faire des promesses que ni moi ni toi ne pourrons tenir. »

Griffin posa la bouteille et partit dans la salle de bains. Les choses étaient claires. Enfin !

« Je ne cesse de me dire que je ne devrais pas avoir envie de t'épouser et, du reste, je ne crois pas en avoir envie, poursuivit Judy d'une voix pensive. Mais je ne peux simplement pas supporter que tu sois marié avec une autre. » Elle haussa le ton pour qu'il puisse l'entendre de la salle de bains. « Je ne veux pas que mon bonheur puisse dépendre de quelqu'un ; je suis comme ça. »

Griffin reparut. Elle le trouvait très séduisant, debout dans l'embrasure de la porte, s'essuyant les cheveux. Il avait un sourire hésitant.

« Bon Dieu, Griffin, écoute-moi, je t'en prie. J'ai toujours tenu à mon indépendance, mais aujourd'hui, je sens en moi un besoin douloureux et soudain de tout te dire, de te confier tous mes secrets, précisa-t-elle, les yeux levés au plafond. Je sais bien que ce n'est pas pareil pour toi, parce que tu es un homme. J'ai envie d'être avec toi tout le temps, mais intellectuellement je sais que je ne le désire pas. Je souhaite conserver mon autonomie. Ne ris pas, surtout, ou je t'étrangle. Je veux pouvoir être seule très souvent. »

Il s'assit sur le bord du lit et dit sur un ton très sérieux :

« Pourquoi ? Pourquoi as-tu envie d'être seule ?

— Parce qu'il y a tant de gens qui ont peur de la solitude au lieu de l'apprécier. J'étais pareille, autrefois et je ne veux plus le redevenir. Il existe une différence énorme entre être seul et se sentir seul. »

Il avait l'air sceptique. Elle hésita, puis reprit : « Évidemment, c'est parfois un peu triste, après une longue journée de travail, de rentrer dans un appartement sombre et vide. Mais je préfère avoir le cafard de temps en temps plutôt que d'être enchaînée à quelqu'un avec qui je n'ai pas vraiment envie de vivre et je ne veux pas, non plus, jouer ce rôle dans la vie d'un homme, grommela-t-elle. Autrefois, quand un garçon me disait qu'il se sentait seul, je fondais de sympathie, mais aujourd'hui, je m'enfuis en courant. »

Il se jeta sur elle en riant.

Quand Maxine revint à New York, elle fut conquise par Griffin.

« Il semble que nous soyons enfin toutes sur la bonne voie », constata-t-elle, pendant qu'elle arrangeait, dans la cuisine, une brassée de roses et d'arums qu'elle avait apportés à Judy. « Non, merci, Francette, j'adore faire les bouquets. Pagan et moi sommes heureusement mariés avec enfants et métier ; Kate est heureusement divorcée et elle est devenue un auteur à succès et toi, tu es enfin tombée amoureuse. »

Elle huma pensivement le sommet pâle et arrondi d'un bouton de rose.

« Nous souhaitions toutes que ce fût Nick, puis que tu choisirais quelqu'un de bien. » Elle acheva de disposer les fleurs dans le vase et se recula pour juger de l'effet. « En désespoir de cause, on avait fini par se moquer de qui ce serait, du moment qu'il te rendrait heureuse. Dis-moi, ma chère, que fait tout ce dom pérignon dans ton réfrigérateur ?... Eh bien, tu n'as qu'à dire à ton Griffin que tu préfères *notre* champagne. Et maintenant, ouvre tes oreilles, j'ai une petite surprise pour toi. »

## 42

A Londres, cet après-midi-là, la vie et la circulation étaient totalement paralysées et Pagan ainsi que Judy en étaient partiellement responsables. Devant les grilles de Buckingham Palace stationnait une longue file de dames très élégantes, coiffées de grands chapeaux fleuris et de messieurs en chapeau haut de forme gris perle, tout de noir vêtus. C'étaient les heureux invités de Sa Majesté la reine à la garden-party annuelle. Pagan aperçut Kate qui venait d'être élue femme de l'année par l'Association des femmes des professions libérales. Elle lui fit signe en agitant l'enveloppe d'épais papier crème qui renfermait une carte d'invitation rouge foncé, frappée au dos de la couronne royale. Cette carte indiquait que la réception se tiendrait entre quatre heures et six heures, mais les invités étaient autorisés à franchir les grilles magiques dès trois heures quinze, ce que beaucoup semblaient avoir l'intention de faire. Kate portait un ensemble de crêpe beige, avec une jaquette à volant et Pagan une robe de soie à manches gigot, taillée dans le dernier tissu rose et gris, style Art nouveau, de Jean Muir. Quant à Judy, elle avait un air particulièrement sage dans un tailleur de Guy en toile citron, avec des chaussures d'un ton plus foncé et un grand chapeau de paille.

La foule des élus passa devant les gardes vêtus de rouge et franchit les monumentales grilles ouvragées devant lesquelles on avait placé des barrières pour retenir le flot estival des touristes. Les trois amies parvinrent sous l'arche de la façade gris pâle, d'une élégance discrète et, après avoir traversé la cour intérieure, elles gravirent le vaste escalier recouvert d'un tapis rouge qui conduisait chez la reine.

« Je n'en suis vraiment pas revenue, chuchota Judy à Pagan. Je n'arrive toujours pas à réaliser que je suis effectivement à l'intérieur de Buckingham Palace et je ne comprends pas comment tu as pu les entortiller.

— On n'entortille pas Buckingham Palace, restifia Pagan. Il y a un an environ, Christopher a suggéré qu'on pourrait peut-être t'inviter à cause de ta participation volontaire à la recherche sur le cancer. »

Elles retrouvèrent Maxine, hôte de l'ambassade de France, dans le grand salon décoré en rouge et or, comme le hall d'entrée, et meublé de vitrines renfermant des porcelaines inestimables. D'allure indiscutablement parisienne dans sa robe de mousseline verte, Maxine s'approcha d'elles en leur faisant un clin d'œil. Elles se dirent bonjour avec une discrétion inaccoutumée.

« Allons nous mettre au soleil », proposa Kate et elles se dirigèrent vers la terrasse courant sur la façade arrière du palais. Un lac faisait suite à une immense pelouse et, au-delà, il y avait encore un bois. Il était difficile de croire qu'un tel jardin se cachait au cœur de Londres ; on se serait cru à la campagne. Sur une estrade circulaire, l'orchestre des Royal Marines tambourinait un choix de morceaux tirés d'*Oklahoma!* comme il le faisait depuis vingt ans. A gauche de la terrasse, était dressée une tente à rayures vertes et blanches. Des serveuses en robe de soie noire à boutons de perle s'affairaient déjà autour des petites tables rondes avec des gâteaux et des tasses à thé. Plus loin, sur la droite, était plantée la tente royale ; de somptueuses chaises Regency dorées reposaient sur un tapis rouge et, sur la table, trônait une grande théière dorée.

Les invités déambulaient sur la pelouse, l'air heureux. C'était un peu comme le mariage d'une cousine qu'on aime bien, si ce n'est qu'on n'y voyait pas un seul oncle éméché. La moitié des femmes étaient habillées comme la reine et l'autre, comme la princesse Anne. Il y avait cependant une dame qui portait d'énormes lunettes noires et un fourreau sans bretelles d'un rose très agressif ; au milieu de tous ces gants d'agneau blanc et tous ces chapeaux couverts de fleurs, elle semblait venir d'une autre planète. Étant donné que 1969 était l'année où les déguisements étaient à la mode, il était surprenant de ne voir personne vêtue en petite fleuriste, en Bohémienne opulente, en Afghane surchargée de broderies, en Indienne affublée d'une jupe de daim à franges, ou toute autre curiosité ethnique. En revanche, on rencontrait une profusion de fermières de luxe, style Laura Ashley.

Vers quatre heures, tout le monde se rapprocha soudain de la terrasse, au moment où l'orchestre attaquait l'hymne national et l'attention se peignit sur les visages. Une petite silhouette turquoise se détacha du groupe qui venait d'apparaître sur la terrasse et les Beefeaters entrèrent en action, avec une incroyable rapidité, pour dégager la voie à Sa Majesté.

La reine n'était pas en turquoise ; en fait, il s'agissait d'une dame d'honneur. Sa Majesté portait une robe de soie rouge sur un jupon beige que le vent laissait paraître assez souvent. Avec Pagan, elle était la seule à avoir des chaussures à talons plats, mais elle était chez elle. Sous un grand chapeau de paille rouge, le visage de Sa Majesté était pâle, net et animé. Elle conversait avec des invités auxquels les huissiers faisaient signe au hasard, tout en se dirigeant vers sa tente à pas lents. Des valets de pied en livrée rouge et en bas blancs faisaient le service tandis que la reine s'entretenait avec le corps diplomatique.

C'était un thé très Belle Époque : des gâteaux glacés de blanc, des gâteaux à l'orange, des gâteaux au chocolat, des assiettes de tranches de pain beurré aussi fines que du papier à cigarette, des rondelles de concombre chemisées de fromage blanc et de lamelles de cornichons. Pas d'alcool, mais du café glacé, du thé et du jus d'orange naturel à profusion.

« Chouette endroit pour réunir ses amis », lança Judy de dessous les larges bords de son chapeau de paille. « Qui aurait cru ça, il y a vingt ans ? » ajouta-t-elle, en balayant d'un geste le panorama qu'elles avaient sous les yeux.

« Aucune de nous n'aurait pu prévoir ce qui nous est arrivé, remarqua Kate en lissant les volants de sa veste. En revanche, nous n'avons connu aucune des choses que nous attendions, le prince charmant, par exemple. »

Avec des rires contagieux, elles se mirent à parler à qui mieux mieux de leurs enfants, de leur mari, de leurs amants, de leurs maisons, de leurs amis, de leurs ennemis et de tout ce qu'on rencontre dans l'existence. Puis, devenant plus sérieuses, elles reprirent sur le mode adulte le genre de conversation qu'elles avaient à l'école, quand on avait éteint les lumières. Elles se mirent à parler de ce qu'elles auraient souhaité qu'on leur apprenne.

« A gagner ma vie, trancha Pagan.

— A gérer mes affaires financières, dit Kate en pensant à la piètre façon dont on s'était occupé du patrimoine de son père.

— A s'attendre à rencontrer des difficultés, intervint pensivement Maxine. On ne se balade pas dans la vie comme une princesse de contes de fées, en espérant ne jamais trouver de petits pois sous son matelas. Il y a toujours des bosses dans le lit.

— J'aurais aimé qu'on ne nous ait pas inculqué l'idée qu'il faut avoir un homme pour ne pas rater sa vie, un homme sans lequel on n'a ni statut ni protection, déclara à son tour Judy.

— Cette idée nous vient de nos mères autant que de nos pères, souligna Kate. Ce sont nos mères qui nous ont élevées à être dépendantes et paresseuses.

— Je ne pense pas qu'il faille blâmer nos parents de ne pas

nous avoir appris des choses qu'eux-mêmes ignoraient, protesta Maxine. Ils ont fait de leur mieux.

— Le problème est bien là, enchaîna Judy. En somme, on nous a fait croire qu'une femme dépendante était féminine et qu'une femme indépendante ne l'était pas ; que c'était manquer de féminité que d'être responsable de soi-même.

— J'aurais évité bien des ennuis si seulement j'avais osé penser pour moi-même au lieu de me fier à l'opinion d'autrui », reconnut Kate. Elles se levèrent et se dirigèrent à pas lents vers le lac et la roseraie, tandis que Kate poursuivait : « Dès notre naissance, on nous a emmitouflées dans des châles bien chauds et c'est très tentant de ne rien faire pour s'en débarrasser, d'y rester blottie et de laisser quelqu'un d'autre manœuvrer le gouvernail à votre place. Mais, en réalité, ces châles sont les toiles d'araignées de la fausse sécurité...

— Qui est pire que pas de sécurité du tout, renchérit Maxine, parce qu'on se sent encore plus vulnérable. »

Judy hocha la tête, en pensant qu'elle aimerait bien cueillir une rose pour l'envoyer à sa mère.

Mais c'était une toute petite roseraie.

## 43

Un jour, peu de temps après le retour de Judy à New York, Tom passa devant son bureau et lui lança :

« Voilà qu'on vient de dégoter notre premier film porno. Les Empire Studios ont acheté un film français qui a pour titre *Q ;* tout un programme ! C'est Lili qui en est la vedette et nous allons la promener dans tout le pays. Il va falloir lui mitonner quelque chose de spécial car son anglais n'est pas terrible. Ça vous dirait de vous en occuper ?

— Certainement. On pourrait peut-être coupler cette tournée avec la campagne Émeraude de la Fédération de la joaillerie ? Lili se promènerait avec deux millions de dollars d'émeraudes sur le dos ; voilà quelque chose de spécial ! »

Judy organisa la tournée pour le début du mois de janvier. C'était une saison creuse ; il ne se passait jamais grand-chose et chacun restait chez soi devant la télévision. Elle décida d'accompagner Lili car il était évident que Lili était difficile et les émeraudes risquaient de leur attirer des ennuis. En plus, il était grand temps d'aller visiter les agences.

Après quelques contretemps provoqués par la Ligue de la décence et les innombrables associations pieuses, *Q* sortit sur les écrans peu avant le vingtième anniversaire de Lili qui arriva aux États-Unis après Noël pour participer à sa promotion. Serge était venu en éclaireur, pour prendre contact avec des gens de la côte ouest. Quand Lili arriva, Serge n'était pas à l'aéroport pour l'accueillir et l'agent de publicité lui apprit qu'il ne se sentait pas bien et qu'il l'attendait à la piscine de l'hôtel. Lili laissa voir son mécontentement. C'est cousu de fil blanc, pensa-t-elle ; il doit avoir la gueule de bois. Et elle bouda ainsi jusqu'à Beverly Hills.

Lili trouva Serge installé sur un matelas de plage jaune, sur le côté ensoleillé d'un rectangle d'eau bleu marine. Quelques gamins s'amusaient à sauter du plongeoir, mais à part eux, personne ne nageait. Aucune des femmes présentes n'était du genre à risquer de se mouiller les cheveux. Elles avaient toutes des mises en plis impeccables, comme on en faisait vingt ans auparavant, et certaines avaient même des bijoux sur leur maillot de bain. Serge leva les yeux vers Lili et lui adressa un signe de la main languissant.

« Bon Dieu, ce que je me sens mal », gémit-il.

S'efforçant de prendre un air compatissant, Lili se pencha pour l'embrasser sur la joue.

« Qu'est-ce qui ne va pas ? », lui demanda-t-elle.

Il poussa un grognement mélancolique, grattouilla son ventre poilu, releva ses lunettes de soleil et déclara enfin : « Le foie. Le médecin de l'hôtel m'a dit qu'il me fallait du repos. Oh là là, tu ne peux pas savoir comme je suis mal.

— Dans ce cas, pourquoi ne restes-tu pas au lit ? » Elle ne le croyait toujours pas ; elle doutait même qu'il ait vu un médecin. C'était tellement agréable de rester à se dorer au soleil, tout en regardant les branches des palmiers se balancer au-dessus des grands murs roses. Il y avait sûrement une fille derrière tout ça.

« Qu'est-ce qu'il y a dans ce verre ? lui demanda-t-elle.

— Une saloperie de jus d'orange et rien d'autre. Prescription médicale.

— Je peux goûter ? » Elle en but une gorgée. En effet, ce n'était que du jus d'orange. Peut-être était-il réellement malade, en définitive.

« Tu veux boire quelque chose, Lili ?

— Non, merci, mais je mangerais bien un morceau. Est-ce que le médecin t'a donné des médicaments ? Tu penses être malade combien de temps ? En principe, nous partons mardi, tu sais.

— Ouais. Je suis très embêté. » Tandis que Serge se levait péniblement de son matelas et se drapait dans un peignoir en éponge jaune, Lili jeta un coup d'œil autour de la piscine. Quelques hommes entre deux âges lisaient *Variety*, les yeux protégés par des lunettes noires ; deux vieux messieurs outrageusement bronzés, le cou orné d'une grosse chaîne d'or, fumaient le cigare, jouaient au jacquet et parlaient au téléphone, tout cela en même temps.

« Je ne m'imaginais pas Hollywood comme ça, remarqua Lili. Tous ces gens ont l'air si ordinaire ! On se croirait dans une station balnéaire pour familles. »

Quel genre d'hôtel Serge avait-il donc déniché ? Où étaient les stars ? Lili était fort déçue.

Au moment où Serge commençait à se diriger lourdement vers les tables installées à l'autre extrémité de la piscine, une exquise créature auréolée de boucles blondes qui lui descendaient jusqu'à la taille apparut sur les marches qui conduisaient à l'entrée de l'hôtel. Elle avait un maillot une pièce lie-de-vin et des sandales à hauts talons assorties d'où dépassaient des ongles laqués dans la même teinte.

Avec autant de délicatesse et de précaution qu'elle en aurait pris pour s'occuper d'un enfant malade, elle entreprit d'enduire d'huile solaire la poitrine de son compagnon, un gnome ratatiné avec une tête semblable à un œuf moucheté.

« Ce n'est pas une starlette, ma chérie, c'est une pute, dit Serge qui avait deviné les pensées de Lili. Il y en a de merveilleuses, dans le coin. Celle-là a dû visiter plus de chambres d'hôtel qu'un voyageur de commerce  Allons, viens maintenant, si tu veux manger. »

Ils s'installèrent sur une banquette blanche et commandèrent deux salades variées. Serge chipotait dans son assiette.

« Il faut que je te dise, Lili. Le docteur m'a formellement interdit de partir en tournée avec toi. Je vais être obligé de rester ici et peut-être même d'entrer en clinique pour des examens.

— Je ne te crois pas ! » Lili laissa tomber sa fourchette sur la table et se pencha vers lui, rageant à voix basse, pour que le serveur n'entende pas. Depuis l'article que Kate avait écrit dans le *Globe*, Lili était terrifiée à l'idée d'affronter seule les journalistes. « Je vais aller le voir, ce docteur », menaça-t-elle, tout en se disant que ce serait certainement inutile, étant donné que Serge avait dû s'arranger avec lui. C'était donc bien ce qu'elle avait d'abord pensé ; il avait trouvé une fille. Ses yeux veloutés étincelèrent. « Il y a une bonne femme là-dessous ! » Elle avait une voix basse, précipitée et ulcérée. Serge comprit que sa colère allait exploser. « Me voilà bien, personne pour s'occuper de mes intérêts pendant la tournée parce que mon soi-disant impresario se refait une santé à Hollywood, station de cure bien connue. » Elle le foudroya du regard. « Tu te débarrasses de moi pour pouvoir sauter tranquillement je ne sais quelle putain, grâce à *mon* argent.

— Je t'en supplie, Lili, on ne va pas se faire une scène dès ton arrivée ? Même s'ils ne parlent pas français, les gens vont voir qu'on se dispute. Baisse ton caquet et fais un peu fonctionner ta foutue cervelle. »

En effet, trois jeunes gens venaient de se glisser à l'autre bout de la banquette.

« Réfléchis un peu, poursuivit Serge. Tu as bien vu que je ne t'avais plus jamais laissée seule avec aucun journaliste depuis que cette salope d'Anglaise t'avait embobinée, pas vrai ? Alors, crois-tu que ça me plaît de te voir te dépatouiller toute seule pendant une tournée de quatre semaines qui est vachement importante pour nous. Mon avenir financier est en jeu autant que le tien.

— Tu as raison, mais tu ne me dis pas tout. Il y a autre chose, je te trouve évasif. Je le *sens,* fit Lili, soupçonnant que Serge lui cachait la vérité.

— Ma chère petite Lili, si tu ne la fermes pas tout de suite, je te casserai la gueule dès que nous serons seuls tous les deux dans notre joli bungalow rose, gronda Serge. Je me sens très mal, je vais peut-être crever et tu trouves moyen de me faire une scène. » Il commençait à se sentir réellement outragé car, pour une fois, il lui disait la vérité. « Je n'ai pas de poule avec moi et si j'en avais une, je ne serais pas capable de lui faire grand-chose. Je suis dans un tel état que j'ai du mal à lever ma putain de tête, marmonna-t-il en repoussant sa salade. Demain, quand le docteur viendra me voir, tu n'auras qu'à lui parler. A propos, je lui ai demandé de t'examiner rapidement, toi aussi, pour qu'il s'assure que tu es en état de faire cette tournée. Et puis, ne te fais pas de souci, tu ne seras pas seule. La présidente de la société de relations publiques qui organise la campagne va partir avec toi et je te téléphonerai tous les soirs... Bon, est-ce que tu vas être un peu gentille, maintenant ? »

Assurément, il n'avait pas l'air bien ; il avait même une tête épouvantable. Lili se pencha vers lui et lui tapota la main avec un petit sourire repentant.

Et, en effet, Serge était malade. Pour tout dire, il avait attrapé la syphilis. Deux jours auparavant, il avait remarqué deux boules enflées sur son aine, puis il avait découvert une boursouflure sous son prépuce. Le médecin lui avait alors conseillé de prévenir ses éventuelles partenaires (ce que Serge s'était bien gardé de faire) et lui avait prescrit une série d'injections de pénicilline. C'était pour cette raison qu'il était obligé de rester sur place et de renoncer à la tournée.

Par chance, il n'avait pas touché Lili depuis un certain temps. Cependant, le médecin trouvait préférable de l'examiner. Si elle n'était pas contaminée, il serait inutile de la mettre au courant. Serge ne voulait pas la perturber avant son départ. Malgré tout, il se faisait du souci ; ce n'était pas de gaieté de cœur qu'il laissait partir seul son gagne-pain.

Lili débarqua donc seule à l'aéroport Kennedy, emmitouflée dans un manteau de renard noir qui la couvrait jusqu'aux chevilles, son visage pâle et félin auréolé d'un nuage de cheveux noirs. Fatiguée par une nuit de vol, elle n'adressa pratiquement pas la parole à Judy, jusqu'à leur arrivée au Pierre où les attendaient deux gardes du corps et un détective de la Fédération de la joaillerie. Ils entrèrent tous dans le bureau du directeur qui ferma sa porte à clé avant d'ouvrir le coffre. On en sortit une grande mallette plate en cuir vert foncé qu'on déposa sur le bureau et on fit jouer la serrure. Tous les regards se fixèrent sur Lili. Elle s'avança et repoussa lentement le couvercle, pendant que tout le monde retenait sa respiration.

A l'intérieur, couchés sur du velours vert sombre, resplendissaient, célébrant l'année de l'Émeraude, un superbe bracelet d'émeraudes entourées de diamants, une paire de boucles d'oreilles en forme de cabochon, une autre paire de pendentifs avec deux bagues assorties composées d'une émeraude taillée en carré et sertie de diamants. Cependant, la pièce maîtresse était un somptueux collier d'émeraudes.

Lili le prit lentement à deux mains et le plaça contre sa gorge blanche. Tandis qu'elle contemplait dans la glace les flammes vertes qui se reflétaient sur son visage, elle sentit sa fatigue s'évanouir.

« C'est prodigieux, remarqua Judy. Vous allez voir. » Elle prit un diadème d'argent et attacha le collier au sommet, le transformant en tiare. Puis, avec beaucoup de soin, elle posa le tout sur la tête de Lili qui parut soudain avoir grandi de quinze centimètres et qui semblait aussi majestueuse que la reine des fées.

« Ce sera parfait, décida Judy. Quand vous serez un peu reposée, on vous photographiera avec le diadème. Excusez-nous de vous bousculer, mais il nous faut des photos pour donner à la presse. Un coiffeur vous attend dans votre appartement. »

A cinq heures, le soir même, dans le grand hall de réception enfumé et bourdonnant, les journalistes feuilletaient leurs dossiers de presse. Tout le monde se tut au moment où Judy monta sur l'estrade pour annoncer Lili et tous les regards se tournèrent, pleins de curiosité, vers la porte derrière laquelle Lili comptait lentement jusqu'à dix avant de faire son apparition. Elle se présenta soudain, la tête haute, dans une robe du soir en satin blanc qui faisait merveilleusement ressortir les émeraudes qui scintillaient dans ses cheveux, à son cou, à ses oreilles et à ses poignets.

Elle adressa un petit sourire aimable à l'assistance et se dirigea vers Judy, telle une flamme verte, sa robe de satin luisant comme un rayon de lune. Quelle classe, se félicita Judy. On dirait une princesse. Quand je pense qu'on attendait une strip-teaseuse à deux sous. Quel changement par rapport aux guenilles dégoulinantes qu'elle porte dans le film ! C'était en effet Guy Saint-Simon qui avait dessiné la garde-robe de Lili pour toute la tournée.

Lili passa d'abord dans plusieurs émissions télévisées et donna des interviews aux journaux de New York. Ensuite, la tournée s'envola pour Seattle, descendit sur Houston, Dallas et Atlanta et remonta vers le nord sur Philadelphie, Boston, Cleveland, Baltimore et Detroit, pour bifurquer sur Los Angeles, Cincinnati et Pittsburgh où on décida de changer d'hôtel à la dernière minute, Lili ayant été malmenée par la foule à son arrivée à l'aéroport. Partout, les services de sécurité des hôtels et la police étaient en état d'alerte. Dans l'esprit de Lili, toutes ces villes se mélangeaient dans un amoncellement confus de chambres d'hôtel, de voitures entourées de policiers, d'avions, de magnétophones, de caméras et de questions. Elle était obligée de se concentrer pour saisir les interrogations formulées parfois très vite et dans des accents déroutants ; il lui arrivait d'être exaspérée par ses propres réponses ou de chercher ses mots, mais la presse se montra extrêmement amicale et la tournée reçut une couverture fantastique.

Une fois, un journaliste s'étendit sur les impressions que devait éprouver une pauvre orpheline quand elle se retrouvait parée de deux milliards de dollars en émeraudes et il conclut en plaisantant que des bijoux si fabuleux étaient presque, en définitive, un inconvénient pour une femme normalement constituée, en raison des soucis et des responsabilités qu'ils entraînaient.

Un autre animateur de télévision, immédiatement conquis par Lili, réussit à esquisser un tableau exact, mais indulgent, de sa carrière, sans trop en dramatiser les côtés sordides, un peu comme s'il ne s'agissait en somme que d'obstacles de parcours que Lili avait courageusement surmontés, afin d'accomplir sa véritable destinée, dans l'éclat de la gloire et le chatoiement des émeraudes.

Néanmoins, Lili avait souvent l'impression de se répéter et elle s'efforçait de donner des réponses variées à d'invariables questions reposées maintes et maintes fois par différentes personnes, devant des micros différents. La plupart du temps, elle dînait dans sa chambre, puis regardait la télévision, mais il lui arrivait souvent de s'endormir avant la fin des programmes.

En dépit de tous les soins dont elle était l'objet, le lundi de la quatrième semaine, elle arriva à Chicago déprimée, épuisée, les yeux rouges et ne cessant d'éternuer dans le froid mordant de janvier.

« Courage, c'est la dernière semaine », dit Judy pour lui remonter le moral. Jusque-là, elle s'était laissé mener très facilement. Tranquille, molle presque, mais reprenant miraculeusement vie devant les caméras. « Vous vous en sortez très bien, pour l'instant. Au bout de trois semaines, tout le monde est fatigué et désorienté, à force de répéter mille fois la même chose. Vous savez, si vraiment vous vous sentez trop mal, je vais tout annuler pour cet après-midi. La seule chose vraiment importante, c'est l'émission de ce soir avec Soapy Finnegan. Après, vous irez vous fourrer au lit avec deux aspirines. »

Soapy Finnegan était un Irlandais affable et imbu de lui-même, qui savait manier astucieusement le boniment et le charme pour séduire les respectables mémères de banlieue. Il savait d'avance comment elles allaient réagir à chacun de ses gestes, de ses paroles ou de ses sous-entendus ; il se les représentait parfaitement, les pieds posés sur une table et une tasse de café à la main, regardant ce cher Soapy qui partageait leurs idées, respectait les mêmes valeurs et aspirait au même idéal qu'elles, à savoir une existence tranquille et sans problèmes, et qui, tout comme elles, aimait les joies simples et familiales. Elles ignoraient que Soapy Finnegan portait un corset sous son costume, qu'il venait de se faire tirer la peau pour la seconde fois et qu'il avait la manie des remèdes contre la constipation, en particulier des lavements administrés par de jeunes infirmiers.

Lili se contraignit à refuser la chaise qu'on lui offrait en attendant l'heure de l'émission. Si elle s'asseyait, jamais elle ne pourrait se relever. Plus que cette courte interview et elle irait s'écrouler dans son lit. Elle avait le front brûlant, le sang battait contre ses tempes et les bruits ne lui parvenaient plus qu'étouffés. Demain, elle ne serait certainement pas en état de se lever.

Par la suite, elle devait amèrement regretter d'avoir lutté, ce soir-là où Soapy Finnegan l'avait impitoyablement immolée sur l'autel de la respectabilité. Il s'était montré très prévenant avec elle, en coulisse, aussi fut-elle prise de court quand il passa à l'attaque. Il se lança d'abord dans une virulente diatribe, puis il la questionna d'une voix tonitruante, comme s'il procédait à un contre-interrogatoire. Il répondit lui-même à ses propres questions, sans lui laisser le temps de parler. Puis, après une longue tirade, il tourna soudain le dos à la caméra pour s'adresser à une Lili complètement décontenancée.

« Comment vous considérez-vous, exactement ?
— Eh bien ! comme une actrice.
— Vous ne vous considérez pas comme une fille qui, à peine sortie de l'école, s'est exposée aux regards des messieurs disposés à payer pour s'offrir ce plaisir douteux ? » Il parlait de plus en plus fort et de plus en plus vite. Dans la cabine, Judy avait bondi. Elle

402

devinait ce qui allait se produire. La voix outragée continuait à accuser Lili : « Vous avez vendu votre corps pour quelques émeraudes ! »

Judy se précipita dans le couloir qui menait sur le plateau. Jamais Lili ne parviendrait à s'en sortir toute seule.

Elle tenait tête, pourtant. Désorientée, confondue par ce flot vibrant d'accusations, balbutiant et cherchant ses mots, Lili essayait de répondre. Elle avait d'abord craint d'éclater en sanglots, mais elle pleurait déjà suffisamment en privé. Jusqu'ici, elle avait toujours réussi à dissimuler ses émotions en public ; c'était sa seule protection et sa secrète fierté. Alors, pourquoi pleurer à cause de ce salaud ? Sans presque réfléchir, cachant son trouble derrière sa colère, elle se leva d'un bond et arracha ses boucles d'oreilles.

« Elles ne sont pas à moi, fit-elle d'une voix sourde. J'en ai assez d'elles et de vous. Je savais bien qu'elles me porteraient malheur ! Les émeraudes portent toujours malheur ! »

D'un geste furieux, elle enleva ses bracelets et tira à deux mains sur son collier, cassant le fermoir et s'égratignant le cou.

« Gardez-les, cria-t-elle, en jetant les bijoux sur le ventre replet de Soapy Finnegan, complètement sidéré. Vous voyez ce que c'st que d'être exhibée comme une bête de cirque. » Hors d'elle, cherchant son salut dans la fuite, elle s'élança vers la sortie et passa en courant devant les caméras et les gardes du corps. Elle buta dans Judy qui arrivait dans le sens opposé.

« Lili, je vous en supplie, retournez. Je vais rester avec vous. Je vous en supplie. »

Lili la repoussa brutalement et la foudroya du regard.

« Je suis de votre côté, Lili. Vous ne pouvez pas vous permettre de faire un scandale. »

Les yeux de Lili continuaient à lancer des flammes et ce fut alors Judy qui explosa, à son tour.

« Et pourquoi les gens devraient-ils toujours être gentils avec vous ? lui demanda-t-elle. Vous auriez dû vous taire, sourire, prendre l'air digne, et peut-être auriez-vous conquis la sympathie du public. Vous vous êtes conduite comme une petite fille stupide et mal élevée et vous avez donné raison à ses accusations. Par-dessus le marché, vous avez dit que les émeraudes portaient malheur. Par deux fois ! Cette phrase va faire le tour des États-Unis en quelques heures. Allons dans votre loge, Lili. Ah ! mon Dieu, je ne sais pas si je dois téléphoner à la Fédération de la joaillerie pour m'excuser ou me trancher tout de suite la gorge. »

Ou la tienne, pensa-t-elle en poussant Lili dans le couloir, tout en écartant les curieux.

« Je ne comprends pas que vous vous soyez laissé avoir aussi facilement, maugréa-t-elle. Vous n'avez vraiment pas agi en professionnelle. Est-ce que vous pouvez imaginer Jane Fonda, Liza Minnelli ou toute autre actrice célèbre se conduisant comme vous l'avez fait ? Oh, là là, où trouver à cette heure un bijoutier pour me réparer ce collier avant demain matin ?

— Je m'en vais », déclara brusquement Lili, au moment où elles entraient dans la loge. « La tournée est terminée.

— Vous ne pouvez pas abandonner comme ça, s'écria Judy, clouée de stupeur.

— Si, parfaitement, je le peux très bien. Ah, j'avais oublié ça. » Elle fit glisser les bagues de ses doigts, les déposa avec soin sur la tablette de maquillage, saisit son manteau et partit.

Arrivée à l'hôtel, elle fourra quelques vêtements dans une valise et demanda Serge au téléphone. Il n'était pas dans son bungalow. Elle le rappela en arrivant à l'aéroport. Toujours pas de réponse.

Fiévreuse, accablée, elle s'assit dans un coin et attendit pendant deux heures l'avion pour Los Angeles et pour la paix.

Serge fut stupéfait en voyant débarquer, au beau milieu de la nuit, une Lili hébétée. Il se dressa dans son lit. Il était seul, ce qu'elle remarqua.

« Qu'est-ce qui t'est arrivé ? La tournée devait durer encore une semaine. » La lumière faisait ciller ses yeux ensommeillés. « Où est la femme de l'agence ? Allons, ma poupée, arrête de pleurer. Raconte tout à ton papa. »

Lili se jeta dans ses bras. Serge la terrorisait. Serge la maltraitait physiquement et moralement et, pourtant, elle se sentait en sécurité auprès de lui.

« Elle est... elle est... restée à Chicago. Je t'ai téléphoné de l'hô... de l'hôtel, et puis je t'ai rappelé de l'aéroport, mais tu... tu n'étais pas là, alors j'ai... j'ai pris le premier avion pour Los Angeles. » De nouveau, elle éclata en sanglots.

« Allons, allons, mon trésor, calme-toi. Serge va arranger tout ça. Allons, allons. » Il se mit à lui caresser les cheveux et ses sanglots s'atténuèrent peu à peu. Alors, il la serra contre lui et l'embrassa. « Bon, maintenant, ma chérie, tu vas tout raconter à Serge.

— Au début, tout s'est très bien passé, déclara Lili après un moment de silence. A New York, on m'a très bien reçue ; c'était facile pour moi. La personne de l'agence était très gentille. Mais on me faisait passer dans une foule d'émissions dans une seule journée et je sentais que mon anglais n'était pas à la hauteur, remarqua-t-elle en éternuant. Quel repos de parler français avec toi, ajouta-t-elle en partant d'une quinte de toux. C'était toujours en anglais, tu comprends. Et puis, j'ai attrapé mal, dans le Michigan, je crois, et le médecin de l'hôtel m'a donné des cachets qui m'ont endormie et abrutie. J'avais la tête comme un énorme ballon bourré de coton. » Lili saisit un mouchoir en papier et se remit à éternuer. « En plus, hier soir, j'avais un mal de tête abominable et j'ai pris d'autres cachets, sans cela je n'aurais jamais pu me remuer. »

Elle enleva ses chaussures, ses vêtements et les laissa tomber en tas près du lit.

« C'est à ce moment que cet horrible petit porc s'est mis à m'injurier en pleine figure, devant des milliers de gens. Il m'a dit que j'étais une sale petite pute et un très mauvais exemple pour la jeunesse américaine. »

En voyant Lili toute nue, Serge pensa que même avec le nez et les yeux rouges et même quand elle ne savait plus ce qu'elle faisait, Lili restait tout de même un spectacle extraordinaire. A sa grande surprise, elle lui avait manqué, un peu comme on regretterait un chien à qui on a l'habitude de donner des coups de pied.

« J'avais l'impression de subir un interrogatoire pour une affaire de meurtre.

— Allons, allons, ma petite fleur », lui murmura Serge d'une voix apaisante, en l'entourant affectueusement de son bras.

Serge appela Judy à Chicago et lui dit que Lili avait 39,5 ° de fièvre et que le médecin lui avait ordonné du repos. Il espérait qu'elle irait mieux dans quelques jours. Pauvre gosse, il n'aurait peut-être pas dû la laisser partir seule. Elle avait vécu une année démentielle ; elle était épuisée et voilà qu'elle avait attrapé la grippe.

Malheureusement, au bout de quelques jours, Lili n'était toujours pas remise. Depuis des mois, elle travaillait sans relâche. A force de cajoleries, Serge l'avait poussée au-delà de la limite de ses forces. Quinze jours plus tard, Lili était toujours alitée, apathique et sans réactions. Elle ne semblait pas entendre ce que lui disait Serge, elle pleurait dès qu'on lui adressait la parole, elle refusait de manger, de boire et de regarder la télévision. Elle restait couchée dans son lit, molle comme une poupée de chiffon.

« Il vaudrait mieux la transporter dans une clinique, déclara alors le médecin. Elle souffre d'épuisement, ou de surmenage comme on dit quand la personne qui en est atteinte est une célébrité, et je crains fort qu'elle ne soit en train de couver une grave dépression nerveuse. »

Serge avait l'air inquiet.

« Quand pourra-t-elle recommencer à travailler ? » demanda-t-il après un silence.

# 44

A une demi-heure de voiture de Saint-Tropez, le promontoire rocheux du cap Camarat se dresse au-dessus de la mer. Un phare planté à son extrémité le signale aux bateaux. Un peu plus loin, farouchement accroché à ses flancs escarpés, se dresse un hameau de villas neuves construites en brique, béton et bois bruts. Ces maisons sont meublées en ce qu'on appelle le « style contemporain », avec des fauteuils de rotin coniques tout à fait inadaptés pour accueillir des postérieurs humains arrondis, et des tables en carreaux de céramique peints à la main, le tout éclaboussé de violentes couleurs.

Au printemps 1970, Serge avait emprunté une de ces villas à un célibataire de ses amis et avait envoyé Lili se refaire une santé dans la douceur du climat méditerranéen. Il était heureux de s'en débarrasser pour un mois ; en effet, elle n'avait plus aucun ressort et se délayait en pleurs dès qu'il lui proposait le moindre travail.

Depuis sa dépression, Lili avait perdu son courage et son assurance. Elle avait aujourd'hui vingt ans. Elle redoutait de se trouver en compagnie d'étrangers et ne pouvait supporter de rester seule. Bien sûr, il la manipulait plus facilement quand elle était ainsi soumise et apathique, mais il s'était également rendu compte qu'elle n'avait plus cet extraordinaire élan qui l'animait auparavant quand elle était devant la caméra.

Pour le moment, Lili avait perdu son pouvoir magique. Son visage et son corps n'avaient pas changé, mais il semblait que la vie les avait quittés. Elle n'avait jamais eu beaucoup de rapports avec les gens ordinaires. Sa renommée attirait automatiquement les indiscrets, les escrocs et ceux qui exploitaient le sexe. En sa présence, les femmes se tenaient toujours sur leurs gardes ; elles étaient méfiantes et jalouses, à cause du pouvoir mystérieux qu'elle exerçait sur les hommes. Elle n'avait aucune amie intime qui aurait pu lui rendre le goût de vivre en l'égayant un peu. Serge avait tout essayé. Il l'avait cajolée, flattée, menacée, brutalisée, même, une fois ou deux. Il avait dû annuler deux films — heureusement, il était couvert par l'assurance — et refuser un contrat de publicité fort lucratif. Au cours des six derniers mois, Lili ne lui avait pas rapporté un centime ; en revanche elle lui avait coûté une fortune en frais médicaux.

Le docteur avait recommandé beaucoup de soleil et une vie calme ; pas de sorties, pas de couchers tardifs et même... pas de Serge. Il avait engagé une infirmière, une personne de confiance, pour s'occuper d'elle et il s'était bien juré de sauter dans le premier avion pour Nice si un homme faisait mine de venir rôder autour d'elle. Il avait gratifié l'infirmière d'une prime considérable pour tenir Lili sous surveillance constante et, afin de se prémunir contre tous les dangers, il avait choisi la plus moche de toutes les filles que lui avaient proposées les agences de placement. Lili se rendait bien compte qu'on l'espionnait, mais elle s'en moquait. Tout ce qu'elle voulait, c'était avoir la paix. Elle retrouva un peu d'entrain dès qu'elle aperçut les palmiers de l'aéroport inondés par le soleil de la Méditerranée.

De la maison, on ne voyait pratiquement pas la mer, à cause de la végétation luxuriante qui retombait de la terrasse contre les portes-fenêtres. La lumière qui parvenait à filtrer à travers cet épais rideau était verdâtre et tamisée. Mais dans le patio éclairé par le resplendissant soleil de Provence, au milieu de cette jungle vert sombre et tourmentée de plantes entremêlées, ponctuée de vigoureux géraniums roses, Lili aimait venir contempler les bateaux de plaisance tout blancs, voguant sur une mer bleu foncé se détachant sur un ciel bleu clair. Alors, elle étirait ses bras vers le ciel. Enfin, elle était seule et en paix. Personne ne la tourmentait plus.

A cette époque de l'année, peu de villas étaient occupées et Lili pouvait se promener dans les alentours sans être reconnue. Tous les matins, elle prenait un bain de soleil, toute nue, sur sa plage privée, mais la mer était encore trop fraîche pour se baigner.

Un jour, alors qu'elle allait se rhabiller pour monter déjeuner, elle sentit une ombre penchée sur elle. Elle ouvrit les yeux et fut saisie de stupéfaction en découvrant une silhouette gainée de caoutchouc noir qui la regardait.

« Lili ! Il me semblait bien que c'était vous. » C'était Zimmer qui pêchait au harpon dans la baie.

Lili était ravie de le revoir et Zimmer semblait tout aussi heureux qu'elle.

« J'habite tout près d'ici, lui dit-il. Je suis venu me cloîtrer pendant un mois pour écrire un scénario. Je pars lundi, j'aurai donc très peu de temps pour vous voir, étant donné que j'ai promis aux

Fourier d'aller déjeuner chez eux demain. » Il la regarda. Il avait entendu dire qu'elle était malade, pourtant, elle paraissait en pleine forme. « Les Fourier donnent toujours des réceptions extraordinaires ; pourquoi ne viendriez-vous pas avec moi ?

— Je n'ai pas envie de voir des gens.

— Vous n'aurez qu'à vous voiler la figure et ne parler qu'avec moi, répliqua Zimmer. Serge ne pourra rien dire si je suis avec vous. »

Lili n'avait jamais rien vu d'aussi étrange que la maison des Fourier. M. Fourier était un riche transporteur belge et, pour compenser le caractère un peu rébarbatif de son métier, il s'entourait d'objets luxueux, dont une collection d'art surtout composée de nus. Il masquait son goût pour la pornographie sous un voile de respectabilité : il justifiait la présence de toutes ces œuvres d'art soit par leur ancienneté, soit par la signature de sculpteurs ou de peintres célèbres. La porte d'entrée en chêne était flanquée par deux femmes nues retenant pudiquement leurs draperies de marbre ; elle donnait sur une vaste pièce dont les murs étaient décorés d'aquarelles de Russell Flint représentant des Bohémiennes diversement dévêtues. Un livre d'or relié en cuir marron était posé, ouvert, sur une table de l'entrée.

Quand Lili parut entre les colonnes grecques qui s'élevaient devant la piscine, dans son bikini couleur chair, le brouhaha des conversations s'atténua légèrement mais nettement. Elle alla s'asseoir sur une banquette recouverte de cotonnade violette. Un Indien au turban rose s'inclina devant elle en lui présentant un plateau d'argent chargé de caviar et un autre garni de langoustes et de crabes. Tout à coup, Lili sentit la faim lui revenir.

« Regardez qui arrive, lui murmura Zimmer en se soulevant sur un coude. Stiarkoz et la Divina : ils sont les derniers, comme d'habitude. »

Tous les yeux se tournèrent vers l'allée de cyprès. Un petit homme aux cheveux argentés s'avançait vers la piscine en compagnie d'une femme marchant la tête haute et qui était exactement semblable aux photos figurant sur les pochettes de ses disques. Cette intraitable prima donna était ouvertement la maîtresse de Stiarkoz depuis de nombreuses années — quatre ans, au moins, avant la mort de sa femme légitime.

Elle avançait à pas lents et sa poitrine pigeonnante menaçait à tout instant de s'échapper de son profond décolleté de mousseline vert menthe. Elle ne chantait plus à l'opéra, mais elle avait gardé une voix superbe. Dans le monde entier, les gens faisaient la queue toute une journée pour pouvoir assister à ses concerts.

Peu de temps après leur arrivée, M^me Fourier frappa dans ses mains et proposa de passer à table.

« Je croyais que c'était ça, le déjeuner, grommela Zimmer. J'ai déjà trop mangé. Voulez-vous que je vous présente Stiarkoz, Lili ? C'est un armateur grec immensément riche et il possède une merveilleuse collection de tableaux. C'est un très chic type. »

## 45

Au milieu du patio embaumant le géranium, Lili se balançait dans son hamac quand elle entendit l'infirmière parlementer à la porte d'entrée. Elle la vit apparaître, quelques secondes plus tard, une cage à oiseau dorée à la main. Dedans, il y avait un cacatoès blanc.

« Je me demande bien où on va pouvoir mettre cette bestiole… et Dieu seul sait ce qu'on va lui donner à manger ! »

Le splendide oiseau regarda Lili de ses yeux de topaze étincelants. Ravie, Lili sauta du hamac en rajustant les bretelles du soutien-gorge de son maillot de bain.

« Il n'y a pas de carte ?

— Non. Et le livreur ne sait pas qui l'envoie. »

Une demi-heure plus tard, tandis que Lili était encore en train de jouer avec le cacatoès, on apporta un camélia. Un petit paquet enveloppé dans de la soie bleu pâle et ficelé avec une fine chaîne d'or était accroché à l'une de ses branches.

« Vous avez vu comme cette chaîne est lourde, remarqua l'infirmière. Croyez-vous qu'elle soit vraiment en or ? »

Le paquet renfermait un coquillage blanc où se nichait un énorme pendentif fait d'une aigue-marine carrée, retenu par une chaîne d'or presque invisible.

« Mais c'est la couleur de la mer Égée ! », s'exclama Lili, en accrochant la chaîne autour de son cou et en courant s'admirer dans une glace. Dans la lumière verdâtre, des éclats bleus miroitaient sur sa gorge.

Le téléphone sonna. « Allô, Zimmer. Est-ce que par hasard vous m'auriez envoyé un oiseau dans une cage ou quoi que ce soit d'autre, ce matin ?… Une seconde, on vient encore de sonner à la porte. »

Cette fois, c'était un buggy de plage. Sur le siège du conducteur, une épaisse enveloppe crème avec ce simple mot : « Lili » et, à l'intérieur, une carte rédigée dans une écriture très nette qui disait : « Et si on se retrouvait ce soir à huit heures chez Sénéquier ? »

Lili retourna en toute hâte vers le téléphone.

« Non, ma chérie, ce n'est pas moi, déclara Zimmer. C'est soit Fourier, soit Stiarkoz. Je parie plutôt que c'est Stiarkoz. Fourier se serait contenté de vous envoyer une broche de diamants ; Stiarkoz a plus de classe. Maintenant que j'y pense, je me demande comment il se fait que Fourier ne vous ait pas envoyé un petit quelque chose incrusté de diamants. Votre charme n'agirait-il donc plus, Lili ?

— Il s'imagine peut-être que nous avons une liaison.

— Non, non, ma chérie. Ils sont tous parfaitement au courant. Ce soir, je vous amènerai à Saint-Tropez et vous pourrez dire à Serge que vous étiez avec moi. »

Lili frissonna. Serge la battrait impitoyablement s'il soupçonnait qu'elle flirtait avec quelqu'un. Un jour, il était allé jusqu'à lui fêler une côte et, surtout depuis la tournée aux États-Unis, il ne la laissait plus jamais sans surveillance.

Ce soir-là, Zimmer se mit au volant du buggy et il emmena Lili à Saint-Tropez. Elle s'était habillée avec un soin tout particulier. Elle avait mis un blazer de soie blanche et une jupe assortie à plis très fins. A part cela, elle n'avait rien d'autre sur elle, pas de chemisier, pas de combinaison, pas de bijoux, en dehors de l'aiguemarine qui scintillait à la base de son cou.

Saint-Tropez faisait penser à un plateau de cinéma pour lequel on n'aurait pas regardé à la dépense. Le port où, jadis, venaient s'ancrer les barques de pêche et les chalutiers, était maintenant encombré de bateaux luxueux. Sur le quai, il n'y avait plus que des boutiques élégantes et des restaurants assez quelconques mais fort coûteux. Sous la célèbre bâche orange qui couvrait la terrasse de Sénéquier, les gens de la bonne société qui prenaient l'apéritif étaient mieux habillés que ceux qui fréquentaient le bar du Ritz à Paris. Tandis qu'elle passait entre les tables pour accéder à celle que Zimmer avait réservée, Lili se disait que toutes ces femmes avaient l'air de sortir tout droit du *Elle* de la semaine précédente. Pas un jean blanc qui coûtât moins de mille francs et il était certain que pas une des femmes savamment négligées qui étaient assises là n'avait mis moins de deux heures à se préparer.

A huit heures précises, Zimmer lança un coup d'œil à Lili en lui disant :

« Je ne m'étais pas trompé. Voici Stiarkoz qui descend de sa Rolls. Je me demande quel tour de prestidigitation il nous a mijoté. Il va peut-être sortir un collier de perles de ses oreilles. »

Il se leva et fit signe à Stiarkoz qui s'inclina légèrement et s'avança vers leur table. C'était un homme d'une soixantaine d'années, bien conservé, avec d'épais sourcils argentés sous lesquels brillait un regard vif. Sa lèvre inférieure avançait et remontait à la commissure gauche, ce qui lui donnait un air perpétuel d'agressivité amusée. Stiarkoz était un homme prudent. Il n'apposait jamais sa signature sur aucun document, que ce fût un chèque ou une lettre d'amour, car il n'aimait pas se compromettre. Mais il prenait toujours ses décisions rapidement, surtout quand il avait envie de quelque chose. Et il avait envie de Lili.

Lili ne se rendit pas tout de suite compte de la profondeur de l'intérêt qu'il lui portait, mais Zimmer le devina aussitôt. Stiarkoz ne parut pas surpris de voir Zimmer et il ne fit aucune tentative pour se débarrasser de lui ; il ne voulait visiblement pas effrayer Lili. Il n'avait pas l'intention de se jeter sur elle. Cette rencontre avait uniquement pour but de tâter le terrain.

Ils dînèrent tranquillement aux chandelles. Stiarkoz ne posa aucune question personnelle à Lili, mais il lui demanda son opinion sur de nombreux sujets et écouta attentivement ses réponses. Tandis que Zimmer parlait du tournage de Q, elle commença à se sentir plus détendue et se mit même à rire quand il évoqua la fois où un énorme rocher de polystyrène lui avait dégringolé sur la tête. Stiarkoz était ravi de voir qu'ils avaient aimé son pays.

« Les Grecs aiment tous la Grèce, surtout ceux qui vivent à Londres, à Paris, à New York ou à Monte-Carlo », ajouta-t-il.

Le prochain film de Zimmer devait également être tourné près d'Athènes.

« Ce ne sera pas simplement un grand spectacle érotique, expliqua-t-il en plaisantant. Ce sera une tragédie grecque moderne, avec, en arrière-plan, les milieux internationaux de la marine marchande et une lutte à mort entre deux armateurs qui se disputent la même fille, que son père, un troisième armateur, oblige à épouser le plus riche de préférence au plus séduisant et au plus jeune qui ne possède qu'un seul cargo.

— Quelle brute ! fit Lili.

— Pas du tout, rectifia Stiarkoz. Chez les armateurs grecs, bien des mariages sont arrangés. On considère qu'il s'agit d'une affaire familiale bien trop sérieuse pour que l'amour en décide. C'est pareil avec l'argent.

— Les gros armateurs sont-ils tous grecs ? demanda Lili. C'est un milieu qui paraît si fermé », remarqua-t-elle en buvant un peu de champagne pendant que Stiarkoz sortait un étui à cigares de sa poche et en choisissait un.

« La plus grande partie de la marine marchande mondiale est

contrôlée par les Grecs, répondit Stiarkoz en humant son cigare. Sur un total d'environ cinquante-deux millions de tonneaux, Onassis en possède à peu près quatre millions et Niarchos cinq, sans compter ses chantiers navals. » Il fit glisser délicatement la bande de son Monte-Cristo numéro 2. « Il reste donc en gros quarante-trois millions de tonneaux qui se répartissent entre des gens dont on ne parle jamais dans les potins des journaux, des gens comme les Pateras, les Hadjipateras, les Colocotronis et les Lemos qui, en général, se marient toujours entre eux. »

Il se laissa aller contre le dossier de sa chaise et sortit de sa poche un minuscule coupe-cigares en or. « Il appartenait à mon arrière-grand-père, dit-il.

— C'était aussi un armateur ?

— Il a fini par en être un. Mais il a commencé comme marin, en faisant du commerce dans les îles grecques.

— Un simple marin ?

— Les grands armateurs grecs ne sont jamais simples, remarqua Stiarkoz en souriant. Ce sont des êtres extrêmement complexes, très peu sociables et égocentriques au plus haut point. En général, personne ne peut les supporter. » Il sourit de nouveau à Lili.

Deux filles coûteusement vêtues s'approchèrent de leur table : une rousse dans un ensemble transparent en dentelle vert d'eau et une autre avec des mèches blondes postiches et une minirobe à rayures en diagonale rouges et blanches qui lui couvrait à peine les fesses.

Stiarkoz posa son cigare, se leva poliment pour leur dire bonsoir, mais il ne les présenta pas à ses deux invités. Quand elles se furent éloignées, il se rassit en disant : « Le mari de la dame en vert est un marchand d'armes. Son bateau est ancré à côté du mien, dans le port de Monte-Carlo. Je ne pense pas que vous ayez beaucoup de choses en commun. »

A cet instant, un garçon accourut vers Stiarkoz, un téléphone à la main. Celui-ci prit l'appareil en s'excusant. « Bien, quel est le prix actuel de la bauxite ? Non, non, sur le marché de Chicago... Eh bien, cherchez... » Il demanda ensuite un autre téléphone, composa un numéro et déclara : « Envoyez un télex à Amsterdam pour vérifier le prix de la bauxite. »

« J'en ai pour une minute, dit-il à Lili, pour s'excuser. Bon, il faut le faire... Vous n'avez qu'à louer un autre avion... Bon sang, cessez de m'embêter avec tous ces détails, louez-en deux... Et maintenant, dites-moi les chiffres pour la bauxite ?... Parfait, achetez-en pour six cent cinquante mille à Chicago. »

Le garçon vint reprendre les deux téléphones et Jo sourit à Lili.

« Parlez-nous encore des armateurs, demanda-t-elle. Que font-ils de tout cet argent ?

— Si on leur demandait pourquoi ils amassent toutes ces richesses et ce qu'ils ont l'intention d'en faire, ils seraient bien incapables de répondre. Vous seriez étonnée de voir comme ils vivent chichement, leurs femmes surtout.

— Et l'amour ? demanda Lili.

— Ils s'y intéressent, bien entendu, mais à leur manière. Pour un être normal, l'amour n'est pas une chose qui existe dans le vide, mais quand un armateur grec rencontre une femme qui lui plaît, il veut coucher avec elle tout de suite. Immédiatement ! » Il haussa les épaules. « De même qu'ils n'arrivent pas à se faire des amis, ils ont du mal à approcher une femme et après, ils ne savent pas quoi faire avec elle, ce qui me semble renversant.

— Ils doivent être des amants minables.

— Les divorces sont fréquents, mais c'est surtout parce que les femmes s'imaginent avoir épousé un homme et qu'elles se rendent compte qu'elles se sont mariées avec une affaire.

— Ils ne pensent donc à rien d'autre qu'à leurs affaires ? » Stiarkoz réfléchit un instant. « Passé la cinquantaine, ils semblent se réveiller, d'un seul coup, et ils réalisent qu'il ne leur reste guère de temps. C'est alors qu'ils ressentent une sorte de panique et qu'ils s'embringuent dans des histoires compliquées de maîtresses, de divorces et de remariages. C'est à ce moment qu'ils commencent à devenir pathétiques. Ça se termine souvent de façon tragique, parce qu'ils se rendent enfin compte qu'il n'y a pas que les affaires dans la vie. Ils se rendent compte de ce qu'ils ont raté. »

Le lendemain, Lili s'amusa à monter et à descendre la route du bord de mer dans son buggy, comme si c'étaient des montagnes russes et ensuite, elle alla jouer à l'ombre avec son cacatoès. Elle était tout excitée, mais, néanmoins, elle se tenait sur ses gardes car l'infirmière n'avait cessé de la questionner au sujet de ces cadeaux anonymes et elle semblait avoir beaucoup de soupçons à propos de sa sortie de la veille avec Zimmer.

Le soir, Lili s'était baignée dans les rochers, puis elle avait pris une douche, chaussé des sandales dorées et enfilé un fourreau de soie blanche qui lui arrivait à la cheville, sans rien dessous.

A huit heures, une Rolls arriva, conduite par un chauffeur. L'infirmière parut d'abord surprise, puis inquiète.

« Où allez-vous ? Il faut que je sache où vous allez ! » Elle saisit le poignet fragile de Lili. « Vous êtes malade, vous ne devez pas sortir seule. »

Lili se dégagea vivement et se glissa sur le siège arrière. Respirant la senteur tiède des pins, elle se sentait frémissante comme un enfant obéissant qui, soudain, tient tête à sa gouvernante et, tandis que la brise du soir faisait voler ses cheveux noirs, elle se mit à fredonner la *Marseillaise*.

Cette fois, Jo Stiarkoz l'attendait à une table un peu écartée, au fond du café. Ce Grec petit et calme ne l'attirait pas physiquement, mais elle se délectait de son insoumission et elle pensait être en sécurité avec cet homme. Bien entendu, il lui ferait des propositions, mais elle ne pensait pas qu'il insisterait si elle lui faisait comprendre clairement qu'elle n'était pas intéressée.

A sa profonde surprise, Stiarkoz ne fit pas une seule tentative pour lui prendre la main et il n'essaya pas de la retenir après le dîner, bien qu'il fût tout juste onze heures passées.

« Je sais que vous avez été souffrante, lui dit-il, aussi je pense que vous préférez vous coucher de bonne heure. »

Ils regagnèrent le cap Camarat dans la nuit silencieuse. Stiarkoz savait bien qu'il n'était plus jeune et il n'avait jamais été beau. Cependant un homme qui a réussi à gagner des milliards est généralement sympathique, à condition qu'il parle de sujets qui l'intéressent. Jo voulait que Lili se sente à l'aise avec lui. Il savait qu'il n'existait pas un seul homme qui ne lui ferait pas des avances s'il en avait l'occasion ; aussi, lui, il ne lui en ferait pas. Il souhaitait l'intriguer par son attitude.

Le lendemain matin, Lili descendit à la plage vers dix heures et nagea une dizaine de mètres en direction d'un petit Chris-Craft qui l'attendait pour l'amener à bord de la *Minerva,* les eaux n'étant pas assez profondes pour que l'énorme yacht approche plus près du rivage.

Au moment où elle montait sur le pont, Lili se sentit soudain libre comme une mouette et ses forces se mirent à refluer en elle et, pendant que Stiarkoz lui faisait les honneurs de son bateau, elle se surprit de nouveau à chantonner la *Marseillaise* avec un petit air de défi.

D'après Stiarkoz, ce n'était qu'un petit bateau — un seul hélicoptère et pas de piscine. Pourtant, si Lili le désirait, la *Minerva* pourrait traverser l'Atlantique et l'emmener sur toutes les mers du monde. Stiarkoz lui avait fait préparer une cabine aux cloisons recouvertes de bois de rose, un peu plus grande que la chambre de Lili au cap Camarat. Il y avait aussi deux salles de bains attenantes, bleues comme la mer, équipées d'une robinetterie plaquée or, en forme de dauphins et toutes deux abondamment pourvues en articles de toilette de grand luxe, de parfums Christian Dior et d'une gamme complète et intacte de maquillage Estée Lauder. Le dressing-room renfermait tout un stock de boîtes rouges provenant de chez Joy, la boutique de vêtements de plage la plus chic de Monte-Carlo. Six maillots de bain, six peignoirs et six robes du soir étaient pendus sur des cintres. Un grand carton de chez Christian Dior était posé sur le lit. A l'intérieur, Lili découvrit un déshabillé de soie crème garni de dentelle, superbe et fin comme une robe de baptême ancienne.

« Au cas où vous auriez envie de vous changer et de vous reposer », expliqua Stiarkoz avec un geste de la main.

Ils s'allongèrent sur des transats, sous la toile bleue qui abritait le pont principal, avec une coupe de champagne. Ils n'étaient pas complètement seuls ; un secrétaire et deux assistants entraient et sortaient discrètement de la cabine voisine et, derrière la porte, Lili entendait le crépitement impersonnel d'un télex. Deux valets de chambre s'occupaient du service et il y avait aussi un matelot robuste et silencieux avec un gros grain de beauté sur la joue gauche, qui ne quittait pas Stiarkoz d'un pas.

« Socrate, mon garde du corps », expliqua l'armateur.

Ils passèrent toute la journée à nager autour du bateau et à se dorer au soleil. Jo ne posa aucune question à Lili au sujet de ses origines et de sa carrière. Pour tout dire, quelques heures à peine après qu'il eut fait sa connaissance, un de ses secrétaires lui avait remis sur elle un dossier à faire dresser les cheveux sur la tête. Jo bavardait habilement ; il la comprenait instinctivement et adaptait la conversation à son humeur.

C'est la femme la plus sensationnelle que j'aie jamais vue, pensait-il. Elle pourrait être ma petite-fille, mais je m'en fiche complètement. Je vais me ridiculiser publiquement, mais ça m'est égal. La seule chose qui m'ennuierait, ce serait qu'elle se moque de moi, car alors, la vie ne vaudrait plus la peine d'être vécue. Jo se rendait compte qu'il allait faire une imprudence et il se demandait pourquoi il prenait un tel risque, mais la seule présence de Lili lui faisait perdre la tête.

Elle était assise sur le bord de sa chaise, dans un bikini jonquille, un pied replié sous elle et la tête rejetée en arrière, tandis qu'elle portait la dernière asperge à sa bouche et en suçait la pointe. Elle était aussi naturelle et aussi peu affectée qu'un petit animal et semblait uniquement préoccupée du soleil, de la mer et de son propre rire.

Jo regardait la sauce lui couler sur le menton. Quelle adorable petite sauvageonne, ignorante, sensuelle et mal éduquée, se dit-il. Pourquoi ne pas simplement lui dire gentiment bonsoir après le dîner, la renvoyer chez elle dans la Rolls et ne plus jamais la revoir ?

« Vous voulez encore des asperges, Lili ? », lui demanda-t-il.

A la tombée de la nuit, ils accostèrent dans le port de Monaco. Les tours crénelées du palais princier couronnaient le rocher, sur leur gauche. Derrière, la ville se profilait, rose et blanche, sur un fond de montagnes bleu lavande. A mesure qu'ils s'enfonçaient dans le port, le ciel virait de l'aigue-marine au violet, au pourpre, puis au velours noir, tandis que de féeriques rubans de lumière éclairaient la ville.

Comme il faisait chaud, le toit du grill de l'hôtel de Paris était ouvert. Ils mangèrent des cailles aux raisins et redescendirent ensuite tranquillement à pied vers le port, discrètement suivis par la Rolls.

Jo demanda à Lili si elle voulait passer la nuit à bord de la *Minerva.* Aussitôt méfiante, elle rétorqua qu'il fallait qu'elle rentre à la villa, car Serge lui téléphonait tous les matins. Il lui répondit alors qu'il la ferait raccompagner à onze heures et ne fit aucune tentative pour lui faire changer d'avis.

Ils s'installèrent sur le pont du yacht pour écouter des valses de Strauss. Une odeur de varech venant des rochers avoisinant le port se mêlait à celle du cigare de Stiarkoz. La fumée bleue tremblotait dans le calme de la nuit.

Soudain, il se fit un remue-ménage du côté de la passerelle. Lili entendit son nom hurlé par une voix qu'elle ne reconnut que trop bien. Épouvantée, elle se leva d'un bond. Stiarkoz se dressa lentement, sans paraître ni décontenancé, ni surpris. Il posa son bras sur l'épaule de Lili, la touchant pour la première fois.

« Ce n'est pas la peine d'avoir peur, lui dit-il simplement.

— Lili, Lili ! Je sais que tu es là, petite salope. Je te vois. » Serge monta sur la passerelle et avança vers elle en tanguant. Le bras de Jo pressa plus fortement son épaule.

« Ne lui brise pas les doigts, Socrate. Retiens-le simplement. » Surgissant de l'ombre du quai avec une incroyable rapidité, Socrate s'empara de Serge en lui coinçant les bras derrière le dos. Stiarkoz s'avança vers lui, en tirant une bouffée de son cigare.

« Je suis désolé de faire preuve d'un tel manque d'hospitalité, cher ami. Pourquoi êtes-vous venu ici ?

— Parce que tu m'as pris ma femme, espèce de sale Grec. Quand j'ai su qu'elle était avec toi, j'ai sauté dans le premier avion.

Et toi, idiote, qu'est-ce que tu fabriques avec ce vieux bouc? vociféra-t-il en s'adressant à Lili.

— Vous êtes son amie? demanda Jo à Lili.

— Euh... oui... euh... non. » Lili fondit en larmes.

« Mais est-ce que vous voulez être son amie?

— Oh non, non, non! Mais il me protège. Je n'ai personne en dehors de Serge. »

Stiarkoz l'entoura de son bras et se tourna vers Serge. « J'ai l'impression qu'elle préfère le vieux bouc, aussi je vous prierai de bien vouloir descendre de mon bateau avant que je vous fasse arrêter. »

Il dit quelques mots en grec. Socrate resserra sa prise et Serge poussa un cri :

« Aaah! Salaud! Vermine de Grec! Aaah! »

Socrate ceintura Serge par-derrière, le souleva du sol et le traîna sur la passerelle. Stiarkoz tourna le dos à Serge qui se débattait, prit Lili par le bras et l'emmena dans le salon.

« Je crois que nous allons passer la nuit en mer », dit-il en appuyant sur le bouton d'ivoire de l'interphone.

La *Minerva* quitta lentement le port peu après minuit. Debout à l'avant, Jo et Lili regardaient les contours dorés de la ville se dessiner sur le ciel sombre à l'aide de milliards de points scintillants. Puis, Monte-Carlo disparut dans le lointain et Jo jeta le mégot de son cigare dans le sillage phosphorescent de la *Minerva*.

« Ne vous faites pas de souci, dit-il à Lili. Vous ne devez pas vous sentir prise dans un piège. Je ne veux pas que vous ayez l'impression d'échapper à une cage pour entrer dans une autre. Pour le moment, vous êtes mon hôte. Plus tard, quand vous irez mieux, nous parlerons de votre avenir. Si vous avez signé des contrats, on pourra les rediscuter. Les avocats sont là pour ça. Vous n'avez pas d'inquiétude à avoir. Vous êtes très belle et vous avez toute la vie devant vous, ajouta-t-il après un moment de silence. Vous êtes capable de gagner votre vie, de vivre seule ; vous pouvez faire tout ce qui vous plaît. Cependant, ne pensez à rien de tout cela jusqu'à demain matin. » Il prit délicatement le menton de Lili et le tourna vers lui. Elle sentit sa bouche se presser fermement contre la sienne et perçut une légère odeur d'amidon, de cigare et de chair propre et tiède, au moment où elle se laissait aller contre lui, agréablement surprise par la vigueur de son étreinte.

Au même moment, Serge débarquait chez Sénéquier, fou furieux ; où il avala toute une bouteille de cognac, puis il gagna le cap Camarat à fond de train où il étrangla le malheureux cacatoès.

## 46

La vue que l'on découvrait de la terrasse embaumant le jasmin faisait penser à un tableau de Cézanne. Des rangées d'oliviers argentés montaient à l'assaut de la ligne bleue où les montagnes rejoignaient le ciel de Provence. Des cyprès bordaient la route qui sinuait en direction de Vence, entre des villas couleur terre cuite, entourées de citronniers et d'orangers.

« Ce n'est pas dans les habitudes de Jo d'être en retard sans avoir prévenu, dit Lili à Zimmer, en guise d'excuses. En général, le chauffeur téléphone de la voiture. Constantin, êtes-vous sûr qu'il a dit trois heures et demie ?

— Oui, je suis sûr qu'il a dit trois heures et demie. Mais ça n'a pas d'importance. On n'est pas obligés de signer les contrats aujourd'hui, on pourra les antidater. » Le gros homme sourit à Lili, mais uniquement avec la bouche. Ses yeux à demi fermés et voilés de lourdes paupières étaient sans expression. Son nez charnu et busqué saillait au-dessus d'une moustache et d'une barbe abondante. Avec ses boucles argentées qui lui retombaient sur les épaules, Constantin Démétrios avait davantage l'air d'un pope que d'un homme de loi.

La villa se déployait derrière eux, décorée comme un gâteau d'anniversaire et aussi grande qu'un palais. La terrasse de marbre entourée d'une classique balustrade de pierre, où était assise Lili, était aussi vaste qu'une salle de bal.

« J'ai dit de retarder le thé d'une demi-heure, déclara Lili. Voulez-vous faire un tour de jardin ? »

Démétrios secoua la tête, mais Zimmer se leva.

« Il a l'air trop parfait pour être vrai, Lili. Je vais aller m'assurer que ces ifs ne sont pas en plastique, dit Zimmer en désignant l'allée qui menait à une piscine de trente mètres de long, derrière des statues de marbre entourant une splendide fontaine baroque. »

Lili glissa son bras sous le sien et ils se dirigèrent vers les marches de marbre arrondies.

« Nous faisons pousser nos légumes et nos fruits sur place.

Tout ce que vous avez mangé au déjeuner vient de la propriété. Le jardinier nous apporte sa récolte tous les matins. Nous élevons aussi des poulets, des dindons et des cochons. Nous faisons notre huile d'olive et notre rosé, sans étiquette, mais excellent.

— Vous me brossez là un tableau très rustique, repartit Zimmer en riant. Et pourtant, cette propriété est certainement l'une des plus somptueuses de la Côte d'Azur. Quelle différence avec cette sinistre villa où je vous ai retrouvée il y a trois ans. »

En réalité, Zimmer n'aimait guère cette immense maison, même s'il reconnaissait qu'elle était remplie de merveilleux tableaux. Aucun Greco obligatoire, aucun Rembrandt suspect, aucun Degas de second ordre, aucun Dali habile et affecté. A l'exception d'une esquisse de rivière par Constable, ces tableaux avaient été presque tous exécutés après 1850 et ils avaient manifestement été choisis par un amateur qui avait voulu se faire plaisir. Zimmer avait un faible pour un Seurat mauve et velouté représentant une jeune fille en train de ramasser des choux, mais ce Monet — *L'Étang aux nymphéas de Giverny* — était époustouflant.

« Oui, c'est tout différent des endroits dans lesquels j'ai vécu autrefois », dit Lili au moment où ils arrivaient sur l'allée plantée d'ifs. « Depuis trois ans, tout est différent autour de moi, Dieu merci. Nous menons une vie très calme et quand je ne tourne pas, je suis presque toujours ici. » Elle se tut, pendant qu'ils se dirigeaient vers la piscine. « La première chose qu'a faite Jo a été de me libérer de mon contrat avec Serge. C'est Constantin qui s'en est occupé. Il est l'avocat principal de Jo et ce sont de très vieux amis, aussi nous le voyons souvent. S'il existe un moyen de se libérer d'un engagement, on peut compter sur Constantin pour le trouver. Il ne signe jamais rien s'il n'est pas sûr de pouvoir trouver une échappatoire. » Ils descendirent vers la gauche. Devant eux, à moitié caché par les arbres, se dressait un bâtiment blanc et rectangulaire, très simple. Le mur nord était entièrement en verre. « Est-ce que je vous ai dit que j'étudiais l'histoire avec un professeur en retraite de Vence ? Et l'après-midi, en général, je peins. Voici mon atelier. Je prends un cours deux fois par semaine ; Jo a choisi quelqu'un de très exigeant car il veut que j'apprenne à structurer une toile et pas seulement à la barbouiller avec de la couleur.

— La collection de Jo est tout à fait extraordinaire. »

Lili hésita un peu avant de répondre : « Ce n'est pas *sa* collection. Ces tableaux sont tous à moi. Il me les a offerts à mon dernier anniversaire. »

Zimmer béa de stupéfaction.

« Tous ? Même le champ de blé de Van Gogh, même le bocal au poisson rouge de Matisse ?

— Oui, tous, sa collection tout entière. Vous n'avez pas encore vu ceux qui sont en haut. »

Elle n'était pas près d'oublier cet anniversaire. C'était le mois d'octobre, mais sa chambre était pleine de lys et de roses. Jo l'avait amenée vers la grande baie vitrée. Une boîte ancienne incrustée d'ébène et d'un motif en ivoire représentant des cupidons était posée sur une table ronde en marbre. Elle l'avait ouverte, s'attendant à y trouver un bijou, mais elle avait découvert une liasse de documents légalisés. Jo lui avait alors expliqué que ces papiers était la preuve de l'authenticité de tous les tableaux et la preuve que c'était maintenant elle, Lili, qui en était la propriétaire légitime. C'était une façon relativement rapide et discrète de lui donner une véritable fortune. Pour acquérir la plupart de ces toiles, les musées du monde entier étaient prêts à se livrer une lutte farouche. Si elle avait envie d'une maison à Paris ou d'un appartement à New York, elle n'aurait qu'à en vendre une.

Zimmer émit un sifflement. « Et on dit que les diamants sont les meilleurs amis des femmes !

— Oh, mais j'ai aussi des diamants et une infinité de rangs de perles. Jo adore me voir avec des perles et des diamants. »

Zimmer siffla une seconde fois. Apparemment, Stiarkoz était toujours amoureux fou. Ils sortirent de l'atelier et revinrent vers la maison.

« C'est bien ça que vous désiriez, Lili ? Une vie tranquille ? Ce n'est pas un peu triste pour une fille de vingt-quatre ans ?

— C'est-à-dire que vous vous demandez comment je peux être heureuse avec un homme qui a quarante ans de plus que moi, n'est-ce pas ? On me pose toujours cette question, indirectement, bien sûr. Jo n'est plus jeune, c'est certain. Nous avons parlé de ce problème, mais c'est son unique inconvénient et ça ne me gêne pas beaucoup. » Lili se pencha pour cueillir un bouton de rose. « A dire vrai, je me sens constamment en position d'infériorité parce que je suis tellement ignorante.

— C'est très émoustillant pour un homme d'un certain âge. Ouvrir les yeux d'une jeune femme, lui inspirer du respect, être un dieu pour elle... Jusqu'au jour où elle rencontre quelqu'un qui vient lui dire : " Non, ce n'est pas un dieu, c'est simplement un vieux qui a beaucoup d'argent. "

— Je ne comprends pas que les autres hommes puissent penser que Jo n'a rien pour me plaire, en dehors de son argent », répliqua Lili avec une petite moue. Elle lui agita une branche de romarin sous le nez, d'un geste accusateur. « Jo a beaucoup de choses qu'un homme jeune ne peut avoir. Il a fait lui-même son chemin dans la vie ; il a énormément de cran et c'est toujours très attirant chez un homme, quel que soit son âge.

— Je ne nie pas que Jo soit capable d'assurer à une femme ce qu'elle demande traditionnellement à un homme : protection et sécurité. » Lili glissa la branche de romarin dans son corsage ; sa voix tremblait. Jo représentait l'homme protecteur dont elle avait cruellement manqué depuis la disparition de Félix et, pour cette raison, elle l'aimait avec une reconnaissance passionnée. « Pour tout dire, je ne considère pas que l'âge de Jo soit un inconvénient. S'il était plus jeune, il n'aurait pas cette sagesse que lui a donnée l'expérience. On ne construit pas des rapports durables sur la seule frénésie sexuelle, mais sur la compréhension mutuelle et sur la tolérance.

— Ainsi, il n'y a pas de frénésie sexuelle ?

— Jo ne m'a jamais laissée insatisfaite, Zimmer. Pas une seule fois. Je ne pourrais pas en dire autant des autres hommes que j'ai connus. »

Ils arrivaient au bord de la grande piscine. Pas un souffle, pas une feuille ne venait en rider la surface immobile.

« Vous allez vous marier ? demanda Zimmer.

— Pour quoi faire ? Je ne tiens pas spécialement à épouser Jo. Tant de femmes ont essayé de le contraindre au mariage, voyez-vous. Ce n'est pas ce que je cherche. » Zimmer la considéra d'un œil un peu sceptique. « Non, Zimmer, c'est Jo que je veux. Je ne lui demande pas le mariage. Il sait donc que je ne suis pas... ce que ses enfants m'accusent d'être... une fille intéressée. »

Ils s'engagèrent sur les marches de pierre usées. Un domestique en gants blancs s'apprêtait à servir le thé sur la table de la terrasse.

« Je sais que ça ne me regarde pas, Lili, reprit Zimmer, mais je ne vois pas comment cette situation va évoluer. Votre vie ne fait que commencer et vous vous êtes liée à un homme dont la vie s'achève. Il étouffe votre personnalité. Stiarkoz a besoin de dominer tous ceux qui l'approchent, même vous, et vous risquez de vous perdre une nouvelle fois. Si vous abandonnez votre véritable identité, vous devrez renoncer à vous-même.

— Je n'ai jamais eu le sentiment d'avoir une véritable identité, rétorqua Lili, exaspérée, alors, comment pourrais-je la perdre ? »

En passant devant un buisson de chèvrefeuille, Zimmer en arracha une branche et poursuivit :

« Je sais que Stiarkoz vous a offert une foule de jouets très coûteux, Lili, mais ne voyez-vous pas que malgré toutes ses richesses, il n'a pas essayé de vous donner ce que vous souhaitez le plus profondément ?

— Taisez-vous, Zimmer ! Qui donc peut savoir ce que m'apporte Jo ? Il m'a donné la sécurité et la dignité ; il a fait mon éducation.

— Peut-être, mais il n'a rien fait pour vous donner ce dont vous avez le plus besoin, parce qu'il se rend compte du danger. Il pourrait très bien retrouver vos parents ! Mais il a peur de perdre son empire sur vous, si vous découvrez votre véritable identité. Il est terriblement possessif ; il aime que vous soyez dépendante de lui, car sinon, vous pourriez le quitter.

— Comment osez-vous dire des choses pareilles ? s'écria Lili, les yeux étincelants.

— Lili, je suis l'un des rares hommes à ne pas désirer vous posséder. Depuis des années, je sais que vous ne pouvez pas vous sentir " vraie " tant que vous n'avez pas véritablement confiance en vous-même. »

Éclaboussée par le soleil, Lili paraissait soudain pitoyable et accablée.

« Zimmer, je crois qu'il vaudrait mieux que vous partiez.

— C'est ce que j'allais faire, ma chère enfant. Dites à Jo que je suis désolé de l'avoir manqué. »

Lili le raccompagna jusqu'à sa Maserati rouge garée dans l'allée de graviers blancs, puis elle retourna lentement vers la maison.

Soudain, Démétrios apparut sur le seuil de la porte d'entrée et il se mit à courir vers elle d'une façon étrangement lente, sa cravate de soie rose claquant contre son veston. C'était drôle de le voir courir.

Elle comprit tout de suite qu'il était arrivé quelque chose à Jo.

## 47

« Il a eu un accident, un accident de voiture, haleta Démétrios. Jo et le chauffeur ont été transportés à l'hôpital de Nice. La police vient de téléphoner. On m'a seulement dit que la Rolls avait quitté la route, alors qu'elle roulait sur un pont, en revenant de Monte-Carlo. Elle a défoncé le parapet et plongé dans le ravin. »

Il n'ajouta pas que la police avait demandé que quelqu'un vienne à l'hôpital pour identifier les corps qu'on avait eu beaucoup de mal à extraire de la voiture en bouillie.

De l'eau froide lui coulait dans le cou et dans le dos. Lili ouvrit les yeux. Elle avait dû s'évanouir. Sa femme de chambre, silencieuse et épouvantée, était agenouillée près du canapé et lui épongeait le visage. Démétrios réapparut, s'approcha et se pencha sur Lili.

« Ne bougez pas, ma chère Lili, le docteur arrive. »

Ce n'était pas le docteur Jamais ; c'était un petit homme qu'elle ne connaissait pas, avec un teint jaunâtre et des lunettes non cerclées.

« Où est le docteur Jamais ? », murmura-t-elle. Mais il ne l'entendit pas. Il lui releva la paupière, lui tâta le pouls, marmonna quelques paroles à l'adresse de la femme de chambre, puis s'approcha d'une table pour ouvrir sa trousse en tournant le dos à Lili. Au bout de quelques minutes, il revint vers elle, une seringue à la main.

« Pourquoi ? demanda Lili.

— A cause du choc, madame. Vous êtes en léger état de choc. Rien de grave. » Il s'accroupit près d'elle et lui tamponna l'intérieur du bras gauche avec un morceau de coton. Ça sentait l'hôpital. « Une toute petite piqûre. Voilà, c'est terminé. Je ne vous ai pas fait mal, hein ?

— Mais je ne comprends pas ; je ne suis pas malade. J'ai senti ma tête tourner et je me suis évanouie. Je ne comprends pas. » Lentement, ses paupières se fermèrent et sa bouche s'ouvrit.

Quelqu'un lui tenait la main. Elle était couchée dans une petite pièce sombre qu'elle ne connaissait pas. Elle tourna la tête et vit que c'était Démétrios. Elle se sentait trop faible pour parler. Des larmes silencieuses roulaient lentement le long de ses joues et lui mouillaient l'oreille droite. Démétrios lui tapota la main et la replaça doucement sur la couverture.

« Comment vous sentez-vous, ma chère Lili ?

— Très mal. J'ai affreusement mal à la tête. Mais il faut que j'aille voir Jo. Où suis-je ?

— Dans une clinique des environs de Nice. Pensez-vous pouvoir vous habiller ? Je vais appeler l'infirmière pour qu'elle vous aide et ensuite, je vous emmènerai à l'hôpital. Mais d'abord, j'ai quelques papiers à vous faire signer.

— Je ne peux rien signer pour le moment. De quoi s'agit-il ? Ça peut sûrement attendre.

— Je crains que non, ma chère amie. C'est pour autoriser l'hôpital à remettre le... euh... Jo. Ah ! ma pauvre enfant, je suis désolé de vous ennuyer avec ces paperasses ; c'est vraiment assommant. »

Il lui glissa délicatement un stylo dans la main et la guida vers une feuille.

« Là également, s'il vous plaît. » Froissements de papiers. « Et encore là et là. Le dernier maintenant... Ah, non, il y en a un autre. »

Il lui déposa une tape amicale sur l'épaule, reprit promptement les documents dactylographiés, se pencha pour ramasser sa serviette, l'ouvrit et y glissa vivement le tout.

« Bien. Maintenant, je vais appeler l'infirmière pour qu'elle vous aide à vous préparer, dit-il en pressant le bouton de la sonnette.

— Constantin, il faut me dire ce qui s'est passé.

— C'est le chauffeur. Il a eu une crise cardiaque. A peine trente-cinq ans et il avait l'air si bien portant. La police pense qu'il a dû appuyer de tout son poids sur l'accélérateur.

— Et Jo, vous devez me dire ce qui est arrivé à Jo.

— Jo a été incinéré il y a trois jours », répondit Démétrios le plus calmement du monde.

Lili poussa un cri épouvanté et tenta de se redresser. L'infirmière la retint et décrocha le téléphone pour demander de l'aide.

« Dites au docteur que la malade a besoin d'une nouvelle piqûre, chuchota Démétrios. Elle fait une crise de nerfs. »

Quand Lili revint à elle, il lui fallut une bonne demi-heure pour reprendre ses esprits. Elle se sentait très faible et paraissait avoir perdu environ cinq kilos. Elle se dirigea en titubant vers une armoire placée dans un coin de la chambre, l'ouvrit et y trouva ses vêtements. Elle les rapporta sur son lit, s'assit et commença à s'habiller lentement. Puis, elle alla vers le lavabo et se regarda dans la glace. Elle avait les yeux cernés, le visage amaigri, les cheveux mous et aplatis. Elle s'aspergea la figure d'eau froide et jeta un coup d'œil par la fenêtre ; le soleil était presque au midi.

La porte s'ouvrit et une petite infirmière en blouse amidonnée parut.

« Seigneur ! Il ne faut pas vous lever. »

Lili se retourna, avec pour seule arme le verre à dents qu'elle tenait à la main. Elle regarda le visage agréable et souriant de la jeune fille qui devait avoir à peu près le même âge qu'elle et qui déclara :

« Je vais appeler la sœur.

— Non, pas tout de suite. Je suis ici depuis combien de temps ?

— Oh, dix jours.

— Mais pour quelle raison ?

— Vous êtes arrivée ici inconsciente. Vous avez fait une très grave crise de nerfs due à un choc et on a été obligé de vous administrer des sédatifs. Ah là là, vous n'avez pas été une malade facile ! Le docteur a tenu à s'occuper de vous lui-même.

— Bon, maintenant je vais partir. Pourriez-vous m'appeler un taxi ?

— Oh mais vous ne pouvez pas vous en aller comme ça, madame.

— Allez chercher le docteur, s'il vous plaît.

— Il n'est pas là en ce moment ; c'est la sœur qui est de service.

— Dans ce cas, allez me chercher la sœur. »

Lili s'installa à l'arrière du taxi. Il lui avait fallu vingt minutes pour convaincre l'infirmière en chef, mais finalement on l'avait laissée partir après lui avoir fait signer une décharge. On avait certainement eu une bonne raison pour l'amener dans cette clinique. Jo lui donnerait des explications... Ah non, il ne lui en donnerait pas, bien sûr, il ne pouvait plus lui en donner. Si seulement elle ne s'était pas évanouie en apprenant sa mort !

Quarante minutes plus tard, le taxi arriva devant les grilles de la propriété, mais il eut beau klaxonner, personne ne vint ouvrir.

Elle descendit de la voiture et se dirigea vers la petite porte latérale qui était toujours ouverte. Il n'y avait personne dans la cabane du gardien.

Elle alla jusqu'à la maison et sonna une fois, puis une deuxième, avec insistance. Où étaient-ils donc tous passés?

Enfin, elle entendit des pas résonner sur le marbre et un verrou qu'on tirait. La porte s'ouvrit toute grande et Lili se trouva en face d'un Socrate au visage triste et ridé.

« Bonjour Socrate, dit-elle. Où sont les autres? »

Le matelot garde du corps se gratta le grain de beauté qu'il avait à la joue.

« On a renvoyé tout le personnel, madame; dès le lendemain des funérailles. Il n'y a plus que le gardien et moi, et monsieur Démétrios nous a donné l'instruction formelle de ne laisser entrer personne. Ça ne vous concerne pas, naturellement, madame, mais les photographes nous ont un peu ennuyés. On a tous pensé que vous aviez bien fait de vous éloigner un moment.

— Monsieur Démétrios vous a dit que c'était pour cette raison que je n'étais pas là?

— Mais bien sûr, madame.

— Pourriez-vous demander au gardien de m'apporter une tasse de café dans ma chambre, s'il vous plaît. Je crois que je vais aller me reposer un peu, mais j'aimerais lui parler d'abord.

— Mais, madame, on a déménagé tous les meubles. Les pièces sont complètement vides. C'est monsieur Démétrios qui en a donné l'ordre. On pensait qua vous étiez au courant, madame. »

Le regard de Lili courut tout autour du grand hall circulaire et elle vit qu'en effet il ne restait plus un seul meuble, plus un seul tapis et plus un seul rideau. Elle monta l'escalier les jambes flageolantes. Sa chambre était juste en haut.

Elle était vide. Il restait uniquement son coffre-fort encastré dans le mur et qui, en temps normal, était caché par un rideau de taffetas bleu. Elle s'approcha. La petite porte de métal gris était entrouverte.

Pourtant, elle et Jo étaient les seuls à en avoir la clé! Heureusement, les bijoux les plus précieux de Lili n'étaient pas là mais au coffre de la banque.

Elle ouvrit complètement la porte du coffre et regarda à l'intérieur. Elle aperçut un éclair doré dans le fond. Elle glissa la main à l'intérieur; c'était une breloque de bracelet représentant la *Minerva* en miniature.

Non, elle ne rêvait pas.

Ce fut alors qu'elle réalisa que tous les tableaux avaient

disparu. Elle vit la marque rectangulaire laissée par son Douanier Rousseau représentant un cycliste vêtu d'une jaquette à rayures rouges et une autre, à l'endroit où, quelques jours auparavant, était accrochée une aquarelle de Dufy.

Elle se précipita vers sa garde-robe et ouvrit les portes. Même ses vêtements avaient disparu. Elle courut à la fenêtre, l'ouvrit toute grande et regarda dehors. Dans le soleil couchant, le jardin avait son aspect habituel. Elle revint dans la chambre, s'agenouilla près du téléphone d'ivoire posé par terre et décrocha le récepteur. Il n'y avait plus de tonalité. Démétrios était certainement devenu fou.

Alors, elle se souvint des papiers qu'elle avait signés.

Elle resta immobile, agenouillée près du téléphone, pendant près d'une heure. Des pas lourds qui montaient l'escalier la tirèrent de sa prostration. Démétrios apparut sur le seuil de sa chambre.

« La clinique m'a téléphoné pour me dire que vous étiez partie. Ce n'est pas raisonnable, Lili. »

Démétrios n'avait pas changé ; pourtant, au lieu de paraître imposant et rassurant, il avait maintenant l'air imposant et menaçant. Son costume noir était sinistre, son gros nez faisait penser au bec d'un oiseau de proie et ses mornes yeux marron semblaient durs et froids comme de la pierre.

« Constantin, où sont mes vêtements ?

— On les a emballés et ils attendent vos instructions.

— Vous avez ouvert le coffre avec la clé de Jo, n'est-ce pas ? C'est la police qui vous l'a donnée ? Vous étiez son avocat, après tout. Où vais-je aller dormir, ce soir ? Je n'ai même pas de quoi me changer.

— Vous avez plus de cinquante-trois mille francs sur votre compte en banque.

— Comment savez-vous ce qu'il y a sur mon compte en banque ?

— Je sais que vous avez beaucoup d'argent, vous pouvez donc très bien aller à l'hôtel. Et vous avez votre voiture pour vous y conduire.

— Et mes tableaux, Constantin ? Où sont mes tableaux ? »

Démétrios regarda droit dans les yeux indignés de Lili en se caressant la barbe d'un geste lent.

« Quels tableaux ? » demanda-t-il, le plus calmement du monde.

Jo avait raison. Constantin était rapide et astucieux ; il ne lui avait certainement laissé aucune possibilité de récupérer son bien.

Cependant, Lili savait que Jo aurait souhaité qu'elle essaie de reprendre ses bijoux et ses tableaux, aussi alla-t-elle trouver un avocat. Celui-ci écouta son histoire en silence, puis il lui déclara que, malheureusement, il n'y avait rien à faire et que selon la loi française, elle n'avait aucun droit sur les biens de M. Stiarkoz. Après un instant de silence, il avait ajouté :

« Il semblerait que M. Démétrios ait acheté un médecin peu scrupuleux pour vous administrer des sédatifs et ensuite, il a dû proposer un marché aux enfants de M. Stiarkoz, sans doute en se faisant fort d'obtenir votre signature sur tous les papiers nécessaires en échange d'une somme d'une dizaine de millions, ou davantage ; ce qui ne représente qu'une infime fraction de la valeur des tableaux.

« Tout le monde savait que M. Stiarkoz possédait une collection de tableaux et personne n'était au courant qu'elle était en réalité la propriété de M<sup>lle</sup> Lili qui n'avait plus aucun justificatif pour prouver sa bonne foi. »

Lili ne disait rien. Elle savait que les bijoux et les tableaux n'étaient pas les seules choses que Jo lui avait données, il lui avait fait un cadeau d'un prix beaucoup plus grand : il lui avait rendu confiance en elle-même. Il l'avait encouragée à découvrir ses dons et à les utiliser. Il avait tenu à ce qu'elle fît au moins un film par an et, ainsi, elle n'avait pas coupé les ponts.

Elle vendrait sa Rolls et achèterait un appartement à Paris.

Ensuite, elle irait demander à Zimmer de la recommander à un agent et elle se remettrait au travail dès que possible.

# NEUVIÈME PARTIE

# 48

Tout au long de l'année 1969, « Vie et Style », la rubrique éditée par Kate, avait continué d'être ce qu'elle appelait elle-même « de la mousse plutôt que de la bière ». Après bien des discussions, elle avait reçu l'autorisation d'ouvrir un courrier des lectrices et elle avait engagé un « Cher Abby » qui allait une fois par semaine soumettre à leur psychiatre les problèmes les plus délicats.

Après son vingt-septième anniversaire, Kate entreprit un second livre. Il était essentiellement fondé sur la masse de lettres qu'elle recevait, mais elle avait également interviewé de nombreuses femmes sur les difficultés de trouver du travail, de travailler, d'être une mère qui travaille et aussi sur les difficultés de ne pas travailler. Pour lancer le livre, son éditeur et le *Globe* avaient ensemble décidé de l'envoyer dans une tournée de promotion à travers toute l'Angleterre. Dès qu'elle eut quitté Londres, Kate comprit mieux encore que la mousse vide de « Vie et Style » ne l'intéressait plus. Elle s'intéressait désormais aux vraies femmes, aux vraies situations et aux vrais problèmes.

Comme cela semblait également préoccuper le Mouvement de libération de la femme, nouvellement fondé, Kate entra en contact avec lui. Elle assista à quatre réunions, mais elle les trouva fort décevantes. On y dissertait beaucoup, mais il n'en sortait pas grand-chose de concret.

Kate se demanda alors ce qu'on pourrait faire pour ces femmes qui la submergeaient de leurs lettres. Dans l'ensemble, elles aimaient bien leur mari et se sentaient dépendantes de lui. Celles qui n'avaient pas d'homme souhaitaient en avoir un. Kate avait commencé à ouvrir les yeux lors de ses démêlés avec les avocats, après la mort de son père et son divorce. Elle s'était rendu compte que la société était injuste envers les femmes. Cependant, tout ne pouvait pas changer du jour au lendemain. Il fallait que les femmes s'attaquent à l'injustice sans précipitation, sans haine et sans agressivité, afin de ne pas effrayer leurs sœurs moins décidées. Que pourrait-elle faire pour apporter sa contribution à cette œuvre ?

Kate rumina sur cette idée pendant quinze jours, avant de téléphoner à Judy.

« Judy, j'ai envie de lancer mon propre magazine pour une femme nouvelle et dans le vent. Veux-tu m'aider ?

— Tu n'as pas suffisamment de problèmes ? répondit la voix de Judy, tonitruante. De quelle femme nouvelle veux-tu parler ?

— Mais bon sang, tu en es une ! s'exclama Kate. Nous sommes en 1970 et la Belle au Bois Dormant est en train de se réveiller. Elle a un métier, elle gagne de l'argent, elle sait ce qu'elle fait et elle est capable de mener sa barque elle-même. Pour l'instant, elle se cherche encore, mais elle est enfin consciente. »

La communication se brouilla et devint très lointaine. Kate se mit à hurler.

« Je voudrais créer un magazine qui se pencherait spécialement sur les besoins psychologiques des femmes, un magazine qui les aiderait à comprendre leurs propres sentiments. Aucun journal ne fait ça. Il y a un manque de ce côté.

— Décris-moi encore tes lectrices. »

Kate lui répéta son idée.

« Je ne peux pas te donner une réponse immédiate, répondit Judy. Je vais en parler à Tom et je te rappelle. »

« Ça nous intéresse, annonça Judy à Kate. Viens passer deux jours avec nous pour discuter avec quelques personnes que tu connais déjà, Griffin Lowe, mon éditeur favori, et Pat Rogers, mon ancienne patronne qui est maintenant directrice de la rédaction dans l'un de nos plus grands magazines. Elle pense comme toi, elle en a par-dessus la tête de ces journaux féminins complètement figés. Seulement, nous ne pensons pas à l'Angleterre ; on voudrait démarrer quelque chose ici. »

Kate partit le vendredi soir, sur un vol de nuit. Elle avait pris un week-end prolongé et passa quatre jours chez Judy avec Pat qui assumait presque tous les frais de la conversation, Griffin et Tom, qui ne dirent et ne firent pas grand-chose, à part gribouiller quelques notes sur leur carnet. C'était la première fois que Kate les voyait tous les deux ensemble.

Griffin interrogea Pat et Kate sans relâche, jusqu'à ce qu'il sût tout de leur lectrice type, en dehors de la taille de ses soutiens-gorge. Ensuite, il alla s'asseoir avec Tom à un bout de la table de la salle à manger et s'acharna sur une calculatrice, pendant que les trois femmes continuaient à discuter, à faire des prévisions et à échafauder des plans.

Le plus gros de la publicité des magazines féminins est constitué par le budget faramineux des maisons de produits de beauté. Après le départ de Kate, Griffin et Judy invitèrent Estée Lauder à déjeuner chez Orsini pour voir ce qu'elle pensait de leur idée. Estée Lauder était une petite femme très calme et incroyablement avisée. Elle jugea l'idée raisonnable.

Au cours d'une seconde rencontre, Mrs. Lauder leur déclara que si leur magazine s'avérait vraiment être comme ils le décrivaient et s'il se vendait aussi bien que prévu, elle pourrait peut-être y passer de la publicité. Elle reconnaissait qu'il y avait là un créneau à prendre.

Ils invitèrent l'un après l'autre tous les grands manitous de l'industrie des produits de beauté et, à la fin, Judy retéléphona à Kate.

« Nous sommes en train de faire l'examen du marché et s'il nous semble positif, on se jettera à l'eau. »

Cependant, le marché proposé par Griffin ne plaisait pas à Judy.

« Je ne peux pas accepter de laisser soixante-dix pour cent à *Orbit,* Griffin, lui avait-elle déclaré.

— Mais voyons, Judy, il faut bien que je justifie cette entreprise vis-à-vis des actionnaires. Nos relations sont un secret de polichinelle.

— Je veux que le personnel ait aussi une participation.

— Une chouette idée, vraiment, mais je ne l'ai pas encore vue marcher. C'est un aiguillon qui cesse de faire effet dès qu'on l'a accordé aux gens. Tenez-vous-en aux primes basées sur l'accroissement des bénéfices. N'encouragez pas l'égalité dans la salle de rédaction, sinon vous n'obtiendrez jamais rien. »

Judy retéléphona à Kate.

« Je te rappelle pour te proposer un poste de rédacteur en chef adjoint et pour te dire que nous sommes prêts à te donner deux pour cent des parts si tu mets cent soixante-dix mille dollars dans l'affaire. Tom pourra s'arranger pour t'avoir un prêt sur cinq ans d'une manière parfaitement légale, si tu arrives à trouver une garantie additionnelle en Angleterre. Ça te coûtera un pour cent d'intérêt supplémentaire, mais c'est le seul moyen, étant donné que les stupides réglementations de votre contrôle des changes interdisent aux Anglais de sortir de l'argent de chez eux pour l'investir ailleurs. »

Kate se précipita à la Barclay's Bank. Même en vendant toutes ses actions, il lui manquerait encore cinq mille livres, mais sa mère accepta de garantir un découvert. Ainsi, après un second voyage éclair à New York, elle annonça à Scotty qu'elle s'en allait.

« Ah, la garce ! Comment pouvez-vous me faire ça, après huit années de travail en commun ? Qu'attendez-vous de moi ? Que je vous félicite, sans doute ? Et maintenant, éloignez-vous de mon chemin pendant quelques jours ; je suis trop en colère pour vous parler. »

Kate loua la maison de Walton Street à un directeur de la General Motors, avec un bail de trois ans, après quoi elle mit ses affaires au garde-meubles et prit l'avion pour New York où Tom avait loué des bureaux au onzième étage d'un immeuble de la 53e rue.

De multiples soirées se passèrent chez Judy à tenter de trouver un nom pour le journal et on finit par décider de l'appeler *Verve !* avec un point d'exclamation, un mot qui sentait la joie de vivre (c'était l'impression qu'on voulait donner au public) et qui, de plus, était court et facile à retenir.

*Verve !* donna son premier cocktail aux Quatre-Saisons. Tom fit d'abord une brève allocution d'introduction, puis Judy présenta son équipe et définit la tendance générale. La présentation dura presque quarante minutes.

Kate se sentait étrangement détachée. Elle avait l'impression d'assister à sa propre prestation, accrochée quelque part au plafond.

« La clé qui permet de s'exprimer, c'est le style et chaque femme devrait cultiver le sien. Toutes les lectrices sont importantes, parce qu'elles sont des individus et nous voulons encourager l'individualité. D'un autre côté, chaque lectrice est une composante d'une gigantesque force économique. Qui sont les consommateurs de ce pays ? Pas Jackie, pas Zsa Zsa, pas Liz. L'ensemble des Américaines constitue certainement la plus grande masse de détenteurs de capitaux au monde. *Verve !* veut non seulement leur apprendre à dépenser leur argent, mais aussi à le gagner et à le multiplier. Il est temps que les femmes se mettent à penser plus à l'argent et qu'elles en aient davantage à leur disposition. Nous avons l'intention d'être très clairs sur ce point. »

Judy espérait que le magazine apporterait à ses lectrices le soutien qu'elle-même avait trouvé en Kate, en Maxine et en Pagan. Toutes les quatre ensemble, elles avaient mutuellement su tirer le meilleur de chacune d'elles. Que seraient-elles devenues les unes sans les autres ? Kate était la seule à posséder un réel talent, mais elle était discrète et timorée comme une petite souris. Sans Judy pour la pousser, elle serait restée une malheureuse divorcée dépensant trop d'argent chez Harrods. Sans Kate, Pagan serait encore une paumée, élevée dans un monde de privilèges où elle ne s'était jamais sentie à l'aise. Maxine, il est vrai, avait fait son chemin grâce à sa volonté et à son acharnement, mais elle n'aurait jamais connu une renommée mondiale si Judy n'avait pas pris l'affaire en main. Quant à Judy elle-même, malgré sa volonté de réussir, elle n'aurait jamais monté sa propre affaire si Maxine ne l'y avait pas poussée. Seules, elles se seraient laissé dominer par leurs faiblesses Ensemble, elles avaient de la force, de la vivacité et du style, toutes choses que *Verve !* se promettait bien de mettre en avant, avec toute l'insistance possible.

# 49

« Voulez-vous savoir ce qui séduit une femme chez un homme ? Je viens de recevoir les résultats du sondage », déclara Kate en regardant les visages intéressés qui l'entouraient.

On était treize semaines après le cocktail des Quatre-Saisons et trois semaines avant la parution du premier numéro.

« Ce qui séduit les femmes et ce que les hommes s'imaginent qui les séduit est totalement différent. Vingt-deux pour cent des hommes interrogés pensent que c'est un renflement prononcé sous un pantalon très serré, mais seulement trois pour cent des femmes sont de cet avis. »

Gloussements généralisés. *Verve !* débutait avec une équipe réduite de quatorze personnes à plein temps et trois rédacteurs indépendants.

« Les hommes n'estiment pas que le fait d'être mince soit capital pour eux, mais la majorité des femmes pensent que c'est une chose essentielle », poursuivit Kate.

La vie est une vraie fête, pensa-t-elle après la réunion. Mais ce n'était pas le genre de fête que ses lectrices imaginaient. *Verve !* demandait un travail acharné. C'était ça la plus belle fête. Le lancement de ce magazine lui semblait l'aventure la plus stimulante de sa vie et, malgré son épuisement, c'était toujours à regret qu'elle quittait son travail, le soir venu.

Il n'y avait qu'une ombre au tableau. Elle ne s'entendait pas très bien avec Tom. Il avait passé toute sa jeunesse sur la côte ouest et, avant de s'associer avec Judy, il avait travaillé dans l'industrie cinématographique, ce qui avait inévitablement coloré son attitude envers les femmes. Il ne pouvait s'empêcher de les classer en deux catégories ; les mères et les poules. Il était également possible de les considérer comme des biens meubles susceptibles, par conséquent, de créer des soucis. Il fallait les traiter avec circonspection, un peu comme des petits fauves. Pour Tom, Judy était un bien de grand prix. Quant à Kate, elle n'avait pas encore fait la preuve de ce qu'elle valait. Tom n'arrivait pas à la définir. Sans doute, elle avait écrit ce bouquin qui avait fait d'elle une petite célébrité, mais cela ne voulait pas dire qu'elle allait lui faire gagner de l'argent.

Ainsi, Tom et Kate se heurtaient sans cesse, jusqu'au moment où Judy entreprit de calmer son amie.

« Tu comprends, Kate, les commanditaires sont des gens difficiles. Tom parvient à leur plaire parce qu'il pense exactement comme eux. C'est lui qui s'occupe de tous ces emmerdements, ce qui nous permet de faire avancer le travail. N'oublie pas que tu as pour tâche de sortir un journal sur *son* budget, lui dit-elle en la prenant par les épaules. Sa tâche à lui, c'est de réaliser des bénéfices et il s'y entend très, très bien, ce qui ne serait peut-être pas le cas si c'était le genre de type décontracté que tu aimes. »

A mesure que le jour de la parution du premier numéro approchait, les rugissements de Tom se faisaient de plus en plus fréquents. La violence, qu'elle fût verbale ou physique, avait toujours épouvanté Kate. Enfant, elle ne laissait jamais éclater sa rage et, devant la fureur paternelle, elle rentrait toujours dans sa coquille. Adulte, elle continuait à se recroqueviller dès qu'on haussait le ton.

Cependant, elle ne pardonnait rien et n'oubliait rien. Elle accumulait et tenait le compte de tout et, au lieu de se décharger de sa colère en criant une bonne fois, elle amassait son ressentiment jusqu'au jour où tout explosait.

# 50

Tous les gens qui comptaient vinrent au cocktail d'inauguration de *Verve*! Il y avait une foule de célébrités, des directeurs d'agences et beaucoup de gros publicitaires — environ cinq cents personnes, au total. Tous les grands chroniqueurs étaient là, les quotidiens avaient envoyé un représentant, ainsi que *Time, Newsweek* et la presse commerciale. On n'avait pas fait venir la télévision, mais c'était sans doute aussi bien, car les câbles et les projecteurs auraient pu troubler l'atmosphère de cette réception et, de toute manière, Kate et Pat avaient déjà été invitées à des émissions télévisées, à l'heure du petit déjeuner.

La salle était remplie du bourdonnement des voix, du tintement des verres et la fumée des cigares se mélangeait à l'odeur des parfums. Le champagne coulait à flots. Et pourtant, ce moment que Kate attendait depuis des mois la laissait étrangement déprimée. Elle aurait préféré voir cet argent dépensé pour le journal. Elle avait les traits tirés et faisait une tête d'enterrement. Tom vint alors vers elle.

« Allons, reprenez-vous, nous venons de faire un lancement très réussi et votre réaction est tout à fait normale et compréhensible. Vous passez en ce moment par une phase dépressive qui accompagne une grande fatigue et qui fait suite à un labeur acharné couronné de succès. » Kate ne se déridait pas. « Je sais bien que pour vous, c'est du réchauffé. Depuis trois mois, vous ne pensez à rien d'autre. On a sondé au préalable tous les invités ; ce sont de bons clients en puissance et beaucoup d'entre eux ont déjà accepté de nous apporter leur concours. Rendez-vous compte, Kate, vous voici désormais copropriétaire d'un magazine bien vivant.

— C'est seulement la fatigue et le mal du pays, aussi me suis-je soudain sentie très seule, répondit Kate, les larmes aux yeux. Walton Street me manque, Londres me manque et Scotty, par-dessus tout.

— Ah! c'est dur de grandir. Je crois que je ferais mieux de vous ramener chez vous. »

« Je vais me servir quelque chose de vrai, déclara Tom en arrivant chez Kate. J'ai horreur de ce machin gazeux. Mettez-vous au lit et quand vous vous sentirez mieux, je vous ferai monter à manger.

— Je serais bien incapable d'avaler quoi que ce soit, Tom, mais il y a des trucs froids dans le frigo. »

Au bout d'un moment, Tom arriva dans sa chambre avec un plateau où il y avait du café, des beignets rassis, une branche de céleri ramollie et un bol de soupe.

« Je vous promets de faire mieux la prochaine fois », lui dit-il tout en sirotant son whisky, confortablement assis dans un profond fauteuil recouvert de cotonnade bleue. En voyant Kate chipoter dans son assiette, il se demandait comment il allait pouvoir l'égayer un peu.

« Est-ce que vous réalisez que pendant ces trois derniers mois, nous avons passé plus de temps ensemble que la moyenne des couples mariés, Kate ? » Il se pencha, les coudes sur les genoux et ajouta d'un air très convaincu : « Je ne sais pas, non plus, si vous réalisez que vous m'avez obligé à reconsidérer bon nombre de mes vieilles idées. Je vous avais sous-estimée, vous, vos idées, votre originalité et votre expérience. Pour moi, vous n'étiez que la copine anglaise de Judy et je n'avais pas l'impression que nous avions besoin de vous. Mais maintenant que je vous ai vue en action, je suis très impressionné. Je suis désolée de m'être conduit de façon si brusque, si cavalière, bref comme un vrai goujat.

— J'aime bien les goujats. C'est encore un de mes problèmes.

— Et l'un des miens, c'est que je n'obtiens jamais de résultats si je ne me conduis pas en goujat. Bon, maintenant, il faut dormir. A demain. »

Le lendemain matin, elle se sentait beaucoup mieux et elle était sur le point de se lever quand l'interphone se mit à sonner.

« Il y a un gars en bas avec des fleurs.

— Faites-le monter », répondit Kate en pensant que c'était un livreur. Mais, à sa grande surprise, elle vit la tête de Tom apparaître derrière une brassée mousseuse de mimosas et un sac en papier contenant du café, des galettes, du saumon fumé et du fromage blanc.

« Salut, voilà le petit déjeuner. Retournez vous coucher », lui dit-il en lui remettant les journaux du matin. On parlait d'eux dans tous les quotidiens. Kate se sentit tout de suite mieux.

« J'ai un peu honte pour hier soir. Quand je suis fatiguée, j'ai tendance à pleurer.

— N'en parlons plus. Ce qui m'intrigue, chez vous, c'est que vous êtes un curieux mélange de force et de vulnérabilité. Vous êtes dure sans être masculine ; vous travaillez avec autant d'acharnement que Judy, et ce n'est pas peu dire, et pourtant, vous êtes très fragile sur certains points. Je sais que vous ne voudrez pas le reconnaître, mais vous avez besoin qu'on s'occupe de vous.

— Mais on s'occupe de moi, répliqua Kate en souriant. Heureusement que c'est samedi.

— Il va falloir que j'aille au bureau très bientôt.

— Moi aussi. »

Elle était un peu pâle mais elle semblait contente d'elle-même, appuyée contre les oreillers, dans son déshabillé de dentelle blanche. En la voyant ainsi, Tom comprit brusquement qu'il allait lui faire l'amour. Le plateau s'écrasa par terre et les galettes voltigèrent à travers la chambre.

Après quelques secondes de saisissement, Kate sentit les mains de Tom sur elle, sa bouche dure sur la sienne, l'odeur de sa chemise fraîchement repassée et sa tiédeur d'homme. Elle n'eut même pas le temps de se sentir gênée, car déjà ses mains exploraient son corps par-dessus la dentelle.

« Je ne pense pas que ce soit une bonne idée, murmura-t-elle.

— Et moi, je trouve que c'est une très bonne idée, lui chuchota Tom, la bouche dans ses cheveux.

— Je croyais que vous étiez contre la fornication entre collègues...

— Oui, c'est de la folie, reconnut joyeusement Tom en cherchant ses seins. Si vous ne défaites pas ce machin vous-même, je vais être obligé de le déchirer. »

Kate se dévêtit en se tortillant et il se mit à la caresser avec une tendresse possessive. Pendant qu'il déboutonnait sa chemise et enlevait sa cravate, sa bouche ne quitta pas ses lèvres, puis elle sentit sa poitrine contre la sienne et l'odeur érotique de paille fraîche de ses aisselles. Elle y nicha sa tête, humant le soyeux duvet. Ils étaient allongés, nus, l'un contre l'autre, s'émerveillant tous deux de la chaleur du corps de l'autre, se touchant mutuellement et explorant chaque courbe de leurs membres.

Tom se glissa lentement sur elle et elle sentit sa chaleur la pénétrer. Il remua d'abord doucement, puis avec une vigueur accrue, ses jambes rugueuses contre ses cuisses souples, sa bouche écrasant la sienne, ses mains larges enserrant ses seins et cherchant les pointes beiges qui se durcissaient sous sa caresse.

Elle éprouvait à la fois une grande ivresse et un calme étrange.

Son corps était fait pour Tom, c'était évident ; pour cet homme rude et tendre, son amour. Son amour ?

La sonnette d'alarme se mit soudain à tinter. Kate poussa un petit cri et s'immobilisa.

« Que se passe-t-il ? murmura Tom.

— C'est que je ne voudrais pas que ça devienne trop sérieux.

— Mais non, bien sûr », lui chuchota-t-il. Il se mit à lui caresser doucement les seins ; elle frissonna sous lui et, lentement, se laissa entraîner vers des abîmes de chaude sensualité. A mesure que leur frénésie s'accroissait, elle sentait le souffle tiède de Tom lui effleurer l'oreille, son corps dur et insistant sur le sien, puis, soudain, elle se retrouva accrochée au plafond, étrangement indifférente à la scène qui se déroulait sous elle.

Ensuite, ils demeurèrent enlacés ; un léger relent de sperme fade montait des draps froissés.

« Mmmmm, mmmm…, murmura-t-il en la serrant contre lui. Mais quel dommage que tu n'aies pas joui.

— Mais si.

— Mais non, ma chérie. Ça ne m'ennuie pas que tu ne jouisses pas ; ce qui m'ennuie c'est que tu fasses semblant. Qu'est-ce qui cloche ? »

Il l'embrassa et lui caressa tendrement les épaules. Ses mains se mirent à descendre lentement le long de son corps et se posèrent sur la petite touffe sombre dans un mouvement léger et répétitif, jusqu'à ce que, enfin, elle se cambre vers lui sous l'effet du plaisir, avant de retomber, molle, dans ses bras musclés.

Quand elle se réveilla, elle sentit les lèvres de Tom sur sa petite fente secrète, sa langue caressant doucement la petite perle rose et son visage enfoui dans les plis délicats qui l'entouraient. De la chair tendre, moelleuse, rose sur rose, exquise et tourbillonnante inconscience sombrant dans une mer caressante.

« Quelle merveilleuse façon de se réveiller », murmura Kate, prête à s'endormir de nouveau.

Après avoir décroché le téléphone, ils allèrent prendre une douche ensemble, imaginèrent de faire l'amour dessous, puis constatèrent qu'il était fort incommode de se livrer à ce petit jeu sous l'eau et dans un bac glissant.

Ils se réfugièrent alors dans les draps froissés. On dirait les Alpes vues d'avion, songea Kate l'espace d'un instant, avant que toute pensée fût balayée de son esprit pour laisser uniquement place aux sensations.

Il était six heures. L'aube pâle du lundi commençait à poindre.

« Tu es vraiment extraordinaire, déclara Tom. Je n'ai plus envie de rien ni de personne. Que tout ça reste en dehors du travail, hein ? »

Naturellement, cela s'avéra impossible. Cette Kate du lundi, toute rayonnante, est bien différente de la petite Kate pâlotte de vendredi, pensa Judy. Tom n'avait pas mis les pieds au bureau de tout le week-end et elle lui avait laissé message sur message, avec une irritation croissante. Impossible de les joindre l'un et l'autre, conclut-elle.

Au cours de la journée, Kate s'arrangea pour se renseigner sur la femme de Tom, comme si de rien n'était.

« C'est l'Américaine type, répondit Judy. Vingt-trois ans, cheveux blonds, taille de guêpe, radieuse comme le jour, enfin, tu vois... Je plaisante, en réalité, la malheureuse a quatre-vingt-cinq ans, elle n'a plus qu'un œil, pas de dents et treize adorables marmots affamés... Non, soyons sérieux, ils se sont séparés avant que je m'associe avec Tom. C'est une fille très bien ; il n'y a rien à redire sur son compte ; une sorte de princesse juive trop gâtée, effroyablement bavarde et très portée sur l'alimentation macrobiotique et tout le tintouin. Leurs deux fils sont très chouettes. Tom n'en parle jamais, mais il essaie de les voir le plus possible. »

Quand elle était avec Tom, Kate éprouvait à son égard un amour irrésistible et apparemment irréversible. Ce sentiment ne ressemblait pas au désir puéril qu'elle avait eu d'être la femme de Robert, ni à l'infatuation admirative que lui avait inspirée Toby. Il s'agissait, cette fois, d'un attachement tendre et grandissant. Elle ne se sentait pas prise au piège ; elle ne se sentait ni humble ni soumise. Elle n'avait pas envie de tomber à genoux devant lui pour l'adorer comme une divinité et elle n'avait pas l'impression de s'imposer une transformation pour lui complaire. Pas une seule fois, elle n'éprouva le besoin de griffonner Kate Schwartz, ou Mrs. Tom Schwartz, ni même Kate Ryan-Schwartz. Son seul désir, c'était d'être avec lui aussi souvent que c'était possible et au diable l'avenir. Du jour au lendemain, elle abandonna ses stricts tailleurs bleu marine qu'elle troqua contre un ensemble de Saint-Laurent en toile améthyste qu'elle portait sans rien dessous. Peu après, elle arriva au bureau dans une tenue de sport en jersey orange. Cela ne faisait de mystère pour personne qu'elle était amoureuse.

Tom se mit, lui aussi, à changer d'un seul coup. Il devenait plus aimable et plus conciliant ; on le voyait sourire pendant les heures de bureau et son humeur sarcastique s'était fortement adoucie. Il se montrait aimant et généreux envers Kate. Conscient de sa réputation de pingre, il faisait tout pour se corriger et elle lui en savait particulièrement gré.

De toute manière, elle n'avait pas envie qu'on lui offre des émeraudes ; elle n'en avait pas besoin. C'était uniquement de Tom qu'elle avait besoin.

Le premier numéro de *Verve !* parut avec une bonne couverture mais il était mal imprimé. Le budget avait été largement dépassé et les annonces étaient peu nombreuses. Cependant, tous ceux qui avaient contribué à sa fabrication étaient saisis d'une joie secrète en voyant des femmes le lire dans le bus ou en surprenant quelqu'un en train de l'acheter dans un kiosque.

Dans le second numéro, les textes et les photos étaient meilleurs et il y avait de prodigieux articles traitant de la beauté ; mais, cette fois encore, le magazine était mal imprimé. Les annonces étaient toujours rares et il fut mis en vente avec un jour de retard.

Le troisième numéro est toujours un test ; c'est à ce moment que la curiosité initiale retombe. Il fallait donc frapper un grand coup. Pat mit en branle tout son réseau parallèle secret — des journalistes employés dans d'autres publications, mais désirant se faire des petits à-côtés grâce à un travail anonyme et officieux. Ce troisième numéro resta encore maigre en publicité parce que les agences n'étaient pas disposées à faire passer des annonces dans les premiers numéros d'un magazine qui avait déjà perdu de sa nouveauté sans s'être encore fermement implanté. Ils se réservaient en attendant de voir si *Verve !* allait se révéler un bon support publicitaire.

La couverture du troisième numéro était consacrée à Jane Fonda. On y publiait aussi une grande enquête intitulée « Comment profiter de votre homme au lit », en rapport avec un sondage sur le plaisir sexuel.

Au quatrième numéro, les annonces se mirent à pleuvoir. *Verve !* était lancé.

Ce tout nouveau bonheur effrayait Kate. Tout allait trop bien ; elle avait peur de redevenir vulnérable et de s'avouer qu'elle était amoureuse. Elle hésitait à se donner tout entière. Afin d'éprouver la force de ses sentiments pour Tom, elle se mit à sortir avec d'autres hommes, un peu comme certaines femmes flirtent au nez de leur mari avec des hommes qui ne les intéressent pas le moins du monde. Elle n'avait aucun mal à trouver des soupirants car le succès est un puissant aphrodisiaque. En outre, à trente-neuf ans, l'attraction sexuelle qu'elle exerçait était aussi forte que lorsqu'elle en avait dix-sept. Elle annulait ses rendez-vous avec Tom à la dernière minute et elle laissait en évidence des chemises d'hommes et des rasoirs, quand il venait passez la nuit chez elle.

Tom se grattait alors la tête et faisait l'aveugle. En dehors de Scotty, peut-être, il était le seul homme à l'aimer sincèrement et non à être simplement attiré physiquement par elle. Il l'aimait pour ce qu'elle était et ne demandait pas ce qu'elle semblait incapable de lui donner : sa confiance. Aussi, bien que cela lui fût difficile, Tom ignorait-il sa conduite exaspérante ; il ignorait les silhouettes masculines entrevues dans le couloir et tous les autres petits pièges destinés à mettre son amour à l'épreuve. Il comprenait, mieux qu'elle-même encore, le sentiment d'insécurité dont elle était victime pour la bonne raison qu'il l'avait connu, lui aussi.

Un samedi après-midi, comme Kate lui avait posé une question sur sa famille, Tom se croisa les mains derrière la nuque et s'expliqua.

« Dans une certaine mesure je comprends ce que tu éprouves vis-à-vis de ton père, parce que moi c'est à ma mère que j'en voulais. C'était une maîtresse femme typiquement ukrainienne. Quand je demandais quelque chose à mon père, il me disait : " Va en parler à ta mère ". Il était très grand et très fort — il avait été lutteur professionnel et jamais il ne levait la main sur ma mère ou sur moi, de peur de nous faire vraiment mal. Ma mère le savait et elle en profitait pour tout diriger dans la maison. Elle lui laissait absolument le droit de juger si Roosevelt avait eu raison de nommer Eisenhower commandant en chef des forces en Europe, mais pas celui de dire si j'avais ou non besoin de chaussures neuves, car c'était elle qui prenait toutes les décisions. Je souffrais beaucoup de cette domination totale qu'elle exerçait sur lui et de la façon dont elle le lui jetait à la figure. Pendant dix-sept ans, jusqu'à sa mort, ils se disputèrent tous les jours, sans exception. Je lui en veux encore pour ces querelles et aussi parce qu'elle critiquait toujours tout ce que je faisais. Rien n'était jamais assez bien à ses yeux. Je me sentais coupable de ne pas être à la hauteur et coupable de lui en vouloir.

— C'était exactement pareil pour moi. Et alors, comment as-tu fait pour t'en sortir ?

— Attends, je vais te montrer. » Il l'écarta doucement, sauta du lit et revint une seconde après, son portefeuille à la main. « Regarde ça. » Il sortit une carte de visite sur laquelle étaient griffonnés en lettres majuscules ces mots : MERDE AU SENTIMENT DE CULPABILITÉ.

« J'ai appris à accepter la culpabilité, puis à l'oublier. Parfois, je suis obligé de faire des excuses, parfois je dois me racheter d'une scélératesse que j'ai commise. Mais ensuite, je continue mon petit bonhomme de chemin et là-haut, dans le grand bureau des comptes, j'imagine qu'un ange est en train de dresser un tableau des profits et pertes à mon sujet et je suis certain qu'en ultime ressort, il fera apparaître un bénéfice très net. »

De l'autre côté de la carte, était écrite la phrase suivante : JE LES EMMERDE TOUS.

« Ça m'aide à garder mon sang-froid, expliqua Tom. Ça m'empêche de faire trop attention à l'opinion des autres et à m'en tenir à la mienne propre. »

Kate vint se blottir contre lui.

« Il y a encore une chose dont j'aimerais que nous parlions, poursuivit-il d'un ton calme. Je te serais reconnaissant de ne plus simuler l'orgasme avec moi. Garde ça pour les beaux costauds poilus qui laissent traîner leurs chemises chez toi.

— Je ne fais pas toujours semblant, maugréa-t-elle, après un instant de silence.

— Je sais », reconnut-il en l'attirant contre lui et en lui caressant doucement les cheveux tandis qu'il lui disait une chose qu'il gardait en réserve depuis longtemps.

« Kate, ma chérie, l'amour physique est la relation la plus intime qui puisse exister entre deux êtres et faire semblant, c'est mentir. Je ne comprends pas pourquoi les femmes font une chose pareille, ajouta-t-il avec un soupir exaspéré.

— Par politesse, envie de dormir ou sentiment d'infériorité, se défendit Kate. Dans mon cas, c'est sans doute par peur de ne pas être dans les temps. Je n'y arrive pas en trois minutes neuf secondes, c'est le temps moyen, je crois.

— Et alors ? Quel est l'intérêt ? Pourquoi ne m'aides-tu pas ? A quoi ça t'avance de faire semblant ? Tu te sabotes, toi et ce qu'il y a entre nous, parce que tu es trop collet monté pour me dire ce que tu veux que je fasse, vilaine petite prude. » Il lui mordilla le bout de l'oreille. « Tu as droit à l'orgasme autant qu'un homme et toi seule peut trouver comment y parvenir. Tu sais ce qui te plaît et c'est à toi de me le dire, sinon comment veux-tu que je le devine ? »

Kate se livra un peu et, progressivement, elle se livra davantage. Alors, Tom entra en action et déballa tout son répertoire. Il se mit d'abord sur elle, puis elle sur lui. Ensuite, ils firent un essai sur la table de la cuisine et ne réussirent qu'à renverser la bouteille de lait, à la suite de quoi ils s'installèrent sur le tapis du séjour où ils prirent les soixante-neuf positions. Après cela, Tom empala Kate et fit ainsi le tour de la pièce en vacillant, sans cesser de lui demander ses impressions, s'il devait faire plus vite, plus lentement ou plus doucement.

« Alors, c'était comment cette fois ? », lui demanda tendrement Tom. Elle allait lui répondre " merveilleux ", quand elle s'entendit dire : « ... Chéri, puisque nous avons décidé de nous dire la vérité... j'ai trouvé que c'était un peu long et artificiel. »

Un éclair de panique apparut dans le regard de Tom, suivi par une expression à la fois agressive et défensive qui semblait dire qu'il allait mettre à mal cette personne qui l'attaquait au moment où il se livrait sans défense et où il lui avait sorti le grand jeu. Il ouvrit la bouche, prêt à la déchirer de telle façon qu'elle ne pourrait jamais plus s'en remettre mais, soudain, il parut réfléchir. Alors, son visage se détendit et il murmura :

« Je vois ce que tu veux dire.

— Je crois que je t'aime mieux que ça, fit Kate d'une voix hésitante.

— Je crois qu'on s'aime suffisamment tous les deux pour ne pas jouer à ces petits jeux. »

Tout à coup, Kate s'aperçut qu'elle n'avait plus peur qu'il la méprise ou qu'il la quitte si elle ne donnait pas bien la réplique. Elle ne ressentait plus le besoin de l'impressionner ou de gagner son approbation.

Elle se coucha à plat ventre sur le tapis, le menton dans les mains.

« En définitive, ce qui me plaît vraiment, ce sont toutes ces vieilles fadaises. Les bougies, la mousseline, me sentir serrée contre une poitrine virile par des bras musclés, avoir l'impression que la mer résonne dans mes oreilles et que de grandes vagues viennent se briser sur la plage tandis que je sombre et qu'il me murmure d'une voix chaude : Ah, chérie, jamais je n'aurais cru que ce serait si merveilleux. »

Elle se retourna vers Tom qui était lui aussi allongé sur le tapis et ajouta : « Des trucs à l'eau de rose, voilà ce qu'il me faut.

— Si je me mettais à te débiter ce genre de fadaises, tu me rirais au nez, répliqua Tom d'un air convaincu. Et, par-dessus le marché, je me ferais l'effet d'être un imbécile. Je ne sais pas trop comment je vais aiguiller notre conversation, mais je te promets que nous irons passer le prochain week-end au pays des histoires à l'eau de rose.

— ... au bord de la mer ?

— Dans le Connecticut. Tu auras tout : les plages de sable, les

448

vagues écumantes, les repas de langoustes et les chevauchées sur un cheval blanc, enfin, tout le tralala. »

Le vendredi suivant, ils arrivèrent en fin de journée dans une maison au bord de la mer qui appartenait à un ami de Tom. Le samedi, ils gambadèrent sur la plage, escaladèrent les rochers gris tandis que le vent les fouettait au visage, se léchèrent mutuellement le sel sur les lèvres et coururent pieds nus et le pantalon roulé sur les jambes, le long de la ligne festonnée de l'océan. Le dimanche Tom essaya, sans y parvenir, de grimper à un pin, puis ils partirent faire une promenade à cheval. (A New York, Tom avait passé plus d'une heure au téléphone pour qu'on leur amène des chevaux après le petit déjeuner.) Tom n'était monté à cheval qu'une seule fois dans sa vie, quand il était adolescent, à l'occasion d'un week-end passé dans un ranch-hôtel, près d'El Paso. Kate commença par l'amuser avec son petit trot anglais compassé, puis elle le stupéfia quand elle fit franchir à son cheval bai, une patte après l'autre, un tronc d'arbre couché. Tom ne parvenait pas à faire bouger sa jument.

« Relève les rênes et sers-toi de tes jambes. Presse-lui les flancs avec tes cuisses », lui conseilla Kate. Tom obéit et la jument partit à fond de train comme si on lui avait mis le feu à la queue. Tom réussit, sans trop savoir comment, à rester en selle ; Kate le rattrapa et lui hurla : « Assieds-toi et serre-le doucement avec les mains. » La jument s'arrêta alors brusquement, comme si on avait appuyé sur un bouton et Tom dégringola par-dessus sa tête.

Le soir, après avoir bu du vin blanc et mangé la langouste obligatoire devant la cheminée, Tom porta Kate dans la chambre à coucher. On entendit le vent siffler autour de la maison et la pluie battre contre les carreaux. Ils se blottirent sous la courtepointe fleurie et Tom commença à la caresser.

« Trop fatiguée, trop sommeil », murmura Kate, ce qui n'empêcha pas Tom de continuer ses caresses et de se glisser en elle.

Et, tout à coup, dans le brouillard ensommeillé où elle voguait, Kate comprit que la chose allait se produire. C'était exactement ce qu'elle avait pu lire : de puissantes vagues de fond, plutôt que l'orgasme direct et violent qu'elle avait connu jusqu'à présent. C'était indubitablement différent et elle était certaine que c'était enfin arrivé.

Elle se sentit envahie d'une grande fierté, entoura Tom de ses bras et le serra très fort. Jamais, jamais, elle ne le laisserait partir.

« J'y suis arrivée ! J'y suis arrivée ! cria-t-elle.

— Non, c'est moi qui y suis arrivé.

« — Enfin, c'est nous.

— Je savais bien que ça marcherait une fois que tu serais véritablement détendue », conclut Tom avec une profonde satisfaction.

# 51

Kate et Judy attendaient Tom avec une irritation croissante. Elles allaient être en retard pour le premier acte de *La Bohème*, acte qui renfermait la majorité des plus beaux airs.

« Mais, bon sang, pourquoi ne téléphone-t-il pas ? Après tout, on fête ton quarantième anniversaire, Kate... et ce n'est pas comme si la troupe de la Scala venait au Metropolitan tous les quinze jours, gémit Judy.

— Il se réjouissait de cette soirée tout autant que nous, mais il ignorait jusqu'à quelle heure se prolongerait la conférence médicale. De plus, tu sais bien qu'il voulait s'entretenir ensuite avec quelques médecins. Après tout, c'est toi qui as mis toute cette affaire en branle et qui l'as incité à vendre les actions Hoffman-La Roche. » Kate se renversa contre le dossier du canapé de daim et considéra Judy à travers l'écran des fleurs jaunes posées sur une table basse en verre fumé.

La pièce était peu éclairée. Au lieu d'utiliser des lampes, Kate créait une atmosphère de circonstance grâce à un système compliqué de spots fixés au plafond : un seul faisceau quand elle écoutait du Sibelius avec Tom et toute une série de minces rayons lumineux pour éclairer la collection d'art mexicain, quand elle recevait des amis.

Brusquement, tandis qu'elles étaient là à attendre Tom, une sensation aiguë et sournoise s'empara de Judy, une sorte de morsure perfide qu'à sa grande surprise elle identifia immédiatement comme étant de la jalousie, de la jalousie vis-à-vis de Kate. Judy avait un appartement aussi luxueux que celui de Kate ; elle avait aussi bien réussi ; d'une manière différente, elle était tout aussi séduisante ; comme elle, elle aimait et elle était passionnément aimée en retour. La seule différence, c'était que Kate vivait avec Tom ; ils dormaient ensemble sans faire automatiquement l'amour et, le matin, ils se réveillaient ensemble en bâillant de concert. Kate savait à quoi ressemblait Tom quand il avait la grippe et lui, il était aux petits soins pour elle quand elle avait des règles douloureuses. Judy rêvait de partager une telle intimité avec Griffin. Kate avait un homme, Maxine avait fait un mariage heureux, tout comme Pagan, maintenant que la médecine avait pris le parti d'encourager les cardiaques à faire l'amour. En revanche, Judy n'avait pas ce que la majorité des femmes considérait comme une chose allant de soi, une fois qu'elle leur était accordée. Judy avait honte d'éprouver un tel sentiment, mais elle ne pouvait s'en empêcher.

« Quand Tom a acheté les actions Hoffman-La Roche, personne ne se doutait du mal que pouvaient faire les tranquillisants, reprit Kate, après un moment de silence. On les considérait alors comme un remède idéal dans un monde en proie au surmenage et au stress, où les psychothérapeutes et les maisons de santé n'étaient pas assez nombreux. » Elle s'empara d'une petite boîte à pilules du xviiie siècle, incrustée d'ambre, et en examina le motif sans le voir. « Tu sais que Tom juge qu'il n'y a rien d'immoral dans les tranquillisants, il pense seulement qu'ils ne sont pas prescrits et consommés avec suffisamment de précautions. » Elle fit claquer le couvercle de la boîte. « Ses vingt actions valent aujourd'hui trois fois leur prix d'achat et toi aussi, tu as bénéficié de la hausse du franc suisse en 1972, il me semble ; ce qui donne près d'un million de dollars de bénéfice pour un seul coup. Il te trouve bien ingrate de te plaindre, ajouta-t-elle, en regardant Judy droit dans les yeux. Après tout, il n'a pas toujours autant de chance et il a l'intention de s'accrocher.

— Peut-être, mais ce n'est pas comme si c'était sa seule opération, répliqua Judy. Nous nageons au milieu des sociétés d'engineering, d'électronique et de produits pharmaceutiques, soupira-t-elle, en prenant un ours russe en émail posé à côté d'elle sur une table basse en cèdre. Vous avez de si jolies choses, un si bel appartement et pourtant, Tom semble être tellement pessimiste pour l'avenir. Il voit les Américains assiégés sur le front de l'énergie, militarisés à outrance et abrutis de tranquillisants, pendant qu'ils font le compte de leur taux d'intérêt sur des calculatrices de poche. »

La porte de l'entrée claqua, Tom arriva en trombe, les embrassa toutes les deux et courut se changer.

« Vous imaginez combien je suis désolé d'être en retard », leur cria-t-il en apparaissant dans l'embrasure de la pièce. « Kate, pourrais-tu m'arranger ce nœud ? Oui, Judy, je vends les actions Hoffman-La Roche, non que j'aie changé d'avis, mais c'est un très gros gain. Je crois d'ailleurs que je vais tout garder en francs suisses ; il n'y a pas de raison que cette tendance à la hausse s'arrête. Kate, sais-tu où sont passés mes boutons de manchette ? Griffin n'est pas là ?

— Il n'a pas pu se libérer. Ah ! sa femme et son foutu gala de bienfaisance ! » Judy rêvait d'entendre Griffin lui réclamer ses boutons de manchette et lui demander d'arranger sa cravate. En voyant Kate rabattre le col de la chemise de Tom et lui fixer son nœud noir, elle regrettait de ne pas connaître cette intimité banale.

Griffin et Judy étaient ensemble depuis quatre ans. Par deux fois, ils s'étaient violemment disputés et avaient rompu. La première fois, au bout d'un an, après une scène fulgurante à cause de la possessivité de Griffin et la seconde, un an plus tard, le jour où Delia, la femme de Griffin, s'était finalement rebellée et avait exigé que son mari renonce à Judy. Elle n'avait pas fait trop de cas des mannequins, mais la liaison ouverte de Griffin avec une femme qui avait fait sa place dans la société la plongeait dans l'amertume et l'humiliation. Au nom de leur famille et des années passées ensemble, elle voulait qu'ils tentent de se réconcilier totalement et de reprendre une véritable vie commune. Les enfants étaient venus à la rescousse. Le fils aîné s'était montré dur et méprisant et la fille si peu compréhensive qu'il avait craqué et s'était mis à pleurer.

Malgré leur bonne volonté, ils savaient parfaitement, tous les deux, qu'ils essayaient de ranimer des cendres éteintes et, finalement, Griffin avait demandé à sa femme de consentir au divorce, aux conditions qu'elle exigerait. Elle accepta de mener une vie séparée mais elle le supplia de rester à la maison à cause des enfants. Delia refusait de voir sa famille se désagréger, quoi qu'il arrive et quand Griffin lui avait fait remarquer que leur plus jeune fils avait quinze ans et qu'il n'allait sûrement pas tarder à les quitter, elle l'avait menacé de se suicider et fait intervenir son médecin. Depuis lors, ils vivaient comme frère et sœur sous le même toit.

Comme frère et sœur, vraiment ? se demandait parfois Judy. Les hommes prétendent toujours qu'ils ne font pas l'amour avec leur femme, mais ce n'est pas vrai. Après tout, que peuvent-ils dire d'autre ?

Quand le rideau tomba sur le dernier acte, Judy sentit revenir sa tristesse, ces serrements de cœur qu'elle attribuait à sa sentimentalité, ce besoin de partager la vie de Griffin et pas seulement de le voir souvent. Comme toujours quand elle devait lutter contre la morosité, elle se fit un peu agressive.

Tom était fort dépité de voir que la nouvelle qu'il avait annoncée le matin (le gain d'un million de dollars) et celle qu'il venait de leur communiquer le soir même (à savoir qu'il avait fait ce que souhaitait Judy) n'avaient pas reçu plus d'écho. Au moment où ils s'installaient tous les trois à une table des Quatre-Saisons, il haussa les épaules et, sans s'adresser à l'une d'elles en particulier, il lança :

« Bien entendu, je ne m'attendais pas à des remerciements.

— Je te remercie pour certaines choses et je ne te remercie pas pour d'autres », bougonna Judy, les yeux fixés sur les décorations métalliques qui miroitaient comme des gerbes d'eau. Elle aurait préféré un endroit plus gai ; en fait, elle aimait les Quatre-Saisons pour déjeuner mais pas pour dîner.

« Je suis ravie de ne plus être pauvre, c'est certain, poursuivit-elle. Mais nous sommes associés depuis neuf ans et tu ne t'intéresses plus du tout ni à SOIE ni à *Verve !* Ton unique souci, c'est de gagner de l'argent. Moi, ce que je veux, c'est me libérer de ma dette afin de pouvoir dormir la nuit sans avoir à penser à tout l'argent que nous devons.

— Voilà neuf ans que je te répète que tes vertus démodées sont des pièges à pauvreté. » Tom se mit à singer une voix de femme traînante et niaise. « Économisez avant d'acheter quoi que ce soit ; n'empruntez jamais ; n'achetez jamais d'appartement, car il vaut mieux louer et si jamais vous parvenez à mettre de l'argent de côté, placez-le en bons du trésor… J'ai fait de toi une femme riche et tu ne sais que te lamenter. Tu n'as donc plus rien dans le ventre ?

— Ne parlons pas de ce que j'ai dans le ventre ; moi je sais ce que tu as dans le cœur : un tas de tirelires nommées Wall Street.

— C'est triste de voir une femme timorée et pauvre devenir timorée et riche. Au début, tu visais plus haut, souviens-toi. Il ne faut pas t'affoler parce que tu as dépassé ton objectif. » Après avoir commandé des huîtres cuites et du faisan rôti, Tom poursuivit d'une voix basse et hargneuse : « Si vraiment tu veux qu'on se sépare, je te vendrai mes parts de SOIE et tu n'auras qu'à me vendre tes parts de *Verve !* ou vice versa.

— Voyons, Tom, Judy n'a aucunement l'intention de renoncer à quoi que ce soit, intervint Kate. Elle serait peut-être un peu plus heureuse si elle était un peu moins riche. Quant à toi, Tom, je comprends ta joie à spéculer, parce que je suis comme toi, mais je trouve que tu es en train de devenir un véritable groupe d'investissements à toi tout seul. »

Elle se tut pendant qu'on leur apportait les plats, puis elle reprit :

« Tu penses que Judy est une ingrate, mais ce n'est pas vrai. Elle t'est extrêmement reconnaissante de tout ce que tu as fait pour

454

elle, mais il y a une sorte de tension qu'elle aime et une autre qu'elle ne peut supporter. Avec les derniers bénéfices que vous venez de réaliser, je suis certaine que vous pouvez désormais séparer le côté investissements du reste de la société. » Elle poussa un soupir et ajouta d'un air irrité : « Je ne sais pas quelle mouche vous a piqués ce soir, mais j'aimerais bien qu'on cesse de parler d'argent pour annoncer la nouvelle à Judy. »

Tom fit tourner son verre dans sa main, leva les sourcils, ouvrit la bouche, la referma et déclara enfin :

« Euh… je ne sais pas trop comment dire ça, mais Kate et moi allons nous marier. »

Judy l'embrassa avec transport.

« Tom ! Tu es vraiment un type à l'ancienne mode ! Ah, c'est merveilleux ! Je sais ce que je vais vous offrir comme cadeau de mariage, déclara-t-elle en souriant de toutes ses dents. Kate va être ravie et Tom furieux parce que c'est un cadeau sous conditions. » Tom et Kate la regardèrent d'un air perplexe. « Je vous le donnerai à condition que vous l'installiez dans votre salle de séjour. Je vous offre la moitié du cheval Tang. » Kate poussa un cri de joie. Tom avait l'air embêté.

« C'est merveilleux, Judy, mais…

— Nous avons toujours ce cheval, n'est-ce pas ?

— Oui, bien sûr, mais dans un appartement, il risque d'être cassé ; c'est une pièce de musée ; il a beaucoup trop de valeur.

— Je ne pense pas que le gars qui a fait ce cheval souhaitait qu'il passe toute son éternité dans un coffre de banque. A mon avis, il voulait que ce soit Kate qui en profite. »

Tom se tourna vers Kate et, voyant son regard brillant, il dit :
« Oui, tu as raison, c'est sûrement ce qu'il voulait. »

Un soir d'octobre, en rentrant chez elle, Judy trouva Griffin appuyé contre un mur du living, son verre de bière prédînatoire habituel à la main. Il avait l'air bizarre. Il s'avança vers elle et, sans même l'embrasser, il la saisit par les poignets. Il lui clama la nouvelle comme s'il ne pouvait plus la garder pour lui, comme s'il ne croyait pas que c'était vrai. Sa femme voulait divorcer.

« Tu veux dire qu'elle demande le divorce ? dit Judy, stupéfaite. Vraiment ? Tu y crois ? Tu es sûr que ce n'est pas encore une de ses manigances ?

— Non, cette fois, j'y crois. Je ne l'avais jamais vue comme ça ; elle exultait d'une joie méchante, presque vengeresse.

— Pour être honnête, Griffin, je ne l'en blâme pas.

— Tu n'y es pour rien, Judy. Rien n'allait plus entre Delia et moi mais elle ne voulait pas divorcer. » Il lui secoua doucement les poignets. « Maintenant, écoute-moi, je ne suis pas venu pour discuter de nos torts et de nos responsabilités respectives. Maintenant que c'est possible, je suis venu te demander... chérie, veux-tu m'épouser ? »

# DIXIÈME PARTIE

# 52

Dans le soleil couchant de la fin du mois de juin, la Jaguar rouge de Lili filait sur l'autoroute, en direction de l'est de Paris. Cinq kilomètres après Épernay, elle quitta la N 51 pour aller vers Le Mesnil-sur-Oger. Sur sa droite, des champs de moutarde d'un jaune étincelant alternaient avec des étendues de blés dorés ponctuées du rouge des coquelicots, du blanc des marguerites et de l'azur des bleuets. Sur sa gauche se déroulait la clôture de bois vert sombre, haute de deux mètres, qui bordait le domaine de Chazalle.

Lili tourna sur la gauche et franchit les grilles de fer forgé noires. La haie et les arbres étaient taillés de façon impeccable et l'herbe fraîchement coupée. Sept cents mètres plus loin, au bout d'une allée de gravier rectiligne, se dressait un château du XVIIIe siècle, bâtiment en pierre aux proportions parfaites et dont les rangées de fenêtres superposées luisaient dans les derniers rayons du soleil.

Zimmer avait raison. Il était temps qu'elle commence à sortir seule. Pendant huit mois, elle s'était abritée, ou plutôt cachée, sous son aile.

Pendant tout ce temps, Lili avait vécu seule avec son chagrin, refusant de parler de Stiarkoz, même avec Zimmer avec qui elle n'abordait que les questions de travail. Mais, un jour, il entra dans la loge où Lili, enveloppée dans un peignoir mauve à fleurs, était en train de se démaquiller devant la glace. Sans lui demander la permission, Zimmer ferma la porte à clé, puis il se plaça derrière elle, lui mit les mains sur les épaules et la regarda dans la glace en disant :

« Lili, j'ai essayé de vous le faire comprendre, mais vous avez refusé de m'écouter, aussi, aujourd'hui, je viens vous dire carrément que c'est très mauvais pour vous-même et pour votre carrière de fuir le monde comme vous le faites. Jo est mort, ma chère enfant, mais vous, vous êtes vivante. Il faut que vous fassiez un effort sur vous-même pour vous intéresser de nouveau aux choses qui vous plaisaient du temps de Stiarkoz ; il faut que vous vous fassiez de nouveaux amis et que vous vous amusiez. C'est un très bon remède, vous ne devez pas vous complaire à broyer du noir. »

Dans la glace, Lili avait décoché à Zimmer un regard fulgurant, mais elle savait que cet isolement lui faisait du tort et c'est pour cette raison qu'elle avait accepté l'invitation de M^me de Chazalle.

Lili arrêta sa Jaguar devant le porche imposant, monta les quelques marches et sonna.

Rien ne se produisit.

Étonnée, Lili sonna de nouveau. Derrière elle, elle entendit alors une voix masculine qui disait :

« L'office doit encore être en crise. Permettez-moi de porter votre valise. » Elle se retourna et vit un grand jeune homme vêtu d'un pull marin et d'un jean si serré qu'on aurait dit qu'on le lui avait cousu directement dessus. Ses cheveux châtain clair retombaient en bataille sur des yeux noisette et un visage mince et bronzé. Sa bouche un peu trop grande s'élargit encore davantage dans un sourire accueillant.

« Inutile de demander qui vous êtes. » A vingt-quatre ans, Lili était connue dans le monde entier. Il s'empara de ses valises de cuir bleu marine, ouvrit la porte d'un coup de pied et se mit de côté pour laisser passer Lili. Tandis qu'ils montaient le grand escalier de marbre incurvé, ils rencontrèrent Maxine qui descendait.

L'espace de quelques secondes, Lili lui trouva un air redoutable, puis Maxine se mit à sourire.

« Je vois que vous avez déjà fait la connaissance de mon plus jeune fils, Alexandre. Je suis ravie de vous revoir. Ce n'est pas souvent que j'ai l'occasion de rencontrer une personne aussi charmante dans une vente de charité. J'étais uniquement venue pour me faire de la publicité et j'ai trouvé une amie en prime. Comme je vous le disais dans ma lettre, ce week-end, nous fêtons un anniversaire. Voici dix-huit ans que le château a été ouvert au public.

— Où sont passés les autres, maman ?

— Tout le personnel est sur la terrasse pour préparer le feu d'artifice. Tu devrais aller les aider, Alexandre », lui dit-elle en lui ébouriffant les cheveux. Mais le jeune homme, qui n'avait aucunement l'intention d'abandonner Lili, escalada les marches à toute vitesse, posa les valises sur le palier et suivit les deux femmes dans le salon.

« Cette maison est un vrai musée, expliqua-t-il à Lili. Mais elle n'est ni triste ni poussiéreuse. Maman en a fait un endroit fascinant. Vous vous en rendrez compte quand vous la visiterez. On change les éclairages grâce à un tableau de commandes, les pièces sont remplies de fleurs et la chambre où a dormi Diaghilev est vaporisée quotidiennement de Mitsouko parce que c'était son parfum préféré. »

L'appartement de Lili donnait sur le parc. Les murs de la chambre étaient tendus de soie jaune pâle, comme le sofa placé devant la cheminée de marbre blanc sculptée à la main. Dans une alcôve tapissée de velours topaze foncé était installé un immense lit encadré par des étagères garnies des derniers best-sellers et d'une histoire du château intitulée *Le Château de Chazalle — un endroit pour se faire des amis.* Sur un plateau d'argent étaient posées différentes bouteilles d'eaux minérales et des flacons à whisky et à cognac en verre taillé. Près du téléphone, Lili trouva une liste des hôtes avec leurs numéros de chambre et de téléphone.

Lili prit la carte beige gravée en vert de l'emblème des de Chazalle — un lion cabré tenant une rose dans sa patte. Sous la date — le 21 juin 1974 — figuraient les noms des personnes qui étaient actuellement au château : deux ambassadeurs ; un producteur et sa femme, une danseuse étoile, un réalisateur de Hollywood ; un armateur grec dont elle avait déjà fait la connaissance avec Stiarkoz, trois autres messieurs richissimes, un champion du monde de course automobile et sa ravissante épouse ; une rouquine de New York, modéliste de jeans de luxe et son sixième mari (un prince italien), un duc anglais et — tiens, tiens — Andi Cherno de *Paris-Match.* Il y aurait donc un reportage photographique. Pas étonnant que la liste des invités fût si fastueuse. Lili passa mentalement scs toilettes en revue. La femme de chambre portugaise les avait déjà sorties des valises et pendues dans le dressingroom tapissé de placards qui s'éclairaient quand on les ouvrait. Après avoir fait couler un bain, elle l'avait informée qu'elle n'avait qu'à sonner si elle souhaitait être aidée pour s'habiller ou se coiffer.

Le vendredi soir, Maxine organisait toujours un buffet sans cérémonie pour le dîner, afin que ses hôtes puissent aller et venir et faire connaissance. Bien qu'il y eût abondance de valets de pied en livrée vert et or, Charles de Chazalle circulait dans le salon argent avec une bouteille de champagne de sa propriété. Monsieur le comte n'avait pas l'art de sa femme pour s'immiscer dans une conversation animée pendant dix minutes, puis s'en échapper et se faufiler avec grâce vers un autre groupe. Charles se servait de sa bouteille de champagne comme d'un truc pour faire son entrée et sa sortie. Il s'approchait d'un groupe d'invités en disant : « Tout le

461

monde a de quoi boire ? » et il le quittait avec ces mots : « Bon, je vais aller faire un petit tour », tout en levant légèrement sa bouteille en signe d'adieu, pour continuer à remplir ses devoirs d'hôte.

Très grand et très maigre, il se voûtait légèrement comme si un petit vent frisquet l'obligeait à ployer la nuque. Ses cheveux blonds viraient au gris et commençaient à se clairsemer, mais il n'en était que plus distingué. Son visage reflétait une grande affabilité et un peu d'étonnement devant la manière dont sa femme avait transformé son existence. Personnellement, il préférait sa demeure comme elle était autrefois, quand il était enfant, malgré son état un peu délabré. Toutefois, vivrait-il encore ici sans tout ce charivari ? Aurait-il pu s'acclimater ailleurs ? Aussi considérait-il ces soirées brillantes, ce monde, cette célébrité et tous ces photographes comme une espèce de pénitence qu'il devait accepter afin de pouvoir ensuite disparaître dans sa bibliothèque.

Sachant que toutes les femmes s'imaginaient qu'elle allait se jeter sur leur mari, Lili se faisait toujours un devoir de s'adresser à elles, en premier. Elle trouva la modéliste rousse extraordinairement drôle et charmante. « Le jean, lui déclara celle-ci, est l'équivalent moderne du corset ; on se serre dedans et il vous moule dans une forme prédéterminée. Si Scarlett O'Hara vivait de nos jours, on ne la montrerait pas en train de lacer son corset mais de se tortiller par terre pour essayer de fermer son jean. »

Andi Cherno braqua son objectif sur les deux jeunes femmes qui s'arrêtèrent instantanément de parler pour se mettre à faire semblant de converser. Elles avaient toutes deux l'habitude d'être photographiées et savaient que lorsqu'on parle réellement, on a de grandes chances de sortir sur la photo les yeux fermés et la bouche béante au-dessus d'un triple menton.

« *Ecco belle !* » leur lança-t-il et il leur demanda en souriant d'aller se placer près de la fenêtre, à côté du réalisateur américain et de l'armateur grec dont le regard se mit à rayonner quand Lili s'approcha de lui.

« Bonsoir, Steni. La dernière fois qu'on s'est vus, c'était sur la *Créole*.

— Oui, mon nez a mis quinze jours pour s'arrêter de peler et mon foie deux mois à s'en remettre. »

Maxine se livrait à un énorme travail de préparation pour que ses hôtes aient l'impression que tout allait de soi. Ce matin-là, elle s'était levée à six heures pour vérifier ses listes et s'entretenir avec le chef jardinier, le chef cuisinier et le maître d'hôtel. Ensuite, elle était allée jeter un coup d'œil sur les installations des feux d'artifice, puis elle avait passé en revue les victuailles, les vins, la salle de bal, l'infirmerie et la pièce servant de loge à l'orchestre. A neuf heures, M<sup>lle</sup> Janine, occupée jusque-là à enlever tous les objets de valeur des salles ouvertes au public, était venue la rejoindre.

Après avoir travaillé sans arrêt jusqu'à onze heures, Maxine s'était enfermée dans sa salle de bains, assurée que tout était prêt pour accueillir les quatre cents invités du bal de ce soir. Elle avait toujours eu les réceptions traditionnelles des maisons de campagne en horreur. Elle proposait à ses hôtes quantité de distractions, mais elle leur faisait également clairement comprendre que s'ils préféraient rester dans leur chambre ou aller se promener dans la propriété, elle ne leur en voudrait pas. Ce jour-là, Maxine avait organisé une promenade à cheval et des parties de golf miniature et de tennis pour les Américains. Mais les messieurs iraient certainement paresser au bord de la piscine, pendant que les dames se reposeraient ou se feraient faire une mise en plis par les deux coiffeurs venus de Paris.

On ne vit personne dehors avant le déjeuner. Le repas était servi par petites tables sur la terrasse. Les jets d'eau s'élevaient en aigrettes argentées dans l'éclat du soleil, la glace tintait dans les verres et dans les seaux. Le cliquetis des couteaux d'argent et les rires des convives étaient les seuls bruits qui venaient troubler ce repas.

Alexandre était venu faire un tour sur la terrasse avant tout le monde et il avait changé les cartons de place pour être à côté de Lili. Il ne pouvait s'empêcher de la regarder et sa mère l'avait remarqué, non sans une certaine irritation. Elle n'avait jamais permis à ses fils de se conduire familièrement avec les invités. Ils n'avaient ni le droit de parler aux journalistes ni de se faire photographier avec une célébrité ni de demander un autographe à qui que ce soit. Ce soir, elle ferait venir Alexandre dans sa chambre pour lui rappeler les bonnes manières.

Les seins de Lili étaient à peine cachés par le taffetas blanc de la robe que Zandra Rhodes lui avait offerte pour ses vingt-quatre ans. Les grosses manches bouffantes soulignaient la minceur de sa taille serrée par une large ceinture, au-dessus des plis bouillonnants de sa jupe. Elle avait de scintillants pendants d'oreilles en diamant, seuls bijoux qui lui restaient de la collection Stiarkoz. En effet, le jour de la mort de Jo, ils étaient en réparation à Monte-Carlo, chez Van Cleef.

En voyant Lili descendre lentement l'escalier de marbre, on

l'aurait prise pour une fragile infante espagnole du XVIII<sup>e</sup> siècle. Une senteur de jasmin et d'herbe chaude se dégageant de la campagne environnante se mêlait aux parfums plus sophistiqués qui montaient des épaules nues. Le ronronnement des conversations était ponctué, de temps à autre, par un éclat de rire et, dans la longue salle de bal éclairée par des lustres, l'orchestre jouait en sourdine *I'll Be Seeing You*. Par les portes-fenêtres ouvertes qui donnaient sur la terrasse, on voyait le crépuscule doré tomber sur le lac.

Dans le salon voisin de la salle de bal, on avait organisé un élégant buffet, un repas rose. Tout était rose : les nappes, les fleurs, les mets, les sauces et les desserts. Maxine savait bien que les sœurs de Charles allaient trouver cette idée effroyablement vulgaire, mais qu'en revanche, elle ravirait les journalistes.

Pour créer un contraste avec la salle de bal, on avait aménagé une discothèque bien sombre dans une partie des caves du château et les bouteilles du bar elles-mêmes vibraient au rythme endiablé de la musique rock.

Il était six heures du matin quand la dernière voiture disparut au bout de l'allée, dans la brume matinale. Lili dormait déjà depuis trois heures. Elle s'était glissée dans son lit douillet en se disant qu'elle avait passé une soirée formidable. On l'avait beaucoup admirée ; elle avait dansé avec tous les invités et posé sans fin pour les photographes. Comme toujours, les hommes l'avaient assiégée et elle avait flirté avec deux ou trois d'entre eux, en prenant bien soin de ne pas danser plus avec l'un qu'avec l'autre. Elle sentait encore la présence de Jo.

Le déjeuner du dimanche se déroula dans une atmosphère calme et ensommeillée. Après avoir apporté le café à Lili, Alexandre lui demanda si elle voulait voir les bois et l'endroit où il se baignait avec ses frères. Il avait passé les deux journées précédentes à échafauder un plan pour éloigner Lili des autres invités.

Cette juvénile adoration ne déplaisait pas à Lili et elle accepta la proposition.

Alexandre n'arrivait pas à croire à son bonheur. Si seulement ses copains pouvaient le voir ! Le cœur léger comme une plume, il gambadait sur le chemin, sautait de temps à autre pour attraper une branche d'arbre. Lili se sentait détendue et étrangement jeune. Son naturel, ses manières directes et sa fougue de jeune chien la changeaient agréablement de l'affectation et du snobisme des hôtes du château.

La baignade était en fait un trou d'eau peu profond et tapissé de galets. Il était environné de roseaux et de joncs. Des saules ombrageaient la rivière et caressaient le fil de l'eau de leurs feuilles argentées qui chatoyaient dans le soleil. Ils ôtèrent leurs chaussures et y trempèrent leurs pieds en regardant l'eau translucide et frissonnante en déformer les contours.

Soudain, Alexandre n'y tint plus. Il fallait qu'il la touche. Avec une détermination maladroite, il prit doucement la main de Lili posée sur l'herbe et lui baisa le petit doigt avec une cérémonieuse gravité. Ses lèvres se pressèrent sur l'ongle rose puis, s'écartant en tremblant, elles happèrent le bout du doigt jusqu'à la première phalange, puis jusqu'à la seconde et, finalement, le doigt tout entier. Tout ému, il le serra délicatement avec ses dents et passa sa langue tout autour, avec insistance, comme pour goûter sa peau.

Lili s'attendait un peu à ce genre de démonstration mais elle n'avait pas du tout prévu la violence de sa propre réaction. Elle s'était dit qu'elle l'enverrait gentiment promener. Il était bien trop jeune. Cependant, à son contact, elle sentit son dos s'arquer, son ventre se tendre et le bout de ses seins se relever comme s'ils étaient reliés à son aine par deux fils invisibles. Saisie, elle demeura immobile pendant quelques instants, mais son corps frémissant exigeait qu'elle lui réponde. Comme malgré elle, elle plongea sa main tremblante dans l'épaisse chevelure couleur de paille et caressa la nuque bronzée du jeune homme. Ils se regardèrent sans dire un mot. Les lèvres entrouvertes, Lili contemplait le duvet doré qui voilait les joues d'Alexandre et son nez aristocratique.

Il se jeta sur elle, le regard ébloui ; sa grande bouche dérapa sur la joue de Lili et ses lèvres se plaquèrent sur les siennes, insistantes et soyeuses.

Ils se laissèrent tomber mollement sur l'herbe. Alexandre se coucha sur Lili, à mi-corps et, les yeux langoureusement clos, il l'embrassa goulûment. Lili sentait son corps se raidir sous les mains douces d'Alexandre et, tout à coup, elle revit les mains de Jo Stiarkoz qui lui faisaient penser à de vieilles noix. Elle eut tout à coup l'impression de le trahir, en humant l'odeur musquée du corps d'Alexandre, cette odeur érotique de chair jeune, et le doux parfum de ses cheveux mêlé à la senteur verte de l'herbe écrasée.

Elle l'entoura de ses bras graciles, glissa la main sous son tee-shirt, la fit descendre sur le dos musclé du jeune garçon, puis sous l'étoffe raide de son jean.

« Ah, mon Dieu ! », murmura-t-elle.

De son côté, Alexandre passa une main frémissante sous son corsage et défit un à un les petits boutons en forme de perle. Il lui caressa les seins dont les pointes se durcirent aussitôt et il les pressa doucement sous ses paumes. Il se mit ensuite à sucer les tétons roses, tour à tour et Lili sentait son désir croître en même temps que le sien. D'une main, il souleva sa jupe et plaqua l'autre sur son ventre nu, puis il commença à descendre. Avec une assurance grandissante, il entremêla ses doigts dans la toison soyeuse et se mit à la caresser en cadence, jusqu'au moment où le corps à demi dénudé de Lili s'arc-bouta vers le ciel. Le soleil papillotait à travers le feuillage et, l'espace d'un instant, elle oublia tout. Elle se rendit compte qu'Alexandre essayait de lui dégrafer sa ceinture et de lui ôter sa robe. Voyant qu'il avait des difficultés, elle l'aida un peu, puis ils tirèrent ensemble sur le pantalon d'Alexandre, si bien qu'ils se retrouvèrent complètement nus dans les herbes hautes.

Son désir excité jusqu'à la frénésie, elle le chercha et le guida pour qu'il entre en elle, tandis que leurs deux cœurs battaient à tout rompre l'un contre l'autre. Ce qu'elle voulait par-dessus tout, c'était le sentir en elle, être unie à ce garçon déchaîné et vigoureux qui se cabrait sur elle en gémissant. Puis, dans un grognement, il rejeta la tête vers le ciel et cria le nom qui n'avait cessé de le hanter pendant ces trois derniers jours : « Lili, Lili, Lili ! »

Les yeux toujours clos, il la serrait de toutes ses forces contre lui, ses cils duveteux collés sur sa peau bronzée, puis il lui murmura à l'oreille :

« Est-ce que c'était bien ? »

Lili noua ses bras minces autour de lui.

« C'était merveilleux », chuchota-t-elle.

Alors, Alexandre lui fit l'amour une seconde fois.

Ensuite, ils restèrent dans le bois jusqu'au moment où Alexandre estima que tout le monde devait avoir gagné le salon pour prendre un verre. Ils se faufilèrent alors discrètement jusqu'à la petite porte de l'orangerie. Alexandre avait l'air d'un animal ensommeillé. Il était prodigieusement content de lui et il ne pouvait s'empêcher de mettre les mains sur Lili dont les cheveux étaient tout emmêlés et la robe déchirée et tachée par l'herbe.

A l'intérieur de l'orangerie, Maxine était assise, toute droite, sur un banc placé dans le fond.

Dans le courant de l'après-midi, appuyant le front contre une fenêtre du salon bleu, M$^{lle}$ Janine avait vu Alexandre et Lili s'éloigner en direction du bois. Elle n'avait pas été la seule à s'apercevoir de leur absence, mais, en revanche, elle avait été la seule à venir immédiatement chuchoter la nouvelle à M$^{me}$ la comtesse. Tout à coup, Maxine s'était sentie prise d'une violente jalousie qui balaya tout raisonnement. Elle avait remarqué, comme tout le monde, que son fils semblait s'être entiché de Lili, mais elle ne pensait pas que son invitée vedette s'intéresserait à un gosse de quinze ans, d'autant plus qu'il y avait ce jour-là au château des hommes qui lui auraient beaucoup mieux convenu. Elle ne parvenait pas à faire semblant d'ignorer la situation. Elle éclatait de fureur et d'indignation. Elle avait deviné qu'ils ne reviendraient pas avant le coucher du soleil et que (si Alexandre marchait sur les traces de son père et de ses frères) ils rentreraient par la petite porte de l'orangerie.

Tout en se changeant pour le dîner, elle avait prié Charles de s'occuper de leurs hôtes pendant quelques instants. Il lui avait lancé un regard inquiet (il y avait toujours quelque chose dans l'air quand Maxine prenait ce ton soigneusement détaché) mais il jugea préférable de ne rien dire et de faire ce qu'elle lui demandait.

La porte de l'orangerie s'ouvrit tout doucement et les deux tourtereaux se glissèrent sans bruit à l'intérieur. Alexandre attira aussitôt Lili contre lui et commença à l'embrasser, mais elle le repoussa gentiment en lui disant :

« Ne fais pas ça ; on pourrait nous voir.

— Alors, est-ce que je pourrai venir dans ta chambre, cette nuit ?

— Tu vas aller dans *ta* chambre immédiatement, Alexandre. »

C'était la voix de sa mère.

Il en resta pétrifié et, malgré sa taille d'adulte, il eut soudain l'air d'un petit garçon de six ans surpris en train de chiper un bonbon. Il hésita, Lili le poussa légèrement vers le couloir et il détala.

Maxine regarda Lili, les yeux pleins de haine.

« Vous ne pouviez pas laisser mon fils tranquille ? Quel besoin avez-vous de séduire un gamin de quinze ans ? Vous en avez donc après tous les hommes ?

— Ne soyez pas ridicule. C'est lui qui m'a séduite... Il n'a que quinze ans ? Je croyais qu'il en avait dix-huit... ou peut-être dix-sept.

— L'idée qu'il a pu vous toucher me fait horreur.

— Qu'y a-t-il de si affreux ? Apparemment, il n'en est pas à son coup d'essai.

— Il faudrait qu'il tombe amoureux d'une fille de son âge et de son milieu.

— Je n'ai que vingt-quatre ans.

— Je me fiche de l'âge que vous avez. Vous ne valez pas mieux qu'une putain. »

Maxine était allée trop loin. Lili entra en fureur.

« Vous êtes jalouse parce que moi je l'ai eu et que vous vous ne pouvez pas l'avoir ! »

Maxine s'avança d'un pas et gifla cette créature qui avait ensorcelé son fils benjamin et préféré.

Rapide comme un coq de combat, Lili se jeta sur Maxine et se mit à cogner sur elle, animée de toute sa rage et de sa soif de revanche. Saisie de stupeur, Maxine mit ses deux bras devant elle pour se protéger de son attaquante et la repoussa d'un grand coup de pied. Mais Lili revint à la charge, les yeux froncés et les lèvres serrées.

Maxine était honteuse, inquiète et mortifiée. Elle n'avait encore jamais frappé personne de sa vie, même ses enfants quand ils étaient petits. Et voilà qu'elle venait de se conduire comme une fille des rues. Elle partit dans sa chambre en courant, la joue ensanglantée et la robe déchirée.

Elle se jeta sur le lit recouvert de soie bleue, saisit le téléphone intérieur en ivoire et appela la gouvernante. Elle avait un mal fou à parler calmement.

« S'il vous plaît, préparez immédiatement les bagages de M^lle Lili et dites à Antoine d'amener sa voiture devant la porte. Elle s'en va tout de suite. »

Ensuite, elle appela le maître d'hôtel et lui dit de venir la voir dans sa chambre.

Elle enfila un peignoir à la hâte, se recoiffa, nettoya sa joue écorchée qui ne saignait plus et dissimula les égratignures avec du fond de teint. Quand le maître d'hôtel se présenta, elle lui dit simplement :

« On vient d'avoir quelques petits ennuis, Lamartine. M^lle Lili s'en va. Je voudrais que vous vous assuriez qu'elle sera bien partie dans une demi-heure. Ah... aussi... Lamartine, attendez qu'elle ne soit plus là pour faire servir le dîner. Inutile de perturber les autres invités et de faire du scandale. Vous servirez un peu plus de champagne. »

Mais déjà, Lili était en train de jeter ses affaires dans ses valises. Elle quitta le château la tête haute, sous le regard de Lamartine, impassible et vigilant dans son rôle de videur de la haute.

Enveloppé dans le clair de lune, le magnifique château disparut dans le rétroviseur de la Jaguar. Dès qu'elle eut franchi les grilles de l'entrée, Lili rangea sa voiture sur le bord de la route et éclata en sanglots.

Mais, l'incident n'était pas clos. Dans le numéro de *Paris-Match* de la semaine suivante, on ne vit aucune photo des hôtes de marque invités au bal anniversaire. A la place, il n'y avait qu'un seul cliché en couleurs sous un grand titre qui disait : *Le Château de chazalle — Un endroit pour se faire des amis.*

C'était la première de toute une série de photos représentant un jeune couple allongé dans une clairière. Sur l'une, on reconnaissait indubitablement Lili couchée dans les hautes herbes avec Alexandre penché sur elle. Sur une autre, un gros plan de la bouche et de la main d'Alexandre sur la poitrine de Lili. Sur une autre, encore, on les voyait enlacés et riant tandis qu'ils se laissaient tomber dans la rivière.

Le téléobjectif d'Andi Cherno avait fait du beau travail.

En voyant ces photos, Maxine s'assit sur son lit et se mit à pleurer de honte.

Tout comme Lili.

Tout comme Alexandre. Il s'était senti atrocement humilié. Lili était partie sans un seul mot et ses parents l'avaient très sévèrement puni. Pourtant, il se rendait compte de l'admiration éblouie et muette de son père et de ses frères et du respect émerveillé de ses camarades de classe.

Mais tout cela ne remplaçait pas Lili.

# 53

A Paris, l'hiver de 1975 fut particulièrement froid. Et la Jaguar rouge que Lili conduisait un peu trop vite dérapa sur les pavés.

« Ralentissez un peu, suggéra Zimmer. Je ne sais pas ce que vous avez, Lili, mais je suis sûr que quelque chose ne tourne pas rond. Qu'est-ce que c'est ? Nous avons fait près d'une douzaine de films ensemble et l'année dernière vous avez eu deux rôles merveilleux. Qu'est-ce qui vous tourmente ? »

Lili ne répondit pas. Après la mort de Stiarkoz, elle s'était sentie étrangère parmi les riches et elle avait noyé son chagrin dans l'unique distraction qui n'avait jamais cessé de lui plaire : son métier. Elle se mit à travailler avec passion, comme si sa vie en dépendait et, en fait, elle en dépendait. Zimmer lui-même avait été surpris par sa farouche ténacité. Aujourd'hui, à vingt-cinq ans, Lili semblait savoir ce qu'elle voulait et où elle souhaitait aller. Il n'y avait rien à faire pour l'en détourner.

Les relations entre Zimmer et Lili étaient parfaitement équilibrées. Avec une connaissance de lui-même un peu cynique, il savait qu'il n'était pas suffisamment égocentrique pour être un *grand* metteur en scène. Il n'était pas assez dur ni pour lui-même ni pour les autres, mais quand il travaillait avec Lili, il se surpassait et elle aussi. Elle lui faisait une entière confiance et paraissait deviner d'instinct ce qu'il voulait d'elle, aussi en tirait-il toujours le meilleur. Pour le moment.

« Je ne vois pas pourquoi ce rôle vous pose tant de problèmes », fit Zimmer avec un air perplexe bien qu'il en connût parfaitement la raison. « C'est l'un des meilleurs rôles féminins qui soient. » Il tourna la tête pour regarder le profil de Lili, son petit menton volontaire et son nez légèrement aquilin. « Pensez un peu aux actrices qui l'ont déjà tenu : Gloria Swanson, Joan Crawford, Rita Hayworth ; c'est un classique. Et pourtant, pour la première fois depuis que je travaille avec vous, Lili, vous en faites trop. Vous chargez le personnage. Que se passe-t-il ? »

Lili émit un ricanement impatient et appuya encore davantage sur l'accélérateur.

« Ce qu'il vous faut, c'est un homme », lança Zimmer avec un accent de conviction irrité, en sachant bien que ce genre de remarque énerve toujours les femmes, surtout quand c'est vrai. Il voulait la faire réagir.

« C'est peut-être votre réponse, mais ce n'est pas la mienne. Et je vous prie de ne plus me jeter Schenk dans les bras !

— Vous n'êtes pas très maligne, Lili, rétorqua Zimmer en haussant les épaules. Après tout, Schenk a avancé quarante pour cent des fonds pour le film. Pourquoi avoir repoussé si ouvertement un personnage aussi puissant ?

— Parce qu'il m'a fait trop ouvertement des propositions ! En me faisant comprendre clairement ce que j'avais à y gagner. Voyez un peu où ces saletés m'ont menée avant que je rencontre Jo. Je ne referai jamais des choses dont je pourrais avoir honte. J'en ai eu mon compte avec ces photos dans *Paris-Match* ! Le monde tourne-t-il donc uniquement autour du sexe et de l'argent ?

— Oui.

— Je n'ai pas à obéir à Schenk. Il n'est pas empereur. Que peut-il me faire, de toute façon ? Ruiner ma carrière ? demanda-t-elle en ricanant une nouvelle fois.

— Ne vous imaginez surtout pas qu'il n'en soit pas capable, ma chère. » La lumière du tableau de bord verdissait le visage tendu de Zimmer. « On ne décroche jamais un grand rôle en couchant mais on peut très bien le perdre en ne le faisant pas. On n'invoquera pas cette raison, bien entendu, on prétextera que vous êtes névrosée ou peu coopérative. » Zimmer évoqua rapidement le cas d'une ancienne star de Hollywood, jadis très célèbre, dont la carrière avait soudain tourné en quenouille.

« J'ai entendu raconter cette histoire des dizaines de fois, répliqua Lili. Et toujours à propos d'une actrice différente. C'est incroyable ! On arrive à faire avaler n'importe quoi aux gens, du moment qu'il s'agit de choses désobligeantes. Voyez un peu les bruits qui circulent à mon sujet, bien que je n'aie couché avec personne depuis des mois. »

Zimmer ne répondit pas. L'humiliant incident du château de Chazalle avait eu pour effet de faire rentrer Lili dans sa coquille, encore davantage. Sa réputation d'actrice sérieuse en souffrait beaucoup car les journaux en profitaient pour revenir sur la manière dont elle était devenue célèbre, au début. Soudain, elle explosa, tout en écrasant l'accélérateur :

« A quoi ça me sert de travailler avec tant d'acharnement si chacun de mes faits et gestes est interprété de manière à donner de moi une image scandaleuse, ce qui permet aux autres d'avoir bonne conscience. Vous voyez bien quel mal je me donne, Zimmer. »

Zimmer opina ; il savait quelle discipline elle s'imposait quand elle ne tournait pas. Leçons de danse, de chant, de comédie, au lit de bonne heure et régime très strict.

Ces temps derniers, juste avant de s'endormir, Lili s'était remise à penser à sa mère inconnue, comme dans son enfance. De plus en plus, elle imaginait cette ombre maternelle comme un invisible ange gardien. Assoiffée d'affection, elle s'était replongée dans ses anciennes rêveries, elle se demandait qui était sa mère et si elle était encore vivante.

« Allons, Lili, racontez-moi ce qui ne va pas, avant qu'on y passe tous les deux », la pressa Zimmer une deuxième fois. Comme elle ne disait rien, ce fut lui qui parla :

« Quand un acteur travaille sur un rôle avec lequel il a beaucoup d'affinités, il a souvent du mal à l'envisager de façon objective. Il se sent frustré et irrité parce qu'il ne parvient pas à le dominer  Il ne se rend pas compte pourtant que c'est très simple et que justement, il n'a rien à faire. »

La Jaguar frôla un camion qui se mit à klaxonner furieusement  Zimmer poursuivit son petit discours d'un ton calme :

« Vous savez ce que c'est que d'être humilié, Lili. Vous savez ce que c'est que de se sentir dévalorisé. Vous comprenez parfaitement ce que ressent Sadie, aussi pourquoi vous mettre martel en tête, laissez-vous simplement aller.

— Taisez-vous, Zimmer ! s'écria-t-elle avec colère. Évidemment, je comprends Sadie ; c'est une gentille petite grue qui aime à se payer du bon temps parce que ça l'aide à oublier qu'en réalité sa vie est un vrai désastre et elle n'a pas assez d'imagination pour se dire qu'il pourrait en être autrement. Mais voilà qu'un missionnaire, avec son air papelard, lui met dans la tête qu'elle ne vaut rien et elle finit vraiment par le croire. Alors, il lui assure qu'il peut la tirer de là et elle se prend à espérer... Mais cet infâme salaud la viole et détruit ce beau rêve. Ce genre d'aventure ne m'arrivera pas, Zimmer. Je ne suis pas Sadie ; personne ne pourra me jouer un pareil tour. Je suis actrice, mon imagination est mon âme ; c'est grâce à elle que je suis devenue comédienne. Pour survivre à toutes ces atroces années que j'ai traversées, j'ai dû cultiver ce don. C'est la seule chose que j'y ai gagnée et c'est pour cette raison que je me mets si facilement dans la peau de mes personnages. Mais en dehors du plateau, j'ai besoin d'être moi-même et je ne sais pas comment m'y prendre. Je n'y comprends rien, je ne sais pas mon texte et je ne sais pas à qui faire confiance. »

La petite voiture rouge franchit bientôt de monumentales portes vertes et entra dans une cour. Pendant qu'ils attendaient tous deux l'ascenseur, Lili secoua les flocons de neige tombés sur son manteau de renard argenté.

« Je veux savoir qui je suis, Zimmer. Je veux savoir qui je suis vraiment. Je veux faire connaissance avec mon véritable moi. »

Arrivée dans l'appartement, elle ôta ses bottes et déclara : « J'aurais voulu avoir ce que tout le monde a : une famille. »

Soudain Zimmer, qui était en train de remettre des bûches dans le feu, se redressa en écarquillant les yeux de stupéfaction.

« Qu'est-ce que c'est ? », fit-il en saisissant une grande enveloppe couverte de timbres étrangers qui était posée contre une pendule dorée. Il la retourna et, voyant les armoiries, il se mit à rire. « Regardez-moi ça. » Il lui tendit la lettre. Lili l'ouvrit d'un geste brusque et en sortit une grande carte bordée d'un filet doré.

« Sa Majesté le roi Abdullah me prie... Ça alors ! C'est une invitation à Sydon pour les cérémonies de l'anniversaire de l'avènement du roi Abdullah. Mais je ne le connais même pas !

— Oui, mais lui, il vous connaît ! C'est ça la gloire ! s'écria Zimmer, voyant déjà le parti qu'il pourrait en tirer. C'est une formidable publicité pour vous. »

Lili se tourna vers lui.

« Vous voulez savoir ce que cette invitation signifie pour moi ? Rien du tout ! Un jour, c'est Serge qui me dit de venir balancer mes nichons devant la caméra, le lendemain, c'est un roi qui m'invite à des milliers de kilomètres. Pour qui me prend-on ? J'aimerais bien le savoir. Il me manque toute une partie de moi-même et je ne sais même pas laquelle. Je ressens seulement un grand vide en moi et les invitations des grands ne sont rien comparées à cette impression.

— Les invitations des grands ont toujours de l'importance, surtout quand on n'en reçoit plus. » Zimmer posa son verre sur la cheminée et considéra Lili avec amusement, ce qui la fit enrager encore davantage.

« Vous voulez voir combien ça compte pour moi ? » Lili agita la carte sous le nez de Zimmer et la jeta dans le feu.

« Ah ! Lili, vous voulez savoir combien vous comptez pour moi ? » et, plongeant la main dans les flammes, il en retira l'invitation.

## 54

Au moment où s'ouvrirent les portes à double battant, à l'extrémité du grand hall, les trompettes se mirent à retentir. Les messieurs s'inclinaient et les dames faisaient la révérence quand Sa Majesté le roi Abdullah III passait à leur hauteur, en avançant à pas lents en direction du trône doré, s'arrêtant en chemin pour saluer ses invités. Lili lui trouva l'air plus enjoué que sur les photos officielles où on le voyait toujours en tenue de combat ou en uniforme de cérémonie.

Ce soir-là, sachant que la plupart des femmes porteraient des toilettes blanches, très formelles, et des diadèmes, Lili avait choisi de mettre une robe à dos nu, en mousseline vert océan brodée de lys style Art nouveau. Quand Abdullah arriva devant elle, elle inclina la tête — une avalanche de boucles sombres — et exécuta une révérence. Puis elle se redressa et planta son regard dans les yeux lourds et sensuels du roi avec une intensité égale à la sienne. Oubliant les paroles rituelles de bienvenue, il s'arrêta et ils se considérèrent en silence tandis qu'une décharge électrique les parcourait tous les deux.

Trois ans auparavant, la femme d'Abdullah et Mustapha, son fils tant aimé, avaient péri dans un accident d'hélicoptère, dans le désert. Quant à lui, il s'en était tiré de justesse et, depuis, il paraissait rarement en public. Rongé par le chagrin et la conscience de sa responsabilité, il ne s'était jamais confié à qui que ce fût. Après l'accident, il n'avait pas ouvert la bouche pendant plusieurs semaines et personne n'avait osé lui adresser la parole. Parfois, il partait seul à cheval, dans le désert ; le silence des étendues sablonneuses apaisait sa douleur mais ne parvenait pas à lui faire oublier ses souvenirs. Abdullah savait bien qu'il aurait d'autres fils, mais aucun d'eux ne pourrait jamais remplacer Mustapha, le seul être qu'il eût vraiment aimé.

Voyant son royal maître devenir de plus en plus taciturne et irritable, Suliman se torturait l'esprit pour trouver des moyens de le divertir. Le souverain semblait incapable, désormais, de concentrer son attention sur les projets d'irrigation, de mise en valeur du désert et de reforestation qui lui tenaient tant à cœur avant le drame. Une étude en vue d'exploiter une nappe d'eau souterraine dormait sur son bureau depuis des semaines. Il était indifférent, incapable de travailler et vidé de toute énergie. Du jour au lendemain, il annula les festivités qui devaient marquer le vingtième anniversaire de son règne. Au lieu de se lever à l'aube, il restait tard au lit, traînaillait tout le jour et passait ses soirées à regarder de vieux films, avant de se retirer dans ses appartements seul et de bonne heure.

Mais, un soir, alors qu'il était assis devant son écran, il s'était soudain redressé et avait suivi la projection avec une profonde attention, puis il avait demandé qu'on lui repasse le film une seconde fois. J'ai l'impression de connaître cette femme, songea-t-il, perplexe, et pourtant, je suis certain de ne l'avoir jamais rencontrée et de ne jamais avoir vu ce film, Q. Bizarre !

« Amenez-la-moi, fit-il en se penchant vers Suliman.

— Sire, cette actrice est très connue en Europe. Mais pour quelle raison l'inviterais-je dans notre pays ? Et pour combien de temps, Sire ?

— Invitez-la avec un petit groupe. Non, un groupe important. Oh, et puis, je m'en moque. Amenez-la-moi, c'est tout ce que je veux.

— Pour une réception, Sire ? demanda Suliman, entrevoyant une lueur d'espoir. Comme nous avions projeté d'en donner pour le vingtième anniversaire ?

— Oui, c'est ça. Réduisez les quinze jours prévus initialement à deux, mais surtout, assurez-vous bien qu'elle viendra.

— Sire, c'est comme si c'était fait. »

Et maintenant, en voyant Lili plonger devant lui dans une révérence vert océan et ses yeux frangés de cils noirs se poser sur lui, Abdullah sentit soudain, et enfin, la vie refluer en lui. Il lui adressa un petit sourire inhabituellement doux et passa à regret à la robe de satin blanc suivante.

Lili se retint au bras de la personne voisine. Les longues heures de vol pour venir de Paris et la réception à l'aéroport l'avaient fatiguée davantage qu'elle ne l'aurait cru.

Les deux cents invités furent accueillis dans la salle à manger au son des trompettes d'or et installés à des tables recouvertes de damas blanc, chargées d'argenterie et éclairées par des bougies. Pour ce dîner, on avait fait venir de Paris toute une équipe de cuisiniers du Grand-Véfour.

Assis à côté des hôtes de marque, Abdullah était loin de Lili. A la fin du repas, il se leva pour prononcer un petit discours de bienvenue, puis il annonça à ses honorables invités qu'on allait leur distribuer un petit souvenir de leur visite à Sydon. Des serviteurs en gandoura blanche vinrent alors déposer devant chaque convive une petite boîte en bois sombre, délicatement incrusté d'un motif géométrique en nacre. Pour les hommes, elle contenait des boutons de manchette faits avec d'anciennes pièces romaines et, pour les dames, des boucles d'oreilles, toutes différentes et dessinées par Andrew Grima, le bijoutier favori des rois du pétrole. Celles de Lili étaient constituées par de grosses turquoises incrustées de diamants et de saphirs de petite taille avec une monture d'or.

Des exclamations ravies s'élevèrent aussitôt. Il fallut ensuite subir jusqu'à minuit les allocutions dithyrambiques des membres du corps diplomatique, puis tout le monde regagna la salle du trône pour le bal. Au moment où l'orchestre attaquait *Oh! What a Beautiful Morning,* Sa Majesté offrit son bras à l'épouse de l'ambassadeur américain. Suliman invita Lili à danser et ils se mirent à tournoyer ensemble sous les lustres. A la fin du morceau, Suliman pilota Lili auprès d'Abdullah qui lui demanda de lui accorder la prochaine danse.

Tandis qu'il la pressait légèrement contre son habit blanc, elle sentit sa paume chaude sur son dos nu et les mouvements respiratoires de sa poitrine. Elle leva les yeux vers lui. Ils se parlèrent peu, mutuellement attentifs à leur souffle cadencé.

« Il faut que je fasse danser les autres dames, malheureusement, murmura Abdullah quand la musique se tut. Mais j'aimerais bien vous voir tout à l'heure. Voulez-vous que nous nous retrouvions dans une demi-heure dans le jardin au jasmin? Le colonel Hakem vous y conduira. »

Il effleura la main de Lili de sa moustache soyeuse et, dès qu'il l'eut quittée, Suliman vint s'incliner devant elle.

« Je n'ai pas très envie de danser », lui dit Lili, les joues roses et le sang lui battant encore dans les tempes.

Après avoir traversé de longs couloirs de marbre blanc, ils débouchèrent dans la nuit étoilée. Une lune laiteuse flottait au-dessus d'un petit jardin, l'éclairant d'une lumière veloutée. De grandes branches de jasmin blanc retombaient le long des hauts murs, embaumant l'air sombre d'un parfum entêtant. Le colonel Hakem frappa par deux fois dans ses mains et des serviteurs vêtus de blanc parurent, apportant du café et des sorbets sur des plateaux d'argent.

Lili se retourna vers le colonel, mais il s'était éclipsé et, à sa place, elle vit Abdullah, superbe dans le clair de lune. Il éleva le bout des doigts de Lili jusqu'à ses lèvres ; elle sentit ses dents sur ses ongles et la douce caresse de sa moustache sur sa main.

« J'ai l'impression de vous connaître, de vous connaître depuis toujours, murmura-t-elle.

— Moi aussi », chuchota-t-il, tandis qu'il lui effleurait le cou de ses lèvres.

De la suite, elle ne se rappela qu'un kaléidoscope de rayons de lune, la nuit étoilée, l'odeur du jasmin, l'irréalité féerique du jardin obscur et la couche moelleuse où elle s'était laissée tomber, en enlaçant Abdullah de ses bras blancs.

Il était presque midi quand Lili ouvrit les yeux sur un spectacle inaccoutumé : un plafond azuré en forme de dôme et le ciel qui entrait par les fenêtres à double ogive. Elle s'assit brusquement dans son lit et tira les draps sur son corps nu. Elle était seule.

Mais elle ne l'avait pas toujours été.

Elle se laissa mollement retomber sur les oreillers, émue par le souvenir de sa chair. Sa mémoire visuelle était très floue. Il faisait sombre, dans le jardin et, ensuite, quand on l'avait reconduite dans ses appartements, elle n'avait discerné qu'une vague silhouette. Cependant, jamais elle n'oublierait ce qui s'était passé parmi les fleurs de jasmin et, toute sa vie, ce parfum suave et sensuel la transporterait magiquement et instantanément loin dans le temps et dans l'espace, dans le silencieux jardin noir et argent où, pour la première fois de sa vie, elle avait connu la passion.

Un serviteur vêtu d'une longue robe blanche entra silencieusement dans la chambre et, s'inclinant, il déposa devant elle un plateau d'argent sur lequel il y avait des fruits, du thé et la petite boîte des boucles d'oreilles que Lili avait oubliée dans le jardin. Puis, il disparut, après s'être courbé une deuxième fois. Lili jeta un coup d'œil à sa montre, puis elle consulta le programme de la journée. Dieu merci, elle avait encore une heure devant elle avant le déjeuner organisé pour les dames. Ensuite, l'épouse du chef des armées devait les emmener visiter le bazar pendant que les messieurs qui déjeuneraient avec Sa Majesté passeraient l'après-midi à s'intéresser aux projets et aux maquettes destinés à la mise en valeur du désert.

En début de soirée, les invités se rassemblèrent dans la cour extérieure du palais où une cohorte de Land Rover les attendait pour les emmener à Dinada par la côte et dans le désert pour un festin au clair de lune. Les hommes étaient en tenue décontractée et les femmes en robe de soie, et tout le monde avait reçu une *burka* de laine rouge, au cas où le temps se rafraîchirait.

La garde présenta les armes et les cimeterres jaillirent dans les airs, au moment où le roi apparut et se mit à descendre lentement les marches de marbre bleuté. En public, il se mouvait toujours avec lenteur, le dos très droit, la tête rejetée en arrière, détaché de sa suite par son rang. Jamais Abdullah ne permettait à quiconque de le traiter publiquement d'égal à égal et rares étaient ceux qui étaient assez fous pour essayer de le faire, même en privé.

Tandis que ses invités s'inclinaient devant lui, Abdullah regarda Lili, sans lui adresser le moindre signe de reconnaissance. Mais quand tout le monde fut installé dans les Land Rover, elle se retrouva assise près de lui. Elle sentit un frôlement, léger comme une aile de papillon, caresser son bras gauche, faisant redresser le fin duvet, lui picotant la nuque, lui coupant la respiration. A part cela, Abdullah se comporta avec elle comme avec tous ses autres invités, à tel point qu'elle se demanda un instant si elle n'avait pas imaginé son corps ferme contre son ventre, sur le divan de soie. Mais, soudain, ses yeux croisèrent les siens ; le regard noir et liquide d'Abdullah traîna sur elle et un frisson de joie, d'ivresse et d'attente la parcourut.

A la nuit tombante, ils partirent sur une piste cahotante, noyée dans une brume jaunâtre. Vingt minutes plus tard, au moment où ils passaient entre les roches noires et déchiquetées d'un défilé, la lune commença à se lever sur une mer de sable argentée.

« Comment diable le chauffeur fait-il pour se repérer ? », s'exclama Lili.

Le roi se mit à rire.

« Le désert n'est uniforme que pour les Occidentaux. Un Bédouin y retrouve son chemin avec autant de facilité que vous allez de la place Vendôme à la rue de Rivoli. »

Tout à coup, les ruines d'un immense amphithéâtre romain se profilèrent à l'horizon. Trois étages de gradins lézardés, d'un brun rosé, s'ouvraient sur le ciel. Astucieusement éclairée, chaque arche paraissait merveilleusement intacte, comme si elle était construite de la veille. Des tapis de soie recouvraient le sol des arènes, à l'endroit même où, jadis, des gladiateurs avaient lutté pour leur vie, où des esclaves fugitifs avaient frémi devant les fulgurants yeux verts et les mâchoires béantes des lions et des léopards, et où des foules immenses s'étaient enivrées de la vue du sang.

La nuit, Lili était retournée dans le jardin. Abdullah était sorti de l'ombre feuillue et l'avait saisie dans ses bras. Ses lèvres s'étaient posées sur ses cheveux noirs, sur son cou frêle et sur sa bouche, tandis que sans effort il l'emportait sur le divan de soie.

Avant qu'une heure se fût écoulée, Lili comprit qu'elle était amoureuse pour la seconde fois de sa vie, mais avec une passion violente, un abandon total qu'elle n'avait encore jamais connus.

Beaucoup plus tard, elle sentit sa joue duveteuse se frotter contre la sienne.

« Voudriez-vous rester ici ? », lui demanda Abdullah.

Lili ne pouvait pas savoir que jamais il n'avait fait venir une Européenne dans son palais, qu'il envoyait toute prudence au diable et que sa passion pour elle était politiquement dangereuse. Elle hésita. Son cœur et son corps disaient oui, mais sa raison et sa mémoire lui rappelaient qu'elle était dans les bras d'un play-boy international. Elle ne voulait pas passer aux yeux du monde comme la dernière en date des conquêtes d'Abdullah. Depuis qu'elle avait terminé *Pluie,* l'estime qu'elle se portait à elle-même avait beaucoup remonté. Le film n'était pas encore sorti, mais, dans les milieux du cinéma, on savait que Lili avait superbement interprété le rôle de Sadie Thompson et c'était pour elle une victoire personnelle. Elle était bien décidée à ce que rien ne vienne lui voler ce qu'elle avait obtenu avec tant de mal : être considérée comme une grande actrice. Pourtant, la vie était faite pour être vécue et jamais Lili ne s'était sentie aussi vivante et pourtant aussi apaisée.

La première de *Pluie* n'aurait lieu que dans quinze jours. Après tout, elle pouvait bien rester une semaine ou deux à Sydon.

## 55

Un an plus tard, Lili était toujours à Sydon. Ces douze mois idylliques lui avaient semblé éternels et, pourtant, ils avaient passé bien rapidement. Abdullah était amoureux fou. Quand il était avec Lili, le souvenir de ses malheurs passés s'envolait et il ne pensait plus qu'à l'instant présent. Quant à Lili, la fascination éblouie qu'il lui avait inspirée au début s'était peu à peu transformée en un état de bonheur inexplicable. En compagnie d'Abdullah, elle baignait dans une paix extraordinaire, totalement différente de l'apaisante tranquillité qu'elle avait connue avec Stiarkoz et qu'elle prenait alors pour la véritable paix.

D'autre part, Lili avait conçu un grand respect pour Abdullah en découvrant combien il était dévoué à son peuple, combien étaient terrifiantes ses responsabilités et total le pouvoir qu'il exerçait sur ses sujets. D'une seule parole, il pouvait envoyer l'un d'entre eux à la mort s'il le soupçonnait de tenter de l'assassiner.

« Vous n'avez aucune preuve », s'était écriée Lili, un jour qu'on avait surpris un domestique à rôder dans les garages alors que rien ne l'y appelait. « Il n'avait sur lui ni poison, ni couteau, ni bombe ! On n'a pas permis à ce malheureux de dire le moindre mot pour sa défense. Comment pouvez-vous être sûr qu'il voulait vous tuer ? Comment pouvez-vous être si cruel ? explosa Lili.

— Vous vous trompez, répliqua Abdullah en la regardant d'un air pensif. Je ne suis pas cruel. La cruauté consiste à prendre du plaisir à infliger une peine. Pour moi, je ne le fais que lorsque c'est nécessaire et je n'y prends aucun plaisir ». Il regarda le ciel et ajouta : « Toutefois, il est certain que je suis sans pitié. Si je ne l'étais pas je serais mort avant d'avoir eu seize ans. Après un choc, certaines personnes ont les cheveux qui blanchissent en une nuit. Au lendemain de la première tentative d'assassinat, quand j'avais quatorze ans, je me suis réveillé et j'ai découvert que j'étais devenu impitoyable. C'était ça ou mourir. »

Elle avait fini par accepter la dure réalité qui se cachait derrière tout ce luxe. Elle aimait beaucoup vivre au palais de

Dinada. En équilibre dans le repli d'une baie abritée, il était construit sur le flanc d'une petite falaise et descendait vers la plage rocheuse par une série de paliers soutenus par des voûtes. Sur chacun de ces cinq paliers, il y avait un jardin en terrasse. Au-dessous d'elle, Lili voyait des jardiniers enturbannés de blanc penchés sur les massifs, soignant le chèvrefeuille et le jasmin blanc qui frissonnaient dans la brise marine, contre les murs du palais.

Il régnait dans cette demeure environnée de genévriers, de cyprès et d'oliviers au feuillage argenté une atmosphère calme et décontractée, comparée au formalisme cérémonieux du vieux palais de Semira où Abdullah travaillait, donnait audience aux diplomates étrangers et aux chefs de tribus. A Dinada, il se détendait, se baignait dans la mer tumultueuse ou dans la piscine souterraine chauffée qu'on avait taillée dans le roc. A Dinada, ils partaient tous deux à cheval sur les sables blancs du golfe, faisaient du ski nautique, pêchaient et, parfois, recevaient leurs amis sur le yacht royal.

Zimmer était venu deux fois et on l'attendait sous peu, pour quelques jours, après quoi il rentrerait à Paris avec Lili qui n'avait pas tourné un seul film au cours de l'année précédente. Zimmer avait fini par la tenter en lui proposant le rôle principal dans un film tiré d'une nouvelle de Maupassant, *Les Bijoux*. Elle y incarnerait une femme modeste et vertueuse, épouse d'un petit fonctionnaire qui l'adorait tout en désapprouvant son goût pour le théâtre et sa passion des faux bijoux. « Ma chère, lui disait sévèrement son mari, quand on n'a pas le moyen de se payer des bijoux véritables, on ne se montre parée que de sa beauté et de sa grâce. »

« Cela ne veut pas dire que toutes les femmes peuvent se permettre de n'être que belles », lui avait murmuré Zimmer, un soir qu'ils étaient accoudés à la balustrade de la terrasse, contemplant le soleil sombrer lentement dans la mer. « Une femme doit avoir aussi une position sociale, surtout quand elle n'est pas mariée et qu'elle a une liaison avec un homme très puissant. »

Il regarda Lili droit dans les yeux, avec un sérieux qui démentait son ton moqueur.

« Une position sociale permet à une femme de gagner l'admiration des foules et rappelle de temps en temps à l'homme en question quelle chance il a de la posséder et que bien d'autres aimeraient être à sa place. Autrement dit, ma chère enfant, cela l'incite à rester dans le droit chemin et à ne pas porter ses regards ailleurs quand il s'ennuie. »

Lili rejeta la tête en arrière et lança à Zimmer un regard fulgurant, mais celui-ci était bien décidé à aller jusqu'au bout.

« Même si vous êtes plus ravissante que jamais, ma chérie, vous feriez bien de ne pas oublier que Sa Majesté n'a pas la réputation d'être un amant fidèle. »

Tout en regagnant sa chambre, une pièce de quinze mètres de long, dont trois parois étaient en verre et la quatrième (celle du fond) entièrement recouverte d'une glace, si bien qu'on avait l'impression d'être suspendu dans l'espace, Lili se mit à penser, malgré elle, aux paroles de Zimmer. Elle avait déjà vaguement songé à la possibilité qu'Abdullah se lassât d'elle, mais elle avait très vite chassé cette idée de son esprit. Il serait bien temps d'aviser, le moment venu. Quand elle était dans ses bras vigoureux et qu'il la couvrait de ses baisers, elle était incapable d'imaginer qu'une telle chose pourrait se produire. Mais, quand elle était seule depuis plusieurs jours, comme c'était présentement le cas, il lui arrivait d'être brusquement prise de panique.

Lili se jeta sur son lit et se contraignit à réfléchir à sa situation. Il aurait été facile d'accepter ce luxe insouciant sans penser une seconde à l'avenir. Toutefois, elle avait maintenant vingt-six ans et il lui fallait y songer.

Arrachée à une enfance heureuse, elle avait été durement traitée par les Sardeau. Elle avait survécu à la trahison de son premier amant. Elle avait survécu au mépris général quand elle était devenue une star du porno. Elle avait survécu à la mort de Jo et à la scélératesse éhontée de son avocat. Après des moments pénibles, elle avait repris confiance en elle-même et s'était jetée dans son travail avec acharnement, espérant, à juste titre, y trouver une raison d'être fière d'elle-même. Lili avait alors essayé de mener sa barque, sans être le jouet d'autrui. Et voilà que l'amour avait réduit tous ces beaux efforts à néant.

Elle savait que Zimmer avait raison ; elle ne pouvait pas sacrifier, sur un coup de tête, sa carrière et cette réussite si durement acquise. Cette vie sybaritique d'amour et de luxe ne pouvait pas durer indéfiniment ; elle n'était même pas sûre d'en avoir envie. Les femmes arabes étaient incapables de la comprendre. Elles la méprisaient et la jalousaient. Leurs hommes faisaient tout pour les éloigner d'elle et de ses dangereuses idées de liberté. La place d'une femme était dans le harem, avec les autres femmes. Du reste, ils se tenaient prudemment à l'écart, eux aussi, de crainte que quelques mots échangés en passant avec elle ne soient mal interprétés par leur maître.

Les journées d'Abdullah étaient entièrement consacrées aux affaires de son royaume. Lili ne savait jamais quand il viendrait la retrouver et, par conséquent, si elle vivait des nuits frénétiques, ses journées étaient bien mornes. Elle se sentait prise de démangeaisons de se remettre à tourner, de mener sa vie à sa guise et d'abandonner cette existence choyée et confinée de maîtresse royale. En revanche, Abdullah lui-même n'avait pas perdu de son charme à ses yeux. Parfois, il lui prenait le visage entre ses mains, la regardait dans les yeux et, d'un doigt, il suivait le contour de ses sourcils, de son front et de son nez, comme s'il voulait le sculpter et le graver à tout jamais dans sa mémoire. Dans ces moments, il lui souriait tendrement avec la même étrange et infinie douceur que la première fois qu'ils s'étaient vus. Lili était alors certaine d'être aimée. Mais, en d'autres circonstances, quand il était préoccupé par quelque affaire politique, il la rembarrait comme un petit chien agaçant.

Il ne lui avait jamais parlé de sa femme et de son fils. Consciente de la terrible perte qu'il avait subie, devinant quelles avaient dû être ses pensées après le drame et sachant qu'il avait toujours du chagrin, Lili n'osait pas aborder ce sujet. Toutefois, elle savait parfaitement qu'Abdullah ne l'épouserait jamais. C'était une infidèle. Il devait à son peuple de choisir une reine au sang pur, qui lui donnerait des héritiers incontestés. Ce n'était d'ailleurs pas la seule raison qui faisait qu'elle ne pouvait pas se marier avec lui. Dans un pays où un père avait le droit d'égorger sa fille s'il la soupçonnait de s'être trouvée seule avec un homme, Lili était considérée comme la concubine du roi et elle se rendait bien compte du mépris poli que lui témoignait la cour : elle était la putain de Sa Majesté.

Et, raison ultime et preuve incontestable de l'amour que lui portait Abdullah, c'était une Occidentale et, partant, une ennemie.

La semaine précédente, des guérilleros arabes avaient déclenché une opération maritime contre Tel-Aviv et Abdullah, maussade et préoccupé, avait accordé, quelques jours plus tard, une audience à l'ambassadeur des États-Unis. Ce jour-là, après avoir pris son petit déjeuner de bonne heure et enfilé une culotte de cheval avec un chemisier blanc, Lili se préparait à gagner les écuries quand elle s'entendit appeler. Elle se retourna et reconnut aussitôt le visage qui lui souriait.

« Mais c'est Bill Sheridan ! Quelle joie de vous revoir. Est-ce que Linda est avec vous ? »

Le gros avocat texan dégringola de sa voiture, se précipita vers Lili et l'embrassa evec effusion. Elle déposa un baiser affectueux sur la joue du vieil homme.

« Linda est avec moi, bien sûr. Elle s'habitue à son métier d'ambassadrice et elle change de place tous les meubles de la maison. Nous savions que vous étiez ici, mais je ne m'attendais pas à vous rencontrer si vite. Venez nous voir dès que vous pourrez. Vous vous souvenez des barbecues que Linda organisait à Paris ? Eh bien, ce n'était rien, comparé à ce qu'elle projette maintenant. Vous allez voir ce qu'est vraiment l'hospitalité des Texans ! » Il lui secouait vigoureusement la main. « Je parie qu'il y a bien six mois que vous n'avez pas mangé un bon steak, avec tout ce qu'il faut ! Je les fais venir par avion de mon ranch. Quand voulez-vous que je vous envoie la voiture, chère amie ? »

Lili réfléchit un moment. Abdullah devait partir pour assister à un *mansef* dans le sud du pays et il serait absent pour trois jours, au moins.

« Disons jeudi, si ça vous convient.

— Parfait, parfait, Lili, vers six heures. Ce sera un plaisir pour nous. Bon, maintenant, il faut que j'y aille », dit-il en montrant du doigt l'entrée du palais, et il commença à gravir les marches de marbre, tandis que Lili se dirigeait vers les écuries.

Quand elle revint de sa promenade, elle trouva un serviteur qui l'attendait. Il s'inclina, puis aboya :

« Le roi veut vous voir immédiatement. »

Lili entra rapidement dans le palais en passant devant un groupe de courtisans tout de blanc vêtus massés devant la porte du roi. Ils lui lancèrent tous de sombres regards de haine et de ressentiment. Qu'ai-je encore fait ? se demanda Lili.

Tel un tigre furieux, Abdullah faisait les cent pas dans la pièce.

« Qu'est-ce que j'apprends ? Il paraît que vous fricotez avec le nouvel ambassadeur des États-Unis ?

— Mais voyons, Bill Sheridan est un très vieil ami. Je le connais depuis des années et sa femme également.

— C'est un avocat millionnaire parfaitement inculte qui s'est trouvé en savoir juste assez sur les problèmes du pétrole et avoir suffisamment contribué aux finances du parti républicain pour être nommé à ce poste. S'il n'était pas l'ambassadeur des États-Unis, jamais je n'accepterais de m'asseoir à la même table que lui. En tout cas, vous n'irez certainement pas le voir, ni lui ni sa femme.

— J'irai *certainement* voir mes amis, Abdullah !

— Je ne peux pas vous permettre de fréquenter cette ambassade où vous serez en but à cette pourriture d'agent de la C.I.A. qui se prétend attaché culturel ! Nous savons bien que vous ne connaissez aucun secret d'importance stratégique mais eux ne le savent pas et tout le monde vous a vue embrasser ce cochon d'Américain. »

Soudain, Lili comprit ce qui avait mis Abdullah en fureur.

« Est-ce à dire que vous me faites surveiller ! Vous n'avez donc pas confiance en moi, Abdullah ? »

Abdullah se détourna, croisa les bras et porta un regard furibond sur les orangers qu'on apercevait par les fenêtres.

« Vous devez comprendre ma situation. Mes conseillers sont mécontents de... de mes relations avec une Occidentale et ils ne vous jugent pas digne de confiance, eux ! »

Lili le considéra avec une expression de colère silencieuse, fit demi-tour et sortit en claquant les talons, sous les regards dédaigneux des courtisans assemblés devant la porte. Jamais elle ne s'était sentie aussi humiliée et, tout à coup, elle se demanda ce qu'elle faisait dans ce tas de sable où on ne lui permettait même pas de rendre visite à de vieux amis.

Le soir, Lili s'était calmée et, dans la voiture qui les amenait à Dinada, elle avait écouté sans rien dire Abdullah attaquer sauvagement la politique des Américains envers Israël. Mais, un peu plus tard, alors qu'ils marchaient pieds nus au bord de la mer, au coucher du soleil, elle lui avait soudain demandé :

« Jusqu'à quand cette guerre insensée va-t-elle continuer ? Pas éternellement, je pense. Pourquoi les Arabes ne font-ils pas la paix avec les Juifs ? »

Abdullah la saisit brusquement par le poignet.

« Pour la dernière fois, femme, je vais te dire pourquoi la guerre va durer en Palestine. En 1917, les infidèles britanniques ont imaginé que ce serait une bonne idée de faire de la Palestine une patrie pour les Juifs, ricana-t-il. Mais apparemment, ils ne s'étaient pas rendu compte que 93 p. 100 des habitants étaient soit musulmans, soit chrétiens. »

Dans la pénombre, Lili vit son visage se crisper de colère, tandis qu'il la saisissait par les épaules et la secouait violemment.

« Ces Arabes se sont retrouvés sans pays ; on les a chassés de leur maison et de leur terre, au bénéfice de sept pour cent de la population et d'un tas d'autres Juifs qui n'avaient jamais mis les pieds en Israël. »

Abdullah voyait soudain Lili comme une Occidentale et comme une ennemie. Il voulait la dominer et la posséder. Pendant longtemps, il avait refusé de s'avouer qu'il était désespérément amoureux d'elle. Il estimait que c'était une faiblesse dans sa cuirasse. La force de ses sentiments l'inquiétait et il était épouvanté à l'idée d'aimer un être humain aussi profondément qu'il avait chéri son petit garçon, épouvanté de penser qu'il pourrait un jour perdre cet amour-là, lui aussi. Exaspéré par tant d'émotions contradictoires, il se remit à secouer Lili par les épaules. Il la poussa brutalement, elle chancela et se retrouva étendue sur la grève. Abdullah se jeta sur elle, l'enfonçant dans le sable et glissant ses mains mouillées sous son cafetan trempé. Il la pénétra en poussant un grognement, comme un mâle dur et lourd et sans lui manifester le moindre égard.

Quand ce fut terminé, Lili s'assit sur la plage, dégoulinante et couverte de sable et elle regarda avec colère Abdullah qui se déshabillait et s'apprêtait à plonger. C'en était trop ! On se serait cru dans un de ces films stupides qu'elle tournait autrefois. Brusquement, elle en eut assez de n'être pas de la bonne race, de la bonne religion et du bon côté.

« Ça ne pourra jamais marcher, cria-t-elle. Vous êtes toujours en train de me rappeler que je ne vous conviens pas, mais savez-vous qu'il y a une raison majeure qui fait que vous ne me convenez pas, à moi non plus ? » Elle martela le sable de ses poings. « Peu importe que nos corps soient passionnément unis, vous êtes incapable de me donner un amour sans réserve, poursuivit-elle d'une voix tremblante. Nous savons tous les deux que votre position rend la chose impossible mais je ne suis pas certaine que ce soit l'unique raison. La raison, Abdullah, c'est que vous ne pouvez faire confiance à personne, même à moi et on ne peut pas aimer quelqu'un en qui on n'a pas confiance.

— C'est difficile d'avoir confiance, répondit-il d'un air impérieux et renfrogné, après un moment de silence. Aussi bien que je fasse mon métier, je suis sûr qu'il y aura toujours des gens pour avoir envie de m'assassiner, simplement parce que je suis en place.

— J'aurais pu vous assassiner cent fois si j'avais voulu, rétorqua Lili en chassant de son visage une mèche de cheveux mouillés. Vous me dérobez le côté le plus important de vous-même ; je trouve que c'est insupportable et humiliant. » Sa voix s'effrita, puis elle éclata de nouveau : « J'ai honte de ce côté qui vous fait me renier. J'ai honte de ne pas vous convenir pour des raisons qui n'ont rien à voir avec ma personnalité. Je suis peinée et exaspérée que vous me priviez délibérément de votre amour.

— Ce n'est pas à cause de moi que vous êtes peinée et exaspérée », déclara Abdullah en forçant Lili à se relever et en faisant astucieusement dévier la conversation, comme le font si souvent les hommes quand une femme touche la vérité de trop près. « Vous êtes peinée et exaspérée parce que, comme vous me l'avez si souvent dit, vous ne savez pas qui vous êtes et que vous comptez sur l'amour pour donner un sens à votre vie. » Ses yeux avaient une expression de dédain amusé, comme s'il était témoin de la colère d'un enfant.

« Vous avez raison, dit Lili. Je ne savais pas qui j'étais. » Elle était stupéfaite de s'entendre utiliser l'imparfait.

« Vous autres, Occidentaux, avec votre éternelle quête d'identité, vous ne savez jamais qui vous êtes, lança Abdullah d'un air méprisant. Si vraiment vous voulez le savoir, pourquoi ne le cherchez-vous pas au lieu de perdre votre temps à en parler ?

— Vous avez raison, c'est ce que je vais faire », déclara-t-elle brusquement et, s'arrachant à lui, elle s'enfuit en courant.

# ONZIÈME PARTIE

# 56

Aussitôt qu'ils eurent appris que Lili était de retour à Paris, les journalistes se lancèrent à l'assaut de son appartement. L'immeuble qui faisait face au sien bourgeonna de téléobjectifs et elle dut laisser son téléphone décroché en permanence. Elle vivait comme en état de siège, se débattant une nouvelle fois contre le chagrin et l'humiliation, mais cette fois, il s'y mêlait de la colère.

« Je suis sûre d'avoir pris la bonne décision », confia-t-elle un jour à Zimmer.

Ils étaient installés tous les deux devant un grand feu de bois et Lili lui raccommodait son manteau de vigogne dont le revers avait été déchiré alors qu'il se battait pour essayer d'entrer chez Lili.

« Voilà, on ne voit même plus qu'il a été déchiré, dit-elle en cassant le fil d'un coup de dent. J'ai réalisé brusquement que le peuple m'était hostile, qu'une rupture avec Abdullah était inévitable et que plus je restais, plus ce serait dur. » Elle rejeta la tête en arrière et ajouta : « Et j'ai aussi senti que, pour la première fois de ma vie, j'étais en train de décider de mon sort. Ah, Zimmer, vous ne pouvez pas vous imaginer quel désespoir, quelle tristesse j'ai éprouvés et éprouve encore d'être séparée d'Abdullah. C'est comme si on m'avait arraché une partie de moi-même et je vous jure qu'il m'arrive même parfois de ressentir une douleur physique. » Elle pressa la main sur sa poitrine et se tut un moment, avant de reprendre : « Pourtant, curieusement, pas une fois je n'ai regretté ma décision. Je suis fière d'en avoir eu le courage, je suis vraiment fière de moi. Je croyais ressentir une impression de destruction physique — Dieu sait que j'y suis habituée — mais, au contraire, je me suis sentie farouchement déterminée à ne plus jamais accepter d'humiliation.

— Vous ne voulez pas parler aux journalistes ? Voilà six semaines que vous avez quitté Abdullah et ils attendent toujours dehors.

— Oui, comme une meute de loups ! Pour une fois, ma vie privée restera privée. Je n'en parlerai à personne, Zimmer. Ce que je souhaite, c'est me remettre au travail le plus vite possible. C'est l'unique et infaillible antidote au chagrin. »

Ruisselante de faux diamants, Lili frissonnait dans les bras maigres d'un employé. Elle était vêtue d'une robe du soir en satin, très moulante et elle était censée avoir pris froid en rentrant de l'Opéra. Elle allait mourir d'une fluxion de poitrine dans quelques jours. Soudain, l'employé perdit son pince-nez.

« Merde ! s'écria-t-il.

— Coupez ! », ordonna Zimmer, pendant que toute l'équipe éclatait de rire et que l'employé se baissait pour ramasser son accessoire.

« C'est le ressort qui a besoin d'être resserré, annonça-t-il. Je vais le réparer moi-même si vous me donnez deux minutes et une pince à épiler. »

Le menton pointu de l'acteur était caché par une barbiche en pointe, absolument obligatoire pour jouer le rôle d'un employé de l'époque Napoléon III. Pourtant, Lili avait reconnu cette longue figure maigre et l'éclat du bleu des yeux.

« On se connaît, je crois, lui avait-elle dit quand on les avait présentés. Il y a très longtemps ; c'était mon premier film et vous m'aviez expliqué ce qu'il fallait faire. Vous êtes... Simon... c'est bien ça ?

— Simon Pont, déclara l'acteur. Je ne pensais pas que vous vous souviendriez de moi. » Il avait déjà résolu de garder ses distances, de se tenir à l'écart de Lili. Il ne voulait ni complications, ni paparazzi, ni roman d'amour organisé, seulement un bon rôle bien payé, dans un film rapidement tourné et surtout pas d'ennuis avec Lili la Tigresse.

Cependant, au fil des semaines suivantes, Simon s'aperçut que Lili n'était pas la star gâtée que l'on disait. Elle paraissait étonnamment effacée, timide presque. Elle se hasardait rarement en dehors de sa loge et quand, par hasard, sa porte était ouverte, on la voyait lire en prenant des notes.

« Elle ne fait pas ça pour la galerie, lui avait dit Zimmer, un jour qu'ils déjeunaient à la cafétéria du studio. Je ne vous en avais pas parlé avant parce que je savais que vous ne me croiriez pas.

— Mais qui va lire ses notes ?

— Oh ! il y a toujours un professeur qui entre ou qui sort de chez elle. Vous vous êtes rendu compte qu'elle était relativement peu instruite et elle en est très consciente. Pour ma part, je trouve son petit programme d'autodidacte touchant et charmant.

— Elle fait son métier très sérieusement, reconnut Simon et je ne l'ai jamais vue montrer son fameux caractère.

— En réalité, elle n'a pas mauvais caractère, précisa Zimmer. Elle a même tendance à ne pas réagir quand on l'attaque, ce qui se produit très souvent. Quand elle ne travaille pas, elle aspire à mener une vie tranquille. Elle pense toujours à Abdullah et elle est assiégée par les journalistes qui cherchent à savoir pourquoi ils se sont séparés. C'est pour cette raison qu'elle paraît un peu lointaine ; elle se méfie, elle sait que le plus banal de ses propos risque d'être mal interprété, répété et vendu à un chroniqueur de potins.

— Comment est-elle avec ses amis ? demanda Simon.

— Elle n'a pas beaucoup d'amis. »

Simon était très sportif et il tenait à faire les cascades lui-même quand il tournait un film, ce qui lui arrivait rarement car il préférait le théâtre et les réactions d'un public en chair et en os au travail répétitif, ennuyeux et impersonnel du cinéma.

« Il a accepté de faire ce film uniquement pour l'argent, afin de pouvoir payer la pension alimentaire de son ex-femme, avait dit Zimmer à Lili. Il a été marié pendant plusieurs années avec une petite garce très gâtée qui le suce jusqu'au sang. Il en souffre toujours.

— Il a été marié combien de temps ?

— Je n'en sais rien. Assez longtemps pour avoir une petite fille ; sept ans, peut-être. Mais n'abordez surtout pas ce sujet avec lui.

— Ne vous faites pas de souci. J'éviterai tous les sujets. Ce ne sera pas difficile, il ne m'adresse pratiquement pas la parole en dehors du plateau. »

Au cours de la deuxième semaine de tournage, Lili accrocha sa fine gourmette d'or dans une poignée de porte et un anneau céda.

« Je vais vous la réparer », lui proposa Simon en tirant de sa poche un petit couteau suisse. Lili eut une expression horrifiée mais, cinq minutes après, le bracelet était de nouveau sur son poignet.

« Ça va plus vite que chez Cartier », reconnut-elle, et c'est moins cher. »

Le surlendemain, Lili arriva au studio avec un pouce bandé.

« Je laisse toujours brûler mes toasts, expliqua-t-elle. Je suis une très mauvaise cuisinière. »

Le jour suivant, on apporta, dans la loge de Lili, un grand paquet enveloppé dans du papier brillant et ficelé avec un ruban.

Bien emballés dans du papier du soie, elle y trouva un petit toaster et du pain. Elle remercia Simon en riant.

« Il ne parle guère mais il sait écouter, confia-t-elle un peu plus tard à Zimmer. Il va falloir que je lui fasse un cadeau, moi aussi. »

Le dimanche suivant, Simon accompagna donc au marché aux puces une Lili méconnaissable dans un imperméable au col relevé, avec un vieux foulard noué sous le menton. Elle aimait fouiner parmi les stands, espérant toujours découvrir une pièce ancienne dans tout ce fatras. Elle avait choisi pour Simon un coffret en teck incrusté d'un motif de nacre quand elle aperçut des miniatures en bois représentant les animaux de l'arche de Noé.

« Quel joli cadeau pour un enfant ! s'écria-t-elle. Vous pourriez le donner à votre petite fille.

— Je n'ai pas de petite fille », rétorqua sèchement Simon en se détournant.

En reconduisant Lili chez elle, dans sa Land Rover, Simon rompit tout à coup le silence.

« Écoutez, je suis désolé d'avoir été si grossier. J'avais une petite fille, en effet, mais elle est morte d'une méningite, il y a deux ans. Elle avait à peine quatre ans. De nos jours, la méningite est rarement mortelle, on la soigne par des antibiotiques. Mais nous étions alors en Égypte pour un film et c'était la grande pagaille à l'hôpital. Tout s'est passé si vite. Elle paraissait si petite dans son lit ; elle hurlait de douleur et nous étions impuissants. Elle nous a quittés en l'espace d'une seconde... »

Lili se pencha vers lui et lui serra la main dans un geste de muette sympathie.

Le dimanche suivant, ils allèrent au zoo. Lili s'amusait à donner à manger à une chèvre blanche, dans l'enclos réservé aux enfants, quand elle entendit un déclic bien connu. Simon s'élança vers deux hommes qui se tenaient en bordure de l'enclos et leur dit :

« Ne la photographiez pas, je vous en prie. C'est une visite privée.

— Et moi, c'est mon métier », répliqua le photographe, en braquant son objectif sur Simon qui bondit et fit voler l'appareil des mains de son propriétaire. Mais, soudain, il se retrouva allongé par terre, sur le dos.

« J'en ai d'autres à votre disposition, si vous le désirez », déclara le deuxième reporter, tandis qu'un gardien se précipitait vers eux, l'air inquiet. Lili aida Simon à se relever.

« Filons, supplia-t-elle. Vous allez avoir un bel œil au beurre noir. Plus vite nous partirons, moins ils en auront à raconter. »

Lili emmena ensuite Simon chez elle et lui tamponna l'œil avec un coton imbibé d'hamamélis qui se mit à dégouliner le long de son cou, lui mouillant le col de sa chemise.

« Ah ! que je suis maladroite ! s'écria Lili. Enlevez votre chemise et enfilez un peignoir pendant que je vais la faire sécher et raccommoder la déchirure. Mais non, justement. Je suis très fière de mes talents de couturière. Je vous garantis que vous ne saurez même plus où elle a été déchirée. Vous n'êtes pas le seul à savoir réparer les choses. »

La bonne apporta du café et le posa devant le canapé où Lili s'était installée, face à un grand feu de bois. Elle reprisait la chemise avec un grand soin, pendant que Simon, enveloppé dans un peignoir blanc, examinait les livres posés sur un bureau ancien. Il s'empara d'une encyclopédie Larousse qui semblait avoir été souvent feuilletée.

« Zimmer m'a dit que vous aimiez vous instruire. Est-ce que vous lisez des ouvrages de philosophie ?

— Ah non, grands dieux ! s'écria Lili en riant. Je ne suis pas une intellectuelle.

— La philosophie n'est pas faite uniquement pour les intellectuels. Les philosophes sont des gens qui cherchent à savoir pourquoi le monde existe tel qu'il est et quelle est la meilleure façon d'y vivre.

— Dans ce cas, ça m'intéresse. » Lili pencha la tête et coupa le fil avec ses petites dents blanches. « Voilà votre chemise, elle est comme neuve.

— Demain, j'aurai quelque chose d'amusant à raconter au studio. Vous avez raison ! Je ne vois même plus où elle était déchirée.

— J'ai appris à coudre très jeune », déclara Lili avec une soudaine tristesse.

Le lundi matin, Simon fit à Zimmer le récit de leur aventure et il ajouta :

« Qui aurait cru que Lili la Tigresse savait coudre !

— Lili a toujours eu soif d'une paisible existence familiale, grommela Zimmer. L'enfant qui est en elle rêve d'un feu de cheminée dans une chambre de bébé, mais ce n'est là qu'un de ses aspects, l'aspect refoulé. Lili est une actrice-née ; elle a ça dans la peau. Le talent a besoin de se réaliser, un talent frustré donne une personnalité frustrée. Elle ne pourrait pas être heureuse sans les caméras, malgré ses talents pour repriser les chemises. »

Le même jour, un peu plus tard, tout en mangeant des sandwiches à la cantine du studio, Simon se mit à lire à haute voix à Lili un passage d'un ouvrage philosophique. Zimmer, qui assistait à la scène, s'en félicita secrètement. Après deux personnalités plus grandes que nature, autoritaires et destructrices, peut-être Lili avait-elle besoin d'un garçon calme, équilibré et intelligent qui s'intéresserait à elle plus qu'à lui-même, quelqu'un d'assez stable pour la manier avec fermeté et indulgence et lui apporter la sécurité à laquelle elle aspirait. Simon ne serait pas jaloux de la carrière de Lili : il en comprendrait toutes les obligations, il accepterait qu'elle soit farouchement exigeante en tant qu'actrice, mais non dans leurs rapports personnels, il devinerait qu'elle avait besoin de plus de protection et d'attention que la plupart des hommes sont, en général, disposés à en accorder à une femme.

Un jour, Simon offrit à Lili une vieille boîte à musique ronde et orange. Ils avaient commencé à écouter s'égrener les notes cristallines de *Au clair de la lune...*, quand Simon cessa brusquement de remonter le mécanisme en voyant des larmes dans les yeux de Lili.

« Que se passe-t-il ? Vous n'aimez pas cette chanson ?

— Oh Simon, c'est un très joli cadeau, mais ça me rappelle... »

En effet, elle se souvenait d'Angelina lui chantant cette berceuse pour l'endormir tandis que, devant la fenêtre de sa petite chambre, les sapins bruissaient dans la nuit.

Un après-midi, Simon invita Lili à prendre le thé chez lui. Elle remarqua les teintes sombres et riches, les couloirs tapissés de livres, les tableaux anciens représentant des chevaux, toute une tiédeur luxueuse et douillette.

La cuisine reluisante de casseroles de cuivre et fleurant bon les herbes avait été décorée par John Stefanidis, dans un style campagnard, pour un prix qui dépassait les possibilités d'un paysan. Simon fit bouillir de l'eau et servit le thé sur un bout de la longue table de pin.

« Du sucre ? »

Lili avança la main vers le sucrier et, au même moment, elle rencontra celle de Simon. Le contact imprévu et fugitif de cette chair tiède la fit frissonner.

Simon lui rendit son regard ; une expression de muette

stupéfaction apparut sur leurs deux visages. Mais la prudence eut bien vite raison de Lili et elle se leva. Elle ne voulait se lier avec personne. Elle entreprit maladroitement de boutonner son imperméable.

« Il faut que je rentre chez moi et que j'aille à... »

Simon s'approcha de la fenêtre et regarda dehors. Il lui tournait le dos, les mains dans les poches.

« Oh ! bien sûr, il faut que vous partiez », déclara-t-il.

Il s'éloigna de la fenêtre et elle fit un pas vers lui, la main tendue pour lui dire au revoir. Simon lui prit la main et la garda dans la sienne.

Tout en essayant un peu nerveusement de se dégager, elle lui dit en plaisantant :

« Je ne peux pas partir sans ma main, Simon.

— Il vous faudra pourtant partir sans ou rester avec. »

## 57

Devant la fenêtre de la chambre, le givre avait dessiné des petites dentelures blanches sur les toits gris de Paris. La neige s'était mise à tomber, noyant tout dans une pâleur indistincte. Simon chatouilla délicatement les orteils de Lili, comme il avait coutume de le faire en prélude à l'amour. Ils vivaient ensemble depuis deux ans, dans une paix et une tranquillité relatives. Simon n'avait encore jamais connu un bonheur aussi paisible. Il s'était rendu compte, à sa grande surprise, que Lili était très peu exigeante. En dehors des moments où elle entrait dans une soudaine fureur à la lecture de quelque médisance imprimée sur son compte, dans un journal, Lili avait une nature très pacifique. Ensemble, ils lisaient, ils écoutaient de la musique et, le dimanche, Lili continuait à peindre.

Simon lui titilla le petit orteil gauche, puis il se mit à lui caresser les cuisses et à remonter vers la petite toison sombre. Le dimanche, il aimait à la réveiller ainsi et elle adorait revenir à la vie avec ces petits plaisirs sensuels qui se métamorphosaient peu à peu en ivresse passionnée. Pour le moment, les yeux encore clos, elle le cherchait avec des gestes ensommeillés.

Bien plus tard, il lui apporta le café au lit. Lili s'assit et fixa les yeux sur une petite huile accrochée entre deux fenêtres, face au grand lit. Elle représentait une rivière sinuant à travers les montagnes et Lili l'avait achetée la semaine précédente, rue Jacob, chez Paradis.

« Je ne suis pas sûre qu'elle soit bien placée, remarqua-t-elle. Elle est trop petite pour être vue de si loin, mais je la trouve tellement jolie et elle me rappelle une rivière de chez moi, quand j'étais petite. On ne la voyait pas de notre chalet, parce qu'elle coulait dans une gorge profonde et nous n'avions pas le droit d'y aller. Pourtant, mon frère Roger m'y emmenait parfois. On s'amusait à attraper des truites et à barboter dans les trous d'eau. »

Sa voix se perdit, tandis que, tenant son bol de café à deux mains, elle contemplait le tableau qui lui faisait face.

« Un vieux pont suspendu, tout branlant, l'enjambait. Au milieu, les eaux étaient profondes, claires et glacées. Le torrent faisait des méandres et coulait avec fracas, surtout à la fonte des neiges, au printemps. » Elle but une gorgée de café sans quitter le tableau des yeux. « Le paysage était toujours plus beau au petit matin, quand les pentes étaient recouvertes d'une brume argentée et que les sommets étaient encore flous, dans le lointain. » Elle ferma les yeux en souriant. « C'était un lieu très calme, en dehors du grondement de l'eau et des gémissements de la scierie où on débitait les sapins en planches toutes prêtes à devenir des chalets.

— Je me demande si tu te rends compte à quel point tu te complais dans ton passé, dit Simon, légèrement agacé. Pourquoi ne penses-tu pas plutôt à bâtir un avenir avec moi. Pourquoi ne pas construire un chalet en Suisse avec les planches de ta scierie et commencer à édifier une véritable famille, au lieu de te lamenter sans cesse sur celle que tu as perdue ? On est ensemble depuis deux ans bientôt et je veux bien aller au diable si je comprends pourquoi tu ne veux pas m'épouser.

— C'est une idée tellement démodée.

— Peut-être, mais c'est une très bonne idée. Nous sommes en 1978, j'ai trente-cinq ans et je veux des enfants. Ce qui me sidère, c'est que je sais que toi aussi, tu en veux et pourtant, tu évites toujours ce sujet. Est-ce parce que tu ne m'aimes pas ou parce que tu penses que je ne t'aime pas ? A moins que tu ne veuilles pas t'engager parce que tu as peur que je veuille te dominer comme Stiarkoz et cette ordure d'Abdullah ?

— Non, ce n'est pas ça. » Elle hésitait. « C'est idiot, je sais, mais je ne me sens pas stable. Toi, tu sais d'où tu viens, mais moi pas. » Elle reposa son bol vide sur le plateau. « En général, les femmes ont toujours envie d'avoir un enfant de l'homme qu'elles aiment et je ne fais pas exception, Simon, dit-elle en lui jetant un long regard triste. Un enfant serait pour moi une nouvelle vie, une renaissance, un grand coup d'éponge sur tout un passé douloureux, un second départ avec une famille bien à moi. Ne t'imagine pas que l'idée ne me tente pas, j'en meurs d'envie, au contraire. Mais puis-je avoir un enfant, puis-je prendre une telle responsabilité, alors que je suis si peu sûre de moi-même, que je ne sais même pas qui je suis ? Je veux que mon enfant se sente enraciné et en sécurité. Pour cela, il faut que cesse cet état d'instabilité dans lequel je me trouve. » Sa voix se mit à trembler puis se raffermit. « Pour l'instant, je n'en suis pas là et je crains que ce jour ne vienne jamais. Je crois que cette impression ne me quittera pas tant que je n'aurai pas découvert qui sont mes parents. Je souhaite désespérément le savoir et, en même temps, je redoute la vérité parce qu'ils pourraient être... je ne sais pas... des gens antipathiques ou méchants, par exemple. Après tout, ils m'ont abandonnée, soupira-t-elle. De toute manière, c'est sans doute impossible de les retrouver. C'est sans espoir.

— Au contraire, je pense qu'on pourrait essayer, déclara pensivement Simon. Il faudrait s'adresser à un détective privé. Ton avocat pourrait te recommander quelqu'un. J'y pense depuis longtemps. Mais il faut que tu saches que ce qu'on découvrira risque de ne pas te plaire. A mon avis, il doit s'agir d'une fille de la montagne descendue dans la vallée pour gagner sa vie qui se sera fait faire un enfant par un homme marié et qui sera ensuite retournée dans son village pour épouser un paysan à qui elle n'aura jamais osé dire la vérité.

— Oh, je m'en fiche, s'écria Lili. Tout ce que je veux, c'est savoir. »

Le lendemain après-midi, un détective privé nommé Sartor vint voir Lili. Il avait le cheveu gris et rare avec une raie au milieu et portait des lunettes qui lui mangeaient la figure. Il était tiré à quatre épingles, extrêmement poli et totalement inexpressif. L'avocat de Lili lui avait recommandé l'agence Sartor à cause de ses relations internationales. Le détective s'assit sur le canapé, un petit carnet à la main. Non, elle ne savait rien de ses origines, si ce n'est qu'elle était censée avoir vu le jour en Suisse, à Gstaad ou à Château-d'Oex, le 15 octobre 1949 et qu'elle n'était pas la fille naturelle de sa mère nourricière, Angelina, veuve d'un guide de montagne, qui vivait à Château-d'Oex. Non, elle n'avait aucune preuve que Mme Dassin ne fût pas sa vraie mère. Oui, c'était une possibilité, mais elle imaginait que celle-ci n'aurait pas pu dissimuler sa grossesse dans un village aussi petit. La véritable mère de Lili était un mystère pour les gens du pays. A l'école, on la taquinait souvent à ce sujet. Tout le monde acceptait le fait que Mme Dassin fût sa mère adoptive, même si Lili s'appelait alors Élisabeth Dassin. Oui, Mme Dassin s'était remariée avec un Hongrois, Félix Kovago. Oui, le consulat suisse avait confirmé, sans aucun doute possible, que les Kovago et l'enfant Roger Dassin avaient été abattus à la frontière hongroise en 1956. Elle aimerait que M. Sartor vérifie ces informations, bien entendu. Non, Lili ne voyait pas d'autres détails à lui fournir, en dehors du fait que Mme Dassin lui avait fait donner des leçons particulières de français et d'anglais et qu'elle ne pensait pas qu'elle en aurait pris elle-même l'initiative. Non, Roger ne prenait pas de leçons, ni aucun des enfants du village. Non, elle n'avait jamais eu de photos ou de bijoux qui auraient pu être en rapport avec sa naissance.

« Nous allons immédiatement consulter le registre des naissances », déclara Sartor en se levant et en glissant son petit carnet dans la poche intérieure de son veston. Simon le raccompagna jusqu'à la porte et lui rendit son imperméable beige, encore tout humide de neige fondue.

Trois jours plus tard, il téléphona. Simon était absent et ce fut Lili qui répondit.

« Notre contact en Suisse a consulté le registre d'état civil. Gstaad fait partie de la région de Gessenay qui a une population d'environ six mille habitants. Deux petites filles prénommées Elisabeth y sont nées le 15 octobre 1949. Nous avons déjà retrouvé une de ces jeunes femmes. Elle est célibataire et vit toujours à Gstaad avec son père qui est veuf. L'autre enfant est née à la maternité de Château-d'Oex d'une femme nommée Emily Post. En Suisse, le nom de l'accoucheur doit figurer sur l'acte de naissance. Il s'agissait en l'occurrence du docteur Alphonse Geneste qui, malheureusement, est mort le 4 novembre dernier. Mais notre agent suisse a téléphoné à sa veuve qui habite à Gstaad et il doit aller lui rendre visite demain.

— Mon Dieu, dit Lili. Emily Post. C'est un nom anglais. Ce n'est donc pas une Suisse française, allemande ou italienne.

— Sauf si cette personne a pris un faux nom, celui du père de l'enfant, par exemple. (Petite toux sèche.) L'acte porte la mention « de père inconnu ». (Nouvelle petite toux désolée.) Si le nom est authentique, la mère est d'origine anglo-saxonne. Je vous rappellerai dès que j'aurai d'autres informations. »


« C'est vous le policier, hein ? »

L'homme hocha la tête, éberlué à la vue de cette vieille toute ratatinée qui lui avait ouvert la porte au 9, Siedenstrasse, à Gstaad. Sa chevelure clairsemée et gonflante était teintée dans un bleu parfaitement artificiel. Elle avait un maquillage épais, des paupières bleues et des plaques de rouge inégalement réparties sur les joues. Son cou branlant était entouré d'un mince ruban de velours rouge et elle était vêtue d'un pantalon et d'une veste en jersey écarlate. Elle allait et venait dans la pièce surchauffée en traînant les pieds. Elle avait l'air affreusement décrépit.

« Je ne sais pas si je vais pouvoir vous aider, jeune homme. Mais, heureusement, comme vous le savez, la loi suisse oblige à conserver les registres pendant dix ans. Ceux de mon mari remontent à l'époque où il s'est installé ici, en 1927. Ces livres sont au grenier et je ne les ai jamais déplacés. (Les paupières bleues battirent.) C'est moi qui les tenais, vous comprenez. C'est comme ça qu'on s'est connus. J'ai épousé mon patron ! » Elle émit un petit gloussement et le détective lui sourit d'un air encourageant. « Si vous voulez, je pourrai vous les descendre, inspecteur, mais pas aujourd'hui, parce que je ne suis pas dans mon assiette. Vous avez dit que vous recherchiez une personne disparue ? Un bébé que mon mari aurait mis au monde le 15 octobre 1949 ? Une petite fille, dites-vous, et ce bébé aurait été mis en nourrice chez une personne de Château-d'Oex, une certaine Mᵐᵉ Dassin ? »

Les paupières bleuies et fripées battirent, s'abaissèrent, puis se relevèrent brusquement, révélant des yeux noirs, étonnamment brillants.

« Inutile que j'aille chercher les registres. Je m'en souviens très bien parce que la mère était tellement jeune. Elle allait encore à l'école et elle n'avait pas payé la note.

— Elle n'avait pas payé la note ?

— Non, ce sont quatre autres jeunes filles qui l'ont réglée. Je crois qu'elles étaient pensionnaires à l'Hirondelle, un établissement qui a fermé à la mort du directeur, il y a une dizaine d'années. En tout cas, vous trouverez tous les détails dans le livre. Je crois me souvenir qu'une de ces jeunes filles a payé en liquide. Elles ont été très chic avec la jeune mère et mon mari l'a beaucoup aidée, lui aussi… trop même, il était très bon et il avait un faible pour les jolies filles, remarqua-t-elle, avec un petit sourire. De toute façon, tout a été noté sur le livre de comptes. Non, on ne peut pas y monter aujourd'hui, et demain, c'est dimanche. Lundi matin, peut-être ; le matin, je suis toujours en meilleure forme. »

Le lundi matin, le détective se présenta de nouveau sur le seuil enneigé de la maison. La vieille dame le fit entrer et échangea quelques mots avec lui. Après avoir gravi l'escalier à la vitesse d'un escargot, ils arrivèrent sur le dernier palier. Une échelle de fer était fixée à la trappe du grenier.

« Moi, je ne peux pas, jeune homme, mais vous n'avez qu'à monter tout seul avec une lampe de poche. Vous trouverez les livres de comptes dans la treizième rangée en partant de la gauche, tout au fond. Le registre est recouvert en toile marron. L'année est inscrite au dos. 1949, avez-vous dit ? Bon, allez-y. »

Redoutant des recherches longues et salissantes, le détective commença son escalade, sans beaucoup d'entrain. Pourtant, il fut très surpris de trouver tout de suite ce qu'il cherchait, à l'endroit exact que la vieille lui avait indiqué. Il souffla sur le registre pour en chasser la poussière, redescendit prudemment l'échelle branlante et la repoussa contre le plafond.

La vieille dame prit le livre et le feuilleta rapidement pour trouver la bonne page.

« Voilà, jeune homme, nous y sommes. La première inscription date de la mi-juin, vous voyez, à Post. C'était le nom de la fille. Et voici les versements, vous voyez. D'abord trois chèques signés Trelawney et Ryan, de gros chèques, que c'était, et puis une petite somme en liquide de M<sup>lle</sup> Pascal. »

Toute une série de versements désordonnés figuraient comme ayant été effectués par J. Jordan, P. Trelawney, M. Pascal et K. Ryan, mais, selon ce livre de comptes impeccablement tenu, pas un centime n'avait été versé par la jeune mère, Miss Post.

Bizarre.

M<sup>me</sup> Geneste ne pouvait pas se souvenir de Miss Post, elle ne l'avait jamais vue.

Le mardi, l'agent téléphona à Paris, à M. Sartor, qui dépêcha aussitôt son premier adjoint pour faire des recherches dans les archives de toutes les finishing schools de la région de Gstaad. Il voulait aussi retrouver l'acte de naissance de Maxine Pascal, très probablement née entre 1928 et 1932, en Suisse, en France ou en Belgique. Sartor contacta ensuite les agences de Londres, de Washington, de Montréal et de Johannesburg avec lesquelles il travaillait. Ce serait suffisant pour commencer. Il pensait ainsi retrouver les actes de naissance d'Emily Post, de Pagan Trelawney, de Catherine ou Kate Ryan et de Judy Jordan, nées sans doute entre 1930 et 1935.

Le mercredi matin, Sartor trouva sur son bureau un télégramme arrivé de Washington, dans la nuit.

« JUDITH JORDAN FACILE STOP NÉE ROSSVILLE VIRGINIE 1933 STOP RICHE FEMME D'AFFAIRES NEW YORK STOP DOSSIER SUIT AVION STOP EMILY POST VOUS PLAISANTEZ NÉE BALTIMORE MARYLAND 1873 PARENTS BRUCE JOSEPHINE LEE PRICE ÉPOUSE EDWIN POST 1892 DEUX FILS DIVORCÉE 1906 A ÉCRIT ARTICLES JOURNAUX PUIS LIVRE SUR BONNES MANIÈRES PUBLIÉ AOÛT 1922 BEST-SELLER IMMÉDIAT RÉIMPRIMÉ 99 FOIS RN 47 ANS MORTE PNEUMONIE 1960 STOP CONTINUONS RECHERCHER ACTES NAISSANCE DATES DONNÉES »

Ainsi donc, Mrs. Post avait soixante-seize ans en 1949 ! Mais c'était peut-être le premier nom qui était venu à l'esprit d'une jeune fille aux abois qui désirait cacher son identité. Quand on choisit un faux nom, on essaye d'en prendre un qui n'ait aucun rapport avec soi-même et qui soit facile à retenir.

Le vendredi, on avait retrouvé l'acte de naissance de Maxine Pascal et, le mardi suivant, Sartor avait la photocopie de son acte de mariage. L'après-midi du même jour, il reçut un appel téléphonique de Londres. Pagan (Jennifer) Trelawney était née à Londres en 1932. Mariée deux fois, actuellement Lady Swann, demeurant à Londres. Photocopies d'actes de naissance et du second mariage ainsi que l'adresse exacte suivaient.

Des douzaines de Catherine et de Kate Ryan avaient vu le jour en Angleterre et des centaines en Irlande. L'agence se mit à éplucher le tout, rétrécissant le champ des investigations grâce à la date. L'Afrique du Sud, l'Australie, la Nouvelle-Zélande, le Canada et les États-Unis en étaient également fertiles. Mais Washington envoya le télégramme suivant :

« JOURNALISTE NEW YORK KATE RYAN NÉE BRITANNIQUE CONCORDE AVEC DATE PAS D'ACTE NAISSANCE U.S A. DEVONS-NOUS POURSUIVRE RECHERCHES ? »

Le mercredi, Sartor appela Washington pour demander qu'on vérifie si Jordan ou Ryan avaient fréquenté une école suisse en 1949 et si oui, à quel endroit ? Fort astucieusement, il ne donna aucune précision quant au lieu éventuel, ce qui lui permit de s'assurer lui-même de la véracité de l'information reçue.

Le vendredi, de nouveaux renseignements sur Emily Post lui parvinrent. Il s'avérait qu'elle était connue et admirée partout où l'on parlait anglais. On pouvait donc penser que certaines familles Post avaient pu donner son prénom à une de leurs filles. On en trouva en effet dix-sept aux États-Unis, une au Canada, six en Grande-Bretagne et deux en Australie.

Le lundi suivant, trois semaines après le début de l'enquête, Sartor reçut un nouveau télégramme de Washington.

« JUDY JORDAN KATE RYAN TRAVAILLENT ENSEMBLE NEW YORK STOP TOUTES DEUX GSTAAD 1949 »

Sartor appela aussitôt Lili au téléphone pour lui demander un rendez-vous le plus rapidement possible.

Il vint chez elle le soir même, à six heures et ce fut Simon qui lui ouvrit la porte. Quand ils furent installés tous les trois autour du feu, Sartor leur communiqua ce qu'il avait appris.

« A mon avis, la mère est l'une de ces quatre femmes et si nos recherches sur les Emily Post aboutissent, je pense que nous découvrirons qu'elles n'ont rien à voir dans cette histoire. Cependant, il y a une autre possibilité, poursuivit-il en toussotant. Si notre Emily Post existe, les quatre femmes que nous avons retrouvées la connaissent forcément. Voulez-vous que mes agents aillent les questionner ?

— Non ! » Lili avait bondi, le visage rouge d'être restée près du feu et les cheveux en bataille. « Non ! », répéta-t-elle.

Elle repensa à la dispute affreuse qu'elle avait eue avec Judy Jordan, à l'article que Kate Ryan avait écrit sur elle et à l'horrible scène avec Maxine, dans l'orangerie du château de Chazalle. Elle n'avait jamais entendu parler de cette Pagan, mais elle ne voulait plus avoir affaire avec les trois autres.

Simon prit ses mains tremblantes dans les siennes.

« Ma chérie, tu dois pourtant te dire que l'une d'elles est peut-être ta mère.

— Non ! »

Ces longues songeries pendant lesquelles elle imaginait sa « vraie maman », la douce et bienveillante madone de ses rêves, s'étaient transformées en un instant en une rage aveugle. Elle n'avait donc pas été abandonnée par une humble paysanne pour de pathétiques raisons mais par une riche petite garce qui n'avait pas pu se faire avorter. Pourtant, elle parvint à ravaler sa colère.

« Je connais trois de ces femmes et si elles ont quelque chose à cacher, je ne crois pas une seconde qu'elles accepteront de recevoir vos agents. Si par hasard elles y consentent, je doute fort qu'elles leur donnent des renseignements qu'elles ne souhaitent pas communiquer... J'aimerais que vous me fournissiez un dossier sur chacune d'elles, ajouta-t-elle, après quelques secondes de réflexion.

— Aucun problème, madame. Il n'y a rien de plus facile.

— Quand j'aurai vu ces dossiers, je prendrai une décision. »

Lili étudia les quatre dossiers avec une grande attention. Sa mère était certainement l'une de ces femmes. Elle espérait que ce fût Pagan avec qui elle n'avait jamais eu de démêlés. Mais, de toute façon, elle était décidée à aller jusqu'au bout.

Pour une raison quelconque, elles avaient gardé le secret sur la naissance de Lili. Si on contactait l'une d'entre elles, elle avertirait automatiquement les trois autres et elles feraient front ensemble.

Lili en déduisit que sa seule chance de découvrir la vérité, c'était de les confronter et de leur faire tout avouer par surprise. Elle observerait leurs visages, leurs regards, leurs réactions. C'était le seul moyen de leur faire cracher le morceau.

## 58

Dehors, les arbres de Central Park bruissaient dans la douce brise d'octobre. Dedans, au sein du luxe crème et feutré de l'hôtel Pierre, Lili réitéra durement sa question :

« Laquelle de vous quatre est mon ordure de mère ? »

Pagan, Judy et Maxine avaient eu le temps de se remettre de la surprise causée par ces retrouvailles inopinées. Mais Kate, encore sur le pas de la porte, était trop saisie pour comprendre ce qui se passait. Elle ne parvenait pas à faire le rapprochement entre la célèbre Lili qui était là, devant elle, dans sa robe de soie blanche et ce lointain incident survenu en Suisse, ou encore cette fillette abattue alors qu'elle tentait de fuir la Hongrie en 1956.

Lili revint à la charge. « Laquelle de vous est Emily Post ? »

Cette fois, Maxine lança un bref coup d'œil en direction de Pagan. Aucune des trois n'a regardé Judy, remarqua Lili.

« Sauf si tu arrives à les surprendre, ou bien elles nieront totalement ou bien elles diront que c'est Judy, avait prédit Simon. Elle est la seule qui ne soit pas mariée ; la seule à ne pas avoir à rendre des comptes à un homme ; la seule dont l'existence ne risque pas d'être compliquée par la découverte soudaine d'une fille célèbre. »

Lili fit deux pas en direction du canapé de velours abricot, serra les poings et lança d'une voix sifflante : « Laquelle de vous a eu un bébé mis au monde par le docteur Geneste ? » Elle s'approcha de Kate qui se tenait toujours près de la porte et le souvenir de l'article perfide qu'elle avait écrit à son sujet lui revint soudain en mémoire.

« Est-ce *vous* la mère de ce bébé ? »

Le regard de Kate glissa de biais vers les trois femmes assises. Réfléchissant très vite, elle tenta de contrer les attaques verbales de Lili par une égale agressivité.

« Pourquoi nous avez-vous fait venir ici ? Quelles sont vos intentions ? Quel jeu jouez-vous ? Qu'est-ce qui vous fait croire que l'une de nous est votre mère ?

— Je *sais* que l'une de vous est ma mère. Je sais que l'une de vous a eu un enfant le 15 octobre 1949, répliqua Lili en allant se poster près de Maxine. C'est vous ? Avez-vous accouché dans une clinique de Château-d'Oex ? M'avez-vous mise en nourrice chez Angelina Dassin ? »

La tasse de café trembla légèrement dans la main de Maxine et quelques gouttes se répandirent sur sa robe de soie bleue, mais elle demeura impassible et muette. Elle n'avait pas l'intention de se laisser intimider et d'avouer ce que Lili avait envie d'entendre. En outre, cette histoire ne tenait pas debout. La pauvre petite avait bien été tuée. On en avait eu la confirmation officielle par une lettre du consulat suisse. Comment donc cette infâme petite traînée osait-elle les rudoyer ainsi ? Non, non, cette coureuse, cette séductrice d'enfant ne pouvait pas être le nourrisson qu'elles avaient confié à Angelina.

« Votre vrai nom est-il bien Lili ? », demanda soudain Pagan. Après tout, Lili avait parlé d'Emily Post. Comment avait-elle pu en entendre parler ? Elle connaissait la date et le lieu exacts de la naissance et le nom de la nourrice.

« Non, en réalité je m'appelle Élisabeth, mais Félix m'avait surnommée Lili. Félix était le mari de ma mère nourricière et c'est lui qui m'a sauvée des soldats en Hongrie. Il m'a lancée par-dessus les fils barbelés et m'a dit de courir.

— Qu'êtes-vous devenue ensuite ? lui demanda doucement Pagan.

— On m'a envoyée dans un camp de réfugiés, en Autriche, puis on m'a mise dans un train pour Paris où j'ai été adoptée. Je ne me souviens plus très bien de tout ça. J'étais malade et je n'avais que sept ans. »

Ah, si c'était Pagan ! Surtout, surtout, ne pas apprendre que c'était Maxine, la mère d'Alexandre. L'éventualité d'un inceste l'angoissait.

Lili s'approcha vivement de Pagan, s'accroupit, s'agrippa au canapé, leva vers elle un regard implorant et murmura d'une voix tremblante d'espoir : « Est-ce vous qui êtes ma mère ? »

Pagan lança à ses trois compagnes un appel muet et désespéré. Lili avait le droit de savoir. Ne comprenaient-elles pas qu'elle était très certainement la petite Élisabeth ? Elle tourna les yeux vers le visage levé de Lili. Toute sa sophistication et son aplomb avaient disparu. Elle avait un air fervent, confiant et extrêmement vulnérable.

Et soudain, Judy intervint. « Non, Pagan n'est pas votre mère. C'est moi. » Tous les regards se tournèrent vers Judy.

« J'ai eu un enfant à Château-d'Oex, à cette date. Si vous êtes vraiment ce bébé, Lili, alors je suppose que je suis votre mère. » Elle se sentait perdue et accablée. Elle avait cru sa fille morte et avait presque réussi à la chasser de son esprit. Et voilà qu'une célèbre star prétendait être sa fille ! Pourtant, il lui était impossible de voir en Lili cette petite fille qu'elle avait chérie en pensée et qu'elle avait suivie à travers les lettres d'Angelina qu'elle gardait toujours cachées.

En recevant la réponse à la question qu'elle se posait depuis si longtemps, Lili laissa exploser sa souffrance et sa colère refoulées pendant vingt-sept ans.

« Pourquoi n'avez-vous pas gardé votre enfant ? », s'écria-t-elle. Elle se leva d'un bond et se martela les cuisses de ses poings dans une rage impuissante. « Pourquoi m'avez-vous confiée à quelqu'un d'autre ? Pourquoi n'êtes-vous jamais venue me voir ? *Pourquoi m'avez-vous abandonnée ?* » Elle se précipita sur Judy ; Maxine renversa sa tasse et sa soucoupe tandis que, craignant le pire, Kate s'élançait vers elles. Mais ce fut Pagan qui s'interposa vivement entre Lili et Judy qui était toujours assise, ramassée sur elle-même, au bord du canapé abricot.

« Ma chère enfant, lui dit Pagan, laissez-nous vous expliquer comment les choses se sont passées. Il ne faut pas tirer trop vite des conclusions. Nous vous comprenons parfaitement, mais *je vous en supplie,* écoutez-nous, car vous avez eu pour nous toutes une importance considérable. Cette histoire aurait pu arriver à n'importe laquelle d'entre nous. Nous aurions toutes pu être votre mère et c'est pourquoi nous avons décidé que nous étions toutes les quatre responsables de vous. Vous avez eu trois marraines, pour ainsi dire, Kate, Maxine et moi. Nous aurions toutes souhaité vous avoir, nous vous aimions et nous faisions du souci pour vous.

— Et nous avons toutes payé pour votre pension, ajouta Maxine. nous nous sentions responsables de vous dans tous les domaines.

— Alors, pourquoi ne pas m'avoir gardée ? lança Lili, les dents serrées.

— Ma chérie, vous n'imaginez pas ce qu'était le climat moral de l'époque, tenta d'expliquer Pagan. Les mœurs ont tellement changé en trente ans. Aucune jeune fille n'aurait jamais reconnu avoir couché avec un homme sans être mariée — même si elle était fiancée — et du reste, c'était très rare. Rendez-vous compte que Judy n'avait que quinze ans, c'était encore elle-même une enfant. Je vous en prie, essayez de vous mettre à notre place. Nous ne savions à quel saint nous vouer. Il n'était pas question que votre mère vous ramène en Amérique et elle refusait de vous abandonner, aussi avons-nous trouvé une mère nourricière pour vous élever jusqu'à ce que Judy soit à même de vous reprendre et nous savions qu'elle ne pourrait pas le faire avant de nombreuses années. »

Pagan posa sa main sur l'épaule de Lili et sa voix s'adoucit. « Cependant, nous ne vous avons pas abandonnée. Nous avons pris ce que nous avons cru être le meilleur parti. Ne comprenez-vous pas que c'était de la part de quatre petites étudiantes une tentative désespérée pour sauver l'une d'entre elles de la catastrophe ? Jamais, jamais, nous n'avons eu l'intention de vous abandonner. »

Tandis qu'elle caressait doucement l'épaule de Lili, Pagan fut un peu surprise de se découvrir des sentiments maternels vis-à-vis de cette séduisante et tempétueuse créature. Elle avait ressenti une pointe de jalousie quand les journaux avaient commencé à parler de la liaison d'Abdullah et de Lili et publié de multiples photos. Elle était forcée de reconnaître que si elle avait accepté de rencontrer Lili, c'était, en grande partie, pour voir bien en face la seule Européenne qu'Abdullah ait jamais fait venir à Sydon, la seule Occidentale avec laquelle il ait vécu ouvertement.

« L'autre possibilité, c'était l'adoption, intervint Kate, et Judy ne voulait pas en entendre parler. Elle ne pouvait pas supporter l'idée de donner son enfant à quelqu'un d'autre. Elle vous aimait. Nous vous aimions toutes. Il faut nous croire, Lili.

— Aujourd'hui, enchaîna Maxine, les choses se seraient sans doute passées différemment. Votre mère se serait certainement très vite fait avorter ; mais, à cette époque, c'était extrêmement difficile et si elle l'avait fait, vous n'existeriez pas. Vous lui devez la vie, voyez-vous. Elle vous a portée dans son ventre pendant neuf mois, tout en continuant à travailler très dur. »

Lili éprouva un peu de remords en se rappelant qu'elle aussi, elle s'était trouvée enceinte alors qu'elle n'était encore qu'une enfant. Mais elle, elle était allée trouver un avorteur. Il avait extirpé la vie de son corps et depuis cette minute, jamais elle n'avait ressenti la moindre culpabilité. En réalité, c'était un flot de soulagement qui l'avait submergée alors. Elle se revoyait très clairement assise dans ce café, écoutant le juke-box et buvant son chocolat crémeux en pensant que ses ennuis étaient terminés.

Mais Judy ne s'était pas fait avorter. Judy avait eu un bébé.

Pagan entoura un peu plus l'épaule de Lili. « Nous vous voulions toutes les quatre et nous sommes heureuses de vous avoir enfin retrouvée », dit-elle, ignorant totalement les rapports catastrophiques que Lili avait eus avec ses trois amies qui, elles, se souvenaient fort bien de ces malheureux démêlés.

Il y eut un court silence, puis Kate s'avança vers Lili et lui déclara avec sincérité : « Lili, je suis vraiment désolée d'avoir été si méchante avec vous. Je n'ai pas d'excuses et je ne peux rien vous dire sauf que je regrette profondément. Mais Pagan a raison, vous ne devez pas condamner votre mère, ajouta-t-elle, après avoir repris sa respiration. Pourquoi ne pas essayer d'admirer sa décision, comme nous l'avons fait ? Elle était jeune, seule et nous étions fières d'elle. Et nous le sommes toujours. Elle a fait de son mieux et nous aussi.

— Dans ce cas, pourquoi ne m'avez-vous pas fait rechercher après la révolution ? », s'écria Lili. Elle était perturbée et toujours en proie à la rancune, bien qu'elle se sentît moins blessée. Elle commençait à comprendre ce qui s'était passé et son ressentiment refluait un peu.

« C'est ce que nous avons fait, lui dit Maxine. Pourquoi ne vous asseyez-vous pas ? Je vais tout vous raconter. »

Lili alla s'asseoir le dos à la fenêtre, à côté de Kate et Kate s'installa sur le canapé, près de Judy.

« Judy m'a téléphoné dès qu'elle a entendu les nouvelles à la radio, commença Maxine. Elle savait que vous étiez partie en vacances en Hongrie et que vous auriez dû être rentrée à l'école, mais elle voulait s'en assurer. Angelina n'avait pas le téléphone, aussi Judy appela-t-elle le directeur de l'hôtel Rosat qui lui apprit que Félix s'était blessé à la jambe en Hongrie et qu'il n'était pas encore rentré. Nous étions presque sûres que vous étiez de l'autre côté du rideau de fer ; Judy a alors pris le premier avion pour Paris et je suis allée la chercher à Orly. Nous sommes immédiatement parties pour l'Autriche par le train de nuit. En arrivant à la frontière, nous avons trouvé un vrai chaos. Les réfugiés arrivaient de Hongrie en masse — plus de cent cinquante mille personnes avaient pris la fuite — et ils étaient presque tous hébergés dans des camps provisoires. Il faisait un temps épouvantable, les camps étaient complètement désorganisés et c'était la confusion la plus totale, précisa-t-elle en frissonnant. Nous avons visité tous les camps. Nous avons parcouru toutes les listes, nous avons parlé à tous ceux qui auraient pu nous renseigner et vérifier l'identité de tous les enfants. Mais personne n'avait de nouvelles à nous donner au sujet d'Élisabeth Dassin. »

Pendant tout le temps que durèrent leurs recherches en Autriche, Maxine avait eu, tous les soirs, un mal fou à obliger Judy à aller se coucher. Celle-ci était persuadée que si elle quittait la frontière, elle risquait de laisser échapper une piste, un indice, le plus infime soit-il. Maxine se souvenait de la furieuse crise de culpabilité qui s'était emparée de Judy un jour qu'elles attendaient dans la neige, devant une cabane, dans l'espoir d'interroger un énième responsable de la commission aux réfugiés.

« Ah, Maxine, si seulement je ne l'avais pas laissée.

— Tu ne pouvais l'emmener nulle part.

— Je n'aurais jamais dû la laisser.

— Tu ne pouvais pas faire autrement, Judy. Cesse de t'accuser. Ce qui est arrivé est affreux, mais ce n'est pas ta faute. »

Plusieurs mois après, Judy avait reçu une courte lettre officielle du consulat suisse, en réponse à la sienne, l'informant qu'une famille d'origine suisse nommée Kovago et anciennement Dassin avait été exterminée par la police frontalière hongroise, alors qu'elle tentait de franchir illégalement la frontière près de Sopron.

Le cœur déchiré, Judy ne cessa jamais de s'accuser de la mort d'Élisabeth. Elle parvint presque à raisonner son esprit, mais son cœur était fréquemment transpercé d'une sensation douloureuse et glacée de dépossession, d'un muet sentiment de perte et du regret perpétuel de ce qui aurait pu être.

D'une voix hésitante, Judy tenta d'expliquer toutes ces choses, dans le calme irréel de cette luxueuse chambre d'hôtel. Elle avait du mal à trouver le mot juste. Son assurance coutumière l'avait abandonnée pour faire place à l'abattement.

Lili écoutait. L'important n'était pas qu'elle se sentît apaisée, mais qu'elle sût enfin *la vérité*.

Lili n'avait plus qu'à s'assurer de la véracité des déclarations de Judy et elle savait exactement comment elle allait s'y prendre. Celle vers qui le regard des trois autres femmes allait se tourner maintenant serait sa *vraie* mère.

« Dans ce cas, conclut Lili, qui est mon *père* ? »

# 59

Dehors, la neige tombait toujours en abondance. Si elle ne cesse pas, pensait Judy, inutile d'aller demain à Saanemoser, avec Nick. Les épreuves de ski seraient certainement remises, alors autant rester à Gstaad. Minuit venait de sonner. C'était le 7 février, l'anniversaire de sa mère. Judy lui avait envoyé une carte et un joli corsage de dentelle crème. C'est affreux d'avoir trente-cinq ans, se dit-elle. Trente-cinq ans et clouée à Rossville pour la vie. Joyeux anniversaire, murmura Judy, tout en se penchant devant une porte pour ramasser un plateau chargé des reliefs d'un repas. Encore une heure et demie et elle irait se coucher. Elle dormait pratiquement debout. Jamais elle ne s'était sentie aussi fatiguée.

Huit mois d'un sommeil insuffisant, d'un pénible travail physique et d'efforts intensifs pour apprendre des langues étrangères commençaient à entamer sa résistance juvénile. Elle pensa avec envie à son lit de fer sous les toits. Quelle chance d'avoir une chambre pour elle seule ! Elle prit une longue inspiration, expira et se redressa.

Tandis qu'elle se dirigeait à grands pas vers l'escalier de service, la porte de l'ascenseur s'ouvrit d'un seul coup, toute grande. Judy s'y fracassa. Des cendriers à moitié pleins, des tasses de café à moitié vides et des assiettes barbouillées de sauce se mirent à voltiger dans les airs et retombèrent sans bruit sur le tapis. La jolie blouse brodée de Judy et sa jupe rouge étaient toutes maculées de taches brunâtres. « Merde ! », s'exclama-t-elle, et elle éclata en sanglots.

L'homme qui venait de sortir de l'ascenseur la regarda d'un air embarrassé.

« Je suis vraiment désolé. »

Chancelante de fatigue, Judy l'ignora et se mit à ramasser les débris de porcelaine avec des gestes las.

« Je suis trop maladroit. Je vous demande pardon. »

Elle leva vers lui un visage blême et strié de larmes et se remit debout en vacillant, le plateau entre les mains.

« Ne le refaites pas tomber, dit-il en lui prenant le plateau. Il faut vous nettoyer un peu. Ma chambre est la deuxième à gauche. »

Tenant le plateau en équilibre sur une main, il ouvrit la porte et lui fit signe d'entrer. Judy le suivit.

C'est une des plus belles suites de l'hôtel, constata-t-elle, en regardant autour d'elle. Ça doit être quelqu'un d'important. Les appliques étaient déjà allumées, des flammes paresseuses dansaient dans la cheminée et un broc de jus d'orange était posé sur une table basse.

« Asseyez-vous sur le canapé », lui enjoignit l'homme qui partit dans la pièce voisine et en revint avec une serviette, une éponge et un verre d'eau. « Vous pourrez peut-être vous débrouiller avec ça », lui dit-il.

Judy se laissa tomber devant le feu, avec l'unique envie d'être dans son lit. Elle prit l'éponge que lui tendait l'homme et, pour la première fois, il vit son visage pâle et délicat. Judy se mit à frotter sa jupe en se disant qu'il était très beau garçon, à condition d'aimer le type étranger basané. Soudain, elle sursauta. Il s'était assis près d'elle et lui passait doucement la main sur la nuque.

Il l'attira contre lui et commença à lui caresser les cheveux. Judy se laissait faire, surprise de son peu de résistance. C'était très agréable. Elle sentait venir le sommeil. C'était vraiment très agréable.

Elle sentait ensuite des lèvres chaudes sur son cou et en eut le souffle coupé. Puis, la pointe d'une langue se posa sur le lobe de son oreille. Peu à peu, Judy se détendait. Tandis que l'étranger lui murmurait des mots doux, elle éprouvait une sensation curieuse et nouvelle. C'était comme si chaque geste avait été prévu d'avance et qu'elle ne pût pas faire autrement que d'y répondre. Elle poussa un petit soupir d'aise au moment où les bras de l'homme l'enfermaient dans sa réconfortante chaleur. Environnée par le silence et la paisible tiédeur de la pièce, elle était bien.

Ensuite, il la déposa délicatement sur le tapis de fourrure. Elle sentait le parfum du pin crépitant dans la cheminée, le picotement rêche et musqué de la fourrure contre son visage, l'odeur déroutante de cet homme dont la joue se frottait contre la sienne et dont la bouche ferme venait doucement se presser sur ses lèvres. Il tira sur le cordon de son corsage et, subitement, Judy ne se sentit plus responsable de son corps. Il appuya sa bouche chaude sur sa peau, elle se cambra, le désir chassa la honte et l'appréhension et elle céda soudain à cette bouche.

Un peu plus tard, nue jusqu'à la taille et pressée contre lui, bouche contre bouche, elle eut l'impression de nager dans des eaux chaudes, dans un rêve délicieux. La main de l'homme se posa sur son genou, remonta le long de sa jambe, tel un serpent, atteignit le haut de son bas et hésita un instant sur l'élastique du porte-jarretelles, puis se plaqua brutalement sur la chair tendre de son entrecuisse.

Le charme était rompu. Judy revint brusquement à la réalité. Elle ne parvenait pas à croire que cette chose était en train de lui arriver, à elle. Elle était là, à demi nue, couchée sous un homme qu'elle ne connaissait absolument pas et elle avait répondu à ses mains, à sa bouche et à sa chaleur.

Il fallait l'empêcher d'aller plus loin. Elle tenta de se dégager, mais l'homme la cloua sous son poids. Elle continua cependant à essayer de le repousser, mais, tout à coup, elle se rendit compte que son souffle s'était transformé en une sorte de râle, que sa main était encore remontée et qu'elle avait trouvé le point frémissant qu'elle cherchait. Sous le coup de cette sensation aiguë, nouvelle et extatique, Judy sentit son corps prendre de nouveau le pas sur son esprit ; toutefois, la violence de son désir s'écrasa contre la barrière de son éducation puritaine.

« Arrêtez, arrêtez ! haleta-t-elle. Je vous en supplie ! » Elle essayait par tous les moyens de se dégager. « Non, non, arrêtez, s'il vous plaît ! »

Il était beaucoup plus fort qu'elle et il la maintenait fermement au sol.

« Je vous en supplie. Vous ne savez pas ce que vous faites. »

Elle se mit à sangloter, mais il plaqua sa bouche sur la sienne. Elle ne parvenait même pas à détourner la tête.

Il tira fiévreusement sur sa jupe et Judy entendit le tissu se déchirer. L'espace d'un court instant, elle ne désira plus qu'il la laissât. Elle n'avait plus que son corselet noir et ses bas ; elle était pratiquement nue et personne ne l'avait vue nue depuis l'âge de dix ans.

Il fallait à tout prix l'arrêter !

Elle dégagea sa tête d'un coup brusque en poussant un cri sauvage et étranglé, mais l'étranger lui ferma la bouche avec sa main gauche. Elle ne pouvait plus crier, elle ne pouvait plus respirer, elle était asphyxiée. Il allait l'étouffer, la tuer, peut-être.

Quand Judy avait senti son corps répondre aux caresses de l'étranger, elle s'était alarmée. Quand il lui avait plaqué la main sur la bouche et sur le nez, elle avait pris peur. Mais maintenant qu'il s'introduisait de force en elle, qu'il la déchirait en soufflant et en lui donnant de grands coups de boutoir, elle devenait la proie d'une immense terreur. Elle était incapable de lutter davantage et des larmes salées se mirent à couler silencieusement sur ses joues. Elle cria sans émettre le moindre son, les yeux grands ouverts, aveuglément tournés vers le plafond. Ah, cette douleur, cette déchirante douleur !

Elle ressentit une immense faiblesse, une panique muette et désespérée, puis la honte la submergea, tandis que l'étranger jouissait avec un cri sauvage.

« Ne pleure pas, mon petit oiseau, lui murmura-t-il. Pourquoi ces larmes ? La première fois, ça fait toujours mal, mon petit oiseau. »

Comme beaucoup d'hommes, il ne considérait pas qu'un viol est un viol du moment qu'il n'a pas eu lieu dans une ruelle écartée et qu'il ne laisse aucune trace de coups. Il roula sur le dos et s'allongea voluptueusement sur le tapis.

Ne parvenant pas à réaliser qu'elle était enfin libre, Judy demeura immobile, écartelée, puis elle se recroquevilla, honteuse de sa nudité et de l'humiliation qu'elle venait de subir. Elle se mit lentement debout et se dirigea vers la porte en chancelant, serrant contre elle ce qui restait de son costume suisse. Elle saisit la poignée d'une main tremblante, ouvrit la porte toute grande et s'enfuit dans le couloir, uniquement vêtue de ses bas noirs et de son corselet, avec pour seule idée de regagner sa chambre au plus vite.

Elle passa le reste de la nuit à essayer de se laver de sa souillure. Elle était dégoûtée par la preuve matérielle de la possession de l'homme et par son propre sang.

Personne ne devrait jamais le savoir. Les garçons ne sortent pas avec une fille qui a été violée. On la mépriserait. Il lui faudrait donc souffrir en silence. Elle se mit au lit sans pouvoir dormir. Elle était humiliée, gênée et étrangement irritée. Quelle horrible façon de perdre sa virginité ! L'idée qu'elle pouvait avoir attrapé une maladie vénérienne ne l'effleura même pas, car elle ignorait leur existence et, pas une seconde, elle ne pensa qu'elle risquait d'être enceinte. Ce n'est pas une chose qui arrive dès la première fois, et le Seigneur savait bien qu'elle ne l'avait pas vraiment voulu, qu'elle avait été impitoyablement violée, prise de force.

Et pourtant, est-ce que... dans quelle mesure... de quelle manière, était-elle coupable ? N'avait-elle pas provoqué cet horrible incident ?

Pendant deux jours, Judy refusa de quitter sa chambre. Pâle et indifférente, elle prétendit être malade. Connaissant son ardeur au travail, personne ne mit sa parole en doute. On pensa qu'elle avait abusé de ses forces ou qu'elle avait un peu de grippe. Nick rôdait anxieusement devant sa porte, lui apportant du lait chaud, du bouillon de bœuf, du jus d'orange et de l'aspirine.

Le matin du troisième jour, Judy vit de sa fenêtre le soleil cramoisi qui éclaboussait la neige de diamants. Il faut oublier, décida-t-elle. Cette histoire ne va pas me gâcher toute la vie.

Avec une détermination farouche, elle ravala sa honte, redressa la tête et sortit affronter le monde.

Le soir de la Saint-Valentin, la salle de bal de l'hôtel fourmillait de jeunes gens qui dansaient allégrement. Quand l'orchestre attaqua *Mean to me,* la piste se remplit encore davantage. Judy venait de reprendre son service de nuit. Pendant la saison, il fallait travailler sans poser de questions et sans se plaindre et, les soirs de gala, le personnel du Chesa était souvent obligé de venir donner un coup de main à l'Impérial.

Tout à coup, la musique s'arrêta, un silence teinté d'une certaine effervescence se fit et l'orchestre attaqua un hymne national retentissant.

Un couple apparut à l'entrée de la salle. La jeune fille était Pagan, enveloppée dans un nuage de tulle gris, la main posée sur le bras du prince Abdullah.

Pour la seconde fois, Judy faillit bien laisser tomber son plateau. Cet homme était son violeur. L'étranger était le prince de Sydon.

Avec un demi-sourire, il se tourna vers Pagan pour lui murmurer tendrement à l'oreille et Judy comprit alors une chose qui la stupéfia et la tourmenta beaucoup : de toute évidence, l'étranger était amoureux de Pagan.

Une grande vague d'indignation et de douleur l'envahit. L'humiliation et l'angoisse éprouvées au cours de cette horrible nuit resurgirent. Elle ne pouvait plus respirer. Elle avait besoin d'air.

Posant précautionneusement son plateau sur une table, elle sortit par la porte de service, descendit l'escalier, traversa la cuisine bruyante et encombrée et se retrouva dans la nuit étoilée. Frissonnante, elle resta là, à contempler la silhouette sombre d'un chien trottinant dans la rue.

Après tout, peu importait qui était cet homme et pourquoi il s'était conduit de la sorte. S'il était l'amoureux de Pagan, elle ne dirait rien. Pas un seul mot et, par Dieu, lui aussi il avait intérêt à se taire !

Au bout d'un moment, elle frictionna ses bras nus et glacés et rentra dans la cuisine. Elle ne servait pas aux meilleures tables. Par deux fois, Pagan lui adressa un clin d'œil quand elle passa devant eux, mais le prince ne la remarqua même pas. L'idée ne lui serait jamais venue de faire attention à une serveuse. Il avait l'habitude d'être entouré de domestiques obséquieux et il ne se préoccupait pas davantage de leurs sentiments que de ceux d'une table ou d'une chaise.

Le soir où Abdullah s'était buté de façon si imprévue dans Judy, il venait de quitter Pagan qui avait excité ses désirs de façon inimaginable et s'était ensuite refusée. Il avait envie de la posséder, pas seulement physiquement, mais aussi mentalement. Il la voulait tout entière, avec une intensité et une impatience qu'il était certain de lui communiquer si seulement elle lui en avait laissé la chance.

Mais il ne l'avait pas eue. Elle lui avait résisté.

Il s'était alors précipité vers sa chambre, tout bouleversé par la passion et le désir frustré. C'est alors qu'était apparue cette petite fille blonde. Dans son pays, n'importe quelle serveuse se serait considérée comme honorée de ce qui s'était passé ensuite. Abdullah avait été un peu surpris que Judy ait disparu avant qu'il ait pu lui glisser une petite récompense, mais en dehors de cela, jamais plus il n'avait repensé à cet incident.

## 60

Quand arriva le mois d'avril, Judy n'avait toujours pas eu ses règles et elle vomissait tous les matins. Elle était encore plus fatiguée que de coutume et elle savait très bien pourquoi.

Avant toute chose, elle avait peur, non pas de l'accouchement, mais peur de son père et de sa mère. Jamais chose aussi honteuse n'était survenue dans sa famille. Quoi qu'il arrivât, elle ne retournerait pas chez elle avant que tout soit terminé.

En dehors des réactions des siens, Judy était également paniquée à l'idée d'être responsable d'une autre vie. Bien qu'elle n'aimât guère le reconnaître, elle savait qu'elle n'était encore elle-même qu'une enfant. Si seulement elle ne s'était pas sentie aussi seule.

Elle avait beau se dire qu'elle ne devait pas se culpabiliser, elle se demandait si, en définitive, elle était vraiment entièrement innocente. Après tout, elle avait suivi l'étranger dans son appartement. Elle n'avait pas réfléchi ; elle n'avait pas vu de raison de se méfier ; l'idée de ne lui en était même pas venue.

Et pourtant, elle était bien obligée d'admettre qu'elle avait eu un moment de faiblesse, devant la chaleur tentatrice du feu et que pendant quelques minutes, elle avait été coupable. Ah ! tout s'était passé si vite qu'elle n'avait même pas eu le temps de penser.

Finalement, Judy se décida à demander de l'aide à ses trois amies, mais elle se jura bien de ne rien leur révéler au sujet de l'identité de celui qui l'avait mise dans cet état, l'homme que Pagan aimait. Cependant, elle avait besoin de conseils, d'argent, de soutien moral et elles étaient les seules personnes à pouvoir lui venir en aide.

Au-dessus de la nappe à carreaux rouges et blancs, trois paires d'yeux s'écarquillèrent de stupeur, trois bouches béèrent sans pouvoir prononcer une parole.

« C'est qui ?
— C'est Nick ?

« — Écoutez, je n'ai pas l'intention de vous le dire, aussi ne me posez pas de questions. J'ai une très bonne raison pour ça, mais je ne vous la révélerai pas, non plus. Tout ce que je peux vous dire, c'est que je n'attends de lui ni argent ni assistance d'aucune sorte.

— Nick est-il au courant ?

— Non et vous ne lui direz rien. Je vous tuerai si vous en parlez à qui que ce soit.

— Qu'est-ce que tu vas faire ?

— Je voudrais me faire avorter. »

Il y eut un silence. Un bain chaud et du gin, cette pensée leur vint instantanément, mais ce fut Maxine qui l'exprima à haute voix. Elles décidèrent donc que le dimanche suivant, Maxine resterait auprès de Judy pendant que celle-ci ingurgiterait une bouteille de gin dans une baignoire de l'hôtel.

Judy hoqueta et crachota. Elle avait fini, avec bien du mal, par avaler toute la bouteille de gin. Elle se sentait affreusement mal.

« Je t'en prie, ne vomis pas, supplia Maxine. Je t'en supplie. Le gin est si cher et on n'a pas de quoi en acheter une autre bouteille. Ne le gaspille pas, s'il te plaît. Essaye de ne pas vomir, je t'en prie. »

Aucune d'elles n'avait pensé que Judy pourrait vomir. Bien qu'elles ne se fussent rien dit, elles craignaient surtout qu'elle ne se mette à battre la campagne. Elle risquerait alors de casser des choses ou de courir, toute nue, comme une folle, dans les couloirs de l'hôtel, en hurlant des chansons de corps de garde. Ce serait donc le rôle de Maxine d'empêcher ce genre de catastrophe ; à cet effet, elle avait mis dans son sac un foulard avec lequel elle pourrait la bâillonner. Mais rien de tout cela ne se produisit et Judy s'endormit dans son bain. Maxine prit sur elle pour lui tapoter l'épaule. Elle n'avait jamais vu et encore moins touché une femme entièrement nue. Cette chair dénudée l'embarrassait. Elle lui donna un autre coup un peu plus fort et finit par la secouer carrément par les deux épaules. La tête de Judy roula alors sur le côté avec un petit ronflement et commença à glisser dans la baignoire. Alarmée, Maxine ouvrit rapidement la bonde, tout en maintenant la tête de Judy hors de l'eau, jusqu'à ce que la baignoire se fût complètement vidée.

« Allons, Judy », lui siffla-t-elle dans l'oreille, tout en tirant sur le corps inerte et trempé. Mon Dieu, je me demande comment les assassins s'y prennent, se dit-elle en pensant à cet homme qui avait noyé ses six femmes l'une après l'autre, après avoir souscrit pour elles une assurance-vie. Qui aurait pu se douter que cette petite Judy était si lourde ? Elle espérait bien ne pas avoir besoin d'appeler Nick à la rescousse. Elle avait juré de ne rien lui dire.

En désespoir de cause, Maxine enleva ses chaussures, ses bas et sa jupe, entra dans la baignoire, repoussa la tête de Judy sur le bord, puis ses bras l'un après l'autre et la fit glisser peu à peu sur le linoléum trempé où la malheureuse se retrouva allongée de tout son long, avec un sourire béat. Maxine enveloppa le corps flasque de Judy dans sa robe de chambre et, mi-tirant, mi-portant, elle réussit à la ramener dans sa chambre et la déposa sur le lit de fer. Elle la recouvrit d'un édredon, lui sécha les cheveux avec une serviette et resta auprès d'elle jusqu'à 7 h, moment où elle s'éclipsa sans faire de bruit.

Cependant, rien ne se produisit.

« Je crois bien qu'il y a des médicaments pour ça, déclara Kate, le matin du 1er mai. Ma cousine Tessa fait ses études d'infirmière. Elle est affreusement bégueule et je ne sais pas si elle voudra nous aider, mais je vais lui écrire que c'est très urgent. »

Elle envoya donc sur-le-champ une lettre à sa cousine qui, supposant que Kate était enceinte, lui expédia par avion une boîte de chocolats. Dans la seconde rangée, il y avait un flacon de petites gélules roses, du stilbestrol, précisait-elle. Elle ne savait pas si ce serait efficace, mais disait qu'il fallait en prendre pendant deux jours.

C'est ce que fit Judy, mais il ne se produisit toujours rien, si ce n'est qu'elle eut mal au cœur pendant deux jours entiers et pas seulement le matin.

Alors, Maxine suggéra d'aller tout simplement s'adresser à un pharmacien.

Étant la seule à parler couramment français, elle se trouva automatiquement déléguée pour cette mission. Elle tourna une bonne heure autour de la pharmacie sans oser entrer. Elle s'abîma dans la contemplation des pots de porcelaine blanche rehaussée de lettres d'or qui ornaient la vitrine, en attendant qu'il n'y ait plus de clients dans la boutique. Puis elle entra, si rouge qu'on aurait dit qu'elle avait attrapé un très fort coup de soleil, et elle demanda au pharmacien s'il pouvait lui donner quelque chose pour faire venir les règles.

« Le retard est de combien ?

— Quatre mois. »

Le visage du pharmacien se vida instantanément de toute expression.

J'ai l'impression de parler à un automate, se dit Maxine.

« Je ne peux rien pour vous. Il faut aller voir un médecin. Essayez le Dr. Geneste, c'est un gynécologue, un homme très gentil. Je regrette, mais je ne peux rien vous donner. »

Il écrivit une adresse sur une feuille de papier et la tendit à Maxine qui se sauva à toutes jambes.

Quand elle eut tourné le coin de la rue, elle s'appuya contre un mur en attendant d'avoir retrouvé ses esprits, puis elle demanda où habitait le gynécologue.

C'était une maison vieillotte, située dans une rue tranquille. Maxine contempla longuement la plaque de cuivre patinée fixée sur la porte vert foncé, puis elle appuya lentement le doigt sur la sonnette.

Une infirmière tout en blanc vint lui ouvrir. Maxine lui demanda un rendez-vous avec le médecin.

« Parlez plus fort, lui dit la femme. Je ne vous comprends pas. Comment vous appelez-vous ? »

Maxine avait beau faire des efforts, sa voix n'était qu'un murmure.

« Ce n'est pas pour moi, c'est pour une amie », dit-elle en donnant le faux nom que Judy avait choisi.

Le samedi suivant, Judy vint voir le médecin, en compagnie de Maxine. L'infirmière les introduisit dans la salle d'attente et revint au bout d'un moment en leur faisant signe qu'elles pouvaient entrer dans le cabinet de consultation.

Un coin de la pièce était caché par un paravent en tissu vert. Le médecin était en train de se laver les mains dans un petit lavabo en porcelaine blanche, il se retourna à leur arrivée et elles sentirent alors une légère et rassurante odeur d'antiseptique. Elles furent également soulagées de voir que ce n'était pas le gros docteur irascible qu'elles redoutaient. Il était grand, maigre, relativement jeune et bien de sa personne. Il ressemble un peu à Gary Cooper, pensa Maxine.

Il les traita en adultes et elles reconnurent avec lui qu'il faisait un temps merveilleux.

« Quelle est la date de vos dernières règles ? demanda-t-il à Judy.

— La première semaine de janvier, je crois, répondit-elle. Je n'y fais jamais très attention.

— Il vaudra mieux s'assurer qu'il y a vraiment lieu de s'alarmer. J'aimerais vous examiner, si ça n'ennuie pas votre amie d'aller attendre à côté. »

Judy se déshabilla derrière le paravent vert et elle resta là, frissonnante, n'osant pas quitter son refuge. Elle enfila ensuite une

522

blouse sans manches accrochée au mur et alla s'asseoir, les jambes pendantes, sur le bord de la table d'examen, au bout de laquelle étaient fixés de redoutables étriers d'acier.

« N'oubliez pas que je suis là pour vous aider. N'ayez pas peur. Il faut que je vous examine. Je suis médecin et vous devez me considérer comme un confident, non comme un homme. Mon assistante va venir. Me permettez-vous de vous examiner ? »

Judy hocha la tête et il sonna pour appeler l'infirmière.

« Maintenant, allongez-vous et posez vos pieds dans les étriers. »

Judy obéit et se laissa écarter les jambes. Elle sentit le contact des doigts gainés de caoutchouc et entendit des bruits visqueux. Quand ce fut fini, il l'aida à descendre de la table. L'infirmière sortit et Judy retourna se rhabiller derrière le paravent. Maxine reparut dans la pièce.

Le médecin alla s'asseoir derrière son bureau et considéra les deux jeunes filles d'un air grave.

« Je vais vous faire faire des analyses, bien entendu, mais je n'ai pas besoin d'attendre les résultats pour affirmer que cette demoiselle est enceinte de quatre mois. »

L'accablement le plus total s'empara de Judy. Elle était prise au piège. Elle avait envie de crier et de trépigner. Elle refuserait. Elle demanderait qu'on redistribue les cartes. Une telle chose ne pouvait pas lui arriver, pas à elle. Pourquoi ? Pourquoi ? Pourquoi ?

Le gynécologue précisa que l'avortement était interdit et que, de toute manière, il était beaucoup trop tard. La question n'était donc plus de savoir comment se débarrasser de l'enfant, mais de se préoccuper des conditions dans lesquelles il viendrait au monde. Il y eut un silence, puis le médecin demanda si on pouvait attendre une aide quelconque de la part du père.

« Non.

— Ah ! »

Un autre long silence s'établit, après lequel le médecin déclara à Judy qu'il comprenait très bien sa situation et lui assura que son cas n'était pas aussi rare qu'elle l'imaginait. Il avait déjà assisté des jeunes filles dans son état et il avait l'habitude d'agir avec discrétion. L'affaire pourrait certainement rester secrète ; le seul ennui, c'était l'âge de Judy. Il faudrait mettre ses parents au courant.

« C'est impossible. Ils sont morts, s'entendit-elle répondre.

— Alors, qui est votre tuteur ? demanda le médecin d'un air sceptique.

— Ma sœur aînée. Elle est mariée. » Puis, dans un éclair

d'inspiration, elle ajouta : « Ma sœur, Judy Jordan. » Des yeux bleu marine se posèrent innocemment sur le docteur.

« Il faudra donc que j'écrive à votre sœur pour l'informer de votre état et lui demander la permission de m'occuper de vous. Il y a aussi la question financière. Je dois vous dire franchement que l'endroit où vous accoucherez dépendra de vos moyens.

— Aucun problème », lança vivement Maxine.

Judy ouvrit la bouche, puis la referma sans avoir rien dit. On parlait d'avoir un bébé comme si ce n'était pas plus compliqué que d'acheter une paire de skis. Déjà, installée dans ce cabinet bien propre et discutant avec un adulte, elle se sentait un peu apaisée. Ce ne serait peut-être pas si terrible, après tout, du moment que ses parents n'en sauraient jamais rien. En définitive, peut-être ne serait-ce pas la fin du monde.

Tout en ne parvenant pas bien à analyser cette sensation, elle s'était rendu compte qu'au cours du mois précédent ses sentiments avaient évolué d'une curieuse façon. C'était comme si le reste du monde n'avait plus vraiment d'importance. La seule chose qui importait, c'était que dans son petit ventre rond (maintenant aussi dur qu'une balle de tennis) elle avait senti un frémissement, léger comme une aile de papillon.

Elle se disait même qu'il avait peut-être bougé.

Soudain, elle avait réalisé qu'il s'agissait bien d'un vrai bébé. C'était son bébé. A son grand étonnement, elle s'était voluptueusement complue dans cette idée et, après les premiers moments de panique devant le médecin, elle avait retrouvé cette impression de bienheureuse irréalité.

« Quand l'enfant sera né, lui disait le gynécologue, vous aurez le choix entre trois solutions : le garder, le faire adopter ou le mettre en nourrice, jusqu'à ce que vous puissiez le reprendre avec vous. Si vous le faites adopter il faudra lui dire adieu à tout jamais, mais en retour, vous n'aurez rien à payer pour son entretien. D'autre part, si vous trouvez des parents nourriciers, il faudra leur verser une pension, mais l'enfant sera toujours à vous. Une chose aussi importante ne peut se décider en un instant, remarqua-t-il en regardant Judy avec bonté. Je pense que vous voudrez demander conseil à votre sœur.

— Je peux vous dire tout de suite ce que j'ai l'intention de faire », répondit Judy. Et, sans beaucoup de logique, mais avec un instinct maternel déjà très développé, elle s'entendit déclarer : « Je veux le garder ; je ne veux pas l'abandonner. Je voudrais le mettre en nourrice jusqu'au jour où j'aurai un toit à lui offrir.

— Cette affaire demande réflexion, insista le docteur

Geneste. Nous en reparlerons la prochaine fois que vous viendrez me voir. »

En sortant, les deux jeunes filles allèrent prendre le thé dans un endroit tranquille.

« Pourquoi lui as-tu dit qu'il n'y aurait pas de problème pour l'argent ? demanda Judy à Maxine.

— Parce qu'il n'y en aura pas. Je vais parler aux autres ce soir. A nous trois, nous arriverons bien à réunir une somme assez importante pour couvrir les frais médicaux. »

Il était plus de minuit. Les rideaux de dentelle blanche n'étaient pas fermés et, devant un rectangle de lumière argentée, trois silhouettes discutaient fiévreusement, assises sur le lit de Maxine.

« Le docteur Geneste a dit que les frais d'hôpital se monteraient à mille francs suisses. Je suis sûre qu'on peut les trouver. Il a dit aussi qu'il faudrait environ cinq cents francs par mois pour placer l'enfant en nourrice. Ça fait donc six mille francs par an. »

Maxine se mit à compter sur ses doigts.

« Ça fera mille cinq cents francs suisses par an, pour chacune de nous trois. Pourrons-nous y arriver ? Voilà toute la question. »

Elles se mirent toutes trois à réfléchir.

La grossesse de Judy leur inspirait un respect et une épouvante dus au sentiment qu'elles avaient échappé de peu à un sort semblable et, par conséquent, elles étaient prêtes à consentir à un sacrifice financier, comme une sorte d'action de grâces. En outre, toute cette affaire avait un côté très romanesque qui excitait leur imagination. Elles décidèrent toutes les trois de soutenir farouchement leur amie Judy. Avec l'enthousiasme de ceux qui n'ont pas encore eu à faire face à de réels ennuis, elles se mirent d'accord pour aider Judy à subvenir aux besoins de l'enfant à naître.

« Je vais être obligée de raconter un énorme mensonge », déclara pensivement Kate. Elles avaient toutes les trois l'habitude de mentir, mais seul le fait de se mentir les unes aux autres aurait été un péché à leurs yeux. « Je trouverai certainement quelque chose et mon père me donnera de l'argent. Je crains seulement qu'il ne se montre trop curieux.

— Tante Hortense m'a promis de me donner de l'argent pour m'habiller, quand je rentrerai à Paris. Ce ne sera pas grand-chose, mais je reçois aussi une petite somme de mon père. J'arriverai bien à gratter trente francs suisses par mois. »

Après avoir aligné des colonnes entières de chiffres, Kate écrivit à son père pour lui demander s'il voulait bien faire un don à l'Association sportive de Gstaad. En tant que Miss Gstaad, elle se devait d'apporter une généreuse contribution. Il lui répondit par retour du courrier qu'il avait prié le directeur de l'Hirondelle de lui avancer quatre cents livres et il se disait ravi que sa chère petite fille fût devenue une personnalité aussi importante de la société locale.

Le même soir, Pagan grimpa les escaliers du chalet quatre à quatre, entra comme une bombe dans la chambre et lança triomphalement une liasse de billets sur le lit de Kate.

« Voici ma contribution ! Trois mille six cents francs. »

Maxine regardait l'argent, bouche bée.

« Comme ta mère est généreuse !

— Oh non ! je ne lui ai rien demandé ! Elle ne m'aurait pas donné un sou. Non, j'ai apporté mon collier de perles chez Cartier. J'ai toujours eu cet affreux machin en horreur ! A chaque anniversaire, on m'offre deux perles supplémentaires. Chez Cartier, on m'a dit qu'on ne rachetait que les bijoux qui venaient de la maison, mais un petit bonhomme très sympa, avec un pince-nez, m'a emmenée chez un autre bijoutier qui m'a d'abord offert deux mille francs de mon collier. Mais Pince-Nez l'a obligé à m'en donner plus. Le seul autre bijou que j'aurais eu à vendre est une bague que grand-père m'a offerte, mais ça m'aurait vraiment fait mal au cœur de m'en séparer. »

Elles avaient ainsi assez d'argent pour deux années. Pour la suite, il serait temps d'aviser.

Maxine ne put récupérer que trois cents francs suisses en liquide sur son argent de poche. Rien à faire pour soutirer quoi que ce fût d'autre de ses parents, mais elle demanda à son père de prolonger son séjour à l'Hirondelle, sous prétexte de présenter un examen de commerce à l'automne. De toute manière, elle suivait les cours et comme la classe progressait au rythme languissant des élèves qui parlaient mal le français, elle n'aurait pas besoin de beaucoup travailler pour réussir. Elle pouvait donc rester à Gstaad jusqu'à Noël et s'occuper de Judy, en attendant la naissance.

La seconde fois que Judy alla voir le gynécologue, elle en sortit calme et rassurée. En dehors de la vie et de la mort, rien n'avait vraiment d'importance. Le Dr. Geneste tenait essentiellement à ce que rien ne vienne perturber les mères et leur enfant.

La fois suivante, le médecin lui apprit qu'il avait reçu une lettre de Judy Jordan disant que, vu les circonstances, elle estimait que le Dr. Geneste faisait ce qu'il fallait pour sa sœur Emily. Pour sa part, elle venait de se marier et elle ne pouvait pas, pour le moment, assumer la charge d'un enfant. En revanche, Emily pourrait compter sur son aide quand elle rentrerait aux États-Unis.

« Elle n'aime pas beaucoup écrire, mais je savais bien que je pouvais compter sur elle », déclara Judy. Ses parents lui avaient fait suivre la lettre du Dr. Geneste et elle avait aussitôt écrit à sa mère pour la remercier en lui expliquant qu'il s'agissait d'une note de dentiste expédiée par erreur à son adresse à Rossville. Ce fut également elle qui rédigea la réponse de sa sœur au Dr. Geneste, adressée à M. Geneste et non au Dr. Geneste, puis elle l'envoya à une amie à Rossville, sous prétexte que c'était une lettre de rupture à un garçon à qui elle voulait faire croire qu'elle était rentrée dans son pays.

Au cours de la quatrième consultation, le Dr. Geneste lui apprit qu'il avait entendu parler d'une femme qui pourrait lui convenir comme nourrice. Il travaillait dans un hôpital, à Château-d'Oex et il avait su que l'une des femmes de service, une jeune veuve, avait posé sa candidature pour garder un enfant. La direction de l'hôpital la lui avait chaudement recommandée comme étant digne de confiance. Miss Post voulait-elle prendre contact avec elle ?

Le samedi suivant, Maxine et Judy prirent le petit car bleu pour descendre dans la vallée. C'était une bande étroite, avec des champs et des chalets groupés autour de leur église au clocher pointu. On était au milieu de l'été et les vaches étaient à l'alpage. Le car passait entre des prairies parsemées de fleurs des champs, sous un ciel de la même couleur que les myosotis qui poussaient au bord de la route.

Depuis plusieurs mois, Judy était très malheureuse. Elle ne retrouvait sa sérénité que dans le cabinet du Dr. Geneste. Mais, ce jour-là, cahotée sur la petite route de campagne, elle se sentait remplie de félicité. Elle glissa furtivement la main sous son manteau. Pour la première fois, elle avait hâte que son ventre prît de l'importance.

Angelina Dassin les attendait sur la place, près de la fontaine. Grande, ses cheveux noirs tirés en chignon, elle avait un visage maigre et coloré, caractéristique des gens de la région. Elle tenait dans ses bras un bébé aux yeux sombres et à l'air grave qu'elle fit glisser sur sa hanche pour pouvoir serrer la main aux deux jeunes filles.

Ensuite, elles traversèrent toutes les trois le village pour gagner un chalet de bois foncé, couvert d'un toit fait de petites plaques en forme d'écaille de poisson, en bois également. Mᵐᵉ Dassin était au courant de la situation et cette petite jeune fille toute blonde lui faisait pitié. Pendant qu'elle allait chercher des verres et du lait frais, Maxine et Judy s'installèrent dans la salle commune en contemplant la vallée et les cimes enneigées.

Ce cadre champêtre les enchantait. L'atmosphère était sereine, le petit garçon semblait très éveillé et M^me Dassin digne de la recommandation de l'hôpital.

On convint que Judy viendrait s'installer au chalet pendant quinze jours, quand elle aurait cessé de travailler, en attendant la naissance du bébé et qu'elle y resterait ensuite un mois pour le nourrir. Les deux jeunes filles insistèrent sur le fait que lorsque Judy serait plus âgée et qu'elle aurait une maison à elle, elle reprendrait son enfant. M^me Dassin hocha la tête.

Maxine ajouta que, sur les conseils du Dr. Geneste, Judy ne souhaitait pas qu'on donne à l'enfant des détails à son sujet. Il faudrait seulement lui dire que sa vraie mère viendrait un jour le chercher et surtout ne pas essayer de lui faire croire que c'était M^me Dassin.

Angelina Dassin agréa cette requête.

« Quel nom lui donnerez-vous ? », demanda-t-elle.

Tassée dans un vieux fauteuil, Judy jeta un coup d'œil sur le profil escarpé des Alpes qu'on apercevait par la fenêtre.

« Si c'est une fille, elle s'appellera Élisabeth, comme ma mère ; et si c'est un garçon, ce sera Nicholas. »

Maxine n'en fut guère étonnée.

A la fin du mois de septembre, le ventre de Judy était devenu énorme. Son état était évident pour tout le personnel de l'hôtel, mais personne ne lui fit la moindre réflexion. Elle marchait avec un curieux balancement, une sorte de roulis raide et elle avait du mal à dormir la nuit entière, à cause des coups de pied que lui donnait le bébé. Alors, elle restait étendue, éclairée par la lune, en songeant que c'était merveilleux de sentir son enfant lui danser sur le cœur.

Le 7 octobre, deux semaines avant la date prévue pour l'accouchement, Judy fit ses adieux à tout le personnel et prit le car pour Château-d'Oex, les bras chargés de cadeaux : un superbe châle de laine blanche, deux cartons remplis de layette offerte par Maxine, Pagan et Kate, une bouteille de kummel, un bocal de pêches au cognac et un magnifique jambon fumé, de la part du chef cuisinier.

Le 13 octobre, Judy se réveilla à cinq heures du matin. « Aïe ! » Elle en eut le souffle coupé. Non, ce n'était pas l'enfant qui donnait des coups de pied, mais une violente douleur dans les reins.

Elle s'assit dans son lit, tout excitée à l'idée de ce qui allait bientôt se produire. Elle brûlait d'impatience d'annoncer la nouvelle à Angelina. Elle se souleva lourdement de son lit, s'enveloppa dans son châle blanc et alla s'asseoir dans la salle commune en faisant tourner autour de ses deux majeurs les bagues de corail jumelles que Nick lui avait offertes avant de quitter la Suisse.

Judy continua à sentir son ventre s'agiter irrégulièrement pendant toute la journée. Prévenu, le Dr. Geneste l'avait rassurée.

« Ce n'est pas encore le moment. »

Vingt-quatre heures plus tard, elle commença à avoir de vraies contractions et, le soir, à huit heures, celles-ci revenant régulièrement toutes les demi-heures, Angelina décida de l'emmener à l'hôpital.

Là, Judy n'eut plus le loisir d'avoir des idées romanesques. Angelina ne fut pas autorisée à rester auprès d'elle et elle dut aller dans la salle d'attente. Judy se déshabilla, prit un bain et ensuite une infirmière revêche entra pour lui faire un lavement.

Elle resta seule et, toutes les demi-heures, l'infirmière entrait en coup de vent pour voir où elle en était. Elle était de mauvaise humeur, elle se sentait mal, elle avait froid, elle tremblait et elle avait des crampes dans la jambe gauche. Sa douleur aux reins s'était accrue et elle avait de plus en plus peur. Elle avait envie de tirer le rideau.

A minuit moins le quart, on appela le Dr. Geneste et à minuit on emmena Judy en salle d'accouchement et on l'installa sur la table, le haut du corps soulevé par des oreillers. Elle était épuisée et comme en état de choc. C'était beaucoup plus dur qu'elle se l'était imaginé.

Soudain, elle se raidit et se cambra et elle commença à ressentir le besoin de pousser. Les muscles de son ventre tressautaient, cherchant à expulser quelque chose, un peu comme un mécanisme qu'on n'aurait pas huilé et qui n'aurait pas fonctionné depuis longtemps.

Un nouveau spasme la déchira. Son cerveau ne contrôlait plus son corps. Elle gémissait de plus en plus fort et finit par se mettre à crier. Une deuxième infirmière apparut, lui prit la main d'un air d'encouragement et essuya son front ruisselant. Pourquoi ne lui avait-on pas dit ce qui l'attendait ? Pourquoi ne lui avait-on rien expliqué ? Pourquoi ne l'avait-on pas prévenue ?

Une autre douleur la cisailla.

« Ne poussez pas, ordonna la première infirmière. Ne poussez pas.

— Mais, je ne peux pas m'en empêcher. Je ne peux pas ne pas

pousser ; c'est mon corps qui pousse, je ne peux pas le contrôler, je ne peux rien faire, j'ai peur.

— Le col n'est pas complètement dilaté », se contenta de dire la deuxième infirmière en se penchant sur Judy pour l'examiner. L'autre approcha alors un chariot chargé de six bouteilles d'oxygène et plaça un masque sur le nez de Judy.

« Quand vous aurez vraiment trop mal, prenez une bonne inspiration, mais servez-vous-en le moins possible. »

Judy respira goulûment. Au bout d'un moment, elle entendit l'infirmière qui lui disait : « Essayez de suivre les contractions, mais ne les forcez pas. » On aurait dit qu'elle parlait à l'autre bout d'un tunnel capitonné.

Soudain, Judy aperçut la tête du Dr. Geneste penchée au-dessus de la sienne. Il avait l'air épuisé. Il venait de terminer son quatrième accouchement de la journée et n'avait pratiquement rien mangé depuis le matin. Un nouveau cri s'échappa des lèvres de Judy, mais elle se sentait soulagée. Son ami était là.

« Maintenant, il va falloir être courageuse, parce que votre bébé va bientôt arriver ; vous n'allez pas tarder à être une petite maman, lui dit-il d'une voix rassurante. Nous allons tous vous aider », ajouta-t-il au moment où une terrible contraction la secouait.

Elle aspira une grande bouffée d'oxygène et la pièce se mit à chavirer.

« Doucement, doucement. Il ne faut pas que le bébé sorte trop vite. »

Judy essaya de se contrôler. « C'est peut-être la dernière contraction. » Quelqu'un lui épongeait le front ; quelqu'un d'autre lui tenait la main. « Respirez fort ; maintenant respirez doucement ; respirez fort. »

Avec un gémissement, un bébé parfaitement formé sortit de son corps. La petite Élisabeth venait de naître.

# 61

Dans le luxueux appartement donnant sur Central Park, Lili regarda les quatre femmes avec moins de rancune. En écoutant Pagan lui faire le récit des circonstances qui avaient présidé à sa naissance, elle s'était sentie fléchir. C'est alors qu'elle avait lancé sa deuxième bombe.

« Dans ce cas, qui est mon père ? »

Trois paires d'yeux se posèrent aussitôt sur Judy et Lili pensa : C'est vrai, c'est bien elle qui est ma mère. C'est ma mère !

De toute son existence, jamais Judy n'avait réfléchi aussi vite. Elle n'était pas encore remise d'avoir retrouvé vivante cette petite fille tant pleurée, puis de l'avoir vue se métamorphoser en Lili la Tigresse. Elle en était restée sans voix et elle se sentait hésitante quant à ses propres sentiments. Naturellement, elle était parfaitement au courant de la liaison de Lili et d'Abdullah.

Il s'agissait donc d'un inceste !

Le mot éclata si fort dans sa tête qu'elle fut presque surprise que les autres ne l'aient pas entendu. Impossible d'éluder la question de Lili, mais pouvait-elle lui dire qui était son père ?

En l'espace de quelques minutes, Judy venait de trouver la clé de la personnalité de Lili. Ce caractère bouillant, emporté et changeant, cette fierté rebelle, elle les avait hérités de son père.

De même que son courage. Malgré son passé, elle était parvenue à une réussite extraordinaire. Cette fille avait incontestablement du cran. A contrecœur, les critiques avaient fini par reconnaître ses talents innés de comédienne et, au cours des trois dernières années, elle n'avait cessé de faire des progrès.

Quel effet cela aurait-il sur elle et sur sa carrière, si elle apprenait qu'elle était la fille naturelle d'un homme qui avait violé sa mère, se demanda Judy ? En outre, ne serait-elle pas également horrifiée de découvrir que ce père avait été son amant ? Ces nouvelles ne risquaient-elles pas de lui porter un tort très grave, sur le plan psychologique ?

Pendant que toutes ces pensées se bousculaient dans sa tête,

Judy continuait à faire tourner la bague de corail autour de son doigt. Nick lui avait dit qu'elle pourrait toujours compter sur lui, qu'il serait toujours là pour l'aider.

Sa décision était prise. Son histoire était plausible... et belle. Elle se redressa, lança un rapide coup d'œil à ses trois amies et se mit à parler.

« Votre père, Lili, s'appelait Nicholas Cliffe et nous nous aimions beaucoup. Trop, même, en une occasion. C'était le soir de la Saint-Valentin. Il aurait voulu qu'on se marie avant de partir au service militaire, mais c'était impossible ; je n'avais que quinze ans. Il fallait donc attendre. Quand je me suis aperçue que j'étais enceinte, il était déjà en Malaisie et il a été tué peu de temps après votre naissance. »

La joie inonda les traits de Lili. On aurait dit qu'elle allait pleurer. Oui, elle l'avait crue. Les yeux brillants, elle se pencha vers Judy et elle lui dit d'une voix tremblante :

« J'ai attendu ce moment toute ma vie ; je l'avais souvent imaginé, mais maintenant, je me sens complètement prise au dépourvu. »

Dans la scène de retrouvailles que Lili avait bâtie dans sa tête, elle se jetait immanquablement dans les bras de sa « vraie maman ». Elle se leva lentement et fit un pas hésitant en direction de Judy. Sa mère n'était pas telle qu'elle l'espérait, néanmoins, elle l'avait retrouvée. Judy l'avait portée dans son ventre et mise au monde. Ensuite, elle avait subvenu à son entretien pendant sept ans. En réalité, c'étaient ces quatre femmes qui s'en étaient chargées et cela n'avait pas dû être toujours facile. Lili ressentit cette solidarité chaleureuse, cette intimité qui les liaient invisiblement. Elles semblaient même pouvoir communiquer entre elles par un simple regard.

Lili ne se rendit pas compte de la rapidité et de l'intensité avec lesquelles les messages se mirent alors à circuler entre les quatre femmes, au moment où elle faisait un autre pas vers Judy en lui disant :

« Je n'arrive pas à y croire, vous comprenez. »

Kate, Maxine et Pagan qui regardaient Judy avaient instantanément deviné qu'elle mentait. Lili n'avait pas pu voir l'incrédulité et la stupéfaction qui avaient figé leur visage, parce qu'elle avait les yeux fixés sur Judy. Mais cela n'avait pas échappé à Judy. Elle retint son souffle, priant pour qu'elles se taisent. Qu'est-ce qu'elles savaient, au juste ? Pourquoi diable avait-elle parlé de la nuit de la Saint-Valentin ? Pour que sa petite histoire paraisse plus romantique, plus jolie et plus acceptable pour Lili que la vérité laide et brutale. Il faut protéger Lili, se dit Judy en lançant un regard fulgurant à Maxine, Pagan et Kate qui, elle aussi, écarquillait ses yeux verts de stupéfaction muette.

En effet, Kate se souvenait très bien de la nuit de la Saint-Valentin, de cette nuit où Nick et elle s'étaient serrés dans les bras l'un de l'autre sur le petit lit de fer grinçant. Kate avait fini par se persuader qu'elle ne devait pas se sentir coupable ; Judy ne voulait pas de Nick. Pourtant, elle ne voulait pas que Judy sache que Nick et elle... ou plutôt, n'étaient pas... car, en dépit de tous ses efforts, de toutes ses caresses et de ses baisers, Nick n'avait pas pu conclure.

Judy n'avait donc pas pu passer la nuit avec Nick ; il était avec Kate. Alors, pourquoi avait-elle menti ? Kate n'avait aucune idée de l'identité de l'amant de Judy, mais ce n'était pas Nick.

Maxine, elle aussi, était interloquée. Elle savait que Judy mentait, sans en comprendre la raison. Elle se rappelait cet après-midi où la mère de Nick lui avait dit que son fils ne pouvait pas avoir d'enfant, mais il était inutile de laisser voir à Judy qu'elle ne la croyait pas. Elle avait beau faire, elle savait qu'elle ne parviendrait pas à prendre Lili en affection. Elle gardait toujours en mémoire l'affreuse scène de l'orangerie. Mais, pour Judy, elle était bien décidée à jouer le jeu. Elle se tourna donc vers Lili et lui dit :

« Ma chère enfant, vous avez trouvé non seulement une mère, mais toute une famille. Nous sommes surprises, bien entendu, mais nous sommes surtout heureuses de vous avoir enfin retrouvée. »

Lili était surprise, elle aussi. Brusquement, un bonheur total l'envahit. Il se passait en ce moment une chose qu'elle n'avait jamais imaginée et elle comprit soudain la portée profonde des paroles de Maxine : elle avait l'impression de faire partie du groupe étroitement imbriqué que formaient ces quatre femmes.

Judy était complètement vidée. En moins de vingt-quatre heures, sa vie s'était radicalement transformée. Elle ne parvenait toujours pas à croire que son enfant n'était pas morte. Depuis de nombreuses années, elle avait la réussite, l'argent et l'amour, mais elle avait manqué de ce à quoi aspirent la plupart des femmes : un mari et des enfants. Et voilà que d'un seul coup, elle avait les deux. Désormais, Griffin pouvait et, ce qui importait le plus à Judy, voulait l'épouser. Pourtant, tout au fond d'elle-même, une petite voix têtue lui murmurait : « Que gagneras-tu à te marier avec Griffin ? Il a toujours trompé sa femme. Ignores-en les raisons et souviens-toi du fait. Griffin a pris l'habitude de tromper sa femme. Alors pourquoi prendre un tel risque ? Pourquoi ne pas poursuivre des rapports qui ont donné satisfaction depuis des années ? » Hier encore, Judy aurait sauté sur l'occasion. Mais, aujourd'hui... et de façon si imprévue... elle venait de découvrir qu'un lien bien plus fort existait dans sa vie : son enfant lui avait été rendue. Judy se leva et s'avança vers sa fille, le visage crispé mais souriant.

« Mais... mais, balbutia Pagan. C'est impossible, impossible... »

Elle s'arrêta net au milieu de sa phrase, tandis que Lili avait l'air stupéfaite et que Judy posait sur elle un regard bleu et furibond. Au souvenir de l'iris aigue-marine de Nick, Pagan tourna la tête et considéra les yeux noisette de Lili.

Elle se souvint alors de ce que lui avait dit son mari quand elle lui avait annoncé qu'elle était enceinte : des parents aux yeux bleus ne peuvent pas avoir un enfant aux yeux bruns. Il avait été affirmatif.

Le regard de Pagan courut de Judy à Lili. Pourquoi diable avait-elle menti ? Il devait bien y avoir une raison.

Mais déjà, Maxine s'était dressée en disant vivement :

« Souviens-toi, Pagan, pour le meilleur et pour le pire.

— Mais... mais... », se remit à bafouiller Pagan, comprenant qu'on venait de lui rappeler qu'il fallait venir en aide à Judy, maintenant et toujours.

Qu'avait-elle dit, exactement ? Ah oui.

Rayonnante, Pagan se tourna vers Lili et acheva prudemment sa phrase :

« ... C'est impossible pour nous d'oublier votre père, Lili. »

Et cela, au moins, c'était vrai.

23-89-3819-01

ISBN 2-01-009183-3

Nº d'Édition : 3819. Nº d'impression : 471-354.
Dépôt légal : Avril 1983.
Imprimé en Italie

23-3819-2